中国皮影木偶戏剧本集成

主编 朱恒夫
副主编 刘衍青

"十四五"国家重点图书出版规划项目

华北东北卷·天门阵

上海大学出版社
·上海·

3

图书在版编目(CIP)数据

天门阵 / 朱恒夫主编；刘衍青副主编. —上海：上海大学出版社，2023.2
(中国皮影木偶戏剧本集成；3. 华北东北卷)
ISBN 978-7-5671-4637-2

Ⅰ.①天… Ⅱ.①朱… ②刘… Ⅲ.①皮影戏—剧本—中国②木偶剧—剧本—中国 Ⅳ.①I238.7

中国国家版本馆 CIP 数据核字(2023)第 014310 号

责任编辑　庄际虹
封面设计　柯国富
技术编辑　金　鑫　钱宇坤

中国皮影木偶戏剧本集成
主编　朱恒夫　副主编　刘衍青

华北东北卷·天门阵

上海大学出版社出版发行
(上海市上大路 99 号　邮政编码 200444)
(https://www.shupress.cn　发行热线 021-66135112)
出版人　戴骏豪

*

南京展望文化发展有限公司排版
江阴市机关印刷服务有限公司印刷　各地新华书店经销
开本 710mm×1000mm　1/16　印张 30.75　字数 517 千
2023 年 2 月第 1 版　2023 年 2 月第 1 次印刷
印数：1~1100
ISBN 978-7-5671-4637-2/I·675　定价 98.00 元

版权所有　侵权必究
如发现本书有印装质量问题请与印刷厂质量科联系
联系电话：0510-86688678

总序：中国皮影戏的历史、现状与剧目特征

皮影戏是我国产生较早的戏剧种类之一，也是一门古老的传统民间艺术。它以羊、牛、驴皮以及纸等为基本材料，制作成能活动的形象造型即影人，由艺人手执竹扦在幕后操作，通过光线的透视，配以演唱及丝竹鼓点的伴奏，在影窗上展现各式的人物和故事。皮影戏是一种集文学、绘画、雕刻、音乐、表演于一体，融进历史、哲学、宗教、民俗、伦理等多种文化的民间艺术形式，是中华民族的艺术瑰宝。

一、皮影戏发展历程溯源

中国皮影戏源远流长，但其最早起源于何时，尚无文献典籍可考。皮影戏，历史上称为"影戏"，关于影戏产生的时间，众说纷纭。近人顾颉刚在《中国影戏略史及其现状》中说："影戏之性质与傀儡全同，不同者只其表现之方法，是以影戏亦必自始即模仿戏剧者，其兴起虽确知当后于傀儡，然或亦在周之世也。"① 他猜测周代就有了影戏。稍有一点根据的是"汉代说"。宋代高承《事物纪原》卷九《博弈嬉戏部》"影戏"条云："故老相承，言影戏之原出于汉武帝。李夫人之亡，齐人少翁言能致其魂，上念夫人无已，乃使致之。少翁夜为方帷，张灯烛，帝坐他帐，自帷中望见之，仿佛夫人像也，盖不得就视之。由是世间有影戏。"② 但是，这出"招魂戏"只是借灯光投影之术，没有"人影"的表演，也没有情节，所以还不是真正意义上的皮影戏。《稗史》亦说汉代就有了影戏，云：秦武王作角

---

① 顾颉刚：《中国影戏略史及其现状》，《文史》第19辑，中华书局1983年8月，第111页。

② （宋）高承撰：《事物纪原》，（明）李果订，金圆、许沛藻点校，中华书局1989年版，第495页。

抵，始皇作曼延鱼龙水戏，汉武帝益以幻眼、走索、寻橦（橦）、舞输（轮）、弄碗、影戏……①大概所说的"影戏"是从武帝"设帷招魂"之事推断而来。

在隋代的佛事活动中，似乎有弄影戏的迹象。《隋书·五行志》云："唐县人宋子贤，善为幻术。每夜，楼上有光明，能变作佛形，自称弥勒出世。又悬大镜于堂上，纸素上画为蛇、为兽及人形。有人来礼谒者，转侧其镜，遣观来生形象。或映见纸上蛇形，子贤辄告云：'此罪业也，当更礼念。'又令礼谒，乃转人形示之。"②用灯光照影作为幻术以惑人，也不等于后代的影戏。

近人多认为影戏产生于唐代。齐如山在《影戏——故都百戏考之四》中认为："此戏当然始于陕西，因西安建都数百年，玄宗又极爱提倡美术，各种伎艺由陕西兴起者甚多，则影戏始于此，亦在意中。"③力主戏曲源起于影戏、偶戏的孙楷第在《近代戏曲原出宋傀儡戏影戏考》中断言："余意影戏殆仁宗时始盛耳。若溯其源，则唐五代时，似已有类似影戏之事。"并进一步说与唐代的俗讲有关："说话与影戏，仅讲时雕像有无之异，其原出于俗讲则一也。"④

齐如山和孙楷第之说均属推测，缺少文献依据。一些唐诗倒是直接说明唐代已经有了影戏。中唐人元稹《灯影》云："洛阳昼夜无车马，漫挂红纱满树头。见说平时灯影里，玄宗潜伴太真游。"⑤很显然，彼时的洛阳已经有了皮影，玄宗与贵妃的故事是表演的内容之一。又，雍裕之的《两头纤纤》诗也对影戏作了描绘："两头纤纤八字眉，半白半黑灯影帷。腽腽脯脯晓禽飞，磊磊落落秋果垂。"⑥影帷即是今日的影窗，"晓禽飞"和"秋果垂"当是表演的一些场景。晚唐韦庄的《途次逢李氏兄弟感旧》诗云："御沟西面朱门宅，记得当时好弟兄。晓傍柳阴骑竹马，夜隈灯影弄先生。"⑦康保成认为："'夜隈灯影弄先生'就是玩影戏，'先生'即影偶。"⑧

---

① （清）赵吉士辑《寄园寄所寄》卷七"獭祭寄"，清康熙三十五年刻本。
② 《隋书》第三册，中华书局1982年版，第662—663页。
③ 齐如山：《影戏——故都百戏考之四》，《大公报·剧坛》1935年8月7日第12版。
④ 孙楷第：《近代戏曲原出宋傀儡戏影戏考》，《傀儡戏考原》，上杂出版社1952年版，第62、63页。
⑤ 《全唐诗》卷四一二，中华书局1999年版，第4580页。
⑥ 《全唐诗》卷四七一，中华书局1999年版，第5383页。
⑦ 《全唐诗》卷七〇〇，中华书局1999年版，第8131页。
⑧ 康保成：《佛教与中国皮影戏的发展》，《文艺研究》2003年第5期，第91页。

随着时间的推移，影戏艺术有了很大的提高，剧目也不断地增加。北宋张耒在《明道杂志》中记载："京师有富家子，少孤，专财，群无赖百方诱导之，而此子甚好看弄影戏，每弄至斩关羽，辄为之泣下，嘱弄者且缓之。"① 可见，此时的影戏剧目中有三国故事。此为高承《事物纪原》证实，该书云："宋朝仁宗时，市人有能谈三国事者，或采其说，加缘饰作影人，始为魏、吴、蜀三分战争之像。"② 影戏为人们喜爱后，玩皮影的人就多了，于是，便出现了著名的艺人。孟元老《东京梦华录》卷五《京瓦伎艺》云："……杂剧、掉刀、蛮牌董十五、赵七、曹保义、朱婆儿、没困驼、风僧哥、俎六姐。影戏丁仪，瘦吉等弄乔影戏。"③ 吴自牧《梦粱录》卷二十"百戏伎艺"条云："更有弄影戏者，元汴京初以素纸雕簇，自后人巧工精，以羊皮雕形，用以彩色妆饰，不致损坏。杭城有贾四郎、王升、王闰卿等，熟于摆布，立讲无差。其话本与讲史书者颇同，大抵真假相半，公忠者雕以正貌，奸邪者刻以丑形，盖亦寓褒贬于其间耳。"④ 由此可见，北宋的影戏已经发展到了相当成熟的水平，其成绩可以归纳为四点：其一，演唱不再随意，而是遵照脚本的内容，其内容相当于彼时开始流行的话本。可以讲述史书，三国故事更是其常演的剧目。其二，已经形成一批专业的艺人队伍，还分为"影戏"与"乔影戏"（"乔"字在当时作"伪装"解。瓦子诸艺中有一种"乔相扑"的表演艺术，就是扮演摔跤的样子，而不是真摔跤。"乔影戏"可能是由真人模拟影人的动作形式，做出种种滑稽的样子，以引人发笑。）两个品种。其三，有了人物的脸谱，并按照性格、品性分别饰以图案色彩。其四，演出水平极高，能使观众忘乎所以，以假当真。影戏艺术在北宋之所以能飞速发展，与当时城市的发展、市民人口的大幅增多有很大的关系。

至南宋，影戏的发展进入一个前所未有的辉煌时代。周密《武林旧事》卷二《元夕》记载道："又有幽坊静巷好事之家，多设五色琉璃泡灯，更自雅洁，靓妆笑语，望之如神仙。……或戏于小楼，以人为大影戏，儿童喧呼，终夕不绝。"⑤

---

① （元）陶宗仪等：《说郛三种》卷四十二，上海古籍出版社1989年版，第2003页。
② （宋）高承撰：《事物纪原》，（明）李果订，金圆、许沛藻点校，中华书局1989年版，第495页。
③ （宋）孟元老撰：《东京梦华录笺注》，伊永文笺注，中华书局2006年版，第461页。
④ （宋）吴自牧：《梦粱录》，浙江人民出版社1984年版，第194页。
⑤ （宋）四水潜夫辑：《武林旧事》，浙江人民出版社1984年版，第31页。

此大影戏，孙楷第认为是人扮演的，相当于"乔影戏"。周贻白认为是人的影子在表演。当时还有一种称为"手影"的影戏形式。南宋洪迈《夷坚志·夷坚三志》辛卷第三"普照明颠"条记载："华亭县普照寺僧惠明者，常若失志恍惚，语言无绪，而信口谈人灾福，一切多验，因目曰明颠。……尝遇手影戏者，人请之占颂。即把笔书云：'三尺生绡作戏台，全凭十指逞诙谐。有时明月灯窗下，一笑还从掌握来。'"① 悬挂三尺生绡做影窗，用手做出各种形状，投影到影窗上，即为手影。华亭为今日之上海松江，当时影戏在江南是比较普及的，宋代《吴县志》云："上元，影灯巧丽，它郡莫及，有万眼罗及琉璃球者犹妙。"②

南宋时，宋金对峙，经常发生战争，故影戏艺人常搬演金戈铁马的故事。张戒《岁寒堂诗话》云："往在柏台，郑亨仲、方公美诵张文潜《中兴碑》诗，戒曰：'此弄影戏语耳。'二公骇笑，问其故，戒曰：'郭公凛凛英雄才，金戈铁马从西来。举旗为风偃为雨，洒扫九庙无尘埃。'岂非弄影戏乎？"③ 当然，主要的演出内容还是历史故事，此时，"历史剧"已涉及汉、三国、唐、五代等朝代的人物和事件。由于艺人队伍进一步扩大，影人制作与影戏表演已经成了一个行业，于是，产生了"绘革社"这样专业的行业组织。

金元的影戏，文献记载不多。既然戏曲在彼时极为兴旺，作为戏剧的一种形式，影戏就不可能衰弱，只不过那时文人的兴趣主要放在人演的院本、杂剧上罢了。不过，有两幅壁画倒是露出了一点影戏的信息。一是金代山西繁峙岩山寺文殊殿壁画，其中有一个场景，我们不妨称之为"儿童弄影戏图"。画面上，有一影窗，前面三个儿童席地观看，后面有一人正在拽拉影人进行表演。还有一个儿童，在影窗的旁边，学着影戏艺人亦在拽拉着小影人。二是山西孝义出土的大德二年（1298）的元墓壁画。壁画上绘着男耕女织的场景，旁边有一人正手拿着影人在玩耍，墓壁上写着"王同乐影传家，共守其职"几个字④。显然，男耕女织是影戏所表现的内容，"乐影传家"则是影戏艺人标榜自己有着渊源的家学。

明代影戏资料目前见于文献的多为诗文和小说。瞿佑《影戏》云："灯火光中夜漏迟，风轮旋转竞奔驰。过来有迹人争睹，散去无声鬼不知。月地花阶频出没，

---

① （宋）洪迈：《夷坚志》第三册，中华书局1981年版，第1406页。
② 《吴县志》，民国三年乌程张钧衡影宋刻本。
③ （宋）张戒：《岁寒堂诗话》，中华书局1985年版，第13页。
④ 中国戏曲志编辑委员会：《中国戏曲志·山西卷》，中国ISBN中心出版社2000年版，第7页。

云窗雾阁暂追随。一场变幻如春梦,线索重看傀儡嬉。"① 瞿佑对影戏的兴趣很浓厚,多次写诗记述他观看的情景,田汝成辑撰的《西湖游览志余》卷二十也引了一首他的关于影戏的诗,云:"南瓦新开影戏场,满堂明烛照兴亡,看看弄到乌江渡,犹把英雄说霸王。"②《霸王别姬》是影戏的常演剧目,故徐文长所作的《做影戏》灯谜,也是以这个影戏剧目为素材,云:"做得好,又要遮得好,一般也号做子弟兵,有何面目见江东父老?"③

由于影戏在明代是一种普及性的表演艺术,所以,小说所描写的社会生活中亦有所反映。明末无名氏小说《梼杌闲评》第二回就描写了一个家庭戏班的演出情况:

> 朱公问道:"你是那里人?姓甚么?"妇人跪下禀道:"小妇姓侯,丈夫姓魏,肃宁县人。"朱公道:"你还有甚么戏法?"妇人道:"还有刀山、吞火、走马灯戏。"朱公道:"别的戏不做罢,且看戏。你们奉酒,晚间做几出灯戏来看。"传巡捕官上来道:"各色社火俱着退去,各赏新历钱钞,惟留昆腔戏子一班,四名妓女承应,并留侯氏晚间做灯戏。"巡捕答应去了。……侯一娘上前禀道:"回大人,可好做灯戏哩?"朱公道:"做罢。"一娘下来,那男子取过一张桌子,对着席前放上一个白纸棚子,点起两枝画烛。妇人取过一个小篾箱子,拿出些纸人来,都是纸骨子剪成的人物,糊上各样颜色纱绢,手脚皆活动一般,也有别趣。④

因皮影戏被人们高度认同,它的功能就不仅仅是娱人了,还可以同人戏一样酬神祭祀。明末张仁熙在《皮人曲》诗中有这样的描述:"年年六月田夫忙,田塍草土设戏场。田多场小大如掌,隔纸皮人来徜徉。虫神有灵人莫恼,年年惯看皮人好。田夫苍黄具黍鸡,纸钱罗案香插泥。打鼓鸣锣拜不已,愿我虫神生欢喜。神之去矣翔若云,香烟作车纸作躧。虫神嗜苗更嗜酒,田儿少习今白首。那得闲钱倩人歌,自作皮人祈大有。"⑤

明朝影戏初步形成了地方流派,河北、江苏、浙江、山东、陕西、山西、云

---

① (清)俞琰选编:《咏物诗选》,成都古籍书店1987年版,第116页。
② (明)田汝成辑撰:《西湖游览志余》,中华书局1958年版,第356页。
③ (明)徐渭:《徐渭集》,中华书局1983年版,第1066页。
④ 不题撰人:《梼杌闲评》,止戈、韦行校点,齐鲁书社1995年版,第12—13页。
⑤ 邓之诚:《清诗纪事初编》,上海古籍出版社2013年版,第192页。

南等地的皮影艺人结合当地的人文风俗、民间曲调，各自创新，形成了不同于他地的特色。

清代尤其是乾隆之后以及民国时期，影戏进入了中国影戏发展史上的高峰阶段，无论是技艺水平、剧目数量，还是艺人人数和观众人次，都是前所未有的。这与当时戏曲特别是花部戏的整体勃兴的大环境紧密相关。影戏的审美效果，不逊于人戏，富察敦崇《燕京岁时记》云："影戏借灯取影，哀怨异常，老妪听之多能下泪。"① 其普及程度，可以从日常的俗语中看出来，如《红楼梦》第六十五回云："见提着影戏人子上场，好歹别戳破这层纸儿。"②

根据清代各地皮影戏的历史流变及其皮影戏影人的造型特征，可以将我国皮影戏分为北方影系、西部影系和中南部影系三大系统。

北方影系：包括今河北、东北三省、内蒙古等地的皮影戏。这一影系的皮影戏始于金代。1127年金兵入侵中原时，曾经将包括皮影戏艺人在内的各类艺人掳掠到北方，北方的皮影戏由此发展而来，而以河北滦州（今唐山）一带为中心。

西部影系：涵盖陕西、四川、甘肃、青海、晋南、豫东、鄂西、冀中和北京西部等地。该系统的皮影戏是由北宋躲避靖康之乱而向西迁徙的中原皮影戏艺人带来，并经历代发展而形成。西部影系以陕西华县、华阴一带的皮影戏为主要代表。还有晋南皮影戏、川北皮影戏、陇原皮影戏、陇东皮影戏、环县道情皮影戏和青海皮影戏等。

中南部影系：包括中原地区及其以南地区的皮影戏。自北宋灭亡之后，中原地区的皮影戏艺人与其他各类艺人一起随着都城的南迁，到了临安（今浙江杭州），还有一部分艺人流落到江苏、湖北、湖南等地，后又陆续流转到广东、福建、台湾一带。这些地区加上中原地区的皮影戏，属我国中南部影系。中南部影系没有自己单独的唱腔，而是借用当地的戏曲、说唱、民歌小调的唱腔进行演唱。

清代文献中有关影戏的记载较多，尤其是方志中"民俗"栏目，可谓比比皆是。如清代乾隆年间进士李声振《百戏竹枝词·影戏》云："机关牵引未分明，绿

---

① （清）潘荣陛：《帝京岁时纪胜》；（清）富察敦崇：《燕京岁时记》，北京古籍出版社1981年版，第94页。
② （清）曹雪芹、高鹗：《红楼梦》，中国艺术研究院红楼梦研究所校注，人民文学出版社1996年版，第908页。

绮窗前透夜棨。半面才通君莫问,前身原是楮先生。"① 乾隆《永平府志》"岁时民俗"条云:"通街张灯、演剧,或影戏、驱戏之类,观者达曙。"② 滦州学正左乔林《海阳竹枝词》有句云:"张灯作戏调翻新,顾影徘徊却逼真。环佩珊珊莲步稳,帐前活现李夫人。"③ 清代澄海人李勋《说诀》卷十三云:潮人最尚影戏,其制以牛皮刻作人形,加以藻绘,作戏者于纸窗内爇火一盏,以箸运之,乃能旋转如意,舞蹈应节,较之傀儡更觉优雅可观。④ 说者谓此惟潮郡有之,其实非也。

民国年间,战争不断,社会动荡不安,许多时候,老百姓在生死线上挣扎,这自然会影响皮影戏的演出。但只要局势稍微稳定,皮影戏就会活跃起来,而在兵祸较少的地方,它还得到了长足的发展。

民国二十三年(1934),高云翘对滦州的皮影做了调查,感慨地说:"高粱地里,唱影的不绝,梆子或有一二,皮黄绝无。"⑤ 卓之在《湖南戏剧概观》中记述了20世纪30年代湖南一些地方的皮影戏情况:"影戏班在湖南,地位远不及汉班(即今之湘剧)及花鼓班,大概用为酬神还愿之工具而已。是以无论在城在乡,到处皆得见之。平日常演于各寺庵内,惟每届旧历中元节,则居民多演以祀祖,该省戏班异常忙碌,甚至从黄昏起演至通宵达旦,可演四五本之多。"⑥ 1934年刊的辽宁《庄河县志》"民间文艺·影戏"条对本县的皮影戏有较为详细的介绍:"有所谓驴皮影者,即影戏也。其制,酷似有声电影,不过彼为电灯机唱,此为油灯人唱耳。其法,以白布为幔,置灯其中,系以驴皮制人马牲畜、楼台建筑及飞潜动植等物,用灯幻照,俨在目前,并能活动自如,惟妙惟肖。司事者在幔歌唱,词多俚俗。农民凡有吉庆、酬神等事,多醵金演唱。"⑦

民国年间的影戏在与时俱进上,有三个方面的表现:一是灌制唱片,向全国

---

① 雷梦水等编:《中华竹枝词》,北京古籍出版社1997年版,第81页。该诗自注云:"剪纸为之,透机械于小窗上,夜演一剧,亦有生致。"
② 《永平府志》,乾隆三十九年刻本。
③ 张工明编著:《滦县志诗歌集》,河北人民出版社2015年版,第151页。
④ 中山大学中国非物质文化遗产研究中心编:《中国非物质文化遗产第十一辑》,中山大学出版社2006年版,第113页。
⑤ 高云翘:《滦州影调查记》,《剧学月刊》第三卷第十一期,1934年。
⑥ 卓之:《湖南戏剧概观》,《剧学月刊》第三卷第七期,1934年。
⑦ 丁世良、赵放主编:《中国地方志民俗资料汇编·东北卷》,北京图书馆出版社1989年版,第152页。

发行,借此将地方皮影戏声腔与故事传播到全国。冀东的皮影戏艺人就曾经和胜利、百代、昆仑、丽歌、宝利等唱片公司合作,灌制了100多个剧目的唱段。二是借助新的印刷技术,刻印皮影戏的脚本。这当然是文人和出版商合作所为,出于射利的目的,但在客观上对于皮影戏的传播和帮助人们深刻认识其思想内容起到了积极的作用。三是自觉地将其作为救亡图存与革命斗争的工具。如日军占领嘉兴海宁时,皮影戏艺人张九元为揭露日本侵略者的暴行,唤起人们的抗日热情,创编了皮影戏《打皇兵》,演出后产生很大的影响。至于中国共产党建立政权的地区,影戏的政治功能则更为明显,从剧目的名称《田玉参军》《齐心杀敌》《土地改革》《送夫参军》《破除迷信》等,就可以看出它们的思想倾向性。

二、当代影戏的现状与分布

中华人民共和国成立后,因实行新的社会制度和倡导新的思想,无论是生产关系,还是意识形态,都发生了根本性的变化。作为一种艺术形式的皮影戏,在党的方针路线的指引下,在戏班组织、剧目编创、皮影绘制与表演形式上也进行了一系列的改革。新中国成立之初,皮影戏与戏曲的其他剧种一样,"改戏、改人、改制"。在"百花齐放,推陈出新"的政策的指导下,各地皮影剧团对传统剧目进行整理和改编,出现了一批思想性和艺术性较高的表现古代生活的剧目,如浙江海宁的皮影戏《蜈蚣岭》、陕西的碗碗腔皮影戏《快活林》、青海的皮影戏《牛头山》、湖南的皮影戏《梁红玉》《火焰山》,等等。配合不同时期的政治需要,编演了反映现代生活的剧目,如宣传新婚姻法的华阴皮影戏《小女婿》等。内容上的变革,一些地方在"文革"后期特别明显,仅在1972年至1976年间,唐山市皮影剧团就编演了《红嫂》《红灯记》《龙江颂》《智取威虎山》《沙家浜》《杜鹃山》《磐石湾》《山庄红医》《唐山人民缅怀毛主席》等。新中国成立之前的皮影戏班全部是民营的,而在新中国成立之后,能够留存下来的所有戏班都改成国有或集体所有制的剧团,艺人则成了"文艺工作者"。据《人民日报》1960年2月18日报道,至20世纪60年代初,我国的皮影戏班约有1 100多个,从业人员大约在6 200名。当然,地区之间是不平衡的。

自20世纪50年代之后,皮影戏在形式上发生的变革,成绩也是很突出的。例如湖南皮影戏艺人何德润、谭德贵与画家翟翙合作,让"影人比原来大出一倍多,变五分脸为七分身材七分脸,甚至由侧面改为正面。有的面部用赛璐珞着色剪制;有的服饰上嵌以彩色透明纸,又以新颖的灯光彩景和大影幕,使得影窗上的形象极其鲜艳生动。在操纵技术上,他们根据各种动物不同的典型动作,进行了特别的制作,利用卷棒、弹簧、拉线,使影人的表情可以活动自如:双眼可以开闭,嘴能张合;龟的四脚和鹤的头颈可以自由伸缩等。……在表现闪电雷鸣时,用两根炭棒相碰,闪出电光。在电唱机的转盘上,装上圆木板,板边装上一圈灯泡,通电后,灯亮木板转,轮番照射幕布上的火、水、云彩等道具,使影窗上的云、水、火都可以动起来,非常逼真"[①]。其他地方的影戏艺人,也发挥创造力,有许多推进皮影戏艺术发展的发明,像黑龙江皮影戏就使影人一步一步地走路和骑着自行车前进;唐山皮影戏增加了乐器,由原来的一把二胡,变成了扬琴、二胡、琵琶、三弦、大阮、笙、笛、唢呐等众多乐器,甚至小提琴也加入合奏,比起先前自然好听多了。

"文革"时期,皮影戏的繁荣景象戛然而止。剧团解散,剧目禁演,艺人转业,大量珍贵的皮影道具和文献资料被损毁,这种状况,除了个别地方,一直持续到1976年。

"文革"结束之后,各地皮影艺术迅速复苏,剧团重建,传统剧目解禁,新的剧目不断产生。仅1980年,湖南衡阳一个地区6个县就有大小剧团557个,从艺人员1150人。然而,随着电视的普及和娱乐形式的丰富,皮影戏与人演的戏曲一样,以不可遏制的趋势一天天衰萎下去,而市场的持续性的收缩又使得皮影戏进入了恶性循环,观众愈少,就愈加没有人从事这个行业,而人才缺乏,则会使皮影戏艺术不能与时俱进而得到观众的欣赏。于是,皮影戏艺术的前景便越来越黯淡。以辽宁凌源县为例,全县原有皮影戏班120个左右,进入20世纪90年代之后,不断缩减,现在可以演出的戏班仅存4个,艺人不到30位,而30岁以下的艺人又只有2位,其技艺和知名的老艺人则无法相比。

为了传承民族的优秀文化,保护像皮影戏这类古老的艺术形式,国家于2011年2月25日颁布了《中华人民共和国非物质文化遗产法》。自此之后,皮影戏便得到了中央和地方政府的高度重视,多种皮影戏进入国家级或省市级"非物质文化遗产名录",得到了财政经费的支持,减缓了衰萎的速度,有的还显示出勃勃的生机。

[①] 魏力群主编:《中国皮影戏全集》第1卷"源流",文物出版社2015年版,第160页。

如下表所示，现时的大多数皮影戏剧团主要分布在河北、陕西、甘肃、内蒙古、黑龙江、天津、北京、山东、河南、湖南、山西、浙江、广东、辽宁、青海、上海、湖北、重庆、福建、云南、江苏、安徽、江西等20多个省市、自治区，当然，有的地方多，有的地方少。

所属影系	省（市、自治区）	市（县、区、州）	剧团名称	主要演出区域
北方影系	内蒙古自治区	赤峰	阿鲁科尔沁旗皮影艺术团	内蒙古自治区、北京市等
			赤峰玉龙皮影文化艺术团	内蒙古自治区赤峰市红山区等
			宁城董家古装皮影戏	内蒙古自治区赤峰市宁城县等
			宁城龙雨皮影艺术团	内蒙古自治区赤峰市宁城县汐子镇等
	黑龙江	哈尔滨	哈尔滨儿童艺术剧院	黑龙江省哈尔滨市及周边地区
	辽宁	沈阳	浑南顾景恩皮影	辽宁省沈阳市浑南区及周边地区
		朝阳	凌源市旭日皮影艺术团	辽宁省朝阳市凌源市及辽西地区
			凌源英熙皮影文化产业有限公司	辽宁省朝阳市凌源市及周边地区
			喀左红星皮影团	辽宁省朝阳市喀左县洞子沟等
	河北	秦皇岛	青龙满族自治县百灵皮影剧团	河北省、北京市等
			青龙东方皮影剧团	河北省秦皇岛市青龙满族自治县大巫岚镇等
			卢龙县启明皮影团	河北省秦皇岛市卢龙县等地
			昌黎县向东皮影剧团	河北省秦皇岛市昌黎县及周边地区
		承德	平泉市皮影艺术团	河北省平泉市平房乡等
			河北省雾灵皮影艺术团	河北省承德市兴隆县及周边地区
			承德红星皮影剧团	河北省承德市及周边地区

续 表

所属影系	省（市、自治区）	市（县、区、州）	剧 团 名 称	主要演出区域
北方影系	河北	唐山	圣灯皮影工作室	河北省唐山市乐亭县及周边地区
			滦南县皮影团	河北省唐山市滦南县及周边地区
			中国滦州皮影剧团	河北省唐山市滦州市小马庄镇等
			滦州禾丽皮影剧团	河北省滦州市
			周捞爷皮影艺术团	河北省唐山市
			迁西县燕昆皮影团	河北省唐山市迁西县兴城镇等
			郭宝皮影传承馆	河北省唐山市迁安市城区街道
			夕阳红皮影团	河北省唐山市遵化市
			天宇皮影团	河北省唐山市遵化市刘备寨乡刘南山村
		衡水	腾飞皮影戏班	河北省衡水市景县
		廊坊	庆升平乡村皮影民俗演艺文化基地	河北省廊坊市三河市
	天津	蓟州区	蓟州新城皮影队	天津市蓟州区
		宝坻区	海滨街道天锦园皮影队	天津市宝坻区
	北京	西城区	北京皮影剧团	北京市西城区
			小蚂蚁袖珍人皮影艺术团	北京市西城区
		通州区	韩非子剧社	北京市通州区
西部影戏	陕西	西安	黄河魂艺术团	陕西省西安市
			小雁塔传统文化交流中心皮影戏	陕西省西安市碑林区
			中国汪氏皮影艺术剧团	陕西省西安市

续 表

所属影系	省（市、自治区）	市（县、区、州）	剧团名称	主要演出区域
西部影戏	陕西	渭南	永兴坊皮影戏班	陕西省渭南市华州区胡磊村
			华县魏氏皮影剧社	陕西省渭南市华州区
			魏金全戏班	陕西省渭南市华州区
			陕西民间艺术演艺社	陕西省渭南市临渭区双泉乡
			白水县古调影子社	陕西省渭南市白水县尧禾镇麻家村
	山西	太原	清徐常丰皮影团	山西省太原市清徐县柳杜乡常丰村
		吕梁	王政仁皮影剧团	山西省吕梁市孝义市高阳镇高阳村
			传统文化展演团	山西省吕梁市孝义市贾家庄村
			武俊礼皮影剧团	山西省吕梁市孝义市梧桐镇
		临汾	侯马市皮影剧团	山西省临汾市侯马市
	甘肃	庆阳	环县杨登义戏班	甘肃省庆阳市环县
		定西	甘肃通渭刘氏皮影班	甘肃省定西市通渭县常家河镇
	青海	西宁	大通县新艺皮影社	青海省西宁市大通回族土族自治县黄家寨镇东柳村
	重庆	巫山县	同兴班皮影剧团	重庆市巫山县罗坪镇
	云南	保山	腾冲刘家寨皮影剧团	云南省保山市腾冲市
		楚雄彝族自治州	表演者：额加寿	云南省楚雄彝族自治州禄丰县
		玉溪	表演者：王文跃	云南省玉溪市
中南部影戏	山东	青岛	西海岸金凤皮影艺术团	山东省青岛市西海岸新区薛家岛
			大嘴巴皮影班	山东省青岛市市南区
		烟台	所城皮影艺术团	山东省烟台市芝罘区

续 表

所属影系	省（市、自治区）	市（县、区、州）	剧 团 名 称	主要演出区域
中南部影戏	山东	泰安	泰山皮影艺术研究院	山东省泰安市
		枣庄	山亭皮影徐庄镇邢氏庄户剧团	山东省枣庄市山亭区徐庄镇
			鲁南山花皮影剧团	山东省枣庄市山亭区山亭街道
			山亭皮影凫城镇韩氏庄户剧团	山东省枣庄市山亭区
		菏泽	定陶荣坤皮影艺术团	山东省菏泽市定陶区张湾镇
			曹县任家班皮影剧团	山东省菏泽市曹县庄寨镇
	河南	三门峡	灵宝西车道情皮影艺术团	河南省三门峡市灵宝市尹庄镇西车村
		郑州	河南精灵梦皮影艺术团	河南省郑州市惠济区良库工舍
		南阳	桐柏县皮影艺术团彭家班	河南省南阳市桐柏县吴城镇邓庄村
			桐柏县皮影艺术团蔡家班	河南省南阳市桐柏县月河镇林庙村
		信阳	平桥区杜光金皮影戏剧团	河南省信阳市平桥区平昌镇
			罗山皮影戏新秀剧团	河南省信阳市罗山县彭新镇曾店村
			罗山弘馨皮影戏剧团	河南省信阳市罗山县周党镇同兴社区
			光山县任长明皮影戏文化传播有限公司	河南省信阳市光山县泼陂河镇黄涂湾村
	湖北	孝感	孝感市皮影艺术团	湖北省孝感市孝南区朋兴乡丹阳古镇
			张望明戏班	湖北省孝感市云梦县义堂镇好石村
			余长永戏班	湖北省孝感市云梦县曾店镇
			湖北省云梦皮影队	湖北省孝感市云梦县城关镇
			陈红军戏班	

续 表

所属影系	省（市、自治区）	市（县、区、州）	剧团名称	主要演出区域
中南部影戏	湖北	孝感	大悟县九女潭皮影团	湖北省孝感市大悟县宣化店镇
			应城市皮影艺术剧团	湖北省孝感市应城市汤池镇方集村
			应城市皮影艺术团	湖北省孝感市应城市
		黄冈	红安县华河镇皮影队	湖北省黄冈市红安县华河镇金桥村
			红安县杏花乡秦昌武皮影剧团	湖北省黄冈市红安县杏花乡长兴村
			红安县七里坪镇典明皮影艺术团	湖北省黄冈市红安县七里坪镇典明村
			红安县城关镇易杨家皮影队	湖北省黄冈市红安县城关镇易杨家村
			红安县城关镇倪赵家皮影队	湖北省黄冈市红安县城关镇倪赵家村
			红安县二程镇赵氏皮影戏团	湖北省黄冈市红安县二程镇新街村
			红安传统戏剧皮影艺术队	湖北省黄冈市红安县华河镇陈河村
			红安县杏花乡兴旺皮影队	湖北省黄冈市红安县杏花乡秦家岗湾
			中南皮影戏团	湖北省黄冈市麻城市中馆驿镇马路口村
			李先耀皮影队	湖北省黄冈市麻城市铁门岗乡谭程村
			东山皮影艺术团	湖北省黄冈市麻城市盐田河镇栗花新村
		武汉	新洲区龙丘黄冈皮影队	湖北省武汉市新洲区三店街道
			黄陂区大余湾皮影戏馆	湖北省武汉市黄陂区木兰乡

续 表

所属影系	省（市、自治区）	市（县、区、州）	剧团名称	主要演出区域
中南部影戏	湖北	天门	天门市豪城传承基地	湖北省天门市
		潜江	周矶雷谭仙潜业余皮影队	湖北省潜江市
		仙桃	仙桃江汉皮影团	湖北省仙桃市
			仙桃市江汉皮影艺术剧团	
		宜昌	夷陵区分乡徐氏皮影	湖北省宜昌市夷陵区分乡镇南垭村
			秭归皮影戏太和班	湖北省宜昌市秭归县郭家坝镇百日场村
		襄阳	沮水乐艺术团	湖北省襄阳市保康县马良镇张家岭村
		十堰	房县兴隆皮影戏班	湖北省十堰市房县窑淮乡
		神农架林区	下谷坪堂戏皮影戏剧团永和班	湖北省神农架林区下谷坪土家族乡
		恩施州	巴东皮影协会（大顺班）	湖北省恩施州巴东县沿渡河镇
	安徽	宿州	泗县古韵皮影剧团	安徽省宿州市泗县草沟镇秦桥村
		合肥	安徽省马派皮影戏剧团	安徽省合肥市
		宣城	皖南皮影戏曲艺术团	安徽省宣城市宣州区水东镇
	江苏	南京	姚其德戏班	南京市夫子庙秦淮人家酒楼
	上海	黄浦区	上海市木偶剧团有限公司	上海市黄浦区
		徐汇区	康健街道艺术团桂林皮影戏班	上海市徐汇区康健街道
		普陀区	上海马派影偶剧团	上海市普陀区
		长宁区	上海长宁民俗文化中心青梦园皮影团	上海市长宁区民俗文化中心

续 表

所属影系	省（市、自治区）	市（县、区、州）	剧团名称	主要演出区域
中南部影戏	上海	闵行区	上海七宝皮影馆	上海市闵行区七宝镇
		松江区	泗泾镇非遗传承基地	上海市松江区泗泾镇
	浙江	湖州	安吉孝丰项家皮影艺术团	浙江省湖州市安吉县孝丰镇大河村
		嘉兴	乌镇皮影艺术团	浙江省嘉兴市桐乡市西栅大街乌镇风景区
			海宁皮影艺术团有限公司	浙江省嘉兴市海宁市盐官镇
			海宁市长陆皮影剧团	浙江省嘉兴市海宁市长安镇陆泽村
		杭州	表演者：马群	浙江省杭州市上城区中国美术学院
	湖南	长沙	湖南省木偶皮影艺术保护传承中心	湖南省长沙市雨花区湖南省木偶皮影艺术保护传承中心
			长沙庆明皮影艺术团	湖南省长沙市望城区白箬铺镇
		湘潭	湘潭升平轩皮影艺术团	湖南省湘潭市雨湖区鹤岭镇凤凰村
		株洲	攸县丫江桥皮影一队	湖南省株洲市攸县丫江桥镇双江社区
	江西	萍乡	上栗县天马皮影戏文化艺术团	江西省萍乡市上栗县上栗镇绿塘村
			萍乡市湘东区永发皮影演艺团	江西省萍乡市湘东区东桥镇界头村
	福建	厦门	厦门市弘晏庄木偶皮影戏传习中心	福建省厦门市思明区曾厝垵文创艺术中心
	广东	汕尾	陆丰市皮影剧团	广东省汕尾市陆丰市
		深圳	深圳百仕达皮影艺术团	深圳市罗湖区翠竹街道
			草埔小学皮影艺术团	深圳市罗湖区草埔小学
			深圳三只猴剧团	深圳市宝安区观澜街道
			杜鹃花皮影文化艺术中心	深圳市龙岗区

每个地方的皮影戏因其渊源、剧目、唱腔、影人制法和表演技艺的不同，便和他地的皮影艺术形态有了差异。我们以甘肃省环县道情皮影戏和浙江海宁皮影戏为例，来看看它们的特色。

环县道情皮影戏是秦陇文化与周边族群文化、道情说唱曲艺与皮影艺术相结合的产物，采取"借灯、传影、配声以演故事"的手段，融民间音乐、美术和口传文学为一体。其独特性主要体现在道情音乐唱腔和皮影制作及表演上。戏班演出时，前台一人挑杆表演，并承担所有角色的做、唱、念、白的工作，后台四五人伴奏并"嘛簧"，一唱众和，其腔调粗犷高亢。道情音乐为徵调式，分为"伤音""花音"，以坦板、飞板两种速度演唱，曲牌体与板式体并存。其伴奏乐器有四弦、渔鼓、甩梆子、简板等。演唱剧目有180多部，以表现古代生活为主。

海宁皮影戏。皮影戏自南宋从中原传入海宁后，与当地的"海塘盐工曲"和"海宁小调"相融合，并吸收了"弋阳腔""海盐腔"等声腔，曲调既高亢激越，又婉转悠扬。其唱词和道白用海宁方言。其开台戏和武打戏，以板胡、二胡伴奏为主，其主腔为【三五七】【文二凡】【武二凡】【文三凡】【武三凡】【回龙】【叫王龙】等；正本戏用笛子、二胡伴奏，其声腔有【长腔】【十八板】【当头君官】【日出扶桑】【深深下拜】【上上楼】等。其影人脸谱造型既接近于京剧，又不同于京剧，它按忠、奸、贤、义的不同性格和喜、怒、哀、乐的不同表情来加以夸张塑造。为了符合剧情发展，适应操作上的艺术需要，在表演剧目时，有时候同一个人物要换几次头面。海宁皮影戏剧目近300个，有大戏、小戏和文戏、武戏之分。其皮影的主要制作特点是"少雕镂，重彩绘，单线平涂"；脸形圆活，单眼侧面；少夸张，近实像，富"人情"味；整体以单手、并足（侧身）为主。

三、皮影戏剧目的内容与艺术特征

尽管皮影戏历史悠久，但是由于多种原因，宋、元、明三代的剧本都没有留存下来，现存最早的剧本大概产生于清代中叶。

很可能在早期就没有书写的剧本，即纸质剧本，但并不是说，皮影戏的演唱就没有剧本，剧本还是有的，只不过是无文字的。在新中国成立之前，每一个地区的皮影戏，都有不依文字剧本演唱的戏班。由于多数艺人不识字，演唱的内容全凭着师徒间口传心授。当然，由于内容是靠记忆的，所以变化较大。同一个故事，不同的戏班演出的不一样，就是同一个戏班，甚至是同一个人，在不同的时间、不同的地点演出的也不完全一样。随着粗通文墨之人的加入，开始有了叙写故事梗概的"搭桥本"（湖南称"过桥本""口述本"，湖北称"杠子书"，河北称"书套子"），文雅的说法叫"提纲本"，相当于戏曲的"路头戏""幕表戏"。艺人在把握了所演唱故事的主要情节后，需要当场发挥，既可以添枝加叶，也可以"偷工减料"。为了演唱得好，显示文采，艺人大都会掌握一些"赋子"，每出现相同的场景时，就套用一下，如有皇帝早朝的场景时，就唱这样的四句："金殿当头紫阁重，仙人掌上玉芙蓉。太平皇帝朝元日，五色云车驾六龙。"空守闺房而心情郁闷的年轻妻子上场时，则袭用这样固定的诗句："闺中少妇不知愁，性惯娇痴懒上楼。想到昨宵春梦恶，对花不语自低头。"当然，这些"赋子"不是文盲艺人编写的，而是文人所作。

到了明代，随着教育的普及，许多原致力于科考的读书人，因为长期困顿场屋、功名无望，便将智力、精力与时间投入到皮影剧本的创作上，于是，皮影戏的剧目发生了根本性的变化。之前的剧目，主要来源于曲艺、民间传说和戏曲，而自此之后，产生了大量的原创性的剧目。如清代乾隆时的陕西渭南县举人李芳桂，在几次春闱失利后，为当地碗碗腔皮影戏创作了十部剧本，即《春秋配》《白玉钿》《香莲佩》《紫霞宫》《如意簪》《玉燕纹》《万福莲》《火焰驹》《四岔捎书》和《玄玄锄谷》。又如清道光时人滦州乐亭县戴家河的高述尧，因为人耿直，得罪权贵，被革除了秀才的名号，于是，他在设塾教书之暇，为皮影戏班编写了《二度梅》《三贤传》《定唐》《珠宝钗》《出师表》《青云剑》等剧目。一般来说，文人编写的剧本，比起"提纲本"或艺人自编的戏，质量上要高得多。这些剧本情节曲折，且符合生活与艺术的真实；人物形象鲜明，其行动具有内在的逻辑性；文通句顺，富有文采，唱词合辙押韵，好念易唱。

自古迄今，皮影戏的剧本，当以万计，真可谓汗牛充栋。仅陇东环县皮影戏，据 2004 年的调查，现存剧本就有 2 277 本，内容不重复的剧本有 188 本。滦州皮影戏的传统连本大戏有 415 部，传统的单出剧目则为 323 卷[①]，这些还不包括新中国成立后编创的剧目。

皮影戏剧本从素材的来源上，可以分为五大类。

---

① 魏力群：《中国皮影艺术史》，文物出版社 2007 年版，第 159—168 页。

第一类是讲史，多改编自历史演义。从夏商周起，重要人物和重大事件都有演绎，如《大舜王耕田》《禹王治水》《姜子牙下山》《吴越春秋》《战渑池》《黄泉见母》《伐子都》《马陵道》《将相和》《刺秦》《鸿门宴》《霸王别姬》《貂蝉拜月》《未央宫》《苏武牧羊》《昭君出塞》《骂王朗》《白帝托孤》《打黄盖》《单刀会》《讨荆州》《洛神》《铜雀台》《姚献杀妻》《绿珠坠楼》《秦琼卖马》《陈杏元出塞》《罗成叫关》《唐明皇哭妃》《千里送京娘》《陈桥驿》《下南唐》《打关西》《杨家将》《打銮驾》《精忠报国》，等等。

讲史剧目众多的原因在于我国民众对历史有着浓厚的兴趣，他们通过"知古"来反映自己对今日政治的诉求，并通过历史经验获得为人处世的原则，也正因为此，皮影艺人创作排演历史剧便拥有了厚实的观众基础和市场竞争力。而对于统治者来说，颂扬历史上的忠臣孝子，批判奸臣逆子，为人们树立道德榜样，无疑有利于政权的稳定与阶级矛盾的缓和，所以，具有"风化"功能的历史剧也得到了他们的鼓励。

第二类是民间故事，包括神话与传说。如《嫦娥奔月》《哪吒闹海》《天河配》《孟姜女》《赶山塞海》《大香山》《郭巨埋儿》《雪梅吊孝》《白蛇传》《花木兰从军》，等等。

第三类是非历史演义的小说。但凡著名的小说如《封神演义》《水浒传》《西游记》等，皮影艺人都会将它们改编成剧目。当然，不是原封不动地照搬，而是选择其中精彩的人物故事，重新整理改编，如将《水浒传》中的内容编成《乌龙院》《鲁达除霸》《逼上梁山》《打店》《石秀杀嫂》《丁甲山》《三打祝家庄》，等等。既可以连起来演连本的梁山好汉故事，也可以单独演出其中的折子戏。

第四类是戏曲曲艺故事，即是从戏曲剧目和说唱曲艺的曲目中改编而来，如《六月雪》《西厢记》《赵氏孤儿》《白兔记》《十五贯》《绣襦记》《铡美案》《梁山伯与祝英台》《珍珠塔》《杨乃武与小白菜》，等等。"文革"后期，许多地方的皮影戏也将《红灯记》《沙家浜》《智取威虎山》《杜鹃山》《龙江颂》《平原游击队》等"革命样板戏"映上了影窗。

第五类是根据古今生活创编的剧目。文人编写的剧本多属此类，一些篇幅不长的单出戏也是无所依傍的原创剧目，如传统剧目中的《一匹布》《卖杂货》《偷蔓菁》《怕婆娘》《董烂子卖他妈》《老顶嘴》《二姐娃做梦》，现当代剧目中的《穷人恨》《赤胆忠心》《焦裕禄》《新任支书》，等等。

尽管皮影戏剧目多改编自历史演义、民间故事、戏曲剧目、曲艺曲目等，但有许多剧目改编的幅度很大，不但情节不一样，人物的形象也大不相同，如长沙皮影戏《盘貂》虽然改编自湘剧的《斩貂》，但两者比较，差异很大，念白、唱词迥乎不同。湘剧《斩貂》中的关羽出场时这样唱道："【引】雄心赤胆汉英豪，撩袍勒马破奸曹！丹心耿耿，社稷坚牢，万马营中逞英豪，斩华雄，谁人不晓？"而皮影戏《盘貂》的关羽出场时的唱词为："【引】赤胆忠心，不知何日会桃园，徐州失散好惨凄。兄南弟北各一偏，好似鳌鱼吞钩线，各人肝胆费心间。"湘剧《斩貂》中的关羽有着"红颜祸水"的成见，对貂蝉的所作所为，极度蔑视："（唱）【乱弹腔】一轮明月照山川，推去了云雾星斗全。坐虎椅，看几本《春秋》《左传》。《春秋》内，尽都是妖女婵娟。（白）我想权臣篡位，即董卓父子；妖女丧夫，即貂蝉也！"最后毫不留情地将她杀死。而皮影戏《盘貂》中的关羽在听了貂蝉用美人计引起董卓、吕布父子争风吃醋而致董卓丧命的介绍后，以肯定的语气评价道："若还不把美人计献，眼见这汉江山归了董奸。"他欣赏貂蝉的智慧，准备将她送给兄长刘备，给她更好的前程："貂蝉女她生来嘴能舌变，几句话说得某喜笑连天。但愿某大哥早登金殿，封你个班头女子靠君前。"

依据篇幅的长度，皮影戏又可以分为折子戏、连本戏、单出戏。折子戏是一部戏中的一折，多数有一个相对完整的情节，如《游西湖》《拜佛》《精变》《盗草》《水漫金山》《断桥》《合钵》《宝塔压白蛇》《祭塔》是连本戏《白蛇传》的折子，因全本《白蛇传》需要几天才能演完，若时间不允许，可以演出其中的一个或几个折子戏。连本戏规模较大，没有五六个演出单元时间演不完，有的需连演一个多月，如《封神榜》《西游记》《杨家将》《包公案》《施公案》《江湖二十四侠》等。折子戏和连本戏的关系是整体和部分的关系，将内容相关的折子戏连起来就是一个整体，分开来就是折子戏。单出戏是叙事完整但体量不大的戏，往往又称为"小戏"，如《打面缸》《小姑贤》《教书谋馆》《嘎秃子闹洞房》《八仙过海》《兰香阁》《聚宝盆》等。浙江海宁皮影戏选出一些武打的折子戏做"开台戏"，活跃演出的气氛，常演的开台折子戏有《闹龙宫》《闹地府》《闹天宫》《火焰山》《快活林》《蜈蚣岭》《潞安州》《凤凰山》《打石猴》《南天国》《金沙滩》《两郎关》《烈火旗》等。

皮影戏和戏曲，在叙事的立足点上不完全一样。戏曲完全为代言体，每个角色为所扮演的人物代言，而皮影戏受说唱艺术的影响，为代言体和叙事体的结合。

如滦州皮影戏《珍珠塔》中的一个片段：

　　天子：（唱）天子一见吃一惊。这刺客，甚是凶。杀败侍卫，怎把朕容？忙把宫人叫，赶快撞金钟。聚起阖朝文武，救驾保护主公。惊慌失色逃了命。

　　陈春：（唱）陈春追，抖威风，提刀前往，上下冲锋，（代白）昏君哪里逃生！

无论是皇帝还是陈春，他们的唱词，代言体与叙述体都是混合在一起的。

皮影戏剧本歌唱多而念白少，唱词的语言通俗易懂，如同常语，但是合辙押韵。如滦州皮影戏《紫荆关》中的一段唱词：

　　姑嫂二人寻车辆，庄稼地里把身藏。何处万恶贼强盗，行路竟敢抢女娘。

　　不知何人来救护，你我得便逃了祸殃。也不知哥哥/相公怎么样？唯恐追贼受了伤。

　　叹咱鞋弓袜又小，不能急快转家乡。恐怕贼人来追赶，汗透衣衫心发慌。

北方的皮影戏唱词，所用韵辙一般有十三道，其名目是：发花、梭波、乜斜、一七、姑苏、怀来、灰堆、遥条、由求、言前、人辰、江阳、中东。之外，还有两道儿化韵的小辙。通常是偶句押韵，压在句末的字上。押平声韵的叫"正韵"，押仄声韵的叫"硬辙"或称"反辙"。南方的方言较多，之间的差别很大，因而南方皮影戏唱词的用韵各地不一样。以吴语地区为例，其唱词的用韵共有十一部，分为阳声韵四部，为东同部、江阳部、真亭部和寒田部；阴声韵七部，为支鱼部、灰回部、萧豪部、皆来部、歌模部、家蛇部和尤侯部。当然，皮影戏的唱词格律没有诗、词或昆曲的曲律那么严格，只要顺口易唱即可。

每一个地方的皮影戏唱腔与流传于该地域的地方戏声腔有着紧密的关系。若皮影戏后起于地方戏，那它就会运用戏曲的曲调，其唱腔与当地戏曲剧种的唱腔基本相同。如陕西、甘肃、宁夏的许多皮影戏多是用秦腔的曲调演唱，长沙一带的皮影戏用湘剧曲调演唱。若是由皮影戏为基础发展起来的戏曲剧种，当然唱的就是皮影戏原先的曲调，如流行于河北唐山一带的影调剧所唱的【平调】【花调】【滦河调】【吟腔】【硬唱】就是当地皮影戏所唱的；现为戏曲剧种的碗碗腔是在皮影戏基础上发展起来的，主要曲调自然还是原先皮影戏所唱的。后一种情况说明，有一些皮影戏已经形成了自己的曲调体系，如滦州皮影的原始曲调为"九腔十八调"，九腔即【梅花腔】【柔腔】【琴腔】【一字腔】【小银腔】【小东腔】【西门腔】【凤凰腔】【纺车腔】，而每腔上下两句的曲调不一样，故成"十八调"；之后，吸收了戏曲和俚歌俗曲的曲调，渐渐由单调而变得丰富起来。

皮影戏剧目的主旨是鲜明的，传统剧目的思想性主要表现在三个方面：一是颂扬忠君爱国之臣的赤诚无畏的精神，二是高度肯定青年男女之间纯真的爱情，三是赞扬慈悲仁爱、行侠仗义、坚忍不拔的品质。而对那些少廉寡耻、自私自利、残忍酷虐、行奸贪婪之人，这些剧目则予以无情的批判。

皮影戏剧目大多故事情节丰富曲折，引人入胜，尤其是连本大戏，能让观众欲罢不能。如海宁皮影戏《聚宝盆》（又名《李金煌买鱼放生》）故事略云：

> 宋时，书生李金煌之父李天笙升为兵部尚书，但不久遭权奸何荣所害而被打入天牢。朝廷命杨文广率军抄家，杨同情李家，掩护其全家逃逸。金煌之叔李天帛与妻为武人，上首阳山为王；金煌与母亲逃至成都，落在瓦窑讨饭度日。其时，成都知府王天佑为官不廉，其女桂香力劝改邪归正，天佑怒，遣家丁上街找一叫花子，逼女嫁之。桂香恨，不带走王家一件衣物，匆匆随叫花子而去。叫花子乃李金煌也。金煌携桂香至瓦窑，见李母，一家相依相亲。桂香有一金钗，让金煌典当后买线绣花度日。不久桂香有孕，金煌欲为桂香煮鱼汤，上街买得鲤鱼一条，然见鱼可怜，放生而去。不料鱼乃是龙宫三太子。后龙王为酬答救子之恩，送来聚宝盆一只，恰逢桂香分娩，生子便名"得宝"。龙王又献大宅予金煌，使之顿成巨富，金煌感恩，改姓为教，人称"教百万"。李天帛为惩贪官，劫了绵迪县库银，朝廷命已升为总督的王天佑缉查。王与绵迪县令有隙，不但不查，反而耻笑他。县令怒，上告。王被罚银六十万两，无奈去教百万家借银，见到了女儿桂香，天佑认罪。后何荣与弟何延海奸事败露，李天笙获释封相；天帛归顺，为兵部侍郎；金煌亦得官，后李得宝被皇上招为驸马。

皮影戏剧目所叙述的故事大都具有传奇性，根本原因是为了迎合观众的审美需要。在旧时的中国，处于底层社会的劳动人民，生活极为单调，日出而作，日落而息，生产与生活是重复的、机械的，因而是乏味的。没有色彩的日子，必然导致身体的疲惫和心理的压抑，而传奇性的故事能如一剂"强心针"，为他们劳苦平淡的生活带来精神的抚慰与快感。另外，再平凡卑微的人都有追求"卓越"的心理，然而，"卓越"并非人人可以实现，但可以借助传奇性的人物和故事来表达自己"卓越"的理想，并获得间接的"卓越"感受。

连本戏的表演和唱白，较为严肃，而小戏因为贴近生活，角色又均为小人物，其言语举止幽默诙谐，或调侃，或自嘲，剧情轻松自如，具有喜剧的风格，如《王七怕老婆》《刘捣鬼》《老渔婆劝架》等。

新中国成立之后，皮影戏界为适应时代需要、拓展观众面，创作了一批短小精悍、生动活泼的童话寓言戏，代表剧目有《鹤与龟》《两个朋友》《野心狼》《东郭先生》《小羊过桥》《小猫钓鱼》《雀之灵》《两只公鸡》《狐狸与乌鸦》《三只老鼠》等。今天皮影戏之所以还有一些生命力，主要是靠为孩子们演出的这类剧目。

历史悠久、曾经遍布全国绝大多数省份的皮影戏，在城市化与现代化进程中，逐渐失去昔日的风光，但是，因受国家非物质文化遗产法的保护和对旅游经济的融入，它会在相当长时间内生存着，或者变更自己的功能，譬如皮影造型像书法、绘画一样成为家庭或一些场所的装饰品。就剧本而言，它们的生命力不会因为整个皮影戏艺术的衰萎而衰颓，反而会因时间的推移而不断地增强，因为它们汇集了千万个故事，能为今日文艺创作提供大量的素材；它们所反映的政治理想、宗教信仰、艺术趣味等会成为今人和后人了解民族过去的精神世界的信息库；它们表现的方言土语、民俗画面、社会活动、生产过程等具有宝贵的学术研究价值。就是作为普通的读物，它们至少也会像明清白话小说一样，给人们带来审美的愉悦。正是考虑到这样的意义，我们才选择它们中的一些精品，整理出版，以飨读者。

编 校 说 明

本丛书第1—10卷主要收录华北、东北地区的皮影戏剧目，对于剧本的编订整理遵循以下原则：

一、所收录的均是当地演出频繁且为百姓喜闻乐见的剧目，剧本以民间手抄本为底本。

二、编校整理时，一律保持剧本原貌，除注释某些较为难懂的方言、俗语外，主要是改正错别字、校补漏字等，在内容上不做改动。对于影响剧情内容的错讹则以按语的形式予以标注。

三、对于演绎历史故事的剧本，其历史人物姓名、地名仍用其称呼，以保持剧本原貌。

四、为便于读者把握剧情，在每个剧目的开篇处设有"故事梗概"，在每本戏的前面设"剧情梗概"，以总括主要情节、提示剧情进展。

五、由于皮影戏剧本的传承大多是口耳相传，手抄本中的很多人物身份及行当都没有标示清楚，为保持作品原貌，"主要人物及行当表"一仍其旧，缺失部分未予增加。

目 录

华北东北皮影戏概述 …………………………………………………… 1

天 门 阵

主要人物及行当表 ……………………………………………………… 9
  第一本 ………………………………………………………………… 11
  第二本 ………………………………………………………………… 36
  第三本 ………………………………………………………………… 61
  第四本 ………………………………………………………………… 86
  第五本 ………………………………………………………………… 112
  第六本 ………………………………………………………………… 137
  第七本 ………………………………………………………………… 165
  第八本 ………………………………………………………………… 193
  第九本 ………………………………………………………………… 219
  第十本 ………………………………………………………………… 248
  第十一本 ……………………………………………………………… 277
  第十二本 ……………………………………………………………… 301
  第十三本 ……………………………………………………………… 326
  第十四本 ……………………………………………………………… 352
  第十五本 ……………………………………………………………… 378
  第十六本 ……………………………………………………………… 404
  第十七本 ……………………………………………………………… 432

华北东北皮影戏概述

华北、东北的地域范围,为今日之河北、内蒙古、北京、天津、辽宁、吉林、黑龙江等地,而这一地域的皮影戏当以滦州为中心。

滦州,在今河北省唐山市,乐亭曾隶属于滦州,故外人将产生在这里的影戏称之为"滦州影""乐亭影"或"唐山皮影"等。

那么,这一地域的皮影来源于何处?据现有文献来看,当是中原一带。徐梦莘《三朝北盟会编》卷七十七"靖康二年正月二十五日乙卯"条记载道:

> 金人来索御前祗候、方脉医人、教坊乐人、内侍官四十五人;露台祗候、妓女千人,蔡京、童贯、王黼、梁师成等家歌舞宫女数百人。先是权贵家舞伎内人,自上即位后皆散出民间,令开封府勒牙婆媒人追寻之。……杂剧、说话、弄影戏、小说、嘌唱、弄傀儡、打筋斗、弹筝、琵瑟、吹笙等艺人一百五十余家,令开封府押赴军前。开封府军人争持文牒,乱取人口,攫夺财物,自城中发赴军前者,皆先破碎其家计,然后扶老携幼,竭室以行。亲戚、故旧涕泣,叙别离相送而去,哭泣之声,遍于里巷,如此者日日不绝。①

由此可见,至迟在金代时,北方就有了皮影戏。元蒙时期,皮影戏已经成了皇室欣赏的一种艺术形式。瑞典学者多桑(C. d'Ohsson)在他的蒙古史中说:"有汉地人在窝阔台前作影戏,影中有各国人。其间有一老人,长髯,冠缠头巾……"②

然而,北方的"滦州影"却没有在金元明清的文献上出现过,直到了民国年间,才有一位叫李脱尘的皮影艺人说他从别人那里得到了一本《影戏小史》,他在此基础上写成《滦州影戏小史》。此书问世后,多被研究皮影的学者引用,佟晶心在《中国影戏考》中引述云:

---

① [宋]徐梦莘撰:《三朝北盟会编》(影印本)上册(靖康中帙五十二),上海古籍出版社1987年版,第583—584页。

② [瑞典]多桑著,冯承钧译:《多桑蒙古史》(上册),中华书局1962年版,第206页。

我国自影戏发端于前明嘉靖年，首创者为永平府属滦县人黄素志君。黄君，一生员也，博学而兼精雕刻、绘画。因连仕不第，遂游学关外（即山海关），至辽阳，设帐教读，启蒙该地幼童。惟黄先生素崇佛教，每见社会人心不古，奸诈邪淫，五伦反覆，思挽救之，始有影戏之作。初编制之影戏脚本为《盼儿楼》，系述周昭王误信偏妃之言致使夫妻父子离散，若许苦痛因而生焉，百姓小民更遭涂炭。黄君作影辞毕，复思如何现身说法以使芸芸众生易于了解，遂用厚纸刻成人形，染以颜色。然纸质易坏，屡经修改未获良法。黄君之弟子裴生，敏慧异常，每见先生雕刻，己则思维。后见先生屡次失望，便思以羊皮刮净毛血而刻之或能奏效。因以其意见述之乃师，黄先生采其言，试用果较纸人美观而坚实。后思忠奸邪正、君子小人宜如何分别方能使人一目了然，后于《孟子》书中得之，以眼目之形状分之。大概凡奸人必目似瓜子形，丑角眼外有白圈，即用外表以辨明其内心也。①

但一些学人对于有无黄素志其人持怀疑态度。但无论如何，"滦州影"在明代已经成熟，是一事实，因为在1958年，唐山专区文教局发现了一本标明为"明万历己卯年（1579）手抄"的连台本乐亭影卷《薄命图》，该本行当齐全，唱词有"十字赋"、七字句、"三赶七"等②。

　　因"滦州影"剧目数以百计，剧旨积极向上，故事内容丰富，情节传奇曲折，人物形象鲜明，唱腔悦耳动人，所以不断地向外扩展，几乎传播至整个华北、东北。自民国年间皮影艺术进入学术研究领域之后，所有的学者都一致认为华北、东北的皮影戏的源发地在滦州。

　　顾颉刚说："而负盛名之滦州影戏，则河北东部及东北各地尚为其领域。"③

　　江玉祥将影戏划分为七大系列，其中"滦州影戏，包括河北东部皮影、北京东城皮影、东北皮影、内蒙古皮影"④。

　　秦振安认为："滦州影系，以河北省之滦州（即今之昌黎、滦县、乐亭三县）

---

① 佟晶心：《中国影戏考》，《剧学月刊》第3卷第11期，1934年11月。
② 庞彦强、张松岩主编：《燕赵艺术精粹：河北皮影·木偶》，花山文艺出版社2005年版，第24—25、36页。
③ 顾颉刚：《中国影戏略史及其现状》，《文史》第19辑，中华书局1983年8月，第135页。
④ 江玉祥：《中国影戏》，四川人民出版社1992年版，第196页。

为中心。活动范围，遍及河北全境、北京及天津两特别市和东北各省。"①

魏力群通过调查后得出这样的结论："清代道光年间至二十世纪三十年代，许多乐亭人到东北各城镇做生意，也就将家乡的影戏带到了东北。起初，这些影戏只在东北农村和小城镇流动演出，后来，乐亭县'翠荫堂班''王华班'等，先后应大商号之邀赴东北大城市沈阳、哈尔滨、营口等地进行职业演出，并获得巨大成功，使乐亭影戏很快风靡东北三省，为东北当地原有影戏充实了新的内容和形式，又结合当地风俗及语言条件的影响，形成了不同的演唱风格和流派。"②

一些地方志也证实了学者们的说法。吉林省《怀德县志》云："光绪末年，河北省乐亭县移民杨德林等人迁来秦家屯，他们组织皮影戏班，并于乐亭县购进全部影箱、影卷，使皮影戏在怀德落了户。王老箭、于和、孙建、孙跃等为当时四大皮影名人。……艺人除在本地坐堂演出外，还到梨树、双辽、长岭、农安、黑龙江等地演出。"③ 因此，我们将华北、东北的皮影戏合成一卷。

华北、东北皮影经历了影经、流口影与翻卷影三个阶段。影经相当于故事提要，艺人在此基础上充实细节；流口影的内容相对于影经要固定一些，是师徒之间、艺人之间口耳相传的；到了翻卷影，才有了文本。之所以有影经与流口影，是因为彼阶段艺人们多是文盲，不具备阅读文本的能力。到了清代中叶之后，不能翻阅文本的艺人，说唱的随意性太大，无法保证表演的艺术质量，基本上是不受欢迎的，因而艺人多成了识字之人。

经过几百年数代艺人的创造，华北、东北的皮影戏影卷繁富，有上千个之多。其中大多数采用了其他文艺形式的故事，有的改编自章回小说，如《封神榜》《凤岐山》《伐西岐》《前七国》《后七国》《五雷阵》《吴越春秋》《六国封相》《反樊城》《重耳走国》《临潼斗宝》《楚汉相争》《九里山》《白莽山》《东汉》《三国》《瓦岗寨》《隋唐》《江流记》《二度梅》《小西唐》《中西唐》《大西唐》《薛丁山征西》《罗通扫北》《薛刚反唐》《打登州》《破孟州》《天汉山》《绿牡丹》《西游记》《五色英雄会》《刘金定救驾》《杨家将》《天门阵》《牤牛阵》《岳飞传》《五虎传》《九龙山》《十粒金丹》《三侠五义》《金鞭记》《飞龙传》《水浒传》《济公传》《大

---

① 秦振安编著：《中国皮影戏之主流——滦州影》，台湾省立博物馆出版部1991年版，第31页。
② 魏力群：《冀东乐亭皮影戏》，《神州民俗》2013年第206期。
③ 怀德县志编纂委员会编著：《怀德县志》，吉林文史出版社1996年版，第769页。

明英烈》《香莲帕》《于公案》《彭公案》《施公案》《刘公案》,等等;有的来自戏曲,如《蝴蝶梦》《昭君出塞》《狸猫换太子》《渔家乐》《灵飞镜》《蕉叶扇》《五龙图》《目连救母》《党人碑》《宝莲灯》《雷峰塔》《六月雪》《百花亭》《混元盒》,等等;还有的源自民间故事、宝卷、评书、鼓词、弹词等文艺形式。

到了清末之后,创作新影卷成了风气。如创作了《二度梅》《三贤传》《定唐》《珠宝钗》《出师表》和《青云剑》六大部影卷、达百万字之多的高述尧,为清嘉道时人,县诸生,居于乐亭城北关帝庙于庄(今代家河于庄),满族。他博学多才,屡试不第后,在家设塾教学。因性嗜影戏,谙熟音律,便在教学之余,创编影卷。他对影戏唱词结构进行了规范化的整理,摒弃了一些"杂牌子",规范了"大、小金边"的格律,扩大了"硬辙"的使用范围。所编影卷,艺人视为范本之作①。在高述尧之后,华北、东北许多地方的文人热衷于影卷的创作,如清末辽宁锦县大齐屯齐二黑撰写了《五峰(锋)会》,其女又续写了《平西册》;辽宁凌源北炉乡平房村举人任善树(字老玉)撰写了《十粒金丹》;辽宁喀左县李杖子村皮影艺人李文然(1912年生)于二十世纪三十年代编撰了《丝绒带》《鲛绡帐》《万灵针》等。

新中国成立之前的传统影卷在内容与艺术上有三个特点:一是剧旨宣扬忠孝节义,二是情节曲折离奇,三是染上了地方特有的文化色彩。当然,编创者都是站在底层大众的立场上,以他们的伦理观、价值观来衡量是非,并表现他们的生活理想。如歌颂"忠君"的品质,很多故事中的"君",尽是明君,而绝不是昏君,这明君等同于国家,"忠君"实际上就是忠于国家。而对于昏君,不管是哪朝哪代,影卷都是大加挞伐。再如对女性形象的描写,虽然也以男性的视角写她们愿意在一夫多妻的婚姻中生活,但她们对于男人的选择却是主动的、积极的、高标准的。

新中国成立之后,为了迎合时代的需要,华北、东北的皮影戏的影卷内容发生了显著的变化。首先在剧旨上,体现出主流意识,即揭露封建社会的黑暗和统治阶级的残酷无道、歌颂劳动人民高尚的品质、宣扬爱国主义精神等。其次多以现当代的社会生活为题材,以革命战争时期的英雄和社会主义建设时期的工农兵为主要人物。再次以神话、童话为题材,充分考虑儿童的审美趣味。作品如《九

---

① 张军:《滦州影戏研究》,大象出版社2010年版,第148—149页。

件衣》《芦荡火种》《女游击队员》《焦裕禄》《红管家》《大闹天宫》《乌龟与兔子》《嫦娥下凡》，等等。

影卷的唱词结构形式有七字句和"十字锦""五字赋""三赶七""大金边""小金边""楼上楼""赞"等，总的来说，较为自由，编创者可以根据叙事、抒情与表现人物性格的需要而选择某种表达形式。

皮影戏艺人在表演时以"影卷"为脚本，依字来建构唱腔。唱词须合辙押韵，一般来讲，有十三辙，即中东、衣期、言前、灰堆、梭波、遥迢、麻沙、人辰、由求、包邪、姑苏、江阳、怀来等。编创者会根据不同行当、人物性格和情节需要，尽量选用适合的辙口。旦行较多使用"衣期""包邪""灰堆""由求"等，生行多用"江阳""中东""言前"等。由于韵母所含的字有多有少，含字多的叫宽辙，含字少的叫窄辙，也叫险辙。如"包邪"辙，平声字少，仄声字多，有文字功底的人才能够运用得恰到好处。押平声的叫"正辙"，押仄声的叫"硬辙"或"反辙"。

以"滦州影"为中心的华北、东北皮影戏，所唱的曲调有平调、悲调、花调、侉调、梦调、游阴调、还阳调、凄凉调等调式。"平调"是基本唱腔，男、女腔皆可用，它既能用于抒情性的唱段，又可用于叙事的唱段。"花调"是在平调基础上通过装饰、加花等手法发展而成，唱腔华丽，用于表现欢快、活泼、诙谐的情绪，在传统剧目中，为彩旦、花旦、小旦和丑专用，板式运用上只有大板和二性板。"凄凉调"也叫"路途悲"，用于表现悲哀凄凉的情绪，女腔专用，唱腔速度慢，擅长抒情和叙述，多用于怀念、回忆和痛苦之处。"悲调"一般为大板、二性板，速度缓慢，男、女腔皆有，用于表现声泪俱下、悲恸欲绝的感情，曲调如泣如诉，线条起伏很大，源于当地妇女失去亲人悲极痛哭的音调。"游阴调"传统上是人死后到阴间变成鬼魂时专用的唱腔，因为用途的局限性，很少演唱，也没有严格的规范。"滦州影"还有一个特殊的唱法，即用手指掐捏着喉头，控制声带而发出声音的歌唱。[①]

华北、东北的皮影戏，近年来一直处于衰落的状态。但由于许多地方将它们列为"非物质文化遗产"而得到传承，政府和业界正在按照"创新性发展、创造性转化"的精神，努力探索，让它能与时俱进，从而重新获得观众的喜爱。

[①] 刘荣德、石玉琢编著：《乐亭影戏音乐概论》，人民音乐出版社1991年版，第137—237页。

天 门 阵

杨明忠　王晶晶　整理

【故事梗概】大宋与辽国（剧中称北国）交战多年，杨景为给八王祝寿特意从边关赶回京城，不料却被辽国安插在宋朝的奸细王强暗算。杨景的白马见状跑回天波府。众人合力救出杨景，王强被斩首后装入棺木送给辽国萧太后（剧中称萧后），萧太后令阎荣率兵攻打宋国。任道安救下昏迷不醒的杨景，却不幸被阎荣打入天门阵。单于国公主喜林珠与杨宗孝对战，阴差阳错之下两人结为夫妻。杨宗勉在去破天门阵的路上被李剪梅救走，在冯老寡的撮合之下，两人喜结连理。杨四郎身陷辽国十五年，公主得知其心事，暗中帮助丈夫回乡探母。穆桂英在天门阵大破番军，天子封她为混天侯，并赐尚方宝剑一口。辽国军师阎荣上山求师父金必风助阵，金必风带众妖下山。天门阵中，杨景受伤，穆桂英昏迷不醒，宋营面临溃败的危险。杨宗英变作猫进入辽国姜翠平的帐中，盗取解药，偷听军情。姜翠平本就对杨宗英念念不忘，后被劝说与杨宗英成亲，并一同为宋营效力。河东人氏王怀女用兵如神，经过几番较量，魁月梅、杨排风等人战胜了阎荣、金必风。史配明抢走了金必风的坐骑，两人对战，王怀女派杨宗保、杨宗英、杨宗耀、岳安四人前去帮助，杨宗英、杨宗耀被抓进番营。辽国萧太后令黄凤仙带兵前去助阵，护守太阴阵，然因受仙人指点，黄凤仙命该与岳安婚配，遂投顺大宋，使出法宝子午定南针破了金必风的金钟罩铁布衫，打死他的异兽，使之大败而逃。金必风请来许多上界神仙助力天门阵，穆桂英的师父骊山圣母则邀请众仙下山会阵。破阵之时，上界财神比干破了酒色财气四阵，其余阵式则由太乙真人用降魔杵破掉。众神仙协力宋营众将经过一番激斗，终于打破了天门阵。宋营人马班师回朝后，朝廷论功行赏。

主要人物及行当表

杨　景：宋军三关统帅，武将带髯
杨四郎：杨景之兄，武将
杨八郎：杨景之弟，武将
佘太君：杨景之母，老旦
柴郡主：杨景之妻，青衣
王怀女：杨景之妻，旦盔
杜金娥：杨七郎之妻，旦盔
杨宗保：杨景长子，武小生
杨宗勉：杨景次子，武小生
杨宗孝：杨大郎之子，武小生
杨宗英：杨七郎之子，武小生
杨宗耀：杨八郎之子，武小生
穆桂英：杨宗保之妻，旦盔
李剪梅：杨宗勉之妻，旦盔

杨排风：杨府女仆，旦盔
八　王：宋廷王爷，白面带髯
寇　准：宋大臣，白面
任道安：杨景之师，道长
孟　良：杨景部将，红面武将
焦　赞：杨景部将，黑面武将
高君保：宋大臣，武生
岳　胜：宋军三关副帅，武将
岳　安：岳胜之子，武小生
刘云霞：王怀女师妹，旦盔
史配明：矮子都督，东方朔弟子
王　强：奸臣、辽国奸细
萧　后：辽国女主，老旦
萧碧琼：辽国二公主，小旦

萧玉琼：辽国三公主，小旦
韩　昌：辽国驸马，武将
阎　荣：辽国军师，男妖
哈尔密奇：辽国副军师
勾月婵：萧后义女，小旦
耶律休哥：辽国大臣，叛王带髯
色律保：单于国驸马，武丑
喜林珠：单于国公主，小旦
姜翠平：广寒圣母弟子，小武旦

姜　夺：太乙真人弟子、姜翠平之兄，
　　　　小武丑
魁月梅：黑水国女将，闺门旦
黄士公：仙
太乙真人：仙
骊山圣母：仙
月宫道人：白面道长
金必风：五仙山道人

第 一 本

【剧情梗概】 大宋与辽国交战多年,杨家将杨景驻守关口已三载有余。此次,他为给八王祝寿而特意赶回京城。不料刚进京城就被辽国安插在宋朝的奸细王强暗算。王强用绳索将其捆住,欲带回辽国献给萧太后。杨景的白马见状受惊,挣脱缰绳,跑回天波府。佘太君猜测儿子杨景遭遇不测,遂携马去求天子。宋官寇准能懂禽兽之语,当场明白事情的真相。于是,天子命八王带众王爷与天波府众人追杀王强,救回杨景。王强在逃回辽国的途中,被守关宋将岳胜、孟良、焦赞所擒,最后众人合力救出杨景,并将王强斩首,其尸首被装入棺木,送给辽国萧太后。

(叛军升殿,四人站)

众　　人：(诗) 扶保女王战北番,出谋定计犯中原。
阎　　荣：(白) 军师阎荣。
哈尔密奇：副军师哈尔密奇。
木　　易：驸马木易。
萧碧琼：二公主萧碧琼。
萧玉琼：三公主萧玉琼。
合：　　国王升帐分班伺候。
(出萧后)
萧　后：(诗) 智勇胜萧曹,为军有韬略；
　　　　　　帐下兵百万,战将杀气高。
(白) 我乃萧氏萧太后在位,命韩驸马兵困五台山。探儿报说,不久宋天子要献降书顺表,叫哀家十分欢喜。
(上卒)
卒：　　启禀千岁,韩驸马殿外候旨。
萧　后：呀,驸马回朝必有大事,快快有请。
卒：　　太后旨意,有请驸马。
韩　昌：(内白) 来了。(上) 千岁,臣来领死。(跪)

萧　后：呀，驸马为何这样狼狈？平身奏来。
韩　昌：哎，千岁听了。

　　　　（唱）叩头平身面带愧，千岁在上听原因。
　　　　　　　微臣带兵五台山，困围住大宋君与臣。
　　　　　　　眼见要呈降书表，不想事变不随心。
　　　　　　　大宋救兵人马到，领兵原是佘太君。
　　　　　　　勾来太行山的将，有个和尚武艺惊人。
　　　　　　　孟良放火烧山寨，里外夹攻救出宋君。
　　　　　　　为臣不舍随后赶，追到幽州困四门。
　　　　　　　外遇救兵无粮草，太行山寇恨死人。
　　　　　　　出其不意杀一阵，宋主君臣没被擒。
　　　　　　　逃出幽州城一座，不想杨景那里存，
　　　　　　　设下一个牤牛阵，伤了我国几万军。
　　　　　　　帐下战将死无数，舍命逃出几个人。
　　　　　　　全军丧尽没回国，只求千岁赦微臣。
　　　　　　　南朝若有杨家将，一世不敢领三军。

萧　后：（唱）原来驸马败了阵，哀家赦罪开洪恩。
韩　昌：（白）谢过千岁。
萧　后：（唱）军师有何良谋策，设下妙计把冤申。
　　　　　　　阎荣上殿呼千岁。
阎　荣：（白）千岁，臣有一主意。
萧　后：奏来。
阎　荣：臣想，大宋仗杨景一人，千岁差人密入中原，晓谕王强责备与他，既害死杨景，怎又复活？以致我国损将，其罪在他一家身上。千岁出旨叫王强想法将杨景送入北国，不可伤他性命，不然将他九族全灭。杨景一入北国，不怕哪个，养成大队人马兵发中原，以报今日之仇。
萧　后：好军师，此计太妙，待我写来。（写完）副军师上殿。（上哈尔密奇）
哈尔密奇：千岁。
萧　后：你差精细人去到中原下书，千万小心。
哈尔密奇：为臣领旨。（下）

萧　　后：韩驸马回府歇息去吧。
韩　　昌：谢过千岁。（下）
萧　　后：吩咐散朝。（下）
　　　　　（出柴郡主）
柴郡主：（诗）郡马镇守三关城，夫妻几年不相逢。
　　　　（白）自云南回来，太太将郡马用苦肉计赶出府去，三四年光景并未回府。如今纵然出头镇守三关去了，目下八王寿诞之日，刀兵又息，天下太平，何不去见天子，以八王祝寿为由，叫郡马回来？探探婆母，不免亲身上朝见驾才是。排风，看辇伺候。
杨排风：是。（下）
　　　　（摆朝，寇准、王强、文彦博、吕蒙正四臣站）
合：　　（诗）五古鸡鸣君升殿，文武两班站满朝。
　　　　（白）圣驾临轩，分班伺候。
　　　　（出天子）
天　　子：（诗）八方宁静四海平，北国不再动刀兵。
　　　　（白）朕大宋三帝真宗在位，自从应州回朝一载有余，太平无事。今早朝晓谕文武八王寿诞之期不久一到，不论公伯王侯文武官员都到南清宫祝寿。
柴郡主：（内白）宫人们住辇。（上）万岁，小妹见驾。
天　　子：御妹有何大事？怎不进宫？为何来到金殿？
柴郡主：万岁，小妹因郡马久居在外，并不回家，太君十分想念。现今天下太平，小妹意欲奏之万岁，叫郡马回来，一则与八王祝寿，二则探母，求皇兄恩准。
天　　子：御妹所奏，寡人准本，回府命人三关送信。
柴郡主：小妹领旨。（下）
天　　子：阶下文武听真。
众：　　万岁。
天　　子：不论公伯王侯、各部臣宰，到期都到南清宫祝寿，有不遵者，按国法处论。
众：　　臣等遵旨。

天　子：散朝。（下）
王　强：（内白）家将们将轿停住。（上坐）好也好也。老夫王强，昨日北国萧太后差人下密书，叫我暗中行事。
（唱）昨夜晚，三更天。
　　　　北国密书，来了一员。
　　　　太后责备我，说我做事偏。
　　　　杨景活在世上，怎叫兵入中原？
　　　　战败全军兵丧尽，大罪往我身上担。
　　　　又命我，设机关。
　　　　要活杨景，送到北番。
　　　　如若送不到，九族用刀铲。
　　　　见信并无主意，愁得心如油煎。
　　　　正愁无计拿杨景，凑巧今日在金銮。
　　　　柴郡主，奏驾前，
　　　　要调杨景，回转家园。
　　　　圣上准了本，正好我设机关。
　　　　杨景回京祝寿，必过我的门前。
　　　　花言巧语诓入府，用酒灌醉把他拴。
　　　　暗暗的，送北番。
　　　　大事办妥，再不回南。
　　　　思想甚满意，叫声王德全。
王德全：（白）来了！
王　强：（唱）你是我的心腹，须得如此这般。
　　　　暗暗悄悄探杨景，见他进城快报咱。
　　　　事成之后有重赏。
（白）你要在城中秘密探防杨景，回朝急速禀我知道。事成之后，赏纹银二百两。
王德全：是，小人领命。（下）
王　强：杨景呀，我今布下天罗地网，叫你做梦也不知。
（升帐，岳胜、孟良、焦赞、陈林、柴干、郎千、郎万、杨兴八人站）

合： （诗）刀枪如麻林，义勇冠三军；
　　　　　扶保宋王主，三关挡敌人。
　　　（白）元帅升帐，在此伺候。
　　　（出杨景）

杨　景：（诗）云南征战好几年，回朝救驾破北番；
　　　　　官复原职为元帅，全凭智勇镇三关。
　　　（白）本帅杨景，字延昭，自到三关，北国也不犯界，倒也无事。
　　　（上卒）

卒：　报元帅得知，天波府家将杨孝求见。

杨　景：叫他来见。

卒：　是。（下，内白）叫你进来。

杨　孝：（内白）来了。（上）六爷在上，小人叩头。

杨　景：起来，你到此何事？

杨　孝：这里有家书一封，请爷过目。

杨　景：呈上来。

杨　孝：是。

杨　景：待我看来。（看介）原是八王寿诞之日叫我回京祝寿，既有圣旨，只得前去。

孟　良：元帅书上何事？与我等说说。

杨　景：众位贤弟，原是如此这般。

孟良、焦赞：大哥回家，我二人愿意保护。

杨　景：你俩千万不可！上回进京惹的大祸，险些丧命，此番为兄自己回去，军权之事由岳贤弟执掌。众位千万小心北国犯界，为兄去去就回。

众：　我等听令。

杨　景：杨孝，带马。（换装同下）
　　　（步上王德全）

王德全：（诗）奉了主人命，秘密探事情。
　　　（白）我王府亲友王德全，奉家主之命密探杨景好些天了，也该到了。
　　　（走）我不免上道口看看去。（下）
　　　（杨景、杨孝马上）

杨　孝：六年未到京城了，你是先进咱府还是先到王府？
杨　景：既然今日是八王寿期，还是先到王府乃为正理。你先回府禀太君知道。
杨　孝：是，遵命。（下）
杨　景：不免一奔南清宫便了。（下）
　　　　（上王德全）
王德全：方才我看的明白，杨景命家人回府，他往南清宫去了。待我急速回家报知家主。（下）
　　　　（出王强坐）
王　强：（诗）设下牢笼计，等待杨景来。
　　　　（白）老夫王强命家人去探杨景动静，怎不见到来？
　　　　（上王德全）
王德全：禀爷，杨景进京单人独马，直奔南清宫而来。
王　强：好呀，铁飞龙、铁飞鬼哪里？快来！
　　　　（上二丑）
铁飞龙、铁飞鬼：来了！大人有何吩咐？
王　强：你二人如此这般听我号令，捉拿杨景。
合：得令。（下）
王　强：王德全，你快到厨房预备蒙汗药酒一壶，小心办来。
王德全：是。（下）
王　强：不免出府看看他去。
　　　　（唱）迈步下庭到门外，远远看见杨六郎。（杨景马上）
　　　　　　　上前深深躬打下，郡马何时回汴梁？
杨　景：（唱）杨景甩镫下了马，急忙还礼问安康。
王　强：（唱）日久不见甚想念，请到府中叙家常。
杨　景：（唱）我去王府去祝寿，误了时刻面无光。
王　强：（唱）我也得去千岁府，一同而行奈何妨。
杨　景：（唱）如此咱就一同走，何必到府事儿忙。
王　强：（唱）郡马既到我门首，进房等我换衣裳。
杨　景：（唱）大人既然如此讲，我就进府又何妨。
王　强：（唱）请吩咐家人拴上马，二人上了大厅堂。（摆场）

		郡马请坐把茶献，厨下快快备酒浆。

杨　　景：（唱）大人不可设酒宴，误了祝寿礼不当。

王　　强：（唱）郡马不易到我府，略饮三盅表心肠。

　　　　　　　自从松林救你命，写下御状告奸党。

　　　　　　　咱二人本是患难知心友，各怀异心太不当。

　　　　　　　自从杀了谢景武，弄得各怀其心肠。

　　　　　　　状元不是郡马害，其祸是焦赞与孟良。

　　　　　　　云南杀你是奉旨，上命所差不敢抗。

　　　　　　　君子不把旧恶念，从今后既往不咎一扫光。

　　　　　　　前头勾来后头抹，一心无二保君王。

　　　　　　　郡马要是怀恨我，我情愿退归林下务农商。

杨　　景：（白）大人不要多疑，我杨景早把此事忘了。

王　　强：（唱）如此海量我之幸，咱二人多亲多近如一娘。

　　　　　　　各饮一盅去拜寿，把话说开免仇肠。

　　　　　（白）王德全，斟酒来。

杨　　景：（唱）杨景不解其中意，速饮三盅心发慌。

　　　　　　　头发昏来身发痛，说声中计倒当场。（倒）

王　　强：（唱）王强一见哈哈笑。

　　　　　（白）好！妙计已成，飞龙、飞鬼快来。

铁飞龙、铁飞鬼：来了。

王　　强：将他绑上，用棉花塞口，装入袋内，抬入后院，等夜晚三更，投送北国。大功已成，老夫将他坐马砍死，以绝后患。（下）

　　　　　（摆场，拴马，马叫，上王强持剑）

王　　强：好个畜生，你叫唤什么？待我将你用剑砍死！

　　　　　（剑砍马，马跑）

王　　强：哎呀，不好！这畜生挣断缰绳，连叫带跑，出府去了。万一这马跑回杨府必有啰唆，铁家兄弟快来。

铁飞龙、铁飞鬼：来了。

王　　强：你二人快将杨景藏在后院夹心墙内，把地穴翻板安好。不论何人到府，我一声令下，将他翻在地穴之内，一齐上绑。

铁飞龙、铁飞鬼：得令。
　　　　　　（诗）正是人谋作叛真不假，哪怕王法重如山。（下）
　　　　（马叫上，杨洪抓住）

杨　洪：（白）呀，此马乃是我家六爷之马，怎么跑回？其中定有缘故，我将它拴上，报与太君便了。（下，内白）启禀太君，六爷之马跑回府来，嗷嗷乱叫。

佘太君：（内白）待我看来。（上）呀，果然我儿坐马。（马叫）它四蹄乱跳，连声乱叫，莫非你主人叫人谋害？（马叫）如果你主人有难，你头前引路，老身跟你前去。（马点头）马点头定有缘故，杨洪，将马松开，报与你两位少爷与你二位姑娘，带着排风急随老身前往。

杨　洪：是。（下）
　　　　（硬唱①）杨洪后边把事报，来了宗保与宗勉。
　　　　　　　　八姐九妹不消停，带着排风如闪电。
　　　　　　　　各带随身剑钢锋，汗巾包头威风展。
　　　　　　　　杨洪解开马缰绳，穿过大街一转眼。
　　　　　　　　到了王府大门前，战马嗷嗷乱叫喊。
　　　　　　　　太君吩咐快进门，王强出门问长短。

王　强：（唱）太君到此何事情？未去远迎罪不浅。
　　　　　　　请入大庭献茶盅，急得太君气黄脸。

佘太君：（唱）大骂王强老奸贼，害了我儿何处掩？
　　　　　　　快些实说免动粗，不然天翻与地覆。

王　强：（唱）王强带笑呼太君，这话说得没深浅。
　　　　　　　我没见着杨六郎，无故找气把人糟践。

佘太君：（唱）奸贼住口少隐瞒，老儿如今太阴险。

杨宗保：（唱）宗保手拿龙泉剑，再不实说着剑砍。
　　　　　　　回京直奔你府来，推说不知好大胆！
　　　　（白）老贼，我父明明被你所害，再不实说，叫你剑下废命。

王　强：公子不要冤屈好人，我正要与八王拜寿，没见着郡马，怎说是我害死？

杨宗保：不然，这马因何跑进你府？

---

①　硬唱：指与正常唱腔相反，上句落字为平音，下句落字为仄音。

王　　强：要依我说，必是有人害了郡马，这马能通人性，知道我是刑部正堂，引领你们前来告状，也是有的。

佘太君：宗保，此事非同小可，真假难辨。你到南清宫报知八王，文武官员俱在，那里也有个明判。

杨宗保：是。（下）

王　　强：请太君书房坐下。

佘太君：不必。（下）

（出八王、三臣，坐）

合：（诗）庆千秋寿如松柏，祝贤王福共海天。

八　王：（白）本王赵德芳。

寇　准：下官寇准。

文彦博：下官文彦博。

吕蒙正：下官吕蒙正。

八　王：孤今日千秋，文武百官都来拜寿，席散回府，只留几位大人畅饮夜宵。别人不缺，不知郡马为何不来？莫非路上有什么事故不成？

寇　准：兵部王强也未来拜寿，真是目无君王，抗违圣旨！

（急上太监）

太　监：启禀千岁，天波府杨宗保有紧急之事求见千岁。

八　王：命他进来。

太　监：是。（下，内白）随我来。

杨宗保：来了。（上，跪）皇舅舅，可不好了！

八　王：何事这等惊慌？

杨宗保：我父回京不知去向，只有坐马跑回府中乱叫，由我府又跑到王强府中。祖母带领我们赶至王府细问，王强推托不知，我父定叫他所害，求千岁做主。

寇　准：千岁万安，微臣能通禽兽之语。千岁，咱君臣急到兵部府衙审明白马，看看如何？

八　王：好，事不宜迟。家将们，外厢带马，以到兵部府。

（唱）八千岁上马前面行，后边相随寇莱公。

文彦博：（唱）文彦博惊讶，这里有隐情。（下）

吕蒙正：（唱）吕蒙正暗想，定是王强设牢笼。（下）
杨宗保：（唱）宗保打马头里走，惦着父帅心如火烹。（下）
八　王：（唱）不多一时到王府，王强出府接入门庭。
　　　　　　　太君带二女，还有小排风。
　　　　（杨洪拴马，上众人）

八　王：（唱）八王坐正位，寇准细定睛。
　　　　　　　各处看了一遍，心中早打调停。
　　　　　　　叫声兵部请回话，又把太君尊一声。
寇　准：（唱）你两家，不必争。
　　　　　　　此等下官，有各调停。
　　　　　　　元帅身被害，一定是实情。
　　　　　　　真假当面揭晓，此事更又好明。
　　　　　　　下官我有一主意。
　　　　（白）老太君不用着急，王兵部也不用心慌，此事真假，下官有个主意。
佘太君：不知大人有何主意？
寇　准：老太君以马为凭，都不可肯定。太君说这马怎么不上别府，单上王兵部府呢？王大人说是别人害的元帅，马通人性，替主告状，来到刑部府也是有的。下官幼年受过异人传授，能懂禽兽之语，今当众位，将马拉到桌前，下官问上一问便知。
八　王：将马拉过来
　　　　（杨洪拉马上）
寇　准：白马呀白马，古语云马有垂江之义，犬有混草之恩，鸟类反哺，羊羔跪乳，马不欺母。虽是禽兽之类，能通五常之礼。白马，你既与你主人进京，能不知你主人去向？你一一说来。
　　　　（马叫）
寇　准：哦，我明白了，你说你主人由三关回来，一路无事，到了京都。
　　　　（马点头）
寇　准：哈哈，对了，我问你，到京都可到天波府没有？
　　　　（马叫）
寇　准：哦，没有，我问你主人没回府所为何事？

（马叫）

寇　准：哦，因为千岁寿日，要先去拜寿，你主人来到南清宫，又到何处去了？

（马叫）

寇　准：走到王强府门，被王强拦住马头，花言巧语，将你主人让进府去。

（马叫）

寇　准：哦，将你拴在树上，后来怎样？

（马叫）

寇　准：哦，王强将你主人灌醉，暗暗藏在后花园，你怎逃脱？

（马叫）

寇　准：哦，王强想杀你，被你挣断缰绳，跑回府去报信，你才领来太君。

（马点头）

寇　准：好了，将事问明白了，王大人，你快招了吧。

王　强：寇大人，你哄哪个？你的诡计多端，你明明做的圈套，弄的假话欺骗与我。我也懂得兽语，待我问它一番。白马，我看你主人被别人所害，你上我兵部府告状，替你主人鸣冤，是也不是？

（马踢王强）

八　王：嗟！哼，王强呀王强，你看气得那马踢你，你休想抵赖，快快实说，不然得动大刑！

王　强：哎呀，千岁，屈死微臣了。说我害死郡马，无凭少证，就凭一个不会说话的畜生，诬赖好人，可屈死我了。

八　王：你既要不招供，孤家就要搜翻。

王　强：微臣愿意，搜出凭证，情愿领罪。

八　王：众卿们，一起随我搜翻。（下）

（摆花园影壁墙，上众人）

王　强：千岁只管搜翻。

八　王：我看这影壁墙中定有奸谋，宗保、宗勉，领众一齐下手，把此墙拆开。

杨宗保、杨宗勉：是。

王　强：此墙是我家费了许多银钱修的，无敢拆毁。你明明仗着你王爵势大，以大压小，老夫与你面圣。

八　王：嗟！王强呀王强，老贼！

（唱）手拿金锏大声唬，大胆奸贼了不成！
　　　明明害了杨郡马，事儿显漏哪不明？
　　　为何不叫拆影壁？定有诡计在其中。
　　　说着拿起凹面锏，看准老贼下绝情。
　　　王强一躲闪过去，回手一下不留情。
（王强打八王）
　　　八王不防倒在地，众人一见吃一惊。
　　　宗保宗勉齐下手，王强大叫众家丁，
　　　快些上前齐拿住，来了龙鬼二兄弟。（下杀）
　　　八姐九妹不怠慢，忙了丫鬟小排风。
　　　太君一见发了愣，寇准说是了不成。
　　　文彦博学士吕蒙正，个个吓得心扑登。
　　　大家才要奏千岁，

王　强：（唱）家将们快拽翻板，只听咔嚓响一声，
　　　一齐掉在地穴内。（下）王强大悦把话明。
（白）家将们，将众人用挠勾搭上，一齐上绑，押在一边；一齐动手，拿这两个狗子。
（上杨宗保、杨宗勉，杀，被捉）

王　强：铁家兄弟，押着众人，以奔午门，面君便了。（下）
（内朝上王强，不跪）

王　强：万岁，臣王强有本。

天　子：爱卿，有本奏来。

王　强：万岁。
（唱）呼万岁，听臣明。
　　　可恨八王，与寇莱公。
　　　到了臣的府，硬把我来凶。
　　　说我害了郡马，提着金锏不容。
　　　微臣将他齐拿住，午门外等见我主公。
　　　乞我主，把旨行，
　　　斩了八王与诸公。

|||宗保与宗勉，还有丫头排风。
|||臣乞我主快传旨，一齐开刀问斩刑。
|||若不然，先说明。
|||臣投北国，不能尽忠。
|||或允或不允，当面就说清。
|||说着手拿宝剑，二目翻得圆睁。
天　子：|（唱）|真宗一见心害怕，光景执剑要杀朕躬。
|||文武官，无一名。
|||都去祝寿，上南清宫，
|||虽然有武士，人少也不中。
|||只有暂且应下，哄他出了龙庭。
|||待笑开言把卿叫，朕下旨你去施刑。
|||说领旨，下殿行。
|||真宗着忙，武士是听。
武　士：|（白）|万岁。
天　子：|（唱）|快出右门去，各自把信通。
|||急调呼杨高郑，午门快救公卿。
武　士：|（白）|领旨。
天　子：|（唱）|天子下殿回宫院，御林军四处把信通。
御林军：|（唱）|分四下，把信通。
|||各府武官，人人吃惊。
|||来了小郑印，镇国王高琼。
|||那小王爷也到，杨府一群女英。
|||张金定与金娥女，赵美荣与云秀英。

（众人刀马上）

众　人：（唱）齐奔午门，战马不停。（下）

王　强：（唱）王强诓来旨，吩咐快施刑。
　　　　　　没等开刀动手，来了男女英雄。

（上王强）

合：　　（唱）奸贼快快把人放，王强一见魂吓崩，撒腿跑，回府中。
众人救下，文武公卿。
铁飞龙大怒，交手不容情。
杜氏金娥接战，又来云氏秀英。（下）
高君保战住铁飞鬼，（下）八王开言把话明。

八　王：（白）众卿们，可恨昏君听信王强之言，要把咱们杀尽，令人可恨！众卿随孤上殿，去找昏君算账。

（杜金娥杀铁飞龙死，高君保杀铁飞鬼死）

八　王：二贼已死，寻老贼算账。（下）

（出天子坐）

天　子：（诗）凭空大祸起，众人魂吓飞。
（白）朕真宗在位，可恨王强逼我要杀众臣，朕无法，假意支去，急差武士与各王府送信，搭救众卿，此事不知如何，真叫朕忧心。

（上八王，众臣齐上）

八　王：昏君，你这江山真真不愿坐了！
（唱）金锏一指气炸肺，昏君你真气死人。
国家太平刚几日，你就信宠那奸臣。
为何出旨将我们斩？问你安的什么心？
要你这昏君什么用？早早叫你命归阴。
手拿金锏才要打，真宗离座皇兄尊。

天　子：（唱）皇兄不要错怪我，此事本不怪寡人。
王强执剑上金殿，圆睁二目恶狠狠。
立逼寡人传圣旨，他那光景要杀君。
无奈暂救燃眉急，急差武士送音信。
请来呼杨与高郑，急到法场救你们。
皇兄你要不相信，问问救场此二人。

八　王：（白）原来有这些缘故，万岁出旨，拿住王强要紧。

天　子：皇兄，快领众臣，捉拿王强！

八　王：领旨，众卿们随我来。

众　：来了。（下）

（急上王强）

王　　强：家将们。

（上众丑）

家　　将：来了，大爷有何吩咐？

王　　强：你们聚齐府门上锁，有人攻打，齐发乱箭，守到四更，由花园地道逃走。

家　　将：是。

王　　强：不免将杨景装在车上，带着夫人由地道投奔北国。现有天子的圣旨，就说回家探亲，料也无妨，待我急忙逃走便了。（下）

八　　王：（内白）高君保、郑印、呼丕显，点五百御林军急速捉拿王强，其余人等各自回府去吧。（上）

（上高君保、郑印、呼丕显等）

三　　人：御林军，杀奔兵部府。

军 校 们：哈。（下）

高 君 保：报千岁，来到兵部府门。

八　　王：一齐攻打，不要放走一人。

众　　人：得令。

（唱）御林军答应，各执刀与剑，
　　　一齐往上攻，各自不怠慢。
　　　内喊乱如麻，家丁早看见。
　　　奉了主人托，往外齐放箭。
　　　任凭往下扔，兵丁遭了难。
　　　也有中箭亡，眯眼难征战。
　　　攻了半夜多，还是没办法。
　　　郑印气满腔，钢鞭手中攒。
　　　往上一纵身，跳在墙上面。
　　　鞭打众家丁，死亡有逃窜。
　　　下墙打开门，军兵不怠慢。
　　　闯进院中来，各处全搜遍。
　　　不见贼王强，家口也不见。
　　　只剩空房屋，叫人难分辨。

　　　　　　八王犹疑叫众将。

八　王：（白）众将官，各处搜来。
　　　　（上军卒）

军　卒：禀千岁，各处搜遍不见王强，厨房搜出一个受伤家人，请千岁发落。

八　王：带上来。（押上家丁）

家　丁：爷爷饶命吧。

八　王：我问你王强哪里去了？从实说来，饶你不死。

家　丁：哎呀，小人王府家丁，我主人昨夜带着夫人从地道逃跑了。

八　王：你可知杨郡马在于何处？

家　丁：细情不知，就看一个大布袋装在车上，带着夫人逃走，其余家人早就四散，我要不带伤也早跑了。

八　王：哼，老贼逃走必上北国。杨郡马不知生死，只得奏知天子，差人追赶。校御们，将这厮绑了，送入南牢，差人上天波府送信，叫太君带着些女将同宗保追赶王强，将王府大门封锁。（下）
　　　　（王强马上，车随后上）

王　强：（诗）心慌急似箭，打马跑如飞。
　　　　（白）老夫王强，幸喜拿住杨景，可恨未得杀了八王、寇准等人，被人救下。老夫见事不好，跑回府中套上车辆，装上杨景，带着夫人李氏，由花园地道逃回北国。出了汴梁，走出约三百里，天晚昏黑，不知面前什么所在？车夫，急急赶车趱路。
　　　　（唱）自从奉旨到宋国，宗宗件件倒遂心。
　　　　　　初次就把六郎遇，替他写状把冤伸。
　　　　　　松林救了他的命，深感我的救命恩。
　　　　　　依仗我的才学好，做了大宋二品臣。
　　　　　　身为兵部官非小，暗通北国害宋君。
　　　　　　自从贤婿身被害，为婿报仇用尽心。
　　　　　　屡次要把杨景害，可恨八王是孽根。
　　　　　　云南只想杀杨景，不想又有替死人。
　　　　　　他又设摆牤牛阵，伤了我国几万人。
　　　　　　萧后来信责备我，说我背盟欺主君。

今番定要活杨景，凑巧八王过生辰。
正中机关捉杨景，偏又白马把冤伸。
寇老西会审白马，蒙混于我信不真。
一怒把他们都拿住，立逼昏君斩众人。
可恼来了呼高郑，救了众人枉劳神。
铁家兄弟必丧命，事情急迫出京门。
天随人愿拿住杨景，算是我的大功勋。
大约走出几百里，天色已黑行少人。
不敢入城怕泄露，只得宿在密松林。
吩咐车夫车停住。

（白）车夫，将车停住在松林内歇息，将车上布袋打开，请你夫人下车在此安息，埋锅造饭，灌杨景点米汤，叫他活动活动。

车　夫：是，夫人请下车。

李　氏：（内白）知道了。（上）老爷，咱们来在什么所在？

王　强：夫人不知，实话对你说了吧。我本是北国人氏，暗中密探宋朝动静，来往有密书，从中谋取大事，如此这般擒住杨景，暗回北国去见太后，必然加封。

李　氏：哦，你原是北国奸细，为何不早说？这样诓骗于我。
（唱）又恨又气说可恼，为何不早对我云？

王　强：（唱）此乃国家机密事，焉能告知你夫人？

李　氏：（唱）我在大宋土生土长，早知道不能与你配婚姻。

王　强：（唱）夫妻已经数十载，莫非你还要变心？

李　氏：（唱）虽然如此不当做，宋主待你也有恩。

王　强：（唱）有恩无恩各为主，我本北国忠良臣。

李　氏：（唱）弃了北国归大宋，放了杨景才为真。

王　强：（唱）依我说宁可不忠于宋主，想放杨景枉劳神。

李　氏：（唱）你既一心归北国，我就回去不把你跟。

王　强：（唱）嫁鸡随鸡嫁犬随犬，扭别丈夫少闺门。

李　氏：（唱）做事不和难随你，盗卖江山少人伦。

王　强：（唱）乞婆竟敢把我骂？

李　氏：（唱）因你做事没人伦！
王　强：（唱）定把杨景献北国。
李　氏：（唱）真是狼心狗肺人。
王　强：（唱）贱人你真气死我。
李　氏：（唱）你死世上少个坏人。
王　强：哎呀，
　　　　（唱）乞婆你是要找死。
李　氏：（唱）我死你命也难保存。
王　强：（唱）恶狠狠地踢一脚。（踢倒）
李　氏：（唱）李氏摔倒骂老贼。
王　强：（唱）看你是要怎么样？
李　氏：（唱）老贼怎样才随心？
王　强：（唱）伸手握紧纯钢剑，家人车夫拉衣襟。
车　夫：（唱）太爷不可高声嚷。
　　　　（白）太爷不可吵嚷，咱是私逃北国，在此歇息，应当保密。这样大嚷，倘若有人听见，前来盘问，如何是好？
王　强：哼，你们说得有理，暂饶了这乞婆，等到北国再与你算账。
李　氏：老贼呀，我哪能容你去到北国？（大声喊）不好了，有强盗害人，快些救命。
王　强：哎呀，你这乞婆，不叫你嚷，你反而大喊，其情可恼，待我先把你杀了，以绝后患。
李　氏：哼，老贼，不用你动手，待我一头碰死了也罢。（死）
王　强：哼，好个刁妇，死了倒也干净。人来，将她用土掩埋，等到四更再走。
　　　　（下）（抬下李氏）
　　　　（焦赞、孟良马上）
孟良、焦赞：（诗）奉令巡查防歹人，天晚未归在外寻。
孟　良：（白）咱六哥回京与八王祝寿，咱昼夜查防北国奸细。方才到王老好家喝酒，军卒说到密松林中有动静，有人吵嚷，因此带兵前来密探。军校们，悄悄前去，如有奸细上前绑拿。
王　强：（内白）车夫们将车拷上，急急赶路。

（王强马上对孟良、焦赞）

孟　良：呀，什么人在此吵嚷？
王　强：我们是行路之人，赶不上店，在此林中歇息。
孟　良：哼，你不是王强吗？
王　强：哦，正是下官。我当是哪位将军？原来是孟良、焦赞二位将军，老夫失敬了。
孟　良：王大人欲向何往？
王　强：我是奉旨回家祭祖，走在此处，天晚未敢惊动府城官员，在林中歇息，天一大亮就要行路。二位将军回关，替我拜上各位将军。下官事忙，日期又少，无暇进城，等回来再去打搅。
孟　良：哦，原来这样。（小声）焦贤弟这里来。
焦　赞：说什么？
孟　良：我看他说话窃头窃脑，必有缘故。
焦　赞：我看咱不如把他弄进关，凭岳大哥分派。
孟　良：有理。（回身）王大人既到三关，哪有绕城而过之理？别看我们元帅不在城中，咱都是一朝臣宰，必得请入城中，歇息上几日，再走不迟。
王　强：哎，老夫事忙，多谢二位美意，改日进城再谢。
孟　良：哪有不去之理？军校们，给王大人拉马赶车进城。
王　强：不去了。
孟　良：走吧。（下）

（岳胜升帐）

岳　胜：（诗）天明升帐理军情，孟、焦为何不回城？
　　　　（白）副帅岳胜，令孟、焦二弟带兵城外巡查边境，一起未归，叫人放心不下。
孟良、焦赞：（内白）军校们接马。（上二人）岳大哥在上，我二人交令。
岳　胜：你二人为何一起未回？
孟　良：大哥，我二人巡查，在松林遇见王强带着车辆回家，宿在松林，被我二人请进城来。
岳　胜：哼，王强回家必有圣旨，不进城来必有缘故。哼，我有道理，孟、焦二弟。
孟良、焦赞：大哥有何吩咐？

岳　　胜：你二人将他家人和车夫带到一旁秘密拷问，我这里迎接王强，如有圣旨，叫他过去，如无有圣旨，将他留下。

孟良、焦赞：得令。（下）

岳　　胜：待我迎接。

（唱）假意迎接观动静，出了辕门看分明。

（上王强）

王　　强：（唱）王强心中担惊怕，心有鬼病不安宁。

岳　　胜：（唱）上前施礼面带笑，大人驾到有失远迎。

王　　强：（唱）将军一向可安好，无故打搅望宽容。

岳　　胜：（唱）请进大帐把茶献，大人上坐末将打躬。

王　　强：（唱）将军太也多礼了，大家同坐把话明。

岳　　胜：（唱）吩咐左右把茶看，快备酒宴饮几盅。

王　　强：（唱）何幸事与你相会，久仰将军大英雄。

岳　　胜：（唱）大人何故回北国，莫非国家有事情？

王　　强：（唱）不为国家为家务，奉旨祭祖到家中。

岳　　胜：（唱）可有圣旨天子诏？必须带着过关文凭。

王　　强：（唱）圣旨现在腰中带，就请将军看个清。

岳　　胜：（唱）大人焉能说谎话，看不看的也倒中。

王　　强：（唱）王强心中暗欢喜。

（上卒）

卒：　　（白）禀爷，客庭酒宴齐备。

岳　　胜：王大人请。

王　　强：请。

孟　　良：军校们，将车夫带上来。

车　　夫：（上）哎呀，爷爷们把我们带到这里何故？

孟　　良：我问你，王强可是奉旨还家？可是另有别事？你若实说，饶你不死。

车　　夫：哎呀，爷爷们，我们不知道。

孟　　良：嗤，你个奴才，不说实话！左右拉下去，每人重打四十，然后再问。

（拉下去，打完，车夫上）

车　　夫：可罢我了。

孟　良：你们快快说来。
车　夫：我的祖宗，我们实在不知呀。
孟　良：哼，左右，每人重打八十。
车　夫：别呀别呀，我们实说。

　　（唱）二人磕响头，两眼泪直流。
　　　　　别打我们说，真挺不住劲。
　　　　　提起我老爷，本来另有事。
　　　　　他是北国人，南朝做奸细。
　　　　　明做宋朝官，暗与北通信。
　　　　　总没遇机会，没随他的意。
　　　　　老主把驾崩，新君登了位。
　　　　　他与真宗爷，本来就对劲。
　　　　　谢景武状元，王强亲门婿。
　　　　　翁婿定计谋，没事净找事。
　　　　　要害杨景他，坏的没有对。
　　　　　无故砸牌坊，惹得生闷气。
　　　　　太君气病了，担心他儿子。
　　　　　秘密把文通，元帅把京进。
　　　　　带去二凶神，夜间去闹事。
　　　　　杀了谢状元，全家把命废。
　　　　　王强恼在心，一心报仇恨。
　　　　　郡马充了军，他取首级去。
　　　　　直当是命亡，他与萧后信。
　　　　　带兵困五台，又把宋主困。
　　　　　杨景令大兵，摆个牤牛阵。
　　　　　杀了韩达子，片甲没回去。
　　　　　萧后恨王强，说他不办事。
　　　　　差人又下书，叫他设巧计。
　　　　　只要活六郎，不然灭门罪。
　　　　　王强正没法，活该时运至。

　　　　　　八王上寿时，郡马把京进。
　　　　　　王强设牢笼，命人暗探信。
　　　　　　正遇元帅来，家主门前立。
　　　　　　请进兵部衙，一团假和气。
　　　　　　酒内下蒙汗，昏迷倒在地。
　　　　　　装入布袋里，密送北国去。
　　　　　　白马受了惊，回府去报信。
　　　　　　太君来追究，家主不承认。
　　　　　　请来八王爷，文武官齐至。
　　　　　　天官寇大人，审马成奇事。
　　　　　　家主见不祥，动手打千岁。
　　　　　　早设地下坑，一齐翻在内。
　　　　　　执意见皇上，硬要问斩罪。
　　　　　　多亏众王爷，法场杀一阵，
　　　　　　救了众朝臣。家主无主意，
　　　　　　连夜逃出京，天黑松林内，
　　　　　　歇息等四更，好上北国去。
　　　　　　夫人李奶奶，劝他回心意，
　　　　　　家主怒冲冠，要杀动了气。
　　　　　　夫人碰死了，埋在松林里。
孟　良：（白）元帅在哪里？快说！
车　夫：（唱）现用布袋装，藏在车厢内。
　　　　　　我们可不知，有气没有气。
　　　　　　句句是实言，谎话没一句。
孟　良：（唱）听罢吃一惊，吩咐带下去。
　　　　（白）将他二人带在一旁，急到车上看看元帅，好拿老贼。
卒：　　是。（下）
　　　　（出岳胜、王强）
岳　胜：王大人请。
王　强：将军请。（坐）

（急上孟良、焦赞）

孟　焦：老贼还装没事，校尉们，将老贼绑了！（绑上）

王　强：哎呀，反了。

岳　胜：二位贤弟，这是为何？

孟　焦：大哥不知，方才我们拷问车夫，俱已招认，元帅还昏迷不醒。

岳　胜：呀，快些抬上帐来。（抬上）呀，元帅醒来，元帅醒来，军校快取些水喷来，（喷介）元帅醒来，元帅醒来。

杨　景：咳呀。

（唱）忽忽悠悠不知晓，浑身疼痛麻又酸。
　　　记得回京去祝寿，记得王强把我拦。
　　　记得喝了几盅酒，觉得头昏目也眩。
　　　以后啥也不知道。

岳　胜：（白）元帅醒来，元帅醒来。

杨　景：（唱）忽听耳旁有人言。
　　　慢慢睁眼仔细看，怎么我又到三关？
　　　那边孟焦二贤弟，那是岳胜副帅官。
　　　好像做个南柯梦，忍耐不住问一番。
　　　怎么又到三关内？贤弟们快快对我言。
　　　岳胜仔细说一遍，竟然有此事气死咱。
　　　站起身来归了座，快带贼人到跟前。

（白）军校，将王强带上来。（带上，王不跪）

卒：　　跪下。

王　强：我今事露，跪者何来？哼！

杨　景：王强，你为何屡次三番害我？要你实说，饶你不死！

王　强：哼，你杀了我的门婿，与我女儿大仇，焉能不报？

杨　景：你要是替你女儿报仇，乃是人情所为，理之当然。我再问你，你既要报仇，为何不杀我？把我送入北国，是何心事？

王　强：我今既落你手，死活凭你，何必问长问短？可叹我救你之命，替你写了御状，报了你的大仇，如今你恩将仇报，你真是忘恩负义之人了。

杨　景：哼，王强，要说你我之恩，理当报答，但你勾串叛邦，关系国家，叫本帅如何救你？真正难死人也！

孟　良：六哥，不可救他，待我一斧劈死他就完了。

杨　景：慢着，贤弟不可！他乃是朝中大臣，不可擅自杀害，必须表奏圣上，听旨发落。

孟　良：便宜这个老贼。

（上卒）

卒：　报元帅得知，今有八王与太君带着男女众将到了城外。

杨　景：起过了。呀，千岁与母亲到来必是为我，待我换上冠带，亲自迎接。人来，将王强押在旁。

卒：　是。（下）

杨　景：待我前去迎接。（下，内白）千岁与母亲众将俱都请入大帐。

八　王：请。

（上八王、呼延赞、郑印、高君保、佘太君、杨八姐、杨九妹、杨排风）

杨　景：不知千岁与众位王爷、母亲到来，未去远迎，面前请罪。

八　王：郡马原来在三关无事，可把我们吓死了！郡马怎么安然无恙？

杨　景：哦，千岁，原是这般如此。王强现在此处，千岁可怎么发落？

八　王：哦，快把老贼与我带上来。

杨　景：人来，把王强带上来。

（带上王强）

八　王：咳，老贼呀，几乎叫你断送了大宋的江山。

（唱）用手指，咬牙关。

　　　大骂王强，卖国权奸。

　　　既食宋王禄，为何通北番？

　　　屡把忠良杀害，安的什么心田？

　　　孤王几乎丧你手，上天有灵拿权奸。

王　强：哼！

（唱）你不用，抖威严。

　　　我本北国，一位官员。

　　　奉了萧后旨，暗暗到中原。

　　　明着扶保大宋，暗通我国北番。

　　　　　　指望平分宋天下，不料失败被你拴。

八　王：（唱）明白透，才了然。
　　　　　原来老贼，你是汉奸。
　　　　　怪道害元帅，另把歹心安。
　　　　　问你还有何言？

王　强：（白）杀剐凭你，各为其主，死而无怨。

八　王：众将官，把老贼拉下去开刀，把尸首用棺木装了送入北国，叫萧后知道阴谋已露，也显显咱国的威严，拉下去。（开刀）今将老贼斩首，略解心头之恨。

杨　景：千岁为何知道王强逃走？前来追赶。

八　王：哎，郡马原是这般如此，白马告状。

杨　景：竟有此事！千岁，北国见了王强尸首，必然动兵，理当奏知圣上，调取各路人马，准备征战。

八　王：郡马所料不差，孤与众将在此暂住几日，听候北国动静。郡马写表，孤也上本说明王强之事。

杨　景：好，军校们，大摆宴席与千岁、众将压惊洗尘，众将请。

众　：请。（下）

　　　　　　　　　　　　　　　　　　　　　　　　　　　　（完）

第 二 本

【剧情梗概】 辽国萧太后因王强之死，令军师阎荣率兵攻打宋国。宋营元帅杨景对战阎荣之时，被五毒石打中后昏迷不醒。然恰逢杨景之师任道安来探望徒弟，给杨景灌下解毒丹，但需要雄龙泪、雌龙须来做药引子，后者只有辽国萧太后的红发四根才有效。宋将孟良扮作辽国人模样，孤身前去辽国寻药，偶遇化名木易、现已成辽国驸马的杨四郎，在杨四郎的帮助下，利用公主盗来萧太后的红发。宋臣寇准哄骗天子说其三宫六院均已被杀，由此得到雄龙泪。杨景得救，而任道安不幸被辽国军师阎荣打入天门阵的阴坑之中。

（叛军升帐，六人站）

合：　　（诗）兵精粮草广，操将又演兵；
　　　　　　　要报失机恨，定把大宋平。

阎　荣：（白）我乃军师阎荣。

韩　昌：驸马韩昌。

萧天佐：萧天佐。

萧天佑：萧天佑。

野律休哥：野律休哥。

土金秀：土金秀。

（出萧后）

萧　后：（诗）损将折兵两三番，屡战不胜心内烦。
　　　　（白）哀家萧太后，自从韩驸马兵败回国。哀家十分愤怒，差人暗上中原，与王强下书叫他用计活擒杨景，送与北国，命军师操演人马，以备复仇，扫平大宋，以雪前仇。
　　　　（上卒）

卒：　　报太后，今有三关杨景杀了王强，将尸首送到咱国，乞令定夺。

萧　后：起过。

卒：　　是。（下）

萧　后：呀，这是机关泄露，这可怎好？

阎　荣：千岁万安，为臣带兵到九龙飞鬼峪屯扎人马，去挡宋兵。

萧　后：好，军师前去，哀家放心，封军师三军主帅，外加护国军师之职，调兵讨伐大宋，以报昔日之仇。哀家再调三川六国的人马，前去助阵。军师挑本国精兵三十万，战将两百员，韩驸马、萧天佐、萧天佑等随征，看吉日行军，不得有误。

阎　荣：为臣领旨。（下）

萧　后：番兵们，将王强用棺木装好，埋葬立碑，旌表其墓。哀家置理祭物，下赏族人。

合：　　遵旨。（下）

（出杨景升帐）

（岳胜、孟良、焦赞、杨兴、陈林、柴干、郎千、郎万，八将站）

合：　　（诗）英雄志气高，各使枪与刀；
　　　　　　　镇守边关地，威名四海标。
　　　　（白）元帅升帐，在此伺候。

杨　景：（诗）威震三关挡北方，全凭三韬六略强；
　　　　　　　上阵全凭白龙马，冲锋对敌手中枪。
　　　　（白）本帅杨景，字延昭，自从杀了王强，将尸首送到北国，萧氏知道阴谋已露，早晚必有一场大战，因此诸日操演人马，以备迎敌。八王也未回朝。本帅上表奏知天子，准备粮草，好与北国决一死战。

（上卒）

卒：　　报元帅得知，祸从天降。

杨　景：有何祸事？慢慢报来。

卒：　　元帅听报。（数板）报元帅得知道，小人奉令去等哨。正遇北国发来人马多，一杆大旌空中飘。只听人喊马又叫，兵到九龙飞鬼峪扎下连营，咕咚咚放大炮，埋锅把饭造。领兵元帅不是人，是老道，有些玄中妙。小人探明来报元帅得知道。

杨　景：众将官，除守城人，其余随我出城迎敌，杀他个措手不及，抬枪带马。（下）

（韩昌马上）

韩　昌：番兵们，压着阵脚。本帅韩昌，军师亲领人马，我为前部。你看关门大开，出来无数人马，只得杀上前去。

郎　千：好个韩昌，前者败阵，放你逃生，为何又来出丑？

韩　昌：宋将报名上来。

郎　千：我乃杨元帅帐下大将郎千，着枪。

韩　昌：来来来。

（郎千败，郎万上，又败，焦赞、孟良全败）

杨　景：韩贤弟请了。

韩　昌：请了。

杨　景：韩贤弟，你好不达事务。

（唱）微微冷笑叫贤弟，为何今日又出兵？
屡次交战不取胜，理应南北免战征。
前番将你放回国，你也该劝你国主各守江山。
何必苦苦来征战，闹得两国不太平。

韩　昌：（白）住口！

（唱）杨景不用来斗口，今日与你见输赢。
说罢拿剑朝心刺，杨景交手怒气生。

杨　景：（唱）大战也有三十趟，故意诈败回里行，
取出钢枪照面打。

（白）哪里走？着打。

韩　昌：哎呀，不好。（下）

阎　荣：（唱）来了军师名阎荣，少逞威风我来也。
杨景不要逞强，我与你见个高低。

杨　景：（白）来者老道可是阎荣吗？

阎　荣：正是。

杨　景：你既出家，当守清规，不该身染红尘，撺掇萧后屡犯中原，致使百姓受战争之苦，三军受兵伐之忧，有何益处？依我劝，你急急收兵，两罢干戈。

阎　荣：住口，你大宋屡次欺我北国，伤我兵将无数。我与你仇深似海，出家人今定与你分个高低。

杨　景：哇！好个阎荣，不知进退，着枪。

阎　荣：来来来。
　　　　（杀，阎荣败，又上）
阎　荣：杨景枪马无敌，久战难以取胜，等他赶来用五毒石打他。
杨　景：哪里走？
阎　荣：着打！
杨　景：呀，不好！（落马）
　　　　（孟良抢尸）
阎　荣：竟被宋将抢回尸首，大料难活。此宝乃毒物所炼，着人两下，立刻青肿，毒气攻心，就有仙丹不能治服。番兵们，收兵。（下）
　　　　（摆帐，孟良扶杨景，上众人）
孟　良：元帅醒来。
焦　赞：元帅苏醒。
孟　良：叫着不言，背后青肿。中军，急急报与八王、太君。
中　军：是。（下）
孟　良：六哥醒来。
众　：（唱）众人叫，喊连天。
　　　　　　元帅苏醒，快把阳还。
　　　　　　北国来犯界，何人掌兵权？
　　　　　　不知中何暗器，浑身青肿不言。
　　　　　　元帅要有好和歹，有谁扶保宋江山？
孟　良：（唱）孟良将，心痛酸。
　　　　　　焦赞跺足，泪珠涟涟。
　　　　　　倘有好共歹，真是乱江山。
　　　　　　北国人马雄壮，兵将势大怎拦？
　　　　　　何人能敌贼反叛，哪个敢敌妖老阎？
陈　林：（唱）陈大将，心痛酸。
　　　　　　哭干两眼，泪珠不断。
　　　　　　方才还上阵，转眼气不还。
　　　　　　军中无有主帅，三军个个哀怜。
　　　　（上佘太君）

佘太君：（唱）佘太君，哭上前。

　　　　　　太君抱住，手摸胸前。

　　　　　　还有微吁气，话儿不能言。

　　　　　　身体发凉不动，我儿死得可怜。

　　　（白）杨景儿哪！

　　　（唱）叫着十声九不语，我儿摘去娘心肝。

　　　　　　齐悲痛，众伤惨。

　　　　　　悲声不止，叫喊苍天。

　　　　　　人人无法使，个个面相观。

　　　　　　元帅已死罢了，难保万里江山。

　　　　　　众人正在心悲痛，军卒进帐把话言。（上卒）

卒：（白）报太君得知，辕门外有一道人，口称任道安，求见千岁。

佘太君： 任道安是世外之人，快快有请。

卒： 是。（下）

　　（上任道安）

佘太君： 不知道长前来，未去远迎，望乞海涵。

任道安： 好说，贫道从此路过，看看徒儿杨景。

佘太君： 道长，杨景中了野道暗器，昏迷不醒。

任道安： 待我看来。（看介）原是中了五毒石，贫道有解毒丹与他灌下，保住性命，但治伤之药须有引子，这两个引子难找。

佘太君： 不知用何引子？

任道安： 雄龙泪，雌龙须。龙泪不难，龙须难找，只有北国萧后有雌龙顶心之发，乃红发四根，别者无效。

佘太君： 哎，这可难死人也！咱与萧太后乃是仇敌，焉能得来？何人这样大胆，敢上北国盗来雌龙须？

　　（孟良下，上卒）

卒： 报太君，孟将军扮作行人，单人匹马上北国盗须去了，叫我禀知太君，不必惦念。

佘太君： 孟良此去凶多吉少，只得等候便了。

任道安： 太君万安，吉人自有天相，贫道留下丹药等引子到齐，与他服用后，即愈无妨，贫道告辞。
佘太君：龙须有人去盗，龙泪何人回汴梁去取？真乃愁人也。
卒：　　禀千岁，今有圣上接急表，并不放心，亲身来到。
佘太君：圣驾到来，众卿随我接驾。
众：　　我等遵旨。（下）
（孟良便装马上）
孟　良：（诗）去盗雌龙须，舍命上北番。
（白）俺孟良，元帅被阎荣暗器打伤，命在旦夕，幸亏道爷给了仙丹保住性命，说是若要大愈，必得雄龙泪、雌龙须做药引子。八王与众将无法可使，我上来不忿，并未说与他们知道，一怒出帐，扮作北国人样。自幼学些北国话，混进北国，设法盗须救下六哥，只得催马走走。
（唱）可叹我六哥，不幸遭了难。
　　　北国出能人，俱都是好汉。
　　　妖道老阎荣，异术人难变。
　　　交手使邪法，一道寒光现。
　　　元帅着了伤，摔在地下面。
　　　抢回三关城，气儿剩少半。
　　　八王着了急，众人团团转。
　　　来了任道安，他说有法办。
　　　给了一粒丹，引子没法办。
　　　萧后雌龙须，盗来用火炼。
　　　雄龙眼中泪，这宗也得见。
　　　接在金盏中，一顺也得担。
　　　各个为了难，我就有打算。
　　　打扮成北番，盗须走一遍。
　　　办来回三关，功劳记册面。
　　　进了幽州城，先去寻客店。
　　　等到三更天，想法把事办。
（白）天已过午，来到幽州城寻找店房住下，三更行事便了。（下）
（上孟良）

孟　良：哟，听见鸣锣，喊道说是驸马，我偏不闪道，叫他们把我拿去。好想法，进了宫院，盗取雌龙之须，待我迎着马头上去。（下）

卒　　：咦，你这人好大胆，冲撞驸马的马头，该当何罪？

孟　良：我本经商买卖之人，来此办货，我也不知什么驸马驸驴的。

杨四郎：（内白）什么人吵吵？

卒　　：禀驸马老爷，有一大汉冲撞马头。

杨四郎：带到马前。

卒　　：驸马老爷叫你近前回话。

孟　良：回话就回话，来了。（上）哼，这个驸马好像是我六哥的模样。哦，莫非他是杨四郎？金沙滩失散流落北国也是有的。我有道理，你这里叫我做什么？

杨四郎：你为何冲撞我的马头？

孟　良：我是城外人，不知城里的规矩，何必问长问短？

杨四郎：好个不知礼貌的鲁夫！左右，将他带回府去，仔细问来。

卒　　：是，走吧。

孟　良：走就走。（下）

杨四郎：左右，将那人带到书房，闲人不许走动。（上坐）我乃四郎杨延辉，改名木易，在金沙滩失散，来到北国，二公主招我为驸马，待我甚厚。方才在大街遇见一人，看他有些藏头露尾，故而带进来秘密盘问，要是南朝之人，放他回去，烦他捎书一封，问问母亲音信，有何不可？左右，将那人带入书房。（带上孟良）闲人退出，不许擅入。

左　右：是。（下）

杨四郎：你是何人？姓字名谁？快快实说，我好放你。

孟　良：你要说出你的名姓，我便说出我的。

杨四郎：我姓木名易，现为北国驸马。

孟　良：你这说可真吗？

杨四郎：你且悄言悄言。（外看介，回问）外面无人，我看你不像北国之人，快说你的来历。

孟　良：我就说你能把我怎样？我乃三关大将孟良，你是何人？

杨四郎：哦，原是孟贤弟，虽未见面，早已耳闻。我就是四郎杨延辉，如此这般流落北国，假名木易。贤弟不在三关，到此何事？我六弟可好？

孟　良：哎，四哥呀，别提你那六弟了。

（唱）未曾说话先吁气，不由口内大声咳。

杨四郎：（唱）贤弟何为这光景？长叹短叹为何来？

孟　良：（唱）要问六哥好不好，仔细听我讲明白。

自从金沙滩失散，到如今书也不捎个信来。
如今萧后兴人马，妖道阎荣真吊歪。
他的法术人难比，南朝可有将英才。
头阵被他打破了，六哥中他暗器马下栽。
恰巧来了任道安，给他丹丸保了命。
但要痊愈须药引，雄龙泪和雌龙须。
雌龙就是萧太后，要用她头顶之上发四根。

杨四郎：（唱）闻听此言吓一跳

（白）二兄弟，这事关系非轻，男女内外有别，为兄难盗此须，万万不能。

孟　良：怎么不能？

杨四郎：那萧太后乃是北国之君，护卫不少，我是外臣如何盗来？

孟　良：想个法儿揪点才好。

杨四郎：我使何办法？实在为难。

孟　良：你说什么？

杨四郎：为兄实实为难。

孟　良：呀呸，四郎呀，杨延辉什么叫为难？你分明恋着老婆，遂了反叛，不顾同胞手足。

（硬唱）当时气坏将孟良，四郎延辉快住口。

枉读诗书你不明，圣贤之道全没有。
你与六郎一母生，我本与他是朋友。
元帅如今一命亡，众将各个如木偶。
道安任爷发慈悲，给了金丹伸妙手。
引用雌龙须四根，他的性命保八九。
众将为难俱着急，各个发呆把主瞅。
孟某疼兄来出头，舍生忘死北国走。

　　　　　　　北国言语我通熟，提心吊胆把须揪。
　　　　　　　与你见面诉家乡，并没喝着你迎风酒。
　　　　　　　求你办事理应当，萧后红发揪一绺。
　　　　　　　你反说让你为了难，叫人起火往上走。
　　　　　　　什么弟来什么兄，还不如我这朋友！
　　　　　　　我就去找萧银宗，按倒把她头发揪。
　　　　　　　哪怕虎穴与龙潭，豁出命来走一走。
杨四郎：（唱）四郎拉住手不松，为兄之罪说话扭。
　　　　　　　二弟不必太声高，慢慢商议存一宿。
　　　　　　　正是二人闹吵吵，忽听外边一声吼。
　　　　（白）二弟可不好了，外边宫娥喊道公主来了，这却如何是好？
孟　良：无妨，趁着公主未到，我先躲入书房，你也不用接迎，躺在床上装病，咳声不止，公主必问，你就说书房有你个幼小同学，在大街相遇，请进府来，未得说话，忽然来病。她回来你就与她这般如此说来，管保无事。
杨四郎：好，你快藏入到书房。
孟　良：你可别变心呀。
杨四郎：你放心吧。（下）
　　　　（杨四郎装病）
杨四郎：哇呀，罢了我了。
萧玉琼：（内白）宫人引路入宫。（上）呀，驸马这是怎么了？
杨四郎：哎呀，罢了我了。
萧玉琼：驸马你是怎么了？
杨四郎：哎，公主呀，只怕咱夫妻不能长聚了。
萧玉琼：哟，驸马你是怎的了呢？
杨四郎：方才回府，只觉一阵凉风扑面，打个冷战，心如刀绞一般，只怕要离开人世了。
萧玉琼：驸马从来未得过病，宫人快去请正医调治。
杨四郎：哎呀，等不得了。（昏倒）
　　　　（萧玉琼扶起杨四郎）

萧玉琼：驸马醒来，驸马醒来。

杨四郎：哎呀。

萧玉琼：驸马，你怎得这样急病？

杨四郎：哎，公主你我夫妻一场，待我之恩来生再报吧。

（唱）把牙咬，汗直滴。

叫声公主，我的娇妻。

你我成夫妇，算来几年余。

待我天高地厚，今生未报一点。

将来再做夫与妇，报答恩深再感激。

萧玉琼：（唱）闻此言，更着急。

心中忙乱，无有主意。

往日千条计，遇事就入迷。

这叫驸马怎好，这是什么病疾？

宽心养病不必怕，各处寻方请名医。

杨四郎：（唱）不中用，且休提。

公主且免，白费心机。

只有一宗事，公主莫推辞。

萧玉琼：（白）何事？

杨四郎：（唱）书房有位商客，幼年同窗一师。

方才大街两相遇，请进府来话未提。

公主可差人叫到此，嘱咐嘱咐叫他回去。

萧玉琼：（白）既然如此，宫人到书房把那客人请来。

宫　人：是。（内白）那位客官，驸马有请。

孟　良：（内白）来了。（上）大哥唤我何事呀？你这是怎的了？

萧玉琼：如此这般，得了大病。

孟　良：哦，怪不得把我让进书房，并不理论，原来是得了病了，什么病呢？

杨四郎：哎呀，贤弟，你我幼时一处读书好几年，今得相逢，你做那小小的经营，有多困苦，实指望带你入府，明日多赠纹银，略表寸心，不想大病临身，不能在世了，把你叫到跟前见见我。公主，吩咐取纹银二百两，打发他回去，以尽窗友之义。

孟　良：大哥得的是什么病？小弟看看，我虽然不是医生，祖父乃是名医，我也晓得些，待我看看。（看介）哼，此病乃寒风入腹，侵入心脏，药不能治，偏方吃下，即愈就好，但没处淘方。

萧玉琼：什么偏方？你就说说吧。

孟　良：哦，此位莫非是嫂嫂？

萧玉琼：正是。

孟　良：多有失敬，小弟有礼。

萧玉琼：贤弟免礼，快快说方吧。

孟　良：说了也没有，还不是白说。

杨四郎：罢了我了。

萧玉琼：快说快说。

孟　良：此病名为寒风透心疾，非得凤凰羽毛不可。

萧玉琼：呀，光听说凤凰，谁人见过，这可哪里去找？哎，驸马无有救星了哇。

杨四郎：哎呀。

孟　良：还有一宗可替。

萧玉琼：哪一宗？快快说来。

孟　良：南朝正宫天子之妃的发可以顶替。

萧玉琼：救星无有了，贤弟快快想别的法吧。

孟　良：没有法。

萧玉琼：贤弟，我母后虽然是外邦之妃，目下又掌国政，不知她的长发可能中否？

孟　良：嗯，萧太后娘娘可以代替。

萧玉琼：既然如此，你可看着你哥哥，我前去见母后。（下）

（出萧后）

萧　后：（诗）百万胡兵我为君，执掌塞北锦乾坤。

（白）哀家萧氏，韩驸马兵败回国，王强被害，军师阎荣领兵伐宋，捷报到来说连赢数阵，叫人十分欢喜。

（上萧玉琼）

萧玉琼：皇娘在上，孩儿请安。

萧　后：我儿免礼，坐了讲话。

萧玉琼：儿告坐。

萧　　后：我儿进宫有何事故？

萧玉琼：母后，容儿细禀。

（唱）公主开言尊母后，儿有心事要说出。

塞北屡次伤人马，眼看江山难以扶。

多亏洞宾阎老道①，计策多端有法术。

头阵伤了宋元帅，免战高悬闭门不出。

母亲终日理国事，连头儿也顾不得梳。

孩儿略略尽孝道，与母整整残妆何如？

萧　　后：（唱）太后耳听心欢喜，难为我儿孝心足。

不忘养女成半子，说什么继命与托孤。

萧玉琼：（唱）吩咐侍儿梳妆取，让母归坐用手扶。

（白）孩儿与母后好好梳梳残妆。

萧　　后：好，难得我儿一片孝心。

萧玉琼：儿理当如此。

（唱）拿过龙梳流下泪，站立身后把眼揉。

长言养女心向外，这算什么好丫头？

梳什么头来行什么事，什么是为母解闷愁？

拿起龙梳搁头上，慢把青丝用手捋。

只为夫妻恩爱重，哄母上房把梯子抽。

皇娘塞北为国王，大料没有一百秋。

有心不把发来取，又怕驸马一命休。

欲要盗去雌龙发，皇娘性命活不久。

左梳右梳可怎好？这才把我心内揉。

不管母亲好与歹，哪管母亲一命休。

看把顶心红头发，狠狠用力往下揪。

萧　　后：（白）哎呀！

萧玉琼：（唱）只听哎呀吓一跳，太后疼得闭双眸。

咕咚一声倒在地，人事不省忽悠悠。

---

① 多亏洞宾阎老道：这句话是夸阎荣像吕洞宾一样法力高强。

     公主一见心害怕，藏发与母挽上头。
     抱住身体扶助母。
  （白）母亲醒来。

萧　　后：哼，罢了我了。

萧玉琼：母亲怎么样了？

萧　　后：儿啦，你怎么使劲揪为娘的发髻？

萧玉琼：母亲，孩儿有罪了。

萧　　后：我儿何罪之有？

萧玉琼：母亲，孩儿不是与母亲诚心梳头，只因驸马有病，疼得死去活来，有他一个故友到来说用偏方能治此病，非得凤羽不可。儿想非母之发不可，故此借梳头为由，揪下几根。

萧　　后：哦，儿啦，既然驸马有病，用娘之发这有何难？取剪刀来剪下一撮与驸马治病，不该用手来揪。

萧玉琼：儿恐怕母亲不给。

萧　　后：哪有此理？快拿发去与驸马治病去吧。

萧玉琼：多谢母后。（下）

萧　　后：哎，这个丫头为夫心切，揪得我头迷眼花，我想她既有偏方，必有异人。宫娥，叫干殿下完颜太平进宫议事。

宫　　娥：领旨。（下，内白）太后有旨，殿下入宫。

干殿下：来了。（上）母后在上，孩儿请安。

萧　　后：罢了。

干殿下：母后，唤儿有何事故？

萧　　后：我儿，你骑你千里追风马到驸马府，一则探病，二则叫那能治病的先生前来见我。

干殿下：遵旨。（下）
  （孟良挽杨四郎坐）

杨四郎：（诗）设巧计假装有病，诓公主盗发消灾。
  （白）俺杨延辉诓公主进宫见母，不知事情办的怎样？叫人放心不下。
  （上萧玉琼）

萧玉琼：驸马，你看看偏方取来了。

杨四郎：多谢公主救命之恩。

孟　良：嫂嫂快取水来。

（孟良接发）

萧玉琼：是。（下）

（孟良忙收红发一半，余发用火焚化放在碗内）

（上萧玉琼取水）

萧玉琼：贤弟，水已取到。

孟　良：嫂嫂，将我哥哥扶正，我与他灌下。（灌介）

萧玉琼：驸马觉得怎么样了？

杨四郎：一阵心内凉爽，即时不疼了。

孟　良：喝下去就好了。

萧玉琼：他怎么好得这么快呢？

孟　良：偏方治大病。

（上宫娥）

宫　娥：启禀驸马，太后差干殿下前来探病。

杨四郎：二弟不可在此久站，回店去吧，明日我亲身请你。

孟　良：是。（下）

杨四郎：待我迎接。（下）

（步上对干殿下）

干殿下：驸马大病，可曾大愈？

杨四郎：现时已好多，让干殿下挂心了，请到庭中一叙，请。

干殿下：请。（下）（卒拴马）

（上孟良）

孟　良：呀，好一匹宝马，何不骑上回关，岂不痛快？定是这个主意。（骑马下）

（上杨四郎）

杨四郎：殿下请转上座。

干殿下：大家同坐。

杨四郎：人来，看茶来。

宫　娥：是。

干殿下：驸马大病痊愈，可喜可贺。我奉太后旨意，一来探病，二来请那看病的先生，太后要见上一见。

杨四郎： 那人早已回店，恐怕走了吧。

卒： 报殿下得知，了不得了，殿下千里驹被一大汉骑着跑了。

干殿下： 呀，这还了得！快随我追回。（下）

杨四郎： 此驹一定是孟良盗去，我不免随后赶去，放他逃走才是。（下）

（孟良马上）

孟　良： 好也好也，幸而盗来雌龙发，拐一匹千里马回关。（内喊）呀，后面喊声连天，想是追来了，我一会战退他们，他们跑也追不上。

（上干殿下）

干殿下： 偷马之贼，你哪里跑！

孟　良： 住口，老爷借你马骑两天，怎么说偷的？

干殿下： 你叫何名？

孟　良： 我叫我杀你，着斧子。

干殿下： 来来来。

（杀，干殿下败，又上）

杨四郎： 好个小辈，不该偷去宝马，着枪。

孟　良： 来来来。（杀，杨四郎败）

杨四郎： 跑了我也不追，回关便了。（下）

（杨宗保马上）

杨宗保： 俺杨宗保，父帅中了阎荣暗器，气短身凉。众将担惊，无法可使。祖母忧愁，孟叔父北国盗发未回，祖母命我上山去问任师爷，我父还有阳分无有？出得城来，天气尚早，一奔山上走走便是。（下）

（步上穆桂英，手提花篮）

穆桂英： （诗）山高岭深藏花秀，叠翠青峰困玉枝。

（白）奴穆桂英，原籍穆柯寨人氏，自幼被师父度上山来学习武艺兵书战策，排兵布阵，十八般兵器件件精通。今日天晴，师父命我下山采药，出得洞来，在卧虎石上歇息歇息。但见山中双双蝴蝶成对，禽兽合欢，叫人观景思情。哎，我何日有个结果呢？

（唱）桂英坐在山坡上，自言自语思恍惚。

自从跟师把山上，不觉不知几年多。

　　　　　学会排兵与布阵，法术学的样样多。
　　　　　奴今年长十八岁，什么事情也明白。
　　　　　山中哪如人间好，夫唱妇随鱼水合。
　　　　　修什么身来养什么性？成什么仙来拜什么佛？
　　　　　终日苦把经来念，手敲木鱼得得得。
　　　　　动转之物都成对，何况青春女娇娥？
　　　　　昼夜想把红尘恋，有啥心肠念弥陀？
　　　　　欲想偷着把山下，师父知道了不得。
　　　　　无法只得把药采，百样花草篮内搁。
　　　　　桂英采药满山走，（下）杨宗保行路看明白。（杨宗保马上）

杨宗保：（唱）意乱心忙差了路，漫入深山转摸摸。
　　　　　山坡站立一女子，道姑打扮甚婀娜。
　　　　　忙下马拴在路旁古松上，走至近前问明白。
　　　　　弓背猫腰施下礼，借问仙姑把话说。
　　　　　在下心急走错路，不见行人问哪个？
　　　　　望乞仙姑相指引，回转三关报恩德。
　　　（白）仙姑，小将因失迷路，求仙姑指引。

穆桂英：住口，你这人好生无礼！自古道男女授受不亲，一男一女搭的什么话？好无道理！

杨宗保：这便怎了？哎，杨宗保呀，你问路就该问男子，与女子说话是于理不合。哎，怎得四处无人，我可上哪里去问呢？

穆桂英：你看那位小将被奴说得面红过耳，羞愧难当，不言不语，旷野深山可叫他哪里去问？这倒是我的不是了。
　　　（唱）奴家忙中有了错，不该数落小将军。
　　　　　虽说他幼男我幼女，说句话儿不算磕碜①。
　　　　　见他仪表生得俊，虽是武将带斯文。
　　　　　出家慈悲方为本，何不开个方便门？
　　　　　满面带笑呼小将，问路访友是投亲？

---

① 磕碜：此处意为羞耻，让人笑话。

　　　　　　　　非是奴家不指引，男女有别圣人云。
杨宗保：（白）男女有别，怎么又要搭话？好无道理。
穆桂英：（唱）看你那么大的气，当面还要把我喷。
　　　　　　　　这座高山行人少，瞅着你年轻人出门少知音。
杨宗保：（白）不劳尊驾牵挂。
穆桂英：（唱）非是奴家多牵挂，你的来历未问真。
　　　　　　　　不知尊驾哪里去？贵姓高名何处存？
杨宗保：（唱）在下姓杨名宗保，我的父镇守三关远近闻。
穆桂英：（唱）单人独马登路途，有何大事入山林？
杨宗保：（唱）我父上阵中暗器，气吁微微命难存。
穆桂英：（唱）父亲有病当扶持，理应在家不出门。
杨宗保：（唱）心口只有微呼气，祖母命我求师尊。
穆桂英：（唱）求师你往何处去？拜访哪位老仙真？
杨宗保：（唱）祖母命我乔山去，道安任爷那里存。
穆桂英：（唱）奴也不知乔山路，常听师父讲此人。
杨宗保：（唱）仙姑慈悲相指引，学生日后报大恩。
穆桂英：（唱）恩了爱了何足道？我不敢私自指迷津。
杨宗保：（唱）仙姑莫非恼恨我？不明指路为何因？
穆桂英：（唱）我问将军年多大？家中可曾娶了亲？
杨宗保：（唱）虚度光阴十六岁，亲事未定怎完婚？
穆桂英：（唱）可惜奴是黄花女，欲想结交怕人云。
杨宗保：（唱）你我结亲且靠后，望求送我出山林。
穆桂英：（唱）实话对你说了吧。
　　　　　　　（白）小将军呐，奴也不知乔山的路径，须得问我师父，一问便知。
杨宗保：你师父道号何名？
穆桂英：我师父道号骊山圣母，紫霞宫修身养性。
杨宗保：仙姑贵姓高名？
穆桂英：奴穆桂英，年长十八岁。走吧，跟我见我师父去。
杨宗保：来了。（下）
　　　　　（出骊山圣母）

骊山圣母：（诗）为有碧霞仙路引,朝夕常驾五云游。

（白）山人骊山圣母,在万灵山紫霞宫炼道,收个徒儿穆桂英,如今学习兵书战策,法术精通,后来好保大宋江山,大破天门阵式。

穆桂英：（内白）你且洞外等候。（上）师父在上,弟子稽首。

骊山圣母：罢了。

穆桂英：师父,弟子采药,山下来了杨景之子杨宗保,失迷山路,求我指引。弟子不知,领他前来求师慈悲。

骊山圣母：哼,不用你说,童儿何在?

童　子：（内白）来了。（上）师父有何吩咐?

骊山圣母：今有杨宗保失迷路径,你把他送到乔山。

童　子：遵命。（下）

穆桂英：师父,我看那小将十分纯厚,徒儿亲身送他一程吧。

骊山圣母：咦,你这小畜生,气死我也。

（唱）用手一指破口骂,无耻畜生不含羞。
　　胡言乱道不守正,忘了多年苦炼修。
　　命你采药把丹炼,搭救凡人灾难收。
　　遇见宗保你不舍,领进古洞是对头。
　　不该问他婚姻事,出家须把邪念收。
　　暗地传情难瞒我,贪恋红尘行事粗。
　　还去央求把他送,上我面前来耍猴。
　　什么是送他几程路?想着与他龙凤俦。

穆桂英：（白）弟子不敢。

骊山圣母：（唱）从今后古洞不留女邪教,快回家把你父母尸骨收。
　　后事且不对你讲,快些下山不可扭。

穆桂英：（唱）桂英闻听忙跪倒,弟子遵命连叩头。
　　眼含泪珠平身起。

（白）师父,弟子怎忍相离?

骊山圣母：快些下山去吧。

穆桂英：老师父哇。（下）

骊山圣母：你看桂英下山去了,她与宗保有夫妻之分,后来好破天门阵,扶保宋室江山。

（诗）正是桂英今把高山下，准备大破阵九宫。（下）

（天子升帐，寇准、岳胜、焦赞三将站）

合：（诗）圣主亲征到三关，元帅临阵中伤还。

（白）天子设座，在此伺候。

（出天子）

天　子：（诗）听说元帅病，我朕不放心。

（白）朕大宋三帝真宗在位，前者元帅，进京说斩了王强，北国又动兵征战。朕不放心，与寇准来到三关。哎，不料元帅中了妖人暗器，昏迷不醒，多亏任道爷汤药保住性命，孟良又上北国盗发，并未回关，又命宗保往乔山去问任道爷元帅的吉凶，无有音信，叫朕放心不下。

（上孟良）

孟　良：万岁万万岁，孟良见驾。

天　子：孟良，你可将发盗来无有？

孟　良：盗来了。

天　子：你怎么一个盗法？

孟　良：微臣扮作胡人混进宫去，我看萧氏端然正坐，我闯到跟前一把拉住，将她摔倒在地，脚踏脖子，揪下一绺，我就跑回来了。正遇叛将完颜太平郎拦住，被我扯下马来，骑他的千里驹，快如风一般跑回三关来见我主。这是萧太后之发，请主过目。

天　子：呈上来。

卒：领旨。（接过）请主过目。

天　子：哈哈哈，说你勇，你更勇起来，归班。

孟　良：万岁。（下）

天　子：寇爱卿上帐。

寇　准：万岁。（上）

天　子：爱卿，雌龙发取到，快些配药与元帅治病。

寇　准：万岁，还少一件引子呢。

天　子：哪一件？

寇　准：还得我主之泪方妥。

天　子：爱卿你错了，朕见孟良盗发回关，正在欢喜之际，哪来的泪呢？这真是件难事。

　　（唱）真宗天子心中想，这件事情叫朕难。
　　　　　寇准说用朕的泪，不然难以把药煎。
　　　　　只说盗发救元帅，哪承想孟良一去弄掌间。
　　　　　朕当一见龙心喜，夸奖孟良将魁元。
　　　　　人得喜事哪有泪？日思日想笑开颜。
　　　　　起来坐下心欢喜，两眼睛左挤右挤眼睛干。
　　　　　这可叫朕为难也，寇准帐下想机关。

寇　准：（唱）迈步出了中军帐，心中辗转好几番。
　　　　　　何不用个诓君计，大料可也不相干。
　　　　　　要不如此这般做，怎么搭救将魁元？
　　　　　　就说皇宫有了事，天子必然心痛酸。
　　　　　　想罢主意安排定，装作惊慌失色颜。
　　　　　　气吁吁地说不好。

　　（白）哎呀，万岁，可不好了，祸从天降。

天　子：哦，爱卿这是怎么样了？

寇　准：万岁，咱君臣只顾大兵屯扎三关，哪知那萧太后密探元帅要亡，暗差韩昌带领人马绕过三关杀进皇宫，将三宫六院全都杀死了。

天　子：呀，此事当真？

寇　准：方才正报前来，怎么不真？

天　子：呀，我那御妻呀！

　　（寇准用碗接）

寇　准：接着，接着，我主不用哭了，眼泪足足够用了。

天　子：怎么的？

寇　准：万岁，臣有欺君之罪，罪该万死。

天　子：爱卿何罪之有？

寇　准：万岁，臣无故撒谎，主公吃惊落泪，方才所奏乃是谎言。

天　子：怎么？你所奏乃是谎言，叫朕痛哭？

寇　准：正是。

天　子：哈哈，老爱卿，难为你想的绝妙好计，不但赦你无罪，还要大大加封与你，快快救元帅要紧。

寇　准：是，微臣遵旨。（下）

天　子：哈哈，好个诡计多端的寇准，真乃是国家有福出俊杰，黎民以免受倒悬。（下）

（出妖）

阎　荣：（诗）只为一口不平气，定与宋将见输赢。

（白）山人阎荣，自从下山来到北国，主公驾崩，萧后即位，封我护国军师，屡次与大宋交战，连年失机败阵，萧太后大怒，命我率领三军攻打三关。前日打伤杨景，宋兵闭门不出，大料杨景有死无生，今日定要破城。小番们，一齐随我前去攻打城池。（下）

（上卒）

卒：（内白）报元帅得知。

杨　景：何事？

卒：番兵要战。

杨　景：起过。众将官随本帅杀出城去，带马。

（杨宗保马上）

杨宗保：俺杨宗保上乔山请来任道爷，同到三关救了父帅，兵将大悦。今日番兵叫阵，只得杀上前去。（下）

（土金秀对杨宗保）

杨宗保：土金秀，你是我手下败将，还敢前来出丑？

土金秀：幼儿敢发狠言，着打。

杨宗保：来来来。

（杀杨宗保败又上）

杨宗保：贼将骁勇，等他赶来用钢鞭打他便了。

土金秀：哪里走？

杨宗保：着打。

土金秀：不好。（下）

杨宗保：番贼被我一鞭打得抱鞍吐血。众将官，杀啊。（下）

（萧天佐对杨宗保）

杨宗保：萧天佐，你少爷杨宗保在此。
萧天佐：杨宗保，你乳臭未干，敢与你都督交战！
杨宗保：少要多舌，着枪。
萧天佐：来来来。
（杀，杨宗保败，上杨景）
杨　景：萧天佐少要逞强，本帅来也。
萧天佐：杨景你中军师之宝，只说九死一生，为何又来上阵？
杨　景：少要多舌，着枪。
萧天佐：来来来。
（杀，杨景败，任道安对萧天佐）
萧天佐：来者老道，报上名来。
任道安：出家人任道安，你叫何名？
萧天佐：本都督萧天佐，你既出家人，为何又染红尘？依我劝你，快快回山，奉念黄经，乃为正理。
任道安：住口，我劝你回去叫阎荣出来，我有话讲。
萧天佐：胡说，仙长乃是军中之主，焉能出阵？着打！
任道安：来来来。
（杀，萧天佐败，上阎荣）
任道安：来者可是阎荣吗？
阎　荣：然也，你叫何名？
任道安：山人任道安，杨景是我徒儿，你不该用法术将他打伤，几乎丧命，幸亏山人治好。今日定与徒儿报仇，着剑！
阎　荣：来！来！来！
（杀，任道安败，又上）
任道安：先下手为强，等他赶来，用异天珠打他便了。
阎　荣：哪里走？
任道安：着打。
阎　荣：呀，不好！（下）
任道安：阎荣败走，众将官打得胜鼓回关。（下）
阎　荣：（内白）小番们，乱箭射出，防守城池。（上场坐）哎呀，被打中左膀，败回营来，好疼死人也。

（唱）败回营来心焦躁，急得怪眼往上翻。
　　　指望打死杨元帅，不想来个任道安。
　　　救好杨景又上阵，武艺高强法术全。
　　　未加防备着了中，打得左膀疼又酸。
　　　幸亏山人道法广，要是别人一命捐。
　　　宋营要有任老道，想要取胜怕是难。
　　　怎见太后萧氏主？对不起北国将与官。
　　　左思右想无主意，急得热汗往外窜。
　　　忽然想起一妙计，心中欢喜带笑颜。
　　　何不这般与如此？

（白）下山时师父给我一部书，何不取出看来？（取出看介）哦，书皮上天门阵图，上写此阵不可妄动，天门阵有一百单八阵，阵内有上界众神，中央有玉皇大帝，天地人三才、五斗、四帅，哼哈二将、四大金刚、四大天王，外有三十六天罡、七十二地煞、八部正神、二十八宿、七星九曜、青龙白虎、朱雀玄武、丧门吊客，大耗小耗，阴阳六合，接乾、坎、艮、震、巽、离、坤、兑，八卦九宫各按方位，用一百二十人把守，用幻天镜一面，凭空而照，神光返到人身上，变为神圣之像。敌人进阵，神光一照，必然落马，打入阴坑以内，就是大罗神仙也得扔了三花大道。后面有行小字写的是：要摆天门阵，用人来装神。幻天镜一照，难辨神与人。要把真神动，难免祸临身。谨记要谨记，小心更小心。呀，此阵果然厉害，我不免摆此阵式，定与宋将见个高低。军校们，在一平川之地，高搭法台，挖一座深坑，备四个五色旗儿、四十九杆。诸事齐备，禀我知道。

卒：　　是。（下）

阎　荣：（诗）摆设天门阵，定要见输赢。（下）

（出任道安，坐）

任道安：（诗）为徒出离山境，与阎荣大动干戈。

（白）出家人任道安来到三关，前日与阎荣大战一次，用宝将他打败。这几日不来叫阵，不知何故。

卒：报仙长得知，阎荣城下要战，指名叫任道爷出战。

任道安：哼，他真欺人太甚，待我出城会他。（下）

（对上）

任道安：阎荣，你前次败阵，今日还敢出丑？

阎　荣：任道安，我今摆下一座阵式，你若能破，我就撤兵，情愿与大宋年年进贡，岁岁称臣。

任道安：你摆的什么阵式？

阎　荣：天门阵。

任道安：你且回去，待我看来。

阎　荣：请。

任道安：请。（下，又上）呀，果然前面有座阵式，待我一观。

（唱）此阵分布人难测，遮天换地星斗移。
　　　　远远看着无边沿，此乃仙家幻法奇。
　　　　先从中央留神看，五斗四帅列东西。
　　　　玉皇大帝中间坐，仙相灵霄宝殿居。
　　　　又看神蛇两员将，天蓬卷帘摆列齐。
　　　　四大金刚多威武，各执法宝在手里。
　　　　外边阵门分八卦，四门俱是正神祇。
　　　　二十八宿在阵内，丧门吊客在阵里。
　　　　阴风滚滚多厉害，鬼哭神嚎哭啼啼。
　　　　看罢骂声阎荣道，我今与你见高低。

（白）好个阎荣摆此恶阵，我不免入内，去到中央找阎荣算账。（下）

（杀入阵）

（上阎荣）

阎　荣：你看任道安直奔中央，青龙阵众神听真，将他打入阴坑。

众　神：唔。

（任道安入阴坑）

阎　荣：任道安打入阴坑，略解心头之恨，不免再去引阵便了。（下）

卒：报元帅得知，任道爷入阵踪影不见，阎荣又来要战。

杨　景：呀，这还了得！众将官，免战牌高悬。

　　　　（上阎荣）

阎　荣：宋营又挂出幌子，小番们，攻打城池。
番　兵：是。（下）

　　　　　　　　　　　　　　　　　　　　　　　　　　　　（完）

第 三 本

【剧情梗概】单于国王欲夺取大宋江山，蓄谋已久，看了萧太后送来的求助信后，让自己的女儿喜林珠为帅、女婿色律保为先锋前去助阵。杨宗孝学艺归来，听从师命下山来宋营助阵。喜林珠、色律保均不是他的对手。于是，色律保上山求助师父月宫道人，杨宗孝趁机变作色律保的模样，进北营与喜林珠拜堂成亲，结为夫妻。杨宗孝打死回营的色律保后逃走，喜林珠无奈，只得追到宋营，并表示自己愿意随丈夫归顺大宋。夫妻俩在佘太君的帮助下和好。杨宗勉在赶去三关助阵的路上，被游手、好闲两个混混用药迷倒，夺去衣物财物，幸得寄居冯老寡店中的女将李剪梅所救，在冯老寡的撮合之下，二人喜结连理。

（番升帐，二将站）

合： （诗）恶战仇敌永无涯，上阵对敌把人杀；
　　　　　饮酒摘心为美味，常喝人血当香茶。

色律保：（白）驸马色律保。
波罗祥：大都督波罗祥。

（出单于国王）

单于国王：（诗）从古至今战未休，一兴一发几千秋；
　　　　　　我孤①独守沙漠地，要把大宋社稷求。

（白）孤家单于国王彦伦敦执掌国政，帐下雄兵百万，猛将千员，自赵匡胤陈桥兵变，灭周立宋，如今孤王不纳贡与宋等，寻找机会夺取大宋江山。孤有一女，乳名喜林珠，自幼被仙人度去学艺多年，前月下山，父女相认，曾许与色律保为婚，并未过门。驸马在帐下听用，但等平了大宋，再与女儿完婚。

（上卒）

卒： 报王爷得知，萧太后差人前来下书，请千岁过目。
单于国王：将书呈上，款待钦差。

---

① 我孤："孤"常为君主自称，"我孤"即我，用法同于"我朕"。

卒： 是。（下）

单于国王：不知何事待孤看来。

　　　　（唱）国王坐上拆封筒，从头至尾看虚实。
　　　　　　　上写萧氏多拜上，单于国主细听知。
　　　　　　　纵然两国各执事，算来都是一根基。
　　　　　　　我与大宋成仇恨，杨家父子不用提。
　　　　　　　年年大战损兵将，忽然来了阎军师。
　　　　　　　扶保北国有谋略，要夺大宋锦国易。
　　　　　　　三关外摆下天门阵，缺少兵将费神思。
　　　　　　　你我既是临邦国，急速前来把兵提。
　　　　　　　语不多言是如此，必将宋土两分之。

　　　　（白）好！

　　　　（唱）看罢来书心欢喜，这个机会对心机。
　　　　　　　萧后本是女国主，我也差遣我闺女。
　　　　　　　叫女领兵为元帅，驸马先锋正对机。
　　　　　　　夫妇总未拜天地，等着回来也不迟
　　　　　　　手拔令箭开言道。

　　　　（白）驸马色律保听令。今萧后借兵平宋，孤命你带兵五万，我女为帅，你为先锋，急下教场挑兵。

色律保：得令。（下）

单于国王：不免到后营告诉女儿知晓，小番们晓谕下书人先回，大兵随后就到。
　　　　　　总归两国种族同，相助拔刀理正应。（下）

（小旦坐）

喜林珠：（诗）虽是闺中多姣女，胜似男儿大丈夫；
　　　　　　　刀枪剑戟长习演，兵书战策看得熟。

　　　　（白）奴喜林珠，年方一十七岁，单于国人氏。爹爹彦伦敦乃是单于国主，因萧太后与宋交兵屡屡失败，来与我国求救，父王命奴为帅带兵五万去助萧后，兵困三关，捉拿杨景。大兵来到，铁锁环城，天色已晚，扎下行营。哎，爹爹你老真正糊涂，先锋安排驸马，怎奈他生得好似丑鬼，实实不随奴心，因此耽误至今，并未完婚，纵然各立帐房，但有军机，也得交言，令三军观之，十分不雅了。

　　（唱）公主心中暗思想，爹爹行为太不该。
　　　　　养女挑婿防备老，也得挑个将英才。
　　　　　糊里糊涂把奴许，驸马生得像鬼胎。
　　　　　莫非就是该如此，日思夜想泪下来。
　　　　　三从四德奴也懂，烈女书儿没抛开。
　　　　　父王爱他武艺好，仙人之徒有妙才。
　　　　　又命他把先锋做，随营立功把兵排。
　　　　　人马走了好几日，自己憋屈说不出来。（更起）
　　　　　忽听谯楼一更鼓，吩咐庆儿秉灯来。（丫鬟取灯放桌上）
　　　　　心中焦躁懒用饭，气儿长叹手托腮。

喜林珠：（白）庆儿，你去安眠去。

庆　儿： 是。（下）

喜林珠：（唱）剩下喜林珠女裙钗，想起师父嘱咐的话。
　　　　　束帖一联怀中揣，何不取出看一看。
　　　　　是何言语在安排？免得犹疑心不定。

　　（白）下山之时师父赐我束帖一联，待我看来。（看介）书皮上朱砂红字呈现，兵过十日，再看自然分晓。哎，不到日也不敢看，罢了，等到日期再看吧。

　　（诗）师父之言不敢违，临期自然有定规。（下）

　　（出黄士公）

黄士公：（诗）高高山上一清泉，青石大板盖的严；
　　　　　有人揭开板石盖，便是长生不老仙。

　　（白）山人黄士公在这黄花山朝阳洞修真养性，那年收了个徒儿名唤杨宗孝，乃杨大郎之子，学的法术精通，今该他下山，徒儿快来。

杨宗孝：（内白）来了。（上）师父在上，弟子稽首。

黄士公： 不消，一旁坐了。

杨宗孝： 是，师父唤弟子有何教训？

黄士公： 徒儿听了。

　　（唱）士公老祖叫徒弟，且坐一旁听我言。

>
> 自从你到高山上，光阴似箭整十年。
> 学的法术人难挡，腾云驾雾也不难。
> 目下你该成婚配，对头之人作姻缘。
> 你我师徒缘分满，今日下山把家还。
> 祖母叔侄重相见，半路必遇这一番。
> 番女丈夫色律保，力大无穷武艺全。
> 番女不该把他配，你可变色律保面貌一样般。
> 不可与她把仇作，月老早把赤绳拴。
> 为师赐你一件宝，全仗此宝结姻缘。
> 千变万化无穷宝。
>
> （白）你拿宝贝下山去吧！

杨宗孝：师父受弟子一拜而别。

黄士公：去吧。

杨宗孝：老师父哇。（下）

黄士公：你看徒儿去，只得闭门奉念黄经便了。（下）

（步上杨宗孝）

杨宗孝：（诗）尊奉师命下仙山，去奔三关走一番。

（白）俺杨宗孝，奉师之命，叫我半路劫杀单于国的人马，不免施展法术，看是如何。

> （唱）师父命我把山下，叫我半路杀敌人。
> 又赐一件无价宝，又说叛国有姻缘。
> 万一杀退单于国，皇爷封我大将军。
> 想到此间精神长，双足一跺驾祥云。
> 瞬息之间来到了，瞧见叛国大营门。
> 两座营盘人不少，杀气腾腾遮日昏。
> 中军帐立旗一杆，上写着单于国的女钗裙。
> 大旗之上写金字，写的是捉拿杨景灭宋君。
> 看罢不由心起火。

（白）来到铁锁环城番兵大营，待我上前叫阵，灭了这支人马再上三关。随身取出一把豆子，含在口内，向外一吹，变了千人万马。（吹出人马）

（上卒）

卒：　　　报驸马得知，营外来了无数人马，前来要阵。

色律保：再探。

卒：　　　得令。（下）

色律保：哪里来的人马？小番们，闪放营门，带马。（下）

（对上）

色律保：幼儿报名受死。

杨宗孝：你爷爷乃三关杨元帅侄儿杨宗孝，从此路过，看你旗上写了要灭宋朝，故此前来要阵。

色律保：原是杨景侄儿，正是仇敌，看枪。

杨宗孝：来了。

（杀，杨宗孝败，又上）

杨宗孝：丑贼厉害，等他赶来，用渗金锤打他便了。

色律保：哪里走？

杨宗孝：看打！

色律保：哎呀不好。（下）

（上卒）

卒：　　　报元帅得知，先锋大败而回。

喜林珠：呀，这还了得，提刀带马。

（对上）

喜林珠：呀，好个漂亮的小将！我问你，为何与我们先锋争斗？

杨宗孝：住口，我问你为何旗上写着要灭我的叔父，你是何处的人马？

喜林珠：我乃单于国的公主喜林珠，你叫何名？

杨宗孝：你少爷杨元帅的侄儿杨宗孝，奉师之命下山，从此路过。

喜林珠：哇，方才打败我营先锋的可是你么？

杨宗孝：然也。

喜林珠：好个大胆的小卒，敢称"然也"二字，看刀。

杨宗孝：来来来。

（杀，喜林珠败，上杨宗孝）

杨宗孝：番女败进营去，未得捉拿，如何是好？哦，有了，我何不变个飞蛾，偷

进营去，听听他们议论什么计策，待我变来。（变蛾）（下）
喜林珠：（内白）小番们，将马带过。（上）一场好杀呀，一场好战，好个杨门小将杀法骁勇，不怪先锋重伤，奴也不是他的对手，如何是好？

（上卒）

卒： 报元帅得知，先锋前来求见。

喜林珠： 起过。

卒： 哈！（下）

喜林珠： 庆儿，放下帘子，看座，有请。

庆　儿： 是。（放帘）有请先锋。

色律保： 来了。元帅在上，小将打躬。

喜林珠： 先锋免躬，请坐。

色律保： 谢坐。

喜林珠： 先锋来见本宫，有何大事？

色律保： 千岁，杨小将十分骁勇，难以力擒，特来与公主商议。

（唱）口内连连尊公主，末将前来议军机。（上蛾）
　　方才来的那小将，武艺杀法数第一。
　　这员小将突然到，他与咱营来对敌。
　　末将想起一主意，何不上山问恩师？
　　问他倒是哪一个，何人传授把山离。
　　求师设法擒小将，好破三关去救急。
　　不知贵人可容去？公主座上把话提。
　　粉面绯红先锋叫，急去快回不可迟。
　　本宫且在营中等，不去临阵候信息。（蛾下）
　　说遵将令往外走。（下）

喜林珠：（唱）回到本营更换衣，
　　　　吩咐庆儿回后帐。

　　（白）庆儿，吩咐众将，不可传扬求救之事，叫小将不做准备，听候消息便了。（下）

（上杨宗孝）

杨宗孝：（诗）要知心腹事，但听背后言。

（白）俺杨宗孝，方才暗进番营，密听动静，丑鬼求师上山，我何不变个色律保在半路拦住丑鬼，叫他师父难辨其伪，混他一混。待我变来。
（变）倒也不错，头里等他便了。（下）
（步上色律保）

色律保：（诗）失机败阵归，扫兴一脸灰。
　　　　（白）俺色律保与杨小将疆场大战，被他暗器打败，与公主商议上山求师，便衣小帽出营，需得走走。
　　　　（唱）色律保，把营出。
　　　　　　　心中暗想，自己奇乎。
　　　　　　　好个杨小将，杀法果然熟。
　　　　　　　剑法手疾眼快，交战也有功夫。
　　　　　　　交手也有三十趟，不分谁胜与谁输。
　　　　　　　正交战，用功夫。
　　　　　　　小将败下，暗器发出，
　　　　　　　只说他败阵，谁想被打输，
　　　　　　　多亏公主出马，截杀把他拦阻。
　　　　　　　虽未过门爱惜我，果然老婆疼丈夫。
　　　　　　　怎奈她，身太孤。
　　　　　　　战不多会，气不够出。
　　　　　　　收兵回营寨，免战牌挂出。
　　　　　　　夫妻见着气盛，我才去请师父。
　　　　　　　不骑战马步下走，掩人耳目不带兵卒。
　　　　　　　正思想，走得速。（下）

杨宗孝：（唱）来了宗孝，士公门徒。
　　　　　　　等候色律保，头前把路阻。
　　　　　　　断喝当头而立，忙忙拍手招呼。
　　　　　　　哪里来的这丑鬼？快对某家讲清楚。

色律保：（唱）色律保，心发怵。
　　　　　　　迎面一人，好生面熟。
　　　　　　　看他这相貌，仿佛倒像我。

就是衣服靴帽，不差却也对付。

待我问问他是哪，为何在此把路阻。

（白）喂，你是什么东西拦住去路？

杨宗孝：喂，你是什么东西拦住去路？

色律保：你是何人？

杨宗孝：你是何人？

色律保：快说，你先锋老爷饶你不死。

杨宗孝：快说，你先锋老爷饶你不死。

色律保：你是什么妖精？

杨宗孝：你是什么妖精？

色律保：你叫什么名字？

杨宗孝：你叫什么名字？

色律保：我问的是你！

杨宗孝：我问的是你！

色律保：哎呀！

杨宗孝：哎呀！

色律保：这也奇怪了。

杨宗孝：这也奇怪了。

色律保：妖精问我听了。

杨宗孝：妖精问我听了。

色律保：可不好了。

杨宗孝：可不好了。

色律保：（唱）色律保发毛，心惊胆子怯。

倒运遇妖精，说话把声借。

我说是先锋，他也混扯淡。

我说他就说，我走他跟步。

这可坑了人，是个啥妖孽？

要问我的名，站稳听真切。

单于国是家，北国是祖业。

家父坐高位，忠心如日月。

　　　　　色律保是名，心直性刚烈。
　　　　　奉了王爷差，萧后把兵借。
　　　　　公主带出兵，去上三关界。
　　　　　不幸遇妖精，该着我遭孽。
　　　　　去请我师父，你快躲远些。
　　　　　如要再歪缠，枪下将他灭。
　　（白）再不闪开，看枪！
杨宗孝：再不闪开，看枪！
色律保：这可如何是好？真怪。
杨宗孝：这可如何是好？真怪。
　　（唱）这才乐坏杨宗孝，丑贼被我混住他。
　　　　　要战我就和他战，要杀我就与他杀。
　　　　　只用招架之功也，累得妖精汗滴答。
　　　　　欲走不能跟在后，看他可有什么法。
色律保：（唱）一边站着高声叫，大胆妖精听根由。
　　　　　我的名叫色律保，你顶我名为什么？
　　　　　快走快走饶了你，我上高山求师他。
　　　　　痴迷不醒硬在此，一会我就使妙法。
　　　　　真真假假信口讲，色律保气得直咬牙。
　　　　　无法可使心暗想，何不如此将他拿？
　　　　　主意一定开言道，
　　（白）妖精。
杨宗孝：妖精。
色律保：你敢跟我去见我师父吗？
杨宗孝：你敢跟我去见我师父吗？
色律保：咱俩就走。
杨宗孝：咱俩就走。
色律保：走（下）
　　　　（出月宫道人）
月宫道人：（诗）风吹山涧知虎过，散雾云开听鸟音。

（白）出家人月宫道人，我的徒儿色律保乃是北国之人，学艺多年下山，扶保单于国王建都立业。

（上小妖）

小　妖：启禀师父，我两大师兄都要进来。

月宫道人：别胡说，哪有那些？我才不信。

小　妖：明明两个在外打架呢。

月宫道人：这真奇怪，都叫进来。

小　妖：是。（下）都叫你们进去。

色律保、杨宗孝：来了。

（上二人）

色律保、杨宗孝：师父在上，色律保叩头。

月宫道人：你们一起来，我看看谁是色律保？

色律保：我是。

杨宗孝：我是。

月宫道人：住口！你们不要争论，我好好看看。（从上至下、里里外外、前前后后、左左右右看了一遍）我的妈，妹妹穿姐姐的鞋一样，这真认不出来，真把我闹糊涂了。

（唱）月宫道人翻白眼，这件事儿把头蒙。
　　　一块来俩色律保，模样长的一般同。
　　　衣服靴帽一个样，相貌身体辨不清。
　　　姓名住处说得对，不知哪个是妖精。
　　　真要分不出白与皂，枉为修道老仙翁。
　　　左瞧右看难分辨，忽然一计上心头。
　　　何不如此试一试？

月宫道人：（白）你俩到底谁是妖精，要不实说，刻下叫你现原形。

色律保：他是妖精。

杨宗孝：他是妖精。

月宫道人：停住，你们都不是妖精，我才是妖精呢，罢了，你二人随我到后洞实验一下，便知谁是真假。

色律保：倒要试试。

月宫道人：随我来。

色律保：来了。（下）

杨宗孝：你看他们后洞去了，真要试出真假如何是好？我有了，何不取出渗金锤打野道一下，死活凭他定，如此与他行了便了。

（上月宫道人、色律保）

月宫道人：你二人站着，待我取出照妖镜，照照你两谁是妖精。

杨宗孝：看打。

（打月宫道人，倒镜，碎，杨宗孝下）

色律保：师父怎么样了？

月宫道人：哎呀，罢了我了！险些丧命，打碎宝镜，徒儿搀我后洞养养吧，你再存住一宿，明日再回营。

色律保：是。（下）

（上杨宗孝）

杨宗孝：我何不趁此机会回他营中，去见公主，混他一混才是。（下）

（上色律保）

色律保：师父睡着，不免急急回营，怕那妖精借此生事，走了便了。（下）

（出喜林珠，升帐）

喜林珠：（诗）绣帏飘飘兰射香，红罗帐中女贤良。

（白）奴，单于国公主喜林珠，带兵五万来至铁锁城扎下行营。不料来了一支人马拦路要阵，杨家小将人物风流，武艺超群，驸马败阵，无奈上山求师，也不知来不来。我想小将恐怕前来要阵，故此免战牌高悬，紧守营寨。

（上卒）

卒：报公主得知，驸马求见。

喜林珠：起过。

卒：哈。（下）

喜林珠：庆儿，放下帘子，请驸马进帐。

庆　儿：是。（挂帘）请先锋进帐。

杨宗孝：来了。（上）

杨宗孝：公主在上，末将参见。

喜林珠：先锋一路劳乏，坐了讲话。

杨宗孝：末将告坐。

喜林珠：先锋求师，可来了吗？

杨宗孝：末将上山去见师父，师父言道，还有一事与公主商议商议。

（唱）宗孝故意假装势，装羞带愧把话说。

小将奉命见师父，说明半路遇妖魔。

师父一见知其意，随后下山把妖捉。

叫我回营见公主，这个话儿实难说。

他说国王行事错，不该婚姻两耽着。

既然应许把亲作，目下应该两配合。

夫妻一并领人马，藏藏躲躲礼不合。

师父说今日就是良辰日，拜了天地把兵挪。

要是不听他的话，天降祸灾难逃脱。

公主你说怎么办？

喜林珠：（唱）公主听罢少计谋。他说这话本有礼，

夫妻造定无改挪。

皆因不随奴心意，故此这才两耽搁。

混一日来少一日，那时能有啥结果。

杨宗孝：（白）公主拜天地去吧？

喜林珠：（唱）看他说话多无耻，连连只是催促着。

欲要不允这件事，又怕拗天祸难脱。

要是应允这件事，一辈子屈心向谁说？

左思右想无主意，心中好似滚油锅。

粉面通红流香汗，庆儿一旁把话说。

庆　儿：（唱）公主为何不言语？早晚也得结亲啰。

痛痛快快拜天地，夫妻一同把贼捉。

我搀小姐拜堂去。

喜林珠：（唱）打个哎声无话说，一同庆儿出房去。（下）

杨宗孝：（唱）宗孝欢喜后跟着，

拜完天地洞房入，夫妻之事不用说。（下）

（唱）色律保天明到营外。

色律保：（白）俺色律保，昼夜急行来到营外，只得进营，见了公主交令报事。军校听真，报与公主就说先锋求见。

卒：　　这可奇怪。（下，又上）庆儿这里来。

庆　儿：说什么？

卒：　　公主驸马起来了吗？

庆　儿：没起来呢，你问这个干啥？

卒：　　你传禀他，就说营外又来了个驸马要见公主。

庆　儿：哟，这可奇怪了。

卒：　　可说呢，快报公主去。

庆　儿：是。（下）

（出喜林珠）

喜林珠：（诗）营门厌闻雨打桐，帐前愁伴丑夫郎。

（白）奴喜林珠尊仙长之言，与驸马洞房花烛，成了百年之好，纵有满腹心事，只好屈心而已。早晨起来梳洗已毕，驸马还没起床呢。

（上庆儿）

庆　儿：禀公主，营外又来了个驸马。

喜林珠：满口胡说，驸马还未起床，哪里又来个驸马？

庆　儿：奴婢怎敢撒谎，果真营外候着。

喜林珠：哼，这是哪里说起？莫非有了妖精不成。哼，我有道理，庆儿叫他进来见我。

庆　儿：是。（下，内白）公主命你进去见她。

色律保：来了。（上）公主在上，末将参见。

喜林珠：住口，你是哪里来的妖精充当驸马？岂不知驸马与我拜堂成亲，昨夜一宿，并未起床，你敢来作耗！

色律保：怎么？昨日来了先锋么？

喜林珠：正是。

色律保：哎呀不好，妖精前来作耗，待我将他碎尸万段。

（急上庆儿）

庆　儿：公主，房中驸马不见了。

喜林珠：呀，可不好了！

（上卒）

卒：报公主得知，杨宗孝营外要阵。

喜林珠：哎呀呀，这还了得！真把人羞死。这可活活坑了我了，我的妈呀，两个驸马不知谁真谁假，奴怎么分辨？番兵们，提刀带马。（下）

庆　儿：哟，这可是新鲜事，睡一宿觉，又出来一个驸马，把公主弄得也不知怎么好了，看看热闹去。（下）

（色律保对杨宗孝）

杨宗孝：色律保，咱俩不用战了。

色律保：莫非你怯战？

杨宗孝：并非怯战，咱俩不是连襟的亲戚么？

色律保：羞死人也，撒马过来。

杨宗孝：来！来！来！

（杀，杨宗孝败，又上）

杨宗孝：丑贼敢来，用穿心钉穿他便了。

色律保：哪里走？

杨宗孝：呀。

色律保：呀，不好！（死）

（上喜林珠）

杨宗孝：公主，你我不用战了。昨夜洞房花烛的色律保便是俺杨宗孝所变，你陪我一宿，待我有情，我也不与你争杀，回三关去也。（下）

喜林珠：气死人也，羞死人也！我当他是妖精，原是杨门之后变作驸马，又把先锋杀死，回三关去了，叫人前走无路，后退无门，奴的贞节失落他手，这可活活羞死人也。

（唱）粉面通红羞又愧，这可活活羞死人。
　　　先锋被他活打死，变化进营配婚姻。
　　　欲待领兵回本国，父王问我何话云？
　　　自恨自己无主意，糊里糊涂成了亲。
　　　父王若是知此事，只怕性命难保存。
　　　色律保不随奴心意，又被宗孝丧了生。

　　　　　驸马已死不足惜，终身大事靠何人？
　　　　　欲要去找杨门后，以虚为实成了亲？
　　　　　父王知道必不让，两国仇敌怎结亲。
　　　　　左思右想无主意，不如一死倒省心。
　　（白）也罢。
　　（唱）床头拿起防身剑，紧睁二目恶狠狠。
　　　　　对准咽喉要自尽，庆儿拉住叫贵人。

庆　儿：（唱）事要三思免后悔，遇事多谋在理论。
　　　　　姑娘柬帖那宗事，十日之外看真假。
　　　　　事急何不看一看？
　　（白）公主先别寻死，看看柬帖如何。

喜林珠：（唱）你要不说我还忘了，待我取出看来。（取介）
　　　　　古月分离莫挂牵，岂止天定是这般？
　　　　　胡人无有仁德主，枉自争斗起狼烟。
　　　　　律保不是真驸马，木易堪可配姻缘。
　　　　　顺为逆来逆为顺，去奔三关找夫男。
　　哦，柬帖之言我已明白，木易本是杨字，杨宗孝与我有夫妻之分。哎，等到五更，带领兵将奔向三关去找杨宗孝，免得外人议论。庆儿等到五更，吩咐大小番兵拔营起寨，赶奔三关。
　　（诗）乌鸦鸾凤非是伴，高飞展翔找同群。（下）

（上杨宗孝）

杨宗孝：（诗）尊奉仙师命，姻缘不扭别。
　　（白）俺杨宗孝，奉师父之言与单于国公主成亲，她要同我进关，我想她是番邦之女、两国仇敌，如何领她进关？将她抛开，来到三关，不免进城。（下）

（杨景升帐）

杨　景：（诗）旌旗招展耀眼明，刀枪并列显威风。
　　（白）本帅杨景，阎荣设摆阵式，众将难破，敌将屡屡要战，又把任道爷打入阵内，令人无法可使。

（上卒）

卒：　　　报元帅得知。

杨　景：何事报来？

卒：　　　元帅听报。

　　　　　（唱）报报报军情，祸从天上掉。
　　　　　　　　我等守关城，来了人一哨。
　　　　　　　　单于国公主，喜林珠是号。
　　　　　　　　带领五万兵，说是萧后调。
　　　　　　　　旗上写得真，写得真凶暴。
　　　　　　　　灭宋扶北番，女将把阵要。
　　　　　　　　说的底里情，是要杨宗孝。
　　　　　　　　指名叫出征，不去她硬要。
　　　　　　　　元帅快想法，定夺快发落。

杨　景：（唱）说声再探听，

卒：　　（唱）下帐说知道。
　　　　　　　　无头无脑的，这是哪壶药？
　　　　　　　　我们三关城，哪有杨宗孝？
　　　　　　　　天门阵不开，又来这一套。
　　　　　　　　自从镇三关，英名也不弱。
　　　　　　　　甲胄常在身，何时得安乐？
　　　　　　　　这宗事没完，番女把阵要。
　　　　　　　　哪里来的兵，单要杨宗孝？
　　　　　　　　吩咐众将发，开关放大炮。
　　　　　　　　本帅亲见她，问问起与落。

　　　　　（白）众将官，一涌齐出，杀他个片甲不归，带马。（下）

　　　　　（上孟良对喜林珠）

喜林珠：来着老将军，请。

孟　良：好不懂情理，看刀。

　　　　　（杀，喜林珠败，又上）

喜林珠：有心伤他性命，又怕日后难对将军，等他赶来打他一锤。

孟　良：哪里走？

喜林珠：看打。

孟　良：哎呀。（下）

喜林珠：哎，连句正经话也没问出来，又来一将，迎上前去。（下）

（焦赞对喜林珠）

喜林珠：老将军请报名姓。

焦　赞：你祖宗焦赞，丫头为何前来攻城？

喜林珠：奴并非攻城，只要把杨宗孝放出来，奴就撤兵，请问老将军可有么？

焦　赞：有，但不知你问多大岁数的。

喜林珠：奴问的十六七岁的小白脸子，枪马无敌的。

焦　赞：那样的没有。

喜林珠：有多大的？

焦　赞：有七八十岁的，有三四十岁的，有未出满月的。

喜林珠：胡说，看刀。

焦　赞：来来来。

（杀，喜林珠败，又上）

喜林珠：等他赶来，用飞锤打他。

焦　赞：哪里走？

喜林珠：看打。

焦　赞：哎呀呀。（下）

（杨景对喜林珠）

喜林珠：来者老将何名？

杨　景：本帅杨景，哪里来的番女？为何无故前来攻城？

喜林珠：奴乃单于国公主喜林珠，前来帮助萧太后，如此这般，半路遇见杨宗孝。我二人成亲以后，他逃在三关城来。你快将他放出来，万事皆休，不然杀你个片甲不归。

杨　景：番女满口胡说，哪里来的杨宗孝？分明是来助萧太后，看枪。

喜林珠：来来来。

（杀，喜林珠败，又上）

喜林珠：老将枪法难敌，有心伤他，又怕将军面上无光，不免给他个厉害，用手一指：五鬼速降！

（上鬼追杨景）

杨　景：呀，不好！（下）

喜林珠：番兵们努力攻城，只要杨宗孝，不得有误。（下）

（上杨景）

杨　景：众将官，火炮乱箭齐发，不得有误。（下）

（出佘太君坐）

佘太君：（诗）怕临青镜悲白发，不见桑榆几度秋。

（白）老身佘太君，因追赶王强，带领儿女来到三关后营居住。阎荣摆下天门阵，众将无法可破，老身也是愁闷。

（上卒）

卒：启禀老太君，门外来一小将口称杨门之后，元帅也不认得，命我领着来见太君。

佘太君：这等领来，老身盘问。

卒：是。（下）小将军随我来。

杨宗孝：来了。祖母在上，小孙子叩头。

佘太君：你且平身。

杨宗孝：是。

佘太君：你说你是杨门之后，你可晓得家中底里吗？

杨宗孝：孙儿不知，是我师父指引。

（唱）宗孝打躬尊祖母，听我细把家中提。
　　　我父延平身居长，生我之时在家里。
　　　八姑抱我花园去，来阵大风把我刮去。
　　　土公老祖把我度，教我战策与玄机。
　　　如今算来十数载，师父命我把山离。
　　　阎荣摆下天门阵，叫我帮兵立功绩。

佘太君：（唱）这是一往实情话，太君坐上犯寻思。
　　　　倒也有这一宗事，孙子来的正对时，
　　　　才要盘查详细问，杨洪进来喘吁吁。（上杨洪）

杨　洪：（白）禀太君，门外有一女将叫阵，只叫杨宗孝出去答话，元帅与众将俱个败回，请太君安排。

佘太君：哦，杨宗孝，这女子找你为何？要你实说。
杨宗孝：祖母，这女子原是这般如此，孙子只怕两国仇敌，不敢收留，故此她随后赶来。
佘太君：原来这样，你去上阵，我随后上城看来。
杨宗孝：是。（下）
佘太君：看起来这是宗孝的不是了。不免上城看来，女子如果贤良，老身做主了，这里又添一股人马，去了萧太后一股力量，杨洪随我上城。（下）
（喜林珠对杨宗孝）
杨宗孝：我当是何人，原来是贵人到了，你不回国，又来生事，难道你不知道我的厉害吗？
喜林珠：哎，将军你看我还回得了国吗？
杨宗孝：你不回国，难道你还赖上我不成吗？
喜林珠：叫你闹得奴人不像人，鬼不像鬼，节烈丧失你手，叫人无法可使，奴才赶你到此。
　　　　（唱）公主勒马红粉面，含羞带愧口难张。
　　　　　　　看他拿话藐视我，不管人家愧怎当。
　　　　　　　寻思半晌呼小将，你叫奴家归哪方？
杨宗孝：（白）回国。
喜林珠：（唱）归回本国也容易，叫我怎见我父王？
　　　　　　　一名二声谁不晓，爹爹闻听气满腔。
杨宗孝：（白）再给你找个主，怕什么呢？
喜林珠：（唱）将军说到哪里去，从一而终是贤良。
　　　　　　　叫你把奴糟践苦，顶名冒姓把奴诓。
杨宗孝：（白）多有骚扰公主，容日再谢。
喜林珠：（唱）酒饭你吃也罢了，不该逼奴入洞房。
　　　　　　　可叹奴名节被你坏，也不说短也不道长。
杨宗孝：（白）我不走，你知道了焉能容我？
喜林珠：（唱）什么容不容的，命该如此配成双。
杨宗孝：（白）两国仇敌，焉能结亲？
喜林珠：（唱）虽然两国不和好，我保留你不动刀枪。

　　　　　　　　去书禀知我父晓，管保撤兵得投降。
杨宗孝：（白）你是番女，断不要你。
喜林珠：（唱）奴家虽是化外女，尚晓三纲与五常。
　　　　　　　　又有圣人束帖指，将军也请思想想。
杨宗孝：（唱）宗孝低头心犯想，这件事情当不当。
　　　　　　　　论理她是难回国，有心救她怕有灾殃。
　　　　　　　　我是奉了叔父令，来擒番女小婆娘。
　　　　　　　　怎敢领她进城去？私救番女罪敢当。
　　　　　　　　欲待杀了公主女，我与她既同了床。
　　　　　　　　有心罢战救人马，叔父问我何话搪？
　　　　　　　　这可怎顾燃眉火？
　　　　　　（白）好番女，你是有夫之妇，又来寻我，快快回去，免得出丑。
喜林珠：哎，将军难道你就绝情到底吗？
杨宗孝：谁还哄你不成？看剑。
喜林珠：来来来。

　　　　（杀，杨宗孝败，进城）

喜林珠：这无义强人，败进城去，执意不要奴家，这可怎好？也罢，讲不起努力攻城，定要与他讲究。如攻不开城，不过自刎而死，也不能回国，番兵们攻城。

　　　　（城上）

佘太君：那一女子这里来。
喜林珠：城上说话者何人？
佘太君：我乃杨府佘太君。
喜林珠：呀，原是老太君，不知杨宗孝是你何人呢？
佘太君：那是我的孙子。
喜林珠：原是祖母在上，恕孙媳妇甲盔在身，不能全礼，儿在马上问安祖母，快与孩儿做主吧。
佘太君：你不要啼哭，你与我孙儿之事老身已问明，他怕临阵娶妻有罪，不敢娶你。等老身奏明圣上，放你进城与我孙子重拜花堂，你上城外扎营，等候消息。你放心，无有不准之理。

喜林珠：多谢祖母之恩。（回身）番兵们，暂且扎营，不准进攻。（下）
佘太君：不免到皇纱帐，奏知此事便了。（下）
（杨宗勉枪马上）
杨宗勉：俺杨宗勉，祖母与哥哥因追王强同上三关，我父有书字到来，命我军前去立功，破天门阵式，离家走了多日，方才打了早尖，以奔三关便了。（下）
（出李剪梅，武旦）
李剪梅：（诗）凤珠愁开分外寒，梅总贞洁瘦不堪。
（白）奴李剪梅，祖居汴梁人氏，我父在世做过吏部天官之职，父母双亡，并无兄妹。奴幼时被九灵圣母度上高山学艺十载，学得武艺精通，打发奴下山，投在姨娘家存生。此处通汴梁大路，姨娘在前面开了一座小店，奴在后房居住。今日闲暇无事，何不郊外射猎一回，演习刀马有何不可？只得走走了。（下）
（出游手、好闲二丑贼）
游　手：拦路劫财我能为。
好　闲：两条穷腿快如飞。
游　手：暗算害人不偿命。
好　闲：损人利己一身肥。
游　手：我短命鬼游手。
好　闲：活不长好闲。
游　手：你我自幼不做好事，吃喝嫖赌，坑蒙拐骗，做这不费力的买卖，这几天正经是困难。
好　闲：我想起个方法来，真妙呀。
游　手：（唱）游手开言叫小弟，好闲有语叫老兄。
　　　　　亏我办事为好汉，我也算是大英雄。
　　　　　咱俩今日出庄去，什么妙法对我明。
　　　　　汴梁城中百里外，那个地方算不中。
　　　　　东南走出几百里，我知道山路崎岖不能行。
　　　　　随身带着蒙汗药，那个地方有可能。
　　　　　遇着软的咱就抢，遇着强的影无踪。

　　　　　　　此药不能丧人命，他要吃了就发蒙。
　　　　　　　将他麻倒抢行李，你我拿起就登程。
　　　　　　　二人出了庄村外，东扭西看脑袋不扔。
　　　　　　　不多一时到山上，隐身等候用眼盯。
　　　　　　　二人行计偷着看，（下）宗勉催马奔关城。

杨宗勉：（唱）宗勉不知三关路多远，晓行夜宿不消停。
　　　　　　　恐怕走错三关路，无有村庄竟是山峰，
　　　　　　　腹中饥饿实难受，哪里打尖把饥充？
　　　　　　　宗勉正在为难处，忽听山上有人声。

游　手：（白）你这馒头是卖的吗？

好　闲：不错，是卖的是卖的。

杨宗勉：（唱）弃蹬下了能行马，路旁树上拴能行。
　　　　　　　上前打躬开言道：
　　　　（白）二位请了，借问这是什么地方？离三关还有多远？

游　手：哎呀，你走差路了，这是上郑州的路。这个抄道是上西番的路，这是奔三关的路。

杨宗勉：前面可有店么？

游　手：店可是有，远点，再走百十里才有店呢。

杨宗勉：这馒头可是卖的吗？

好　闲：卖的。

杨宗勉：我买几个，这是银子，且收过了。

好　闲：你尽量吃吧，完了再算吧。

杨宗勉：如此，拿来我吃。

游　手：是。

　　　　（杨宗勉吃）

杨宗勉：呀，一阵头晕，是何缘故？（倒）

游手、好闲：你看他麻倒了，哈哈哈哈。

　　　　（唱）游手得意哈哈笑，好闲说是好妙法。
　　　　　　　行李银子必不少，我去把他马儿拉。
　　　　　　　身上穿的是细缎，就此动手把他扒。

　　　　　　中衣给他留下吧，扒完赶快就回家。
　　　　　　回家不中招耳目，速速变卖把钱花。
　　　　　　离此十里有座庙，那里肃静少人牙。
　　　　　　衣服行李搁马上，这个长枪不要它。
　　　　　　二人打马奔古庙，好闲开口把话发。

好　闲：（唱）大哥拉马去奔庙，我买酒菜就去那。
　　　　　　二人分手各打算。李剪梅打猎回了家。（上李剪梅）
李剪梅：（唱）郊外去演刀和马，演习完毕觉着乏。
　　　　　　正然走着抬头看，山岭之上是什么？
　　　　　　原来是个青年人，赤身露体不哼哈。
　　　　　　这人必是遇强盗，下马上前问了他。
　　　　　　走至跟前留神看，只见他气儿微微话不发，
　　　　　　只得救他一条命。

（白）此人面貌不俗，人品出众，将他救回家中，我有师父赐的九转还阳丹，救他还阳，也算一世功德。（挟上马，下）

（出冯老寡，老旦）

冯老寡：（诗）一生一世没开怀，男儿女孩无一胎。
　　　　（白）老身冯老寡，老头子早年亡故，剩我一个寡妇，有心再嫁一个丈夫，想想出一家入一家也不容易，开一个小店为生。姐姐抛下一个女孩，上山学艺多年，那日下山来到我家，我娘俩倒是个伴，谁也不敢惹我，因我外甥女武艺超群，心灵性巧，一天天的刀啦马啦的，又去了半天咧。

李剪梅：（内白）姨娘在房？（背杨宗勉上）
冯老寡：哟哟，你咋背个死人来？
李剪梅：姨娘，此人没死，中了蒙汗药，待奴用药灌好立时复生。
冯老寡：哟，如此快取水灌他。
李剪梅：是。（下，拿水灌药）姨娘，唤他醒来。
冯老寡：小伙子醒醒。
杨宗勉：哎呀，罢了我了。
　　　　（唱）忽忽悠悠不知觉，又听有人把我呼。
　　　　　　哎呀一声罢了我，挣扎起来发糊涂。

		不想中了贼人计，大骂两个贼恶奴。
冯老寡：	（白）	哟，你这年轻人嘴咋那么骚哇，怎骂起人来了？
杨宗勉：	（唱）	揉揉二目仔细看，我怎来到这地方？
		记得我在山岭上，两个贼子万恶徒。
		怎么这里有二女？行李马匹一概无。
		若要起来难动转，浑身疼痛筋骨酥。
冯老寡：	（唱）	老人一见开言道，你这孩子不发胡。
		问你家在何处住？为何自己在路途。
		姓字名谁告诉我，被盗失了何衣服？
		清清楚楚对我讲，何人害你下狠毒？
杨宗勉：	（白）	小将杨宗勉，三关探父，不想半路遇贼行凶。
冯老寡：	（唱）	幸而遇见我甥女，救了你命没呜呼。
		将你背到我家内，用药救好知道不？
杨宗勉：	（白）	如此多谢小姐救命之恩，请上受我一拜。
冯老寡：	（唱）	你刚醒来身子软，知礼就算待何如。
杨宗勉：	（唱）	宗勉这才明白了，两眼不住泪漱漱。
		欲待投奔三关去，行李鞍马盘缠无。
		前走无门后退无路，思前想后放声哭。
		爹爹三关不知道，怎知孩儿困路途。
冯老寡：	（白）	哟，你爹在三关是庄稼人，还是做买卖呀？
杨宗勉：	（唱）	也不是庄农与买卖，镇守三关掌兵符。
		望乞伯母可怜我，落难之人苦又孤。
		说罢不住连叩首，冯氏忙忙用手扶。
冯老寡：	（唱）	原来还是贵公子，遭此大难身受辱。
		不用哭来不用痛，在此休养几天工夫。
		老身一生无儿女，认你个义子愿意不？
杨宗勉：	（白）	如此抬爱，母亲受儿一拜。
冯老寡：	（唱）	好个伶俐乖孩子，叫人稀罕爱死吾。
		今日我有儿子了，外甥女你俩另称呼。
		不知谁大与谁小，盘问明白讲清楚。

杨宗勉：（白）儿今十五岁

李剪梅： 我十七岁

冯老寡： 哟，你看看，外甥女是你姨姐，两姨姐弟很对付。儿啦，妈问你有丈人否？

杨宗勉： 没有。

冯老寡： 等妈给你说个媳妇。

杨宗勉： 哪有这么现成的媳妇？

冯老寡： 外甥女不是没择婿吗？姨妈给你找个丈夫，依我说你们姐弟将就了吧，年貌相当很对付。

李剪梅： 哟，难为你老人家想得周到。

冯老寡： 啥，外甥女你可愿意否？

李剪梅： 我没啥说的，不知道人家愿意不？

冯老寡：（唱）他更愿意说不出，救他一命恩不浅。

　　　　　我又没儿又没女，外甥女是儿媳妇。

　　　　　儿子成了你丈夫。（说罢不住哈哈笑。）

（白）此乃三全其美，今日就是大吉之日，就冲皇王爷磕个头就算拜了天地。你们小两口子往后屋一挪就算入了洞房，明日早晨往我这小豆腐房一来，就算回门就完了。

（诗）成全一对美姻缘，姨娘多活几十年。（下）

　　　　　　　　　　　　　　　　　　　　　　　　　（完）

第　四　本

【剧情梗概】杨四郎身陷辽国，十五年未回家乡，对母亲佘太君十分思念。公主发现了丈夫的心事，在两人盟誓后，同意丈夫回乡探母。在公主的帮助下，杨四郎拿到了萧太后的令箭，遂顺利出关，在宋营见到了自己的母亲与众位亲友。萧太后发现令箭不见后，揣测到是公主所为。在杨四郎返回辽国后，萧太后要立刻将二人斩首，但看在小孙子的份上，让二人去阵前戴罪立功。杨六郎得知破天门阵必得降龙木，遂派孟良、焦赞前去寻宝，二人到穆柯寨强索降龙木，却被穆桂英打败。杨宗保得知情况后，请求前去穆柯寨，反而被穆桂英擒住。

（出好闲，步入）

好　闲：（诗）杀人放火是本分，拦路劫杀才算正行。
　　　　（白）我好闲，在岔路岭上与游手二人做了回买卖，得了份财和马匹。真是百年不遇这么一回，要给我一个人，后半辈子都花不了。游手命我打酒买菜，我何不在酒里下上八步断肠散，把他药死，尸首扔在山涧？这银子马匹便都是我一个人的了。外奔他乡另寻生意，娶个美人，安家乐业，过太平日子，岂不美哉？定是如此。腰中现有毒药下在酒内，叫他一吃准死，哈哈哈。走，打酒买菜，送回庙里才是。（下）

（出游手，坐）

游　手：（诗）吃喝嫖赌样样好，只想发财使巧招。
　　　　（白）我游手外号短命鬼，与好闲我二人无所不为，在岔路岭得份大财，银子行李马匹，商量着在这庙里分赃。他买酒菜去了，怎么还不回来呢？这些东西叫他分一半去，我真舍不得。有了，我身边现有短刀一把，等他回来冷不防给他一刀就完了。我骑上大马，远走他乡，无人知晓，一定如此。

好　闲：（内白）哎，大哥在庙呢？（上好闲，手提酒）小弟回来了，美酒香菜买回来了，待我先敬大哥三杯，聊表敬意。

游　手：贤弟敬酒我必喝，但酒凉伤肝，你去弄点火温了。

好　闲：那你去取火去。

游　手：哟，外面来人了。

好　闲：在哪里？（回身）

游　手：看刀。（好闲死）哈哈哈，你再动！好兄弟，你莫怪我心狠无义，这正是清酒红人面，财帛动人心呐，我好兄弟。

（唱）游手一见好闲死，心中得意喜洋洋。
　　　这是我的洪福大，害死贤弟一命亡。
　　　我要发财得了地，一定将你好发葬。
　　　回头看见酒和菜，乐得手脚一齐忙。
　　　不但钱财你没得，连点酒菜也没尝。
　　　口头福儿是天赐，吃饱喝足下山岗。
　　　海角天涯任我走，寻个得意美娇娘。
　　　夫唱妇随过日子，生下儿女一大帮。
　　　想到得意心里乐，端起酒菜坐中央。
　　　酒已烫热喝着美，菜虽凉点吃着香。
　　　从来三杯活万世，一醉却也解惆怅。
　　　一连喝了好几杯，哎呀一阵刀搅肠。
　　　想是喝急压住气，大点一口顺顺当当。
　　　咕咚一声躺在地，七窍流血口一张。
　　　刹时之间断了气。（死）

小和尚：（内白）我光辉，不免进庙歇歇。（上）哎呀，可了不得了，庙里哪来的死人？（看介）这还倒着一个，还有行李马匹，这八成是谋财害命，不对，东西在此。我得看看。（下又上）四顾无人，不免拿着东西拉着马见我师父去便了。（下）

（出杨四郎）

杨四郎：（诗）身落番邦十五年，雁隔衡阳如隔天；
　　　　　高堂老母难见面，无人之处暗伤惨。

（白）本宫四郎杨延辉，我父金刀令公，老母佘氏太君，生我弟兄七人，俱受君禄。因十五年前金沙滩赴会，本宫被擒，蒙太后不斩，番将公主与我成亲，招为驸马。昨日韩昌奏道，阎荣摆下天门阵式，宋主御驾亲征，六弟为帅，老母也在营内。我想到宋营探母，怎奈关津阻路，插翅

　　　　　难飞，思想起来好叫人伤感。
　　　　（唱）杨延辉坐宫中自思自吁，又想起当年事好不惨然。
　　　　　　　我好比笼中鸟有翅难展，又好比虎离山受了孤单。
　　　　　　　又好比空中雁失群飞散，又好比浅水龙被困沙滩。
　　　　　　　想当年双龙会一场大战，只杀得血成河尸骨成山。
　　　　　　　只杀得杨家将奔逃四散，只杀得众儿郎滚下雕鞍。
　　　　　　　我被擒改名姓脱离此难，杨家字析木易配了姻缘。
　　　　　　　这北国摆天门两下会战，我老母送粮草来到此番。
　　　　　　　我有心过营去见母一面，怎碍我身在此难以出关。
　　　　　　　思老母想得我肝肠寸断，想老娘流痛泪湿透胸前。
　　　　　　　眼睁睁母子俩难以相见，想见面除非是南柯梦间。
萧碧琼：（白）丫鬟带路。（丫鬟抱孩）
　　　　（唱）公主女带丫鬟要把宫进，今日个与驸马去把心谈。
　　　　　　　百花开牡丹放风光一生，艳阳天春光好白鸟声喧。
　　　　　　　我有心同驸马前去观景，怎奈他这几日愁锁眉头。
丫　鬟：（唱）丫鬟掀帘把门进。
　　　　（白）驸马爷，公主到了。
杨四郎：公主请坐。
萧碧琼：咱夫妻同坐。
杨四郎：哎。
萧碧琼：我说驸马，到我国一十五载，朝欢暮乐，这几天总是愁眉不展，长叹短气的，难道有啥心事不成？
杨四郎：本宫无啥心事，公主不要多疑。
萧碧琼：你说你没有心事，你那眼泪还没擦干呢。
杨四郎：哦，这个。（擦）
萧碧琼：现擦也来不及了。
杨四郎：本宫心事倒有，但大罗神也难以猜透。
萧碧琼：哼，也别说你那点心事，就连母后的心事，咱家不猜便罢……
杨四郎：公主要是一猜呢？
萧碧琼：猜他个八九不离十。咱们是阴天打孩子，闲着也是闲着，丫鬟与我搭座向前。

（夫妻近对坐）

萧碧琼：（唱）莫不说我母后将你慢怠。
（白）驸马，猜中了吧？

杨四郎：你猜错了。

萧碧琼：怎么猜错了？

杨四郎：公主你想本宫乃是被擒之人，多蒙母后不斩，将公主配我，恩重如山，别说没有慢怠，就有点慢怠，又有何妨？

萧碧琼：哦，哦，知道了。
（唱）莫非说夫妻鱼水少欢。
（白）这第二件猜着了吧？

杨四郎：又错了。

萧碧琼：怎么又错了？

杨四郎：你我夫妻恩恩爱爱，如胶似漆，还有什么鱼水少欢？那不对。

萧碧琼：又不对，听我再猜。
（唱）莫非说思想秦楼与楚舍？
（白）驸马，这三猜对了吧？

杨四郎：又猜不对了。那秦楼与楚舍，还胜过皇宫内院吗？

萧碧琼：哼，不对了，你再听了。
（唱）莫不是别抱琵琶另外弹？
（白）驸马，这回猜着了吧？

杨四郎：哎呀，公主，我乃被擒之人，蒙太后不斩，你我夫妻恩恩爱爱，还想什么抱琵琶别弹，你这话岂不屈了我了？（哭）

萧碧琼：你瞧瞧，说着说着还哭起来了。

杨四郎：我屈了公主了。

萧碧琼：哎，这回我就难猜了。这不是，那不是，是何缘故？

杨四郎：公主你猜不来了。

萧碧琼：我非得给你猜上。

杨四郎：这个。（立起手，擦眼）

萧碧琼：看驸马这光景，我再一猜可就猜着了。

杨四郎：请讲。

萧碧琼：驸马听了。

（唱）莫非是思故乡意志难拴？

杨四郎：（思虑）（白）公主虽女流，聪慧过人，猜透了杨延辉腹内机关。

（唱）我本当走上前求她方便，且慢，必须要紧闭口慢吐实言。

（白）公主。

萧碧琼：驸马这一猜，猜着了吗？

杨四郎：心事倒被公主猜透，不能与本宫做主也是枉然。

萧碧琼：哼，你说了真情实话，大大小小的，也能给你出个主意。

杨四郎：哎，公主啊。

（唱）我本是南朝人你是番邦女，千里姻缘一线牵。

公主对天盟誓愿，本宫方敢吐实言。

萧碧琼：（白）听你之言，你我要盟誓。

杨四郎：正是。

萧碧琼：本宫一生不会盟誓。

杨四郎：番邦之女连誓都不会盟？

萧碧琼：不像你们南蛮子拿着盟誓不当个啥。

杨四郎：待本宫教给你，跪在地上，口称皇天在上，番邦女子在下，驸马对我说了真情实话，我要走漏消息，老天把我怎长怎短。

萧碧琼：哼，我明白了，让我跪在地上，口称皇天在上，番邦女子在下，驸马对我说了真情实话，我要走漏他的消息，老天把我怎长怎短。我说驸马呀，倒是多长多短哪。

杨四郎：要你心中，可对天一表。

萧碧琼：你当本宫真不会盟誓呢？你抱着孩子。（杨四郎接孩子）听妈妈盟誓。

（唱）番邦女跪在了皇宫内院，尊一声过往神细听奴言。

（白）我要是走漏了消息半点，

杨四郎：怎么样哪？

萧碧琼：哎罢了，

（唱）七尺灵悬高杆尸骨不全。

杨四郎：言太重了。

（唱）一见公主盟誓愿，本宫不由心放宽。

扫地一躬施下礼，夫妻对坐谈心田。

萧碧琼：（白）我把誓也盟了，你有什么话就说罢。
杨四郎：公主你当本宫真姓木易么？
萧碧琼：满朝文武哪个不知道你是木易驸马呢？
杨四郎：非也。
萧碧琼：这么说你来到我国一十五载，连个真名实姓都没有，今日说了真情实话还罢了，不然禀明母后要你的脑袋。
杨四郎：哎，公主啊！
萧碧琼：你别公猪母猪的，说好的吧。
杨四郎：（唱）未开言不由得泪流满面。（萧碧琼把孩尿）

（白）公主，本宫和你讲话，你竟在阿哥身上打望。
萧碧琼：你说你的话，还当①我给我孩子把尿嘞。
杨四郎：公主，贤公主，你听我说，表表家门，家住山后磁州郡，火塘寨上有家门。
萧碧琼：你父何名？
杨四郎：金刀令公是我的父。
萧碧琼：你母何名？
杨四郎：佘氏太君生我等七男，宋主金沙滩来赴会，我弟兄八员将。
萧碧琼：我说你这人，说话怎么前言不搭后语呢？
杨四郎：怎见的？
萧碧琼：你说你弟兄七人，怎么又出来八个呢？
杨四郎：公主，还有八郎延顺呢。

（唱）多年以前征战乱，赴会就在金沙滩。
　　　大哥替主尽忠死，二哥短剑丧黄泉。
　　　三哥马踏如泥乱，五弟出家五台山。
　　　六弟三关威名显，七弟乱箭把身穿。
（白）我本姓杨。

萧碧琼：杨什么？
杨四郎：哎，公主，我的贤妻呀！

---

① 当：此处意为耽误速度。

　　　　　　（唱）我本四郎名改换，杨析木易配姻缘。
萧碧琼：（唱）听罢吓了一身汗，十五载木易才漏真机关。
　　　　　　怪不得这几日愁眉不展，思家乡怀故土不能团圆。
　　　　　　公主走上前重把礼见，尊声驸马听奴言。
　　　　　　十五载奴多慢怠，不知不怪海量宽。
杨四郎：（唱）你我夫妻恩匪浅，公主何必礼太谦？
　　　　　　延辉有日愁眉展，不忘公主恩如山。
萧碧琼：（唱）这几日我见你愁眉不展，有何心事对奴言。
杨四郎：（唱）并非是我愁眉不展，心有一事不敢明言。
　　　　　　北番摆下天门阵两国会战，老母解粮到北番。
　　　　　　有心过营老母会面，我身在此难过关。
萧碧琼：（唱）你休巧言来舌辩，你要探母我不拦。
杨四郎：（唱）公主既要行方便，无有令箭难过关。
萧碧琼：（唱）有心赠你金令箭，怕你一去不回还。
杨四郎：（唱）公主赠我金令箭，见母一面就回还。
萧碧琼：（唱）宋营离此路儿远，快马加鞭一夜还。
　　　　　　适才叫我盟誓愿，你也得对天表一番。
杨四郎：（唱）公主叫我盟誓愿，你心我心俱一般。
　　　　　　双膝跪倒皇宫院，过往神灵听我言。
　　　　　　我今探母不回转，
萧碧琼：（白）怎样？
杨四郎：（唱）黄沙盖顶尸不全。
萧碧琼：（白）言太重了！
　　　　　　（唱）一见驸马盟誓愿，咱家才把心放宽。
　　　　　　驸马你后宫巧改扮，我盗令箭你好过关。（下）
杨四郎：（唱）一见公主去盗令箭，本宫才把心放宽。
　　　　　　站立宫门叫小兵，将我的千里驹备好爷过关。（下）
　　　　　　（站宫女，上萧碧琼）
萧碧琼：（唱）太后坐在银安殿，公主盗箭上银安。
　　　　　　怀抱娇儿把殿上，来见母后把驾参。

（白）母后在上，儿请安。
萧　　后：一旁坐了。
萧碧琼：儿告座。
萧　　后：儿呀，不在皇宫来这银安殿为何？
萧碧琼：与母请安。
萧　　后：娘安好，回宫去吧！
萧碧琼：是，儿遵命。
（唱）母后命我回宫院，站起身来自揣度。
　　　金批令箭桌上放，不能到手是枉然。
　　　低下头来暗打算，忽然妙计上心间。
　　　我把孩子掐一把。（孩哭）
萧　　后：（唱）外孙啼哭为哪般？
萧碧琼：（唱）他看桌上金批箭，想要到手玩一玩。
萧　　后：（唱）外孙是娘心上肉，要啥娘也不心烦。
　　　　　用手递过金批箭，玩耍够了再送还。
萧碧琼：（白）是。
（唱）用手接过金批箭，母后中了巧机关。
　　　转身下了银安殿，交于驸马好出关。（下）
萧　　后：（唱）太后下了银安殿，那小女儿弄夸口。（下）
杨四郎：（唱）杨四郎头上摘下胡人帽，身上脱下紫罗衫。
　　　　　檐毡帽子戴头上，三尺龙泉悬腰间。
　　　　　方身立在宫门外，等候公主盗令还。
　　　　　银安殿盗来金批箭，打发驸马好出关。
（白）公主回来了。
萧碧琼：回来了。
杨四郎：令箭可曾到手？
萧碧琼：驸马你拿去吧。（杨四郎接）
杨四郎：公主，请上受我一拜。
萧碧琼：一夜之间，还拜啥呀？
杨四郎：公主。

　　　　　（唱）虽然一夜时间限，为人必须礼当先。
　　　　　　　　辞别公主上战马，泪汪汪地哭奔三关。（下）
萧碧琼：（唱）一见驸马上马走，倒叫本宫也辛酸。
　　　　　　　　擦泪抱儿回宫院，五鼓天明盼夫还。（下）
　　　　　（上卒，杨四郎马上）
番　卒：（唱）奉令来把关门守，专查行人来往过关。
杨四郎：（唱）适才离了皇宫院，夫妻分别泪不干。
　　　　　　　　催马来至关门口，把关儿郎列两边。
　　　　　（白）番兵们开门。
番　卒：干什么的？
杨四郎：奉太后之旨。
番　卒：可有令箭么？
杨四郎：令箭在此。
番　卒：拿来我看。
杨四郎：站定了。
　　　　　（唱）忽听番兵要令箭，翻身下了马雕鞍。
　　　　　　　　用手取过金批箭，递与门军仔细观。
番　卒：（唱）果然太后金批箭，就请将军你出关。
　　　　　　　　两国不合长征战，把守关口休当玩。
　　　　　　　　不是太后金批箭，莫放他人走出关。（下）
　　　　　　　　我看此人好面善，好像当朝驸马官。
　　　　　　　　你我在此莫久站，禀报太后走一番。（下）
杨宗保：（唱）宗保巡营来营外。
　　　　　（白）俺杨宗保奉命巡查奸细。
　　　　　（上卒）
番　卒：报少爷得知，我们拿住一个奸细，请少爷定夺。
杨宗保：绑入帅府。（下）
　　　　　（杨景升帐）
杨　景：（诗）拿住番邦将，夜坐白虎庭。
　　　　　（白）本帅杨景，方才宗保差军校报道，拿住奸细，因此秉灯升帐。军校们,将拿来的奸细带上来。

番　卒：哈!

（唱）大喊一声如雷震,杨家将令惊鬼神。

（带上杨四郎）

杨四郎：（唱）来到帅庭看得准,上坐同胞共乳人。
　　　　　　　知道假装不认识,他问我一言答一言。

杨　景：（唱）杨景坐上闪目看,看见番邦奸细人。
　　　　　　　我问你家住在哪里？姓甚名谁说个真。

杨四郎：（唱）我家住在火塘寨,火塘寨上有家门。
　　　　　　　金刀令公是我父,我母佘氏老太君。
　　　　　　　十五年前金沙滩,上阵落马被贼擒。
　　　　　　　元帅不必往下问,我是四哥到来临。

杨　景：（唱）杨景在上听得准,原是四哥回营门。
　　　　　　　忙忙离座解开绑,兄弟共坐叙家情。

（白）宗保,快见过你四伯父。

杨宗保：是,伯父在上,侄儿参见。（跪）

杨四郎：这是何人？

杨　景：他是你侄儿宗保。

杨四郎：多大了？

杨宗保：一十六岁。

杨四郎：侄儿抬起头来。

（宗保抬头）

杨四郎：好啊,侄儿相貌堂堂,真是将门出虎子,待本宫谢天谢地,侄儿起来。

杨宗保：是,谢过伯父。

杨　景：四哥失落叛邦十五载,怎得逃出虎穴？

杨四郎：哎,六弟若问,一言难尽了。

（唱）失落番邦十五载,好似孤雁落山坡。
　　　耳听母亲来北塞,因此连夜探母来。

杨　景：（唱）自从四哥失北塞,母亲终日痛悲哀。

杨四郎：（唱）我问咱母在何处？

杨　　景：（唱）现在在帐把兵排。
杨四郎：（唱）有劳六弟把我领，后帐探探母萱台。
杨　　景：（白）四哥随我来。
杨四郎：来了。（下）
　　　　　（出佘太君、杨八姐、杨九妹站）
佘太君：（唱）北国摆下天门阵，老娘昼夜苦用心。
　　　　（白）老身佘太君，可恨阎荣摆下天门阵式，将任师爷陷入阵内，番兵屡屡要阵，合营众将，无人出马，因此免战牌高举。
杨　　景：（内白）四哥稍等，我先禀过母亲。（上）恭喜了，母亲。
佘太君：为娘喜从何来？
杨　　景：我四哥回来了。
佘太君：你哪个四哥回来了？
杨　　景：失落番邦一十五年的延辉我四哥回来了。
佘太君：怎么，我儿延辉回来了？
杨　　景：正是。
佘太君：现在哪里？
杨　　景：现在门外。
佘太君：快叫他进来。
杨　　景：是。（下，内白）四哥随我来。
杨四郎：来了。（同上）六弟，这是何人？
杨　　景：咱的老娘。
佘太君：（问杨景）他是何人？
杨　　景：他是延辉，我四哥。
佘太君：罢了，我的儿呀！
杨四郎：母亲呀！老娘在上，延辉儿拜，千拜万拜，拜不过不孝罪来。
　　　　（唱）失落番邦十五载，好似孤雁群离开。
　　　　　　　更名木易把名改，好似明珠被土埋。
　　　　　　　胡人衣冠难穿戴，终朝每日痛悲哀。
　　　　　　　茶难吃来饭难咽，常将母亲挂心怀。
　　　　　　　耳听母亲来北塞，我巧扮番卒探母来。

佘太君：（唱）耳听此言心酸痛，泪珠滚滚流下来。
　　　　　　　金沙滩上一场战，杀得我杨家苦哀哉。
　　　　　　　你大哥替主尽忠死，你二哥短剑赴泉台。
　　　　　　　你三哥马踏如泥乱，你五弟出家上五台。
　　　　　　　你六弟三关领人马，你七弟乱箭丧尸骸。
　　　　　　　你八弟不知在不在，我儿你十五载回朝来。
　　　　　　　原料母子难见面，哪阵风把我儿刮进大营来。
杨四郎：（唱）儿听说老母来北塞，央公主盗令箭闯出关来。
佘太君：（唱）一十五载成恩爱，北国公主真贤哉。
杨四郎：（唱）提起公主实可爱，千金难买女裙钗。
　　　　　　　一十五年成夫妇，生你孙子小婴孩。
　　　　　　　临行时嘱咐我给老母把好带，百拜老母问安泰。
　　　　　　　要不是她盗令箭，母亲哪，儿生双翅飞不出来。
佘太君：（唱）眼望北国将头点，称赞公主女贤才。
杨　景：（唱）杨景上前把四哥拜。
杨四郎：（唱）六弟可挂忠孝牌。
杨八姐、杨九妹：（唱）八姐九妹把四哥拜。
杨四郎：（唱）难得妹妹女裙钗。问母亲你的儿媳今何在？
太　君：哎！
　　　　（唱）她为你终朝每日吃长斋。
　　　　　　　我儿失落番邦外，你妻终日痛悲哀。
杨四郎：（唱）听罢来历痛伤怀，吾妻为我吃长斋。
　　　　　　　八姐九妹把四哥带。
太　君：（白）你哪里去？
杨四郎：儿去看一看娘的媳妇我的妻，去就回来。（下）
太　君：（唱）今日我儿回营寨，又是喜来又悲哀。（下）
赵美荣：（唱）再表赵氏美荣女，终朝每日痛悲哀。
　　　　　　　日月如梭催人老，不知不觉两鬓白。
　　　　　　　夫主一去十五载，书也不捎信也不来。
　　　　　　　不知可是在不在，左盼右盼不回来。

夫主哇！你就是在阴灵，也该与妻托个梦来。

美荣叨念胡思想，妹妹进房乐满腮。

杨八姐、杨九妹：（白）嫂嫂，大喜来了。

赵美荣： 妹妹，嫂嫂终日愁有千般，喜从何来？

杨八姐、杨九妹： 我四哥回来了，嫂嫂不是喜吗？

赵美荣： 你四哥，现在在哪里？

杨八姐、杨九妹： 现在门外。

赵美荣： 带我看来。（下，八姐、九妹同下）

（杨四郎面对赵美荣，杨八姐、杨九妹后立）

赵美荣： 罢了，我的夫呀！

杨四郎： 贤妻呀！

赵美荣： 夫主呀！

（唱）忽然一见夫主到，顾不得欢喜放悲哀。

杨四郎：（白）贤妻，正是拙夫回来了。

赵美荣： 夫哇！哪阵风把你刮回来，我问你，

（唱）十五年来在何处？快对为妻说个明白。

杨四郎：（白）如此这般被陷北国。

赵美荣： 怪的你不回来呢，原来你还做了驸马，公主怎么放你回来？

杨四郎： 我与她立下誓言，探母一毕一夜便回呀。

赵美荣：（唱）怎么的一夜之间就回去，你还想我们夫妻俩分开？

杨四郎：（白）令箭在此，要是不回去，公主就有性命之忧。

赵美荣：（唱）我为你哭干眼中泪，为你终日吃长斋。

杨四郎：（白）夫人贤惠，拙夫感恩不浅。

赵美荣：（唱）恩不恩扔在外，夫妻永远不分开。（打三更）

杨四郎：（白）呀，你听鼓打三更不久天明，咱夫妻不可久谈，拙夫就要告辞了。

赵美荣：（唱）难为你说出这句话，你怎不把良心拍？

那里终日常聚首，这里一会也不来。

你走到哪我跟到哪，不用再想两分开。

杨四郎：（白）我还得回北国呢。

赵美荣：（唱）就是上天跟着你，哪怕西天见如来。（打四更）

杨四郎：呀！

（唱）耳听天交四更鼓，只得前帐辞娘来。
把心一横往外走，

赵美荣：（唱）一把抓住不放开。（下）（佘太君、杨八姐、杨九妹、杨景坐）
母子四人前庭坐，夫妻拉扯走进来。
（白）母亲，你儿十五年在外，今日回来，未有半宿之工，他就要走了。

杨四郎：我不但辞别娘子，连老母也要辞别了。

佘太君：我儿不可！一十五载，今日回家，正当一家团圆。

杨四郎：娘呐，儿要不回去，你那公主儿媳妇就有性命之忧，且我二人对天盟誓，五更鼓必回，我今此来，一为探母，二为泄天门阵的机密。那阎荣摆天门阵本是用真神正神，要破天门阵必得先破青龙白虎二阵，必得降龙木不可。六弟急差人上五台山见你五哥，央求他师父乾元长老借来降龙木，然后破阵不难。话已说完，天交五更鼓，我就起程。

佘太君：我的儿呀！

杨四郎：老娘呀！
（唱）我难舍老娘年事高！

杨　景：（白）四哥呀！

杨四郎：（唱）难舍六弟栋梁才！

杨八姐、杨九妹：（白）四哥呀！

杨四郎：（唱）难舍八九同胞妹！

赵美荣：（白）夫主呀！

杨四郎：（唱）难舍吾妻女裙钗！一家人哭得如酒醉，
大家不必痛悲哀。六弟快找降龙木，
等破天门阵再回来。（下）

佘太君：（白）你看四郎我儿去了，罢了我的儿呀！

杨　景：四哥呀！（下）
（出萧后）

萧　后：（诗）两国不合刀兵动，摆下天门阵九宫。
（白）哀家萧氏，阎道长摆下天门阵式，宋营终日免战牌高悬，不久必呈降书顺表。

（上卒）

卒：　　启禀太后，我们奉命守关，盘查来往行人，有一爷手拿令箭出关，好像驸马爷的模样。

萧　后：起过了。

卒：　　哈。（下）

萧　后：我想必是铁镜公主这个丫头的诡计，盗去令箭，私放驸马回南，真是养女向外。番兵们，将公主请来。

卒：　　（内白）太后有请公主。

萧碧琼：是来了。

（萧碧琼抱孩上）

萧碧琼：儿参母后。

萧　后：哎，好大胆的冤家，竟敢盗去令箭私通宋营，还不与我从实讲来。

萧碧琼：呀，母后呀！细听孩儿说一番。

（唱）驸马他的真名姓，木易本是虚假言。

他是南朝杨门后，四郎延辉陷北番。

今年正是十五载，思亲探母要回还。

驸马他有孝母意，孩儿岂能不从权？

斗胆盗去金批箭，我二人对天盟誓他说一夜必回还！

萧　后：（白）好个逆女，他在北国一十五年，你今放他回国，岂不泄露咱的机关，真乃大胆，哼！

（上杨四郎）

杨四郎：（唱）三关辞别高堂母，回到北国亮了天。

迈步上了银安殿，三拜九叩把驾参。

（白）恭见太后。

萧　后：哼，你来我国一十五载，到底你是何人？从实说来！

杨四郎：我乃杨延辉，多蒙母后不斩，昨夜过关见母，今日回来领罚。

萧　后：不必多言，番兵们，将驸马与公主一齐斩首。

（卒不动）

萧碧琼：（唱）母后下令要问斩，到叫女儿有话云。

开言便把驸马叫，你快哀告老娘亲。

　　　　　　当初被擒必挨斩，为何将儿配成亲？
　　　　　　斩了孩儿不要紧，儿的终身靠何人？
　　　　（白）老娘呐！

萧　　后：给我推下去！
　　　　（推杨四郎下，公主不下）

卒：　　（白）公主，哭能把事哭完了吗？

萧碧琼：怎么办？

卒：　　想主意。

萧碧琼：事到如今，啥法也没有了。

卒：　　那么令箭你怎么盗去的呢？

萧碧琼：是由小阿哥身上所起。

卒：　　这不就得了？讲不了还得由小阿哥身上所完。

萧碧琼：怎见得呢？

卒：　　你如此这般所办。

萧碧琼：哦，哦，是了。
　　　　（唱）叫他一言提醒我，本宫只得照计行。
　　　　　　迈步上了银安殿，母后面前要耍疯。
　　　　　　女儿女婿都要斩，留下外孙也不成。
　　　　　　举起孩子摔下去，
　　　　（二臣拉着）

萧　　后：（白）你摔外孙娘心疼。
　　　　（二臣跪）

二　　臣：太后哇！
　　　　（唱）公主驸马本该斩，看我俩面上把他们容。

萧　　后：（唱）死罪饶过活罪难免，叫他俩随营去立功。
　　　　（白）看你二人之面，死罪饶过，活罪不免，叫他阵前立功赎罪。

二　　臣：谢过太后。（下）
　　　　（上杨四郎、萧碧琼）

杨四郎、萧碧琼：多谢母后不斩之恩。

萧　　后：要不怕吓着我小外孙子，一定不饶！（下）

（出杨五郎）

杨五郎：（诗）扫地休伤蝼蚁命，爱惜飞蛾纱照灯。

（白）山人杨延德拜乾元长老为师，自从五台山救了大宋真命天子，一尘不染，苦念黄经。听说六弟破了北国韩昌人马回国，阎荣带兵征伐大宋，如今不知胜败如何。

（上小和尚）

小和尚：禀师父，外面有两员将军，说由三关而来，要见师父。

杨五郎：三关来人，必有事故，有请。

卒：哈。（下，内白）有请二位。

孟良、焦赞：来了。（同上）五哥在上，孟良、焦赞有礼。

杨五郎：二位贤弟请坐叙话。看座。徒儿们看茶。二位贤弟到此何事。

孟良、焦赞：哎，五哥听了。

（唱）口呼杨五哥，听我说详细。
　　　　自从五台山，天子出险地。
　　　　到了幽洲城，又把大难遇。
　　　　番兵围困城，刀枪如林密。
　　　　看看粮草完，六哥出了世。
　　　　设摆阵牤牛，北国兵败去。
　　　　片甲未归回，只剩人五骑。
　　　　韩昌被生擒，没杀放回去。
　　　　怒恼萧银宗，大帐议军事。
　　　　差遣老阎荣，杀法了不得。
　　　　不但杀法高，邪法有暗器。
　　　　法宝打六哥，当时昏过去。
　　　　抬回三关城，呼吸断了气。
　　　　天子无主张，众将也没治。
　　　　八王干着急，老母哭啼啼。

杨五郎：（白）天子、老母，怎么来到三关呢？

孟良、焦赞：（唱）只因追王强，来到三关地。

杨五郎：（白）六弟怎么样了？

孟良、焦赞：（唱）多亏任师爷，仙丹给两粒。

　　　　　　　　　　引子难以淘，更是没法治。

杨五郎：（白）什么引子，这样难淘？

孟良、焦赞：（唱）唯雌龙发四根，必得萧后的。

杨五郎：（白）萧后是仇敌，焉能给长发呀？

孟　良：（唱）我就上北番，盗发装达子。

　　　　　　　见了我四哥，如此设巧计。

　　　　　　　盗来发四根，龙泪也不易。

　　　　　　　多亏寇老头，诓君做把戏。

　　　　　　　救好我六哥，又出大难事。

　　　　　　　怒恼老阎荣，摆下一阵式。

　　　　　　　任道爷道安，打进阵里去。

　　　　　　　六哥正设法，四哥由北至。

　　　　　　　说破天门阵，必得老祖去。

　　　　　　　我俩奉命来，对你说详细。

　　　　　　　这是一往情，虚言没一句。

杨五郎：（唱）延德听此言，不由长叹气。

　　　　　（白）二位贤弟，前天老祖师出外远游，不知几时才能回来。

孟良、焦赞：老祖师既不在山，五哥下山走上一趟，一来看看老母，二来破阵降妖，岂不是好？

杨五郎：我去了也罢，但破阵非降龙木不可。

孟良、焦赞：此宝出在何处？

杨五郎：穆柯寨。

孟良、焦赞：我二人急去穆柯寨，去取降龙木去也。（下）

杨五郎：两个鲁夫也不详细问问，如飞而去，有也拿不来，只得听候回音便了。（下）

　　　　　（穆洪升帐）

穆　洪：（诗）百里为主府库充，逍遥自在任纵横。

　　　　　（白）孤家穆柯寨寨主穆洪，人称穆天王。本南朝之人，因与奸臣不睦，来到此山为王，招军买马，聚草屯粮。所生二子一女，长子穆林，次子穆风，俱有万夫不当之勇；女儿桂英，十二岁那年，被仙人度去学艺数年，前年下山认父。学的武艺高强，法术精通，并未择配，必取得才貌双全的门婿。怎奈山高路远，无人敢来，有心投宋，机会难遇。

（上卒）

卒：报大王得知。

穆 洪：何事？

卒：山下来了两个大汉，一黑一红，十分凶恶，口口声声叫大王，献出降龙木万事皆休，不然放火烧山，寸草不留。

穆 洪：哎呀呀，这还了得，小番们，炮响下山，抬刀带马。（下）

（焦赞对穆洪）

穆 洪：哪里来的丑汉，到此何事？报上名来。

焦 赞：我乃玉皇爷凌霄殿前的黑煞神下界，到你山上来取降龙木，快快献出，免得费事，不然杀上山去，人牙不留。

穆 洪：哼哼，好个不懂礼的野人，竟敢胡言，看刀。

焦 赞：来了。

（杀，焦赞败，孟良对穆洪）

穆 洪：来将快报上名来。

孟 良：俺孟良听说你这山上有根降龙木，快快献出，免得费事。

穆 洪：你说此话叫人糊涂，老夫无有此物，为何硬要？

孟 良：明明不愿意献出，敢说没有，看斧子！

穆 洪：不讲理的东西，看刀。

（杀，孟败，又上）

孟 良：山寇骁勇，不免取出葫芦，放火烧他。

穆 洪：哪走呀！不好！

（唱）正然追赶无防备，一片大火来得凶。
躲着不过烧着了，胡须衣服乱腾腾。
不顾打仗往回跑，吩咐喽啰寨门封。
下马上了分金帐，烧得浑身紫又青。
哪来丑汉来惹事？平白无故把事生。
哪里可有降龙木？并无头脑人发蒙。
又不说明什么话，放火烧个通天红。

　　　　　　坐在大帐心急躁，惊动小姐穆桂英。（上穆桂英）
穆桂英：（唱）正在后寨习针织，忽听前帐乱哄哄。
　　　　　　不知却是何缘故，不免前去问分明。
　　　　　　出了后堂上大帐，看见爹爹吃一惊。
　　　　　　胡须烧得糊巴了，眼眉烧得净打净。
　　　　　　身上衣服全烧坏，脸也肿了肉也青。
　　　　　　忍耐不住把父问，爹爹这是为何情？
穆　洪：（白）如此这般，浑身疼痛。
穆桂英：（唱）原来是中了敌人火，这有何难不费工。
　　　　　　用手一指喷法气，立时止疼妙法灵。
穆　洪：（白）呀嘿，好了，不疼了。
穆桂英：（唱）父王且免心忧虑，女儿立刻下山峰。
　　　　　　去会会哪里来的铁罗汉，定与爹爹报冤仇。
　　　　　　要不拿住撒野汉，妄为人间女英雄。
穆　洪：（白）女儿，小心他的厉害。
穆桂英：放心。
　　　　（唱）吩咐一声看刀马，下帐换装把衣更。
　　　　　　穆洪伤好去观阵，（下）桂英下山喊连声。
　　　　　　两个丑汉快送死，焦赞提剑大交锋。（杀）
　　　　　　来往大战几十趟，老孟大叫眼气红。
孟　良：（白）好个黄毛丫头，看斧子吧。
　　　　（杀，孟良败，又上）
孟　良：好个女寇，刀法精奇，不勉用火烧她便了。（放火）
　　　　（上穆桂英）
穆桂英：好个丑汉用火烧我，怎得能够！取出风火扇，往回一扇，其火自退。
　　　　（火回烧，孟良跑）将他烧得大败而回，喽啰们，将兵回山。（下）
　　　　（急上孟良、焦赞）
孟　良：快跑！快跑！
焦　赞：好烧！好烧！
孟　良：丫头十分厉害，你我不是她的对手，降龙木也没借来，回关禀知元帅再作定夺。

焦　赞：有理。（下）

（升帐，五人站）

合：（诗）出兵发马敢当先，力战难以胜妖仙。

寇　准：（白）下官寇准。

岳　胜：花刀岳胜。

陈　林：陈林。

柴　干：柴干。

杨宗保：杨宗保。

卒：元帅升帐在此伺候。

（出元帅杨景）

杨　景：（唱）颤抖抖不敢出马，闷悠悠难破天门阵。

（白）本帅杨景，阎荣摆下天门阵，把任道爷打入阵内，正在愁闷，四兄盗了令箭进关，说明阵中机密，破阵必得乾元长老下山。已命孟焦二位贤弟上五台山请乾元长老与五兄长前来破阵。去了多日怎不见回来？

卒：（内白）报，孟良、焦赞告进。（上二人）

孟良、焦赞：元帅在上，我二人交令。

杨　景：二位贤弟可请来老祖么？

孟良、焦赞：哎，元帅不消问了。

（唱）二人奉令五台去，乾元长老没在庙。

杨　景：（白）五哥呢？

孟良、焦赞：（唱）五哥说破阵必得降龙木。

杨　景：（白）在何处呢？

孟　良：（唱）说是出在穆家山冈。

我们到了穆柯寨，出来寨主穆天王。

不但不借降龙木，反来与我动刀枪。

被我用火烧回去，二番来个大姑娘。

把我一刀磕下马，摔得筋骨疼得慌。

将我火攻也破了，烧得胡须焦又光。

无法回来见元帅，发去人马抄山岗。

    取来宝贝好破阵，搭救任爷命不亡。
    杨景耳听更愁闷，寇准上帐把口传。

寇 准：（唱）元帅不必心忧虑，我看他们办事荒唐。
    既是求借降龙木，讲杀讲打礼不当。
    莫如差个能言者，备下厚礼走一场。
    大料无有不能借。

杨 景：（白）好。
    （唱）先生之言好主意，不知何人去可以？

杨宗保：（唱）宗保上帐说儿往。
    （白）父帅，孩儿愿往。

孟 良：你去也不是对手，那天王不讲理，非得把他打败，硬要不可，你去道中必得带兵，我二人也跟去看事做事才妥。

杨 景：如此，你叔侄带兵五百，用好言相劝，不可莽撞。

合 ：遵命。（下）

杨 景：你看他三人去了，听后面回音才是。（下）

  （三人马上）

孟 良：宗保哇！

杨宗保：二叔说什么？

孟 良：你此去叫你带兵为何？

杨宗保：侄儿不知，叔父指教。

孟 良：那穆天王何足为惧？他有个女儿穆桂英，马快刀沉，在疆场伤我二人，大战数合，我又说了，

杨宗保：叔父说什么？

孟 良：我说小丫头要献降龙木便罢，如若不献，回营调兵踏平山寨，杀你个鸡犬不留。

杨宗保：那番女怎样？

孟 良：听着：那番女纵马横刀近前。

杨宗保：近前怎样？

孟 良：我说别忙，我要唬他一唬，我说小丫头，等我回营，请来我们少将军前来与你比个雄雌。

杨宗保：一提杨门，名扬四海，威震番邦，闻名丧胆，何况她是区区女寇，定然俯首献宝。

孟　良：得了得了，别说了。

杨宗保：哦，怎的呢？

孟　良：要是不提杨门便罢，要提起杨门……

杨宗保：怎样？叔父快说！

孟　良：哎，小将军别发火，听着：那丫头说，别说杨门威名，就是合营将校都来，也如同草芥，何况一个小小的孺子，岂敢小视穆柯寨女太岁穆桂英？

杨宗保：哼哼，二叔，她果然有此话吗？

孟　良：嘿嘿，我何时撒过谎？

杨宗保：当真。

孟　良：当真。

杨宗保：果然。

孟　良：果然。

杨宗保：哼哼，好个贱人气死我也。

孟　良：小将军别上火，别去了，回营交令去罢。

杨宗保：二位叔父不必害怕，随小侄去拿女寇。

孟　良：哎，拉倒吧，只怕你也不是穆桂英的对手，咱们回去吧。

杨宗保：哼！可惜你二人是三关的上将，枉食君禄，坐享太平，被个小小女寇凌辱不堪，有何脸面回营交令？

孟　良：去不得，厉害。

杨宗保：好个山女，小视我杨门众将军，发兵穆柯寨。（下）

孟　良：你看如何？

焦　赞：不愧二哥夸口，真是粗中有细。

孟　良：我有吹的了。

焦　赞：此计甚妙，咱二人随后观看动静，有何不可？

孟　良：有理。（下）

杨宗保：（内白）众将军，列上闪旗。（马上）俺杨宗保听叔父之言，叫人气冲两肋，一怒催马来至山下。呀，守山喽啰听真，报将进去，叫那女寇前来领死。

喽　啰：等着。（下，内白）报姑娘得知，山下来了一员小将，跃马横枪，口出不

　　　　　逊，立等姑娘答话。
穆桂英：这等，喽啰们抬刀带马。（上）
　　　　　奴穆桂英，喽啰报道山下一人指名叫阵，呀，果然一队人马，队伍整齐，刀枪明亮，旗帜光辉，真乃雄壮也。
　　　　　（唱）桂英马上暗喝彩，仔细观察马征驼。
　　　　　　　　威武严肃多齐整，次序不乱有规格。
　　　　　　　　必是败走两员将，搬来这位小阿哥。
　　　　　　　　威风凛凛生杀气，武将之中头一个。
　　　　　　　　面如团粉天生俊，论年纪与奴上下差不多。
　　　　　　　　坐骑走阵白龙马，梨花战枪手中托。
　　　　　　　　左挎弯刀如秋月，壶中羽箭数十枚。
　　　　　　　　打将鞭儿鞍桥挂，凶抖抖地奔山坡。
　　　　　　　　看罢提刀催战马，上前问问他是哪个？
　　　　　　　　马临且近开言道，
　　　　　（白）来者小将，跃马横枪，口出不利之言，竟敢辱骂你姑娘，是何道理？
杨宗保：住口！小小女子，不守闺门，在此聚众，无耻无羞，还敢逞威拦路，报上名来，好做枪下之鬼。
穆桂英：你姑娘穆桂英，小小幼童，好大口气，报名上来。
杨宗保：山女要问，听了，细听少爷对你说。
　　　　　（唱）家住东京天波府，世代相传哪不晓得？
　　　　　　　　曾祖杨衮威名震，火塘寨上居住着。
　　　　　　　　祖父继业保宋主，高爵厚禄战法多。
　　　　　　　　子不言父名杨景，镇守三关挡番贼。
　　　　　　　　少爷名字杨宗保，替父前来把贼捉。
　　　　　　　　你不该凌辱我营将，背地骂人理不合。
　　　　　　　　杨家与你何仇恨？小小女子敢撒泼。
　　　　　　　　今日少爷拿住你，扒皮挖眼把血喝。
　　　　　　　　气愤愤地拧枪刺，佳人招架用手拨。
穆桂英：（唱）小将你先别发恨，等奴有话对你说。
　　　　　　　　方才你说辱骂你，无凭无据是谁说？

　　　　　你在三关领兵将，奴在高山掌喽啰。
　　　　　井水不把河水犯，无故骂你为什么？
　　　　　你听何人说的话？捉风捕影把人讹。
　　　　　劝你速速撤人马，两不相犯罢干戈。
　　　　　执意任性不听劝，大刀一落命难活。

杨宗保：哇！
　　　　（唱）丫头真乃好大胆，撒马过来见爷送死。
穆桂英：（唱）小将军果然要逞勇，大刀一摆催征驼。
杨宗保：（唱）宗保使尽平生力，银枪不离心口窝。
穆桂英：（唱）桂英一心爱小将，无非招架用刀拨。
杨宗保：（唱）二马盘桓来回走，大战也有三十回合。
穆桂英：（唱）桂英大刀仙传授，祖传枪法巧妙多。
杨宗保：（唱）疆场大战无胜败，杀得尘土把日遮。
穆桂英：（唱）一边杀着想主意，何不如此把他捉？
　　　　　将马一带败下去。（下）
杨宗保：（唱）催马加鞭紧跟着。（下）
穆桂英：（唱）盼你赶来你就赶来，你算中了我计谋。
　　　　（白）小将枪法惊奇，不愧杨门之将。等他赶来，用红绳套锁擒他便了，念念有词起，呀呔。
杨宗保：丫头，哪里走呀？不好！
穆桂英：喽啰们，寨门前多摆旌旗战鼓，以防窥视，有事禀我知道，就此绑着小将回山哈。（下）
　　　　（孟良、焦赞马上）
孟　良：坏了坏了，宗保被擒，你我怎去交令？
焦　赞：二哥不用犯愁，我有法子，咱们何不放他一把火，等火到山寨，他就该把宗保放了。
孟　良：好，待我摘下葫芦，烧个小份的。
　　　　（火起，呐喊）
喽　啰：（内白）报姑娘得知，山下烟火冲天，直奔寨门而来。
穆桂英：哦，这必是丑贼放的，随我看来。（上）这有何难？不免用风火扇扇回才

是。（下）

（扇火回烧，急上孟、焦）

孟　良：呀，不好，我说不中，你偏叫我放。

焦　赞：哎，穆桂英如此厉害，如何是好？哦哦，有了，我二人回营求元帅发来人马，再平叛寇。

孟　良：哎，说不来了。

（唱）叫贤弟，听我唱。

　　　　这等险事，闹得荒唐。

　　　　前次被打败，这次又受伤。

　　　　两次失机败阵，宗保擒上山岗。

　　　　不但宝贝没到手，闹了一个面无光。

焦　赞：（唱）叫二哥，别嚷嚷。

　　　　事到如此，想个主张。

　　　　咱本奉将令，患难两相帮。

　　　　都是为国效力，不想丫头艺强。

　　　　事已至此别抱怨，快快离了这山岗。

孟　良：（唱）真叫人，心发慌。

　　　　再一再二，受她之伤。

　　　　宗保被擒去，闹个杠天黄。

　　　　回营怎么交令？这场大祸难搪。

　　　　失机被烧两三次，失陷宗保罪难当。

焦　赞：（唱）这些事，有良方。

　　　　叫声二哥，细听实详。

　　　　啥事都有我，告禀诉其详。

　　　　大将常胜常败，这有什么祸殃？

　　　　咱要回营见元帅，撒一个慌就能搪。

孟　良：（白）拉倒吧！千万不要说谎话。要说谎话早晚必漏，不中不中。

焦　赞：哎，这算什么大事？且随小弟进关见了元帅，由小弟一人承担。

孟　良：怕也不中，挨打就挨打，禀知元帅，发兵搭救宗保便了。（下）

（完）

第 五 本

【剧情梗概】杨宗保在穆柯寨被擒之后,孟良、焦赞只得回营禀告元帅杨景。穆桂英与杨宗保约定三敬三降后定亲。宋营元帅杨景率兵攻打穆柯寨,解救杨宗保,不料被穆桂英打败,只得回营。杨宗保因穆桂英羞辱其父而回宋营,准备带兵反击,而杨景却因为杨宗保私自迎娶贼寇而要将其斩首。余太君闻知此事,命焦赞去请八王求情。八王来到宋营,杨景却寸步不让,甚至还以归田务农威胁八王。八王只能妥协,离开宋营时,碰到前来寻夫的穆桂英。看见自己的丈夫即将斩首,穆桂英既生气又心疼,要与元帅杨景讨个说法。

    (出杨景升帐)

杨　景：(诗)柳烟绕军营,月月对红莲。
    (白)本帅杨景,已命宗保、孟良、焦赞三人上穆柯寨去借降龙木,好破青龙白虎阵式,并未回来,好叫本帅放心不下。
    军校们接马。(上)

孟良、焦赞：(内白)元帅在上,我二人交令。

杨　景：二位贤弟回来了。

孟良、焦赞：回来了。

杨　景：可借来降龙木有无?

孟良、焦赞：哎,元帅不消问了。
    (唱)口把元帅呼,心里直乱跳。
      提起这事情,害臊真害臊。
      宗保我三人,领了将令号。
      到了穆柯寨,央求喽啰报。
      穆洪没在家,他女作了耗。
      带兵下了山,也不讲礼貌。
      一说借宝贝,她就火星冒。
      我们下马求,好话面子靠。
      提起六哥来,丫头直冷笑。

　　　　　　怎说也不中，倒惹人家笑。
　　　　　　要想借宝贝，总得另说道。
　　　　　　胜过她的刀，分个强与弱。
　　　　　　宗保本年轻，一听心急躁。
　　　　　　晃动小银枪，动手又打闹。
　　　　　　被人拿上山，凶吉不知道。
　　　　　　我俩蹿上前，累得汗直冒。
　　　　　　用火又烧她，她又有玄妙。
　　　　　　小扇一回扇，大火往回跑。
　　　　　　大败跑回来，与你把信报。
　　　　　　六哥想方法，倒是怎计较？

杨　　景：呀！

　　　（唱）听罢着了忙，并无玄机妙。

　　　（白）这却如何是好哦？有了，待本帅亲身带兵到穆柯寨，扫平山寇，救出宗保，取来降龙木。不免换了戎装，改名前去，你二人带兵在后，本帅带兵五百先去抄山，试试山寇有何本领。（换装下）

孟　　良：你看元帅一怒而去，你我随后看热闹。

焦　　赞：有理。（下）

　　　（出穆瓜）

穆　　瓜：（诗）自幼巧又灵，现在当喽兵。
　　　　　　　大王前吃香，姑娘把我疼。

　　　（白）我穆瓜现在为山上头目，老王爷出外未回，姑娘守山，前者来了黑红二将，被姑娘打败，昨日又来个小将，被姑娘拿住，绑上山来，长得实在俏皮，天武神威，白马银枪，说是三关杨元帅的公子叫杨宗保。老大王早有心归宋，姑娘也不小了，我看杨小将人物长得十分好看，又是名门之后，正好配与姑娘，成对夫妻，姑娘与二将杀的时间不小，也该回来了。

穆桂英：（内白）喽啰们，接刀拴马。

喽　　啰：是！

　　　（穆桂英上大帐）

穆桂英：（诗）可恨二将真无理，不该放火烧山景。

（白）奴穆桂英，方才把两个丑汉烧退，又擒来杨门小将，名唤宗保，正是乔山问路之人，不免提提我的婚事，看看怎样？穆瓜，吩咐喽啰，把那小将带上来。

穆　瓜：哈！（绑，上卒）

卒：跪下。

杨宗保：哼，你少爷上跪天子，下跪父母，岂能跪你这个草寇丫头！要杀就杀，给你少爷一个快刑。

穆桂英：不跪就不跪吧。穆瓜呀，你姑娘有件心事，你对他说明，千万要好好说，不要欺负人家。

穆　瓜：姑娘，啥心事？

穆桂英：这你还不知道啊，真是傻瓜。

穆　瓜：哦，明白的，明白的。

穆桂英：你告诉小将：小将军，我们姑娘把你擒上山来，并不杀你，一敬你世代忠烈之后，二敬你枪马无敌，盖世英雄，不愧将门之后，三敬你与我们姑娘年貌相当，愿结百年之好，这是三敬，还有三降。

穆　瓜：何为三降？

穆桂英：一者咱家也是宋朝之人，被奸臣所害，无奈占山为王，一不惹君，二不害民，今愿归降，立功赎罪。

穆　瓜：二降呢？

穆桂英：二者情愿亲身到宋营献降龙木。

穆　瓜：三呢？

穆桂英：你告诉小将：破天门阵我一人承担。穆瓜这几件事你都记住了？

穆　瓜：记住了。

穆桂英：快去说来。

穆　瓜：那小将见了我姑娘并不下跪，是何道理？我姑娘有三敬三降，你要应下万事皆休，不然我一刀把你……（举刀，穆桂英夺刀）

穆桂英：我把你这该死的，谁叫你这么说呀？

穆　瓜：姑娘，该是时候来个下马威，往下就好办事了。

穆桂英：看把人家吓着了。

穆　瓜：怕吓着，你自己去说去。

穆桂英：穆瓜，你好好给人家说。
穆　瓜：中中中，看这回的。那个小将，我姑娘把你擒上山来，也不杀你，有几句拙言奉上，不知小将可肯愿闻？
杨宗保：老儿有话快讲。
穆　瓜：我们姑娘有三敬三降。
杨宗保：哼，何为三敬？
穆　瓜：一敬你世代忠烈之后，二敬你枪马无敌，三敬你年纪轻轻，文武双全，愿结百年之好。
杨宗保：何为三降？
穆　瓜：一我家老王早有降宋之意，无门可入，昔年也是宋朝之臣，因被奸臣所害，无奈携眷上山，替天行道，专杀贪官污吏，与百姓除害，今幸小将至此，还请求荐。愿归在化下，以赎前罪。
杨宗保：二降呢？
穆　瓜：亲到宋营献降龙木。
杨宗保：三降呢？
穆　瓜：三降是我们姑娘替小将破天门阵，一面承担。
杨宗保：逆耳之言，絮絮叨叨，真乃可笑哇。（回身）
穆　瓜：我说姑娘你来照亮①，我算裁判咧。
穆桂英：你呀你呀，啥也办不了，闪过。
穆　瓜：是。（下）
穆桂英：小将军少发雷霆之怒，暂压虎狼之威，奴有几句良言告禀。
　　（唱）将军不要发暴躁，几句拙言奉君前。
　　　　　休当我是山寇女，奴本宦门女英贤。
　　　　　当日家严保大宋，也曾做过总兵职。
　　　　　皆因朝内出奸党，被害惧罪逃上山。
　　　　　万般出在无可奈，隐居山林乐安然。
　　　　　名不正来言不顺，外人都说我们不堪。
　　　　　今幸将门公侯后，奴是官门女婵娟。

---

① 照亮：东北方言，试一试。

　　　　　　求君做个引荐客，弃邪归正赎罪愆。
　　　　　　方才穆瓜对你讲，洋洋不睬为哪般？
　　　　　　任性骄傲不思想，皂白不分啥心田？
　　　　　　自古蝼蚁尚惜命，何况为人舍命捐？
　　　　　　总言将军不怕死，难道宋中没牵连？
　　　　　　家中抛下老与少，不孝之名你怎担？
　　　　　　无有齐家治国道，算什么英雄智勇男？
　　　　　　番兵临境侵疆土，又摆天门阵连环。
　　　　　　你就豁出一身死，半途而废名不贤。
杨宗保：（白）我今以死报国，何言不忠不孝，咱视死如归，速速加刀斧。
穆桂英：将军再听我劝上三言两语，听则从，不听则止。
　　　（唱）将军强词使任性，怎么不纳金石良言？
　　　　　　宋营缺少无价宝，想破天门实在难。
　　　　　　一旦家邦遭不幸，国破家亡顷刻间。
　　　　　　宋室江山一朝尽，你的忠字在哪里？
杨宗保：（白）哼，这个……
穆桂英：哪个？
　　　（唱）老元帅不能全忠义，你杨门世代簪缨是枉然。
　　　　　　将军哪，我问你忠孝在何处，孝也没有忠不全。
　　　　　　你今应了这件事，忠孝两全美名传。
　　　　　　我桂英归顺宋营大破阵，管保与主定江山。
　　　　　　要想忠孝两全有，必得如此数奇难。
　　　　　　要你自思你自想，我说此话细详参。
杨宗保：（唱）宗保听罢沉思想，好个多谋女英贤。
　　　　　　方才解劝几件事，真是智女胜奇男。
　　　　　　只得依她应亲事，为国添将平北番。
　　　　　　哼，如要从她成婚配，临阵娶妻罪难当。
　　　　　　若不应她这件事，不杀不放难下山。
　　　（白）有了，何不暂且先应下，见机而作回三关。
　　　（唱）带笑开言呼小姐，顿开茅塞醒悟了。

要能献宝归王化，千斤重担你得担。
天门阵式得你破，父帅怪罪你去言。

穆桂英：（唱）应允应允我应允，喜坏佳人女红颜。
将军多有受惊了，亲解绑绳带笑颜。
将军请坐奴赔罪。

（白）将军恕奴不周，多多担待。

杨宗保： 小姐，自我被擒之后，焦、孟二将哪里去了？

穆桂英： 他二人见你被擒，放火烧山，我用风火扇将火扇回，他们必回营去了。

杨宗保： 呀，小姐，他二人要回三关，父帅必派兵前来，那可怎好？

穆桂英： 这个不难，穆瓜听令。

穆　瓜： 在。

穆桂英： 你带二十名喽兵在山下探听宋营动静，不得有误。

穆　瓜： 得令。（下）

杨宗保： 小姐，岳父大人今在何处？请来我好拜见。

穆桂英： 我爹爹上蓬莱闲游去了，回来日期不定，等我去书，请回便好。弃山归宋，进城献宝。

杨宗保： 多谢小姐美意。

穆桂英： 丫鬟，后面设摆酒宴，与你姑爷压惊。

丫　鬟： 晓得。（下）

穆桂英： 你我婚姻今日定。

杨宗保： 幸喜得配意中人。

穆桂英： 将军请。

杨宗保： 请。（下）

（内景：众将士人马杀奔穆柯寨）

卒：（内白）报元帅得知，此处离穆柯寨不远。

杨　景： 就此人马扎下。（马上）有心全军抄山，又怕打草惊蛇，伤了我儿性命，不免带一百长枪手去上山，杀他个迅雷不及掩耳，众将士听我分派。

（唱）要你们努力搭救杨宗保，被陷高山不知生死。
怎样一个小女寇，这样厉害武艺精？
我今展开奇谋计，前引后伏把山攻。

    大队人马山前列，另选一百精壮兵。
    前哨山前把阵要，叫他献出宝一宗。
    放出我儿杨宗保，本帅会会穆桂英。
    杨景盼咐安排定，穆瓜巡山带领喽兵。（上穆瓜、喽啰）

穆　瓜：（唱）山前山后走一遍，探听宋营什么动静。
    转眼又到高山上。（下）

喽　啰：（唱）喽啰报事跑得凶。
    大宋发来人共马，当先一将有威风。
    我等当先打不过，来报头目怎么办。
  （白）我当先去看看，尔等不要惊慌，带我上前看来。

（杨景对穆瓜）

穆　瓜：何处人马偷看山势？报上名来。

杨　景：哇，大胆山寇，前来阻路，通名领死。

穆　瓜：我乃穆柯寨大头目穆瓜，哪来的人马？快说明来历！

杨　景：哼，山寇听了。
  （唱）我住在，三关城。
    宋营副将，奉令领兵。
    抄灭你山寨，要见穆桂英。
    大胆占山为寇，拦路放抢行凶。
    擒去杨家少公子，急速放回是正经。
    如要是，任意行。
    一声令下，扫灭山风。
    放火烧山寨，一个难逃生。
    拿住山中女寇，把她带入关城。
    任凭元帅他发落，料也不能善宽容。

穆　瓜：（唱）你的话，我听清。
    亲戚差官，来到山峰。
    实言对你讲，把事说分明。
    姑娘少爷对阵，疆场各抖威风。
    刀枪并无胜败，可称男女二英雄。

　　　　　　百回合，无输赢。
　　　　　　姑娘爱惜，少年英雄。
　　　　　　不但名门后，枪法妙又灵。
　　　　　　诈败撒出宝贝，就是套锁红绳。
　　　　　　擒上高山问来意，商量商量拜花灯。
　　　　　　我姑娘，早调停。
　　　　　　候等王爷，回了山峰。
　　　　　　宋营去请罪，投降见元戎。
　　　　　　一则亲献贵宝，二则赎罪立功。
　　　　　　不久就把高山下，咱们别打还是亲情。

杨　景：（白）住口！
　　　　（唱）休胡讲，少混蒙。
　　　　　　快回山寨，说与桂英。
　　　　　　放出杨小将，献出宝一宗。
　　　　　　如若执迷不悟，难免把山踏平。
　　　　　　不久大兵齐来到，那时后悔也不中。

穆　瓜：（唱）你这人，欠聪明。
　　　　　　心眼太死，不体人情。
　　　　　　男女是爱好，才能把亲成。
　　　　　　你偏发威使横，越说越硬不中。
　　　　　　不放又待怎样？见见你的枪马能。

杨　景：（唱）大叫山贼看枪马。
　　　　（白）山寇不听我言，看枪。

穆　瓜：嘿嘿，我与你说的实话，你不讲情，那还怕你不成，看刀。
　　　　（杀，穆瓜败）

杨　景：老儿打败，众将士，努力攻山。（下）
　　　　（急上穆瓜）

穆　瓜：喽卒们，多加滚木雷石，防守山门，我不免报知姑娘迎敌便了。（下）
　　　　（内白）喽卒们，急急趱路回山。
　　　　（上穆洪）

穆　洪：（诗）蓬莱去观景，见书急回山。

（白）老夫穆洪当年在宋朝为臣，因被奸臣所害，彼时不忿，携眷逃出来，在穆柯寨占山为王也。逍遥自在，无拘无束，膝下女儿桂英尚未择配，跟师父学艺多年，刀马无敌，法术精通，胜过须眉，堪称闺中之首，山寨之事由她执掌。我下山观景，日期不少。昨日接到女儿之信，内中缘故，女儿纳婿乃杨门之后，老夫十分欢喜，故此急回山寨。（呐喊）哪里鸣锣击鼓？呐喊摇旗，不知何故？喽卒们，打开旗门，待我前去打听打听。

（上穆瓜）

穆　瓜：老爷回来了。

穆　洪：回来了，穆瓜，何事这样惊慌？

穆　瓜：大王如此这般，一位老将追来了。

杨　景：（内白）哪里走？

（对上）

杨　景：这位老将为何拦住去路，姓甚名谁，敢是与贼同伙不成？

穆　洪：老夫是山中之主穆天王，来将何名？

杨　景：哼，俺木易日京，今奉令前来抄山。

穆　洪：无故行兵犯界，是何道理？

杨　景：你这老儿明知故问，纵女不法，凌辱我营上将，引诱元帅之子拘留不放，还敢强辩，看枪。

穆　洪：慢着，将军且息雷霆之怒，坐稳鞍桥，听我告诉。

（唱）劝将军，莫着忙。

　　　细听老夫，与你商量。

　　　出外去观景，远游离故乡。

　　　赏观佳景多日，故地事儿荒唐。

　　　因接书信才回转，不知将军到此方。

　　　其中事，说其详。

　　　老夫非寇，做事正当。

　　　与宋为臣宰，也曾保朝纲。

　　　只因奸臣当道，屡屡受他冤枉。

无奈携眷远逃避，来此高山聚草粮。

立山寨，我为王。

替天行道，剪恶安良。

掌管不平事，不敢犯王章。

别看落草为寇，自觉为国封疆。

这是一段实情话，还有小女事一桩。

元帅子，到山岗，我女与他大战疆场。

刀枪两并举，各分弱与强。

多时不分胜败，我女另设良方。

擒上高山问来历，才知道杨门后男郎，因此才招东床。

男婚女配，大礼该当。

忠臣爱良将，淑女恋才郎。

老夫接书回转，情愿献宝投降。

同归王化保大宋，立功赎罪两相帮。

这是我，实心肠。

烦劳将军，待禀其详。

一往实情话，并无虚假装。

望乞周全与我，始末一桩一桩。

情真肺腑当面告，起驾转达莫彷徨。

杨　景：（白）住口！

（唱）叫老儿，言语狂，

急急放出，杨家儿郎。

如要不听劝，定灭你山岗。

那时悔之晚矣，杀个鸡犬齐亡。

事急不缓快快办，不然一枪把命伤。

（白）老儿不要支吾，速放杨小将，免得生事。

穆　洪：你这将士不听良言，我本一片实心相告。你痴迷不悟，真乃愚鲁！这样傲性。

杨　景：老儿不要多言，看枪。

穆　洪：来了。

　　　　（杀，下）

穆　　瓜：哎，这还了得！我家大王与宋将杀在一处，大王远路而来，身体疲乏，哪是他的对手？快报我姑娘便了。（下）

（出夫妻花桌）

合：　　（诗）前夜可做鸳鸯人，月下同观兰凤诗。

杨宗保：（白）俺杨宗保。

穆桂英：奴穆桂英。

杨宗保：哎。

穆桂英：将军呐，你哼啦哎啦，愁眉不展所为何故？

杨宗保：哎，小姐你只知其一，不知其二。

　　　　（唱）小姐哪里知其故？听我说说我的愁烦。
　　　　　　我犯军规这两件，只怕难免被刀砍。

穆桂英：（白）你有什么大罪呢？

杨宗保：（唱）我本奉令来借宝，并未借去罪难宽。
　　　　　　遭擒被逼把婚配，临阵娶妻罪难当。
　　　　　　罪上加罪实难恕，按律灭门也当然。
　　　　　　故而心中担惊怕，

穆桂英：（唱）将军不用犯愁烦。
　　　　　　从前我也对你讲，我父不久就回山。
　　　　　　候等他老回山寨，一往之事对他言。
　　　　　　必放将军回营转，同归王化上三关。
　　　　　　喽卒器械与粮草，降龙木献父尊前。
　　　　　　叩头请罪见父帅，千斤重担有奴担。
　　　　　　不是妾身夸海口，要破天门翻掌间。
　　　　　　立功再赎你的罪，岂不是忠孝两双全？
　　　　　　夫妻二人正说话，穆瓜跑来把话言。

穆　　瓜：（白）启禀姑娘，可不好了！

穆桂英：何事？

穆　　瓜：宋军发来人马，为首一员老将破口大骂，声声叫快快送出他家少公子。

穆桂英：你说啥来？

穆　　瓜：我就把招亲之事怎样长怎样短，从头至尾说了一遍，这小子混横不说理，越说越紧，他直接就给我一下子。

穆桂英：你怎样？

穆　瓜：我就撒丫子跑回来了。正遇着咱家大王回山，大王用好言相劝，话不投机，就杀在一处，看来老大王不是他的对手。

穆桂英：呀，这还了得！喽啰去带领人马，杀下山去。（下）

杨宗保：哎呀，不好！穆瓜，你问那人姓名了么？

穆　瓜：大王说名叫木易日京。

杨宗保：呀，营中没有叫这名字的，穆瓜带我下山。

穆　瓜：是。（下）

杨宗保：山下定是我父亲前来抄山，为何改名？是何缘故？要真是我父前来，他与穆氏翁媳未曾见面，倘要有失，如何是好？

穆　瓜：请姑爷上马。

杨宗保：知道了（下）

（杨景对穆洪，穆洪败）

穆桂英：喽啰们，保你大王回山，待奴迎上前去。（下）

（上杨宗保、穆瓜）

杨宗保：上高山来远远观看，来将倒是何人？（看介）呀，不好！

（唱）山头上，看得清。

果是我父，亲临山峰。

为何说伪话，不把真名通？

着急只是跺脚，叫儿心不安宁。

实在两难怎可好？老远招呼听不清。

叫穆瓜，下山峰。（下）

穆桂英：（唱）桂英小姐，怒气冲冲。

催开桃红马，双手端青锋。

马临疆场跃进，老儿少要逞能。

为何打败我的父，无故行兵为何情？

杨　景：（唱）叫山女，听分明。

我今奉令，带领大兵。

来抄你山寨，一个难逃生。

| | | 速放我家小将，再献降龙进营。 |
| | | 要听我言无事讲，不然定把山寨平。 |

穆桂英：（白）老将军息怒，听我讲。
　　　　（唱）老将军且免暴躁，奴有一言上禀告。
　　　　　　马上枪刀忙赔笑，将军贵耳留神听。
　　　　　　自从我父占山寨，远近百姓尽知情。
　　　　　　不论经商与过客，半耕半读度余生。
　　　　　　我父昔年保宋主，也是当朝一品卿。
　　　　　　因与奸臣两不睦，无奈逃出汴京城。
　　　　　　来到这座穆柯寨，替天行道灭强横。
　　　　　　专杀赃官与污吏，与民除害济贫穷。
　　　　　　那日忽然来二将，山下大骂要降龙。
　　　　　　疆场与他动了手，大败而逃走如风。
　　　　　　复又搬来一个将，疆场不容动刀兵。
　　　　　　交手大战十几趟，不分胜败输与赢。
　　　　　　停刀问他名和姓，他才如此对我明。
　　　　　　奴敬杨家忠良将，又爱小将枪马精。
　　　　　　擒上高山成婚配，才与我父把信通。
　　　　　　情愿弃山归王化，父女宋营去立功。
　　　　　　献上破阵降龙木，好赎父女之罪名。
　　　　　　望乞老将这一信，告禀三关杨总戎。
　　　　　　这是一往实情话，杨景听罢怒冲冲。

杨　景：（唱）山女大胆真无礼，违逆王章罪难容。
　　　　　　急速放出杨小将，枪下还能放你生。
　　　　　　如今天下皆纳贡，何况区区小山峰。
　　　　　　恶狠狠地用刀砍，

穆桂英：（唱）好个老儿不通情。（杀上）
　　　　　　姑娘倒要试试你，见见谁输与谁赢。
　　　　　　一边杀着想主意，老儿本领果然精。
　　　　　　只得败中把他胜，叫他回营见元戎。

　　　　　虚砍一刀败下去。（下）

杨　景：哪里走？（下）

　　　　（上穆桂英）

穆桂英：我只得刀下留情，等他赶来，生擒活捉，叫他回营传信。

杨　景：哪里走？（活擒）呀，不好！

穆桂英：你家元帅怎不选能将前来？今日你姑娘饶你，今后不许前来闯我山寨。

　　　　（穆瓜大喊）

穆　瓜：姑娘不可造次，那是你老公公！

穆桂英：哎呀，妈亲呐，这可糟了，你怎么不说实话？

　　　　（松绑，杨景起）

杨　景：可恼可羞！人来，带马回营。（下）

　　　　（上穆瓜、杨宗保）

杨宗保：穆瓜，你且回营，我等与小姐一同回山。

穆　瓜：遵令。（下）

杨宗保：可恼可恼，好个穆氏贱人，疆场羞辱我父，并无情义，我要收留她，我父岂能容得？我趁此机会逃走回关，见父领罪，调来人马抄山，以洗今日之羞。

　　　　（诗）正是鳌鱼脱去金钩钓，摇头摆尾再不回。（下）

　　　　（穆洪升帐）

穆　洪：（唱）回山疆场与宋兵，险些一命丧残生。

　　　　（白）老夫穆洪方才山下险些丧命，多得女儿接战，此时为何不见回来？

　　　　（喽啰接马，上穆桂英）

穆桂英：父王在上，女儿问安。

穆　洪：为父接你之书，知你招婿，为父十分欢喜，急速回家。行至山下，遇宋兵交手，险些丧命，多得我儿去得及时，才得回山。我儿胜败如何？

穆桂英：哎，爹爹不用提了！原是如此这般，幸亏山下有人喊叫，不然更坏了。

穆　洪：儿啦，我想你在疆场羞辱你公父，他怀恨在心，你又不放姑爷下山，我看早晚也是乱子。这却怎好？

穆桂英：爹爹放心，女儿自有安排之策。

　　　　（唱）儿郎招了杨门后，随夫归宋理当然。

必得带着降龙木，宋营献宝公父前。

五百喽兵选精壮，三千石粮草送营前。

公父见宝必欢喜，替天赎罪会别言。

穆　洪：（白）怕元帅收了此宝，不念父子之情，把姑娘斩了，不准你的人情。

穆桂英：（唱）他留下我的降龙木，不准人情宋营里闹翻天。

孩儿一怒跑了马，杀他个血流成河尸成山。

（上穆瓜）

穆　瓜：（唱）穆瓜跑来忙报事。

（白）报姑娘得知，我们姑爷山头观阵，姑爷见你把他父亲抓下马来，气得体颤如筛糠，命我先行，他等姑娘一同回山。方才喽啰报说，姑爷行马，飞跑下山而去。

穆桂英：呀，这可怎好？（哭）我的夫哇！

穆　洪：我儿不必啼哭，急速点齐人马，随后追赶，倘要迟延，恐有不测。

穆桂英：儿遵命，穆瓜，急挑五百精壮喽兵，粮草三千石，带着降龙木，随后赶到宋营，好保你姑爷无事。

穆　瓜：得令。（下）

穆桂英：爹爹，女儿就此去也。（下）

穆　洪：女儿去了，听候回音便了。（下）

（杨宗保马上）

杨宗保：可恨贱人，不该羞辱我父，我一怒逃回山来，回营整顿人马，前来抄山以消我父之辱。面前大营不远，不免进营请罪便了。（下）

（升帐孟良、焦赞站）

合：（诗）聚将鼓声响，儿郎喊连天。

孟　良：（白）焦贤弟，元帅由穆柯寨回来立刻升帐。我看与往日不同，你我小心伺候。

焦　赞：有理。

（出杨景）

杨　景：（诗）山中败阵回，怒气把胸堆。

（白）本帅杨景，可恨逆子恋色，私娶女寇，不遵国法，违抗军令，临阵娶妻，有碍王章，玷污祖宗，实难容呐！我一怒与山寇动手，不想来了穆桂英，刀马纯熟，将本帅活擒下马。气得我胆裂魂崩，回得营来，先将逆子正法，再平山寨。
（上卒）

卒：启禀元帅，公子回来，现在帐外。

杨　景：他来得正好，叫他随令而进。

卒：哈！（下，内白）元帅有令，公子进帐。

杨宗保：来了，（上）父帅在上，孩儿交令。

杨　景：逆子呀，我命你去借降龙木，你大胆招亲，私娶女寇，岂不知临阵娶妻有灭门之罪吗？

杨宗保：父帅，儿有下情回禀。

杨　景：什么下情？（踢杨宗保）哼哼，你私自招亲，又且疆场上女寇将我活擒下马，惹得众人大笑，叫我抬头见的哪个将士？将逆子推出辕门斩首！

杨宗保：父帅，容儿分辩三言两语。

杨　景：哼，你还分辩什么？

杨宗保：父帅，招亲非儿本意，乃是逼迫无路。她父女情愿归降，献降龙木立功赎罪。

杨　景：哇，逆子还敢巧辩，岂不知既犯军规，又犯国典？自己不正，焉能正人？众将士，推下去斩首。
（绑下）

焦　赞：（内白）二哥这里来。

孟　良：说什么？

焦　赞：宗保犯罪关押，你我不是拿话激他，如何犯罪？咱弟兄上前讨个人情。

孟　良：你看元帅正在盛怒之间，恐怕不准人情。

焦　赞：不要紧，咱俩进帐。（同上）

孟良、焦赞：元帅在上，孟良、焦赞叩头。

杨　景：你二人这是为何？

孟　良：元帅，宗保犯罪理应斩首，看念我兄弟鞍前马后之功，元帅饶过他吧！

杨　景：哇，宗保犯罪，是你二人所使，还敢求情？先斩逆子，后削你二人首级。

孟　良：哎，人情求不下来，这可怎好？

焦　赞：别着急，你好好看着宗保，我上后堂去请老太君前来，一定保得下来。

孟　　良：急去快回。

焦　　赞：是。（下，内白）老太君，可不好了。

佘太君：焦赞有何等大事？这等惊慌。

焦　　赞：太君，只因我与孟二哥去上穆柯寨借降龙木，被山女打败回来，搬去宗保，不想被擒，羞辱一场。回营元帅亲身抄山，又被女子活擒，又羞又气，回得营来，恼羞成怒。正好宗保逃下山来，进帐交令。我六哥不容分说，绑上要斩，我二人求情不准，老太君快上大帐，求情要紧。

佘太君：呀，好个冤家！不念父子之情，看我这龙头拐杖，搀娘来。（同上）

焦　　赞：是。

佘太君：可怜我宗保那小孙子呀！

（唱）闻听要把孙子斩，又气又疼战惊骇。

　　　　拄定龙头小拐杖，急急忙忙把步抬。

　　　　两步并成一步走，吁吁喘喘气不来。

　　　　顾不得高低不平路，险些跌倒地尘埃。

　　　　孙子绑在辕门外，些许小事把刀开。

　　　　来到桩橛开言问，孙子呀，祖母在此快醒来。

　　　　宗保醒来祖母在此。

杨宗保：（唱）宗保睁眼仔细看，望眼祖母口打哎，何人在我面前站？

佘太君：（白）祖母在此。

杨宗保：哦，原是祖母看我来了。

佘太君：孙子为何被绑辕门外？

杨宗保：（唱）为的是穆柯寨招亲的事，临阵收妻罪该责。

　　　　祖母快些进宝帐，与孙子求情见父白。

佘太君：（唱）叫声孙孙免悲痛，我见你父有安排。

　　　　叫声焦赞把路引，杨景大胆怎不接来？

（白）焦赞快去通禀。

焦　　赞：是。禀元帅，老娘已到。

杨　　景：哦，抬座来。

（唱）忽听老娘到帐外，慌忙下帐接出来。

　　　　　　　躬身施礼深深拜，娘进宝帐为何来？
佘太君：（唱）我进宝帐为何事，明知故问太不该。
杨　景：（唱）娘进宝帐带怒气，莫非为宗保小奴才。
佘太君：（唱）孙孙犯了什么罪，绑出辕门把刀开？
杨　景：（唱）提起逆子实可恨，他叫儿我下不来台。
　　　　　　　命他去借降龙木，他不该私收女裙钗。
　　　　　　　按律就是灭门罪，临阵收妻罪难责。
　　　　　　　皇爷要是知道了，祸殃落门把刀开。
　　　　　　　故此绑在辕门外，问娘斩他该不该？
　　　　　　　老娘休把人情讲，自己不正令难派。
佘太君：（唱）太君听闻心不悦，大叫杨景太不该。
　　　　　　　纵然圣上知道了，杨门功高会宽待。
　　　　　　　小小罪过能赦免，你这样大怒就不该。
　　　　　　　要按律例本当斩，可看他年幼小婴孩。
杨　景：（白）老娘呐！
　　　　（唱）说他年幼不知事，有几辈古人娘听来。
　　　　　　　甘罗十二做宰相，史建瑭十三拜将台。
　　　　　　　东吴都督周公瑾，十二岁兵法精通拜将台。
　　　　　　　赤壁战用火攻神鬼莫测，烧曹兵八十三万无处葬埋。
　　　　　　　这都是父母生非神下界，难道说小奴才不是人胎？
佘太君：（唱）太君一听心发恨，大骂杨景不孝奴才。
　　　　　　　你父抗番尸扔塞北，一家人死得甚可哀。
　　　　　　　如今只剩宗保后代，咱杨门指望他祭祖扫坟台。
　　　　　　　倘要是小孙孙有个好歹，到那时后悔悔也悔不来。
杨　景：（唱）往日间斩将士头悬营外，老娘为何不讲情来？
　　　　　　　今斩宗保娘把儿怪，哭哭啼啼进帐来。
　　　　　　　叫焦赞将宝剑悬挂营外，老娘亲再讲情儿自刎头来。
　　　　（焦赞挂剑）
佘太君：（唱）骂声杨景好大胆，母子情分一旦分开。
　　　　　　　有心强把孙孙保，碍着国典在心怀。

　　　　　　　无奈悲啼出大帐。（下）
杨宗保：（白）苦哇！
佘太君：（唱）又听孙孙痛悲哀。
　　　　　　（白）试试也罢。（下，又上）
　　　　　　（唱）二次又进中军帐，求元帅赦免小婴孩。
孟　良：（唱）元帅，老母又来大帐。
杨　景：（唱）杨景急忙下了帐，跪倒问娘为何来？
　　　　　　（白）娘亲又为何来？
佘太君：还是为我孙子而来。
杨　景：（哭）老娘呐！
　　　　　　（唱）孩儿想起一件事，娘听儿我说明白。
　　　　　　　　当日耶律王把界犯，皇爷出征把将差。
　　　　　　　　那时我父先锋将，老娘挂印把兵排。
　　　　　　　　兵到雁门安营寨，老娘辕门点名来。
　　　　　　　　大帐点卯我父未到，那时老母恨在怀。
　　　　　　　　吩咐一声立刻绑，不待时刻把头摘。
　　　　　　　　帐下众将哼哈不敢，眼见我父赴泉台。
　　　　　　　　吓得儿我魂不在，放声哭跪扑娘怀。
　　　　　　　　娘准人情死罪免，夹板打得肉裂皮开。
　　　　　　　　娘怎不念夫妻义？儿怎念父子情怀？
　　　　　　　　请老母快退出宝帐，儿要令他另投胎。
佘太君：（唱）冤家揭起我的短，老身为难口怎开。
　　　　　　　　出帐坐在辕门外，哪个大胆敢把刀开？（下）
焦　赞：（唱）焦赞暗暗把娘问，快想办法莫发呆。
　　　　　　（白）老娘想法搭救宗保要紧。
佘太君：为娘此时心如刀绞，无法可使了。
焦　赞：老娘何不上黄罗帐，求八王讲情如何？
佘太君：哎，你不说我还忘了，你急到黄罗帐请八王，快去。
焦　赞：遵命。（下，又上）
八　王：焦将军何事而来？

焦　赞：（唱）说声遵命上黄罗帐，去见千岁说根苗。
　　　　　　为的宗保犯军律，元帅斩儿归阴曹。
　　　　　　太君求情母子争吵，特请千岁走一遭。
　　　　　　去迟一步命难保，（下）这里只得无的说。
八　王：（白）焦将军先走，本王随后就到。
焦　赞：遵旨。
八　王：（唱）闻听焦赞说此话，不由心中暗计较。
　　　　　　辱娘诛子世上少，虽是你子免傲骄。
　　　　　　吩咐带马出房内，八王乘骑把鞭摇。
　　　　　　霎时来到白虎帐，辕门围着众军校。
　　　　　　桩橛一见太君坐，止不住伤心泪滔滔。
　　　　　　来此急忙下了马，上前打躬把腰猫。
八　王：（白）太君可好？
佘太君：有劳千岁了。
八　王：太君不要伤心，些许小事，由本王一面承受。
佘太君：千岁，老身将宗保交与你了。
八　王：太君放心，后堂休息去吧。
佘太君：千岁，此事可在你身上了。
八　王：太君放心吧！
　　　　（唱）八王爷来至桩橛开口问，甥儿你犯罪事从头细说一遭。
杨宗保：（白）千岁呀！
　　　　（唱）甥儿性鲁犯军律，领人抄山被擒难逃。
　　　　　　桂英如此逼迫我，回营见父按律杀。
　　　　　　一往之情王爷做主，进帐保我命一条。
八　王：（唱）甥儿不必过悲痛，我进帐内讲根苗。
　　　　　　孟焦二位去通禀，就说本王来到了。

（杨景睡）

孟　良：（白）元帅，八王到了！
八　王：（唱）躺着不动真可恼，仗帅之权欺本爵。
焦　赞：（白）八王驾到！

（杨景醒）

杨　景：（唱）耳边忽听八王到，无故进帐为哪条？
　　　　　　　　上前鞠躬忙跪倒。
八　王：（白）平身！
杨　景：谢过千岁，请上正座。
八　王：帅不离位。
杨　景：孟、焦二位贤弟，与千岁抬座，臣接驾迟，请恕饶。
八　王：（唱）八王坐上面带笑，尊声妹丈听根苗。
　　　　　　　　外甥犯了什么罪，绑在辕门要开刀？
杨　景：（唱）臣命奴才去接宝，不该大胆把亲招。
　　　　　　　　违令收妻罪加罪，论法号令得开刀。
八　王：（唱）要按王法当斩首，赦他之罪好平贼。
杨　景：（唱）君旨臣遵怎抗违？但藐视王法犯律条。
　　　　　　　　今日赦他三军怎掌？来日见罪合家难逃。
八　王：（唱）倘要当今降下旨，天大之祸我包着。
杨　景：（唱）千岁休要任傲骄，快请出帐免唠叨。
　　　　　　　　斩不斩的我做主，大帐你不碍分毫。
八　王：（唱）好个延昭胆太大，听我把昔日说根苗。
　　　　　　　　曾记七郎劈潘豹，仁美上殿诉当朝。
　　　　　　　　皇叔怒恼降圣旨，将你满门要开刀。
　　　　　　　　那时本王捧铜保，如今才能玉带横腰。
杨　景：（唱）八王你是来扒短，杨家血汗说一说。
　　　　　　　　银宗下表南北好，我父保驾走一遭。
　　　　　　　　金沙滩摆下双龙会，中了埋伏君难逃。
　　　　　　　　兵将层层四面困，大郎我兄没计较。
　　　　　　　　移花接木君臣换，舍命闯围举枪刀。
　　　　　　　　大哥替主马中尽，二哥短剑染衣袍。
　　　　　　　　三哥马踏如泥乱，四哥八弟无下梢。
　　　　　　　　五哥出家五台去，七弟潘家射死在芭蕉。
　　　　　　　　剩我杨景四面战，舍命挣下玉带横腰。

八　王：（唱）臣功君赏是正道，我面前不用卖功劳。
　　　　　　　杨门为赵功不小，本王为你情不薄。
　　　　　　　莫说宗保此小事，就是那逆天大罪也当饶。
杨　景：（唱）千岁休提待我好，听我从头对你说。
　　　　（白）千岁休提待我恩，本帅待你恩也不浅。
八　王：有何恩处？
杨　景：千岁听了。
　　　　（唱）千岁休提恩情重，听我说说昔日情。
　　　　　　　当初千岁征北国，遇见了天佐天佑二兄弟。
　　　　　　　只听番贼一声喊，他说活捉南清宫。
　　　　　　　吓得你鞍桥坐不稳，幔中连把妹丈称。
　　　　　　　匹马单枪把你救，也是以功换的情。
八　王：（唱）功情二字不用讲，絮絮叨叨我懒听。
　　　　　　　今日不把宗保放，大帐闹个杠天黄。
杨　景：（唱）斩的是我杨门后，与你赵家有何情？
八　王：（唱）他虽是你杨门后，也是赵家王外甥。
杨　景：（唱）要斩要斩是要斩。
八　王：（唱）不能不能你不能。
杨　景：（唱）八王与我作了对，猛虎怎敢斗蛟龙？
　　　　（白）你把你南清宫看得太大。
八　王：本来就不小么。
杨　景：（诗）未把我元帅放在心中，转身坐在行兵宝帐。
　　　　（白）八千岁。
八　王：杨元帅。
杨　景：赵德芳。
八　王：杨延昭，你好大胆！
杨　景：你看到这是什么所在？
八　王：小小的白虎帅堂。
杨　景：既知白虎帅堂，为何在此摆来摆去？
八　王：哼哼，别说你小小的白虎帅堂，就是皇爷的金銮殿，本王也是爱来就来，爱去就去。

杨　景：擅闯辕门就该。

八　王：什么？

杨　景：斩。

八　王：哼！哪个敢斩？

杨　景：哼哼，焦、孟二弟，八王是骑马而来还是坐轿而来？

八　王：骑马而来。

杨　景：将八王爷马跺去四蹄。

八　王：哼哼，真正的反了，你们哪个敢？

杨　景：（唱）赵德芳出此言难以对答，杨延昭不由得心如乱麻。
　　　　　　我这里捧帅印忙把位下，不由得遵命听微臣把话发。
　　　　　　你既是南清宫势力浩大，又何必要我杨家东挡西杀？
　　　　　　杨延昭为元帅难以执法，你就该掌兵权自把令发。
　　　　　　高高擎元帅印急忙交还，破天门保江山另选别家。

　　　　（捧帅印）

八　王：（唱）杨延昭交帅印心中害怕，破天门保江山还得用他。
　　　　（白）好一个杨元帅，胆子太大！元帅这是何意？

杨　景：千岁，微臣学疏才浅，不能执掌兵权，千岁将印收过，臣回家务农。

八　王：哎，这便怎好呀？有了，元帅将印收回，今后杨家有事，本王不求情了。

杨　景：千岁怎么不作求了？

八　王：不求情了。

杨　景：好，焦、孟二弟将印接来。

焦　孟：是。（接印交杨景）

杨　景：不求情了？

八　王：不求情了。

杨　景：请出帐外，再要求情一律施刑。

八　王：（唱）一见元帅说此话，倒叫本王面绯红。
　　　　　　羞羞惨惨出帐外，（下）

杨宗保：（白）苦哇哇。

八　王：（唱）听见甥儿放悲声。

将身坐在辕门外,哪个大胆敢施刑?
罢了我的王外甥,八王执铜桩橛守。

(穆瓜、穆桂英马上)

穆　瓜:(唱)穆瓜催动喽兵来,直奔宋营不延迟。
穆桂英:(唱)桂英吩咐催人马,追赶杨郎将军他。
鞭鞭打马只嫌慢,又听锣鼓闹喧哗。
辕门喊叫刀枪举,不知却是为什么。
吩咐穆瓜快去问,所为何故问根芽。
穆　瓜:(唱)说声得令急去探,辕门之外暗暗查。
转身忙问是何故?
(白)小哥这是为何?
小　哥:这是处决。
穆　瓜:为何处决?
小　哥:原是如此这般。
穆　瓜:我的妈,姑娘呐。
(唱)绑的我们姑爷你的他。
穆桂英:(白)耳闻此言下战马。原是将军受刑罚。两旁闪开,穆柯寨穆桂英来也!
卒:　呀,不好!杀人的母夜叉来了。
八　王:(唱)八王正把外甥守,忽听报名桂英她。
甥儿算是有了救,何不如此交给她?
穆桂英:(唱)穆氏桂英桩橛奔,那边坐着是哪家?
上前说是多慢急,八王急忙把话发。
八　王:(唱)事紧难说头与尾,想来你是桂英娇娃。
穆桂英:(白)在下穆桂英。
八　王:哈哈,好!
(唱)我的外甥救星到,本王交待不管他。
欠身离座候消息,(下)
穆桂英:(唱)桂英转身气大撒。
又气又恨又疼爱,你不该偷着下山洼。

　　　　　　　将军倒是犯何罪？快对你妻讲根芽。
杨宗保：（白）哎。
穆桂英：将军，杨郎，你睁开眼，看看为妻在此。
杨宗保：哼。
　　　　（唱）耳旁忽听有人唤，微睁二目细观察。
　　　　　　　面前站立一女子，原是我妻桂英她。
穆桂英：（白）将军，因何绑在法场？
杨宗保：因在高山收下你，回营我父问刑罚。
　　　　　　贤妻上帐将我救，招亲一往照本实发。
穆桂英：（唱）将军你把心放宽，妾身在此哪敢杀。
　　　　　　　开言又把穆瓜叫，三千石粮草辕门拉。
　　　　　　　五百喽兵桩橛护，降龙木我带着它。
　　　　　　　叫声尔等听吩咐，
　　　　（白）喽卒们，好好护守桩橛不可远离，如有不测，准备厮杀，待奴上帐去见元帅讨情，看事如何。（下）

　　　　　　　　　　　　　　　　　　　　　　　　　　　　（完）

第 六 本

【剧情梗概】 穆桂英闯进辕门，向杨景为杨宗保求情，并提出自己可以一人前去破天门阵，杨景才答应放了杨宗保。次日，穆桂英上天门阵，大战辽军，军师阎荣败下阵来。穆桂英回到穆柯寨。八王回朝奏明天子，说穆桂英武艺高强，天子让杨景去穆柯寨请穆桂英面圣，杨宗保与杨景同去。天子封穆桂英混天侯之职，并赐尚方宝剑一口。辽国酋长苏何庆本应护守天门阵，却被母亲郑氏告知自己原是宋国人，与贼子苏天豹有不共戴天之仇。郑氏与苏何庆欲设计杀害苏天豹，而苏天豹在门外偷听，郑氏自杀，苏何庆被绑。阎荣不敌宋将穆桂英，遂上山求师父金必风下山助阵。

（出孟良、焦赞）

焦　赞：（白）二哥，适才八王爷、太君讲情，元帅不准，元帅既怒又痛，晕厥不醒，你看守宗保，我去唤醒元帅。

孟　良：有理。（下）

（上焦赞）

焦　赞：元帅醒来，元帅醒来。

杨　景：何人在此？

　　　　（唱）忽听焦赞连声唤，揉揉二目细定睛。
　　　　　　　举目抬头帐下看，帐下跪着女花容。
　　　　　　　看罢多时连忙问，焦贤弟她是如何进营中？

焦　赞：（白）不认得她，你猜猜吧。

杨　景：莫非是府上你嫂嫂们到？

焦　赞：不是。

杨　景：要不就是云秀英？

焦　赞：不是。

杨　景：这不是来那不是，焦贤弟快叫女子报上名。

焦　赞：那位姑娘，元帅叫你报上名来。

穆桂英：（唱）问我名来名也有，我本是穆柯寨的穆桂英。

杨　景：（唱）听说穆氏桂英到，（转身）离了虎座走真灵。
　　　　　　　宗保招亲穆柯寨，气得本帅攻山峰。
　　　　　　　与穆氏大战疆场上，走马活擒抱怀中。
　　　　　　　两旁儿郎哈哈笑，齐说儿媳抱公公。
　　　　　　　笑得穆氏无可奈，撒手将我放流平。
　　　　　　　不是本帅将她怕，到如今想起那时来吓得我腰腿疼。
　　　　　　　她今来到宋营内，宗保一定斩不成。
　　　　　　　老母讲情我不准，八王讲情推出营。
　　　　　　　她今前来把情讲，本帅不敢说不中。
　　　　　　　如要硬把逆子斩，何人挡这杀人精？
　　　　　　　她若讲情把逆子放，落个不孝不忠名。
　　　　　　　抖抖精神坐虎帐，问小姐你今到此为何情？
焦　赞：（白）元帅，她来献宝来了。
杨　景：好！
　　　　（唱）听罢来言又开口，焦赞将宝拿上帐中。（放桌上）
　　　　　　　终日忧愁眉不展，打破天门阵九宫。
　　　　　　　贤弟将宝送后帐，等候五哥下山峰。
　　　　　　　三千石粮草堆营外，五百兵丁换装容。
焦　赞：（白）这穆小姐呢？
杨　景：（唱）她她她暂且回山寨，奏明天子再进宫。
穆桂英：（白）元帅，
　　　　（唱）我问小将犯何罪？绑出辕门为何情？
杨　景：（唱）奴才身犯军令罪，小姐回山休管畜生。
穆桂英：（唱）他犯死罪应该斩，看我献宝也得放生。
杨　景：（唱）不看献宝功劳大，一律问斩项下红。
穆桂英：（唱）果然不把杨郎放，中军大帐撒撒疯。
杨　景：（唱）孟、焦二弟加防备，为什么让她中军帐上抖威风？
杨　景：（唱）今要不把这人情送，天门大阵谁应承？
穆桂英：（唱）元帅要把人情准，破打天门我一人承担。
杨　景：（唱）天门阵一百单八阵，难道阵阵你应承？

穆桂英：（唱）奇谋战阵都能晓，小小天门马到成功。
　　　　　　　不是奴家夸海口，让你们看看闺中女英雄。
杨　景：（白）好！
　　　　　（唱）焦赞去把宗保放，人情全看女花容。
穆桂英：（唱）谢过公父儿叩拜，站起身来下帐中。
　　　　　　　亲身上前解了绑，口尊将军多受惊。
　　　　　（白）将军，随我来。
杨宗保：来了。
杨　景：焦、孟二将听令，本帅收了穆桂英，赦了宗保，把保状呈上来。（下）
焦赞、孟良：（内白）下面听真，凡有保状者，呈上来。
卒：哈！
　　　　（上焦赞、孟良）
焦赞、孟良：禀元帅，八王保状，太君保状，满营将士的保状，我兄弟的保状，
　　　　　　　请元帅收过。
杨　景：放下，命宗保进帐！
焦赞、孟良：哈，宗保进帐。
　　　　（上杨宗保）
杨宗保：来了。
　　　　　（唱）宗保听闻担惊怕，跪在帐下头不敢抬。
　　　　　　　为儿知过后必改，再要违反把头摘。
杨　景：（唱）大胆奴才犯法度，冒犯王章罪不该。
　　　　　　　恨不得用脚将你踹，桂英慌忙拉起来。（下）
　　　　　　　还得后营见千岁，一往情由尽说开。
　　　　　　　再向老娘从实诉，免去怀疑犯思猜。
　　　　　　　吩咐一声摆宴席，焦贤弟吩咐杀牛宰羊宴大摆。
　　　　　　　宴席上千岁老娘放开怀，明日命桂英好去破阵来。
　　　　　　　萧后阁荣枉费心，明日大阵天门破。（下）
　　　　（出杨宗勉夫妻）
合：（诗）红桃花开鸳鸯并，梧桐枝上飞双栖。
杨宗勉：（白）杨宗勉。

李剪梅：奴李剪梅。

杨宗勉：哎。

李剪梅：将军，你我夫妻成就，多亏姨娘做主，你这身体可强壮多了。

杨宗勉：多亏娘子用心服侍，叫我无可报答。

李剪梅：哟哎哎，一个两口子还说什么报答呢？日子在后头呢。

（唱）夫妻之间何言此，理所当然侍郎君。

杨宗勉：（唱）服侍之恩还是小，救命之恩存在心。

李剪梅：（唱）总是你的命儿大，死里逃生两世为人。

杨宗勉：（唱）义母待我实不错，在下必报她的恩。

李剪梅：（唱）姨娘一生无儿女，养老送终才算亲。

杨宗勉：（唱）今日我要告辞了，我到三关来接你们。

李剪梅：（唱）燕尔新婚才几日，怎忍抛开两离分？

杨宗勉：（唱）夫妻自有团圆日，管保娘子你随心。

李剪梅：（唱）此处正好挨岁月，粗茶淡饭过光阴。

杨宗勉：（唱）我父现在三关内，等候我的信与音。

李剪梅：（唱）再住一年与半载，你我同去见天伦。

杨宗勉：（唱）爹爹必然怪罪我，私自招亲罪加身。

李剪梅：（唱）只管在此安然住，奴送你回三关门。

杨宗勉：（唱）千万不可我先去。

（白）娘子我到三关，差人前来接你们。

（上冯老寡）

冯老寡：哟，外甥女，前店伙计冯亮买匹好马，叫你看看好不好。

李剪梅：是，待我前去看来。（下）

杨宗勉：你看义母与娘子看马去，我何不逃过后院墙，回转三关便了？（下）

李剪梅：（内白）方才冯亮买来一匹好马，不免叫将军试试脚力如何。（上）呀，将军上哪儿去了？（上，又下）各处寻找不见，必奔三关去了，姨娘快来。

冯老寡：来了哟，啥事呀？

李剪梅：原是如此这般，我骑冯亮买的那匹马追赶便了。（下）

冯老寡：哟，这丫头为女婿，啥也不顾，径自追去了。

（诗）痴心女子负义汉，一会不见就吊胆。（下）

（出阎荣）

阎　荣：（诗）一怒摆下天门阵，定把宋营一扫平。

（白）俺军帅阎荣，事出无奈，摆一座阵式，一雪国耻。把任道安打入陷坑，吓得宋将不敢出马，今日前去要阵，定将宋军扫灭。小番们，前去堵营摆阵。（下，内白）宋营军卒听真，叫好将出来受死。

（上卒）

卒：　　报元帅得知，妖人又来要阵。

杨　景：起过了。

卒：　　哈。

杨　景：听令，拿我令箭叫穆桂英出马，去拿妖道。

卒：　　得令。（下）

穆桂英：（内白）穆瓜随我出阵。（刀马上）奴穆桂英，奉父帅之命去拿妖人，奴看父帅待奴有些冷淡，今日必得显显奴的本事，叫他们见见。穆瓜，人马扎住，无令不许妄动。（下）

（穆桂英对阎荣）

阎　荣：来者女子，报名上来。

穆桂英：你奶奶是宋元帅儿媳妇穆桂英，你可是阎荣么？

阎　荣：然也，小小的女子敢打我的阵式？

穆桂英：哼，你那阵式也不算为奇。

（唱）微微笑，叫阎荣。

　　　　少发狠言，自逞威风。

　　　　小小一阵式，哪算何出名？

　　　　用些符人符马，不过吓唬人命。

　　　　实话对你说了吧，破阵不用吹灰力。

阎　荣：（唱）这女将，不等闲。

　　　　一言说破，我的阵功。

　　　　勉强说硬话，口说不算能。

　　　　你要敢进我阵，才算女中英雄。

　　　　只见你口未见手，撒马过来见雄雌。

　　　　刀一摆，马一冲。

　　　　　　来回几趟，各抖威风。

　　　　　　不分胜与败，阎荣打调停。

　　　　　　何不败中取胜，用宝好把她赢。（下，又上）

　　　　　　取出五毒神石宝，呀呔一下起在空。（下）

穆桂英：（唱）原来是，五毒石。

　　　　　　此宝厉害，中上命坑。

　　　　　　伸手兰花取，收入宝篮中。（收入）

　　　　　　料使小小法术，哪放我的心中？（下）

阎　荣：（唱）阎荣一见说不好，丫头法术比我能。

　　　　　　我只得，另调停。

　　　　　　将她引入，天门阵中。

　　　　　　任她多玄妙，也得入陷坑。

　　　　　　不敢恋战入阵，（下）桂英早看分明。

穆桂英：（唱）叫声穆瓜听吩咐。

　　　　　（白）穆瓜，你看阎荣入阵，此阵破之不难。

穆　瓜：姑娘，那就破破吧。

穆桂英：你哪里知道？你看宋营未重视，与我上阵交锋，竟带本山之兵，也不擂鼓助威，依我看来，在此无益。莫如等个机会，再作定夺。

穆　瓜：姑娘言之有理。

穆桂英：喽啰们，人马回转穆柯寨，不得有误了。（下）

（出八王）

八　王：（诗）喜的是甥儿有救，恨的是郡马无情。

　　　　　（白）本王赵德芳可恨杨景不通礼仪，定斩宗保，本王大闹白虎帅帐。我二人犯了许多口舌，并未保下甥儿，多亏桂英来到救下。元帅怕他杀伐，宋营有了此人，不愁天门阵不破了。

（上老宫人）

老宫人：启禀千岁，有孟、焦二位求见。

八　王：二将到此必有缘故，命他进见。

老　宫：千岁命你二人觐见。

焦赞、孟良：来了，千岁在上，我二人参见。

八　王：二位将军免礼，到此何事？
焦赞、孟良：哎，千岁，我二人有件不平之事，千岁容禀。

　　　　　（唱）因为杨元帅，做事真古板。
　　　　　　　　只因穆柯寨，闹得太无脸，
　　　　　　　　儿媳抱公公，回营心不甘。
　　　　　　　　绑了他儿子，立刻要问斩。
　　　　　　　　我们去讲情，还要一起砍。
　　　　　　　　太君他老娘，连哭带着喊。
　　　　　　　　三番二次求，没把老脸转。
　　　　　　　　无奈求千岁，与他论长短。
　　　　　　　　百说也不中，要把印交转。
　　　　　　　　来了穆桂英，吓得他一闪。
　　　　　　　　放了宗保他，不敢不赦免。
　　　　　　　　待了一宿工，阎荣叫阵喊。
　　　　　　　　元帅把令传，就把穆氏遣。
　　　　　　　　也不多给兵，上阵多危险。
　　　　　　　　穆氏到阵前，一去没回转。
　　　　　　　　方才军卒说，人马回山转。
　　　　　　　　千岁要想法，快把穆氏赶。
　　　　　　　　要无穆桂英，番贼更大胆。
　　　　　　　　天门打不开，后悔可就晚。
　　　　　　　　千岁听罢急急问。

八　王：（白）原来如此。二位将军暂且回营，我见天子再作道理。（下）
　　　　好个杨景，小视穆桂英，她一怒回山，不免奏明此事，叫杨景亲身去请人来，看辇，候令旨。（下）
　　　　（上八王，天子坐）

天　子：皇兄有何事故？
八　王：万岁。
　　　　（唱）八王有语尊我皇，吾皇万岁听臣言。
　　　　　　　阎荣摆下天门阵，陷住仙长任道安。

　　　　　　　孟焦二将五台去，去请五郎下高山。
　　　　　　　破阵必得降龙木，非他破阵难上难。
天　子：何处有此宝呢？
八　王：穆柯寨穆洪有一女，名叫桂英有妙法，她手现有降龙木。
天　子：（白）就该差人去借。
八　王：差人去借两三番。
　　　（唱）头次焦、孟二将去，说话不周空回还。
　　　　　　二次宗保一同去，被擒把他拿上山。
　　　　　　女子看中杨宗保，男在青春女妙年。
　　　　　　二人完了婚姻事，因有圣母柬一联。
　　　　　　女子惟愿归大宋，献宝破阵翻掌间。
　　　　　　元帅带兵亲身去，被擒抓下马雕鞍。
天　子：（白）女子这样武艺，何人弟子？
八　王：（唱）她师本是骊山圣母，在山学艺十二年。
　　　　　　兵书战策全学会，撒豆成兵不用言。
　　　　　　十八般兵器都熟练，翻山倒海如笑谈。
　　　　　　宋营要有穆桂英，早破阵式把朝还。
天　子：（唱）就该请她下山啊，
八　王：（唱）宗保逃下高寨山。
　　　　　　元帅立刻绑又拴，推出辕门要问斩。
天　子：（白）皇兄就该保宗保不死。
八　王：（唱）还有下情没说完，太君保本他不允，
　　　　　　微臣被他撵出外边。
天　子：（白）也太无情了，朕赦宗保无罪，快请穆氏破阵，好救朕回朝。
八　王：万岁，
　　　（唱）穆氏桂英下山寨，后来如此与这般。
　　　　　　大战阎荣收法宝，女子一怒回了高山。
　　　　　　咱营要无桂英女，想胜北国只怕难。
天　子：（白）哎，内中竟有这些事，御林军。
御林军：万岁。

天　　子：急到帅府，宣元帅前来见朕。
御林军：领旨。（下）
（上杨景，跪）
杨　　景：万岁万万岁，臣来见驾。
天　　子：元帅，天门阵何时能破呢？
杨　　景：万岁，那天门阵妙法无边，不知能不能破。
天　　子：朕听皇兄奏道，外甥媳妇穆桂英有降龙木能破此阵，为何不叫她破阵呢？
杨　　景：万岁，穆氏回山去了。
天　　子：你不拿国事为重，竟将穆氏撵走，你领朕旨意一道，亲上穆柯寨。请来穆桂英，万事皆休，请不来，合家问斩，快去。
杨　　景：是，微臣领旨。（下）
天　　子：皇兄回本帐去吧。
八　　王：为臣领旨。（下）
（杨景急上帐）
杨　　景：哎呀，难死人也，愁死人也。
（唱）回到帐，转身转。
　　　　可恨八王，多嘴多舌。
　　　　面奏当今王，说我话许多。
　　　　叫我去请儿媳，这话叫我怎说？
　　　　有心不去抗圣旨，全家大小罪难脱。
　　　　只急得汗如梭。
杨宗保：（唱）宗保进帐，忙把头磕。
　　　　口内呼父帅，为何愁眉锁？
　　　　莫非有啥难事，何妨对儿说？
　　　　为子应当尽孝道，替父分忧礼才合。
杨　　景：（唱）叫我儿，听父说。
　　　　这般如此，圣旨压迫。
　　　　叫我请穆氏，破阵下山坡。
　　　　我儿你说怎好？不去大罪难脱。
　　　　我儿可有妙计？你替为父想良谋。

杨宗保：（唱）这件事，愁什么？
　　　　　　儿我前去，一到山坡。
　　　　　　见了穆氏，言语说明白。
　　　　　　必然一同来到，破阵好把妖捉。
　　　　　　父帅不必心忧虑。
杨　景：（唱）我儿你是不明白。
　　　　（白）我儿，圣旨上叫为父去请，如何是好？
杨宗保：这有何难？咱父子同去，儿先上前见了穆氏，说明头尾，叫她父女亲身下山迎接父帅上山，弃了山寨，回到三关，再议破阵之事。
杨　景：好，我儿言之有理，吩咐备马，随父前往。
杨宗保：遵命。（下）
（出穆洪坐）
穆　洪：（诗）一心弃山归大宋，不想其中有变故。
　　　　（白）老夫穆洪，自女儿招亲，老夫十分欢喜。女儿昨日回来说，亲翁要杀儿子，保留不下，多得女儿赶到，才得活命。次日叫女儿出马，打败妖人，逃回山来。对我一说，我想必嫌我父女山大王之名。女儿一头扎在床上，也是憋屈，不免到后寨劝了女儿便了。（下）
（出穆桂英坐，丫鬟立）
穆桂英：（诗）发髻乱挽魂似懒，懒向妆台画蛾眉。
　　　　（白）奴穆桂英，自从三关回来，心中好生难过哎。悔不该一怒回山，万一宋营有了能人破阵，人家岂能要我？
穆　洪：女儿在房？
（上穆洪）
穆桂英：父王来了，请转上座。
穆　洪：便座可以。
　　　　（唱）父女家常便座可以，我儿不可忧闷。
　　　　　　为父爱你如珠宝，你们兄弟又年轻。
　　　　　　爹爹年已过花甲，人老精神倒威风。
　　　　　　我的事情不用讲，终日惦着你事情。
　　　　　　孩儿也已有了主，好歹再也无更改。

	从一而终是正理，姑爷宦门是英雄。
穆桂英：	（唱）你姑爷倒随奴心意，可恨公父把我轻。
穆　洪：	（唱）这是你的心太窄，不该一怒回山峰。
穆桂英：	（唱）过时后悔也已晚，凡事缺谋总算年轻。
穆　洪：	（唱）我儿只管心放宽，早晚必请你回营。
穆桂英：	（唱）爹爹这是安慰话，岂知还有那事情？
穆　洪：	（唱）天门阵式难以破，非得我儿你不能。
穆桂英：	（唱）降龙木也到他们手，破阵容易不费工。
穆　洪：	（唱）他虽得了无量宝，不会念咒是白搭。
穆桂英：	（唱）万一有人会念咒，能人背后有英雄。
穆　洪：	（唱）咱就再去把亲送，为父亲送到宋营。
穆桂英：	（唱）这更显得没有劲，叫人笑话我花容。
穆　洪：	（唱）做事不用我好看，知实务者称英雄。

　　　　　正是父女来讲话，穆瓜进房报事情。（上穆瓜）

穆　瓜：	（白）姑娘，可大喜了。
穆桂英：	哎，奴愁有千万，哪来的喜？
穆　瓜：	姑娘听了。

　　　（唱）穆瓜带笑言，姑娘大喜事。
　　　　　方才我巡山，四外加仔细。
　　　　　来了马一匹，骑有人一位。
　　　　　马跑如飞腾，我就迎上去。
　　　　　对面一观瞧，认得更熟悉。

穆桂英：	（白）谁呀？
穆　瓜：	（唱）不是哪外人，与咱有亲戚。

　　　　　　手提小银枪，见面笑嘻嘻。
　　　　　　先问老大王，后把姑娘问。

穆　洪：	（白）问我倒也罢了，为何问你姑娘呢？
穆　瓜：	（唱）就是杨姑爷，亲身来到这。
穆桂英：	（白）他来做啥来了？
穆　瓜：	（唱）如此是这般，为的姑娘事。

　　　　　　自从咱回山，八王见万岁。
　　　　　　夸奖姑娘能，足以破阵式。
　　　　　　天子问明白，立刻动了气。
　　　　　　硬派你公公，请你来赎罪。
　　　　　　你要不下山，全家头砍去。
　　　　　　姑爷与他爹，父子全商议。
　　　　　　先叫姑爷来，上山来报信。
　　　　　　大王快下山，亲家两相会。
　　　　　　我去杀猪羊，酒菜好齐备。（下）
穆　　洪：（白）闺女别愁了，把你公公治的回来了。
穆桂英：爹爹，快下山接我公父去吧，喽啰们，排队下山迎接，不得有误了。
　　　　（杨景马上）
杨　　景：本帅杨景命宗保上山通信，不知穆氏媳妇可肯去否？叫本帅犹疑不定。
　　　　（炮响）
杨　　景：呀，山上号炮连天，莫非要争杀不成？
　　　　（上穆洪，对）
穆　　洪：来者不是杨亲翁么？
杨　　景：好说，不敢。
穆　　洪：老朽不知亲翁驾到荒山，未去远迎，当面请罪。
杨　　景：前者多有冒犯，多多有罪。
穆　　洪：哪里话来？你我儿女至亲，请上高山一叙。
　　　　（唱）两手一揖说声请，可喜亲翁到高山。
杨　　景：（白）请。
　　　　（唱）轻造宝山多有罪，诚请亲翁多海涵。
穆　　洪：（唱）小女前日多冒犯，宰相肚子能行船。
杨　　景：（唱）休提往事不堪了，特请你父女到三关。
穆　　洪：（唱）何用亲翁贵驾到？打发小卒我也下山。
杨　　景：（唱）圣旨难抗怕问罪，因为天门阵难缠。
穆　　洪：（唱）小女送去降龙木，破他阵式有何难？
杨　　景：（唱）宝贝虽有不会使，不懂咒语不灵验。

穆　　洪：（唱）原来为此更容易，俺父女立刻上三关。
杨　　景：（唱）说话来到寨门外，瞧见媳妇迎接咱。
　　　　　（上穆桂英）
穆桂英：（唱）桂英上前膝双跪，不孝媳妇拜尊颜。
　　　　　　　孩儿总有不周处，公父大人要容宽。
　　　　　　　就请大人上大帐，设摆酒宴迎风寒。
穆　　洪：（白）亲翁请坐。
杨　　景：大家同坐。
穆　　洪：亲翁远来不易，喽啰们，酒宴伺候。
杨　　景：亲翁，国事紧急，快些下山。
穆　　洪：那是自然。穆瓜，吩咐众喽卒有愿降者随营立功，不愿降者各自散去。
穆　　瓜：哈！（下，又上）禀大王爷，俱都愿降。
穆　　洪：好，吩咐放火烧山，收拾细软之物，一奔宋营，不得有误。亲翁请。
杨　　景：请。
穆　　洪：（诗）父女归王化，办事要爽神。（下）
　　　　　（内朝，上杨景）
杨　　景：（白）万岁万岁，臣杨景见驾。
天　　子：元帅可将穆氏请来了么？
杨　　景：她父女齐归王化。
天　　子：宣来见朕。
卒　　：　领旨，有宣穆洪父女上殿。（同上）
穆　　洪：万岁万万岁，罪臣穆洪。
穆桂英：臣女穆桂英见驾。
天　　子：好，你父女归降，又献降龙木，赦你们无罪。
穆洪、穆桂英：万岁！
天　　子：元帅上殿。
杨　　景：万岁！
天　　子：方才朕与八王参谋商议，朕封穆桂英混天侯之职，执掌兵权帅印，好破天门阵式，不知郡马允否？
杨　　景：万岁，穆氏虽有本领，没有兵权，恐众不服，臣正当让印。

天　　子：好，穆桂英听朕加封。
穆桂英：万岁不可，臣女才疏学浅，不能担此重任。
天　　子：为国效劳，不必推辞，听朕封赐。封穆桂英混天侯之职，天下都招讨兵马大元帅，合营将校，俱听调用，赐尚方宝剑一口，先斩后奏，便宜行事。选吉日登台，点将破阵，勿负朕托。钦此，退朝。（下）

（升帐，十二将站）

众　　人：（诗）战鼓如雷鸣，男女聚帅庭；
　　　　　　　侍候女帅主，大破阵九宫。
　　　　　（白）俺们是正印先锋杨宗保、杨宗勉、杨宗孝、杨排风、单于国公主喜林珠、副帅岳胜、孟良、焦赞、陈林、柴干、郎千、郎万。新元帅升帐，小心伺候。

（出女帅，穆瓜后立）

穆桂英：（诗）奉宣召封为大元帅，荒山女敢比大丈夫。
　　　　（白）本帅穆桂英，蒙圣恩封混天侯、兵马大元帅之职，执掌兵权，今日登台点将，大破天门阵式。众将士，站东列西，听本帅把天门阵详细对众说明，然后破阵不难，只要大家听在耳里，记在心上。
众　　人：我等遵命。
穆桂英：天门阵外按四门，内分八卦九宫，有七十二地煞、三十六天罡、五斗四帅七星九曜，四天王、四金刚、二十八宿分布把守，中央乃玉皇阵，左青龙、右白虎、前朱雀、后玄武，有阴坑两座，中间有一面幻天镜，一照将神光反入人身，俱是假象迷乱人心。众位不要害怕，努力征杀。那幻天镜最怕降龙木，降龙木一起，镜光必散，其法自破。众位可曾听准记住？
众　　人：我等俱个明白记住。
穆桂英：好，听我吩咐。
　　　　（唱）说明阵中布置图，手拔令箭便开言。
　　　　　　　正印先锋杨宗保，陈林柴干二将士，
　　　　　　　你三人去闯白虎阵，放心大胆破连环。
杨宗保等三人：（白）得令！
穆桂英：（唱）叫声宗孝与宗勉，去闯丧门要争先。

| | 信炮一响齐努力，打开阵门奔中间。 |

杨宗孝、杨宗勉：（白）得令！

穆桂英：（唱）又叫排风听将令，带领郎万与郎千。
你三人去打烈火阵，扫灭他的风火烟。

杨排风等三人：（白）得令！

穆桂英：（唱）林珠妹妹你与我，青龙阵上走一番。
然后再奔玉皇阵，捉拿阎荣休放宽。
岳帅点齐精兵将，八方去闯阵连环。
带领三关二十四将，杨府众位女婵娟。
八方一齐往里闯，叫他片甲不能还。

合：（白）得令！

穆桂英：中军请老元帅上帐。

中　军：哈！有请老元帅。

（上杨景）

杨　景：来了。

（穆桂英站起）

穆桂英：公父大人带领三万人马，保护万岁与八王和众位大人，护守城池小心意外。

杨　景：遵令。（下）

穆桂英：众将士，抬刀带马。（下）

（步上阎荣）

阎　荣：我阎荣摆下天门阵式，陷住任道安，指望把他毙命，不想他有莲花护体，未曾丧命。今日一阵叫三关众将一个也难逃逸。（内炮响）呀，敌营炮响，城门大开，出来无数人马，这是打阵的样子。帅字旗下闪出一员女将，好生威武，须要小心才是。

（对上穆桂英）

穆桂英：来者野道，可是阎荣么？

阎　荣：然也，你这女将何名，怎么认得出家人呢？

穆桂英：阎荣听了。

（唱）停战马，手提刀。

　　　　　　　阎荣野道，不必发毛。
　　　　　　　要问我来历，听我讲根苗。
　　　　　　　家住穆柯宝寨，为王逞过英豪。
　　　　　　　奶奶穆氏桂英女，归降宋营把你抄。
阎　荣：（唱）你既然，投宋朝。
　　　　　　　就是仇敌，不用细说。
　　　　　　　你既有本领，破阵走一遭。
　　　　　　　你要敢进我阵，才算女中英豪。
　　　　　　　如要不敢快回去，稳坐高山莫声嚎。
穆桂英：（唱）我劝你，少唠叨。
　　　　　　　听我良言，撤阵为高。
　　　　　　　你那天门阵，不算为奇妙。
　　　　　　　弄些番兵番将，装神又是装妖。
　　　　　　　不是奴家夸海口，大刀一摆就破了。
阎　荣：（唱）哈哈笑，言太高。
　　　　　　　竟说大话，太也傲骄。
　　　　　　　口说不中用，进阵瞧一瞧。
　　　　　　　你要真有本领，试试谁的法高。
　　　　　　　说罢举起宝剑动手，桂英说是且住着。
穆桂英：（白）阎荣，你也不用动手，你是我手下败将，要听我劝，你先回去布好阵式，奶奶随后进阵。
阎　荣：好哇！（下）
穆桂英：众将听真。
众　将：哈！
穆桂英：点齐信炮，四面一齐攻打，不得有误。
　　　　（上杨宗保）
杨宗保：俺杨宗保奉令攻打白虎阵，来到阵外，信炮已响，我闯阵便了。（下）
　　　　（番将苏何庆，白面扎巾马上）
苏何庆：俺北国酋长苏何庆，跟都督苏天豹护守天门阵。呀，对面来了一员宋将，必是闯阵来也。

（对上）

苏何庆：宋将何名？
杨宗保：你少爷杨宗保，你叫何名？
苏何庆：我乃苏都督帐下苏何庆，要知时务，速速回去，别犯我的阵地。
杨宗保：少要胡说，看枪。
苏何庆：来来。（杀，苏何庆败，又上）宋将骁勇，等他敢来，用飞爪擒他便了。
杨宗保：番贼哪里走？

（抓下马）

苏何庆：番兵们，将他打入阴坑哈。（下）

（上陈林、柴干）

陈　林：呀，不好，先锋被擒，你我上前搭救。
柴　干：有理。

（杀，陈林、柴干败）

苏何庆：二将退回，把守阵地罢了。（下）

（出郑玉芳）

郑玉芳：（诗）忍辱存身已多年，何日可得回中原？
（白）奴郑玉芳，乃中原人氏，老爷何金龙当日镇守白马关，番兵进攻中原，打破关城，老爷战死疆场，番贼苏天豹杀人入帅府，逼我与他成亲，那时我想尽节而死，怎奈我儿何庆，年幼无人抚养，才从顺番贼，来到北国十数余年。我儿一十六岁，枪马绝伦，今阎荣摆下天门阵式，老贼随征，我与娇儿也随营，另有一番心事，并未对我儿说明。

（上苏何庆）

苏何庆：母亲在上，孩儿拜揖。
郑玉芳：罢了我儿，我儿满面欢喜，是何喜事？
苏何庆：母亲不知，儿出马擒住一员宋将，乃是杨景之子杨宗保，打入阴坑之内，又战败了两员将士，特来禀母知道。
郑玉芳：哎，我儿。
（唱）长叹一声头低下，止不住心酸泪汪汪。
苏何庆：（白）母亲，这是为何呢？
郑玉芳：儿呀！

|（唱）十几年来如做梦，指望我儿报冤仇。

苏何庆：（白）母亲快些说明，闷死儿了。

郑玉芳：儿呀！

（唱）休当你是苏家后，你本是何家一儿郎。

苏何庆：（白）此话怎讲？

郑玉芳：（唱）你父本是宋朝将，白马关总镇为栋梁。
何金龙哪个不知晓？赤胆忠心保宋王。
那年北国造了叛，（上苏天豹听声）十万大兵困城墙。
将寡兵微缺粮草，城破将死兵也亡。
你父尽忠疆场死，苏天豹执剑到后堂。
他看为娘生得好，硬逼与他配成双。
为娘有心尽节死，我儿幼小何人抚养？
那时你才交五岁，娘要死了儿也亡。
失节顺贼存十载，随贼屈心到北方。
指望我儿成人大，替父报仇灭番邦。
北国摆下天门阵，宋将不知内中详。
为娘随营等机会，好叫我儿战番王。
杀死贼子苏天豹，立功破阵投宋王。
一为你父把仇报，二为宋主立家邦。
为娘就死也瞑目，不枉忍受这一场。
不想你今擒宋将，还觉自己喜洋洋。
故而为娘心烦闷，

苏何庆：呀！

（唱）听罢不由气满腔。
母亲何不早些讲？杀父淫母仇似海江。
待我去杀苏老狗，拿他人头见宋王。

郑玉芳：（唱）不可不可且商量。

（白）我儿不可莽撞，依为娘主意，你先救出杨小将，商议如何破了天门阵，杀个里应外合。岂不是好？

苏何庆：母亲吩咐，孩儿遵命。（苏天豹下）我就去放杨小将便了。（下）

郑玉芳：我儿去了，听候消息便了。（下）

（急上苏天豹）

苏天豹：可恼哇！方才门外偷听到他设计破了天门阵，放走宋将，趁他去到阴坑之际，不免带兵暗暗将他一棋，将他拿住，献与北国，岂不是一件大功？番兵们，随我一起到阴坑。（下）

卒：哈！

（上杨宗保，坐坑）

杨宗保：哎，罢了罢了！可叹我杨宗保被擒，不久命丧于此了。

（高处上苏何庆）

苏何庆：将军受屈了。

杨宗保：你是何人？

苏何庆：我就是擒你之将，快些上来再详细说明。

杨宗保：哎呀，坑深难出，如何是好？

苏何庆：无妨，我这里有绳子，给你拴在腰中，两手抓住，我把你拉上来。（扔绳子拉上）上得坑来，你我快走。

杨宗保：你为何擒我又救我？是何缘故？

苏何庆：工夫有限，恐有人看见反为不美，随我到房中商议大事。

杨宗保：来了。（下）

（对上苏天豹）

苏天豹：苏何庆，你将被擒之将带往哪里？莫非你放他不成？

苏何庆：岂有此理？我将他带到都督大帐盘问一番，或杀或剐，凭都督发落。

苏天豹：此话当真？

苏何庆：当真。

苏天豹：番兵们，将他二人绑了，带到大帐。

卒：哈！（下）

（苏天豹坐帐）

苏天豹：番兵们，将两个囚犯带上来。

（带上苏何庆）

苏何庆：为何将我绑上？

苏天豹：哼哼，好个大胆奴才，你还想瞒哄哪个？

|||(唱)微微笑，骂奴才。
事情已漏，还敢支吾？
自你到北国，待你如明珠。
如今成人长大，学得枪马纯熟。
指望养你有恩惠，不想你今会反叛。
你母子，坐后屋。
暗定毒计，谋害与我。
私放被擒将，谋杀我头颅。
倒破天门大阵，杀个外进里击。
老夫门外听的准，机关漏了该遭诛。
叫众将，快推出。
立刻斩首，两个狗奴。

苏何庆：（唱）何庆高声骂，老贼如大猪。
少爷今日虽死，死后拿你命呼。

苏天豹：（白）带下去。

卒：　　哈！（下）

郑玉芳：（唱）夫人急忙上大帐，跪倒地下放声哭。
尊老爷，我的夫。
为何要斩？把我儿诛。
就有不用处，也当看看吾。

苏天豹：（白）哼，老乞婆你做的好事！

郑玉芳：（唱）闻此言心害怕，必是机关漏出。
无言答对心胆战，心头小鹿跳突突。
总哀告，白说出。
立起身来，大骂恶奴。
可恨十几载，忍羞又含辱。
为的抚养幼子，日后报仇心舒。
今日既然事败了，留我苦命又何如？

（白）老贼呀，不放我儿，我也不能拦住，留我老命何益？待我一头碰死，死了也罢。（死）

苏天豹：好个乞婆，死得倒也烈性，人来，将尸首抬下埋葬了。（抬下）番兵们，将二逆开刀。

卒：（内喊）报都督得知，可不好了，来了黑红二将闯进阵来，救去任道安，将刀斧手杀死，救去二人。又来一女将，在阵中东闯西杀，眼看阵式打破，乞令定夺。

苏天豹：哎呀，这还了得！抬叉带马，一齐杀出。（下）

（杨排风马上）

杨排风：我杨排风，奉命攻打烈火阵，郎家二将在后催兵，待我杀进阵去便了。（下）

（杨排风对苏天豹）

苏天豹：来者女子报名受死。

杨排风：番贼休问，看棍。（杀苏天豹死）番贼已死，郎千、郎万，一齐杀入阵内，不可退后。

郎千、郎万：哈！（下）

（上杨宗保、苏何庆，孟良背任道安）

孟　良：宗保，你知他是何人？

杨宗保：叔父原是如此，多亏苏将军救我，叔父快背任道爷回关，我二人杀回阵去帮他们破敌。

孟　良：有理。（下）

杨宗保：遵命。（下）

（萧天佐马上）

萧天佐：呀，不好！宋将蜂拥齐来，只得迎上前去。（下）

（杨宗保对萧天佐）

萧天佐：宋将大胆，敢闯我阵门，难道不知我的厉害？

杨宗保：萧天佐，休得多言，看枪。

萧天佐：看叉。

（杀，杨宗保败，上苏何庆）

萧天佐：呀，苏何庆，你为何反叛天门，勾引宋将？其情可恼，看叉。

苏何庆：来来。

（杀，苏何庆死）

萧天佐：这厮已死，迎面又来一将，只得迎上前去。
（对上）
杨宗孝：番贼，休得逞勇，你少爷擒你来也。
萧天佐：看叉。
（杀，杨宗孝败，又上）
杨宗孝：番贼厉害，等他赶来，用火龙镖打他便了。
萧天佐：哪里走？
杨宗孝：看打。
萧天佐：呀，不好！（下）
杨宗孝：番贼中镖败走，众将士努力冲杀。（下）
（杨宗勉对萧天佑）
萧天佑：来者小小宋将，敢闯我的番地？
杨宗勉：番贼通名领死。
萧天佑：你国舅爷萧天佑，宋将看叉。
杨宗勉：来了。
（杀，杨宗勉败，上杨宗孝）
杨宗孝：番贼慢赶，有你少爷在此！
萧天佑：小辈报名受死。
杨宗孝：你少爷杨宗孝，番贼看枪。
萧天佑：来了。
（杀，杨宗孝败，又上）
杨宗孝：番贼力大，等他赶来，用渗金锤打他便了。
萧天佑：小辈哪里走？
杨宗孝：看打。
萧天佑：呀，不好。（下）
杨宗孝：你看番贼中锤大败，众将士杀向前去。（下）
（穆桂英、喜林珠马上）
穆桂英：本帅穆桂英。
喜林珠：奴喜林珠。
穆桂英：妹妹，你我破青龙阵，待我祭起降龙木扫除神光。

　　　　（唱）忙取出，木降龙。
　　　　　　掐诀念咒，起在空中。
　　　　　　四方共八面，神光一扫清。
　　　　　　漏出番将面目，看你还有何能？
　　　　　　一直奔了玉皇阵，捉拿妖道名阎荣。
喜林珠：（唱）声大作，举钢锋。
　　　　　　单于公主，催马后冲。（下）
阎　荣：（唱）阎荣说不好，心中吃一惊。
　　　　　　神光怎么不见？各个都现原形。
　　　　　　必有能人破了阵，我去找他把账清。
　　　（白）坏了，何人把我神光破了？阵中大乱，四面八方火炮齐发，战鼓如雷，一定是穆桂英贱人的妙法，我与她拼了。（下）
（穆桂英对阎荣）
阎　荣：好个贱人，真把山人气死了，看剑。
穆桂英：住口！阎荣你的阵式已破，你还敢逞强。
　　　（唱）大刀一指开言道，阎荣不要太逞能。
　　　　　　天门大阵今已破，你的妖法化为空。
　　　　　　可叹跟师学过艺，弄此假法把人蒙。
　　　　　　混称什么天门阵，番兵叛将竟假充。
　　　　　　如今被我打破了，有何脸面在世生？
　　　　　　依我劝你回山去，见你师父另炼功。
　　　　　　单等学成再出世，经师不明学艺不精。
　　　　　　桂英还要往下讲，气坏妖道老阎荣。
阎　荣：（白）住口！
　　　（唱）丫头不要刻薄我，你死我活见输赢。
　　　　　　恶恨恨的抢宝剑。
　　　（白）气死我了，看剑吧。
穆桂英：来了。
　　　（杀，穆桂英败，又上）
穆桂英：阎荣以死相拼，不免用飞刀斩他便了，哎呔。

阎　荣：哪里走？

　　　　（刀砍阎荣，阎荣败跑）

穆桂英：阎荣被飞刀砍下半幅头巾，大败而逃。众将士，努力追杀。（下）

　　　　（急上萧天佐、萧天佑）

萧天佐：呀，不好！军师逃走，阵式已破，宋将一齐来攻。你我着伤，逃出险地，收聚残兵败将，回双龙谷再作主意。

萧天佑：有理。（下）

　　　　（上穆桂英）

穆桂英：番兵大败而逃，阵式踏为平地，败兵不必追赶，众将士，打得胜鼓回转三关。歇兵三天，犒赏三军，再往北征。

　　　　（诗）正是：闺中绣户英雄女，初下高山第一功。（下）

阎　荣：（内白）番兵们扎下大营。（上）（萧天佐、萧天佑站）一场好杀，一场好战。山人阎荣，可恨穆桂英破了我天门阵，杀得我国兵死将亡，败退四十里，在双龙谷屯理人马，不免写表奏知太后，发兵补将，待我写来。（写）人来，将这急表不分昼夜，下到国都。（下）萧天佑，你在此执掌剑印。山人去见我师父金必风老祖，请他下山相助，二摆天门阵，定与穆桂英见个上下。

萧天佑：遵令。

阎　荣：可恨单于国，救兵至今未到，不知是何缘故？

　　　　（上卒）

卒：　　报军师得知，单于国公主投降大宋，与宋将成亲，穆桂英大起人马，不久就到，请军师定夺。

阎　荣：再探。

卒：　　得令。（下）

阎　荣：好个穆桂英，欺我太甚。单于国公主私配宋将其情可恼，此仇不报，誓不为人。萧都督在此驻扎人马，宋兵来到，高悬免战牌，不可交战。我就上山去也。（下）

萧天佐：你看军师求师去了。番兵们，挖下深沟，以防宋兵，坚守阵地，违令者斩。（下）

卒：　　得令！（下）

（出广寒圣母）

广寒圣母：（诗）白云山后一真人，世人看见认不真。
　　　　　　　　有人参透其中义，脱离苦海出凡尘。
　　　　　（白）山人广寒圣母，在五灵山广寒宫洞炼道，修成正果，万仙册上有名。那年女娲宫参见大士，半路收个徒儿，乃大宋边关姜家庄人氏，名叫姜翠平，度上山来，学得武艺精通。今该她下山，兄妹相认，后来机关，不可泄露，不免唤出她来，嘱咐她一番。徒儿哪里？快来。

姜翠平：来了，师父在上，弟子稽首。

广寒圣母：不消，坐了讲话。

姜翠平：弟子告坐。

广寒圣母：徒儿，为师唤你，有段情由，听为师道来。
　　　　　（唱）自从度你把山上，算来飞快十一年。
　　　　　　　　武艺学得人难比，排兵布阵样样全。
　　　　　　　　呼风唤雨如儿戏，撒豆成兵不叫难。
　　　　　　　　腾云驾雾玄中妙，五遁神术翻掌间。
　　　　　　　　更有法宝无其数，冲锋打阵占人先。
　　　　　　　　今日师徒缘分满，该咱分离你下山。

姜翠平：（白）徒儿不愿下山，跟师学道。

广寒圣母：（唱）你与清福无缘分，不可流连莫辛酸。

姜翠平：（白）今日分别，何日见呢？

广寒圣母：（唱）师徒自有相逢日，天机不可对你言。

姜翠平：（白）徒儿不知，投奔何处？

广寒圣母：（唱）下山先把家乡奔，与你兄长一家团圆。
　　　　　　　　你的父母全在世，你哥姜夺也下山。
　　　　　　　　你本大宋忠良后，被掠全家到边关。
　　　　　　　　千万扶保宋天子，不可错了我的言。
　　　　　　　　谨记了快去吧，

姜翠平：（唱）双膝跪倒泪涟涟。
　　　　　　　　恩师抚养十几载，殚心竭力不用言。
　　　　　　　　理当陪师不离岗，侍奉你老不下山。

　　　　　　　师父如父徒如子，怎忍抛山回家园？
广寒圣母：（白）天意该然，下山去吧！
姜翠平：（唱）师父既然不留我，徒儿不敢违师言。
　　　　　　　师父请上徒儿拜，说不出话来心痛酸。
广寒圣母：（白）哎，徒儿不必如此，下山去吧！
姜翠平：哎，老师父哇！（下）
广寒圣母：你看徒儿去了，只得闭了山门，奉念黄经。正是：
　　　　　　（诗）燕子含泥空无力，羽毛长成各自飞。（下）
　　　　　（出太乙真人）
太乙真人：（诗）阴阳造化出世游，可有世人暗中修。
　　　　　　　都是自己哄自己，哄到停床算罢休。
　　　　　（白）太乙真人在乾元山修真，拜元始天尊为师，自忖修成正果。那年收个徒儿，名唤姜夺，度上山来，学得兵书战策、十八般兵器，件件皆通，该他下山，兄妹相认，不免唤出徒儿，指引一番。徒儿快来。
姜　夺：来了，师父在上，徒儿拜揖。
太乙真人：罢了，一旁坐了。
姜　夺：弟子告坐。师父唤我有何教训？
太乙真人：徒儿听了。
　　　　　（唱）叫徒儿，听其详。
　　　　　　　为师度你，来到山冈。
　　　　　　　今已十数载，学成刀与枪。
　　　　　　　排兵布阵全会，又有法术高强。
　　　　　　　今日命你把山下，兄妹相认回家乡。
姜　夺：（唱）闻此话，跪中央。
　　　　　　　叩头碰地，眼泪汪汪。
　　　　　　　多蒙师父训，费尽苦心肠。
　　　　　　　今日别师而去，怎叫人痛伤？
　　　　　　　徒儿不愿辞师父，愿在高山永烧香。
太乙真人：（唱）说不可，休勉强。

　　　　　师徒日后，见面北方。

　　　　　不必多留恋，回家要急忙。

　　　　　快些下山去吧！姜夺叩头泪汪汪。

　　　　　洞外给你金睛兽，为师送你下山岗。

　　　　　且不言，这一桩。（下，上阎荣）

阎　荣：（唱）再表阎荣，心里着慌。

　　　　　可恨桂英女，好个贱花娘。

　　　　　破了我的大阵，杀得将死兵亡。

　　　　　只得退回四十里，免战高悬上山岗。

　　　　　见师父，苦求央。

　　　　　他老相助，必下山岗。

　　　　　二摆天门阵，一气灭宋王。

　　　　　山人名扬四海，师父脸也增光。

　　　　　思思想想抬头看，九顶山近在面旁。

　　（白）来到九顶铁必山，不免进洞去见师父便了。（下）

　　（出金必风妖）

金必风：（诗）生成恶相似雷公，千变万化法无穷。

　　（白）出家人金必风，在这九顶铁必山修真养性，修得三花聚顶，炼就五气朝元，将徒无数，这也不在话下。

阎　荣：（内白）来到师父洞门，待我进洞参见师父便了。（上）师父在上，弟子叩头。

金必风：阎荣，你不在北国，来此见我何事？

阎　荣：哎，师父听了。

　　　　（唱）阎荣未语先叹气，师父要问细听明。

　　　　　自从徒儿把山下，投在北国幽州城。

　　　　　仗着师父传的道，狼主一见大加封。

　　　　　护国军师那不小，带领番将与番兵。

　　　　　要与宋王争疆土，不想大宋有英雄。

　　　　　杀得北国兵大败，死了上将多少名。

　　　　　五台山上大事败，把宋王诓入幽州城。

　　　　　　指望要出降顺表，杨家出来父子兵。
　　　　　　七郎八虎幽州闯，杀得北国七落八零。
　　　　　　徒儿我又设了巧计，金沙滩设下会双龙。
　　　　　　不想成拙白弄了，天庆梁王一命坑。
　　　　　　三番五次不中用，我又摆下阵九宫。
　　　　　　摆下一座天门阵，出来丫头穆桂英。
　　　　　　阵式被她打破了，臊人的话更难听。
　　　　　　说我摆的看家阵，师父不明学艺不精。
　　　　　　徒儿一听就生气，表表师父你的名。

金必风：（白）说出我名，把他吓死。

阎　荣：不但不怕，反而冷笑。

金必风：他笑啥呀？

阎　荣：他说竟是些个小畜生。

金必风：气死人也。

阎　荣：（唱）这个气儿还不小，桂英说不久带兵抄山峰。
　　　　　　放火烧了你的洞，拿住你刮骨熬油点天灯。
　　　　　　吓得我兵退双龙谷，与你送信见师翁。
　　　　　　求师快快把山下，拿住桂英万刀剐。

金必风：（唱）必风听罢心大怒，大骂穆氏了不成。
　　　　　　井水不把河水犯，无故骂我为何情？
　　　　　　山人若不把你治，你不知山人有何能。
　　　　　　叫声阎荣先回去，好好用心防守营。
　　　　　　为师随后把山下，二次再摆阵九宫。

阎　荣：是。（下）

金必风：白骨大仙，你下山帮助师兄守护大营，为师有几件贵宝炼完便去。

白骨大仙：是。（下）

金必风：众徒儿们，各个准备法宝，等候随师下山。（下）

众　妖：哈！（下）

（完）

第 七 本

【剧情梗概】 姜翠平与哥哥姜夺原本打算去帮助宋营，却被白骨大仙设计陷害。妖精先变出纸人纸马作宋军之样杀入姜家庄，再施法烧庄，把合庄人等烧死，假称穆桂英差来的人所做。姜氏兄妹欲要找穆桂英复仇，归顺辽国，姜翠平成为萧太后的义女。两军对战，姜翠平等人均不是穆桂英的对手。白骨大仙设计使得穆桂英昏厥。宋营喜林珠上山求骊山圣母解救穆桂英。辽国军师阎荣上山求师父助阵，金必风带众妖下山。

（步上姜翠平）

姜翠平：（诗）奉师之命下仙山，骨肉相逢得团圆。
（白）奴姜翠平，奉师之命下山回家相会。天气尚早，只得走走。
（唱）高山跟师学过艺，双足一跺起云端。
　　　站立云头往下看，花花世界真可观。
　　　来来往往人不断，都为名利不得闲。
　　　也有老来也有少，也有女来也有男。
　　　也有渔翁垂钩钓，手中拿着钓鱼竿。
　　　一边走着一边唱，唱的是文王去访贤。
　　　樵夫打柴拿板斧，扁担绳子扛在肩。
　　　一边走着一边唱，唱的是朱买臣打柴上高山。
　　　农夫也把歌来唱，唱的是大舜耕地与犁山。
　　　赶考的举子把歌唱，狄仁杰赶考中状元。
　　　佳人懒观路上景，忽见一位美少年。
　　　道装打扮英雄相，年纪不过二十二三。
　　　收住云雾落在地，当道而立便开言。
（上对姜夺）
　　　来人道兄何方去？请问高明住哪边？
　　　何来何往说与我，姜夺有语便开言。

姜　夺：（唱）我从乾元山来到，奉师之命回家园。

我名姜夺边关住，这般如此是实言。
姜翠平：呀！
（唱）原来还是哥哥到，小妹不恭望海涵。
姜　夺：（白）你是何人，这等称呼？
姜翠平：（唱）小妹就是翠平女，师父度我五灵山。
高山学艺十数载，今奉师命回家园。
正是兄妹来讲话，来了白骨在云端。
（上云）
白骨大仙：（唱）躲在暗中听得准，听他说些什么言。
隐在树后听仔细，姜夺有语又开言。
姜　夺：（白）妹妹此处不便讲话，你我回家，禀过父母去。投号宋营，随军立功，挣个玉带横腰。
姜翠平：哥哥言之有理。（下）
（上白骨大仙）
白骨大仙：哎呀，不好！他二人一个是太乙真人之徒，一个是广寒圣母之徒，要上宋营投军，攻打北国，易如反掌，那还了得？哦哦，有了，我何不用纸人纸马变作宋军之样，杀入姜家庄，再施法烧庄，把合庄人等烧死，假称穆桂英差来的人所做。姜夺兄妹必要报仇，我趁势劝他们归顺北国，活捉穆桂英报仇，他二人必然归顺，定是这个主意，趁他二人来到家中，我架起黑风前去放火烧庄便了。
（出老夫妻）
合：　　（诗）儿女全失去，至今无信音。
姜忠厚：老夫姜忠厚。
高　氏：老身姜门高氏。
姜忠厚：先祖在唐朝为臣，姜兴本传到如今，功名未丢。自那年北国兵进中原，被乱军抢掠，一家失散，小儿姜夺、女儿翠平俱不知去向，十几年来音信无有，只剩我老夫妻苦熬岁月。
家　丁：（内喊）失火了，失火了。
姜忠厚：听外面大乱，莫非来了番兵不成？
（上家丁）

家　丁：哎呀，大老爷可不好了，庄外闯进来无数人马，奉大宋穆元帅之命，放火烧庄，说咱庄里有奸细。

姜忠厚：呀，这可怎了？

（火起烧死，急上姜夺、姜翠平兄妹）

姜　夺：呀，妹妹，你我来到庄中，为何大火冲天？庄中许多贼军，在庄放火杀人。

姜翠平：待小妹取出避火珠将大火灭掉，哥哥你去杀退贼军。

姜　夺：有理。（下）

姜翠平：空中念念有词，避火珠起呀，吥！（珠起火灭）

（姜夺对上姜翠平）

姜　夺：妹妹，为兄去杀贼军，兵早已去远，打听庄中没烧死的人，贼军大喊，说奉穆元帅将令搜查奸细。

姜翠平：搜查奸细，也不该放火烧庄，你我急急回家看看父母凶吉。

姜　夺：有理。（下，又上）呀，房屋倒塌，尽成灰土，二老必死于火内，细细找来。（找）寻找多时，只有许多灰骨，二老生死不定，如何是好？

（上众，白骨大仙在内）

白骨大仙：原来公子与姑娘回家来了，哎，晚来一步，你的二老烧死，我亲眼看见的。

姜夺、姜翠平：呀，爹——，娘——，可不痛死人也！（同昏倒）

众：　　　公子姑娘醒醒。

姜夺、姜翠平：哎呀！

（唱）痛亲过急昏迷倒，身体栽倒不知闻。

众：　　（白）公子、姑娘，苏醒苏醒。

姜夺、姜翠平：（唱）耳边只听有人唤，微睁二目看原因。

只见众人围着叫，大放悲声哭双亲。

只说回家能见面，谁想尸骨也不存。

（白）爹娘呐！

姜夺、姜翠平：（唱）养儿一场不得记，真是不孝第一人。

哭罢多时住止泪，不该放火烧咱村。

烧死合庄老与幼，令人看见实可怜。

　　　　　　　　　　众人可有何高见？白骨大仙把话云。
姜夺、姜翠平：（白）此位是谁，众人可认得？
众： 咱庄上有一万多户，不认得他。
白骨大仙：（唱）我是西庄白好等，一辈修好又怜贫。
　　　　　　　　今日我从此处过，正遇此庄被火焚。
　　　　　　　　令人看见心不忍，宋营元帅太不仁。
　　　　　　　　无故杀人又放火，强盗一样少人伦。
　　　　　　　　我见这位小公子，是个英雄令人亲。
　　　　　　　　宋营与咱戴天恨，何不报仇把冤伸？
姜夺、姜翠平：（白）杀父之仇如何不报？但宋营兵多将勇，咱是平民，如何能报呢？
白骨大仙： 有法。
　　　　　　（唱）我可有个绝妙计，不知公子可愿听？
姜夺、姜翠平：（白）有何高见？讲在当面。
白骨大仙：（唱）大宋本是天邦国，兵多将广有能人。
　　　　　　　　你我有心把仇报，哪能到在他近身？
　　　　　　　　依我说咱们不如投北国，去见萧后女主君。
　　　　　　　　目下两国正争战，北国大败损三军。
　　　　　　　　听说破了天门阵，如今正在请能人。
　　　　　　　　公子姑娘有本领，何不北国去投军？
　　　　　　　　领兵挂了征南印，何愁不把宋将擒？
　　　　　　　　要是得胜平了宋，萧后必得封功臣。
　　　　　　　　功有成来仇也报，名也有来恨也伸。
　　　　　　　　不知说的对不对，公子小姐细思忖。
姜　夺：（唱）姜夺听罢心犯想，左右辗转难在心。
　　　　　　　师父命我保宋主，不料到宋祸临身。
　　　　　　　父母之仇要不报，成了不忠不孝人。
　　　　　　　有心要去投北国，违了师命祸临身。
　　　　　（白）也罢，
　　　　　（唱）宁可违了师父命，父母之仇似海深。

　　　　　　定投北国保萧后，带兵灭宋把仇人擒。
　　　　　　主意一定开言道，
　　　　（白）多得乡亲指教我，兄妹愿从。

白骨大仙：对对，这才算孝子，人人可敬，我也没什么可挂念的，咱全上北国投军。

姜　夺：事不宜迟，就此起身。
　　　　（诗）宁可违师命，定报父母仇。（下）
　　　　（萧后升殿，卒站）

萧　后：（诗）宋军破了天门阵，好叫哀家心不宁。
　　　　（白）哀家萧氏，接到军师表章说天门阵已破，死了无数兵将。大兵退回双龙谷，闭门不战，军师求师去了。哀家挂出招贤榜，无人前来揭榜，可恨单于国公主私自投宋，真正气死哀家也。
　　　　（上卒）

卒：　报千岁得知，殿外有三人揭了榜文，二男一女。

萧　后：这等宣上殿来。

卒：　领旨。（下）太后有宣，你三人上殿。
　　　　（三人同上）

合：　来了。千岁千千岁，民子们参见千岁。

萧　后：贤士免礼。

合：　谢过千岁。

萧　后：不知三位贤士，家乡住处，有何才能一一说来，我好奉士赠旨。

姜　夺：千岁容禀。

姜夺、姜翠平：（唱）我本民间庄农辈，奴是乡村女花容。
　　　　　　　　家住边关二十里，姜家庄里有门庭。
　　　　　　　　我二人是兄妹俩，乃是同胞一母生。
　　　　　　　　姜夺本是我名讳，奴家名叫姜翠平。
　　　　　　　　父亲名讳姜忠厚，母亲高氏念黄经。
　　　　　　　　只因南北大交战，被兵冲散各逃生。
　　　　　　　　太乙真人将我救，我本圣母大门生。
　　　　　　　　高山学艺十几载，奴也学艺十几冬。
　　　　　　　　学会排兵与布阵，学会撒豆能成兵。

　　　　　　　十八般兵刃全学会，腾云驾雾也学成。
　　　　　　　奉师之命把山下，回家认亲有变更。
　　　　　　　宋兵火烧姜家寨，全村老少尽坑生。
　　　　　　　父母死在火坑内，一心报仇把宋平。
　　　　　　　故此来投人明主，情愿随营去立功。
　　　　　　　一与千岁安邦业，二与父母把冤伸。
　　　　　　　不是兄妹夸海口，定把大宋一扫平。
　　　　　　　二人说罢将头叩，太后大悦喜气生。

萧　　后：（唱）哀家有福出贤士，活该哀家坐江山。
　　　　　　　姜夺封平南二路大元帅，精兵十万勇将百名。
　　　　　　　明日校场挑兵将，良辰吉日就起兵。
　　　　　　　去往屯军双龙谷，帮助军师把宋平。
　　　　　　　姜翠平哀家认你为义女，飞连公主有名声。
　　　　　　　随你兄长营中去，兄妹同心立奇功。
　　　　　　　殿下便衣换冠带，兄妹下殿换装容。（下）
　　　　　　　又叫那位贤壮士，你也说说姓与名。

白骨大仙：（唱）千岁要问听我讲，我本高山一道翁。
　　　　　　　阎荣是我师兄长，师父仙号金必风。
　　　　　　　师兄前日把山上，央求师父下山峰。
　　　　　　　师父命我先来到，帮助师兄护守营。
　　　　　　　半路如此这般事，劝说姜家妹与兄。
　　　　　　　贫道先上双龙谷，以防宋兵来攻营。
　　　　　　　说罢回身下了殿，喜坏太后萧银宗。

萧　　后：（白）真是国家将兴，出此异人，何愁不得大宋江山？正是：
　　　　　（诗）天生奇才投我国，要把大宋一扫平。
　　　　　　　（升帐，杨宗保、杨宗孝、杨宗勉、李剪梅四人站）

合：　　　（诗）旗开全得胜，天门阵打开；
　　　　　　　整顿人共马，定把萧后猎。
　　　　　（白）元帅升帐，在此伺候。
　　　　　　　（出帅穆桂英）

穆桂英：（诗）闺中绣户女花容，今日宋营领雄兵；
　　　　　　 头次出兵大交战，打破天门阵九宫。
　　　　（白）本帅穆桂英，打破天门阵，番兵逃在双龙谷，免战高悬，阎荣也不要阵，叫本帅无可奈何。
　　　　（上卒）
卒：　　报元帅得知，北国发来无数人马，领兵元帅姓姜，叫元帅阵前答话。
穆桂英：这等抬刀带马，阵前去见。（下）
　　　　（姜夺对穆桂英）
穆桂英：来者番邦元帅，报名上来。
姜　夺：本帅新元帅姜夺，字飞龙，你叫何名？
穆桂英：本帅大宋兵马大元帅穆桂英，你指名叫本帅出阵，有何大事？
姜　夺：哼，穆桂英你既是天邦元帅，理应仁义待人，不该无故行兵，去烧我的村庄，把合庄老幼人等烧死，与强盗何异？烧死我父母，你少爷一怒，投在北国，挂了元帅印，定与你见见高低上下，看枪。
穆桂英：慢着，你说此话，本帅不明，暂且息怒，听本帅相劝。
　　　（唱）面带笑，把话说。
　　　　　你说此话，我不明白。
　　　　　哪个秽兵将，是谁作的恶？
　　　　　硬赖天兵元帅，此事你欠思索。
　　　　　两国为的争疆土，哪能叫百姓受折磨？
姜　夺：（唱）你差人，还辩白。
　　　　　　 去上我庄，做事不合。
　　　　　　 自报宋元帅，穆氏女娇娥。
　　　　　　 放火烧了庄院，不是你是哪个？
　　　　　　 还敢强辩不承认，好个巧嘴臭老婆。
穆桂英：（唱）微微笑，把刀托。
　　　　　　 你是听谁，妄语挑唆。
　　　　　　 也不细查访，找我动干戈。
　　　　　　 天邦堂堂大帅，不能放火当贼。
　　　　　　 你是受了人暗算，投顺番邦理不合。

姜　　夺：（唱）骂贱人，少巧舌。

看枪取你，见个死活。（看枪）

桂英用刀架，疆场催征驼。

大战三十多趟，不分谁高谁矬。（下）

一旁气坏翠平女，大刀一摆把话说。

姜翠平：（白）哥哥闪过，待小妹与她见个上下。

姜　　夺：妹妹可要小心。

姜翠平：不劳嘱咐。（下）

（姜翠平对穆桂英）

穆桂英：来者番女，报名上来。

姜翠平：我乃萧太后义女飞连公主姜翠平，你就是大宋元帅穆桂英么？

穆桂英：正是。

姜翠平：听说你是圣母之徒，神通广大，打破天门阵，今日见面，试试你公主厉害。

穆桂英：来来来。

（杀，姜翠平败，又上）

姜翠平：穆桂英刀马无敌，哪有闲空与她恋战，不免用飞刀斩她，呀呔。（下）

（上穆桂英）

穆桂英：番女祭来飞刀伤我，怎得能够？用手一指，飞刀落地。（刀落地）看你何法治我？（下）

姜翠平：贱人破我飞刀，套仙锁起，呀呔。（下）

（上穆桂英）

穆桂英：空中霞光万道，瑞气千条，细看乃是套仙锁。此宝乃阐教之物，怎落她手？幸亏是我，别者难逃，待我道念真言，与她收下。（按住，下）

（上姜翠平）

姜翠平：呀，不好！穆桂英果然名不虚传，连收我两件贵宝。一不做，二不休，师父赐我红嘴朱雀，钳她便了，呀呔。（下）

（上穆桂英）

穆桂英：呀，迎面来了雀鸟，嘴长一尺，直奔我来，不免祭出金翅大鹏挡它，呀呔。（鹏啄，雀败）叛女大败，众将士努力攻杀。（下）

（上阎荣）

阎　　荣：山人阎荣，在高山请来白骨师弟，又有姜家兄妹相助，营中锐气复回，你看姜家兄妹败回来了，师弟快去迎敌去。

白骨大仙：师兄不要慌，待我会他一会。（下）

（穆桂英对白骨大仙）

穆桂英：妖道报名受死。

白骨大仙：你祖师爷白骨大仙，乃是金必风的门徒，你这女子何名？

穆桂英：狗道，听你奶奶指教与你。

（唱）大刀一摆骂狗道，奶奶就是穆桂英。
　　　两国为的争疆土，各为其主是正经。
　　　与你道家何干涉，大破杀戒下山中？
　　　阎荣并不答事务，摆下天门阵九宫。
　　　却叫本帅打破了，理当隐遁回山峰。
　　　不该又把红尘染，撺唆狗道到叛营。
　　　你师本是修仙客，过去未来早知情。
　　　北国兴战刀兵动，闹得百姓不安宁。
　　　看看多少修仙客，哪个下山得正终？
　　　想当初武王伐纣朝歌取，有个仙人赵公明，
　　　一怒下山破杀戒，七箭锁喉道行扔。
　　　不孝女怒摆黄河阵，千年道行赴水中。
　　　你既跟师学大道，当在高山念黄经。
　　　偏心听信阎荣话，大祸临头悔不能。
　　　不是奶奶说大话，没把你们放心中。
　　　慢说你把高山下，连你师父等于零。
　　　奶奶一怒跑跑马，杀你们尸骨满地横。
　　　桂英还要往下讲，白骨大仙怒冲冲，

白骨大仙：（白）好也，念奴休得胡言，看剑。

穆桂英：来了。

（杀，白骨大仙败，上）

白骨大仙：好个穆桂英，真乃厉害！不免祭起金眼龙吞她便了，念念有词，呀呸。

（下）

穆桂英： 原来是条金眼龙，伤我怎得能够？念念有词，斩妖剑起，呀呎。（斩龙死）（下，上白骨大仙）

白骨大仙： 哎呀呀，不得了，把我的宝贝毁了。待我祭起扣仙钟擒她，念念有词，呀呎。（下）

穆桂英： 妖道祭来大钟，奴不免祭起渗金锤与他打碎，念念有词：起！
（打钟坏，上白骨大仙）

白骨大仙： 哎呀，可气死我了！只见武艺高强，法术比我更高，我不免现了原形，抓她魂魄便了。（现原形）
（上穆桂英）

穆桂英： 你看面前黑气弥漫，裹定一物，吱吱乱叫，不知何物？不免取出穿心钉打他一下。（上白骨大仙，钉打下）妖道大败去了，众将士打得胜鼓回营。（下）
（急上白骨大仙）

白骨大仙： 哎呀呀，吓死人也，疼死我也。可恨穆桂英法术高强，一连破我几件贵宝，不知用什么东西打我一下，左背好痛，待我拔下来。（拔）哎呀呀，还是大钉子，待我上了止疼药。（上药）好了，不疼了。哎呀，这仇叫我怎报哇？

（唱）坐在这，山坡中。
　　　上了丹药，立刻止疼。
　　　好个穆氏女，果然了不成。
　　　刀马眼疾手快，又且法术精通。
　　　不怪师兄说厉害，话不虚传够我受。
　　　这仇恨，报不能。
　　　怎见阎荣，我的师兄？
　　　难见营中将，笑坏众兵将。
　　　师父他还没到，叫我有何计行？
（白）哦哦，有了。
（唱）着急之中有了计，何不如此这般行？
　　　方才在，疆场中。

穆氏言讲，事儿一宗。

七箭锁喉法，治死赵公明。

我今何不试试？治死穆桂英。

这叫明枪容易躲，暗箭难以防备凶。

主意定，喜心中。

站起身来，回了大营。

对着师兄讲，此事要办成。

军卒草人抬过，伺候不敢吱声。

（卒抬草人供桌）

白骨大仙忙作法，手内执箭又拿弓。

把灵符，贴身形。

锁住草人，他的天灵。

掐诀口念经，嘴里乱咕哝。

勾来三魂七魄，叫他当时发蒙。

一天三更射一箭，七日之内归阴成。

（打三更）

听谯楼，打三更。

拿起弓箭，下了绝情。

对准心口上，只听响一声。

头上灯灭一盏，这才放下雕翎。

心中欢喜忙吩咐，

（白）番兵们，小心看守，草人不许妄动，违令者斩。

卒： 哈！

白骨大仙： 抬下。（下）

丫　鬟：（内白）姑娘，奴婢搀你到外面凉爽凉爽。

穆桂英： 哎，罢了我了。

（搀扶穆桂英坐）

穆桂英：（诗）真是病来如墙倒，果然病去如抽丝。

（白）奴穆桂英，昨日疆场大战，姜家兄妹败走，又来个妖道，自称金必风的门徒白骨大仙。我二人动法，后来不知是何物，被我用穿心钉打跑。

回到营来，用了晚餐，刚至三更，心里一紧，同针刺一般，不知是何病症。

（唱）真乃是个异样事，猛然之间大病来。
　　　虽说人生病难免，我这病得真怪哉。
　　　白日上阵好好的，睡至三更病就来。
　　　心如针刺一般样，二目发昏头懒抬。
　　　丫鬟快去大营报，说与中军报明白。
　　　命人好好把营守，恐怕妖人暗中来。
　　　免战高悬不出马，妖道邪法甚厉害。
　　　又叫穆瓜听吩咐，把你姑爷请进宅。

穆　瓜：（白）是。
杨宗保：（唱）宗保闻听吓一跳，急进后帐看明白。（上）
　　　娘子你是怎样了？得的可是何病灾？
　　　你今有个好与歹，何人布阵把兵排？
　　　目下番营又添将，妖人邪术人难猜。
　　　穆瓜快去把医请，
穆桂英：（唱）将军不必挂心怀。
　　　自咱二人结夫妇，如鱼得水两和谐。
　　　自从带兵为元帅，国事紧急两下待。
　　　指望平灭贼反叛，封妻荫子位列三台。
　　　不想好事不如意，凭空来了这祸灾。
杨宗保：（唱）自从娇妻有一闪，要想我好只怕难。
穆桂英：（唱）我就有个好与歹，将军不必过悲哀。
　　　说到此间心难过，扑啦扑啦泪下来。
杨宗保：（唱）宗保辛酸流下泪，娘子你把心放宽。
　　　人吃五谷经寒暑，哪有不得病与灾？
　　　只管放心把病养。

（白）娘子莫要着急，好好宽心养病，哪有得病就死之理？
穆桂英：哎，夫主，看我这病，只怕不能久居人世了。

（上卒）

辛：　　　报先锋得知，妖人又来要阵，老元帅连挂免战牌三次，竟被妖人砸坏，口口声声叫元帅出马。

穆桂英：好个妖人，欺我太甚，看我盔甲刀马伺候。（起，倒，昏）

丫　鬟：姑娘醒来。

杨宗保：娘子苏醒。

丫　鬟：姑娘叫着不哼，如何是好？

杨宗保：将你姑娘搀到软榻之上，好好温存，我到前帐，即刻就回。（下）

（杨景升帐，岳胜、孟良、焦赞、杨兴、陈林、柴干、郎千、郎万、黄虎、孙明、马训、刘奇、吴凯、鲁杰、戴德章、戴朝风、刘法海、崔云秀等十八人立）

合：　　（诗）头戴金盔亮堂堂，身穿铠甲放毫光；
　　　　　　　上阵全凭枪与马，扶保大宋锦家邦。
　　　　（白）元帅升帐，在此伺候。

（出杨景）

杨　景：（诗）妖人邪术太呈凶，免战高悬紧闭营。
　　　　（白）本帅杨景，阎荣摆下天门阵，番兵退回双龙谷，不想来了二路元帅，有一妖人与媳妇大战，妖人败走，不幸媳妇昨夜三更得了场大病，不能临阵。圣上命我执掌帅印，妖人连砸免战牌三次，未敢出马。

（上杨宗保）

杨宗保：禀父帅，方才儿看穆氏沉重，她告诉父帅，任凭妖人怎么骂阵，不可出阵，深沟高垒，乱箭齐发，护守关城，穆氏昏迷不醒，抬在软榻之上。

杨　景：呀，可有些不好。
　　　　（唱）乍闻此言说不好，心中吃惊暗着忙。
　　　　　　　穆氏要有好共歹，何人能敌妖法强？
　　　　　　　儿你快去传我令，晓谕合营女娥皇。
　　　　　　　众女一齐守后帐，保护穆氏莫离身旁。
　　　　　　　再命宗勉与宗孝，岳胜焦赞与孟良。
　　　　　　　御营保护万岁主，莫叫他君臣受惊慌。

杨宗保：（白）是。

杨　景：（唱）其余众将守营寨，堵挡妖人要提防。

　　　　　　　　正然议事军卒报，（上卒）

卒：　　（唱）妖人骂阵太猖狂。

　　　　　　再不派将去出马，就用大炮攻营房。

杨　景：（白）起过了。

卒：　　得令。（下）

杨　景：呀，不好！

　　　　（唱）元帅听闻无主意，

合：　　（唱）众将大怒气满腔。

　　　　　　妖人欺咱太软弱，没把我们放心上。

　　　　　　我等情愿去出马，不拿妖人不还乡。

杨　景：（白）众位将军们，不可造次，妖人邪术难挡，前日要是别人必然丧命，幸得穆元帅与他斗法，今日连砸免战牌三次，元帅有令，不可仗血气之勇，误遭妖人毒手。

合：　　元帅，休长妖人威风，我等定与他见个高低。

杨　景：众位，千万不可！

　　　　（唱）忙拦挡，说住着。

　　　　　　叛营之内，有了妖魔。

　　　　　　实杀倒不惧，邪法了不得。

　　　　　　穆氏又得重病，方才令人来说。

　　　　　　任他怎骂不出马，深沟高垒挡番贼。

合：　　（唱）元帅论，理不合。

　　　　　　妖人骂阵，实在可恶。

　　　　　　仗他有邪术，咱们怕什么？

　　　　　　自古邪难压正，全凭圣上功法。

　　　　　　我等不服定上阵，齐心努力把妖捉。

（众将士带马下）

杨　景：（唱）人心怒，众心合。

　　　　　　拦挡不住，却会怎么？

　　　　　　此去怕不好，吉少凶必多。

　　　　　　众将一齐出马，看个胜败如何。

　　　　　　本帅也得到疆场，下帐上马走如梭。（下）
　　（上白骨大仙）

白骨大仙：（唱）再说白骨到疆场，宋营出来一大窝。
　　　　　（白）哈哈，宋营来了人马无数，待我迎上前去。
　　　　　（对黄虎）

黄　虎：来者妖人，报名上来。

白骨大仙：你师祖爷白骨大仙，你叫何名？

黄　虎：你爷爷黄虎，妖道看枪。

白骨大仙：来了。
　　　　　（杀，白骨大仙败，又上）

白骨大仙：等他赶来，用飞连剑斩他便了。（死）哈死了，小番们，杀！（下）
　　　　　（对孙明）

孙　明：好个狗道，杀我大将，看我孙明擒你。
　　　　（杀白骨大仙败，又上）

白骨大仙：飞连剑起！呀吪。（死）杀上前去。（下）
　　　　（刘奇、马训二将马上）

马　训：俺马训。

刘　奇：刘奇。你看妖道连杀二将，咱二人一齐杀上前去。

马　训：有理。
　　　　（唱）二人一见红了眼，大骂狗道作怪妖。
　　　　　　不通名姓杀一处，刀枪并举把手交。

白骨大仙：（唱）白骨大仙往下败，祭起宝贝把他消。
　　　　　　一剑一个毙了命，（二将死）心中欢喜乐陶陶。（下）

鲁杰、吴凯：（唱）又来鲁杰与吴凯，刀枪并举战妖怪。（妖败）
　　　　　　不上几合他败走，随后追赶喊声高。（下）

白骨大仙：（唱）盼你赶来你就赶来，又祭宝剑半空飘。
　　　　　　只听咯吱一声响，（死）二将一齐归阴曹。（下）

四　将：（唱）戴德章与戴朝风，刘法海崔云秀二英豪。
　　　　　四将一齐战妖道，白骨大仙难架着。

白骨大仙：（唱）跳出圈外宝剑起，四将全都归阴曹。（全死）

　　　　　　　吩咐小番们杀上去，（下）
杨　　景：（唱）杨景城头魂胆消。可叹众将不听劝，十员大将赴阴曹。
　　　　　　　传令单于国公主，叫她上阵走一遭。
卒：　　　（白）得令。
喜林珠：（唱）军卒后帐说一遍，公主接令手抡刀。
　　　　　　　营门大开对了阵，（下）
白骨大仙：（唱）来了个俊俏女窈窕。
　　　　　　（白）来者女将，报名上来。
喜林珠：奴单于国公主喜林珠，看刀。
白骨大仙：慢着慢着，我有话说呢。
喜林珠：快讲。
白骨大仙：别急，小娘子听了。
　　　　　　（唱）待笑便开言，叫声小娘子。
　　　　　　　　　我跟金必风，高山学道理。
　　　　　　　　　道号白骨仙，法术人难比。
　　　　　　　　　阎荣我师兄，上山说根底。
　　　　　　　　　破了天门阵，师父气个死。
　　　　　　　　　先命我下山，帮兵北国里。
　　　　　　　　　昨日在阵上，遇见桂英女。
　　　　　　　　　疆场斗宝贝，我先扑了底。
　　　　　　　　　挨了她一钉，打的蹿西殿。
　　　　　　　　　知道穆桂英，大病缠身体。
　　　　　　　　　不能把马出，早晚得做鬼。
喜林珠：（白）穆氏有病，你怎知晓？
白骨大仙：应我事一桩，我就告诉你。
喜林珠：啥事你说罢？
白骨大仙：（唱）别看我出兵，高山念经本。
　　　　　　　　　最爱女花容，稀罕小媳妇。
　　　　　　　　　今见小娘子，长得实在美。
　　　　　　　　　勾去我的魂，魄散几千里。

     你要把我依，咱俩会云雨。
     也不回番营，带你回山里。
     你我过百年，生下儿和女。
     不知意如何，怎么不言语？

喜林珠：（白）你既不嫌弃，奴本单于国之人，被穆桂英擒来强硬配了宋将，奴不得不从，等有机会杀了穆桂英，还回北国。你若有法杀了穆氏，与我报仇，我跟你去吧。

白骨大仙：（唱）那就更好了，听我告诉你。
     那个穆桂英，七天她准死。

喜林珠：（白）因为何故呢？

白骨大仙：（唱）山人用的法，做法三更里。
     七箭锁咽喉，谁也不晓得。
     今日才三天，她不知头尾。
     话已说完了，全都告诉你。
     跟我快走吧，高山成两捆。

喜林珠：（唱）佳人大怒骂狗道。
  （白）狗道暗算害人，哪里走？看刀。

白骨大仙：来了。

    （杀，白骨大仙败，又上）

白骨大仙：老娘们说了不算，有心伤她性命，又舍不得，不免用迷魂帕将她迷倒，带她回营，把她绑了，定能成亲便了。
  （唱）取出迷魂帕一片，洋洋得意往上迎。
     今日拿住小女子，把她带回高山中。
     一到古洞成亲事，夫唱妇随过万冬。
     朝欢暮乐不修道，何必终日念黄经？
     手晃心想正高兴，（下）

喜林珠：（唱）公主一见吃一惊。
     只见妖人拿一物，晃得奴家头发蒙。
     急忙喷来三昧火，将他邪宝烧火烘。
     掐诀念咒真火起，（烧）

白骨大仙：（唱）白骨大仙不知情。

　　　　　　哎呀一声说不好，烧了我宝把我坑。

　　　　　　烧坏宝帕剩个杆，可恨花奴法术精。（下）

（喜林珠见白骨大仙发怔，伸手取出金镖，照准白骨大仙打）

白骨大仙：（白）呀，不好。（下）

喜林珠：妖道中镖逃走，众将士收兵。（下）

杨　景：（内白）三军们好好紧守营门。（上帐）一场好杀，一场好战，妖人连伤我十员大将，多亏公主出马，打败妖人，不然营门难保。

喜林珠：（内白）军校们将马带过。（上）元帅在上，侄媳妇交令。

杨　景：好，公主出马打败妖人，其功不小。

喜林珠：元帅可知穆元帅得的什么病么？

杨　景：本帅不知。

喜林珠：元帅听了。

　　　　　（唱）穆氏元帅得的病，妖人弄的巧机关。

　　　　　　　说的七箭锁喉法，七日七夜归阴间。

　　　　　　　扎个草人像元帅，设摆香案供桌前。

　　　　　　　狗油灯儿用七盏，七支雕翎桃木杆。

　　　　　　　只怕此术难解救，元帅想法主意定。

杨　景：呀！

　　　　　（唱）听罢此言无主意，急得热汗湿衣衫。

　　　　　　　媳妇要有好共歹，何人可保宋江山？

　　　　　　　实杀实砍不足惧，妖术邪法实难缠。

　　　　　　　杨景急得团团转，来了宗保上帐前。

杨宗保：（唱）父帅大事不好了，穆氏命在旦夕间。

　　　　　　　每日三更大声喊，至今昏沉已三天。

　　　　　　　人事不省怎么好？说着二目泪不干。

杨　景：（唱）为父也是无主意，林珠公主又开言。

喜林珠：（唱）为儿去把高山上，求她师父老骊山。

　　　　　　　师徒之情必相救，搭救元帅身体安。

杨　景：（唱）路途遥远千里外，来回就得十几天。

　　　　　　　七天只剩几日了，岂能救下女英贤？
喜林珠：（唱）奴也受过圣母训，腾云驾雾不必难。
　　　　　　　无非顿饭就能到，来往当日就能还。
杨　景：（唱）如此公主急速去，
喜林珠：（唱）下了大帐换衣衫。（下）
杨　景：（唱）杨景吩咐守营寨，（下）
喜林珠：（唱）林珠公主上云端。
　　　　　　　事紧心忙来得快，远远望见万灵山。
　　　　　　　收住云头落在地，
　　　　（白）来到万灵山，进洞参见圣母便了。（下）
（出骊山圣母）
骊山圣母：（诗）云来雾去已千秋，前因后果苦炼修。
　　　　　　　三花聚顶朝元气，三山五岳任我游。
　　　　（白）山人骊山圣母，在万灵山紫霞宫炼道，那年收个徒儿穆桂英，学得刀马纯熟，打发她回家去了，不知如今怎样？
（上童儿）
童　儿：禀师父，洞外有一施主求见。
骊山圣母：里边有请。
童　儿：是。（下）里边有请。
喜林珠：来了，仙师在上，弟子参拜。
骊山圣母：不消，坐了讲话。
喜林珠：告坐。
骊山圣母：施主贵姓高名？到此何事？
喜林珠：仙师听了。
　　　　（唱）弟子宋主单于国，父王名叫彦伦敦。
　　　　　　　执掌塞北居化外，奴家名叫喜林珠。
　　　　　　　只因萧后借人马，父王命奴带兵卒。
　　　　　　　路遇大宋杨门后，名叫宗孝士公门徒。
　　　　　　　如此这般成夫妇，不助萧后把宋扶。
　　　　　　　阎荣摆下天门阵，困住宋营众兵卒。

　　　　　　令徒桂英穆氏女，她与宗保配夫妇。
　　　　　　挂帅打破天门阵，天子见喜心满意足。
　　　　　　不想来了一妖道，法术精通韬略熟。
　　　　　　令徒与他大交战，破了妖人几件法术。
　　　　　　钉打妖人败回去，羞恼变怒下狠毒。
　　　　　　穆氏正在三更睡，大叫一声床下扑。
　　　　　　口嚷心疼实难忍，叫着不应话不出。
　　　　　　次日妖人又上阵，连把宋营十将诛。
　　　　　　弟子奉命去出马，我与妖人斗胜输。
　　　　　　妖人是个好色鬼，他就一心爱上奴。
　　　　　　奴假意应诓他话，如此如此告诉奴。
　　　　　　不加防备暗下手，暗把金镖打将出。
　　　　　　化道火光妖逃命，收兵回营看令徒。
　　　　　　人事不省昏迷了，急得合营众将哭。
　　　　　　穆氏七日必得死，今日就是三日功夫。
　　　　　　故此我把仙山上，求师下山救令徒。
　　　　　　不知大仙可肯去，骊山圣母犯踌躇。
骊山圣母：（唱）白骨他的道行大，他是必风大门徒。
　　　　　　有心下山救弟子，又怕红尘缠住足。
　　　　　　欲待不把高山下，师徒之情一旦无。
　　　　　　又愁怎把草人抢，妖人岂能等让吾？
　　　　　　想罢一回说有了。
　　　　　　（白）喜林珠你先回去，我随后就到。
喜林珠：弟子遵命。（下）
骊山圣母：我想一人未必可行，不免去请毛遂便了。（下）
　　　　　　（出毛遂）
毛　遂：（诗）人都说我手不稳，见人东西就犯偷瘾。
　　　　　（白）出家人金眼毛遂苦修苦炼，法术不等，既能偷又能算，那年闲游到九顶铁必山八宝云光洞，看见金必风的金蛇吐信，叫我给他对付来咧，没事就在山中玩药。

（上骊山圣母）

骊山圣母： 道友请了。

毛　遂： 请了，原来还是圣母到来，道友请坐。

骊山圣母： 告坐。

毛　遂： 道友到此有何事？

骊山圣母： 哎，道友听了。

　　（唱）只因心慈弟子，惹出烦恼一大堆。
　　　　　那年手下桂英女，学得刀马也夺魁。
　　　　　只因看见杨宗保，该他二人配夫妻。
　　　　　打发她把高山下，挂帅吐气与扬眉。
　　　　　也曾大破天门阵，杀败北国众番贼。
　　　　　阎荣上山求师父，必风老祖大发威。
　　　　　打发白骨把山下，疆场对垒吃了亏。
　　　　　设下七箭锁喉法，穆氏桂英命要没。
　　　　　差人上山来求我，我想此事得偷盗。
　　　　　故此想起道友你，下山帮我走一回。
　　　　　盗来草人救弟子，山人面上也光辉。
　　　　　不知道友可肯去？毛遂真人把头垂。

毛　遂：（唱）已经洗手多年了，专心学好不当贼。
　　　　　　　一个出家称仙长，偷啦摸啦体统没。

骊山圣母：（白）看同道情面去吧。

毛　遂：（唱）罢了罢了心活动，告诉说就是这一回。
　　　　　　　下不为例咱就走，（下）二仙出洞走如飞。
　　　　　　　瞬时来到宋营外。

骊山圣母：（白）道友你盗草人，我在此等候。

毛　遂： 有理。（下）

　　（摆桌，放草人）

白骨大仙： 天已三更，还得做法。

　　（唱）白骨不消停，伸手拿方剑。
　　　　　对准这草人，暗暗把咒念。

　　　　　　　今已五日功，还有两天限。
　　　　　　　叫你一命亡，宋营就完蛋。
　　　　　　　想罢手拉弓，（上毛遂拉着）这弓真讨厌。
　　　　　　　怎么拉不开？累了一身汗。
　　　　　　　好像有人搬，气得浑身战。
　　　　　　　扔了这张弓，摔了这支箭，
　　　　　　　回身另找弓。（下）
毛　遂：（唱）毛遂得方便。
　　　　　　　草人扯坏了，油灯打稀烂。
　　　　　　　烧了妖的符，乌盆砸稀烂。
　　　　　　　坐下歇一歇，看他怎么办。
白骨大仙：（唱）白骨取来弓，猛然抬头看，
　　　　　　　草人不见了，地下稀呼烂。
　　　　　　　着忙吃一惊，内有人捣乱。
　　　　　　　四处也没人，莫非逃了窜。
　　　　　　　回身才要追，（毛遂打嘴巴）什么打当面？
　　　　　　　眼前冒火星，脸肿一大片。
　　　　　　　大叫说有贼，（毛遂往嘴扔土）沙土往嘴灌。
　　　　　　　喊又喊不出，急得出躁汗。
　　　　　　　撒腿要想逃，是谁把脚绊？（倒）
　　　　　　　爬起又想行，（毛遂绊腿）什么把腿绊？
　　　　　　　着急骂连声，好个王八蛋。
　　　　　（白）你看什么东西前来捣乱？快现原形，你祖爷不是好惹的。
毛　遂：（装女声）苦哇哇。
白骨大仙：呀，女子之声，必是死得屈柱，我又不欠你命债，为何缠绕我，破我法术？
毛　遂：哎，仙师不要赶我，非妖非鬼，乃一魂灵，来求仙师。
白骨大仙：你是何人魂灵？
毛　遂：穆桂英之魂，不知你把我拘来，为何叫我大庙不存，小庙不招，我才撕了草人，求仙师大发慈悲。
白骨大仙：你是穆桂英的魂么？

毛　遂：正是，苦哇哇。

白骨大仙：你是愿生愿死？

毛　遂：愿生怎么说？愿死怎讲？

白骨大仙：你愿生，我将你的魂送付原体，就能恢复如初，愿死你就各处游荡去罢。

毛　遂：我愿生啊。

白骨大仙：愿生可得应我一件。

毛　遂：哪一件？

白骨大仙：我将你魂魄送回，跟你入营，咱俩成其夫妇，跟我回山快乐。

毛　遂：奴家愿从。

白骨大仙：哈哈，既然愿从，咱就走吧。

毛　遂：我一孤魂，不知根径。

白骨大仙：我头里行。

毛　遂：咱过河怎办？

白骨大仙：我背着你。

毛　遂：来吧。（背）好，毛遂暗念咒语，拘来碾盘大石头压在妖人背上，呀呔。

　　（石头压白骨大仙）

白骨大仙：哎呀，好沉呀，不行我背不动了。

毛　遂：千斤小姐怎么不沉呢？

白骨大仙：哎呀，压死我了，下来吧。

毛　遂：好，（摘下隐身草）我把你这个妖道，你当我是谁？

白骨大仙：呀！原是毛遂大仙，饶了我吧。

毛　遂：饶你不能，看我斩妖剑斩你的头。（杀死，现形）早知你是白骨炼成，白修一场，走，见圣母去。（下）

　　（上骊山圣母）

骊山圣母：道友办得怎样？

毛　遂：草人毁坏，杀了妖人，你救你徒儿去吧，我就回山了。

骊山圣母：请。

毛　遂：请。（下）

骊山圣母：你看道友回山，我只得进城搭救徒儿才是。（下）

卒：（内白）报军师，不好了，白骨大仙已死，法术已破，请军师定夺。

阎　荣：呀，待我看来。（上）哎呀，果然师弟丧命宋营之人，有此能人，我得上山请来师父与师弟报仇。小番们，将大仙用棺木装殓起来，好好埋葬，小心营盘，我就上山便了。（下）

（抬尸下）

（出八仙）

八　仙：（诗）脱毛换骨几千年，喷云吐雾法无边。
　　　　　　　炼就翻江与倒海，摘星换斗不会难。
　　　　（各白）我乃金蝉大仙/银甲将军/浩风道人/吐雾道人/元元圣母/青蝎仙姑/常花仙姑/八角仙子，师父设座，在此伺候。

（出金必风）

金必风：（诗）混沌出分不计年，开天辟地就有咱；
　　　　　　　法术道深降龙去，万仙册上把名添。
　　　　（白）出家人金必风拜通天教主为师，在九顶铁必山八宝云光洞修真，有五千余年道行，徒儿无数。前日阎荣求我下山，我打发白骨下山去了，也不知如何。

（上阎荣）

阎　荣：师父在上，弟子叩头。

金必风：起来。

阎　荣：是。

金必风：你又来为何？

阎　荣：哎，师父呀。

　　　　（唱）阎荣见问流下泪，师父在上听个清。
　　　　　　　自从那日把山下，与我师弟到大营。
　　　　　　　半路遇见姜家兄妹，设计诓他叛宋营。
　　　　　　　萧后封他二路元帅，双龙谷内扎下营。
　　　　　　　师弟上阵去要阵，出来元帅穆桂英。
　　　　　　　二人疆场闹半日，咱的法术都不中。
　　　　　　　穆氏祭来一件宝，打的师弟筋骨疼。
　　　　　　　万般无奈想一法，设个毒计害桂英。
　　　　　　　七箭锁喉神妙法，指望这回必成功。

|||师弟次日又出马，果然没有穆桂英。
连斩宋营十员将，随后又来女花容。
一镖打得师弟败，上上丹药止住疼。
夜晚三更又做法，草人剩了两日工。
不知怎么死营内，一堆白骨现原形。
徒儿不敢去上阵，无奈前来见师翁。
急速下山把仇报，算算何人下狠情。

金必风：（唱）必风一听心大怒，大喊一声似雷鸣。
何人胆大行无理，害我徒儿把我轻？
掐指把他算一算，原乃毛遂狗道童。
山人与你何仇恨，竟敢把我弟子坑？
待我去把毛遂找，拿住抠去绿豆眼睛。
才要离座又犯想，不中不中怕不中。
毛遂狗道更厉害，找他未必占上风。
况他有个隐身草，想要看着万不能。
只好不去把他找，先去摆上阵九宫。
主意一定叫徒弟，

（白）阎荣，你先去搭下芦棚，备好摆阵之物。

阎　荣：遵命。（下）

金必风：众弟子们听真，各带随身宝贝跟我下山与你师兄报仇。

众：　　遵命。（下）

金必风：（内白）小番们，杀出营去。

（骑兽上姜夺）

姜　夺：俺姜夺前日与穆桂英疆场大战，并未取胜，今日一定见个高低。（下）

（上卒）

卒：　　报元帅得知，番贼指名叫穆元帅出马。

杨　景：起过了。

卒：　　哈！

杨　景：穆氏媳妇刚才病好，待本帅临阵，众将士抬枪带马。

（上对姜夺）

姜　夺：来者老将，报上名来。

杨　景：本帅平北元帅杨景，你叫何名？

姜　夺：本帅太乙真人门徒姜夺，我与你有不共戴天之仇，你不该害我父母，烧我庄村，看枪取你。

杨　景：住口！大宋乃堂堂大国，岂做杀人害民之事？你不该听妖人挑唆，归顺北国，又领兵前来。你忘了宋主雨露之恩，背叛朝廷，真乃不仁不义之徒。弃国反叛，何颜前来见得本帅？真乃可恨。

姜　夺：休得多言，看枪。

杨　景：来了。

（杀，姜夺败，又上）

姜　夺：杨景果然名不虚传，枪急马快，不免祭起八宝镇天锤打他便了。

杨　景：哪里走？

姜　夺：看打。

杨　景：呀，不好。（下）

姜　夺：杨景果是英雄，并未落马，逃跑而去，番兵们，杀上前去。（下）

（上岳胜、孟良、焦赞俱败）

穆桂英：（内白）众将士，刀马伺候。

（上穆桂英对姜夺）

姜　夺：穆桂英，今日我与你见个高低。

穆桂英：来来。

（杀，下，上姜夺、姜翠平）

姜翠平：奴姜翠平，哥哥与穆桂英大战，奴何不暗下毒手？祭起朱雀钳她便了。

（唱）姜翠平，把计生。

　　　祭起朱雀，暗下绝情。

　　　主意排定后，朱雀起在空。（下）

（雀飞下）

穆桂英：（唱）桂英正然交战，并未小心空中。

（白）不好！

（唱）说声不好败下去，

姜　夺：（唱）姜夺催兽赶得凶。（下）

穆桂英：（唱）桂英女，二目疼。

　　　　　　浑身上下，麻木不停。

　　　　　　刚到营门外，难骑马能行。

　　　　　　哎呀，说声不好，咕咚栽下马行。

　　　　　　军卒上前抢尸首，（下）宗保一见眼气红。

杨宗保：（唱）拧战杆，催马行。

　　　　　　大骂番贼，少来逞凶。

　　　　　　少爷试试你，叫你一命终。

　　　　　　大战二十余趟，宗保圈马回营。

　　　　　　吩咐军校齐放箭，急放火炮保守营。（下）

姜夺、姜翠平：（唱）兄妹们，喜心中。

　　　　　　宋营闭门，不敢交锋。

　　　　　　只得回营去，明日再来攻。

　　　　　　吩咐打上得胜鼓，归队暂且收回兵。

　　　　　　得胜回营且不表，（下）宗保上帐看分明。

（卒抬二帅上帐）

杨宗保：（唱）见父帅，不哼声。

　　　　　　又见穆氏，脸面发青。

　　　　　　只有微吁气，只怕性命坑。

　　　　　　老少元帅如此，何人执掌大兵？

　　　　　　急得豪杰团团转，热汗淌得似蒸笼。

　　　　　　叫三军，尔等听。

　　　　　　老少元帅，抬入右营。

　　　　　　再报祖母得知，急差女将英雄。

　　　　　　大家齐心守营寨，小心番兵把事生。

　　　　　　来了那八主公，寇准相陪一齐进营。

　　　（白）千岁大人，请坐。

八　王：（唱）暂且不用坐，特来见御甥。

　　　　　　一看老少元帅，伤痕是重是轻？

　　　　　　还得安排别人为帅。

（白）本王代天子一来看二位元帅伤痕轻重，二奉天子旨意，命你掌握军机，调动众将，好好保守大营，千万小心敌兵前来劫寨。

杨宗保：是，甥儿遵旨。

八　王：我二人去到后营。（下）

杨宗保：众将士小心巡营，严加防范。（下）

（完）

第 八 本

【剧情梗概】 金必风摆了天门大阵,请来天神上圣与宋将见个高低。宋营将士郎千、郎万进入天门阵后,死于色阵内。阎荣又叫阵,宋营高悬免战牌。太乙真人派杨宗英助阵宋营,并赐予镇洞之宝降魔杵。杨宗英到宋营认母,但并未被相信,只好回山取了红绫肚兜为证,方加入宋营,与姜氏兄妹对战。

（上二番卒）

二　卒：（诗）奉命搭法台,事急不敢怠。
卒　一：（白）你我是北国军卒,奉军师之命,叫咱搭法台摆阵。
卒　二：别管干啥,咱俩搭吧。（搭完）
卒　一：搭完,报去。
卒　二：有理！（上报）报军师得知,万事齐备。
金必风：山人金必风,只因弟子一怒要摆上天门大阵,定把宋将拿净,方显老祖的神通,众弟子台下伺候。

（上四男、四女）

众弟子：老师有何吩咐？
金必风：徒儿,我今要摆天门大阵,请来天神上圣与宋将见个高低,尔等安肃台下,听为师号令,好好学学摆阵的规矩。
众弟子：弟子们遵命！
金必风：待我打开阵书,从头至尾细细看明白。

　　　　（唱）打开阵书从头看,字字行行写的真。
　　　　　　　阵图上写数个字,天门阵式妙法深。
　　　　　　　确是上界真神圣,有人妄动罪杀身。
　　　　　　　我今要摆天门阵,定把宋将全部擒。
　　　　　　　看了多时灵符化,手敲云牌法水喷。
　　　　　　　先请外门四位圣,二十八宿下凡尘。
　　　　　　　角木蛟与斗木獬,井木犴奎木狼四位星居。
　　　　　　　觜火猴与尾火虎,室火猪翼火蛇四星神。

亢金龙与娄金狗，牛金牛鬼金羊快下凡尘。

十二位星：（白）来了。

（唱）十二位星宿离了位，法台之前现真身。

悠悠荡荡落在地，法师相召哪边使用？

金必风：（白）无事不敢劳动上圣，只因宋妇穆桂英欺我太甚，我今摆天门阵，用众神把守四门。木字四星把守东方甲乙木，违令遭贬，快去。

木　四：遵法旨。（下）

金必风：火字四星君把守南门，莫违我旨，快去。

火　四：遵法旨。（下）

金必风：金字四星把守西门，违法旨，按阴书遭贬。

金　四：遵法旨。（下）

金必风：待我火化灵符，请箕水豹、壁水貐、参水猿、轸水蚓四星速降。

水　四：来了，法师相召，哪边使用？

金必风：我今摆座阵式，用尊神把守北方，敌人进来不许放走，违令者按阴书遭贬。

水　四：遵法旨。（下）

金必风：四方安排已毕，再安排中央火化灵符，柳土獐、胃土雉、氐土貉、女土蝠速降。

土　四：来了，法师相召，哪边使用？

金必风：无事不敢劳动上圣，命你们把守中央法台阴坑，敌人进阵，用黄土迷眼，打入阴坑。

土　四：遵法旨。（下）

金必风：火化灵符，请昴日鸡、虚日鼠、房日兔、星日马速降。

日　四：来了，法师相召，哪边使用？

金必风：我今摆下天门阵，内有日宫阵，命尔等把住阵式，敌人进来活活晒死。

日　四：遵法旨。（下）

金必风：火化灵符，请毕月乌、心月狐、危月燕、张月鹿速降。

月　四：来了，法师相召，哪边使用？

金必风：四位尊神把住月宫阵，敌人进阵，放出阴气，把他活活冻死。

月　四：遵法旨。（下）

金必风：还得请神下界。

（唱）先请龟蛇两员将，天蓬扮人下凡间。
又请神荼与郁垒，哼哈二将来站班。
四大金刚也速降，五斗四帅更威严。
众神速降速速降，违我法令择阴山。

众　神：（唱）众神个个离本位，脚加云光下了天。
来到台前齐开口，相着我神为哪般？

金必风：（唱）我今摆下天门阵，借仗神威发力全。
中间有座玉皇阵，用尔把守休辞烦。
要是敌人进了阵，不管是人或是仙。
凡人进阵要他命，仙人打入阴坑里边。

众　神：（白）遵法旨。（下）

金必风：（唱）又化灵符十几道，奉请三十六天罡神。
七十二地煞也速降，青龙白虎也来临。
朱雀玄武也来到，一齐速速下凡尘。

众　神：（白）来了。

（唱）众神来到法台下，一同开口问原因。
何事惊动我神驾？若不实言打断筋。

金必风：（唱）众位各守一个阵，努力共把宋将擒。

众　神：（唱）各遵法旨守阵地。（下）

金必风：（唱）又把灵符用火焚。

（白）丧门吊客五鬼速降。

五　鬼：来了。（上）

金必风：（唱）尔等在内要乱叫，敌人进阵生吞活咽。

五　鬼：（白）遵法旨。（下）

金必风：八个徒儿，你们八个分为酒、色、财、气四迷阵，任其所好。酒内下毒，要他喝了五脏崩裂。好色的，你们要变成美女，贪了就死。好财的，用点石成金之法，把他压死。好气的，活活把他气死。酒是穿肠毒药，色是刮骨钢刀，气是伤人猛虎，财是惹祸根苗，你们去预备去吧。

众弟子：遵法旨。（下）

金必风：天门大阵内有一百单八个小阵，莫说凡夫，就是大罗神仙进阵也得扔了三花大道。阎荣听令，你去引阵，不得有误。

阎　荣：遵命。（下）

金必风：（诗）只为一口气，劳动天神兵。（下）

（出阎荣）

阎　荣：山人阎荣，命我引阵来到阵外。宋营儿郎听真，报与你们元帅，叫好将出来受死。

（上卒）

卒：报元帅得知，妖人又来讨战。

杨　景：再探。

卒：得令。（下）

杨　景：何人出马会会番贼？

郎千、郎万：我郎千、郎万二人愿往。

杨　景：可要小心。

郎千、郎万：不劳嘱咐，马来。

（上二郎，对阎荣）

郎千、郎万：来者野道，屡屡欺负我宋朝，看枪取你。

阎　荣：来来来。

（杀，郎千、郎万追，下）

郎千、郎万：你看妖道败走，面前雾气弥漫也。

（唱）妖道败阵溜，面前是什么？

　　　大雾迷了天，一阵亮如火。

　　　鬼哭与神嚎，吓人一哆嗦。

　　　二目也发昏，这是到哪国？

（飘飘二人下，上老头）

老　头：（白）状元红，老白干，好酒好酒，快来喝吧。

郎千、郎万：（唱）老头把酒喝，怎不让让我？

老　头：（白）这酒有的是，管够。

郎千、郎万：（唱）听说有酒喝，多喝能解渴。

（上二美女）

美　　女：（白）谁来都行，快来快来。

郎千、郎万：（唱）正在把酒喝，又来这一伙。

　　　　　　　　　叫声姐儿们，这是哪一国？

美　　女：（白）我们这是美女庄，谁来都中，随便玩乐，快来。

郎千、郎万：（唱）还有这事情？难得真难得。

　　　　　　　　　我们外来人，莫非也许可？

美　　女：（白）不管外乡内乡，随便不要紧。

郎千、郎万：（唱）时运来到了，好事并你我。

美　　女：（白）就请二位先到我家。（拉下）

　　　　　（上阎荣）

阎　　荣：你看宋将死在色字阵内，我再去引阵便了。（下）

卒　　：（内白）报元帅得知，二将踪影不见，妖人又来要阵。

杨宗保：呀，不好！免战牌高悬。

卒　　：哈！

　　　　（上阎荣）

阎　　荣：好个无能的宋将，又挂出免战牌，只得回营便了。（下）

　　　　（出太乙真人）

太乙真人：（诗）山外青山云外云，青山云外有真人。

　　　　（白）出家人太乙真人，在乾元山金光洞炼道，拜元始天尊为师。前日打发徒儿姜夺下山，叫他保宋，赐他火眼金睛兽、八宝镇天锤、八卦飞连剑，阵前立功，挣个玉带横腰，不枉我收他一回。（现红光）呀，一道红光直冲霄汉，是何缘故？待我算算。哼，不好，原来是冤家信了白骨妖人之言，私投北国大叛宋朝，他妹妹是广寒圣母之徒，也违了师命。好啊，两个小畜生不听师言，违抗宋朝，逆天行事，倘若祖师知道，连山人也得受责，不免打发徒儿杨宗英下山收他宝贝。宗英快来。

杨宗英：来了。（上）师父在上，弟子叩首。

太乙真人：一旁坐了。

杨宗英：弟子告坐，师父唤徒儿有何指教？

太乙真人：听师指教。

（唱）太乙真人叫徒弟，宗英你且听师明。
　　　自你三岁把山上，什么事儿也知情。
　　　你曾祖名叫杨滚，江东一带大有名。
　　　你祖父名叫杨继业，弃了河东归汴京。
　　　忠心耿耿扶大宋，南征北战立大功。
　　　你祖母佘氏太君人人晓，立下汗马天波亭。
　　　你杨家七郎入虎穴幽州闯，你父七郎乱箭坑。
　　　杜氏金娥你的母，如今随征在宋营。
　　　今日差你把山下，拔刀相助立大功。
　　　因你师兄心肠变，弃南投北犯宋营。
　　　带去为师几件宝，去收姜夺宝几宗。
　　　他有镇天锤一柄，八卦褡裢钢刀锋。
　　　给你宝篮能收宝，收他宝贝花篮中。
　　　给你一把刀鞘子，装他飞刀里边盛。
　　　宝剑一口诛妖怪，后洞参拜你祖师翁。
（白）随我来。

杨宗英： 来了。（摆桌，供宝杵）

（唱）宗英跪倒把祖师拜，站起身来看分明。
　　　见一宝物光闪闪，寒光侵人亮又明。
　　　不知却是什么宝，回过头来把师称。
　　　桌上放的什么宝？师父对我快说清。

太乙真人：（唱）此宝名为降魔杵，开天辟地他就生，
　　　　　打天天开打地裂，专能降妖妙无穷。
　　　　　你师爷赐我镇洞宝，轻易不落人手中。

杨宗英：（唱）师父慈悲赐予我。
（白）师父，将此宝赐给徒儿吧！

太乙真人： 哼，罢了，你既央求，就将此宝带去，好破天门阵。

杨宗英： 师父，此宝能破天门阵么？

太乙真人： 如今阎荣请他师下山，金必风摆设天门阵，共一百单八阵，都是上界正神把守，凡夫进阵难逃。你今回家认母，一家相会，然后去破天门

阵一百单八阵。宝杵杵一百单八下，其阵自开，天神自然归位。

杨宗英：好宝好宝，快给徒儿吧！

太乙真人：为师也不敢做主，要动此宝，得求你师爷慈悲。

杨宗英：怎能见我师爷呢？

太乙真人：不用上玉虚宫，只要在此大拜二十四拜，心中转念，意念虔诚，宝杵自动。

杨宗英：师父，待我先试试多沉。（拿不动）呀，如同扎根一样，如何能动呢？

太乙真人：只要你心诚则灵。

杨宗英：待我拜来。（跪）师爷，孙孙杨宗英今日下山，师爷面前，求宝杵下山破天门阵，望师爷大发慈悲。（拜完杵动）

太乙真人：徒儿，下山去吧！

杨宗英：师父，受徒一拜而别。（拜完）呀，师父，宝杵自动了。

太乙真人：好，拿着下山吧。

杨宗英：是，师父哇。（下）

太乙真人：徒儿去了，奉念黄经便了。（下）

（上杨宗英）

杨宗英：（诗）奉师之命下仙山，回家认母得团圆。

（白）杨宗英奉师之命，回家认母。出得洞来，天气清和，赶奔三关，去到大营助阵，好收姜夺宝贝。

（诗）帮兵助阵上北番，收宝救人两周全。（下）

（杨宗保升帐）

杨宗保：（诗）凶斗斗不敢出马，闷幽幽愁上加愁。

（白）俺杨宗保，可叹郎千、郎万出马死于阵内，父帅伤痕沉重，穆氏昏迷不醒，妖人骂阵，不敢出马，免战高悬，活活愁死人也。

（上卒）

卒：　　报将爷得知，营外有一道童，口称杨门之后，前来认母，请爷定夺。

杨宗保：起过。

卒：　　哈！（下）

杨宗保：哼，两国交战之际，忽然来一道童，必是奸细。众将士，拉上弦，刀出鞘，营门不可开放，我到营门问来。（下，上城）那一道童口称杨门之后？你可知道家乡住处？说来，要有一字言差，乱箭射下。
杨宗英：是，容禀。
（唱）将军且息雷霆怒，听我从头表家乡。
祖居磁州火塘寨，先祖杨滚火山王。
祖父名讳杨继业，祖母佘氏老高堂。
我父延嗣枪马勇，杜氏金娥是我娘。
这里言辞还未尽，气坏宗保面焦黄。
杨宗保：（唱）原来婶母家门坏，与人私通生儿郎。
怒气冲冲回大帐，（上坐）叫声中军听其详。
后帐去叫金娥女，必须与她论纲常。
军卒后帐说一遍，
杜金娥：（唱）杜氏金娥上帅堂。
宗保有何军机事？
杨宗保：（唱）无耻之妇太不当。
叔父被害一身死，假意在府守冰霜。
明着守寡暗不守，背后勾引有情郎。
败坏家门丢尽丑，有何脸面活世上？
如今野子来认母，与我杨门有何光？
虎气昂昂发急躁，
杜金娥：（白）胡说！
（唱）大胆畜生敢骂婶娘。
不问长来不问短，就敢与我把脸伤。
慢说没有丢丑事，就是丢丑与你何妨？
你父尚且尊重我，你祖母也没小看我娥女娘。
乳毛未退敢无礼，倒要与你论弱强。
你这逆子真不孝，早早叫你一命亡。
顺手拿过防身剑，照着宗保手高扬。
杨宗保：（唱）吓得宗保往后跑，知道她的本领强。（下）
杜金娥：（唱）大叫冤家哪里走？（下）大帐散去众儿郎。（下）
杨宗保：（唱）宗保着急找祖母，高声大帐喊破腔。（下）

（佘太君坐，杨排风后立）

佘太君：（白）老身佘太君，方才宗保差人将杜氏媳妇请去，不知何故？

（急上杨宗保）

杨宗保： 祖母快救命，我婶母杀我来了。

佘太君： 哦，为何事呢？

杨宗保： 如此这般。

佘太君： 你这畜生，太也无礼，你那婶母性如烈火，皱眉杀人，你不问根底，就敢胡说八道，快些后面站立。

杨宗保： 是。

（上杜金娥）

杜金娥： 冤家，你往哪里走？

佘太君： 媳妇不可动粗。

杜金娥： 小畜生在大帐羞辱与我，要与杨门整理家风，我把他杀死，情愿与他偿命。

佘太君： 媳妇休怒，听我解劝与你。

（唱）宗保是，小儿童。

恕他年幼，不懂人情。

做事太粗鲁，冒失在年轻。

你生娇儿之时，他没记在心中。

皆因日久年深远，没把此事记心中。

叫孙孙，听我明。

当年祖母，挂帅领兵。

你与你的父，发配云南城。

这事你不知道，知道也许朦胧。

你婶母出马战反叛，生你兄弟杨宗英。

在松林，他产生。

叛将四面，围得更凶。

亏你五伯父，下山过林中。

杀退番兵叛将，解救才回关城。

后来宗英交三岁，花园玩耍影无踪。

　　　　　　今已年交十五冬，宗英有命长大成了丁。
　　　　　　要有十八岁，面貌辨不清。
　　　　　　你该问明婶母，不当把疑来生。
　　　　　　小小年纪初为帅，快快上前认罪名。
杨宗保：（白）是。
　　　　（唱）双膝跪，地流平。
　　　　　　婶母骇惊，把儿宽容。
　　　　　　儿我一时错，恕我太年轻。
　　　　　　做歹不知长短，并不度理推情。
　　　　　　婶母抬手儿过去，同到营门盘问清。
杜金娥：（唱）长叹气，泪盈盈。
　　　　　　叫声冤家，快把身平。
　　　　　　当着合营将，羞辱我不轻。
　　　　　　不看太君之面，定不把你宽容。
　　　　　　话已说完跟我走，同到营门问道童。（下）
杨宗保：（白）是。（下）
佘太君：（唱）佘太君，回后庭。（下）
杜金娥：（唱）杜氏金娥，招呼一声。
　　　　　　道童进前来，有话问你明。
杨宗英：（白）是，来了。
杜金娥：（唱）既是跟师学道，要把来历说清。
　　　　　　你把家乡从头讲，一字有差认不能。
　　　　（白）那一道童，你把家乡姓名说了一遍，一字言差定是奸细。
杨宗英：好。（杨宗英把家乡住处说了一遍）
杜金娥：哼，你今年多大了？
杨宗英：一十八岁。
杜金娥：这些事情你怎知道？
杨宗英：师父告诉。
杜金娥：你师是谁？
杨宗英：乾元山太乙真人。

杜金娥：你可有凭据么？

杨宗英：并无什么凭据。

杜金娥：你无凭据，令人难信。我就是杜金娥，因你无有凭据，正在两国交兵之际，不敢相认，恐怕奸细诈营。

杨宗英：呀，母亲，我师父没给我什么凭据，孩儿真是杨宗英呐。

杜金娥：任你怎说，不敢放入。你要真是杨门之后，在花园失去之时，身上穿着小肚兜，为娘绣上的杨宗英三字，要有此物便是我儿，没有此物，休怪为娘心狠不认。众将士，小心护守城池。（杜金娥、杨宗保下）

杨宗英：母亲转来，哎，母亲如此心狠，并不相认，叫我上山取来凭据，也不知此物有无，如何是好？哦，有了，我何不用飞云紫金降魔杵去打天门阵？将阵门打破，我母无有不认之理。

（唱）现有紫金降魔杵，师父也曾向我明。

　　　天门一百单八阵，一杵能破阵一层。

　　　杵他一百零八下，番兵叛将一扫平。

　　　一杵杵死阎老道，二杵杵死金必风。

　　　妖仙鬼怪全杵死，杵死姜夺与翠平。

　　　趁势杵进北国去，杵死女主萧银宗。

　　　六国三川都杵尽，皇爷见喜把我封。

　　　那时回京把母认，不要凭据认儿童。

　　　日思日乐喜前走？（下）

元始天尊：（唱）来了高山一仙翁。元始天尊早知道，来耍徒孙杨宗英。

　　　孙孙要把宝杵祭，北国之人杀干净。

　　　伤害生灵洗了国，我也担着大罪名。

　　　玉帝要是见始祖，这个乱子可不清。

　　　待我变个老乞丐，一瘸一拐臭又腥。

　　　浓带淌下有半尺，脸上油泥多少层。

　　　光着脑袋净着脚，头发长有五寸零。

　　　衣服褴褛不随体，一边走着乱哼哼。

　　　说变就变急又快，（变化）打狗棍子拿手中。

　　　用手一指狂风起，（风托杨宗英下）黄风托住杨宗英。（落地）

杨宗英：（唱）宗英说是好奇怪。

（白）好生奇怪，不知不觉，一阵大风将我刮到何地？此处一片荒郊，四野无人，可向哪里问路？（内哼哼）呀，只见老远来了一人，走路瘸拐，哼声不住，何不上前问一问？（下）

（对上）

杨宗英：呀，好生肮脏，有心不问，又无别人，讲不起问他一问。哎，这位老人家，我借问一声，此处可有村庄么？

元始天尊：有村庄。

杨宗英：离此多远？

元始天尊：待我算算，六二三十二，八一下加二，五六作三十，见一作五下除二，进二除九，六三军占东西，五马占主位，炮士将不齐。

杨宗英：你算啥呢？

元始天尊：道有多远，你别打岔，我没算好呢。

杨宗英：你别算了，告诉我叫什么庄？

元始天尊：什么疮，我长过黄水疮、秃疮、连疮，如今满身都是疮，还长着呢。

杨宗英：你这花子真乃可恨，问你最近可有店么？

元始天尊：有草甸子。

杨宗英：你可知离三关有多远？

元始天尊：要多远，有多远。

杨宗英：不看肮脏，一杵将你杵死。

元始天尊：你杵我也杵，五五二十五，回家去认母，你说苦不苦，平路发了杵。

杨宗英：一派疯话。

元始天尊：我不疯不疯，平路发了蒙。

杨宗英：此人必是妖么，不免用杵打他便了。（扔杵起）

元始天尊：呀，不好，宝贝到了。（接住）哈哈哈，这个玩意不错，拿他当狗棒子走了。

杨宗英：快些给我。

元始天尊：给你不能，偷还偷不到呢，走了。

（唱）拿着宝杵头里走，后边急坏杨宗英。

一瘸一拐急又快，急急追赶步不停。

杨宗英：（唱）花子走得急又快，总是相离几步零。
　　　　　　　左赶右追追不上，离溜歪邪快似风。
　　　　　　　我紧赶来他紧走，我慢走来他慢行。
　　　　　　　一定他是妖怪了，诓去宝杵把我坑。
　　　　　　　累得浑身出躁汗，咕咚栽倒地流平。
　　　　　　　只见花子也坐下，气得喊叫火上攻。
　　　　　　　站起身来又追赶，忽见古庙面前迎。
　　　　　　　只见花子入了庙。
　　　　　（白）你看花子入庙，不免拔出宝剑进庙，搜翻要宝便了。（下）
　　　　　（进庙对老道）

老　道：你这道童，到我庙里搜翻什么？
杨宗英：老师父，我走至半路，遇见一花子，将我的宝杵拿去，追到此处，眼看入庙，搜翻不见。
老　道：呀，难道是妖精？我这地方正闹妖呢。
杨宗英：什么妖精？
老　道：这妖精头大如斗，腰粗一篓，青脸红发，火盆大口，不用步走，装花子也装老叟，专吃男女，门扇大手。本庄叫苗家庄，有个苗员外，他有个闺女苗凤英，妖精看中了，夜晚三更，拨门而入，人就昏迷不醒，硬成亲事，员外无法，四处请降妖之人，谁要降住妖精，愿千金相谢。前番请来个云游道人，说能降妖，到家要东西不少，不但没降住妖精，反而被妖精扔在大粪坑活活熏死了，从此不用老道，但用和尚。
　　　　　（内吹打）

杨宗英：师父，路上为何吹打？
老　道：你不知道，这个和尚自称活佛，能知道过去未来之事，专能降妖，员外用轿请来进苗家庄去了，因此吹打。
杨宗英：我也到苗家庄看看什么妖精便了。（下）
老　道：闲事不管，回庙便了。（下）
　　　　　（出苗员外）

苗员外：（诗）家种千倾富，能打万石粮。
　　　　　（白）老汉苗成，祖居苗家庄，家有百万之富，地种千倾，一辈子无儿，所生一女名叫凤英，今年一十七岁，待字闺中，聪明伶俐，无所不能，诸子百家，无一不晓。哎，不想庄中闹妖，日闹日凶，闹到我家门上来了。前几日来了个云游道人，口称专会捉妖，请到家来，东西要了不少，不但没降住妖精，反倒叫妖精把他打个鼻青眼肿，在伙房养伤。妖精日闹日凶，家具摔碎不少，有气也不敢生。昨日王员外说，他有个表兄，自幼出家，跟师学艺，能降妖怪，我就差人去请，这个和尚架子更大，非坐轿不可，道上还得吹打着，啥我都应了，命人抬着轿，带着吹鼓手去接去了，也该回来了。

家　　童：禀员外，法师来了。
苗员外：待我迎接去。（下，内白）法师请。
　　　　（上和尚）
苗员外：法师请坐。
和　　尚：有座有座。
苗员外：家童看茶来。
家　　童：哈！（下）
和　　尚：哎呀，满院都是妖气，这妖精不是善茬。
苗员外：法师怎么知道？
和　　尚：出家人自幼受过异人传授，得知人间祸福。
　　　　（唱）自幼看过奇门遁，阴阳二气知得清。
　　　　　　　上观三十三天外，下观地狱十八层。
　　　　　　　斩妖除邪法力广，妖精见我脑袋疼。
苗员外：（白）他是什么妖精呢？
和　　尚：（唱）此妖出在昆仑地，他有三千五百冬。
　　　　　　　本是一个怪，炼得钢头铁背功。
　　　　　　　千变万化无穷妙，口吐人言了不成。
　　　　　　　有时变男又变女，专吃活人不嫌腥。
　　　　　　　也能腾云与驾雾，又能唤雨与呼风。
　　　　　　　脑袋大如二贯斗，两只眼睛似明灯。
　　　　　　　大嘴一张火盆口，青脸红发一丈零。
　　　　　　　任你门户关的紧，推门而入不费工。

多亏请来贫僧我，别人降他万不能。
每晚三更准来到，专戏美貌女花容。
要想拿住这妖怪，轻举妄动怕不中。
怕是员外化不起，

苗员外：（白）要多少钱物，你只管说罢。
和　尚：（唱）员外听我说分明。
出家慈悲为根本，救苦救难理当应。
说出员外且莫怪，少一样来也不中。

苗员外：（唱）要叫我女好了病，出家人讲不了得费工。
和　尚：（白）员外，听我说捉妖用的东西。
苗员外：快讲。
和　尚：高搭法台三丈六，上边放着八仙吊、金香炉、银供桌，玉石供碗八十个。
苗员外：哎呀，法师，小老儿虽是员外，这些东西也没有，大法师，慈悲慈悲罢。
和　尚：（唱）再没有也将就着，金银二百也算着。
苗员外：（白）那也许不大离，能凑够。
和　尚：（唱）上供馒头七十二，一斤面只要蒸一个。
朱砂得用二斤平，打鬼神砂一斗多。
新笔画符三十六，使用完了我拿着。
香斗需用四十九，内装大米才适合。
一百斤猪头要一对，金颜旌旗用一车。
没有这么大的猪呀，对应尾巴就算着。
押香钱不怕多，多押病好免啰唆。
红绫白绫五百尺，为的捉妖得披着。
扎彩匠用十个，扎上草人镇妖魔。
大门外扎上哼哈二大将，四大金刚也绑着。
降妖城扎一座，四门都得把守着。
壮汉小伙五十个，三十岁以外不要一个。
各拿钩杆与铁尺，多多预备绳与锁。
二更我把法台上，我请天神把妖捉。
五斗四帅都请到，一齐下手没处挪。

    别说小小一妖精，二郎哪吒法力破。
    诸般齐备禀报我，少一样也使不得。
    员外吩咐快快办，功夫大了我得歇着。
苗员外：（唱）员外吩咐家人办。
   （白）家人晓谕合庄人等，大伙都来办理预备降妖之物。
家　童：哈！（下）
苗员外：法师请入席宴。
和　尚：请。（下）
  （上二家丁）
家丁甲：哥哥。
家丁乙：兄弟。
家丁甲：你我奉员外之命，预备降妖之物，我看是瞎扯。
家丁乙：别管他，各办其事便了。
家丁甲：有理。
  （法台搭建）
二家丁：（内白）禀员外，诸事齐备。
苗员外：好，请法师上台作法。
和　尚：待出家人打动法器，（拜）上得台来，待我请神。（数板）我请神请神，请来南海观世音，珞珈山紫竹林，救苦救难大士真神快来临，降妖捉怪救世人。请哪吒二郎神，快快下界把妖擒，二十八宿前引路，四大金刚护法身。再请玉皇大帝，太岁玄武黑煞神。请火龙大将军，雷公电母独游神。上是神，下是妖，四面八方都是妖，前后左右保护我，一齐下手把妖捉。我奉太上老君，急急如律令！
海　兽：（内白）来了。
  （上海兽白面妖）
海　兽：好个秃驴相召，看不打你。
和　尚：哎呀，妈呀！
海　兽：气死我也。
  （唱）上前用手抓，一摔按在地。
    好个秃驴头，敢与我治气。

　　　　　　你有啥法术，大胆在此立？
　　　　　　说着用手抡，狠狠摔在地。
　　　　　　下面用脚踢，踏了法台子。
　　　　　　好个苗老儿，请人把我治。
　　　　　　叫你知道我，不是好惹的。
　　　　（乱打）

和　　尚：（白）哎呀，我的妈呀！
　　　　（唱）家奴与院公，吓得没处去。
　　　　　　拔腿早早溜，也有昏在地。
　　　　　　连叫带着哭，乱颤身发惧。

海　　兽：（唱）打了多半天，料已出口气。
　　　　　　去上阁楼中，去找美女去。（下）

苗员外：（唱）员外露出头，口说了不得。
　　　　（白）吓死人也，只说法师能捉妖怪，反倒叫妖糟践够呛，不免看看女儿受惊没有。（下，又上）还好，妖怪昨晚上后楼想和我女儿睡觉，忽然来了个花子，拿着一物，霞光万道，妖精吓跑了，女儿未被妖人玷污，真是万幸。家童，你看看法师还有气么？（下，又上）有气不大了，着人抬到厢房，灌点米汤，没气拿出去。

家　　童：哈！（又上）员外，门外有个小道童，说能降妖呢。

苗员外：得了，得了，快拉倒吧，哪有真本领？你就说不用了。

家　　童：员外，看这相貌出奇，背后挂着宝剑打扮，请进问问，能降更好，不中拉倒。

苗员外：哼，再较量一下。你去请来吧。

家　　童：是。（下，内白）道童，随我来。

杨宗英：来了，员外请。

苗员外：请请，谁家好个俊俏道童，请坐请坐。

杨宗英：告座。

苗员外：不知哪座名山古刹，到此何事？

杨宗英：员外要问，听了。
　　　　（唱）我本是太乙真人徒弟子，跟师学艺乾元山。
　　　　　　学的武艺精神鬼，法术玄妙广无边。

奉师之命把山下，去到宋营挡北番。
昨日路过到庙内，听见道士对我言。
此庄出了妖魔怪，搅乱庄村不得安。
昨日我要来降怪，听说和尚设法坛。
未敢造次来出面，今日听了庄人言，
妖精厉害未拿住，和尚受伤面无颜。
斗胆特来试一试，情愿降妖展妙玄。
不知员外可肯否？

苗员外：（唱）心中思想便开言。
既然仙童有法力，老汉愿从喜心间。
不知所用什么物？吩咐一声预备全。

杨宗英：（唱）什么东西也不用，看看小姐面容颜。

苗员外：（唱）胡子一撅来了气，你看道童讨人烦。
从未降妖先看女，心田不正眼睛馋。
出去出去远远去，

杨宗英：（唱）员外何必怒冲冠？
我并不是看小姐，为的降妖使妙玄。
千变万变我全会，能变女来能变男。
叫我看看小姐面，变她模样捉妖仙。
坐在绣楼三更后，我要拿他就不难。

苗员外：（唱）如此是我错怪了。

（白）如果是真，这有何难？家童，预备酒饭，送入你姑娘房中，仙童真变成小姐的模样，就在那里，等候拿妖。仙童，随我来。

杨宗英： 来了。（下）

（出苗凤英）

苗凤英：（诗）满腹愁肠事，叫人好羞惨。

（白）奴家苗凤英，爹爹苗成，母亲去世，奴一十七岁。可恨冤家路窄，妖怪作乱，爹爹各处请人捉妖，都被打伤，幸亏有神人护庇，贞节未失。妖怪刚一入房，有一花子，手拿一物，霞光万道，把妖吓跑，花子随后追去，也不知道今夜还来不来，叫人心惊胆战。

（上苗员外、杨宗英）

苗员外： 丫头在房？

苗凤英： 爹爹来了，请转上坐。

苗员外： 不用坐了，丫头，方才这仙童口称能降妖怪，为父把他领到你的房中，你到别的屋躲躲去。

苗凤英： 是，儿遵命。（下）

杨宗英： 员外，小姐的容颜我已见过，拿酒饭来我用。

苗员外： 你先变变我看看。

杨宗英： 待我变来。（变女）员外你看如何？

苗员外： 哈哈哈，变得不错，像真的一样。

杨宗英： 员外取笑了。

苗员外： 老汉不是取笑，家童拿酒饭来。

家　童： 是。（下）

苗员外： 仙童，还用我们不？

杨宗英： 一概不用，请便。

苗员外： 中，中。

（唱）心欢喜，说罕然。

这样奇事，头一回见。

方才男子汉，霎时变婵娟。

真是丝毫不差，相貌身体一般。

躲在一旁等天黑。（下）

杨宗英：（唱）杨宗英，坐床前。

吃完酒饭，暗打算盘。

不知何妖怪，搅闹民不安。

我今要降不住，被人耻笑与咱。

如果要是花子变，要想拿他只怕难。

降魔杵，非偶然。

万妖都怕，打上命捐。

花子接了去，落上他手间。

妖怪明此玄妙，我也怕被他砍。

　　　　　事到如今悔也晚，豁出一命染黄泉。
　　　　　正思想，（打三更）三更天。
　　　　　忽然大风，震地摇天。
　　　　　门开一人进，相貌好威严。
　　　　　生就方面大耳，脸蛋好似粉团。
　　　　　两道剑眉如顿角，一双虎目放光寒。
　　　　　头戴着，虎皮冠。
　　　　　身上穿着，一件袈衫。
　　　　　腰系蓝玉带，皂鞋足下穿。
　　　　　身披百花大衣，宝剑腰中佩悬。
　　　　　宗英正然抬头看，海兽上前便开言。

海　　兽：（唱）叫声妹妹我来也。

　　　（白）妹妹，我来无非与你玩耍，何必叫你父亲请和尚、道士？今天又请一个和尚把我身上弄得肮里肮脏，我把他打下台去，来到你的房中，咱二人成就百年之好吧。

杨宗英：哟，郎君，你哪里知道，我父拿你当作妖人，我早有心与你成婚。我是个幼女，恐外人耻笑，今夜你来得正好，随我心愿。

　　　（唱）奴家本是黄花女，哥哥也是少年郎。
　　　　　奴正青春你少年，正应夫妻配成双。
　　　　　可恼爹爹不懂事，没把奴家放心上。
　　　　　可巧今日你来了，前生姻缘美鸳鸯。
　　　　　捉什么妖来拿什么怪，闹得家中乱哄哄。
　　　　　今夜咱俩乐一宿，你走以后我悬梁。
　　　　　故意伤心流下泪，

海　　兽：（唱）妹妹不必过悲伤。
　　　　　这点小事何足虑？你就随我上山岗。
　　　　　你家咱也没法住，何必在此受灾殃？
　　　　　回我家中多欢乐，夫唱妇随喜洋洋。

杨宗英：（唱）奴家自幼未出外，哪能跟你离家乡？

海　　兽：（唱）不去我硬叫你去，说罢背起手高扬。

杨宗英：（唱）宗英用力掐脖子，看你逃走向何方？
海　兽：（唱）海兽用力身一晃，撞破房顶大风狂。
　　　　　（起风，背杨宗英房顶下）
苗员外：（唱）苗老暗地看得准，抽口冷气心里凉。
　　　　　　　听得房顶一声响，一阵大风没影响。
　　　　　　　家童快快把灯点，各拿家伙上绣房。
　　　　　　　看看拿妖怎么样？（院公）家奴院公乱嚷嚷。
　　　　　　　钩杆铁尺无其数，人多壮胆各称强。
　　　　　　　走进留神仔细看，不见妖人与伪姑娘。
　　　　　　　必是妖精背去了，可叹道童丧无常。
　　　　　　　只为行路吃顿饭，小命扔得实可伤。
　　　　　　　又见房子透空了，妖人力大真硬邦。
　　　　　　　此房不可住人了，
　　　　　（白）家童将门锁上，把和尚、老道都送庙里去。
　　　　　（诗）搭了东西无其数，一个妖怪没拿住。（下）
（放下杨宗英变男）
海　兽：你怎么又变男的了？
杨宗英：你怎么变了妖精了？
海　兽：气死我也，看剑。
　　　　　（杀，海兽败，又上）
海　兽：好个道童骁勇，等他赶来，把口一张，用水喷他。
杨宗英：呀，不好。（倒）
海　兽：待我将他吃了。
太乙真人：（内白）住了。（上）畜生还不现形。
海　兽：呀，不好。（现水兽，站）
　　　　　（太乙真人将仙丹送入杨宗英口内）
太乙真人：徒儿，醒来醒来。
杨宗英：哼，妖怪哪里走？
太乙真人：你看为师在此。
杨宗英：呀，恩师在此，那妖怪哪里去了？

太乙真人：你看看这是何物？

杨宗英：原是一只怪物兽，待我将他斩首。

太乙真人：慢着，此兽乃是海岛之中，名为喷水兽，道行深远，为师将他赐你为坐骑，自有用处。那姜夺的火眼金睛兽能喷火，非他破火不可。孽畜，我今饶你性命，要你好好驮你主人。（兽点头）徒儿为何去而复返？

杨宗英：哎，师父。

（唱）徒儿那日把山下，到了宋营我的家。
出来小将杨宗保，此后又来我的妈。
家乡住处说得对，无有凭据不认咱。
怕是北国来奸细，叫我回山证件拿。
徒儿万般无可奈，紫金宝杵手中拿。
一怒要破天门阵，忽然一阵起风沙。
将我刮到荒郊外，并无村庄少人家。
着急正在为难处，来了花子真该杀。
三番两次要戏我，恨不一杵把他砸。
宝杵被他接去了，撒腿就跑我赶他。
这个花子真异样，腿有残废走路佳。
跑进一座古庙内，搜翻踪影不见他。
如此捉妖与此怪，险乎叫他把我杀。
这是一往前后话，太乙真人笑哈哈。

太乙真人：（唱）原来竟有这些事。

（白）徒儿，这回把凭据带去，这是你戴的红肚兜上绣了杨宗英三字，乃是你母亲亲手绣的，二次认母去罢。（杨宗英接）

杨宗英：师父，那老花子将我宝杵拿去，花子倒是何人？

太乙真人：后来自然明白，不必多问。

杨宗英：是，徒儿去也。（下）

（拉兽下）

太乙真人：徒儿去了，不免回山炼道便了。（下）

（出佘太君、杜金娥）

佘太君：昨日道童前来认母，媳妇为何不认呢？

杜金娥：母亲，因他无有凭据，恐怕是奸细诈营，故而不认。

佘太君：这就是了。

（上杨宗保）

杨宗保：禀祖母与婶娘，那道童又来认母。

杜金娥：待我前去看看。（杨宗保下）儿哪，随为娘拜见你祖母。

杨宗英：来了。

（上杜金娥）

杜金娥：禀母亲，这是你的孙孙杨宗英，现有红绫肚兜为证。儿呀，上前拜见你祖母。

杨宗英：是，祖母在上，孙孙宗英叩头。

佘太君：孙孙起来。

杨宗英：是。

佘太君：孙孙，今日回家，天大之喜，杨门又存一脉，杨洪，吩咐摆宴。

（上杨宗保）

杨宗保：启禀祖母，姜夺又来要阵。

杨宗英：祖母万安，孙儿出马，会会姜夺。

佘太君：可要小心。

杨宗英：不劳嘱咐，孙儿去也。（下）

佘太君：媳妇、宗保，你二人营门压阵。（下）

（对上姜夺）

姜　夺：哎，原来是师弟，师弟请了。

杨宗英：请了。师兄，师父叫你保宋，你为何叛投北国？违了师命，是何道理？

姜　夺：哎，师弟呀。

（唱）师弟听我说，不用发急躁。

提起这事情，你是不知道。

奉命下高山，宋营去报号。

遇见我妹妹，相认真快乐。

好事不久长，家中祸事到。

放火烧了庄，苦了老和少。

我的爹与娘，火中把命要。

　　　　　　　说是宋营兵，前来行无道。
　　　　　　　此仇似海深，我岂能不报？
　　　　　　　一怒投北番，太后心快乐。
　　　　　　　封我大元帅，威名真显耀。
　　　　　　　师弟你下山，想要怎么着？
　　　　　　　要有弟兄情，归顺我才妙。
杨宗英：（唱）胡言信口说，死活不知道。
　　　　　　　要依我之言，归宋是正道。
　　　　　　　你要任意行，咱们分强弱。
姜　夺：（唱）姜夺气冲冲，火星往外冒。
　　　　　　　晃动手中枪，今把你命要。
　　　（白）看枪取你。
杨宗英：来！来！
　　　（杀，姜夺败，又上）
姜　夺：杨宗英武艺高强，力战难胜，不免祭起八宝镇天锤打他便了。念念有词，呀呔。（下，上杨宗英）
杨宗英：姜夺祭来此锤，取出落宝花篮收了。（收入，下）
姜　夺：呀，不好，宗英收去宝锤，祭起飞刀斩他便了。（下）
　　　（上杨宗英）
杨宗英：原来是飞刀，急忙取出刀鞘，说声进。（刀入鞘，下）
　　　（上姜夺）
姜　夺：这还了得，二宝皆无，忙将火眼金睛兽头上一拍，还不出火？（吐火，下）
　　　（上杨宗英）
杨宗英：姜夺用火烧我，我忙将自骑之兽一勒，想要逃走。（打兽不动）呀，不好！
　　　（唱）着急只是骂畜生，火到眼前还不跑。
　　　　　　　连打几下不动身，只是乱跳起又倒。
　　　　　　　埋怨师父不明白，把它给我不细考。
　　　　　　　我与师兄是敌人，哪能真心对我好？
　　　　　　　今日送我命一条，大火当头它不跑。
　　　　　　　着急心中主意无，忽然一计说有了。

　　　　　　他的肚下也有鳞，头顶以上也有角。
　　　　　　何不用手扳一扳？（扳兽吐水，火灭）霎时之间火灭了。
　　　　　　宗英一见心喜欢，原来坐兽也是宝。
　　　　　　抖抖精神杀上前，（下）
姜　夺：（唱）姜夺害怕心中恼。
　　　　　　可恨师父心不公，不该叫他离山岛。
　　　　　　有他不显我姜夺，再不逃走要不好。
　　　　　　大叫妹妹你快来，小将厉害不得了。（下）
　　　（上姜翠平）
姜翠平：（唱）翠平催马到阵前，相离不远用眼瞟。
　　　　（白）哎呀，妈亲，好个风流的小将呀。
　　　　（唱）猛然一见宋小将，心头小鹿一阵跳。
　　　　　　打扮齐整生得俊，面如宋玉与潘安。
　　　　　　面如团粉白又嫩，齿白唇红耳重尖。
　　　　　　头戴银盔明又亮，身穿锁子甲连环。
　　　　　　虎头战靴蹬入镫，外罩一领素罗衫。
　　　　　　左挎弯刀右带箭，丈八长枪手中端。
　　　　　　坐骑一匹卷毛兽，又如生就虎一般。
　　　　　　男子见了千千万，这样俊人真少见。
　　　　　　奴要与他成夫妇，三九天不穿棉袄不觉着寒。
　　　　　　看着看着来对面。
杨宗英：（白）丫头看枪。你怎么这么愣？
姜翠平：好个愣怔小魁元，不通名来不道姓，我问你可是李四与张三？你姑娘刀下不死无名鬼，报上名来。
杨宗英：你少爷杨宗英。
姜翠平：问你今年多大了？
杨宗英：一十八岁。
姜翠平：哟哟。
杨宗英：正在好时候呢。
姜翠平：宋营可做什么事？

杨宗英：无事无职，下山破阵。
姜翠平：早先你上哪里去跟师学艺？你师父可住哪座山？
杨宗英：你哪里这些闲话？
姜翠平：（唱）可你有什么名武艺，小小年纪吹得滚圆。
天门阵一百单八阵，内里玄妙数不全。
别说你破天门阵，只怕小命保不全。
奴家看你年纪小，不忍叫你归黄泉。
你要听我良言劝，投顺北国弃了南。
在我帐下听调用，早晚有个好收元。
内里还有别的事，早晚咱俩会巫山。
杨宗英：（白）住了。
（唱）丫头不要信口讲。
（白）好个叛女，并不交战，指东说西，抛情卖俏，你少爷乃是天朝公侯之辈，岂能听你无耻之言？看枪。
姜翠平：好个小辈，不识抬举，看刀。
杨宗英：来了。
（杀，姜翠平败，又上）
姜翠平：小将骁勇，有心伤他性命，奴还舍不得，不免用红绒锦条将他擒住，带入营中，慢慢与他提亲，念念有词，呀呔。（下）
杨宗英：呀，空中飞来一物，举起花篮收入。（入篮）（下）
（上姜翠平）
姜翠平：小将不但杀法骁勇，法术高强，收去我的法宝，待我勾来大鬼头将他擒住，送入我的帐房，呀呔。（下，鬼下）
杨宗英：迎面抖来了一物，囊中取出八宝降魔钉打他，呀呔。
（打鬼跑，杨宗英下，上姜翠平）
姜翠平：气死人也，放出红嘴朱雀擒他。（下）
杨宗英：丫头祭来红嘴朱雀，此鸟厉害，不免取出十二梅花镖打它便了。
（打鸟死，上姜翠平）
姜翠平：呀，小将厉害，急急回营才是。（下）
杨宗英：番女败走，不必追赶，众将士，收兵回营。（下）

（完）

第 九 本

【剧情梗概】元帅杨景受伤，穆桂英昏迷不醒，宋营面临着被打败的危险。杨宗英变作猫进入辽国姜翠平的帐中，盗取解药，偷听军情。姜翠平自上次在疆场与杨宗英对决后就念念不忘。解药被偷走后，姜翠平次日来宋营要阵，杨宗英劝说二人成亲，一同为宋营效力。三关岳胜将军之子岳安，学艺归来助阵。河东人氏王怀女，早年许与杨景为配，杨景却另取柴郡主而拒认婚约。穆桂英女扮男装上山请王怀女助阵，途中被崔金定看上，穆桂英许诺二人可共侍一夫，一同破阵。

（出佘太君坐）

佘太君：（诗）忧愁何日了，难破阵天门。

（白）老身佘太君，宗英出马，不知胜败如何？六儿与孙媳中伤，俱个沉重，眼看难保性命，叫人无法可使。

（上杨宗英）

杨宗英：祖母，孙孙回来了。

佘太君：胜败如何？

杨宗英：全胜而归。

佘太君：好，孙孙全胜，军校们摆宴伺候，与孙孙庆功。

（唱）老太君，吩咐声。

后帐摆宴，与孙庆功。

军校不怠慢，酒宴俱现成。（摆桌上酒）

太君一边饮酒，不由叹气唉声。

杨宗英：（唱）宗英一见连忙问：祖母这是为何情？

佘太君：（唱）叫一声，杨宗英。

提起此事，叫人伤情。

你的六伯父，你嫂穆桂英。

前者出马交战，个个中了伤痕，

直到如今还不好，昏迷不醒后帐中。

只怕是，性命坑。

二帅已死，大祸不轻。

天门阵难破，无人掌雄兵。

北国十分厉害，又有妖道阎荣，

请他师父把山下，姜家兄妹更逞凶。

杨宗英：（唱）尊祖母，莫担惊。

孙孙今夜，去进贼营。

看看天门阵，找找姜翠平。

她必预备解药，偷来好治伤痕。

救救伯父与嫂嫂，岂不省了大事情？

佘太君：（唱）说不可，行不通，

敌营之内，兵将层层。

倘若被擒住，祸真可不轻。

不但难救二元帅，反又白搭性命。

慢慢另想良谋计，不可粗心大意行。

杨宗英：（唱）无妨碍，莫担惊。

我今行去，管保成功，

跟师学过艺，变化妙无穷。

见事随机应变，探探那里事情。

（白）不用挂念，我去也。

佘太君：（唱）太君无奈回房中。（下）

杨宗英：（唱）杨宗英，出大营。

摇身一变，换了形容。（变猫）

进了天门阵，各处看得清。

各处走了几遍，叫人好生不明。

不知姜夺在哪里，哪里住着姜翠平？

正行走，看分明。

来了一人，道装形容。

何不把他问，好找姜翠平？

（对上，小丑道人）

（杨宗英将身往上一扑，扑倒道人）

小　　丑：（唱）这个死猫甚可恨，为何这样把我玩？
　　　　　　　　　小杂种，把我松。
　　　　　　　　　就欠把你，摔成肉饼。
　　　　　　　　　左推推不下，右搡也不中。
　　　　（白）你挠我？
　　　　（唱）前后厮打不下，气得双目圆睁。
　　　　　　　这个东西顽皮得很，（杨宗英变人）

杨宗英：（唱）少爷按住便开声。
　　　　　　　休要扯，听我明。

小　　丑：（白）你这猫怎么会变人呢？真怪！

杨宗英：（唱）问我一人，对你说明。
　　　　　　　我不是别者，宋将杨宗英。
　　　　　　　进阵来盗解药，专找姜氏翠平。
　　　　　　　快快实说告诉我，不然叫你一命坑。

小　　丑：（唱）尊少爷，把我容。
　　　　　　　听我告诉，姜氏大营。

杨宗英：（白）你快说！

小　　丑：（唱）她在七星阵，还有她长兄。
　　　　　　　由此往北一拐，旗上写得分明。
　　　　　　　飞连公主姜小姐，那里就是她的营。

杨宗英：（唱）说好好，多承情。
　　　　　　　赏你一物，略表心情。
　　　　　　　宝剑往下落，脑袋另留情。
　　　　　　　顺着来的道路，果然大旗飘着。
　　　　　　　正是姜氏在里住，只等进去再调停。
　　　　　　　此处即是姜氏大营，待我变猫进去偷听动静。

（出姜夺）

姜　　夺：（诗）失落几件宝，令人气满胸。
　　　　（白）本帅姜夺，可恨杨宗英收去我的法宝，大败而回，叫人十分不悦。

天已定更，何不到妹妹房中叙话，聊解烦闷？（下）
（出姜翠平，丫鬟立）

姜翠平：（诗）辗转反侧想年少，坐帐中暗自伤情。
（白）奴姜翠平，战了一天也觉乏困。丫鬟，点亮灯光，我看看兵书。
（丫鬟端灯上）

丫　鬟： 小姐，灯光提亮。

姜翠平： 知道了。

（唱）手拿兵书对灯坐，心中有事眼难睁。
思想阵上杨小将，叫他勾去我魂灵。
方面大耳生的俊，不高不矮真风流。
年纪不过十八九，我爱他小小年纪武艺专。
太乙真人徒弟子，天波杨府小君生。
我本是未出闺的奇才女，他是宦门将英雄。
年也当来貌也对，正好与他把亲成。
奴家对他有情义，小冤家对我心是冷清清。
祭宝留情怕伤他命，不意他是狠毒虫。
几件法宝都收去，红嘴朱雀丧残生。
我万般留情他不理，两下罢兵各回营。
心思口念杨小将，你可害得我不轻。
失了宝贝还罢了，勾引奴家动了痴情。
茶饭懒食也不睡，长吁短叹心不宁。
翠平思想无休止，丫鬟又把小姐称。

丫　鬟：（白）小姐呀，这大营中也不知从哪里来个大猫子，待我抓住它。（丫鬟抓猫，抱着）这猫我一叫它就来了，快给你稀罕稀罕抱抱。

姜翠平： 我不抱。

丫　鬟： 给它点果子吃，我嚼嚼喂喂。（喂猫不吃）你看它不吃嚼的，给它成块的吃吧。（猫吃）小姐，你从阵上回来唉声叹气的，必是因失了宝贝犯愁，已经失掉了，愁也无益。前日宋营穆桂英让朱雀啄伤，无有解药，准死无生。

姜翠平： 丫鬟，解药除了咱们，别人没有，岂能有活命之理？

丫　鬟：小姐呀，宋营能人太多，可别把你的解药偷去。
姜翠平：哼，那解药在我的卧房梳妆盒里呢，你抱着猫随我移到卧房，重新再好好藏一藏，免得让人偷去。
丫　鬟：是，来，抱着上卧房睡觉去。（下）
　　　　（丫鬟抱猫上）
姜翠平：把解药拿来。
丫　鬟：是，取到了。
姜翠平：放到桌上，取针线麻布平尺。
　　　　（丫鬟下，又上）
丫　鬟：小姐取布何用？
姜翠平：我将中衣脱下，里面缝个兜，将药装上，穿在身上，有什么能人也盗不去。
丫　鬟：小姐如此，谁也偷不去。
　　　　（将药缝在衣服里，又穿上）
姜翠平：丫鬟取来暖茶一壶，点心一包。（取茶，猫叫）你听猫叫，必是饿了，你喂喂它吧。
丫　鬟：哟，今日它可吃饱啦。（猫叫）它准是渴了。（猫饮水）哟，你看，它渴了，喝了半碗水。
姜翠平：你抱着，上你屋安息去吧。
丫　鬟：是，小猫走吧，咱俩睡觉去吧。（抱猫，挠丫鬟）哟，这死猫它不去，把我都挠出血啦，我摔死你。
姜翠平：它要不去，你自己睡去吧。
丫　鬟：是。（下）
姜翠平：奴只得摘去头面，安寝才是。
　　　　（唱）摘去头面放桌案，脱去外褂剩中衣。
　　　　　　　战了一天身乏困，上床安眠且安息。
　　　　　　　明日必得去临阵，定与小将见高低。
　　　　　　　设法将他擒拿住，慢慢商量做夫妻。
　　　　　　　听得谯楼三更鼓，幽幽一遍人不知。（猫变人）
　　　　　　　宗英一见小姐睡，不由叫人心着急。

　　　　　此女虽然睡着了，她并未曾脱中衣。
　　　　　药儿装在裤子里，我要一动她就知。
　　　　　急得头上出躁汗，满屋乱走无主意。
　　　　　有心将她一剑斩，师父也曾向我提。
　　　　　她是广寒门弟子，日后归宋一处居。
　　　　　这可叫人怎么好？低头一想动灵机。
　　　　　见她床头放碗水，何不泼她被窝里？
　　　　　主意一定水泼洒，（变猫叫）小姐梦中竟着湿。
姜翠平：（唱）秉灯一看说不好，必是猫碰茶碗子。
　　　　　裤子湿了一大片，解开带子脱下中衣。
　　　　　轻轻搭在床沿上，骂声老猫该死的。
　　　　　不看更深与半夜，就欠扒了你的皮。
　　　　　骂完老猫复又睡，手托面腮气呼呼。
杨宗英：（唱）宗英一见心欢喜，裤子里面装了药，
　　　　　连同裤子拿着走，瞧瞧开门走得急。
　　　　　宗英迈步出门外。
　　　（白）解药到手，拿着裤子，回营救伯父与嫂嫂便了。（下）
　　　（步上姜夺）
姜　夺：本帅姜夺，三更已过，十分愁烦，去到妹妹房中，料理军机，解解心中之闷呀。从妹妹房中出来一人，却是哪个大胆？军校们，将灯高举着，是何人？
　　　（杨宗英对姜夺）
姜　夺：呀，原是杨宗英，必有缘故，待我问来。住了，杨宗英，你为何来到我的营内，要不说明，难以出去。
杨宗英：你妹妹将我叫来的，你问她去吧。
姜　夺：胡说，着枪。
杨宗英：来来来。
　　　（杀一阵，杨宗英败）
杨宗英：呀，不好，我想回营，不料碰上姜夺。我这手拿裤子，如何与他对敌？你看兵卒齐来，如何是好？哦，有了，不免回去钻入番女床下得便想法

　　　　　逃走便了。（下）
　　　　（上姜夺）

姜　　夺：眼看着杨宗英回妹妹房中去了，军校们，移到小姐房中搜搜。（下）
　　　　（杨宗英变猫钻入床下）
姜翠平：好困，好困，哥哥，半夜三更来到小妹房中，有何大事？
姜　　夺：住口，你还不知？
　　　　（唱）我问你房中为何藏宋将？
姜翠平：（唱）什么宋将我不知。
姜　　夺：（唱）方才我见杨小将。
姜翠平：（唱）哪来小将在屋里？
姜　　夺：（唱）杨宗英从你帐里出。
姜翠平：（唱）胡说八道欠扒你的皮。
姜　　夺：（唱）执灯军卒全都见。
姜翠平：（唱）活人见鬼眼发迷。
姜　　夺：（唱）明明又入你房内。
姜翠平：（唱）你给我找出见虚实。
姜　　夺：（唱）必是被你藏将起。
姜翠平：（唱）你说我藏何意思？
姜　　夺：（唱）你与小将有情义。
姜翠平：（唱）血口喷人把我屈！
姜　　夺：（唱）并不屈你亲眼见。
姜翠平：（唱）真凭实据在哪里？
姜　　夺：（唱）军校进内搜小将。
姜翠平：（唱）奴家还没穿裤子。
姜　　夺：（唱）快些穿衣我等候。
姜翠平：（唱）找不着衣裳心着急。
姜　　夺：（唱）我见小将手一物。
姜翠平：（唱）越发说得不合矩，大叫丫鬟找裤子。（上丫鬟）
丫　　鬟：（唱）小姐气得眼睛直。
姜　　夺：（唱）宋将必藏被窝内。

姜翠平：（唱）再要胡说用剑劈！
姜　夺：（唱）快些穿衣搜一遍。
姜翠平：（唱）丫鬟开箱另换衣。
　　　　（丫鬟开箱取衣给翠平换上）
杨宗英：（唱）宗英变猫跳桌上，一边叫唤出房去。（下）
姜　夺：（唱）姜夺持剑搜一遍。
姜翠平：（唱）气得翠平泪双滴。
姜　夺：（唱）丫头必有私心意。
姜翠平：（唱）要有二意五雷劈！
姜　夺：（唱）姜夺带怒出房去。（下）
丫　鬟：（唱）丫鬟解劝把话提。
　　　　（白）小姐不要哭了，大爷带怒而去，你歇息歇息，明日好上阵去。
姜翠平：哎，平白无故生了一肚子气，也不知我裤子哪里去了？
丫　鬟：你脱哪里去了？
姜翠平：我就搭在床沿上啦。
丫　鬟：待我找找，哟，在这。
姜翠平：怎么掉在床底下去了？
丫　鬟：必是你睡着翻身蹭掉的。
姜翠平：哎，可恨哥哥粗鲁硬来，我又是好生冤枉。（下）
　　　　（上姜夺）
姜　夺：气死人也，可恨翠平这丫头做这等不光彩之事。明见杨宗英由她房中出来，并未翻着，叫人怒气难消。明日上阵，丫头要拿来杨宗英便罢，要拿不来，奏知太后将她处死。
　　　　（诗）同胞兄妹心肠变，看来女大向外人。（下）
　　　　（出佘太君）
佘太君：（诗）宗英番营去盗药，不见回来心不安。
　　　　（白）老身佘太君，宗英孙孙去番营盗药，一夜未回，叫老身十分牵挂。
　　　　（上杨宗英）
杨宗英：祖母，孙孙回来了。
佘太君：好哇，可将药取来了？

杨宗英：如此这般，药已取来。

佘太君：急去救你伯父与你嫂嫂。

杨宗英：是。（下）

（杨宗英下，又上）

杨宗英：祖母，我伯父与嫂嫂用了药，俱都好了。

佘太君：好哇，多亏孙孙取药救好，真乃万幸。军校们，吩咐摆宴庆功。

军　校：是。

佘太君：（诗）吉人自有天相，逢凶化吉不虚。（下）

（姜翠平拿刀马上）

姜翠平：奴姜翠平，昨晚无故闹了一场不白之冤。今日领令前去要阵，拿住杨宗英，以报失宝之仇。番兵，前去要阵。（下）

（上卒）

卒：　报元帅得知，番女又来要阵。

杨　景：起过，杨宗英听令，你随你穆氏嫂嫂会会番女。

杨宗英：得令。（上杨宗英、穆桂英）嫂嫂，你先与她杀，我挑着她的裙带羞羞她。

穆桂英：有理。（下）

（姜翠平对穆桂英）

穆桂英：姜翠平，你的朱雀已死，你还敢前来出丑！

姜翠平：唗，穆桂英，你中了我的朱雀毒，九死断无一生，你怎么好了呢？

穆桂英：我虽中了你的暗算，有解毒药治好。

姜翠平：你哪里来的解毒药？

穆桂英：是你的。

姜翠平：我的药怎能到你手里？

穆桂英：你还假装不知道呢？昨夜你家失盗了。

（唱）笑盈盈地开言道，叫了一声姜翠平。

你仗你的红嘴朱雀，冲锋打仗显威风。

岂知道能人背后有能人，碰见我的小叔杨宗英。

破了你的红嘴鸟，夜半三更入你营。

你又给果子又给水，又是亲热抱怀中。

睡觉钻你被窝里，你做的事儿你知情。

谁知你坏莱没坏莱，只怕你正经姑娘当不成。

盗来你的解毒药，悄悄出门半夜三更。

出门正碰你兄长，叔叔他复又回到你房中。

你哥哥大怒去找你，兄妹二人大辩声。

你岂敢发誓无此事？你被窝搂着杨相公。

还敢上阵装腔势，我都替你脸绯红。

桂英连说带着损，气坏佳人姜翠平。

姜翠平：（唱）贱人少要笑话我，快快叫出杨宗英。

穆桂英：（唱）你别着忙他就到，来了宗英小英雄。

杨宗英：（唱）番女你往这里看，还你裙带快回营。

翠平一见羞又愧，并不答言动无名。

大刀一摆搂头刹。

姜翠平：（白）我把你这个小贼，恨死人也！你不该夜入我营，羞愧于我。清不清，浑不浑，盗去我的解毒药，哪里走？着刀！

杨宗英：住手，小姐不要动手。我与你无其事，有其名，跳进黄河也洗不清。依我劝你弃了北国，归顺大宋，我禀明元帅，咱二人成为夫妻，不然昨夜之丑，你有何颜面活在世上？

姜翠平：哇！我把你都恨死，我要不拿你碎尸万段，枉为人也。着刀！

杨宗英：来来来。

（杀，姜翠平败，又上）

姜翠平：小将枪急马快，难以力擒，何不将他引到林中将他擒住？在我哥哥面前好说，再想法与他成亲。

杨宗英：哪里走？你看叛女败入林中，必有诡计，不免绕到林后等她便了。（下）

（上姜夺）

姜　夺：本帅在旌门下观阵，妹妹把小将引到林中，必有私情，暗暗跟去，听她说些什么。要有私情，将她二人一起拿住斩首。（下）

（上姜翠平）

姜翠平：你看树林周密，马不能行，我把马拴上，藏在树后。呀，你听鸾铃声响，不免祭起荷叶。（念：把他套住呀）

（上姜夺，套住落马）

姜翠平：我看你往哪逃走？着刀！

姜　夺：别杀，是我。

姜翠平：杀的就是你。

姜　夺：我是你哥哥姜夺。

姜翠平：呀，你做什么来了？

姜　夺：我怕妹妹被他暗算，随后赶来，不想误被你拿住，松开吧。

姜翠平：哎，这是怎说的？待我收宝呀。哥哥，咱们兄妹一起捉拿小将。

姜　夺：有理。（下）

（上杨宗英）

杨宗英：我看你往哪里走，你小爷等候多时了，着枪！

姜翠平、姜夺：来来来。

（杀，姜翠平、姜夺败走）

杨宗英：叛女败走，不必追赶，回营便了。（下）

（出黄士公）

黄士公：（诗）道士龙虎伏，法术鬼神惊。

（白）山人黄士公在山上炼道，那年收个徒儿，乃是三关岳胜之子，名唤岳安。度上高山，授艺几载，法术精通，武艺高强。今阎荣请来金必风摆下天门阵，该徒儿下山相助，与国立功，不免唤出徒儿，嘱咐一番。徒儿快来。

（出白面武生）

岳　安：来了。师父在上，弟子拜揖。

黄士公：罢了，一旁坐了。

岳　安：弟子告坐，唤弟子有何教训？

黄士公：徒儿听了。

（唱）黄士公，便开言。

　　　　叫声徒儿，细听周全。

　　　　自你把山上，已经十几年。

　　　　兵书战策学会，武艺一十八般。

　　　　今日该你把山下，认父去到宋营盘。

　　　　有一事，记心间。

宋营以外，去救婵娟。

穆氏桂英女，目下有凶险。

非你搭救不可，庙内产下儿男。

那里有座三皇庙，藏在庙后自应验。

快些去，莫迟延。

误了大事，为师难担。

师徒见面日，自有在后边。

不必心酸留恋，你与清福无缘。

岳　安：（唱）岳安答应把头叩，站起身来出洞间。（下）

黄士公：（唱）士公祖，念经篇。（下）

岳　安：（唱）再说少爷，离了高山。

不辞昼与夜，走了多少天。

想起高堂父母，一家聚会团圆。

这日到了宋营外，找找古庙藏在里边。（下）

（上杨五郎，坐）

杨五郎：（唱）杨五郎，在高山。

忽然一事，想在心间。

徒儿白天祖，那年下高山。

命他扶保大宋，不想他投北番。

听说他占洪州地，屡与大宋动刀枪。

我知他，下高山。

天门阵内，会会妖仙。

想罢叫童子，看纲念经篇。

为师宋营一往，不日就回高山。

五郎收拾装行李，出庙下山走如烟。（下）

（上妖）

妖：　（唱）岩洞出，到阵前。

大叫宋将，快出营盘。（下）

穆桂英：（唱）兵卒报一遍，桂英把令传。

吩咐抬刀带马，随我去战妖仙。

杨宗英：（唱）如今少爷宗英不怠慢，紧随嫂嫂在后边。

　　　　　　　刚来到，疆场前。

　　　　　　　见一和尚，来至马前。

　　　　　　　原是五伯父，他老下高山。

穆桂英：（唱）马上抱刀端肃，恕奴礼貌不全。

　　　　　　　伯父回营见祖母，媳妇前去战妖仙。

杨五郎：（白）媳妇，后面小将他是哪个？并未见面。

穆桂英：伯父，这是七叔父之子，前几天下山。快来，上前拜见五伯父。

杨宗英：是，五伯父，恕小侄甲胄在身，不能全礼。

杨五郎：倒也罢了，你叔嫂欲向何往？

杨宗英：妖人骂阵，前去退敌。

杨五郎：好，咱爷俩先进天门阵，看看如何？

杨宗英：遵命。

杨五郎：侄媳观阵，看我二人打阵如何？

穆桂英：万事小心。

杨五郎：不劳嘱咐，随我去。

杨宗英：来了。（二人下，又上）

　　　　　（唱）伯侄二人凶如虎，要闯天门阵九宫。

　　　　　　　虎入羊群一般样，守阵之将叫无能。

　　　　　　　并不答言交了手，一铲打下马能行。（马死）

　　　　　　　直入西门往里闯，惊动神兵使威风。

　　　　　　　各使法力齐围困，五郎打入陷坑中。（下）

　　　　　　　宗英一见心害怕，瞧见神将甚是凶。

　　　　　　　鬼叫神嚎人发愣，不辨南北与西东。

　　　　　　　伏下趴在兽身上，水眼金睛不消停。

　　　　　　　双睛一瞪喷出水，好像大海一般同。

　　　　　　　天兵神将往后退，驮着主人回山峰。（下）

金必风：（唱）必风老祖忙吩咐，挠钩钩上老秃僧。

　　　　　　　将他押入陷仙阵，装入一个大铁笼。

　　　　　　　挂在百尺高杆上，给他粗食把饥充。

又叫红方三徒弟，去拿穆氏名桂英。

穆桂英：（唱）何不进阵试一试？

金必风：（白）穆桂英，你可敢进阵吗？方才那和尚打入坑中，小将被神风刮去。

穆桂英：三个狗道何名？

金必风：我乃金必风，请来助阵捉拿宋将。

红方道人：我叫红方道人。

唐方道人：我叫唐方道人。

岳方道人：我叫岳方道人。

合：你叫何名？

穆桂英：你奶奶穆桂英，狗道不在高山炼道，来在红尘捣乱。知我厉害，速速归山炼道，修成正果，不然叫你等死无葬身之地。

红方道人：贱人敢发狠言，看我红方道人擒你，着剑！

穆桂英：着刀！

（红方道人杀穆桂英败，又上）

穆桂英：妖人赶来，用斩妖剑斩他，呀呸！

（斩红方道人死，又杀唐方道人死，岳方道人对上）

岳方道人：啊呀，贱人连杀我两位道友，看我擒你！

穆桂英：来来来。

（岳方道人杀穆桂英败，又上）

穆桂英：斩妖剑起！呀呸。

（岳方道人死，上金必风）

金必风：呀，穆桂英你斩了我三个门徒，我与你势不两立！

穆桂英：金必风，且慢动手，听我良言相劝。

（唱）马上抱刀腮含笑，老祖息怒听我言。
你既修仙炼大道，名利二字扔一边。
如此两国相争斗，与你仙人有何干？
自找苦恼红尘染，杀生害命理不端。
摆的什么天门阵，扭天别地造罪愆。
请看当初摆的阵，哪个摆阵事安然？
万仙阵与万宝阵，临期结果无收元。

　　　　　　死的死来贬的贬,也有阵主压阴山。
　　　　　　劝你急急撤了阵,带领徒弟把山还。
　　　　　　修成万年不坏体,万仙册上把名添。
　　　　　　也能去赴蟠桃会,也能升仙上西天。
　　　　　　何必红尘闲惹气?不怕道行赴水间?
　　　　　　桂英良言来劝解。
金必风:（唱）哇呀乱叫喊连天。
　　　　　　花奴竟敢小视我,你有何法使一番。
　　　　　　你要破了我的阵,立刻我就转回山。
　　　　　　怒气填胸用剑砍,桂英大刀忙遮拦。（杀）
穆桂英:（唱）大战也有五十趟,桂英勒马跳出言,
　　　　　　口念真言取法宝。
　　　（白）金必风厉害,先下手为强,不免祭起斩妖剑擒他,呀呸。
金必风:贱人祭来斩妖剑,用手一指,宝剑落地。
穆桂英:呀,不好!金必风厉害,胜他不能,急急回营再作定夺。（下）
金必风:花奴哪里走!（下）
穆桂英:呀,不好!金必风追来,这却如何是好?
　　　（唱）只急得,汗透衣。
　　　　　　连连打马,气喘吁吁。
　　　　　　着急回头看,妖道赶得急。
　　　　　　相离且近不远,叫我无有主意。
　　　　　　口内只把苍天叫,只怕我命要归西。
金必风:（白）哪里走?
穆桂英:（唱）催马走,不停蹄。
　　　　　　忽然肚内,疼得太急。
　　　　　　手按小肚子,顾不得把马提。
　　　　　　信马由缰而走,疼得热汗直滴。
　　　　　　跑出也有十几里,一座古庙前面。（摆庙门）
　　　　　　到门外,下坐骑。
　　　　　　拉马入庙,上了殿宇。（摆妖,岳安坐妖后）

　　　　　　并无僧与道，泥像不整齐。

　　　　　　勉强坐在大殿，肚子疼得太急。

　　　　　　心中明白说是了，只怕婴儿把体离。

　　　　　　跑几步，向后移。

　　　　　　婴儿降生，一阵昏迷。

金必风：（唱）必风赶进庙，抬头看端底。

　　　　　　贱人必藏庙后，搜出一定扒皮。

　　　　　　才要上殿搜翻去，岳安早就准备齐。

岳　安：（唱）大兵器，拿手里。

　　　　　　对的精准，照顶打去。

　　　　（白）看我神法宝，着打！

穆桂英：（唱）哎呀说不好，一头倒埃尘。

　　　　　　站起留神细看，出来一个小子。（杀）

金必风：（唱）大战外边各用刀，快快说你真来历。

岳　安：（唱）我姓岳，来杀你。

　　　　　　西天如来，命我杀你。

金必风：（唱）必风心中恼，气得眼发迷。

　　　　　　小子手疾眼快，力战不能胜你。

　　　　　　才要回身使法宝，桂英早已收拾齐。

穆桂英：（唱）将婴儿，揣怀里。

　　　　　　只见二人，院中对敌。

　　　　　　急中生巧计，衣胞手中提。

　　　　　　对准妖人脸上，打得妖眼直迷。

　　　　　　捂着脸往外跑，急急忙忙跑得急。（下）

　　　　　　桂英开言说休赶。

　　　　（白）那位小将休赶，恐中妖人暗算。请问小将贵姓高名？为何在此救我？

岳　安：好。（岳安把奉师之命下山救嫂，宋营认父，说了一遍。）

穆桂英：哎，原来是岳家贤弟，愚嫂多谢救命之恩，请到大营随我来。

岳　安：来了。（下）

　　　　（出王怀女）

王怀女：（诗）独守孤灯生寂寞，何时结果有姻缘？

（白）奴王怀女，河东人氏，爹爹王怀早年亡故，投亲来到塞北，萧太后认为义女，人称玉林公主。早年我父将我许与杨景为配，可恨强人娶了柴皇姑，把我扔在九霄云外。哎，着实忧愁之甚。

（唱）思想往事心如醉，叫人有话对谁言？
　　　叹奴终身无结果，一晃过了三十六年。
　　　要说媳妇守活寡，要说姑娘有夫男。
　　　可恨杨景天良丧，把奴家扔在九霄云外边。
　　　那年萧后发人马，大兵发到铁台关。
　　　遇见杨景临军队，杀的番兵败回还。
　　　母亲夜晚对我讲，奴家出马到阵前。
　　　头阵遇见名焦赞，二阵孟良是魁元。
　　　三阵来了杨宗保，奴把实话对他言。
　　　四阵见了他的父，内里之情说根源。
　　　杨景说是无凭据，我在城下便开言。
　　　现有合同交予你，看看合同便了然。
　　　他接去又把合同撕碎了，说些语四与言三。

（白）他说奴无耻，在河东虽与你父相熟，并无此事。奴说有凭据，不该撕了我的合同。他说当年在河东有两位令公为媒，一名张廷，一名刘谨，若有二人，便认下我，若无二人断断不能相认。那时奴认夫心切，一人一骑赶到河东，到柳荫下遇见两个老者下棋。奴下马便问，正是张、刘二人，说明内情。他二人承认有此一事，年限太远，他俩上了年纪，欲跟我去，行走不动，坐车墩搭骑马，让人昏昏迷迷也不行，除非用口袋装上他俩，把他们驮去。那时我一时愚迷，把他二人装入口袋，横在马上，赶到铁台关，他二人被活活闷死了。

（唱）那时我，发了野。
　　　无法认夫，媒人命绝。
　　　无奈到城下，对着杨景曰。
　　　他问媒人可到？我便对他实曰。
　　　我说如此闷死了，骂得奴家气不歇。

　　　　杨景恼，气不歇。
　　　　大骂奴家，是个淫邪。
　　　　小军来混我，不能把亲结。
　　　　叫我快快回去，不然要用刀切。
　　　　奴家苦苦又哀告，狠心的杨景计使绝。
　　　　暗放箭，往下抛。
　　　　中我膀臂，冒出鲜血。
　　　　一怒回营寨，对我母亲曰，
　　　　小子不认我，永远与他断绝。
　　　　谁想杨景又出马，他被韩昌捉去了。
　　　　打水牢，苦难曰。
　　　　又差宗保，请我来了。
　　　　苦苦哀告我，去救他爹爹。
　　　　奴家救夫心切，救他又把胜还。
　　　　一家班师回朝转，可恨杨景把情绝。
　　　　重视皇姑轻视我，奴家哪能不气绝？
　　　　细想那里有什么好住的，回转西岐未告别。
　　　　二次叛，西岐也。
　　　　喽兵招了好多一些。
　　　　定要拿杨景，父子用刀切。
　　　　正是怀女心发狠，云霞近前把话曰。（上刘云霞）
刘云霞：（白）姐姐为何又愁眉不展？
王怀女：我恨杨景呢。
刘云霞：姐姐，我听说北国又摆天门阵，宋将打不开，早晚还得来请你。
王怀女：哼，我与杨景绝情断义，还帮他破阵呢，倒要发兵征他！
刘云霞：姐姐也当着媳妇之面。
王怀女：哎，媳妇穆桂英十分敬重与我，其实她来相请，只好拔刀相助。要是杨景来，一定扒皮挖眼，以消我恨。
刘云霞：姐姐不可痛恨，随我望园静心。
王怀女：有理。

（诗）痴心女子负心汉，老人古语不虚言。（下）

（升帐，十一人站）

穆桂英：（诗）令下山摇动，男女聚帅庭；

忠心扶宋主，攻破阵九宫。

岳　胜：（白）俺副帅岳胜。

孟　良：孟良。

焦　赞：焦赞。

杨宗保：杨宗保。

杨宗孝：杨宗孝。

杨宗勉：杨宗勉。

岳　安：岳安。

杜金娥：杜金娥。

喜林珠：喜林珠。

李剪梅：李剪梅。

杨排风：杨排风。

合　　：元帅升帐，小心伺候。

（出穆桂英）

穆桂英：（诗）闺中绣户女英雄，敢比三国智孔明。

排兵布阵如儿戏，运筹帷幄谋略精。

（白）本帅平北大元帅穆桂英，前者上阵，被金必风赶得无路，跑至三皇庙内，多亏岳家能弟救我，打败了金必风。可叹阵中陷住了五伯父，杨宗英不知去向。今日定要破阵，救他二人。众将官！（在）今去破阵，大家要齐心努力，只许前进，不许后退，违令者，定按军法。

众　　：得令。

穆桂英：岳胜听令。

岳　胜：在。

穆桂英：老将军与我公父保护大营，以免圣驾受惊。

岳　胜：得令。（下）

穆桂英：孟良、焦赞听令，你二人带兵两万，攻打西门，直奔中央，捉拿金必风。

孟良、焦赞：得令。（下）

穆桂英：宗保、宗孝听令，你二人带兵两万，攻打南门，不得有误。

杨宗保、杨宗孝：得令。（下）

穆桂英：宗勉、岳安听令，你二人带兵两万，攻打东门。

杨宗勉、岳安：得令。（下）

穆桂英：喜林珠、李剪梅，你二人带兵攻打北门。

喜林珠、李剪梅：得令。（下）

穆桂英：杜金娥、排风，你二人带兵两万，攻打中央，不得有误。

杜金娥、杨排风：得令。（下）

穆桂英：众将官，抬刀带马。（下）

（穆桂英刀马上，中军上）

中　军：报元帅得知，有一老花子一瘸一拐拦住人马，不得前进，乞令定夺。

穆桂英：将他带到马前。

中　军：是。（下，内白）走吧，老花子，元帅叫你回话。

花　子：她叫不起我，这有一封书字，叫她看书行事，我还走了呢。（下）

（老花子一回身不见了上中军）

中　军：报元帅得知，老花子留下书字，转身不见。

穆桂英：莫非神人指示，拿书字我来看。

中　军：请元帅过目。

穆桂英：待我看来，上写：

（唱）也没姓来也没名，指示元帅穆桂英。
　　　　只顾救人去破阵，怕是吉少多主凶。
　　　　五郎逃阵尚保命，仙人救去杨宗英。
　　　　要想打破天门阵，去请怀女王花容。
　　　　谨记谨记须谨记，速传将令快收兵。
　　　　要是不听花子语，全军尽丧在阵中。

（白）原是神人指示，不可不听！众将官，晓谕四方兵将，收兵各归本寨。（下，内白）众将官将马带过，（上帐）方才出马正要攻打阵式，有神人指教，不叫前进，叫我去请王怀女，故此收兵，不免与太君说知。中军，请太君前帐议事。

（上佘太君）

佘太君：来了。

穆桂英：祖母请转上坐。

佘太君：帅不离位，便座可以，请出老身，有何军情？

穆桂英：祖母，原是这般如此，有心差人去请，又怕不来，必得孙媳一往，无有不来之理。

佘太君：你去，何人带兵呢？

穆桂英：帅印先叫我公父执掌，紧守营门，不可出战。等我请来婆母，再破阵式。祖母奏知圣上，叫天子出旨我公父出营接迎，再将帅印命婆母执掌，孙媳与婆母相投，无有不来之理。

佘太君：如此说来，等老身见了天子与八王，你再前去。

穆桂英：是，遵命。

（佘太君下，又上）

佘太君：方才见了圣上，准奏。你带何人前去？

穆桂英：带人不便，孙媳一人女扮男装前去。

佘太君：可要小心。

穆桂英：不劳祖母挂念，你老请回后帐休息。

佘太君：千万仔细。（下）

穆桂英：我只得换装才是。（换男装）

（唱）摘盔卸甲巧改扮，女子霎时变了男。
　　　随身带着防身剑，防备路上有颠险。
　　　出了大帐上了马，离了营门上阳关。
　　　有事不观路上景，饥食渴饮几日间。
　　　这日正走抬头看，忽听有人喊声喧。
　　　迎面来了人一伙，跑得惊慌为何缘？

众：　（白）快跑快跑，可了不得。

穆桂英：（唱）众位快跑为何事，莫非劫路要银钱？
　　　　清清楚楚对我讲，叫了一声行路客。

众：　（唱）要问前边什么事，说起你也心胆寒。
　　　　那边有个门房子，房子靠着大道边。
　　　　里头猫着一伙人，劫住过客要银钱。

说是要上人头税，一人五十两才放行。
一匹马也是五十两，谁要不给把眼挖。
你说讲不讲道理吧，桂英听罢便开言。

穆桂英：（唱）众位心中不必害怕，领我前去看一番。
众：　　（唱）众人也要看一看，一齐跟随在后边。
路儿不远来到了。
（白）行路客，你看那不是房子？
穆桂英：众位在此等候，我去问问。（下）
（对上二丑）
丑　一：你这人干什么没给银子？
穆桂英：请问二位，此乃官家大路，要的什么银子？
丑　一：交人头税！
穆桂英：我劝你痛痛快快放我过去，清平世界，无故要钱，岂不成了拦路强盗？
丑　一：你是胡说，着打！
穆桂英：来来来。（打贼跑）
（对上，青面武生）
丑　二：住了！打败我伙伴的可是你吗？
穆桂英：然也。
丑　二：哎呀，敢称"然也"二字，看刀。
穆桂英：住手，看你是条好汉，为何拦路劫财？
丑　二：没空和你闲谈。
穆桂英：你叫何名？
丑　二：没名，看刀。
穆桂英：不知好歹的鲁汉，看剑！
（杀，贼败，上对）
丑　二：我告诉你等着，跑了不算好汉。（下）
穆桂英：你看这人真是一条好汉，飞跑而去。面前有河阻路，那边有摆渡之人，待我招呼那位艄公，把船拢岸，渡我过河，多谢艄公。
（艄公红面武生，拨船上）
艄　公：壮士请上船吧。

穆桂英：是。请问艄公，连人带马要多少银子？

艄　公：先不忙，开船要紧。

（船到河心）

艄　公：交船钱吧。

穆桂英：要多少？

艄　公：不要钱，要命，下来吧。

（船翻落水）

艄　公：兄弟快来把他绑上，拉着他马，咱们回家。（下）

（出王氏，老旦）

王　氏：（诗）金乌玉兔催人老，不知不觉白了头。

（白）老身崔门王氏，老爷崔玉早年亡故，抛下二男一女。大子崔龙，次子崔虎，俱有武艺。女儿崔金定，仙人传授，武艺多端，并未婚配。我儿子拦路劫财为生。

（上崔龙、崔虎，青红二净）

崔龙、崔虎：母亲，儿们拿住个过客，眉清目秀，武艺高强，正好与我妹妹为配。

王　氏：好，快些请进房来。

崔龙、崔虎：绑着你，喝了几口水也不在乎。

王　氏：快些松绑，请进房来。

崔龙、崔虎：是。

（上穆桂英）

穆桂英：你们把我绑到家来，意欲怎样？

王　氏：小壮士不要动怒，贵姓高名，告诉老身，还有事相商。

穆桂英：哼，这可叫我说什么才好？

王　氏：壮士请坐。

穆桂英：告坐。

王　氏：不要拘束，说说来历。

穆桂英：是，老人家听了。

（唱）听她问我名与姓，心中为难打调停。

有心说了实情话，又怕他们把事生。

心中一动生巧计，何不充我丈夫名。

| | | 带笑开言呼太太，问我名姓细听清。 |
| | | 家住东京汴梁地，姓杨宗保是我名。 |

王　　氏：（唱）夫人闻听吓一跳，原是少爷到家中。
　　　　　　　多有不恭请原谅，带笑开言尊相公。
　　　　　　　老身有件心腹事，只求少爷你应承。
　　　　　　　本家姓崔坐地户，这两个是我小儿童。
　　　　　　　崔龙崔虎弟兄俩，方才多有得罪相公。

穆桂英：（白）好说。

王　　氏：（唱）我的女儿崔金定，本是圣母大门生。
　　　　　　　排兵布阵样样会，十八般武艺件件通。
　　　　　　　今年长了十八岁，并未挑选乘婿龙。
　　　　　　　我看你俩相貌对，情愿与你结婚盟。
　　　　　　　老身把话说出口，一言为定无改更。
　　　　　　　今日正逢良辰日，你们夫妻拜花灯。
　　　　　　　崔虎快去叫你姐，崔龙我儿要你听。
　　　　　　　预备香烛与酒宴，庆贺团圆饮酩酊。
　　　　　　　太太起身出房去，再说金定女花容。

崔金定：（白）奴崔金定跟广寒圣母学艺，前年下山，一家相会，今年一十八岁，并未择配。
　　　　（上崔虎）

崔　　虎：姐姐。

崔金定：哎，兄弟嚷啥？

崔　　虎：姐姐，你说的武艺觉着不错，把咱一家玩坏了。
　　　　（唱）崔虎把谎撒，连连说不好。
　　　　　　　因为武艺强，惹得老与小。
　　　　　　　宋营知道了，来了杨宗保。
　　　　　　　他父大元戎，天下谁不晓？
　　　　　　　他是小少爷，枪马实在好。
　　　　　　　找上咱的门，大骂把你找。
　　　　　　　与你比刀枪，试试谁的巧。

　　　　　　你要不出去，越发叫人恼。
　　　　　　放火烧了庄，一个跑不了。
　　　　　　母亲跪央求，响头磕不少。
　　　　　　人家还不依，你说怎办好？
　　　　　　按着我主意，快从后门跑。
　　　　　　省得人家抓，踢你一顿脚。
崔金定：（唱）佳人怒冲冲，恨得把牙咬。
　　　　　　哪里小畜生？敢来把我找。
　　　　　　要不把他拿，此仇消不了。
　　　　　　带怒就要行，夫人来到了。
王　氏：（白）女儿往哪里去？
崔金定：奴找杨宗保算账。
崔　虎：你们娘俩说话，我走了。（下）
王　氏：儿啦，娘把你许配那小将为配，你找他做啥？
崔金定：我兄弟说小将找我置气，儿与他比试三合。
王　氏：休信他谎言，哪有这些事情？快些梳洗打扮吧，好拜天地。（下）
崔金定：呀，这可叫我从哪头忙起？怎这样急迫？
　　　（唱）金定耳听心乱跳，不由叫人好着忙。
　　　　　　当先没有一点信，忽然西边出太阳。
　　　　　　急忙打开描金盒，拿出各样好衣裳。
　　　　　　也没丫鬟与仆妇，自己重新换衣裳。
　　　　　　头上拆开青丝发，时兴鬏儿梳得溜光。
　　　　　　八宝耳环戴一对，鬓边斜插一支海棠。
　　　　　　江南官粉搽脸面，苏州红胭脂点唇上。
　　　　　　上身穿的鹦哥绿，红鞋裤子绣鸳鸯。
　　　　　　打扮已毕菱花照，好似一月里嫦娥降下房。
　　　　　　都说貂蝉生的美，奴敢比汉室王嫱和番邦。
　　　　　　佳人收拾多齐整，难道说自己去拜堂？
　　　　　　心忙意乱床上坐，夫人带笑走进房。
王　氏：（唱）一看我儿梳妆妥，为娘搀你去拜堂。

　　　　　　　金定含羞往外走，夫妻双双去拜堂。
　　　　　　　拜罢天地洞房入，洞房早已备妥当。
　　　　　　　一碟果子一碟枣，子孙莲子长寿汤。
　　　　　　　酒宴齐备母子散，桂英闪目看女妆。
穆桂英：（唱）奴家要是男子汉，今夜一定事成双。
　　　　　　　有其名来无其实，一对凤来怎配凰？
　　　　　　　不言不语低头坐，金定小姐看新郎。
崔金定：（唱）举止端正天生俊，面带羞愧坐一旁。
　　　　　　　早听说他娶穆氏桂英女，奴家本是第二房。
　　　　　　　为何这样装古板，莫非他也女红妆？
　　　　　　　既是洞房花烛夜，男婚女配是正当。
　　　　　　　何必含羞将他怕？脸儿一憨把口传。
崔金定：（白）郎君，奴本庄农之女，今得配将军，三生有幸。郎君，请先饮一盅，表奴心意。
穆桂英：小姐说哪里话来？末将被擒之人，多亏令堂高抬，不但不杀，反与小姐成婚，一步登天，感恩不尽，何劳小姐敬酒？
崔金定：你我本是前缘，你看天已不早，郎君请安息吧。
穆桂英：小姐困乏，请先安息，末将再坐一会，再睡不晚。
崔金定：郎君说哪里话来？今乃洞房花烛，正应夫妻双双同上床，宽衣同睡，哪有单睡之礼？来来来，待我与你脱衣。
　　　　（崔金定拉穆桂英）
穆桂英：小姐不可胡造，稳重些，令人看着啥样？
崔金定：哎，得了吧，一个洞房中还有何人？待我与你脱鞋。
　　　　（脱靴露金莲）
崔金定：呀，你是哪个女扮男装诓哄于我？快说你的来历。（举剑）
穆桂英：小姐不要动怒，免去高声，听我说明来历。
　　　　（唱）你或杀或剐也不晚，忙将前后之事说明白。
　　　　　　　我本穆氏桂英女，西岐关去请婆母来。
崔金定：（唱）听罢言来剑入鞘，坐在床头口打哎。
　　　　　　　可叹我猫咬水泡虚欢喜，美梦一场落个白。

　　　　　　只当他是美貌男，归其还是女裙钗。
　　　　　　埋怨母亲眼力错，拿着女子当男孩。
　　　　　　两女怎把鸳鸯配？这可叫人怎安排？
　　　　　　说是姑娘出了嫁，说是媳妇我俩都是白搭白。
　　　　　　归根叶落怎么好？一阵心酸泪下来。
穆桂英：（唱）小姐不必心伤感，你的心事我能猜。
　　　　　　如不嫌弃愚姐我，咱二人同侍一夫理应该。
　　　　　　不知妹妹何心意？心中欢喜笑颜开。
崔金定：（唱）多谢姐姐高抬我，端茶捧水心乐哉。
　　　　　　一言为定无更改。
穆桂英：（白）一言为定，此事不可对母亲说，恐生意外。明日我上西岐，请来王氏婆母，回来从此路过，妹妹同两个兄弟一齐到宋营助战。
崔金定：此言有理，天已不早，上床安息吧。
穆桂英：娘子请吧。
崔金定：我那二刈子汉子请吧。（下）
　　　（打五更）
穆桂英：（内白）妹妹，天已大亮，军事要紧，我就去也。
崔金定：可要小心。
穆桂英：不必挂念。
崔金定：请。
　　　（上穆桂英男装马上）
穆桂英：好也好也，奴穆桂英幸而逢凶化吉，收下崔小姐，说明同侍一夫。辞别上路，军情紧急，只得催马以奔西岐便了。（下）
　　　（出和尚杨继康）
杨继康：（诗）看破红尘苦，奉师炼仙丹。
　　　（白）出家人杨继康，乃火唐寨杨滚之子，因南唐大战于道宏之后，太祖将我兄长杨继业选进朝去，那时我看破红尘，归山隐道，拜乾坤长老为师。那年下山游走，到穆柯寨收了两个徒儿，乃穆洪之子穆林、穆风，学得武艺超群，俱有万夫不当之勇。穆林使一双铁链，穆风使一双铜人，定有三百斤重。今该他俩下山，姐弟相认，穆桂英西岐关去请王怀女大

　　　　　　破天门阵，半路有难，只得叫他俩搭救。穆林、穆风哪里？
穆林、穆风：（内白）来了，（上黑红二人）师父在上，弟子拜揖。
杨继康：罢了。
穆林、穆风：师父唤来弟子有何教训？
杨继康：今该你弟兄下山，姐弟相聚。
　　　　（唱）去上西岐寒石岭，有座山名双岔山。
　　　　　　那里头目叫延虎，困住穆氏女婵娟。
　　　　　　本是你俩同胞姐，眼看就有性命关。
　　　　　　你俩如此去搭救，休违我令快下山。
　　　　　　余不多言急急去，师兄弟叩头出洞间。
穆林、穆风：（唱）继康老祖回后洞，弟兄二人下高山。
　　　　　　　迈开飞腿急又快，逢人问路到高山。
　　　　　　　找个松林僻静处，等候救人且不言。（下）
穆桂英：（唱）桂英催马路上走，忽见高山把路拦。
　　　　　　山峰险峻凶恶狠，两边峭壁高入云。
　　　　　　树木森森中间路，晃晃山头有旗帜。
　　　　　　此山一定藏贼盗，只得小心过此山。
　　　　　　心急害怕催马走（下），山王升帐号全传。
　　　　（升帐，草鸡大王丑坐，卒站）
草鸡大王：（诗）奉令把守双岔山，拦挡行人暗查奸。
　　　　　（白）我乃草鸡大王，韩昌族弟，奉哥哥令，带兵五千把守双岔山，盘查来往行人。因北国摆下天门阵式，宋兵攻打不破，早晚必呈降书顺表。北国韩昌知道杨景有个老婆大刀王怀女，此人法术高强，必然请她破阵，命我防备奸细，要有可疑之人，拿住万剐凌迟。
　　　　　（上卒）
卒：　　　报大王知道，山下来一小将，素体戎装，骑马而来，乞令定夺。
草鸡大王：哟，喽啰们，预备骑马，下山擒拿。（下）
　　　　　（对上草鸡大王）
草鸡大王：哪里来的过客？报上名来！
穆桂英：我乃宋朝杨元帅之子杨宗保，去上西岐请母亲王怀女。

草鸡大王：好，正要拿你，看刀！

穆桂英：住了，为何拿我？

草鸡大王：我奉北国韩昌之命阻挡宋将，恐怕请那贱人前去破阵。

穆桂英：你叫何名？

草鸡大王：我乃韩昌族弟，快些下马受绑。

穆桂英：嗟，胡言乱语，着剑！

草鸡大王：来来来。

（草鸡大王败又上）

草鸡大王：喽啰们，下上绊马索。

（上穆桂英，绊住，上草鸡大王）

草鸡大王：好！绑上！（穆桂英露出小脚）哈哈哈，还是个女扮男装，露着小脚。喽啰们，绑回去成亲去，好入洞房。（下）

（完）

第 十 本

【剧情梗概】穆桂英跟崔金定分别后,继续上山请婆婆王怀女前来助阵,路上被贼人草鸡大王抓住。杨继康命两位徒弟穆林、穆风下山,解救其姐姐穆桂英。兄弟二人杀了山贼,烧了山寨。昆仑山仙人东方朔让精通五遁神术的徒弟史配明下山,配合王怀女一起助阵宋营。佘太君出营迎接媳妇王怀女,她成为宋营的新元帅。杨景因未迎接元帅,王怀女欲将其斩首,众人求情。于是,她令杨景破天门阵,戴罪立功。杨景进阵后败出,欲逃回汴京府中,被柴郡主与杨排风所救,三人一同返回宋营。

草鸡大王:(内白)喽啰们,将马带过,(上坐)好也,好也,不想巧遇美人。喽啰们,把被擒之人带上来。(带穆桂英上)你这女子倒是何人?说明来历,放你下山,不然扒去衣服,吊在高杆上,用乱箭射死。

穆桂英:山贼,且听你奶奶道来。

(唱)双眉立,咬牙关。

大骂山贼,是你听言。

问我名和姓,俺也不隐瞒。

宋营兵马元帅,天下声名远传。

穆氏桂英就是俺,奉旨搬兵西岐关。

草鸡大王:(唱)闻此话,吓一蹿。

早知此女,法术无边。

破了天门阵,阎荣又上山。

请来必风老祖,二次又摆连环。

他再请来王怀女,破阵只怕更不难。

我既然,把她拴。

何不为此,不放她还?

任她留在这,料她难下山。

她纵神通广大,俺们配成姻缘。

主意一定开言道,嬉皮笑脸走上前。

叫美人，你听言。

真名延虎，辈辈姓韩。

不仅武艺好，有副好心田。

韩昌是俺兄长，令俺把守此山。

该着咱俩有缘分，天差美人送此山。

不用去，西岐关。

就在这边，快乐百年。

珍馐与美味，绸缎由你穿。

咱俩成就夫妇，管保随你心田。

俺的岁数不算大，不大不小三十三。

穆桂英：（唱）骂贼子，反了天。

胡说八道，欠把眼挖。

奶奶天朝帅，现在掌兵权。

误被恶贼拿住，胆大敢现邪端。

劝你好好把俺放，不然叫你乱这山。

草鸡大王：（唱）你不用，抖威严。

一会叫你，就知道咱。

喊声众喽啰（在），一齐出帐前（是）。

喊声了环侍女（来了），把她拉上床边。

胳膊腿脚都绑住，剥去中衣难动弹。

大王我，硬强奸。

穆桂英：（唱）桂英害怕，心中胆寒。

虽然有法术，身子被绑拴。

正着无主意，喽啰来禀报一番。

（上喽啰）

喽　啰：（唱）启禀大王将令到，叫你接令快下山。

草鸡大王：（白）起过了。

喽　啰：是。（下）

草鸡大王：（唱）叫一声，小丫鬟。

把她绑在，太庙后边。

等俺接完令，回来再合欢。（下）

丫　鬟：（白）不敢怠慢。（下）

（草鸡大王接令，上帐）

穆林、穆风：大王可好？

草鸡大王：拿出将令来吧。请问二位在我兄长帐下是何官职？俺怎么不熟识二位？将令在于何处？

穆　林：哎呀，大王那边绑着何人？

草鸡大王：这是宋营元帅穆桂英，她上西岐关去请王怀女破天门阵，被俺拿住。

穆林穆风：好凑巧，俺二人奉了萧太后旨意与韩驸马的将令，正为此事而来。早有暗探探得明白，说穆桂英往西岐关搬请王怀女，叫俺二人追来一路，晓谕捉拿。今大王立功，把她交与俺们带回，等回去，太后必然加封与你。

草鸡大王：不行，带不得！恐半路被人劫去，俺在此处把她杀了，岂不省事？

穆　林：你此言非理，穆桂英乃天朝领兵元帅，岂能在此草草而杀？我二人看送，管保无人敢劫。

草鸡大王：二位不知，俺还有别意呀！

（唱）韩延虎着枪，心中暗发恨。

任个愣头青，不体人心意。

俺说留下杀，他说带回去。

无奈老实说，带笑呼二位。

带她走不能，俺有别心事。

穆林、穆风：（白）什么心事快说？

草鸡大王：（唱）俺虽有夫人，丑的没有对。

收她做二房，俺们成一对。

故此俺才说，不叫你带去。

二位开天恩，给俺留在这。

二位若依从，多给你银子。

酒肉尽量吃，珍馐与美味。

韩延虎跪下，说罢就磕头。

穆林、穆风：（白）好。

（唱）这本是好事，不用谢俺们。

　　　　俺们想破费，贺喜礼带来。

　　　　褥套有的是，说着打开包。

　　　　银子手中捧，

（白）此乃喜事，我俩没什么别的礼物，这里有整个的元宝给你吧。

草鸡大王：用不着这个。

穆　林：用不着也给你家伙。（着家伙打死）

穆　风：（说着，打成肉饼）快快放开姐姐。（下）

　　　　（上穆林、穆风）

穆桂英：二位是何人？救奴之命。

穆林、穆风：姐姐，你不认得？俺们是你兄弟穆林、穆风。如此奉师之命，下山救姐姐。

穆桂英：呀，原是两个兄弟到来，稍迟一步，愚姐性命难保。

（唱）乍然见着同胞弟，忘了欢喜大放悲。

　　　　想不到你俩还有命，想不到你俩把家回。

　　　　想不到此处救了我，可恨这个万恶贼。

穆林、穆风：（白）成了肉饼了！

穆桂英：（唱）硬要与奴成夫妇，不应就要强作为。

　　　　你俩再要晚一步，姐姐名节被他亏。

　　　　快把高山放大火，打发喽啰把家归。

穆风、穆林：（白）是。

穆桂英：（唱）叫声喽啰众头目（全上），来了喽啰一大堆。

　　　　拿眼一见吓一跳，你们不用惧怕谁。

　　　　俺本宋朝大元帅，带领兵马来灭贼。

　　　　山贼已被俺杀死，其余无罪开恩回。

　　　　有家奔家快解散，分散金银把家归。

　　　　众人闻听心欢喜，叩头谢恩一哄散。

　　　　穆林放火烧山寨，霎时云间一堆灰。

　　　　姐弟下山奔大路。

（白）兄弟们，随俺一奔西岐关便了。

穆林、穆风： 是。（下）

（出东方朔）

东方朔：（诗）阴阳二气装世界，抽坎填离炼仙丹。

有人参透玄妙机，便是长生不老仙。

（白）小仙东方朔，在昆仑山炼道。那年看守三皇剑，被唐营诓去以后，再不管人间之事。那年收个徒儿，乃唐朝史大奈之苗，名叫史配明，小孩灵便，前窜后跳，五遁神术无所不通。今有金必风摆设天门阵，宋营元帅穆桂英不能打破，请西岐关大刀王怀女挂印为帅，夫妻重聚，大破天门阵。史配明是王怀女的先锋，还有仙姑刘云霞，也是开路先锋，只得打发他下山。徒儿哪里？

史配明：（内白）来了。（上）师父在上，弟子叩头。

东方朔： 起来，起来。

史配明： 师父唤弟子有何教训？

东方朔： 徒儿不知，听俺告诉你家乡住处。

（唱）东方朔开言叫徒弟，你听为师说缘由。

自你五岁把山上，如今算来十一秋。

你今年已十六岁，学得武艺棍棒熟。

五遁神术不用讲，前窜后跳气死猴。

俺平生的本领都教你，不枉学艺在山头。

为师俺群仙里都知道，谁见着俺都发愁。

所仗一宗奇法宝，走遍天下共九州。

三十三天随俺走，就仗是一个小偷。

手脚灵便人不见，谁有啥宝咱们能偷。

今日该你把山下，投军去上西岐关。

那里有个王怀女，到那里把她伺候。

将来大破天门阵，进阵你好使法偷。

俺有出奇贵宝桃花叶，任他神仙难见随便偷。

说罢伸手递过去，矮子心酸泪双流。

史配明：（唱）老师让徒儿今日把山下，不知何日再回山丘？

东方朔：（白）见面有日。

史配明：（唱）叩下头来辞师父，难离难舍滴滴答答泪双流。

东方朔：去吧。

（唱）矮子无奈出洞下山去，（下）东方朔心内也难受。

（白）别他也难过，回洞奉念经去。哎呀，想现在了，何不到毛遂真人那里盘盘道，解解闷去？

（诗）凡夫知道交朋友，神仙也会拜把子。（下）

（出王怀女、刘云霞平坐）

王怀女：（诗）忧怀愁肠自己解，苦尽自有甘甜来。

（白）妹妹，自从你俺下山，同居一室，虽是异姓，胜似同胞。占据西岐关，远近皆知，无人敢惹。昨日又有东方朔之门徒史配明下山而来，原是妹妹之表弟，与俺也是姐弟相称。将他收在帐下听用，单等养成人马，一定与杨景分个上下。

刘云霞：姐姐不可，杨景虽然负义，你不说穆桂英待你甚好吗？也当看她之面才是。

（上丫鬟）

丫　鬟：两姑娘，城外有杨宗保求见。

王怀女：好，吩咐出去，将杨宗保绑上，叫旗牌官李瑞监斩，将杨宗保刀断三截，以雪我恨。

丫　鬟：是。（下）

刘云霞：姐姐不可动怒，当问明再杀不迟。

王怀女：问什么？俺与他杨家父子仇深似海，何必多问？（下）

刘云霞：你看姐姐性烈似火，回后面去了。奴不免去听听，想法搭救，万一杀了杨宗保，怎对得起穆桂英？定是此等，走走便了。（下）

（上穆桂英三人）

穆桂英：兄弟，你二人站在一旁，待愚姐上前问话。

穆林、穆风：是。（下）

（上李瑞）

李　瑞：哪个是杨宗保？

穆桂英：末将便是。

李　瑞：进城来吧。

穆桂英：是。（下）

（穆桂英入城上）

李　瑞：左右们，将他绑了。

穆桂英：啥？（绑穆桂英）为何将俺上绑？

李　瑞：你不用细问，左右把他带到辕门外绑在桩橛上。

（绑穆桂英，李瑞坐）

穆桂英：罢了罢了，不想俺今死于此地了。

（唱）桂英被绑桩橛上，真是有话无处明。
　　　怎么见着婆母面？别人不管这事情。
　　　两个兄弟在城外，怎知愚姐在受刑？
　　　叹俺穆氏桂英女，自幼离娘上山峰。
　　　跟师学艺几十载，兵书战策刀马能。
　　　高山采药遇宗保，指路告诉小相公。
　　　师父参透其中意，立刻把奴赶下山峰。
　　　回家到了穆柯寨，巧遇宗保小英雄。
　　　与他成亲随奴意，公父知道怒冲冲。
　　　辕门要斩亲生子，那时小奴飒飒风。
　　　救下将军挂帅印，破了天门阵九宫。
　　　阎荣又把高山上，请来他师父金必风。
　　　二摆天门凶又险，困住宋营众英雄。
　　　五伯父不知生共死，没了叔叔杨宗英。
　　　不知哪里来书柬，叫俺西岐来搬兵。
　　　舍生忘死巧打扮，半路遭险遇大凶。
　　　多亏兄弟救了俺，姐弟来到西岐城。
　　　进城想见婆母面，不容见面上绑绳。
　　　不知婆母啥意思，这可苦了俺花容。
　　　桂英正然心伤戚，（炮响）追魂大炮响咕咚。
　　　闭目合睛等着死，李瑞坐上便开声。
　　　吩咐快点二声炮，

穆林、穆风：（唱）来了穆家二弟兄。

　　　　　　姐姐进城无动静，二人纵身跳上城。
　　　　　　来到辕门吓一跳，姐姐为何上绑绳？
　　　　　　照着李瑞打下去，（死）兄弟上前解绑绳。
　　　　　　军校上前齐动手，小卒早已报分明。
王怀女：（唱）且把宋将暂押下，待俺捉拿小宗保。
　　　　　　军校绑下桂英女，怀女掌剑把话明。
　　　　（白）你二人姓甚名谁？为何杀死俺的头目？
穆　林：许你杀死人，就许俺打死人。
王怀女：报上名来。
穆　林：叫俺大祖宗。
穆　风：俺叫二祖宗。知道祖宗厉害，快放了被绑之人，万事皆休，不然叫你死无葬身之地。
王怀女：住口，哪里来的疯子？看刀取你！
穆林、穆风：来来来。
　　　　（杀，王怀女败下，又上）
王怀女：呀，不好！两个疯子不仅武艺高强，更是刀枪不入。累得俺浑身是汗，这可怎好？（上，对杀下）
　　　　（上史配明）
史配明：俺史配明正在街上闲逛，怎么杀声震耳？必有缘故，待俺看来。（下，又上）呀，原是王氏姐姐与两个愣汉子杀在一处，只得帮个手。（下）
　　　　（王怀女败，上史配明，对）
史配明：姐姐闪开，把这功劳让与小弟吧。
王怀女：兄弟可要小心。
史配明：放心吧。
　　　　（王怀女下）
穆　林：哪里来的小孩子？快快闪开，看祖宗对付你。
史配明：放屁！你给谁当祖宗，俺看你是俺八辈玄孙，量你不知俺的厉害也。
　　　　（唱）怒恼小矮爷，大骂愣伥鬼。
　　　　　　算个啥东西，一点不懂礼。
　　　　　　给谁当祖宗，就欠打你嘴。

　　　　　　　　俺是你祖宗，你是重孙子。
穆林、穆风：（唱）俺且问问你，家乡住哪里？
　　　　　　　　姓甚与名谁，快说头与尾。
　　　　　　　　为啥动争杀，自己来送死？
史配明：（唱）俺叫史配明，此处无人比。
　　　　　　要拿你二人，好像拿鸭子。
穆林、穆风：（唱）弟兄火上窜，矮子胡言语。
　　　　　　　　一齐把手交，矮子笑盈盈。
　　　　　　　　后跳与前蹿，如同疯猴子。
史配明：（唱）抽愣一下子，好硬的身子。
　　　　　　原是铁布衫，另想别法子。
　　　　（白）呀，他二人刀枪不入，怪不得王氏姐姐难胜。俺不免带桃花叶，暗暗把他二人打倒，将他绑上。
　　　　（打倒二人）
史配明：军校们，一齐都绑上。
穆　林：绑吧，勒也不怕。（绑上穆林、穆风）
　　　　（上王怀女）
王怀女：贤弟果然武艺高强，将二人拿住。军校们，带上大帐。
　　　　（升帐，站刘云霞、史配明）
王怀女：军校们，将二贼开刀。
穆林、穆风：（内白）如能砍掉根汗毛，也不算好汉子。
　　　　（上卒）
卒：　　报姑娘知道，刀砍不动，枪扎不入，启姑娘定夺。（下）
王怀女：这可如何是好？
史配明：姐姐万安，小弟有法。
王怀女：你有啥法呢？
史配明：令军校深深地挖两个大圆坑，将他二人倒头往下一栽，使土一埋。
王怀女：好兄弟，真能想，就依计而行。
刘云霞：住手！姐姐与二人有何仇恨？
王怀女：他不该打死头目。

刘云霞：他打死头目，你可知为啥？

王怀女：内情不知。

刘云霞：既不知内情，为何下此毒手？

王怀女：依你怎样呢？

刘云霞：依俺，姐姐回后歇歇，等俺问个详细，再杀不晚。

王怀女：妹妹之言有理。（下）

刘云霞：表弟，把他二人带上来。

史配明：是。（下）

（带上穆林、穆风）

穆林、穆风：要杀就杀，就该把刀子磨得快快的，想拿钝刀子杀人，又不疼又不痒，真乃无礼。

刘云霞：二位好汉，不要暴躁。俺有话问你，为何杀了李瑞？

穆　林：他要杀俺姐姐，我就把他杀了。

刘云霞：你家姐姐是谁？

穆　林：俺姐姐穆桂英，俺叫穆林，他叫穆风，不知俺姐姐身犯何罪，绑来要杀呢？

刘云霞：你姐姐在哪里？

穆　林：绑着那杨宗保就是。

刘云霞：呀，原来如此。史表弟，快请姐姐上帐。

史配明：是。（下，内白）有请姐姐。

王怀女：来了。（上）妹妹有何事故？

刘云霞：姐姐，你方才要杀的杨宗保，你可看见他了吗？

王怀女：并未见面。

刘云霞：姐姐呀，

（唱）那人不是杨宗保，本是女扮男子装。

王怀女：（白）他是女人？

刘云霞：（唱）就是时常提念的，前来请你到这方。

她是穆氏桂英女，几乎被你一刀伤。

这是她的两个兄弟，来救他姐姐命不亡。

杀了旗牌小李瑞，又与姐姐动刀枪。

　　　　　　方才把他问详细，二人说明事一桩。
　　　　　　幸亏没把桂英斩，真要杀了岂不悔青了肠？
　　　　　　快快吩咐松绑吧，婆媳二人好叙家常。

王怀女：（白）这话可是真吗？

刘云霞：（唱）千真万确不是假，听罢不由着了忙。

王怀女：（唱）急忙跑下大帐去，亲解绑绳笑脸扬。
　　　　　　媳妇怕是受惊了，不细问问怨为娘。
　　　　　　史表弟快快松二将，吩咐属下备酒酿。
　　　　　　媳妇到此有何事？快对为娘说其详。
　　　　　　从头至尾说一遍，俺看准得细商量。
　　　　（白）你看他父子宁可死在那里，也是不来。媳妇亲身前来，为娘讲不起发兵一往，得答应俺三件事儿方可发兵。

穆桂英：（白）不知哪三件？

王怀女：第一，入营后杨景要把兵符令箭交俺执掌；第二，杨景要率领众将接俺入营；第三，天子为媒，八王作保，太君主婚，俺与杨景拜堂成亲，与柴郡主不分大小。

穆桂英：母亲放心，这些事媳妇一面承应，件件皆依。

王怀女：既要依从俺，便可起兵，史表弟与刘妹妹随俺同去才好。

穆桂英：那是自然。禀母亲，儿在路上男装行程，半路上收下崔金定等人，武艺精通，受过异人传授。他有两个兄弟崔龙、崔虎，俱有万夫不当之勇。

王怀女：好，我收崔金定为义女，路过那里，叫她姐弟随军立功。明日点齐人马，一齐奔向宋营。

穆桂英：得令！
　　　　（唱）忙了那，众三军。
　　　　　　　一齐上马，各抖精神。
　　　　　　　盔明甲又亮，刀枪如树林。
　　　　　　　怀女押着后队，真是号令森严。
　　　　　　　秋毫无犯民安静，人马大军起飞尘。
　　　　　　　桂英女，随后跟。
　　　　　　　云霞小姐，大刀一抡。

矮子不怠慢，不住笑盈盈。

等回到阵上，偷他个片瓦无根。

试试必风老妖道，叫他认认小矮根。

有穆风，与穆林。

弟兄两个，步步为营。

一个铁链子，一个使铜人。

打进天门阵去，叫他尸骨不存。

这日正走抬头看，报事儿郎跪在尘。

崔家庄，面前存。

桂英进庄，前后说真。

金定崔小姐，欢喜把话云。

兄弟崔龙崔虎，随营去立功勋。

弟兄二人说愿去，兵合一处起三军。

行兵走，晚日昏。

晓行夜宿，不辞苦辛。

这日是来了，远远看得真。

旌旗空中飘荡，正是大宋营门。

外有番兵扎营塞，怀女传令把话云。

王怀女：（白）大兵已到，崔金定、崔龙、崔虎你姐弟三人前去叫开营门，叫杨景出来迎接。

崔姐弟三人： 得令。（下）

王怀女： 众将官，扎下行营。

众： 得令。

（番营升帐，站四将）

合： （诗）勇猛似天神，塞北人人尊。

护守天门阵，独挡大宋军。

铁里沙：（白）俺大都督铁里沙。

江得汉： 二都督江得汉。

沙铁宝： 左酋长沙铁宝。

万法宗： 右酋长万法宗。

众： 都督升帐，在此伺候。
（出番帅）
铁木拉汗：（诗）化外一带称英豪，上阵全凭刀一条；
百万军中常取胜，扶保萧太后坐北朝。
（白）俺乃火眼都督铁木拉汗，奉萧后旨意，来挡宋兵，军师设摆天门阵，命俺保守阵地。西门外宋兵并不出击，倒也无事。
（上卒）
卒： 报都督得知，不知哪里来了无数人马。当先三员将官，二男一女直奔营来。
铁木拉汗：起过。
卒： 是。（下）
铁木拉汗：必是宋营的救兵到来，不可放他过去。上前截杀，不得有误。（下）
（上崔龙对铁里沙）
铁里沙：大胆的蛮奴，休想入营，都督等你多时了。
崔　龙：住了，看刀。
铁里沙：来来来。
（崔龙杀铁里沙死，抢马骑上）
（崔金定对铁木拉汗）
铁木拉汗：好个贼人，伤俺四员大将，报上名来。
崔金定：你姑娘崔金定，番将何名？
铁木拉汗：俺乃火眼都督铁木拉汗，知俺厉害，下马投降，不然难免一死。
崔金定：呸，不必胡说，看刀。
铁木拉汗：来来来。
（杀，崔金定败下，又上）
崔金定：番贼刀沉马快，等他赶来，祭起飞刀斩他便了。祭起：啊呸！哪里走？看刀！
铁木拉汗：呀，不好！（砍下左膀）
崔金定：番贼被飞刀砍下左膀，大败而逃。兄弟们，随俺营门答话。
（上崔龙）
崔　龙：守营的军兵听着，报与你家元帅，救兵到了，快开营门。
军　兵：是。（下，内白）报元帅得知，今有西岐关救兵到了，请元帅迎接。

杨　　景：孟、焦二弟、宗保，随俺到城门一观。（上城）呀，果然人马不少，不知真假，不敢开门。宗保，你提枪上马，出营问个明白。

杨宗保：得令。（下）

（上崔龙，对杨宗保）

杨宗保：来者番将，报上名来。

崔　　龙：俺并非番将，乃是西岐关的人马前来助战。方才斩杀四将，特来叫门。小将为谁？

杨宗保：你少爷杨宗保，你这番将诈城，岂能骗俺？

（唱）你这囚奴哪来的？装成番将来诈城。

想哄少爷不能够，要想开门万不能。

崔　　龙：（唱）崔龙一听心起火，好一个不懂礼的小祖宗。

可遇你爹怎教训你，难为你妈怎抱生？

今日老爷教训你，叫你知道重与轻。

宗保耳听气加气，一抢银枪到前胸。

崔龙慌忙提了刀，二人大战各用功。

大战足有三十趟，不分胜败输与赢。

崔龙使了拖刀计，一刀打下马不行。

刀押脖子哈哈笑，无礼小子要你听。

你要跟俺把崔姓，俺就放你去逃生。

管俺快把大舅叫，不了一刀叫你血染红。

宗保大骂不住口，气坏崔龙小英雄。

故意举刀说砍头，金定上前把话明。

兄弟不可太粗鲁。

崔金定：（白）兄弟不要粗鲁，你可问他姓名吗？

崔　　龙：问啊，他叫杨宗保，这小子不懂人话，分不出大小。俺说咱是救兵，他但说是番兵诈城，他还骂人，俺非要教训教训他这小子。

崔金定：兄弟，那你骂他，俺成啥了？

崔　　龙：你是你，他是他，跟你啥相干呢？

崔金定：兄弟闪过，俺问问。

崔　　龙：别撒开，省得他跑了。

崔金定：跑不了。

崔　龙：好个跑不了，看你这样子真心疼他。

崔金定：别胡说咧，闪到一旁去。

崔　龙：中，碍眼，碍眼！（下）

崔金定：（站定）你可是杨宗保吗？

杨宗保：正是你少爷。

崔金定：将军请起，奴有一言禀告。

（唱）奴家崔氏金定女，居住就在崔家庄。
　　　父亲下世老母在，奴家自幼离家乡。
　　　师父教俺学武艺，去年正月下山岗。
　　　家中现有俩兄弟，生性粗鲁武艺强。
　　　俺兄弟拿住一位行路客，问他姓名说姓杨。
　　　报名说是杨宗保，俺母亲将他招作婿东床。
　　　拜了天地洞房入，不想变个女红妆。
　　　原来穆氏桂英女，许下俺们共侍一夫郎。
　　　她上西岐搬兵回转，俺俩兄弟把她帮。
　　　带兵助阵来报号，叫俺当先禀其详。
　　　不信现有元帅令，将军看看就妥当。
　　　快些报与老元帅，排队迎接婆母娘。
　　　以往原来是如此，

杨宗保：（唱）宗保听罢气满腔。
　　　　定下美女胭脂计，少爷不信这一桩。
　　　　你要打破天门阵，开门放你入营房。
　　　　你要不去打破阵，少爷岂信你话荒唐？
　　　　说罢上马回营去，气的佳人面焦黄。
　　　　崔龙带怒就要赶，金定拦挡说别慌。

崔金定：（白）兄弟不必追他，咱俩回营交令。

崔　龙：好一个不知好歹的东西，早晚叫他认得俺。（下）

（王怀女升帐，众人站）

王怀女：（诗）大兵营外扎营寨，不见杨景来迎接。

（白）奴王怀女，人马来在宋营以外，命崔家姐弟先去说明来历，为何不见动静？

（上崔金定）

崔金定：母亲在上，孩儿交令。

王怀女：女儿可见着宋营之人了吗？

崔金定：哎，母亲不消问了。

（唱）女儿俺，作先锋。

头前开路，来到宋营。

出来众番将，当头把路横。

崔龙崔虎叫阵，斩了番将两名。

奴又斩了两员将，出来番国大总兵。

杀法勇，刀马精。

大战疆场，不分输赢。

奴把飞刀祭，霎时起在空。

斩断番贼左膀，大败而逃回营。

番兵四散闪开路，俺们姐弟到宋营。

出来了，小英雄。

枪急马快，说话无情。

崔龙对他讲，一字也不听。

二人交手大战，小将落了下风。

崔龙把他打下马，刀押脖子问姓名。

王怀女：（白）他叫何名？

崔金定：（唱）杨宗保，少元戎。

奴就上前，拦住崔龙。

从头对他讲，前后话说清。

不但他不听信，反倒大骂连声。

说是美女胭脂计，硬说番贼来诈营。

女儿俺，无奈中。

拿出大令，叫他看清。

他更不相信，骑马回了营。

　　　　　　　俺才回营交令,母亲另打调停。
　　　　　　　金定诉罢一席话,怀女气得眼睛红。
王怀女:(唱)骂宗保,小畜生。
　　　　　　　小看与俺,情理难容。
　　　　　　　传令叫众将,奋勇攻宋营。
　　　　　　　不拿杨家父子,定把姓名改更。
　　　　　　　带怒伸手拔令箭,吓坏佳人穆桂英。
穆桂英:(唱)忙跪倒,婆母称。
　　　　　　　休要传令,暂息雷霆。
　　　　　　　媳妇亲身去,进营见公翁。
　　　　　　　叫他亲身迎接,管保一说百应。
　　　　　　　母亲且休一时怒,孩儿就去走一程。
王怀女:(白)哎,看媳妇之面,你去吧。
穆桂英:是。
　　　　(唱)抬起身,下帐中。
　　　　　　　怀女等候,压下不明。(下)(马上)
　　　　　　　桂英到营外,高叫喊一声。
　　　　　　　军校快去通禀,就说本帅回营。
　　　　　　　请来西岐俺婆母,众将排队快接迎。
军　校:(唱)军校见,吃一惊。
　　　　　　　穆氏元帅,回转大营。
　　　　　　　急急去禀报,(升帐)杨景坐帐中。
杨　景:(唱)方才宗保言道,此事刚刚才传禀。
　　　　　　　果然来了王怀女,可叫本帅怎么行?
　　　　(白)方才宗保言道,穆氏媳妇请来西岐的人马,叫俺怎见王氏?真真愁死人也!
　　　　(上卒)
卒:报元帅,穆元帅在营外与俺们说,请叫元帅带领合城众将,迎接西岐人马入营,不敢不报。
杨　景:起过了。

卒： 是。（下，又上）报元帅，方才圣上与八王又来旨意说，穆元帅临行之时，有八王旨意，太君的手书，王怀女来时，元帅兵符帅印，叫她执掌，元帅快去迎接，新元帅怪罪下来，那时说话就不好听了。

杨　景：起过了。

卒： 是。（下）

杨　景：难呀，这越发的不好了。

（唱）一闻帅印她执掌，好像高楼把脚失。
　　　敢与贱人王怀女，夫妻情分早已离。
　　　也曾冷箭把她射，也曾贬她两三次。
　　　也曾说了绝情话，今生不能做夫妻。
　　　可恨妖人摆恶阵，今又请她到这里。
　　　大权要交她的手，眼前之亏俺得吃。
　　　当着众将羞辱俺，有何脸面世上居。
　　　儿子媳妇都在场，背后岂不打曲曲？
　　　左右为难无主意，急的躁汗往下滴。
　　　低头一计说有了，何不假说有病疾？
　　　叫声孟焦来上帐，为兄有事你俩听知。
　　　请来怀女把营进，圣旨叫俺得接去。

孟良、焦赞：（白）那你就去接吧。

杨　景：不中不中，怕她当面羞辱俺，当着众将伤面皮。

孟良、焦赞：那怎办呢？

杨　景：（唱）假装有病去不了，你们替俺好话提。
　　　　一同八王与咱老母，合营将校要去齐。
　　　　千万千万别漏了。

孟良、焦赞：（白）您放心吧，俺们去了。（下）

杨　景：去吧。（回后帐装病）

（穆桂英马上）

穆桂英：（唱）桂英等的甚着急，（炮响）忽听炮响门开放。
（白）营门大开，出来男女众将接迎俺，只得禀知婆母便了。（下，内白）请母亲大队入营。

王怀女：众将官，人马齐整，随俺入营。

众　将：得令。

（上八王、佘太君、孟良、焦赞、杨宗保等）

王怀女：有劳千岁、婆母与众将来接，多有得罪了。

合：　　理当迎接元帅。

王怀女：请大家进入帅府。

合：　　尊令。（下）

（升帐，众同上，怀女坐）

王怀女：（诗）一朝权在手，生杀任俺行。

（白）本帅王怀女，将众人迎到营来，且观诸将皆列。哼，怎么不见杨景呢？太君，大郎既然把兵权令我执掌，常言说得好：将令如山，哪个不服，定按军法。

八　王：元帅所言极是。

王怀女：好哇，帐下众位将官，可愿听俺调用吗？

合：　　俺等愿听元帅调遣。

王怀女：好，本帅既为三军之主，令如山重，有不遵者，定斩不容，为何不见杨景前来觐见？莫非瞧不起俺这元帅不成？

佘太君：六郎杨景因身体有病，不能接见。

王怀女：哼，这也奇怪，早也没病，晚也没病，单赶本帅入营，他就来了病咧，其情可恼。中军，拿俺令箭一支，带四个兵丁把杨景用软床抬来，本帅一观，倒是啥病？

孟良、焦赞：慢着慢着，先别去抬，先别去抬。六嫂子，俺六哥他既然怕你，装病不出。他不敢见你，你别追根啦，找个面子就算了吧。

王怀女：怎么？杨景还是装病？那真乃可恼！可恨！藐视本帅，目无军纪。孟良，拿俺令箭一支，把杨景调来见俺。

孟　良：得令。（下，内白）六哥呀，别装病啦，元帅立等叫你去呢。

杨　景：你没说俺有病吗？

孟　良：咋没说呢，都怨老母她上了年纪，说话颠三倒四的，一句话说错了，元帅立刻大怒，令俺来传叫你去见，快走吧。六哥呀，你见了我嫂子，千万恭恭敬敬的，实在没法，你就忍着吧。

杨　　景：哎，这是怎了？

孟　　良：你等等，我得先回禀。（上）元帅在上，末将交令。

王怀女：可曾调来杨景吗？

孟　　良：调来了，现在在帐外候令。

王怀女：叫他报名而进。

孟　　良：得令。（下，内白）元帅有令，叫你报门而进。

杨　　景：是。

孟　　良：小心着。

杨　　景：（喊）元帅在上，杨景打躬。

王怀女：哼，好个大胆的杨景，小瞧本帅，目无军法，你太也无礼。

（唱）手拍桌案横眉立，用手一指咬牙根。

好个大胆小杨六，装神弄鬼起哄人。

没病故意装有病，分明小看俺钗裙。

早知你把良心丧，停妻再娶厌旧喜新。

俺也不怕做妾小，你绝不该不要我钗裙。

你把皇姑看如玉，不该拿俺不当人。

一怒反到西岐地，聚草屯粮养三军。

定要与你试一试，幸亏贤妹刘氏千金。

再三再四把俺劝，媳妇请俺回营门。

请俺破那妖人的阵，我才前来领三军。

你敢大胆违军令，自古王法本无亲。

吩咐一声绑下去。

（白）刀斧手，把杨景推出辕门斩首，以正军规。

刀斧手：是。（绑杨景下）

孟良、焦赞：（内白）刀下留人。（上）元帅不可，杨景虽犯军规，理应斩首，但他有功于国，求元帅开恩，饶了他吧。

王怀女：哇，哪个求情，一律问罪下去。

军　　校：是。

孟良、焦赞：得得得，嫂子立立规矩就中了，你真把他杀了，以后你靠哪个？

王怀女：你再多言语，重打八十军棍。

孟良、焦赞：是是是，不说了。

王怀女：下去。

孟良、焦赞：遵命。（下）

八　王：元帅，看本王的面上，饶了他吧。

王怀女：千岁，本帅既为千军之主，言出法随，定斩不饶。

八　王：是。（下）

杨宗保：元帅母亲，看儿之面，饶过我父吧。

王怀女：哼，小奴才，你不该小看崔金定，目无军令，哪里容得！刀斧手，把这小冤家也拉下去一齐开刀。

刀斧手：是。（绑杨宗保下）

刘云霞：刀下留人。（上）姐姐，你这就大大的不对。

（唱）云霞小姐心不悦，姐姐行事太不明。
　　　自从你到西岐地，你说杨景理不通。
　　　奴家听着也不忿，西岐兵将任你行。
　　　帮你好把仇来报，不算姐妹有交情。
　　　虽想你还心怨恨，今日做事太猖狂。
　　　传令要把夫主斩，敢问你将来可是怎么行？
　　　知过必改也就是，当着众将把他轻。
　　　还要一定把他斩，你想想帐下众将哪能容？
　　　太君恨你为儿子，桂英恨你为公公。
　　　八王恨你为妹丈，众将恨你为上司。
　　　合营众将都恨你，你这元帅当不成。
　　　请你为的是破阵，哪个请你杀元戎？
　　　依俺说放了杨家父与子，咱们姐妹脸不红。
　　　真要不放他父子，俺就带回西岐的兵。
　　　史表弟也跟俺去，剩你一人在宋营。
　　　众人空心不向你，谁能服你母大虫？
　　　不如依从众将意，放回父子点大兵，
　　　商议好破天门阵，小妹冒犯得宽容。

王怀女：（唱）寻思一会说罢了。

（白）罢了，既然妹妹与众将求情，看众位面上，将他父子放回，死罪饶过，活罪难容，叫杨景戴罪去打天门阵，得胜回来，将功折罪，败阵回来，定不容情。

中　军：得令。（下，内白）下边杨景听真，元帅令下，看众位求情，死罪免过，戴罪去打天门阵，得胜回来，将功折罪，如不胜，定责不恕。

杨　景：是。

中　军：（内白）将少元帅放回。

（上杨宗保）

杨宗保：多谢母亲不斩之恩。

王怀女：下去。

杨宗保：是。（下）

王怀女：众将官，各守营盘，小心防范。

众：　　是。（下）

（杨景枪马上）

杨　景：可恨可恼，可恨王怀女这贱人公报私仇，定要斩首，多亏众将求情，才得饶过一命。一人前去打阵，这分明要俺一死。

（唱）无精打采催马走，贱人行事太狠毒。
　　　虽然当初是俺的错，也当看看夫与妇。
　　　不是众人把情讨，还要摘取俺头颅。
　　　不看破阵用人际，宁死不要贱花奴。
　　　命俺一人来打阵，不如把俺一刀诛。
　　　有心不去是违军令，去了只怕命呜呼。
　　　宁可死在天门阵，留个忠名后人呼。
　　　一抖缰绳催战马，高声大叫众番奴。
　　　六爷杨景来打阵，必风阎荣快拿出。（下）

阎　荣：（内白）贫道阎荣，番兵报道杨景一人打阵，其中必有缘故。四家道友听真，随俺出阵，捉拿杨景。

四家道友：来了。

（白天祖、朱会真、秦猛、郑天明马上）

白天祖：阎道友命你俺四人捉拿杨景，大家奋勇捉拿。

四家道友： 有理。（下）

（上白天祖，对杨景）

杨　景： 叛将何名？

白天祖： 吾乃白天祖，你可是宋营元帅杨景？

杨　景： 正是。

白天祖： 今该你死期到矣，撒马过来。

杨　景： 来来来。

（大杀，四人环战，杨景败，又上）

杨　景： 呀，不好！四人环战，如何能中？有心回营，难免受责，不免回汴京府中居住，永不出世了。（下）

（上阎荣）

阎　荣： 四道友，你看杨景落荒而走，一齐上前捉拿。

四家道友： 有理。（下）

（上杨排风提大棍）

杨排风： 奴杨排风，前日奉佘太君之命，回京接郡主三关居住，郡主要到大营看看太太，绕路到此。大轿在后，面前即是大营。

阎　荣：（内喊）杨景，你往哪里跑？

杨排风： 呀，何人叫郡马之名？待俺上前看来。（下，又上）六爷为何惊慌？奴婢排风在此。

杨　景： 呀，排风从何处而来？

杨排风： 奴奉太太之命，接六奶奶上三关，要到大营看看太太。

杨　景： 快些逃跑，妖人后面追来了。

杨排风： 无妨，六爷急去后边护守车辆，看俺挡退妖人。（下）

杨　景： 俺去见郡主，诉诉俺的苦处。（下）

（白天祖对杨排风）

杨排风： 番贼少往前进，姑奶奶在此！

白天祖： 哇，小女子敢挡孤的去路，你叫何名？

杨排风： 俺乃天波府的杨排风，知俺厉害，快快回去，免得丧命。

白天祖： 哈哈哈，俺不当是哪个，原是小丫头，有何本领看看。

杨排风： 来来来。

（杀全败，上阎荣）

阎　　荣：哪里来的花奴，打伤俺四个道友？出家人阎荣在此。

杨排风：你就是阎荣吗？

阎　　荣：然也。你叫何名，从何而来？

杨排风：野道，听你姑奶奶道来。

（唱）烧火棍，手中抄。

　　　　微微冷笑，骂声怪妖。

　　　　早就知道你，今日才遇着。

　　　　屡屡兴风作怪，行兵夺取宋营。

　　　　摆下什么天门阵，伤了我国众英豪。

阎　　荣：（唱）祖师爷，本领高。

　　　　法术玄妙，武艺精巧。

　　　　你是哪一个？大胆来放刁！

　　　　战败四个道友，祖师气恨难消。

　　　　撒马过来咱俩战，今不杀你算怂包。

杨排风：（唱）我本是，大宋朝，

　　　　天波杨府，姑娘住着。

　　　　排风就是俺，烟火棍一条。

　　　　你们几个野道，姑娘没放心梢。

　　　　说着抡棍打下去，阎荣抡剑急架着。

杨排风：（白）看打！

阎　　荣：哎呀！

（唱）说厉害，心发毛。

　　　　好大力量，仅够俺着。

　　　　勉强战几趟，热汗往下淌。

　　　　只剩招架之力，眼前冒花难着。

杨排风：（白）看打！

阎　　荣：（唱）躲之不及打得重，圈回坐马败阵逃。（下）

杨排风：（唱）心欢喜，乐陶陶。

　　　　抽身回转，又把话学。

　　　　　　六爷六奶奶，人妖俱走逃。
　　　　　　快快回营交令，庆贺初胜功劳。
　　　　　　郡马说有理，一齐进营把令交。（下）
　　　　（升帐）
王怀女：（唱）王怀女，心好焦。
　　　　　　夫主出马，去战怪妖。
　　　　　　不知胜与败，心里总惦着。
　　　　　　倘有不测之事，肠子得悔青了。
　　　　　　正然思虑无主意，军卒跪倒把话说。（上军卒）
军　卒：（白）报元帅得知，营外来了柴郡主与老元帅得胜回来，乞令定夺。
王怀女：起过。
军　卒：是。（下）
王怀女：大夫人来了，奴得迎接。（下）
　　　　（升帐，接上帐）
王怀女：郡主请上，容俺恭拜。
柴郡主：妹妹不必多礼。
杨　景：元帅在上，末将交令。
王怀女：收令。
柴郡主：妹妹，贵家此来，得见妹妹，三生有幸，军校们，摆宴伺候。
军　校：是。
柴郡主：郡马与贤妹今日之宴，贵家把盏，与你二人讲和，你俩洞房花烛，喝交盏之酒。
　　　　（唱）郡马贤妹都请坐，贵家今日把话回。
　　　　　　你的酒来俺的手，借花献佛也使得。
　　　　　　只为你俩婚姻事，闹得贵家也不闲着。
　　　　　　妹妹今年三十六，黄花姑娘在深闺。
　　　　　　未与郡马成婚配，儿子媳妇面前陪。
　　　　　　孙孙文广会说笑，这个事情谁怨谁。
　　　　　　妹妹也别说郡马狠，郡马休说妹妹黑。
　　　　　　反正都是俺的错，酒席宴前把礼陪。

宴前就算拜天地，今夜洞房乐于飞。
明日共议国家事，怎么破阵怎平贼？
前头勾来后头抹，你看红日向西归。
吩咐一声唤酒宴。

（白）丫鬟，晓谕合营将官，就说贵家做主，郡马与元帅拜花堂，大小三军，庆贺花烛之宴，打扫洞房伺候。妹妹呀，拜天地去吧。

王怀女：你这个郡主忒能闹了。

柴郡主：一会儿闹洞房，比这个还欢庆呢。（拉王怀女下）

杨　景：哈哈哈，可够了我的了，拿个对头弯呐。（下）

（金必风骑兽上）

金必风：出家人金必风，昨日阎荣报道，有个女将连伤几个山人，气恨不过，今日一定会会女将的厉害。小的们，喊营骂阵。（下）

卒：　（内白）报元帅得知，妖人要阵。

王怀女：起过。

卒：　是。

王怀女：哪位将军愿挡头阵？

崔龙、崔金定、刘云霞：三人愿往。

王怀女：可要小心。

崔龙、崔金定、刘云霞：不劳嘱咐，马来。（下）

（崔龙对金必风）

金必风：来者宋将，报名受死。

崔　龙：你祖宗崔龙，看家伙。

金必风：来来来。

（杀，金必风败，又上）

金必风：宋将厉害，念动真言八宝阴阳锤起，呀呸。

（打崔龙败，上崔金定）

崔金定：妖道伤俺兄弟，俺来擒你，看刀。

（杀，金必风下，又上）

金必风：女将骁勇，取出五香扇搧她便了。

崔金定：哪里走？

金必风：着扇。（搌下，起过）

（上刘云霞对金必风）

金必风：丫头可是杨排风吗？

刘云霞：奴刘云霞，来者妖道何人？

金必风：出家人金必风，着剑。

刘云霞：来来来。

（杀，金必风下，又上）

金必风：花奴厉害，用八宝阴阳锤打她便了。

刘云霞：呀，妖人来宝锤伤我，怎的能够？顺手取出装宝袋，收了才是。（收入）
（下）

金必风：不好，花奴有些本领，收去贵宝，不免用风火扇搌她化为灰飞。（搌）
（下）

刘云霞：妖人祭来风火，不免取出避火风阻挡他回去，呀呸。

（风火挡回）

金必风：呀，丫头法术高强，连破二宝，祭出五毒虫擒她，呀呸。（下）

刘云霞：呀，不好了。

（唱）无数毒虫来奔俺，形状无爪凶又急。
　　　弃了战马如云走，急得汗珠往下滴。
　　　只见战马被咬死，毒虫扑俺来得急。

（上金必风，云追）

　　　妖人驾云来追赶，这可怎好无主意？
　　　只见面前山一座，立走石崖云雾迷。
　　　山头有个小童子，生的俊俏甚出奇。
　　　高叫道童快救俺。

（白）救命呀救命呀。

刘云成：（唱）原来云中一女子，后有毒虫赶得急。
　　　滚过云头取法宝。

（白）那一女子不要害怕，收下云头，且在身后，看我破他邪毒。

（刘云成取出小小葫芦，将盖揭开，飞出无数飞鸟）

（鸟啄毒虫死）（上金必风）

刘云成：哪里来的妖道？大胆敢闯我的山境，快快滚开，饶你不死。

金必风：住了，好个幼儿，破了俺的法宝，着剑。

刘云成：来来来。

（杀，刘云成败，又上）

刘云成：野道厉害，不免祭起量天尺打他便了。（量天尺起）

（上金必风）

刘云成：哪跑？着打。

金必风：呀，不好！（下）

（对，上刘云霞）

刘云霞：多谢道兄救命之恩，请问姓名，日后必有重谢。

刘云成：倒也不必，我且问你可是刘云霞？

刘云霞：正是。

刘云成：如此，姐姐请上，受小弟一拜。

刘云霞：快快请起！哦，你为何这等称呼？

刘云成：姐姐不知，俺师父苗广义，小弟刘云成。师父今早告诉我说有一女将，被妖追赶，叫俺在山坡等候搭救，你是俺的姐，故而知道。

刘云霞：哦，原是兄弟救俺之命，此地不宜久谈，兄弟随姐去到宋营，帮兵破阵去，如何呢？

刘云成：有理，不可告诉俺师父知道，他不能让去。

刘云霞：倒也使得。

刘云成：姐姐，咱就下山走走便了。

刘云霞：有理。（下）

（出苗广义）

苗广义：（诗）看破红尘已多年，修行隐遁在深山。

（白）出家人苗广义，自从醉酒斩了郑子明，酒醒后赵太祖贬俺出得朝来，云游天下，行至翠云山隐遁修行，一尘不染，炼得道术精奇。那年收个徒儿乃河东刘令公之后，名刘云成，跟俺学艺。今早命他下山坡等他姐姐，刘云霞遭难到此。姐弟见面，扶保大宋，为何不见回洞？待山人洞外一观。（下，又上）呀，并无一人，莫非他私自下山不成？待俺占算一回。呀！小畜生不回来，恐有不祥，山人随后跟去搭救才是。

（诗）师徒如父子，时刻挂在心。

（驾云前往）（下）

（完）

第十一本

【剧情梗概】 刘云霞之弟刘云成进了天门阵,被金必凤所绑。刘云成师父苗广义急来救弟子未果,陷入阴坑之中。辽国霹雳子战败杨家父子兵,并俘虏了八王。萧太后欲杀八王,驸马王英说出不可杀的理由,建议将其关押在囚房。之后,王英偷偷盗取令牌,帮助八王逃走,不幸又被萧太后抓住。王英又去天门阵内解救杨五郎,被发现后,只得坦白自己原是天波府杨延顺。萧太后设计让杨延顺送信去往宋营,后又将其迷晕,送往别处。

(出孟良)

孟　良:(白)俺孟良奉令巡营,哎,可叹刘云霞与崔金定破阵去后踪影不见,把元帅愁坏了。这几日也未交战,命我等巡营。呀,那边来了二人,一男一女,八成是跑头子,上前问了。(下,又上)哎呀,我当何人,原是刘姑娘,你从哪里带个小伙子来?莫非是你男人不成?

刘云成:呀,你这大红胡子怎么满口胡说?她是俺姐姐。

孟　良:哎呀,错了,欠打,欠打。

刘云霞:孟良将军,领咱们进营吧。

孟　良:我六嫂子愁坏了,你快去吧。

刘云霞:是。(下)

孟　良:咱哥俩后边走走。

刘云成:是。

孟　良:刘兄弟,俺和你说个事。

刘云成:什么事?

孟　良:你下山来到营中,你可千万别上阵那!

刘云成:怎说呢?

孟　良:那妖精才厉害呢,把宋营将官杀的闭门不出,来一个不中,来两个不中,像你们跟师学艺的还不如我呢。

(唱)自从老阎荣,摆下天门阵。
　　　鬼叫狼嚎哭,听着真发怵。

　　　　　　　请来金必风，宋营该倒运。
　　　　　　　大将死若干，没人敢上阵。
　　　　　　　五郎下了山，觉着有点劲。
　　　　　　　陷入天门阵，死活没有信。
　　　　　　　杨宗英下山，说的可挺俊。
　　　　　　　进阵影无踪，不知哪里去。
　　　　　　　元帅没有法，让了兵权印。
　　　　　　　搬请西歧兵，人马把营进。
　　　　　　　只把阵打开，丢人没后劲。
　　　　　　　你姐气不忿，几天没有信。
　　　　　　　今日领你来，也是白费劲。
　　　　　　　跟俺进营中，饱饱吃几天。
　　　　　　　赶快去回山，省变妖精粪。
刘云成：（唱）二爷信口说，云成心中恨。
　　　　　　　不可小看人，看俺去破阵。
　　　　（白）孟将军不要小看俺，待我一人前去破阵，拿获金必风。
孟　良：你敢前去破阵，俺来奉陪。
刘云成：好，就走。（下）
孟　良：哈哈，这小伙子，被我将了几句，就起了火咧。呀，进阵去了，坏嘞坏嘞，我想六嫂子与刘云霞以为俺把他撺掇进阵，倘有不测，俺的不是，不免回营报知元帅。俺就说他不听俺劝，硬要进阵，俺一把没抓住，他就进阵去了，叫元帅想法派人搭救便了。（下）
　　　　（上刘云成）
刘云成：俺刘云成，一怒进阵，不免闯入中央找金必风便了。（下）
卒：　　（内白）报军师知，有一小将闯过三座阵门，离中央不远了。
金必风：这还了得，待我看来。
　　　　（金必风对刘云成）
刘云成：狗道，你可认得我是你爷爷么？
金必风：呀，原是在翠云山破了我五毒虫的道童，此仇未报，今日狭路相逢，不把你打入阵内，你不知道俺的厉害！

刘云成：好个狗道，你爷爷不把你阵势踏破，誓不回营！

金必风：好，看剑。

刘云成：来来来。

  （金必风下，又上）

金必风：道童厉害，众天兵天将听真，一齐下手围裹，不许放走！

天兵天将：遵旨。

  （上哪吒，杀，下，又上）

哪　吒：小将杀伐骁勇，不免用乾坤圈打他。

  （打倒绑下，急上苗广义）

苗广义：好个金必风，快还我徒儿来！

金必风：你是哪个？突然而至，报名上来！

苗广义：妖贼，你不认得贫道？

  （唱）贫道名叫苗广义，扶保大宋打江山。
     陈桥兵变归大宋，匡胤坐了金銮殿。
     因你收了西宫院，天子不明信奸谗。
     带酒斩了郑三弟，酒醒贬我丢了官。
     看破红尘归山去，苦修苦炼念经篇。
     刘云成就是我徒弟，方才被你用绳拴。
     劝你好好快放出，不然就会乱了山。
     如要不放我徒弟，无的话说无话言。
     一怒破了你的阵，杀你个马仰与人翻。
     广义还要往下讲，必风老祖火上窜。

金必风：（唱）不用空口说大话，试试谁的法术全。
     说罢就把法台上，天兵天将就上前。
     休要放走苗老道，二郎杨戬怒冲冠。
     祭起神犬将他咬，（狗咬苗广义倒）吩咐打入阴坑里面。
     三尖两刃动了手，大战几合俺回还。

  （白）天兵天将，各守阵地，凡有仙人进阵，打入阴坑，凡人进阵，押入大营，将擒住敌将，押入大营报功。

  （出萧后，众站）

萧　　后：（诗）设摆天门阵，与宋动战争。
　　　　　　　　　交锋与对垒，不分输与赢。
阎　　荣：（白）贫道军师阎荣。
韩　　昌：我乃驸马韩昌。
勾月婵：我萧太后义女勾月婵。
　　　　（萧后坐，勾月婵在旁侍候）
萧　　后：（诗）三川六国我为君，女中魁元第一人。
　　　　　　　　　只为两国争天下，仙人摆下天门阵。
　　　　（白）我乃北国国主萧氏，金必风老祖摆下天门阵，伤了宋将无数，没人敢来破阵，不久大宋必献降书顺表，哀家一统中原。
　　　　（上金必风）
金必风：女主在上，贫道今日擒一员宋将，又将苗广义打入阵中阴坑之内，将小将押入大营，请国主发落。
萧　　后：好，仙师奇功一件，请入芦棚，素宴款待。
金必风：谢过千岁。
萧　　后：番兵们，将小将带上来！
卒：　　哈！
　　　　（带刘云成站）
萧　　后：那一宋将，既然被擒，生死就在目下，还不跪下求生？还这等傲性？
刘云成：唬我？今被擒，要杀就杀，跪你何来？等我国大兵一到，将你国君臣一个不留！
萧　　后：真乃可恨，番兵将他推出斩首报来！
卒：　　是。（绑下）
勾月婵：刀下留人，且收成命！
　　　　（唱）连说留人慢动手，心中爱上那小英雄。
　　　　　　　真是一表人才也，怎忍一刀把他倾？
　　　　　　　一生最爱风流子，此人正遂我心情。
　　　　　　　北国虽有几个与我好，都不如这位小相公。
　　　　　　　我今救他一条命，何愁咱俩不能婚配成？
　　　　　　　主意一定呼母后，女儿有话禀母听。

萧　　后：（白）我儿有何话讲？
勾月婵：（唱）我看这位小宋将，生得伶俐武艺精。
　　　　　　　何不把他收监内，慢慢劝他把咱从？
　　　　　　　自古说千军易得，一将难求是实情。
　　　　　　　女儿不是夸海口，管保不久把宋平。
　　　　　　　何必多杀许多命？母后慈悲是圣明。
萧　　后：（唱）萧后听罢说准奏，女儿所奏她愿听。
　　　　　　　吩咐把他押下去，（带刘云成下）番兵上帐报分明。
　　　　（上卒）
卒：　　（白）启奏天后，有一矮将口口声声叫放出刘云成，万事皆休，如要不然，杀进来，人马不留。
萧　　后：再探！
卒：　　是（下）
萧　　后：女儿，快快出马，与金道长迎敌。
勾月婵：遵令。（下）
萧　　后：小番们，小心巡营。（下）
　　　　（步上勾月婵）
勾月婵：番兵们，将那小将带入后营，等我劝他归降。
卒：　　是。
　　　　（带刘云成上）
勾月婵：俺说宋将，你若肯归顺我国，不失封侯之位，方才要不亏奴家救你，小命早就赴于流水咧！众军将们，速传太后之令，叫金道长迎敌出马。
　　　　（二卒下）
　　　　我说你这个人生那么大气干啥？你看兵卒被我支走，我另有一番心思对你言讲，听了！
　　　　（唱）笑盈盈，便开声。
　　　　　　　奴有心思，要你听明。
　　　　　　　我叫勾月婵，今年十九春。
　　　　　　　泥雷国的公主，来帮萧后助兵。
　　　　　　　萧后认俺为义女，说一不二无不从。

　　　　　　我见你，美俊容，

　　　　　　不忍把你，小命来倾。

　　　　　　故此保下你，商议一事情。

　　　　　　奴家闺中待嫁，并未挑选乘龙。

　　　　　　你我相当年貌对，情愿与你结婚盟。

刘云成：哎！

　　　（唱）气坏了，刘云成。

　　　　　　破口大骂，无耻花容。

　　　　　　尔等羊犬辈，少爷岂肯应？

　　　　　　要杀快些动手，想要应亲万不能。

勾月婵：（唱）月婵一见心不悦，带着小将往后行。（下）

　　　（上金必风）

金必风：（唱）上来了，金必风。

　　　　　　到了疆场，抬头看清。

　　　　　　来了一女将，不像穆桂英。

　　　　　　大刀如同门扇，坐下战马桃红。

　　　　　　相离且近开言道，

　　　（白）来者女将报名，上来！

王怀女：你奶奶大刀王怀女，妖道可是金必风？

金必风：正是！

王怀女：依我劝你，将被擒宋将放出，万事皆休，不然立即叫你丧命！

金必风：不要胡说八道！

王怀女：来来来。

　　　（杀，王怀女败下，上史配明）

史配明：哈哈哈，老妖真不等我来到营中，头回上阵，今个跟他试试吧。（下）

　　　（对金必风）

金必风：来的矮子，报名上来！

史配明：你矮二伯史配明，你叫金必风么？

金必风：然也！

史配明：哈哈，好哇，我正找你呢！

金必风： 找我干啥呀？

史配明： 我告诉你一宗事。

金必风： 什么事？

史配明： 你把天门阵上东东西西的都绑牢，你矮爷明人不做暗事，小心着偷！

金必风： 哇！矮子有何本领？敢说大话呀！

史配明： 不是说大话，你是不知道我的厉害！下回再见着你就知道了！哈哈。

　　（唱）矮爷笑哈哈，叫声老妖道。
　　　　　你不认得我，你是少训教。
　　　　　不是矮爷吹，本领有几套。
　　　　　五遁神术通，变化无穷妙。
　　　　　宋营穆桂英，聘请我来到。
　　　　　特意拿你来，知道你作妖。
　　　　　今日遇着我，该着你倒灶。
　　　　　要杀咱就杀，要打咱就闹。
　　　　　有法没处使，把你打出尿！

金必风：（唱）气坏金必风，三尸神暴跳。
　　　　　　　好个小矮根，连损带讥嘲。
　　　　　　　今日试试你，豁出命不要。

　　（白）气死我也，矮子不用闹，等着吧！

史配明： 来吧。

　　（打一阵，金必风败，又上）

金必风： 好个矮子，棒如流水，不免用子午闷心钉打他便了。

　　（上史配明）

史配明： 老妖用宝打我，不免带上桃叶，转到后面暴打一顿。

　　（带上桃叶，上金必风）

金必风： 矮子怎么不见了呢？

史配明： 在这呢！（打倒，按打一顿，金必风跑）哈哈哈，跑了，我也回营交令。

　　（下）

　　（霹雷子黑面武生马上）

霹雷子：（诗）奉令押粮草，军前立大功。

（白）霹雳子王宗耀乃北国驸马王英之子，跟阴阳道人学得武艺绝伦，力大无穷，既能使银锤，又能飞檐走壁，下得山来，认了父母双亲，叫俺与萧太后外祖母送粮。番兵们，离营不远了，急急催车入营。（下）

（萧后升帐）

萧　后：（诗）仙长失机败阵，矮子厉害无穷。

（白）哀家萧氏，昨日金仙长大战矮将，矮将十分厉害，仙长大败而回，哀家实在忧愁。

（上卒）

卒：报太后得知，太后御孙霹雳子押粮到来，营外候令！

萧　后：御孙到来，快快有请！

卒：（下，内白）太后有请。

霹雳子：来了。（上）皇外祖母在上，外孙问安。

萧　后：免礼。

霹雳子：是。

萧　后：送来多少粮草？

霹雳子：粮十万石，草五百万斤。

萧　后：好外孙儿，一路劳乏，下帐歇息去吧。

霹雳子：请问皇外祖母与宋兵交战，胜败如何？

萧　后：纵未全胜，也未失机，怎奈出兵日久，并未要来降书顺表。

霹雳子：皇外祖母放心，孙子今夜入宋营，将他大小将领一起打死，何愁大宋不灭呢？

萧　后：孙子何用打死众将？你能进营把八王盗来，大宋必献降书顺表。

霹雳子：不知八王什么模样？住在哪营？

萧　后：他住黄纱帐，这里有他图像一幅，一见便知。

霹雳子：待我看来。（看介）好咧，俺就去也！（下）

萧　后：孙子转来，孙子转来。你看他竟自去了，宋营能人太多，倘若失败，那可怎了得？只好听候回音便是。（下）

（出八王，秉灯坐）

八　王：（诗）两条眉锁江山恨，一片心怀社稷忧。

（白）本王赵德芳，北国摆下天门阵，无法可破，唉，愁死人也！

（唱）秉灯独坐难成寝，思想国事睡不着。

　　　　　自从皇叔龙归天，北国屡次动枪刀。
　　　　　如今又摆天门阵，兵营屡屡出怪妖。
　　　　　幸而请来王怀女，带个矮将道法高。
　　　　　昨日打败金老道，不敢交战他走逃。
　　　　　云成小将在敌营，死活不知心内焦。
　　　　　五郎广义陷阵内，宗英小将无下落。
　　　　　左思右想愁死我，何日班师转回朝？
　　　　　八王正自心中虑，（三更）忽听更锣三下敲。
　　　　　扶桌而寝入了梦，

霹雳子：（唱）来了飞贼小英豪。
　　　　　穿房越梁各处找，
　　　　（白）呀，面前透出灯光，待俺登房一看。（爬行看介）桌上趴着一人，与画像一样，看不着脸，大料必是八王，待俺拨门而入。（上）不免点着鸡鸣五鼓香熏倒，然后背上。（熏介，倒）走走便了。（背下）

卒：　　（内白）天已大亮，进房看看，千岁起来了，没关门哪！（上）呀，不见千岁，不好，快报与元帅（下）。

卒：　　报元帅得知，八王千岁昨夜不见！

王怀女：呀，必是敌营有能人偷去，带兵追赶！（下）
　　　　（出萧后）

萧　后：（诗）外孙去盗八千岁，哀家时刻不放心。
　　　　（白）外孙霹雳子去盗八千岁，不知凶吉，为何不见回来？
　　　　（背上，放地下）

霹雳子：皇外祖母在上，外孙交令，偷来一个，不知真假，皇外祖母看看。

萧　后：待我看看，正是八王，乃奇功一件！他怎不言呢？

霹雳子：禀皇外祖母，八王被我用五鼓香迷昏过去了。

萧　后：怎问明白？

霹雳子：用凉水一喷就醒过来。

萧　后：取水来喷！

霹雳子：是！（下，又上）喷着，八王醒来了。

八　王：哎呀，罢了我了，好乏呀！

萧　后：南朝赵德芳，你看看你到何地了？

八　王：呀，这是什么所在？

萧　后：我对你实话说吧，此次将你盗进我营，你要写了降书顺表，放你回国，不然叫你死在北国！

八　王：哇，番婆！你把孤王盗来，杀剐存亡任凭于你，想要降书顺表，比登天还难！我就死于北国，大宋如去一毛，何足为惜？我的人马到来，将你国踏平，叫你灭族绝嗣，方消我胸中之恨！

霹雷子：哇，好个赵德芳！口出不逊之言，何不将他推出营门斩首，人头号令，叫宋营知道咱国的厉害！

（上卒）

卒：　　报太后，可不好了，宋将蜂拥而来，口口声声索要八王千岁。

霹雷子：皇外祖母万安，待我出马，把宋将一起擒来，再斩不迟！

萧　后：可要小心！

霹雷子：不劳嘱咐。（下）

萧　后：番兵们，将八王押在囚房。（下）

（上霹雷子对杨宗保）

杨宗保：来将报名上来，我国八千岁可在你营？

霹雷子：你爷爷霹雷子王宗耀，乃萧太后御外孙，昨夜我入你营，将八王背到我国大营，令他写降书顺表！

杨宗保：哇！两国交兵，你做出这等鸡鸣狗盗之事，我劝你快快放回，免得费事。

霹雷子：放回不难，你要敌住我的锤，我就放他！

杨宗保：胡说，着枪。

（杀，杨宗保扔枪跑）

霹雷子：哈哈，好个草包东西，用锤一打，把枪扔下就跑了。小番追杀！

（杨景对霹雷子）

霹雷子：来者宋将，报名再战！

杨　景：你帅爷杨景，你叫何名？八王可是你盗去不成？

霹雷子：少爷王宗耀，八王正是我偷的，有啥法你想吧？

杨　景：我且问你，你是北国哪位都督之后？

霹雷子：家父王英，我三公主少爷王宗耀，人称霹雷子！

杨宗保：你父叫王英？

霹雳子：叫王英怎的？看锤！

杨　景：慢着。

霹雳子：莫非你惧战不成？

杨　景：并非惧战，我有话问你。

（唱）一听王英这个字，触起当年事一番。
　　　北国设摆双龙会，设宴就在金沙滩。
　　　邀请老主去赴会，恐怕中了巧机关。
　　　大哥替主去赴会，我父子九人上了金沙滩。
　　　大哥替主尽忠孝，二哥短剑染黄泉。
　　　三哥马踏如泥烂，五哥削发去归山。
　　　七弟被害乱箭穿死，俺杨景舍生忘死闯营盘。
　　　四哥北国招驸马，盗令见母宋营盘。
　　　只有八弟无音信，不知流落在哪边。
　　　这王英是我八弟本名姓，莫非他也在北边？
　　　莫非这儿是他子？真叫我无凭查考实在难！
　　　就算是八弟现在投北国，也不能叫他儿子来征战。
　　　要说不是他的子，王英之名动心田。

（白）八弟，你真要如此，你可实在对不起我们一家了！

（唱）看来要儿得自养，真正是自己挣的才是钱。
　　　二爹娘待你情深义重，养育之恩抛在一边。
　　　杨景想到伤心处，不住的泪珠湿衣衫。

霹雳子：（白）呀，你这老蛮子，没打你就哭咧？

杨　景：番童啊，俺问你父在何处？

霹雳子：在家呢！

杨　景：你家如今在何处？

霹雳子：在北国。

杨　景：你父可做何官职？

霹雳子：驸马。

杨　景：他可随营在军前？

霹雷子：没在营中，在北国呢！你这人可怪，放着仗不打，又哭又叫，问长问短的，着锤吧！
杨　景：住着，俺今天不与你动手，回去告诉你父亲。
霹雷子：不用找我父，我就够你受了。
杨　景：番童，不是交战，有话讲，他来我就撤兵还。
霹雷子：少要唠叨，看锤！哪有这些闲话？
　　　　（杀，杨景败，又上）
杨　景：好不通情。此子厉害，久战必要吃亏，收兵回营才是！（下）
霹雷子：哈哈，又败了，败将不可追赶，回营报功便了。
　　　　（上杨八郎）
杨八郎：（诗）虽然北国待我好，总有思南一片心。
　　　　（白）俺八郎杨延顺改名王英，自从在金沙滩失败，我与四哥流落北国，被招为驸马，终日永坐宫中，并不出外。与四哥在一国，并不敢交言，恐怕泄露机关，有杀身之祸。公主十分厚待我，生下一子起名宗耀，跟阴阳道人学艺，学了软硬功夫，又力大无穷，外人送号霹雷子，上前方押送粮草，我恐他与宋将死战，万一伤了宋将性命，我有何颜面对我们一家待我之恩？故此亲自到营中，暗助大宋成功便是。
　　　　（出萧后坐）
萧　后：我乃萧氏，外孙出马，连胜两阵，叫哀家喜之不尽，在大帐摆酒庆功，何不把八王带来，劝他一番？如若不降，大卸八块。刀斧手，将八王带上来！
　　　　（带八王上）
萧　后：（诗）喜外孙连战连捷，恨八王百说不降。
八　王：贼婆，你想把俺怎样？
萧　后：唉，赵德芳，你何必这样傲性？生死就在眼前，依我劝你，快些写降书顺表与我北国，年年进贡，岁岁称臣，南北和好，撤了阵势，免得黎民涂炭。
八　王：住口，你这骚贼婆！哪怕你把我千刀万剐，碎尸万段，也不能降你！
　　　　（唱）骂贼婆，狗腥膻。
　　　　　　　出言无耻，不知羞愧。

堂堂中华国，何惧尔北方？
痴心妄念太大，屡次侵犯中原。
今日我国天兵到，把你贼奴灭个净。
想投降，眼熬穿。
哪怕杀剐，斧剁锤颠。
只要来痛快，别的不用言！
一脚踢翻桌案，大骂喊叫声喧。
萧后一见心大怒，吩咐拉下用刀砍。
刀斧手，齐上前。
拉下八王，绑在一边。
萧后快传令，开刀莫延迟。
兵丁说声得令，个个眼睛瞪圆。

（上卒）

卒：（白）报太后得知，驸马已到辕门外候令。

萧　后：请入大帐。

卒：是。（下，内白）有请驸马。

杨八郎：来了。（上）母后在上，儿婿参拜。

萧　后：驸马免参，请坐叙话。

杨八郎：告坐。

萧　后：驸马，到此何事？

杨八郎：公主因霹雷子押粮前来，并不放心，令我前来帮助母后，好破宋兵；二来照看你小外孙孙，恐他年幼无知，好去惹事。

萧　后：驸马，俺小外孙孙功劳太大了。昨日连胜两阵，打伤杨宗保，吓跑杨六郎，又把八王偷来，硬逼他投降。

杨八郎：母后，方才儿婿在辕门外看见绑着一人，却是哪个？

萧　后：那就是大宋朝的八王赵德芳，劝他不降，反来骂人，踢翻桌案，才要将他斩首。

杨八郎：母后息怒，依臣看来八王有三不可杀。

萧　后：哪三不可杀？

杨八郎：第一，儿臣今日来到，母后大喜，赐酒迎风，乃是喜事，不能杀人招待门婿，这是一不可杀。

萧　　后：二不可杀？

杨八郎：大宋降与不降，不在八王一人身上，就杀了八王与宋无损，母后落个不仁之名，这是二不可杀。

萧　　后：三呢？

杨八郎：三不可杀，咱要杀了八王，更激大宋兵将之怒。自古言，一人舍命，万人难敌，万一大起人马，以死相拼，谁胜谁败，未敢肯定，况且宋朝能人不少。儿臣早就听说宋营有一矮将，来往踪影不见，金必风被他打败。你要杀了八王，矮将一怒偷进咱营，杀太后易如反掌，那时怎了？

萧　　后：呀，驸马之言有理，依你怎样？

杨八郎：依俺将八王押在囚房，给他酒肉，命人看守。儿臣劝他归降，他不降，儿臣明日上阵，以利害说之，杨景不降，八王无命，他不敢不降了。母后意下如何？

萧　　后：（拍手）好哇，倒是这亲骨肉设下的良谋，哀家佩服！军校们，将八王押在囚房，摆宴与驸马迎风，驸马请。

杨八郎：皇娘请。（下）

　　（上杨八郎）

杨八郎：好也好也，一来萧太后被俺花言巧语说转，酒宴完毕，又讨来令箭去劝八王，二来巡营之时，急急搭救八王要紧。（下）

　　（出八王，上兵将）

杨八郎：（内白）番兵们将门开放，俺奉太后旨意，奉劝八王投降，用尔等不着，一齐退下。

兵将们：是。（下）

　　（上杨八郎）

杨八郎：千岁，罪臣领罪。

八　　王：你是何人？

杨八郎：这般这般，如此如此。无暇细讲，千岁你赶快换上衣帽，然后将俺绑在这里，有令箭一支，冒充我名查营，快回宋营。

八　　王：我走后，怕你性命难保。

杨八郎：不必管我，见我母亲和六哥，替我问安，天已不早，俺与你松绑，我急

急更换。（下）

（步上韩昌）

韩　昌：本驸马韩昌，带兵查营，天交三鼓，并无事故，回帐歇歇便了。

（唱）为国不辞昼与夜，时时刻刻不放松。
　　　自我为帅平大宋，屡次损将与折兵。
　　　自从两国讲和好，将兵回国不战争。
　　　后来听说杨景死，五台山上又进兵。
　　　杨景出世又活了，牤牛阵杀得无处逃生。
　　　太后大怒不用俺，又命军师名阎荣。
　　　摆下一座天门阵，出来一个穆桂英。
　　　打破阵势兵又败，俱是天将与天兵。
　　　打伤广义苗老道，五郎被陷在阴坑。
　　　又偷来宋朝八千岁，擒住小将刘云成。
　　　昨日又来了霹雷子，战败杨家父子兵。
　　　天晚俺来查营寨，防备偷寨与劫营。
　　　天过三更没有事，吩咐回转困朦胧。
　　　朦胧之间抬头看，迎面来了问一声。
　　　何人胆大且慢走？

（白）你是何人？上哪里去？莫非奸细不成？

八　王：并非奸细。我乃驸马王英，奉太后之令，前去巡营。

韩　昌：可有令箭么？

八　王：有，在这里。（举令箭）

韩　昌：待俺看来。（看令箭）你不是驸马，你是八王，往哪里逃走？左右，绑了。（绑）他哪得来令箭？叫人纳闷！带着他去见太后。（下）

（摆空帐，上韩昌）

韩　昌：大帐无人，待俺敲动云牌。（牌响）

（上萧后）

萧　后：驸马，有何军情大事？

韩　昌：禀太后，臣寻营，拿住八王，现有太后金批令箭，不知他从何得来？

萧　后：哼，这也奇怪？赵德芳带上。

（带上八王）

萧　后：八王，我问你，你这令箭从何而来？快说，免得动大刑。

八　王：我的命大，神人送的。

萧　后：哇，满口胡说，我把令箭交与王驸马，怎到他手？先把八王押下去，叫驸马前来。

（带下八王，上卒）

卒：　　报太后，我等到驸马帐房，不见驸马，找到囚房，驸马被绑着，穿着八王的衣帽。

萧　后：将驸马松开，叫他来见。

卒：　　太后有请驸马。

杨八郎：来了。（上）母后，可绑死俺了。

萧　后：驸马为何被绑？此令怎被八王拿在手。哀家给你，你为何又给他？莫非你放他逃走，想归宋营不成？

杨八郎：哎呀，母后可屈死俺了，为儿奉命去劝八王，不想凭空来了四名金甲神圣把儿拿住，剥去衣服绑在囚房，嚷又嚷不出来，刚才军卒松绑，我才明白。

萧　后：哼，此事叫人半信半疑。番兵们，将八王送入囚房，牢牢看守。天已大亮，驸马，你还去上阵，劝杨家归降？

杨八郎：遵命。（下）

萧　后：韩驸马，我看王驸马有些异样，你找精细之兵好好查访他的动静。如有奸诈，拿来见我。

韩　昌：遵旨。

（诗）虽然至亲无二意，看来光景令人疑。（下）

（上杨八郎）

杨八郎：（白）番兵们，压住阵脚，列开营门。（枪马上）八郎杨延顺，幸而支吾搪塞，瞒住萧太后，未露马脚，说神人下界，萧太后信以为真，命俺劝杨景归降？来至营外，守营儿郎听真，报进营去，叫佘太君出马，有事相商。

卒：　　报元帅，有一番将叫太君出马，有事相商。

王怀女：这等，禀知太君。

卒：	禀太君，番将请太君出营答话。
佘太君：	王、穆二帅随老身出营。
王怀女、穆桂英：	遵命。（下）

（上佘太君、王怀女、穆桂英、杨八郎）

佘太君：你这番将口口声声叫老身出马，有何话说？
杨八郎：娘啊，莫非你不认得儿八郎杨延顺么？
佘太君：哇，你这不仁不义之徒！既然有命，为何一字不通？有何脸面见俺？
杨八郎：哎，娘呀！

（唱）杨延顺，呼老娘。
　　　孩儿不孝，娘怪应当。
　　　自从双龙会，投降在番邦。
　　　萧后并未杀害，招了驸马东床。
　　　如今亦有儿子在，番营送草粮。
　　　并不知，他姓杨。
　　　孩儿王英，他当姓王。
　　　昨日在阵上，又把宗保伤。
　　　偷取八王千岁，如今因在牢房。
　　　孩儿昨夜救千岁，画虎不成类犬羊。
　　　说神人，到下方。
　　　此事瞒过，北国女皇。
　　　命俺来上阵，劝说你归降。
　　　故此孩儿上阵，亲身来拜老娘。
　　　设计好把千岁救，破阵再救杨五郎。

佘太君：（唱）老太君，泪汪汪。
　　　　叫声延顺，细听其详。
　　　　你要真心意，今就回营房。
　　　　救了八王千岁，拿住北国女皇。
　　　　被擒之将放回转，娘才知你真心肠。

杨八郎：（白）孩儿倒有一拙计，不知是否可行？
佘太君：有何计策？慢慢说来。

杨八郎：儿今回营，暗与你孙孙说明，叫他挑起红灯，开放阵门，放咱兵入阵。讨来令箭，放了八王，救出五哥，与刘云成一齐杀出。老娘回营叫我六哥点齐人马，四处夹攻，何愁天门阵不破？

佘太君：好，你就多加小心，你去吧。（下）

杨八郎：是，儿知道。（下）

（步上杨八郎）

杨八郎：我儿，这里来。（上霹雷子）儿子，此处无人，听为父对你说了实话，咱父子原是杨门之后，此事这般瞒至如今，你六伯父与你祖母都在宋营。前日不与你打仗的就是你六伯父。今日，为父阵上见了你祖母，定下红灯为号，里外夹攻。方才回营，见了萧太后，诓来令箭一支，叫我见金必风帮助巡查阵门，细观阵内情由，正是机会。我去见那野道，你去挑灯，然后到后营救八王千岁与刘云成，我去救你五伯父，各办其事。

霹雷子：孩儿遵命。（下）

（出金必风）

金必风：（诗）只为一口不平气，摆下天门阵九宫。

（白）山人金必风，方才太后差来驸马韩昌，叫我小心驸马王英，怕有奸诈。说是今夜必来巡查阵式，等他来时，看他有何奸诈。

（上卒）

卒：　　祖师，王驸马遵太后旨意，前来查阵。

金必风：待我迎接。（下）

（上杨八郎、金必风）

金必风：不知驸马到来，未去远迎，多有怠慢。不知驸马到来，有何事故？

杨八郎：奉国主旨意，前来帮助巡查阵式。

金必风：好，这里有护身旗一面，任你行走，天兵天将不敢拦挡。

杨八郎：谢过仙师，我就查阵去也。（下）

金必风：哈哈，你看王驸马走得快速，必有奸诈，待山人暗暗跟去，看他做些什么？（下）

（上杨八郎）

杨八郎：好也好也，幸而诓来令箭，急急搭救五哥便了。（下，又上）来到阴坑，待我呼唤一声五哥可在坑内？小弟八郎延顺救你来了。

杨五郎：（内白）你是八弟吗？从何处而来？

杨八郎：先不用细问，等破了阵式，再叙原委。

杨五郎：有理。

杨八郎：待我用绳子将你拽上来。

（杨八郎拽杨五郎，上金必风）

金必风：好个奸细，哪里走？（按住杨八郎）原来你是奸细，将你绑去见太后便了。

（唱）绑起延顺杨八郎，咱俩去把太后见。
　　　　为何在北又投南？你的妻子在北面。
　　　　八郎被擒不吱声，认可一死无得怨。（下）

萧　后：（唱）萧后帐中没安眠，心中早就暗打算。
　　　　我看驸马王英他，举动行为早露馅。
　　　　那夜放了八王他，必是给他金批箭。
　　　　说是神人是谎言，哀家真假也难辨。
　　　　昨日上阵不交锋，交言多时俺眼见。
　　　　其中必有巧计谋，故此暗中加防范。
　　　　早就秘密传旨意，各处小心把他看。
　　　　太后正然乱胡思，内侍回禀跪当面。
　　　　必风老祖在外边，说有急事要求见。
　　　　就请老祖快来见。

卒：　　（白）是。（下，内白）有请仙师。

金必风：来了。（走进帐中见萧后）太后在上，贫道有礼。

萧　后：仙师免礼，请坐。

金必风：有坐。

萧　后：仙师连夜见俺，有何事故？

金必风：贫道拿住王驸马，不敢发落，请太后示下。

萧　后：现在哪里？

金必风：方才交予外边守门军兵。

萧　后：好，将他带上来。

金必风：是。（带上杨八郎）

杨八郎：恨死我也。

萧　后：哇，好个大胆王英！哀家那样对待与你，为何弃北投南？快快实说你的来历，免动刀斧。

杨八郎：番婆，要问不要害怕，听了。

　　　　（唱）叫声番婆听俺讲，休当我是那王英。
　　　　　　　俺本大宋功臣后，我父金刀老令公。
　　　　　　　俺是八郎杨延顺，金沙滩失散你国中。
　　　　　　　你眼瞎了招驸马，为今算来十五冬。
　　　　　　　妖人摆下天门阵，宋营元帅是俺兄。
　　　　　　　无法可破你的阵，俺才前来做内应。
　　　　　　　快快你把俺来放，万事皆休无话明。

萧　后：（唱）太后座上冲天怒，好个奸诈假王英。
　　　　　　　不用分说拉下去，乱刀分身不肯容。

卒：　　（唱）番兵答应绑下去，必风也就回阵中。（下）

霹雷子：（唱）来了宗耀霹雷子，闻听此事火立升。
　　　　　　　一锤打死刀斧手，解了爹爹犯法绳。
　　　　　　　等我去上中军帐，口内连把老娘称。
　　　　　　　俺父犯了什么罪？因何绑出问斩刑。
　　　　　　　放了我父无得讲，不然闹个漫天红。
　　　　　　　双锤一举咯吱响，试试少爷撒撒风。

萧　后：（唱）太后一见心害怕，他要动手了不成。

勾月婵：（唱）着急之中无主意，转过月婵太后称。
　　　　　　　快快放了王驸马，不看姑爷看外孙。
　　　　（白）太后开恩，放了他罢。

萧　后：女儿言之有理，孙儿不要动粗，你快去放了你父，领来见俺。

霹雷子：是。（下）

勾月婵：太后，你看他那样子，你今不放他父，有性命之忧。

萧　后：哎，这样逆党要不早除，终成大害！

勾月婵：太后，等驸马来时，你需此等此等，不是一举两得？

萧　后：好女儿，妙计如神！

（上杨八郎、霹雷子）

杨八郎：多谢太后不斩之恩。

萧　后：驸马，不要记恨哀家一时之错，泼水难收，不该与大宋争夺。你既是杨家之后，俺女许你婚姻，南北结亲，何必苦苦争斗？（写）哀家写封书信，你下到宋营，叫他照书行事，待俺写来。（将书写完，驸马持书）到了宋营，持吾之书见了你母代问安好，外孙也随你父拜见你祖母与你伯父。

杨八郎、霹雷子：是，遵命。（下）

萧　后：女儿，你看他父子去了，咱这里怎样安排才好？

勾月婵：太后，等他父子回来，以庆功为名，用蒙汗药将他灌醉，打入囚车，送回北国，再听发落。等佘太君与杨景到来，当面放出八王，叫他写了降书顺表。如若不然，将他来人一齐拿住，岂不是好？

萧　后：女儿之计甚妙！番兵们，此事晓谕驸马韩昌准备，不可有误。

番　兵：遵旨。（下）

（诗）正是计就月中擒玉兔，谋成日里捉金乌。（下）

（出佘太君坐，杨八姐、杨九妹、杨排风站）

佘太君：（诗）可恨八郎心肠变，真叫老身气满怀。

（白）老身佘太君，可恨八郎在阵前说挂红灯为号，救出众人，里外夹攻。我这里准备破阵，不见红灯挂起，未敢妄动。这小畜生他无有归南之意了。

杨　景：禀母亲，八弟父子求见。

佘太君：吩咐绑来见俺。

杨　景：母亲不可！他不挂红灯，其中定有缘故，不要错怪于他，到来后一问便知。

佘太君：罢了，你去领来见俺。

杨　景：遵命。（下，内白）八弟，你父子随我来。

杨八郎：来了。（上）母亲在上，孩儿叩头。

霹雷子：孙孙宗耀，拜见祖母。

佘太君：你父子起来。延顺，昨夜为何不见红灯，莫非你变心不成？

杨八郎：哇呀，母亲老娘不消问了。

（唱）孩儿昨夜回营去，一五一十把计行。

萧后欢喜赐令箭，命俺巡查阵九宫。
不想必风老贼道，猜透孩儿计牢笼。
阴坑去把五哥救，妖人在后偷看清。
将俺拿住见太后，立刻绑出问典刑。
孙孙闻听魂吓掉，顾不得阵外挑红灯。
硬闯大帐见太后，手拿双锤要行凶。
太后一见无奈何，将俺放回对俺明。
亲笔写书愿归顺，因为两国结婚盟。
不知书上何言语，老母留神细看清。

佘太君：（唱）太君接书留神细看，字字行行甚谦恭。
上写萧后北国主，拜上太君老诰封。
两国动兵多少载，损兵折将理不通。
如今既然成秦晋，何必吴越两相争？
你的儿来俺的女，儿女至亲多少冬。
你杨门大宋为元帅，俺是北国女朝廷。
你儿是我东床婿，你的媳妇我女儿。
从此两国罢兵息，南北和好不战争。
俺就撤了天门阵，放回八王刘云成。
阵中五郎放回去，放了广义苗先生。
择定八月十五日，设宴就在葫芦峪中。
名为南北和息会，席前献出降书一封。
花红彩轿动音乐，送俺女儿归宋营。
进营拜母住几日，然后回在北国中。
你兵退回三关去，我兵回转幽州城。
只求亲母见天子，替俺请罪感恩情。
书不尽言准期到，打发他父子回信通。
专等佳音恭候盼，太君看罢暗调停。
（白）此事怕是有更改，叫声六郎你说怎行？
六郎开言呼八弟。

杨　景：八弟，萧后写书之时，你可看见了吗？

杨八郎：那时俺还被绑呢。

杨　景：此事必有奸诈！八弟，你父子先回去，俺这里准期必到，你父子处处多加小心，待俺写回信。（写）这是回书，拿去小心着。

杨八郎：不劳嘱咐，宗耀随父来。

杨　景：唉，娘呐，妖阵不破，八王被陷，何日是个太平？莫如趁此机会前去赴会，万一侥幸得势，救出八王也未可定。为救八王，我舍生忘死走上一趟，不入虎穴，焉得虎子！

佘太君：我儿既去，何人保护？

杨　景：儿带孟良、焦赞、宗保、岳安等。母亲带八姐、九妹、排风，千万得带上史配明矮将。人人俱都外穿软甲、暗戴防身兵刃，王、穆二帅领合营人马在外接应。

佘太君：我儿与二帅商议商议而行。

杨　景：儿遵命令。（下）

（出萧后升帐，站卒）

萧　后：（诗）设下牢笼计，要害瓮中人。

（白）哀家萧氏，俺母女定下良谋之计，命驸马他父子宋营下书，怎么不见回来？

杨八郎：（内白）人来，将马带过。（上）太后在上，为臣交旨。

萧　后：驸马，可曾把事办妥了吗？

杨八郎：我母与我六哥言道，准期到会，定不失信。这里有书字一封，请太后过目。

萧　后：侍儿呈上。（呈上放案）待我看来，（看）好啊，驸马，你父子办事有功。侍女们，看酒上来。

（摆宴，丫鬟执酒）

萧　后：快快斟酒，与他父子迎风。

杨八郎：谢过太后之恩。

（父子同饮，齐倒）

萧　后：好哇，番兵们，将他父子用绳索绑好，叫韩驸马选五十兵将押送北国，待哀家回朝后定罪。（绑下父子后）女儿月婵？

勾月婵：孩儿在此伺候。

萧　后：今计谋已成，不久大宋江山尽归于俺手，女儿奇功一件，哀家不曾忘恩，必与你挑选驸马，随你心愿之人。

勾月婵：谢过皇娘。

萧　后：你吩咐韩驸马葫芦峪排兵把守，不可有误！（下）

（完）

第十二本

【剧情梗概】萧太后来信诈降，元帅王怀女猜想其中必有奸诈，欲将计就计。宋营点十万大兵在葫芦峪外驻扎，辽国军队在山峪内埋伏，立高杆一根，上系着两个铁笼，将八王与五郎装在笼内，外用青布遮住，单等宋兵到来，逼迫写下降书顺表。宋军不降，两军对战，杨宗保、岳安被擒，孟良、焦赞二人与韩昌等杀在一处，杨排风大战番女，杨八姐、杨九妹保护佘太君。姜翠平自从被杨宗英变猫偷走解药后，与哥哥反目，有心与杨宗英结婚，但事不遂人愿。

（升帐，杨景、孟良、焦赞、杨宗保、岳安、史配明、元帅穆桂英、杨八姐、杨九妹、杨排风站）

合：　　（诗）甲盔喇喇响，刀枪耀眼明。
　　　　　　　哪怕番兵将，杀他血水红。
　　　　（白）今有元帅升帐，在此伺候。
（出王怀女）

王怀女：（诗）番邦无礼侵中原，刀兵滚滚民不安。
　　　　　　　幸亏八郎来送信，南北不和在两端。
　　　　（白）本帅，招讨元帅王怀女，昨有八郎父子前来下书，萧太后愿意息兵罢战，两国和好，设宴葫芦峪。我想番人多有奸诈，有前车之鉴，不可大意粗心，故而升帐，和众将谋划。众将官，听本帅吩咐。
　　　　（唱）怀女座上传将令，尊声列位听我言。
　　　　　　　今日去赴和息会，内中必有巧机关。
　　　　　　　北国人反复言无信，咱国几次入套圈。
　　　　　　　因为千岁在那里，讲不起的走一番。
　　　　　　　赴赴这个和息会，搭救八王回营盘。
　　　　　　　只要大家齐努力，处处留神莫当玩。
　　　　　　　先叫元戎名杨景，你为首的要当先。
　　　　　　　带领孟良与焦赞，杨宗保与小岳安。
　　　　　　　作为前队番营去，各带短刀软甲穿。

　　　　她要真降写顺表，咱就与她好好谈。
　　　　倘有奸诈事变更，一齐动手要当先。
　　　　杀了萧后救千岁，成功就在这一番。
　　　　哪个退后不努力，军令王法不容宽。
　　　　五人接令下大帐，怀女座上又开言。
　　　　叫声八姐与九妹，排风上帐听我言。
　　　　你三人请出老诰命，多加小心在两边。
　　　　太君有命你们在，倘有差错法不宽。
　　　　众人接令回后帐，服侍太君上雕鞍。
　　　　又叫一声史表弟，你的法术多妙玄。
　　　　暗中保护老诰命，看看北国有何机关。
　　　　倘有不测事变更，保护众人太平还。
　　　　仗着你的隐身草，那想见你难上难。
　　　　说声得令往外走，不用骑马一溜烟。
　　　　身子一扭入土遁，怀女带笑便开言。

　　（白）穆氏媳妇，你我点十万大兵在葫芦峪外扎住人马，倘有动静，杀入峪内，叫他片甲不归。

穆桂英： 媳妇遵命。

王怀女：（诗）任你北国多奸诈，怎知本帅有筹谋。（下）

韩　昌：（内白）番兵们，查住峪口，留一条道路叫宋兵入峪。

　　（上韩昌，无兵刃，空手马上）

　　（白）本驸马韩昌，奉萧太后旨意迎接宋将，太后在山峪内埋伏，早立高杆一根，上系着两个铁笼，将八王与五郎装在笼内，外用青布遮住，单等杨景与太君到来，叫他写下降书顺表。他若不允，将青布卷起，露出铁笼，现出八王、五郎，叫他见了四处乱箭齐发，将他二人活活射死。那时，他必投降，真乃好计！山外号炮连天，宋将到了。番兵们，排开队伍，不可乱动。

　　（唱）吩咐声，众番兵，
　　　　不可乱动，不要喧声。
　　　　昂头对面看，来了大宋兵。

旌旗招展映日，真是八面威风。

马上几位英雄汉，素体戎装打扮精。

头里走，杨总兵。

后跟几位，都是英雄。

孟良与焦赞，宗保小儿童。

还有一员小将，并不知他姓名。

几员女将也认得，八姐九妹二花容。

中间太君佘氏女，后跟部下人一名。

烧火棍，手中擒。

步步伶俐，杀气腾腾。

横眉竖立着，面上带怒容。

仔细一看认得，原是排风一名。

心中暗暗说厉害，这个丫头了不成。

早知道，丫头精。

我国上将，提她头疼。

她的烧火棍，厉害了不成。

俺也挨过她打，没见心就扑腾。

抖抖精神壮壮胆，只得上前去接迎。

（韩昌下坐骑）

笑盈盈，躬身施礼。

口尊六兄，日久不相见。

恕俺礼不恭，迎接多有慢待。

望兄把俺宽容，仁兄请入大寨内。

酒宴已上叙旧情。

杨　景：（白）好说，不敢。

韩　昌：（唱）说不敢，少谦恭。

弟兄日久，不得相逢。

只因各保主，断了弟兄情。

今后两国和好，南北永不动兵。

大家上马齐入寨，去见萧后共议情。

连说有礼请请请。
（杨景与众人头前行走）

孟　良：俺说老韩头子，你也不够朋友咧，与六哥是磕头的，难道我老孟是叔伯的不成？你连我理也不理，好无道理，从今往后，咱俩拔香头子吧。

韩　昌：哦，孟贤弟，为兄不对了，望乞恕罪，莫怪莫怪。

孟　良：我倒不怪你，真瞧不起人，到营中多预备点酒就算了吧。

韩　昌：贤弟，取笑了。

孟　良：不是取笑，真事么。

韩　昌：大家请入大营，见了国主再叙话。（下）
（上史配明）

史配明：我史配明奉了元帅将令，跟随进番营保护。你看众人齐入番营去了，我看此山四面俱是峰头，皆有人把守。我不免进去暗中保护，四处都看看便了。（下）
（升帐，勾月婵站）

萧　后：（诗）定下诓君计，要把大宋服。
（白）哀家萧氏，多亏女儿定计，诈降为名，好捉杨景、佘太君，拿住他二人，何愁宋室江山不到俺手？亦将王英父子打入囚车，接送北国囚押。今乃八月十五日，大料宋营必来赴会，席前早备武士埋伏，叫杨景与佘太君，即使有三头六臂，也难出葫芦峪内。
（上卒）

卒：　　报太后得知，宋营人马前来赴会，离寨门不远了。韩驸马令我来报详细，请太后亲身迎接。

萧　后：起过了。

卒：　　遵旨。（下）

萧　后：女儿随娘迎接，见机行事。

勾月婵：遵命。
（唱）月婵心中暗喜悦，自己的计策要成功。
　　　　酒席宴前要降表，扶保母后把基登。
　　　　那时必然荣封我，南朝北国知俺名。
　　　　跟随太后下了帐，太君下马慢慢行。

　　　　　　带领众人往前走，只见出来一支兵。
　　　　　　队伍齐整多严肃，黄罗伞盖甚鲜明。
佘太君：（唱）此人必是萧太后，恕过老身礼不恭。
　　　　　　骚扰贵国多有罪，望乞海涵量宽宏。
萧　后：（唱）带笑连连说不敢，迎接来迟理不应。
　　　　　　大家请入中军帐，设摆酒宴好接迎。
　　　　　　三请三让上大帐。（下）
（上佘太君、杨八姐、杨九妹、杨排风、杨景、孟良、焦赞、萧后、勾月婵，立杆吊八王、杨五郎遮布幡）

佘太君：（诗）一齐坐下面春风，太君复又开言道。
　　　　（白）我儿延顺失落北国多年，承太后雅爱，招为驸马，孙孙宗耀今已成人，老身感恩不尽矣。
萧　后：我与杨家成了儿女宗亲，正应罢兵讲和，不可再动刀兵。
佘太君：不知我儿延顺哪里去了？
萧　后：军中缺人，命他把守天门阵式去了。
佘太君：既然两国息兵罢战，还要那天门阵有何用处？
杨　景：请问太后，我五哥与八王现在哪里？请来见面好一同回营。
萧　后：要见五郎与八王不难。番兵们，挑下布幡，命他们见面，看来。
（卒挑布幡，现杨五郎、八王）
杨五郎、八王：郡马，你们上了他们的当了，快些回营。
杨　景：呀，我既来救千岁，何惧一死！萧氏，你快把八王放了，万事皆休，要不然叫你难逃一命。
萧　后：哦，杨景，我北国累次三番遭受你害，我与你有百代难解之仇。要想放出八王倒也容易，你得叫八王写下降书顺表与我国，年年进贡，岁岁称臣，把河北一带地方都退还我国。要有半字不应，叫你片甲不留，都死于峪内。
杨　景：哦，好个番婆，竟行奸诈！众弟兄动手，不要放了萧太后。
萧　后：杨景，你已是入瓮之鳖了。
　　　　（唱）骂杨景，少逞强。
　　　　　　入了我计，受了我诓。

|||要想出此地，纳表快投降。
|||再要刁横使硬，叫你立刻命亡。
|||五郎八王在我手，你几人如鸟入笼少人帮。
杨　　景：|（唱）|心起火，气满腔。
|||吩咐众人，快动刀枪。
|||捉拿萧太后，休放大婆娘。
萧　　后：|（唱）|太后急回后帐。（下）
韩　　昌：|（唱）|上来驸马韩昌。（上韩昌）
|||大叫番兵齐动手，两旁武士似虎狼。（下）
佘太君：|（唱）|太君无主意，叫声女娥皇。
|||你护为娘逃走，闯出这座山岗。
|||八姐九妹排风女，各抄兵刃杀犬羊。
杨宗保：|（唱）|杨宗保，手握枪。
|||上了战马，大战婆娘。
勾月婵：|（唱）|月婵留神看，好个美貌郎。
|||使法将他拿住，与他配成鸳鸯。
|||叫声小将且住手，有件好事与你商量。
杨宗保：|（白）|番女有话快讲。
勾月婵：|（唱）|将军呐，休急躁。
|||提起此事，管保对当。
|||你是杨门后，萧后是我娘。
|||两家门当户对，正好结对鸳鸯。
|||你在年轻我年少，不可错过好时光。
|||不知你，怎心肠？
|||你要愿意，我放八王。
|||还有刘小将，与那杨五郎。
|||一齐放回营去，家国两下不伤。
|||一则放了八王主，二则你得好妻房。
杨宗保：|（唱）|宗保闻听说住口！
|（白）|好个无耻的荡妇，着枪。

勾月婵：来来来。（杀，月婵败，又上）好个无义的冤家，等俺来用迷魂白绫手帕迷他便了。（手拿帕晃）哪里走？（杨宗保倒）番兵们绑了。（下）

（上岳安，对勾月婵）

勾月婵：哟，又来一个，我且问你姓名叫啥？

岳　安：你少爷岳安，番女何名？用什么邪物擒去俺国上将？

勾月婵：奴名勾月婵，乃萧太后义女，你不嫌奴丑，情愿与你结为夫妻，放了被擒之将，劝母后投降，不知你意下如何？

岳　安：住了，好个不知羞臊的贱人，见人不问长短，就开口求亲，不如禽兽，看枪。

勾月婵：来来来。

（杀，月婵败，又上）

勾月婵：小将骁勇，迷魂帕迷他才是。哪里走？

岳　安：呀，不好！（倒下，被绑）

（杨排风对勾月婵，杀下，上杨景）

杨　景：呀，不好！番兵奸诈，宗保、岳安被擒，孟、焦二人与韩昌等杀在一处，排风大战番女，八姐、九妹保着老母，我得且战且退。（下）

（上史配明）

史配明：哎呀，不好！番兵十分厉害，越杀越多，难以闯出。我得插上草棍，烧他粮草，他们护粮草去，我军趁势闯出，定是这个主意。（下）

（吴克礼丑番扎巾马上）

吴克礼：我北国酋长吴克礼，奉太后之命，押囚车接送王英父子。因我多喝几盏，误了行程，刚刚到了山后，番兵们催促囚车急回北国。（下，又上，对史配明）你这小孩，快些闪路！

史配明：我在道上玩耍，与你何干？你哪里来的人马？说了就放你过去。

吴克礼：要不然呢？

史配明：不说，我就扯出你的肠子。

吴克礼：哎呀，你这小孩真乃大胆，都督我是好扯的人？听了。

　　　　（唱）奉了太后差，是往北国去。
　　　　　　　带领五十人，押解囚车子。

史配明：（白）囚车里何人呢？

吴克礼：（唱）要问囚车人，听我说详细。
　　　　　　　本是爷两个，太后的亲戚。
　　　　　　　一个外孙孙，一个姑爷子。
史配明：（白）犯什么罪呢？
吴克礼：（唱）因为私投南，泄了他机密。
　　　　　　　阵里被捉拿，漏了真名字。
史配明：（白）真名何人呢？
吴克礼：（唱）他本宋朝人，问得好粘叙。
史配明：（白）你不说，就不叫你走。
吴克礼：（唱）只因金沙滩，失落北国地。
　　　　　　　招了驸马公，三公主配对。
　　　　　　　生下一个儿，脸蛋黑如墨。
　　　　　　　力大更无穷，武艺了不得。
　　　　　　　打过杨六郎，宗保吓出屁。
　　　　　　　偷来一个官，宋朝八千岁。
史配明：（白）这样能耐，怎么被擒？
吴克礼：（唱）太后干闺女，姓勾名月婵头翠。
　　　　　　　她与众都督，都有那煞事。
　　　　　　　她能会邪法，手帕白绫子。
　　　　　　　内有迷魂香，闻着昏过去。
　　　　　　　灌醉驸马他，蒙汗药酒劲。
　　　　　　　所以才被擒，这都是实事。
史配明：（白）我说这个怎么能破呢？知道吗？
吴克礼：知道哇。
　　　　　（唱）法术听人说，上阵加仔细。
　　　　　　　看他一抖擞，赶快擤鼻子。
　　　　　　　一个孩子家，啥事你都问。
　　　　　　　没有大功夫，与你扯闲事。
　　　　　　　你且不要忙，我还有点事。
史配明：（白）我看你这个人，怪实在的，你可知道我是何人？

吴克礼：不知道。

史配明：量你不知，我是宋营上将史配明，要知好歹，留下囚车放你逃命。

吴克礼：哎呀，原是来劫车的矮子，厉害，俺国闻名。伙计们，扔下囚车，各逃性命吧。（下）

史配明：哈哈哈，这小子真奸猾。打开囚车，救他父子。（下）

（打开囚车，全上）

杨八郎：多谢史将军搭救之恩。

史配明：好说不敢，前者在宋营忙着，未得叙话，不想在此相逢。

杨八郎：将军从何而来？

史配明：原是这般如此，中了机关，前面正在交战之时，不可久谈，急急帮助众人成功才是。

霹雷子：待俺去找勾月婵这个荡妇便了。（下）

杨八郎：你我趁此机会，后山放火，搭救千岁与五哥才是。（下）

（上阎荣）

阎　荣：我阎荣，太后定计谋划佘太君、杨景，劝他归降，不料动起了手，带兵回来。我想宋营有个矮将史配明十分厉害，恐他暗将八王和被擒之将偷回去。禀明太后，将五郎带入天门阵去，其余宋将藏入后营地窖之内，叫他难以寻找。诸事办完，带着八王、五郎回阵便了。（下）

（杨宗英骑兽上）

杨宗英：自从那日破阵，后又被擒，不知不觉到了乾元山见了师父，住了多日，敢问师父，花子是谁呢？宝杵叫他拿去了，不给我呢。师父笑而不言，又命我下山，说六伯父有难，叫我前来搭救。眼前就是南北大营。（内喊）呀，山路之中，人喊马嘶，杀声震耳，必是交锋打仗。（下）

（上霹雷子、岳安对勾月婵杀下，又上）

勾月婵：好个霹雷子，力大无穷，不免用迷魂帕，擒他才是。（下）

（上史配明）

岳　安：快擤鼻子，迷魂药来了。（下）

（霹雷子过，上史配明，对勾月婵）

史配明：我把你这千人老婆万人妻的番女，你打扮僧不僧、俗不俗的，见人就起色心，走不动道，真乃不害臊的东西，呸！

　　　　（唱）矮爷便开言，不住哈哈笑。
　　　　　　　大叫这番女，真乃不害臊。
　　　　　　　打扮又各别，非僧又非道。
　　　　　　　又不像俗家，倒像那一道。
　　　　　　　身穿是道衣，带个仙姑帽。
　　　　　　　脸蛋搽胭脂，杏眼带着俏。
　　　　　　　见人就稀罕，好像没人要。
　　　　　　　可惜你爹妈，养你这现世报。
　　　　　　　你像啥东西，禽兽不如道。
　　　　　　　遇见你矮爷，得把你训教。
　　　　　　　你要再不听，咱俩闹一闹。
　　　　　　　棒槌一不扔，连拉带着扯。
　　　　　　　矮爷还要说，气得火性傲。
勾月婵：（唱）大骂矮根子，信口胡扯票。
　　　　　　　宝剑奔顶门，搂头迎上去。
　　　　（白）矮子着剑。
史配明：来，咱俩试试。
　　　　（杀，上杨宗英）
杨宗英：矮将闪过，我拿番女。
勾月婵：哟，这小将从空而来？报上名来再战。
杨宗英：你少爷杨宗英，番女何名？
勾月婵：奴勾月婵。
杨宗英：着枪。
勾月婵：慢着，奴有话与你商议商议。
　　　　（唱）乍见小将生得俊，顿起恋爱淫乱的心。
　　　　　　　欲火烧身情难止，叫一声姓杨的小将军。
　　　　　　　奴家勾氏月婵女，正属妙龄是青春。
　　　　　　　并未招亲无夫主，缺少一个中意人。
　　　　　　　我看将军人才好，实在随了奴的心。
　　　　　　　你在青春奴年少，正好配对好婚姻。

     不是奴家无羞耻，人生在世几时春。

     不知你愿意不愿意？少爷宗英暗思忖。

杨宗英：（唱）这个番女生邪念，何不假意应她亲？

     好救众人回营去，然后再杀淫贱人。

     主意一定开言道，

  （白）番女，你要叫我应亲倒也不难，你得应我三件大事。

勾月婵： 只要你应亲便是夫妻，别说三件，就是三百件，又有何妨？

杨宗英： 第一件，要把俺国人马放出山口；第二件，把擒去众将俱个放回去；第三件，你拿萧太后人头见我。

勾月婵： 这有何难？你我作战，俺故意大败，你们众人在后追赶，追到山口，开了阻挡之物，就闯出去了。

杨宗英： 第二，怎救被擒之人？

勾月婵： 我在太后面前说一不二，太后爱俺如珠宝。俺偷来令箭一支，假意传旨，就说太后要被擒之人领到我的帐房，更换番国的衣帽，悄悄送出大营。

杨宗英： 好！怎取萧太后人头？

勾月婵： 要取萧太后之头，易如反掌。我与萧太后行坐不离，并不小心我。此事办妥，我夜晚三更冷不防备，一剑将萧太后杀死，何愁北国不灭？

杨宗英： 好哇，娘子妙计如神，你我虚战，叫矮将密传号令，大家聚齐，便好出山。

勾月婵： 将军可不要改口哇！

杨宗英： 那是自然，我去找矮将。

  （遁上史配明）

史配明： 不用找，你们两口子说话，我都听见了。我去与大家送信，你们两口子在这儿接着聊。

  （唱）忙了矮子史小将，迈开飞腿走如烟。

     各处传令都知道，宗英假意战月婵。

     且战且退奔山口，众人假追喊连天。

     大叫番女快留命，想要逃走比登天难。（下）

     月婵假作惊慌样，大叫番兵不可拦。

     吩咐要让宋军去逃命，番兵个个不敢言。

      快到山口有希望，宋军兵将各争先。
      众人奋勇杀一阵，一阵番兵死若干。
      来了怀女桂英女，元帅带领人马杀近前。
      两下霎时对了面，杨景马上便开言。

杨 景：（白）夫人与穆氏媳妇，幸而宗英定计，才得闯出山口，擒去之将未得救出。

佘太君：再做良谋，慢慢想法搭救。

杨 景：老母之言有理，就此回营。

   （上卒）

卒：报元帅得知，番女追来，口口声声要少爷杨宗英答话。

佘太君：起过了。

杨宗英：祖母率众回营，我与史舅舅阻挡一阵。

史配明：对了，我还没玩够呢。

佘太君：你二人可要小心。

杨宗英、史配明：不劳嘱咐。（下）

杨 景：大家回营便了。（下）

   （勾月婵对杨宗英）

杨宗英：娘子，为何又叫阵？怎不回去呢？

勾月婵：我看你飞跑而去，甚不放心，怕你言不应口。

杨宗英：哪有此礼？有言在先，必得三件事办妥后，方可许你进营成亲，我亦对元帅说明，十分喜欢你，快把被擒之人救出，好跟我入营拜天地。

勾月婵：虽然此言，难以凭信，你跟我入营，先成亲事，然后再救众人。

杨宗英：哪有此理？

勾月婵：好。（暗将装仙袋一抖）你跟我来吧。（杨宗英入袋）

   （出萧后）

萧 后：（诗）原料设计成大功，不想反落一场空。

   （白）哀家萧太后，设下巧计诓来杨景、佘太君，只指望席前逼他写降书顺表，不料宋将动手，多亏女儿擒来两员小将，又去追杀宋将。不知哪里来了个矮子神通广大，又从空中来个骑兽的小将，十分厉害，杀的我国兵将倒退。月婵去追，不知胜败如何？

（上勾月婵）

勾月婵： 母后万福，孩儿交令。

萧　后： 胜败如何？

勾月婵： 宋将回营，只擒个骑兽的小将，请母后发落。

萧　后： 好，不论何人，连被擒之将一齐斩首。

勾月婵： 母后不可！依女儿之意，将宋将押入后营，等明日我上阵把宋将拿尽，一齐斩首不晚。

萧　后： 我怕被人偷去。

勾月婵： 母后放心，只管把这些人一起交付与俺，管保无事。

萧　后： 既然如此，把那四员小将交付与你，可多加小心。

勾月婵： 遵命。（下）

（勾月婵回帐，坐）

勾月婵： 幸喜花言巧语，哄信母后，将小将交与我，这回可随了我的心愿了。

（唱）真是天随人心愿，母后她也体恤人情。
　　　四员小将交予我，这可该我来了喜星。
　　　不管说天朝与大国，怎养这些狐狸精？
　　　长得一个赛一个，又白又嫩好像水葱。
　　　自古佳人爱才子，他不说男子也是想花容。
　　　想到得意精神长，叫了一声小梅英。

（二丑来了）
　　　把那四人齐带上，奴家有话对他明。
　　　丫鬟带上四员将，弟兄大骂不绝声。
　　　无耻无羞非人类，快给爷们一快刑。
　　　想叫应亲不能够，月婵大怒举钢锋。
　　　举起宝剑才要砍，地里出来史配明。

史配明：（唱）好个荡妇别动手，他们不应我应声。
　　　你要跟我宋营去，管保叫你不白工。
　　　宋兵足有三十万，把你赏给众兵丁。
　　　管保叫你随心愿，月婵大怒眼气红。

勾月婵：（白）好个矮贼，屡屡耍戏我，看剑！

史配明：来来来。（杀下）

（上丫鬟）

丫　鬟：走吧，你几人先回牢房去吧。（下）

（出姜翠平）

姜翠平：（诗）满怀心腹事，暗恨杨宗英。

（白）奴姜翠平，自从杨宗英变猫，暗进我的帐房，拿去解药，拐去裙带羞辱于我。哥哥又与我反目，叫奴羞愧难当。哎，我倒有心与杨小将结婚，怎奈事不遂意。

（上丫鬟）

丫　鬟：姑娘，快去看热闹去吧。

姜翠平：啥热闹？

丫　鬟：姑娘，这热闹又好笑又叫人害臊哇。

（唱）丫鬟笑嘻嘻，这事真可笑。

姑娘勾月婵，做事不着调。

本来不正经，我不是扯票。

北国都督们，跟她都有道。

见人就稀罕，她怎不害臊？

昨日定计谋，设下一个套。

如此是这般，事情全乱套。

擒来一将官，生得实在俏。

名叫杨宗英，姑娘也知道。

太后就要杀，月婵又哀告。

太后交给她，凭她去发落。

还有三个人，长得十分俏。

月婵提婚姻，四人骂又闹。

说她不在行，给谁也不要。

月婵气急了，宝剑出了鞘。

眼看他四人，脑袋就要掉。

地下出一人，像个海里豹。

没有三尺高，连蹦带着跳。

　　　　　　二人杀一堆，不分强与弱。
　　　　　　丫鬟把四人，带下听发落。
　　　　　　我就急跑回，报与你知道。
姜翠平：（唱）佳人闻听心犯愁，触起当初那一遭。
　　　　　　宋将宗英那黑夜，进我帐房变个猫。
　　　　　　偷去我的解毒药，临行拿去带一条。
　　　　　　哥哥闻知与我吵，叫我面上似火烧。
　　　　　　又是羞来又是臊，心中没忘小英豪。
　　　　　　我的心事他知晓，情愿与他鸾凤交。
　　　　　　以后他就无音信，怎么他也被擒了？
　　　　　　莫非前世无注定，我何不救他命一条？
　　　　　　救命之恩他必报，何愁七夕渡鹊桥？
　　　　　　主意一定把丫鬟叫，听我有话对你说。
　　　　　　你把四将这屋领，我另有个巧良谋。
丫　鬟：（唱）丫鬟答应心里笑，早知小姐有奇招。
　　　　　　顿时领来四员将。
　　　（白）姑娘，都来咧。
姜翠平：闪过了。
丫　鬟：是。（下）
姜翠平：我说杨宗英，那日不该戏耍与我，使我兄妹反目。奴羞愧难当，你想想，我本未出闺阁之女，你弄得清浑不分，我无非以死待你，终不能再嫁他人。今日被擒，我将你四人放走，死活凭我，要不要凭你吧。
杨宗英：小姐，非是小将不从，奈何两国成仇，岂能结婚？恐元帅见罪，小将不敢从命。
　　　（上花子）
花　子：不怕不怕，只管应下，有爷爷呢。
姜翠平：你是哪个？从何而来？
花　子：处处而来。
姜翠平：到此何事？
花　子：为你之事。杨宗英是我孙孙，如今被擒，我来救他。你要救他，我不管

了。你只管救他,他不应亲事,我为媒与你作保,你可别保萧太后,快投宋营。我与你留下一封书字,我就走了。(扔书字)

杨宗英: 小姐,这花子我也不知是谁。若救我,你我照书行事,我就应下,快把我四人枪马取来,放我们逃走。

姜翠平: 有理,你们随我来。

四　人: 来了。

(史配明杀,勾月婵败,又上)

勾月婵: 矮子真乃可恨,待我用迷魂帕迷他。

(上矮子史配明)

史配明: 哎呀。(倒)

勾月婵: 好个矮贼,你也有了今日。我将你带入帐中,大卸八块。(伸手抓矮子,入地)哼,他怎么蹿入土中去了?先不理他,与小将成亲去,乃为正理。(下,又上)丫鬟哪里?

丫　鬟: 来了。(上丑)

勾月婵: 我问你,那几位宋将哪里去了?

丫　鬟: 我又送回囚房去了。

勾月婵: 随我看来。(下,又上)呀,囚房并无一人,都哪里去了?

丫　鬟: 我不知道。

勾月婵: 快快各处找来。(下)

(上四将、姜翠平)

姜翠平: 将军枪马齐备,快快逃走。

杨宗英: 多谢姑娘美意。

(上勾月婵)

勾月婵: 好个姜翠平,我做熟的饭,你给吃了。我告诉太后,与你算账。(下)

姜翠平: 不好,月婵禀知太后去了,将军与众将随我上马,急急闯出营去。

众　将: 有理。(下)

勾月婵: 启奏母后,可恨姜翠平丫头无耻,私配杨宗英。我见她协助四将,叫她放走,只怕这丫头归宋去了,请母后定夺。

萧　后: 呀,这还了得!女儿叫姜夺带兵追赶,赶到哪里,杀到哪里,如有随私,定斩不容!

勾月婵：遵旨。（下）

　　　　（五人马上）

姜翠平：（诗）逃出陷阱地，脱离虎狼窟。

　　　　（白）将军，咱五人闯出营来，急急出阵，恐怕有人追赶。

姜　夺：（内白）姜翠平，你反了！

姜翠平：呀，我哥哥追来了。

杨宗英：娘子，快些回去！你要将你哥哥拿住，一齐归宋，方见小姐真心。

姜翠平：弟兄与我压阵吧。

　　　　（姜夺对姜翠平）

姜翠平：哥哥，莫非与小妹动手不成？

姜　夺：好个贱人，你你你！

　　　　（唱）真乃无耻无羞辈，背叛北国什么心？

姜翠平：（唱）咱本南朝土生长，理当不忘宋主恩。

姜　夺：（唱）宋朝与咱戴天恨，害了父母烧村庄。

姜翠平：（唱）那个也未亲眼见，叫人难以信为真。

姜　夺：（唱）白骨大仙他知道，宗宗件件是他云。

姜翠平：（唱）如今知他是邪教，设计遗祸于他人。

姜　夺：（唱）咱既投北保萧后，忠臣不侍二主君。

姜翠平：（唱）萧后终久必得灭，大宋天朝有能人。

姜　夺：（唱）封我平南大元帅，封你公主贵又尊。

姜翠平：（唱）不管尊来不管贵，我今配了杨将军。

姜　夺：（唱）私自招亲无道理，不惜三从四德尊。

姜翠平：（唱）父母下世自做主，婚姻大事等何人？

姜　夺：（唱）无父应当从兄长，你未把俺放在心。

姜翠平：（唱）方交青春应惜时，莫非还等十八春？

姜　夺：（唱）想嫁宋将不能够，哪敢不让抽他筋？

姜翠平：（唱）丫头莫非无大小，因你不正怨何人。

姜翠平：（唱）自觉无有亏你处，为何拦我截朱陈？

　　　　　　两国仇敌犯律例，今后不是番邦人。

姜　夺：（唱）劝你快快跟俺走，劝你不要多劳神。

姜翠平：（唱）再要多说用刀砍，大刀一动命难存。
姜翠平：（唱）气得姜夺大声骂，气得佳人咬牙根。
姜　夺：（唱）丫头活活气死我，你死天下不少人。
　　　　　　　我怎有这同胞妹？谁好谁坏少胡云。
姜翠平：（唱）着急双手抡刀砍，欲想杀他不忍心。
姜　夺：（唱）战了不过十几趟，刀背一过掉埃尘。
　　　　　　　说声不好栽下马。
姜翠平：（白）哥哥，非是小妹无情，下山之时，师父叫我日后归宋。昨夜有花子指教，与杨宗英有夫妻之分。今日刀下留情，你收兵回去，小妹去也。（下）
姜　夺：可恼可恨！这丫头投宋去了，我回见太后领罪才是。（下）
（上四人）
杨宗英：众位先回营去，我等翠平有话言讲。
众　　：我等先回营去了。（下）
（上姜翠平）
姜翠平：将军，我方才用刀背将我哥哥打下马来，劝他不降，碍着同胞之情，放他逃去，咱们回营。
杨宗英：好小姐，深明大义，为夫敬服呀。你看你哥哥又来追来了。
姜翠平：在哪里？（回头看）
杨宗英：看枪。
（姜翠平抓住）
姜翠平：呀，将军为何下此毒手？
杨宗英：贱人，你你你！
　　　　（唱）你还是，在梦中。
　　　　　　　少爷岂能，与你婚盟？
　　　　　　　你与勾月婵，本是一般同。
　　　　　　　天生下贱之辈，见人一看相中。
　　　　　　　少爷本是公侯后，岂能要你贱花容？
姜翠平：（唱）将军你，理不通。
　　　　　　　不加考虑，冤枉难明。

     月婵何人也，比我差千层。

     奴本良门之女，圣母收的门徒。

     因你变猫入室内，闹得奴家浑浊不清。

     才与你，结婚盟。

     又有花子，书字一封。

     四将都见证，不是私配成。

     叫我放你逃走，奴家一力担承。

     我兄追赶奴来挡，放他不杀同胞情。

杨宗英：（唱）你必有，别心情。

     北国将官，必有不清。

     看我生得俊，邪念你又生。

     要想少爷要你，除非来世另生。

     我不杀你放你去，报你救我那点情。

     圈回兽，腾了空。（下）

姜翠平：（唱）佳人一见，发了愣怔。

     强人腾空起，霎时影无踪。

     这可叫我咋好？不由大放悲声。

     这才叫上不上来下不下，有家难奔有国难容。

     恨自己，苦伶仃。

     莫非一死，倒也干净。

     打马加鞭走，去找一孤松。

     上吊自尽而死，省得玷污祖宗。

     又一面想说不可，何不如此这般行？

  （白）有了，强人待我这样无情，我还恋他啥也？不如驾云进他大营，去找强人，把他杀了，我也自刎而死，倒也心净。

  （唱）怒气攻心抽利刃，扔刀下了马雕鞍。

     定进宋营闹一闹，去找强人走一番。

     杀他也好他杀我也好，省得心中有牵连。

     才要驾云腾空起，这也不算女英贤。

     不顾顺马由缰走，找个地方把身安。

有日他回心转了意，夫妻还能得团圆。
想罢上了能行马，望了望宋营看了看北番。
不由掉下伤心泪，叫声强人你可坑了咱。
为你我兄妹大反目，为你俺辜负太后待俺好心田。
一心一意跟了你，你扔下俺下不了地上不着天，
此同失群一孤雁，单人独马凄凄惨惨。
不住地回头往宋营看，夫主哇，你哪管打发小卒叫我还。
连个孩毛也没有，信马由缰慢慢走。
痴痴呆呆往前走，眼看日落黑了天。
前无村庄后无店，哪里住宿把身安？
正是翠平心着急，来了卖豆腐的人老年。

李有才：（唱）赶集回家日头落，多喝几盅头发眩。
豆腐卖了一个净，又换鸡子又有钱。
回家父女好过活，她做豆腐我卖钱。

（白）老汉李有才，在这城南李家村居住。父女二人，女儿叫淑芬，倒也贤惠，以卖豆腐为生。清晨赶集把豆腐卖完了，到酒馆喝多一点，睡了一会，醒来，日头落了，急急回家，怕我闺女惦着呀。那边一个骑马的人愁眉不展，必有不足之事，待我问问有何不可？（对上）站站站，我说这位将爷，大马金刀向何往？为什么愁眉不展？

姜翠平：哎，那位老人家，奴是一女子，不是将爷。

李有才：哎呀，我也没好好看看。那么，女将爷，要上哪里去？从哪里来？清清楚楚对我说说，我能给你分忧呢。

姜翠平：哎，老人家要问，叫我一言难尽。
（唱）奴家姜氏翠平女，本是姜家村的人。
父母都被火烧死，剩我兄妹去投军。
塞北萧后兴人马，要与大宋争乾坤。
有个必风金老道，摆下一座阵天门。
拿住宋朝无数将，难住天朝宋主君。

李有才：（白）那你兄妹也有武艺，想必投宋营助战，打北国番将。

姜翠平：（唱）并未投宋投北国，萧后一见喜在心。

　　　　　封我哥哥二路帅，认我义女贵又尊。
李有才：（白）这话怎么说？我要失陪了，我家还等我拉豆腐呢，改日唠吧。
姜翠平：慢着，老人家且慢走。
李有才：没工夫，改日再唠吧。
姜翠平：老人家一定有原因。
李有才：家里没人磨豆腐。
姜翠平：（唱）必是听我说是番邦女，就不搭理烦在心。
李有才：（白）不是不是，我忙。
姜翠平：（唱）别看奴是投北国，如今归降投宋君。
　　　　　大宋有位杨小将，名叫宗英艺超群。
　　　　　如此这般结夫妇，这般如此赶出门。
　　　　　信马由缰无处奔，意欲自刎把死寻。
李有才：（唱）原来如此真可叹，老汉一生最慈心。
　　　　　方才听说番国将，所以我才不答真。
　　　　　既然归降无得讲。

（白）方才你说是番邦之人，我焉能与你多谈呢？两国交兵，私留番邦之人，那还了得！既然归宋，就没得说的了，况你还是中国之人。听你说得够可怜的，无处投奔，如不嫌弃，老汉家中只有一女，没别人，你何不跟我回家？老汉认你为义女，你姐妹还有伴，也省孤单，不知你意下如何？

姜翠平：老人家，既言有此意，待奴下马参拜爹爹。（下马）请上受我一拜。
李有才：起来，起来，这怎说的呢？认我干老，可不是吹呀，吃别的没有，吃豆腐管够！
姜翠平：老人家取笑了。
李有才：真是，闺女你骑马，爹走，随我来了。
姜翠平：来了。（下）
姜　夺：（内白）太后千岁，为臣交令。（上）
萧　后：元帅，可将你妹妹拿住？
姜　夺：千岁，我被贱人打下马来，逃回营寨，见千岁请罪。
萧　后：元帅，与你无干。我看宋朝能人不少，这却如何是好？

勾月婵：母后万安。依我主意，明日将八王、五郎横绑在天门阵阵门以上，叫人请杨景与宋朝文武答话。他要投降，将八王、五郎一放，若要不降，将八王、五郎一齐斩首。我想宋朝无有不降之理。

萧　后：好，依计而行。姜元帅替我传令，明日整齐人马，照计而行。

姜　夺：遵旨。（下）

（上阎荣）

阎　荣：（诗）奉了太后旨，宋营把信通。

（白）出家人阎荣，勾月婵定计，叫我指名叫宋朝文武阵上答话。太后已在阵门等候，来至宋营之外。宋营儿郎听真：我国太后请杨元帅与文武阵上答话。（下）

卒：报元帅得知，萧后请元帅君臣上阵答话。

杨　景：这等，众将官请出天子阵上去者。（下）

（上天子、寇准、史配明、穆桂英、王怀女，番邦有韩昌，绑八王，卒持刀）

萧　后：宋朝君臣，我今并无别事，今天要写降书还则罢了，不然，将八王一刀砍死。降与不降，只要痛快。

杨　景：不要动手，我们君臣情愿写降书顺表就是了。

八　王：杨郡马，千万不要投降，宁可我一死，也不投降。我死之后你们要报仇。

萧　后：好，刀斧手，开刀。

寇　准：太后，不可开刀！我们一定投降，我就写降书顺表，我亲身头顶香盘，送入大营，你得将八王先与我放回。

萧　后：你降书进门，八王送出，绝不失言。

寇　准：一言为定。

（唱）寇准回营写书信，杨景不由好心酸。
　　　　可叹俺苦苦征战这些载，失败就在一旦间。
　　　　天子心中也难过，因救八皇兄只得顺北番。
　　　　众将个个心发恨，胸堆怒气不言语。
　　　　难坏穆王二元帅，不想还有这一天。
　　　　恼恨宗耀霹雳子，盗去八王惹祸端。
　　　　寇准降书写完毕，头顶香盘便开言。

萧　　后：（唱）快快放回八千岁，太后一见心喜欢。

　　　　　　　　今日征服大宋国，多亏女儿勾月婵。

勾月婵：（唱）月婵闻听心中乐，这场大功重如山。

　　　　　　　　太后坐了金銮殿，我随时挑选美貌男。

　　　　　　　　众将依我随我使，再想别扭难上难。

　　　　　　　　太后吩咐送千岁，八王心中火油煎。

　　　　　　　　月婵上前拍一掌，今日送你回营盘。

　　　　　　　　暗用五毒绝命散，打入八王身里边。

　　　　　　　　管保七日胡乱死，叫他不知我妙玄。

　　　　　　　　说声去吧休害怕，八王不晓内里原。

　　　　　　　　出了阵门归本队，君臣又喜又心酸。

　　　　　　　　寇准献书入了阵，太后升帐把令传。（下）

　　　　（升帐，站众将。勾月婵搀扶萧后，上帐，归座）

萧　　后：（白）众番兵，弓上弦，刀出鞘，寇准钻刀而进。（卒内白）宋朝送降书之官，钻刀而进，小心着。

寇　　准：太后在上，南朝寇准有礼。

萧　　后：献书上来。

寇　　准：书字在此。

萧　　后：侍儿呈上。（看介）哼，这书内是白纸，最后有个完字。寇先生把书字拿岔了。

寇　　准：并无拿错，是我现写的。

萧　　后：为何只有一个完字，是什么意思？这也不像降书。

寇　　准：哈哈哈，太后乃一国之主，聪明过人，连此书意思也不明白吗？

萧　　后：真叫人不懂，你且与我讲讲吧。

寇　　准：这书字后尾完字，就是最后叫你得完。

萧　　后：哇，好个寇准！人人说你诡计多端，你由大宋诡到北国来了，刀斧手，将他拉下开刀。

寇　　准：哈哈哈，我既敢来，早把生死置之度外了。

　　　　（唱）面不改色哈哈笑，真叫寇准笑断筋。

　　　　　　　你国屡次欺大宋，闹得百姓遭了殃。

> 从头至尾论一论，哪次不把脸面伤？
> 幽州城下一场战，大兵百万如虎狼。
> 强兵猛将无其数，你说哪个能敌杨七郎？
> 金沙滩设下双龙会，白搭一个天庆梁王。
> 二次又把中原犯，搁不住牤牛犄角长。
> 头次摆下天门阵，被人破个溜蛋光。
> 二次又摆天门阵，水怪山精下了山岗。
> 自古是邪难压正，早晚必将现行藏。
> 而今又用和息会，番兵死了一大帮。
> 八王现今亦回转，说什么投降不投降。
> 既为不退无好处，说你完字正应当。
> 杀我如同拔棵草，大宋国去了一毛有何妨？
> 依俺说人情两义放了俺，也显仁义女圣皇。
> 寇准说罢一席话，太后无语面焦黄。

萧　　后：（白）哀家乃一国之主，杀你，与大宋无损，番兵们，送他回营。

寇　　准：谢过太后。（下）

萧　　后：好个寇准，胆大包天，口若悬河，杀他空担害贤之名，故而放他，以成全他的忠烈。哎，可叹，又白用了一计。

勾月婵：母后，那八王纵然回营，七日必死。

萧　　后：却是为何？

勾月婵：俺用五毒绝命散拍在他身上，焉有活命？

萧　　后：怎样才能解救呢？

勾月婵：要想救活，非用解药不可。

萧　　后：哪里有解药呢？

勾月婵：我知。我有一师妹叫魁月梅，她父黑水国为帅，镇守两架山，他有二子，长子文龙，次子文虎，俱是武艺高强。他有此药，别者无有。

萧　　后：女儿，你提这话，为娘想起一件事来？当初王强进中原去做奸细之时，魁老将他女儿许配王强长子王魁为妻，他次子王巨，后来王强死在中原。王魁、王巨全家丧命之事，不可泄露。宋将知道必差人去请来魁家兄妹，以治好八王，就白费心了。

勾月婵：母后，既怕宋营去请，咱何不差人去请来他兄妹前来助阵？
萧　后：好，等过几日，差阎荣同驸马韩昌备下厚礼去请便是。
　　（诗）请人先下手，助阵破宋营。（下）

（完）

第十三本

【剧情梗概】八王被辽国下毒,若七天不服解药,必死无疑。而解药在黑水国总督魁金萧女儿魁月梅处。为获得解药,寇准设计,让杨宗保、杨宗英冒充辽国打入宋国的内应、已被宋国处死的王强的儿子王魁、王巨,而王魁与魁月梅有婚姻之约。杨宗保、杨宗英带着伪造的王强书信来到黑水国,魁金萧见书,毫不怀疑,当日就让女儿月梅与杨宗保成婚。魁月梅见杨宗保英俊,喜之不胜。魁月梅的丫鬟崔金定原是杨宗保的妻子,被邪风刮到黑水国,得知杨宗保来此的缘由,协力助之。通过教场比武,杨宗保得到了黑水国的兵权。正在准备整兵回国时,辽国军师阎荣、驸马韩昌来到黑水国求救,他们识破了杨宗保兄弟,让魁金萧抓捕了杨宗保、杨宗英,然魁月梅深爱杨宗保,立即与崔金定劫了囚车,带着兄弟魁文龙、魁文虎和杨宗保、杨宗英一起来到宋营,八王得到解药而获救。经过几番较量,魁月梅战死、杨排风被擒,幸得史配明救回。

(升帐,站杨景、杨宗保、杨宗英、岳安、孟良、焦赞、穆桂英、刘云霞八将)

众　将:(诗)众将齐集中军帐,但听元帅将令行。

(白)元帅升帐,在此侍候。

(出王怀女)

王怀女:(诗)喜千岁平安回转,摆酒宴与众庆功。

(白)本帅王怀女,救回千岁与众庆功,史表弟偷听敌营动静去了,可敬寇老先生胆大过人,假写降书,戏耍萧太后,不但未曾丧命,坦然而归,令人佩服。怎不见史表弟回来?

(急步上史配明)

史配明:(诗)偷探机密事,回报元帅知。

(白)我暗听明白,原来八王中毒七日必死,想要留命,须得魁家解药,如此急急回营,告知元帅想法便了。

史配明:元帅在上,末将交令。

王怀女:贤弟回来,叫人好生惦念。

史配明:姐呀,我上那去,你也不用惦念,也吃不着亏,受不着罪。小弟探得一件机密大事回报，元帅须想法急急紧办。
（唱）寇大人进营，献假降书字。
　　　我甚不放心，插叶暗跟去。
　　　进了番贼营，威武了不得。
　　　立刻把殿升，只叫宋朝官。
　　　钻刀快进去，我替寇大人。
　　　心中真发惧，寇爷不发慌。
　　　满面带和气，坦然上帐中。
　　　从容把话叙，献上投降书。
　　　萧后接过去，打开仔细观。
　　　好像是纳闷，从头到后边。
　　　就有个完字，萧后一见完。
　　　立刻动了气，拍案响连声。
　　　吩咐拉下去，寇爷反笑声。
　　　说话更有气，说得萧银宗，
　　　脸红叹口气，不杀放回来。
　　　我又听一会，有个勾月婵。
　　　婊子没人味，笑嘻嘻地说。
　　　只是动动手，八王毒中身。
　　　七天归阴去，要想解救他，
　　　解药为烦事。她手却没有，
　　　这不费大事，黑水国无找，
　　　姓魁叫金萧。他有两个儿，
　　　都是好武艺。还有一女儿，
　　　年长十八岁，受过异人传，
　　　圣母大门徒，高山把艺学。
　　　月婵师姐妹，解药她手中。
　　　又藏更机密，萧后又开言。
　　　说出一宗事，有一个王强。
　　　大宋做奸细，他有两个儿，

　　　　　　王魁与王巨，不知死与活。
　　　　　　那个魁月梅，王强儿媳妇。
　　　　　　自幼许王魁，并未成婚配。
　　　　　　又差那韩昌，阎荣他俩去。
　　　　　　邀请魁月梅，帮兵来助阵。
　　　　　　这是一往情，没了下一句。
　　　　　　元帅快想法，盗药救千岁。
王怀女：（唱）怀女闻此言，不由心中惧。
　　　　（白）此事有些不好，药在她手，如何盗来？二则相隔两百余里，只怕千岁性命难保。
穆桂英：何不请来寇天官，他的计策多端，另有计谋，也未可定。
王怀女：有理。中军，请寇大人。
中　军：是。（下，内白）有请寇大人。
寇　准：来了。（上）元帅在上，下官参见。
王怀女：大人免礼，请坐。
寇　准：告坐。
史配明：寇老大人好胆量，舌战群雄。
寇　准：哈哈哈，你怎见得？
史配明：我在萧后身后，脖插桃叶。她说杀你，我会照准她后脑，一棒成功；她说放你，我也放她。
寇大人：哈哈哈，史将军真乃异人也！不知元帅唤来下官，有何军情议论？
王怀女：先生高见为神，今千岁中毒，七日必死，参谋可有何法救千岁不死？
寇　准：哎呀，这个事情可真难死人也，有些不好。
　　　　（唱）乍闻此言吓一跳，不由一阵心着慌。
　　　　　　千岁若有好与歹，真是一件大勾当。
　　　　　　眉头一皱生一计，这事不难有良方。
王怀女：（白）先生有何高见？
寇　准：（唱）这事别人不中用，必得宗保才妥当。
　　　　　　他去见魁家兄与妹，盗来解药救八王。
王怀女：（白）咱营能人不少，他焉能盗来？

寇　准：（唱）我有一个绝妙计，别人要去不妥当。
　　　　　　　王强之子已经死，魁家并不知其详。
王怀女：（白）不妥，人家也不能相信。
寇　准：（唱）王强虽死笔迹在，我学他笔迹书一张。
　　　　　　　魁家一见亲笔迹，自然相信无荒唐。
　　　　　　　又且宗保人才好，小姐一见必爱上。
　　　　　　　再命宗英扮王巨，弟兄二人相助帮。
　　　　　　　倘有不测有帮助，只管放心没荒唐。
　　　　　　　就命宗保顶名去，假充王魁走一场。
　　　　　　　说与小姐成婚配，必然笃信拜花堂。
　　　　　　　那时盗药不难了，好救千岁命不丧。
王怀女：（白）好！
　　　　（唱）大人妙策人难比。
　　　　（白）此计太妙，速速办来。
寇　准：我就写信。（写介）
王怀女：宗保，将此书拿去，到了魁家，就说王强临死之时留下此信，家中被抄，订婚衫与契书全然失落，说你兄弟流落他乡，山高路远，不易投到此处。管保相认。
杨宗保：末将记住了。
王怀女：宗英，你二人处处小心在意，事不宜迟，目下起身，若韩昌、阎荣先去就不好办了。
杨宗英：是，儿们遵命，走走便了。（下）
王怀女：他二人去了，等候回音，正是良谋巧中计，要哄女钗裙。（下）
　　　　（出七将，站）
　　　　（诗）化外称英豪，无敌枪与刀。
　　　　　　　镇守邯郸地，名驰百里遥。
王　贵：（白）我副都督王贵。（白面）
魁文龙：俺魁文龙。
魁文虎：俺魁文虎。
萧德禄：萧德禄。（丑面）

萧德明： 萧德明。（丑面）
萧德亮： 萧德亮。（丑面）
王盖天： 王盖天。（花脸）
合： 都督升帐，小心侍候。

（升帐，出老都督魁金萧）

魁金萧：（诗）黑水待我以为尊，敢称无敌大将军。

（白）我黑水国大都督魁金萧，驻守邯郸，帐下有十万铁甲军，战将七员。所生二子一女，长子文龙，次子文虎。女儿月梅神通广大，自幼许配王强长子王魁为妻，他因奉萧太后密旨上中原做密探。听人传说亲翁死在三关，二子不知生死。女儿年已长成，正当婚配，怎奈不知王家门婿有无，也不敢另聘。酉长萧德禄再三求婚，本都督未允，他又向夫人哀求，女儿见他生的丑陋，将他骂了一场，也就罢了。那日被风刮来一位女将，落在城外，名叫崔金定。萧德禄就要强行成配，女子大骂一顿，多亏王贵将女子送入帅府，本都督收她与女儿做个丫鬟，倒也伶俐。

（上卒）

卒： 报元帅得知，城外有王魁、王巨二人说与都督是至亲，来帅府求见。
魁金萧： 太也奇怪，王魁正是门婿，虽未见面，但知其名。就说有请。
卒： 是。（下，内白）有请。
杨宗保、杨宗英： 来了。

（上杨宗保、杨宗英）

杨宗保： 岳父大人在上，小婿有礼。
魁金萧： 见面口称翁婿，有何凭据？
杨宗保： 现有我父临死前留下亲笔书字一封，大人请看。
魁金萧： 拿来我看。
杨宗保： 是。
魁金萧： 果然是亲翁手书，老夫认得笔迹，但我两家结亲之时，有袖衫半幅，契书一张，可曾带来？
杨宗保： 大人不消问了。

（唱）我父宋朝做奸细，不料事露身遭诛。
　　　　幸而事先留书字，不然这事更棘手。

袖衫合头倒也有，只因事变太仓促。
事发舍命往外跑，弟兄二人才逃出。
隐姓埋名一年半，官兵各处来拿吾。
好容易到了黑水国，来见岳父把我帮扶。
借兵好去把仇报，不枉男儿大丈夫。
这是我的亲兄弟，一母所生亲手足。
望求大人可怜我，弟兄二人太苦孤。

魁金萧：（唱）相貌出奇天生俊，弟兄二人相仿佛。
听罢不由把头点，打量贤婿用眼珠。
我女要得此佳婿，自然心满意也足。
何况昔年把亲许，又有亲翁一手书。
看罢不由心大悦，叫声贤婿听清楚。
老夫正然盼望你，不想来的这样速。
今日就是良辰日，就与女儿结花烛。
吩咐一声摆香案，丫鬟快去后房屋。
搀你小姐拜天地，如此这般去告诉。
大堂设摆酒和宴。

（白）军校们，大堂摆宴，请姑爷拜堂成亲。

军　　校： 是。（下）

魁金萧： 贤婿请。

杨宗保： 请。（下）

（出崔金定丫鬟装）

崔金定：（诗）流落此地有一月，不知何日转回营。

（白）奴家崔金定，自从被金必风搧去，不知不觉落在此处，番将萧德禄要我和他成亲，多亏舅舅王贵搭救，问起缘由，乃是王怀女的兄弟。我便告诉他实情，他把我送入帅府侍候小姐。等候机会诓他兵将，好上宋营帮兵。不想小姐今日拜堂成亲，我得便出来。今日洞房花烛，原是王强之子，正与大宋为敌，只怕又添羽翼，与宋不利，如何是好？只得侍候小姐，等待机会便了。（下）

（出杨宗保、魁月梅夫妻对坐）

杨宗保：（诗）金屋人间传二美，银河天上渡双星。

（白）娘子，你我夫妻成就，拙夫得配娘子，心愿足矣。

魁月梅： 将军说哪里话来？妾身得配郎君，正是郎才女貌，丫鬟看茶来。

崔金定：（内白）来了。（上）

（唱）金定小姐忙答应，手捧茶盏进了屋。

乍然一见新郎面，打个冷战暗惊骇。

此人不是杨宗保，奴家丈夫我的婿？

失手茶盏落在地，（盏掉）站在一旁发痴呆。

小姐一见心大怒，用手一指骂奴才。

今日是我大喜日，怎不小心把盏摔？

站起身来才要打，宗保拉住说慢来。

杨宗保：（唱）失手打碗是常事，不可动怒把她责。

今日既是大喜日，怒打下人就不该。

吩咐快去另去取，答应一声出房来。（下）

宗保心内明白了，叫声小姐听明白。

拙夫去见我兄弟，说两句话就回来。

魁月梅：（白）郎君早去早回。

杨宗保：（唱）说声知道出房去，小姐抬身入后宅。

宗保找着亲兄弟。

（对上杨宗英）

杨宗保： 兄弟，你急到丫鬟房中如此如此，与她去说详细，倘有机会，秘密告诉与我。（下）

（上崔金定）

杨宗英： 丫鬟姐在房？

崔金定： 呀，你是何人？大胆进我卧房，快快出去，不然叫兵丁将你绑起来，拿问你个私入闺房、调戏妇女之罪。

杨宗英： 小姐不要高声，快说你的真名实姓，我还有大事呢！

崔金定： 哼，要叫我说实话，必须你先说明原委。

杨宗英： 实不相瞒，我本大宋杨宗英，同我哥哥杨宗保冒名王魁、王巨，前来盗药搭救千岁，小姐倒是何人？

崔金定：好也好也，我不当新郎是谁呢，原是杨宗保。哎，要问我是谁，真叫一言难尽了。

（唱）我住在，崔家庄。
　　　我父下世，家母在堂。
　　　我名崔金定，自幼上山岗。
　　　跟师学艺几载，打发回到家乡。
　　　我有两个亲兄弟，个个俱是武艺强。
　　　那一日，在我庄。
　　　来了一位，白面少郎。
　　　被擒我们庄，他就说其详。
　　　报名杨氏宗保，西岐去请他娘。
　　　我母将我把他许，当日拜堂入洞房。
　　　到夜晚，变容装。
　　　小子变个，美貌娇娘。
　　　奴家问详细，她也未隐藏。
　　　宋营穆氏元帅，行路女扮男装。
　　　亲口对我盟誓言，二人同侍一夫郎。
　　　进宋营，拜了堂。
　　　那日出马，妖人猖狂。
　　　用的一柄扇，搧我到这方。
　　　不知不觉落了地，身上摔了几处伤。
　　　遇见番贼萧德禄，强要与我配成双。
　　　我大骂，贼抢良。
　　　他便大怒，甚是猖狂。
　　　多亏王舅父，救我命不忘。
　　　他是怀女兄弟，那年流落北方。
　　　带我去见魁老将，收我丫鬟做暗房。
　　　我打算，养好伤。
　　　去回宋营，那就妥当。
　　　不想你们到，来把妻子诓。

　　　　方才小姐房内，乍见心内发慌。

　　　　失手打盏小姐怒，你哥讲情才回房。

　　　　前后事，说其详。

　　　　如要有事，和我商量。

　　　　那个魁小姐，武艺本领强。

　　　　有什么方法盗药，赶快早想良方。

　　　　露了马脚可不好，只怕要有大祸殃。

杨宗英：（白）小姐之言实有理。此事机密，千万各加小心，我去对我哥哥告诉详细。

崔金定：奴有一计，让你哥哥如此如此，管保成功。

杨宗英：好，此计太妙！

崔金定：请。

杨宗英：请。（同下）

　　　　（杨宗英又上，对杨宗保）

杨宗英：哥哥，方才我见了嫂嫂，叫你如此如此，必能成功。

杨宗保：好，我就见小姐便了。（下）

　　　　（出魁月梅小旦）

魁月梅：（诗）自古佳人爱才子，奴家倒也随了心。

　　　　（白）奴魁月梅与郎君燕尔新婚，过了一夜。方才到外边去了，为何不见回来？

　　　　（上杨宗保坐）

杨宗保：唉……

魁月梅：郎君你外面而回，为何愁眉不展？莫非有什么不足之事吗？

杨宗保：哎，小姐哪里知道，当初我父在北国官居大位，因为去大宋朝做了奸细，死在南朝，北国不念我是功臣之后，流落外边。那日到此北国，见了韩昌，他不但不收，还小看我们弟兄。无奈才来此投亲，欲要借一支人马，兵权在手，去见韩昌，也叫他见识见识，故而愁闷。

魁月梅：这有何难？等我禀知父帅，叫他老把兵权让与郎君，岂不是好？

杨宗保：小姐，此事恐岳父不允。

魁月梅：无妨，我父因年老，早就有意把兵权让与别人，怎奈没有可靠之人。今郎君乃是至亲，正当相让，奴见我父，肯定一说便允。

杨宗保： 好，若得小姐周全，拙夫感激不尽。

魁月梅： 你只管放心，随我来。

（升帐，众将站，魁金萧坐）

魁金萧：（唱）月梅让我让兵权，低头不语暗犯颠。

（白）女儿月梅叫我把兵权让与姑爷，老夫恐怕众将不服，故此升帐当面一问。众位将军，今日升帐，本都督有一件心事对大家面谕。

（唱）本都年已过花甲，又且多有病来缠。
邯郸本是重要地，必得大将把守严。
二子虽然有武艺，奈其性烈太不堪。
女儿月梅武艺好，然是出阁女婵娟。
我有心帅印让与我门婿，枪马纯熟谋略全。
不知众位可愿意？

萧德禄：（白）不可！

（唱）德禄上前忙答言。
都督不可不商议，兵权大事休当玩。
王魁来此方几日，又未见他武艺全。
必得教场比一比，本领高的掌兵权。
要是草草让帅印，众将不服乱子出。
不知元帅意如何？

魁金萧：（唱）只怕姑爷不中用，倘有疏忽后悔难。
万一姑爷败了阵，老夫面上也无颜。

杨宗英：（唱）座上为难心犯想，宗英上帐都督参。
不用我兄来比武，我今替他走一番。
我的武艺哥教会，哪一个胜过我的掌兵权。

萧德禄：（唱）德禄说是好好好，那要拉勾说由缘。

魁金萧：（唱）魁爷座上开言道，教场比武定输赢。

（白）好哇，人马打到教场。（下）

（出诸将，升帐，众人站）

合： （诗）战鼓如雷鸣，旌旗飘半空。

　　　　　　　侍立大帐下，单听将令行。
王　贵：（白）俺副都督王贵。
萧德禄：俺萧德禄。
萧德明：俺萧德明。
萧德亮：萧德亮。
王盖天：王盖天。
合　　：都督升帐，在此伺候。
（出魁金萧坐）
魁金萧：（诗）年老气衰精神弱，一心让印与东床。
　　　　（白）本都督魁金萧，昨日女儿对我言讲贤婿武艺高强，谋略精通，要我将兵权让与他。今日比武，若他赢了，众将方能信服。
萧德禄：来吧，王姑爷，请过来吧，比试三合。
杨宗保：不用我动手，我兄弟足以是你们的对手。
萧德禄：那就请过来试吧。
（杨宗英马上）
杨宗英：好，你就撒马过来。
萧德禄：来来来。（杀，萧德禄败，倒地）
杨宗英：谁还来？
萧德禄：不中，这是我一时的大意，等我上马，咱俩再试试。
杨宗英：好，请！
（又杀，萧德禄再倒地）
萧德禄：哎呀，不比马上的刀枪，比比力量吧。
杨宗英：比什么力量？
萧德禄：力举千斤鼎。
杨宗英：好，任凭尊意。
萧德禄：走，同下摆鼎。我先试试。
　　　　（唱）萧德禄，要抢先。
　　　　　　　抓住宝鼎，两个耳环。
　　　　　　　使尽十分力，稍微一忽闪。
　　　　　　　累得面红过耳，勉强站在一边。

		落颜无说好丧气，这个东西有两千。

杨宗英：（唱）杨宗英，挽着拳。

　　　　　　单手一提，宝鼎空悬。

　　　　　　来回走几趟，并未见着难。

　　　　　　照着番将德禄，咕咚压在身上，

　　　　　　疼得德禄怪叫喊连天。

　　　　　　哈哈笑，便开言，

　　　　　　就你这样，还争兵权？

　　　　　　你要能爬起，帅印叫你担。

萧德禄：哎呀，妈呀。

　　　（唱）露着脑袋压住腿，德禄疼痛说难忍。

　　　　　　姑爷快把鼎撤，我不怪你说我弱。

众　将：（唱）众将一齐哈哈笑。

杨宗英：（唱）将宝鼎，重新举。

　　　　　　对准德禄，连头带肩。

　　　　　　只听一声响，压在身上边。（死）

　　　　　　哪个还敢动手，才算好汉魁元？

　　　　　　众将不敢来比武，呆呆而立不敢答言。

王盖天：（唱）怒恼番将王盖天，

　　　　　　暗暗的，抽龙泉，

　　　　　　对准宗英，往上一蹿。

杨宗英：（唱）宗英早看见，一闪躲一边。

　　　　　　单手抓住他甲绦，举起往地上就摔。（死）

魁金萧：（唱）魁爷上边哈哈笑，暗夸王家兄弟俩，

　　　　　　真是出奇大丈夫，女儿得个好家婿，

　　　　　　老夫心满也意足。

　　　（白）倒是王表侄武艺高强，这帅印一定是你哥哥的了，萧德明、萧德亮，将你兄长尸首抬出教场。（抬下）人来，将王盖天也一齐埋葬。

　　　（萧德明、萧德亮下）

魁金萧：贤婿，大家回府，大摆筵席，庆贺新元帅上任之喜，请。

杨宗英：请。（下）

（上萧德明、萧德亮）

萧德明：气死人也！气死人也！可恨王家小子厉害，摔死王盖天，压死我兄长，你我吓得不敢动手，抬出尸首埋葬了吧。罢了，我的哥哥，你死得好苦哇！（下）

（韩昌、阎荣马上）

韩昌、阎荣：（诗）奉了太后旨，搬请女英雄。

阎　荣：（白）山人阎荣。

韩　昌：本驸马韩昌。

阎　荣：你我奉旨来请魁月梅，眼前就是邯郸城了。

韩　昌：呀，你看那边一伙人叫声震耳，上前问来。

阎　荣：借问将爷，这可是邯郸城吗？

萧德明：正是呀，这不是阎军师、韩驸马吗？

阎　荣：正是。你二人怎么认得我俩呀？

萧德明：你不知道，我是萧德明，他是萧德亮，我们本是萧太后的族弟，在黑水国魁老都督帐下为将。

阎　荣：原是二位国舅，失敬失敬。

萧德明、萧德亮：好说，不敢。

阎　荣：不知抬的是何人尸首？

萧德明：哎，不消问了。

（唱）提起来这事人人恨，都怨魁老太糊涂。
招个门婿如珍宝，就要让了印兵符。
我兄名叫萧德禄，上帐拦挡心不服。
教场与他来比武，小子心狠手又毒。
宝鼎压死我兄长，王盖天一下子摔没了。

阎　荣：（白）此人叫何名字？

萧德明：（唱）就是王强两儿子，王魁王巨是勇夫。
我们有心把仇报，心有余而力不足。
二位去把都督见，我埋我哥死骨突。
此处大料难久站，愿随军师与驸马。
如此我俩入帅府。

（上老都督魁金萧，坐）

魁金萧：（白）老夫我乐度余年，心意拿定。正是：魁爷心满意宽畅，从人报事走进屋。

（上卒）

卒： 禀爷，北国萧太后差军师阎荣、驸马韩昌府外求见。

魁金萧： 这等，待吾迎接。（上阎荣、韩昌）不知二位光临，有失远迎，多有得罪。二位请坐。

阎　荣： 大家同坐。

魁金萧： 中军，看茶来（是）。不知二位来到敝城何干？

阎　荣： 魁老将军，我二人奉萧太后密旨，来请小姐帮兵助阵，那里有一位勾月婵与小姐同师姐妹，请小姐急去。

魁金萧： 我女已经许人，如今新婚没有三天，焉能远出？

阎　荣： 不知小姐配与何人？

魁金萧： 提起此人大大有名，乃是北国王强，皆因上宋朝做内应，事漏遭诛，二子逃出，无处投奔，我两家昔年结亲，今日才得成，已过两天。老夫把兵权也让与王魁了。

阎　荣： 哎呀，老都督，可有些唐突。

韩　昌： 不好，那王强全家被斩，并未走脱一人，二子早已死去，必定是哪个前来顶名认亲。

魁金萧： 他二人前来投亲，有王强亲手笔迹手书，焉有不真？

阎　荣： 老都督何不叫我二人偷看真假？

魁金萧： 倒也有理，他弟兄正在饮酒，随我到屏风后看来。

（下，又上）

韩　昌：（仔细看后）老都督你当他是哪个？他二人是大宋之将，一名杨宗保，一名杨宗英，他们冒名前来招亲，都督上了他的当了。

魁金萧： 气死人也！待我手提宝剑，将他二人杀死，以消我恨。

阎　荣： 不可，杨家二子枪马无敌，有万夫不当之勇，动手反为不美。

魁金萧： 依二位怎么好？

韩　昌： 依我等之见，用蒙汗药酒灌醉，将他二人迷倒，暗暗带到天门阵上，萧太后见喜，必封你王位。

魁金萧：好，二位高见，请二位在此等候，我去行事便了，请。（下）

韩昌、阎荣：请。（下）

（出杨宗保、杨宗英）

杨宗保：（诗）明日早准备，起兵回大营。

（白）俺杨宗保。

杨宗英：俺杨宗英。

杨宗保：多亏崔金定巧计，兵权到手，明日整兵，早回大营。

杨宗英：哥哥，你可问我嫂嫂解药了吗？

杨宗保：解药到手，早已备好。

杨宗英：你我凡事多加小心为妙。

杨宗保：有理。

（上魁金萧）

魁金萧：贤婿在房？

杨宗保：岳父大人，请转上座。

魁金萧：便座可以。贤婿新得兵权，可喜可贺。家将们，看酒宴上来，老夫陪着畅饮。

（唱）吩咐家人酒宴备，老夫今日乐个飞。

喜的佳人得佳婿，又且武艺盖世魁。

今又得了兵权印，少年登第有光辉。

老夫沾光亦荣幸，叫声家将看大杯。

转心意儿①早备下，亲手斟酒笑微微。

贤婿贤侄请接过，以大做小莫辞推。

二人不晓其中意，一饮而尽干了杯。

不料天旋与地转，头也迷来眼也黑。

昏昏沉沉倒在地，哈哈大笑把话回。

吩咐番将用绳绑，快到书房禀明白。

阎荣、韩昌：（唱）来了阎荣与韩昌，多谢都督拿二贼。

---

① 转心意儿：一种特制酒壶，内部双胆，可以分别装入不同的酒水，倒酒时由机关控制。在剧中，魁金萧给自己倒的是好酒，给宗保兄弟倒的是毒酒。

　　　　　　吩咐装在口袋内，抬到车上把国回。
　　　　　　一齐出了元帅府，开放城门走如飞。
　　（出崔金定、魁月梅）

崔金定：（唱）金定一同月梅女，二人说笑在深闺。
　　　　　　金定开言呼小姐，
　　　　（白）自我入府以来，多亏小姐重看，并不以奴看待，姐妹相称，奴感恩不尽。

魁月梅：哟，妹妹在家不也是小姐么？
　　（急上丫鬟）

丫　鬟：呀，小姐呀，可不好了！太爷不知因何把姑爷弟兄用蒙汗药酒迷倒，装入口袋抬到车上，有两个一俗一道，暗暗出城，上北国献与萧太后，请功受赏去了。姑娘快拿个主意吧。

魁月梅：呀，此话可真吗？

丫　鬟：这样大事，焉敢撒谎？

崔金定：呀，丫鬟快快备马追赶。

丫　鬟：是。（下）

崔金定：姑娘若不嫌我，我愿随小姐赶上，夺回姑爷。

魁月梅：你会刀马吗？

崔金定：学过几次。

魁月梅：如此说来，你我披挂。

崔金定：有理。（下）
　　（上韩昌、阎荣）

韩　昌：番兵们，急急赶路。
　　（魁月梅、崔金定马上）

魁月梅：哪里逃走？

韩　昌：你这个女将是谁？追赶哪个？

魁月梅：我且问你，为何将王公子弟兄带去？快快留下，免得费事！

韩　昌：你哪里知道他是王公子？莫非你是魁月梅吗？

魁月梅：然也。

阎　荣：你们受了他骗了。

　　　　　　（唱）你受了，人家诓。
　　　　　　　　　你那女婿，本不姓王。
　　　　　　　　　他是杨宗保，他父杨六郎。
　　　　　　　　　因为如此如此，假扮来把你诓。
　　　　　　　　　可惜你父不仔细，中了他的巧良方。
魁月梅：（唱）少胡讲，言语狂。
韩　昌：（唱）我奉旨，到这方。
　　　　　　　　　正为杨家，两个儿郎。
　　　　　　　　　今日捉拿住，回去面有光。
　　　　　　　　　劝你快顺萧后，给你另找夫郎。
　　　　　　　　　你父也已归顺了，你要别扭不贤良。
魁月梅：（唱）心起火，大刀扬。
　　　　　　　　　善说不放，分个弱强。
　　　　　　　　　韩昌忙招架，大杀在疆场。
　　　　　　　　　哪有闲功交战？急急使出妙方。
　　　　　　　　　毒药金镖打出去，韩昌着实受了伤。
　　　　　　　　　我既出嫁，亦入洞房，
　　　　　　　　　生米成熟饭，就是我夫郎。
　　　　　　　　　至死不能更改，哪管姓王姓杨？
　　　　　　　　　留下夫主无的讲，不然难免大开膛。
韩　昌：（唱）打马跑，走慌忙。（下）
　　　　　　（阎荣对崔金定，杀）
崔金定：（唱）崔氏金定怒满腔。
　　　　　　　　　大战阎荣道，心内拿主张。
　　　　　　　　　早知妖道厉害，先下手为强。（着打）
阎　荣：（白）哎呀，躲之不及，受了重伤。（下）
魁月梅：（唱）两个佳人对了面。
　　　　　　（白）妹妹，你也会使宝贝呢？
崔金定： 实不相瞒，自幼受过异人传授。
魁月梅： 愚姐多有怠慢。

崔金定： 好说。打开囚车，快救你姑爷吧。

魁月梅： 有理。

（同下，又与杨宗保、杨宗英同上）

杨宗保： 多谢二位娘子救命之恩。

魁月梅： 哟哟，将军哪，被你吓糊涂了，怎么这样说二位娘子呢？

崔金定： 姐姐呀，不是人家糊涂，是你不明白了。

（唱）笑盈盈的尊姐姐，今个我才对你说。
你当我是哪一个？我是崔氏女娇娥。
早与将军杨宗保，我俩成亲两月多。
只因攻打天门阵，中了妖风不明白。
今日忽然出了意，幸而救回把难脱。
前后话儿说透了，你是归南归北国？

魁月梅：（唱）听罢如梦方初醒，半晌无语怔呵呵。
原来是受人家骗，这可叫我怎么着？
有心归顺北国去，又与宋将做老婆。
生米已经成熟饭，焉能更改有别说？
主意已定叫妹妹，事已至此将就着。

崔金定：（唱）把我诓到邯郸地，可恨又怨哪个人？
硬要与我成婚配，多亏王贵把话说。
送入帅府丫鬟做，养好伤痕我走脱。
不料将军来盗药，假充王魁与你配合。
那天乍然见了面，冷不丁吓得我一哆嗦。
打了茶盅你大怒，将军讲情为什么？
定计诓了兵符印，带兵好去把贼捉。

魁月梅：（唱）连你带我咱们三个。哪管三个与五个？
人多挤着更暖和。此等回城去见父，
劝他投降理才合。妹妹之言实有理。

杨宗保：（白）娘子回城，劝父归降，带着解药，快回宋营救千岁要紧。

魁月梅： 有理。（下）

（出魁金萧老都督）

魁金萧：（诗）只说为女招佳婿，不料还是大宋人。

（白）本都督魁金萧，原想女儿结婚，完了老夫一件大事。谁知宋将杨宗保假充王魁，骗了我女儿婚姻。可恨哪，可恨！好在被我用蒙汗药酒迷倒，交韩驸马带去。家人说女儿带了丫鬟，也不问长短，追上前去讨要女婿。唉，万一赶上，韩驸马不是她的对手，老夫也无法可使。

魁月梅：（内白）家将们，接刀拴马。（上魁月梅）爹爹，你老为何将姑爷献与北国？

魁金萧：女儿不知，他原是杨家之后，假充王姓诓婚到此，为父才把他献与北国。

（唱）女儿你想怎么办？嫁鸡随鸡得跟着。

魁月梅：（唱）他若死了我守寡，女儿终身靠哪里？

魁金萧：（唱）他本顶名来冒姓，本是杨家小阿哥。

魁月梅：（唱）生米已经成熟饭，婚姻大事无改挪。

魁金萧：（唱）他已接走去北国，大料有死无有活。

魁月梅：（唱）孩儿把他抢回府，爹爹倒是怎么着？

魁金萧：（唱）此话可是当真的，劫回宋将在哪里？
　　　　　　惹了北国可怎脱？

魁月梅：（唱）哪怕北国与南国，泰山压下儿敢托。
　　　　　　萧后若要来征战，我既敢做敢担着。

魁金萧：（唱）无得说了凭你吧，孩儿带兵归宋朝，
　　　　　　叫你兄弟跟你去。

魁月梅：（唱）多谢爹爹施恩德。事不宜迟我就走，
　　　　　　下了大帐走如梭。

魁金萧：（唱）我也去见贤婿面，前后话儿说明白。
　　　　　　不言这里行人马。

（急上阎荣、韩昌）

阎荣、韩昌：（诗）忙忙似丧家之犬，急急如漏网之鱼。

阎　荣：（白）俺阎荣。

韩　昌：本驸马韩昌。可恨魁月梅丫头十分厉害，你我重伤大败，看来夺回杨家弟兄，白费心事了。幸有萧德明、萧德亮两个兄弟愿投北国，带来五千兵丁，见萧太后也能欢喜。

（上王贵）

王　贵：（唱）王贵打马走如梭。

（白）我王贵，本是王怀女同胞兄妹，因投黑水国魁都督帐下听用，方才打探得明白，王魁、王巨原是宋将杨宗保、杨宗英，他们诓骗迎亲，被这里擒拿，交韩昌接送北国，又被小姐赶上夺回，身归大宋。我何不先去投奔天门阵做个内应，好破天门阵式。你看阎荣、韩昌已走出二十里，急急赶上便了。（下，又上）韩驸马慢行。

韩　昌：王都督追赶，莫非想交战不成？

王　贵：非也，我看魁都督年老，把兵权让与他婿，心中不忿，我本副都督，却未接班。本想杀掉王魁，哪知畜生骁勇，故而来追驸马，情愿做一步卒，心愿足矣。

韩　昌：好，王将军知达时务，随我去见萧太后，必有封赠。

王　贵：谢过驸马。

韩　昌：大家一同奔天门阵便了。（下）

（升帐，出萧后，坐。上阎荣、韩昌，跪）

阎荣、韩昌：千岁，臣等交旨。

萧　后：二卿可请来魁月梅了吗？

阎　荣：太后，原是这般如此，早有宋将顶名而去，臣等用计拿住装袋，中途被丫头赶上夺回，我等反而受伤大败。现在收下萧家弟兄和王贵三人，愿投千岁帐下听用。

萧　后：好，三人俱封酋长，把守天门阵去吧。

王贵等三人：领旨。（下）

（上勾月婵）

勾月婵：母后，魁月梅这个丫头十分可恨，儿去出马，将她生擒活捉，万剐凌迟，以解心头之恨。

萧　后：女儿多加小心。

勾月婵：不劳嘱咐。小番们，抬刀带马。（下）

（宋营升帐，上卒）

卒：报元帅得知，番女报名叫魁小姐出马答话。

王怀女：魁小姐刚刚进营，哪能出马上阵？

魁文龙、魁文虎：我弟兄二人愿替姐姐走走。

魁月梅：多加小心。

魁文龙、魁文虎：不劳嘱咐。（下）

（魁文龙、魁文虎马上）

魁文虎：哥哥，咱随姐夫方进大营，姐姐用药治好千岁，正要用宴，番女指名叫姐姐出马，你我讨令而来，试试这番女有何本领。

魁文龙：有理，迎将上去。

（魁文龙对勾月婵）

勾月婵：来的宋将报名受死。

魁文龙：你少爷魁文龙，番女何名？

勾月婵：你是魁月梅的兄弟？

魁文龙：正是。

勾月婵：奴勾月婵，看剑。

魁文龙：来来来。

（杀，勾月婵败，又上）

勾月婵：哪有工夫与你交战？念念有词，化血刀起，呀呸！

魁文龙、魁文虎：哪里走？呀，不好！（被斩死）

勾月婵：小番们，去叫阵。

卒：报元帅得知，二将落马身死。

魁月梅：呀，这还了得？待我出马与我两个兄弟报仇。

杨排风：我杨排风愿去帮助。

王怀女：可要小心。

魁月梅：不劳嘱咐。

（唱）怒气攻心上了马，大刀一摆抖威风。
　　　定与兄弟把仇报，拿住敌人点天灯。

杨排风：（唱）排风晃动烧火棍，果有天将与天兵。
　　　少奶奶只管把心放，今日捉拿金必风。
　　　我早有心打阵式，太太拦挡不让行。
　　　今天叫他见见我，月梅也就紧跟行。

（上胡宣真人）

胡宣真人：（唱）胡宣把守朱雀阵，瞧见来了二花容，手提宝剑应上去。

（白）这女花贼有啥本事？敢闯我的领地，报名上来。

杨排风： 你姑奶奶杨排风，你叫何名？

胡宣真人： 出家人金必风大徒弟胡宣真人，我劝你快上别处去吧，我的领地你难讨公道。

杨排风： 胡说，看棍。（打死）这野道被我一棍打成肉饼，少奶奶，随我去找金必风。

魁月梅： 有理。（下）

（上阎荣对魁月梅）

魁月梅： 狗道，快些闪路，你奶奶破阵来也。

阎　荣： 你是何人？

魁月梅： 奴魁月梅，你是何人？

阎　荣： 山人阎荣。哪里来的女子？你吃了熊心豹子胆？

（杀，上杨排风）

杨排风： 贼道人，看奶奶的烧火棍。

阎　荣： 我听说宋营有个杨排风，就是你？

（唱）一眼不着打一下，打个前失倒尘埃。
　　　将身一滚败下去，何不到他阵里来？
　　　前边就是万兽阵，狼虫虎豹把她吃。
　　　将身一抖入了阵。

杨排风：（唱）排风追赶来得急。
　　　上天赶到灵霄殿，入地赶到十八狱。
　　　大棍一提入了阵，许多怪兽把牙呲。
　　　怪兽无爪直奔我，并不害怕用棍劈。
　　　砍倒战马血染尸，倘若被打掉在地，
　　　霎时骨肉成了泥。

阎　荣：（唱）阎荣一见哈哈笑，看你还有何本事。
　　　不免再去帮师父，捉拿那个女花枝。

（魁月梅与勾月婵对上）

魁月梅：（唱）你的本领我知情，大刀一摆杀一处。

勾月婵：（唱）月婵心中打调停，有心用这迷魂药，
　　　　　　她有解药难成功。本来不是她对手，
　　　　　　工夫大了不能赢。何不把她引入阵。
　　　　　　丫头想走万不能。虚晃一刀往下败，
　　　　　　敌你不过回里行。
魁月梅：（唱）月梅大叫哪里走？后边紧跟小排风。
杨排风：（唱）二人闯进天门阵，我帮奶奶成大功。
　　　　　　今叫番女试试我，烧火棍子重与轻。
魁月梅：（唱）当时来到疆场上，大骂月婵了不成。
　　　　　　为何下此狠毒手？伤我两个弟兄太无情。
勾月婵：（唱）什么情来什么意？咱俩就是对头兵。
　　　　　　你不该顺了杨小将，救了八王显你能。
　　　　　　咱俩既是仇敌了，你死我活决输赢。
魁月梅：（唱）莫非我还惧怕你？今儿与你拼死活。（金必风杀死魁月梅）
　　　　（上杨排风，对金必风战）
杨排风：（唱）排风抡开烧火棍，如同猛虎把山离。（下）
金必风：（唱）必风招架说不好，累得不住气呼呼。
　　　　　　这个女将力真猛，大棍又沉手又急。
　　　　（上杨排风）
杨排风：（白）正要拿你，着棍。
金必风：来来来。（杀，金必风败下，又上）这个贱人厉害，不免将她引入天门阵，伤她便了。（下）
　　　　（上杨排风）
杨排风：妖道不见，忽听雷声响动，四处万刀齐来。哎呀，只怕有些不好。
　　　　（唱）忽见万刀从空下，左挡右遮来不及。
　　　　　　只顾前来难挡后，霞光万道眼迷离。
　　　　　　拿起大棍拨利刃，左闪右挡不停息。
　　　　　　打掉一个又来一个，越打越多了不得。
　　　　　　带回坐马急逃走。
金必风：（唱）必风一见把法使，身后取出旗一杆。

　　　　　（白）你看这员女将，真也厉害，万刀并未伤了她命，不免用恍魂旗将她晃下马来，拿住的话去见太后，也显显出家人的本事。
　　　　　（擒住，杨排风落马）

金必风：番兵们，押入太后大营。
　　　　　（杨排风绑下）
　　　　　（升帐，姜夺、韩昌、勾月婵站，萧后坐）

萧　后：（诗）连年苦用兵，并未把宋平。
　　　　　（白）哀家萧氏。
　　　　　（上金必风）

金必风：千岁，贫道在天门阵上斩了魁月梅，擒来杨排风，现在帐外请主发落。

萧　后：带上来。（带上，杨排风不跪）哇，大胆奴才，见了哀家还不跪地求生？这样傲气，莫非你是不怕死吗？

杨排风：大宋烧火的丫头不计其数，怕你杀不过来。

萧　后：你要投降，饶你不死。

杨排风：要杀就杀，要砍就砍，我国大兵到来，必将你杀个干干净净。

萧　后：哇，好个奴才，出口伤人。手使烧火棍，十分厉害，果然名不虚传。幸亏山人铜头铁背，不然被她打了一下，早就筋断骨折，好生厉害。刀斧手，将她推下斩首。（下）
　　　　　（开刀后上报）

卒：太后，刀斧手举刀砍杨排风，自己脑袋掉了，杨排风却平安无事。

萧　后：呀，这可奇怪了。

姜　夺：千岁，待臣姜夺亲斩此女，看她有何邪术？

萧　后：多加小心。

姜　夺：遵旨。

卒：报千岁得知，姜元帅钢刀一举，扎入自己手上，疼得翻滚。

萧　后：呀，这还了得，杨排风法术高强。众卿有何高见？怎样才能把她杀了？
　　　　　（上卒跪）

卒：报太后得知，我们正在杀她，杨排风忽然不见了！

萧　后：起过了。

卒：是。（下）

萧　后：呀，有些不好，宋营有这样能人，哀家可难进中原了。
卒　　：启禀太后，杨排风营外要阵，还有个矮子把必风老祖坐骑给骑去了。
萧　后：呀，这可怎好？咱国大兵无数，还有个天门阵，却连宋营里一个烧火的丫头都打不过，还有何脸再与宋朝争斗。赶快收了天门阵，撤兵回国，写下降书顺表，今后永不动兵了。
金必风：千岁，不要灰心，我这回要拿不住宋营众将，誓不回山。（下）
萧　后：哎，你看老祖一怒而去，听候捷音便了。（下）
（上金必风）
金必风：气死人也，气死人也！当面羞臊与我，山人恼在心上。（抬手持令牌）王月、岳方、阎荣、朱会真、秦猛、郑天明、王平、白天卒，八家弟子听令。
合　　：（内白）来了。（同上八人）老祖有何吩咐？
金必风：众弟子们听了。

（唱）面带怒，便开言。
众家门下，细听抱怨。
师徒同到此，当时面无颜。
只因天门阵上，闹得地覆天翻。
死了徒儿白骨道，今日又丧个胡宣。
左一次，右一番，
并未胜了，反被人惨。
老将并不怕，最怕小魁元。
有个矮子厉害，还有一个丫鬟。
叫她闹得翻锅了，太后言语藐视咱。
要撤阵，回北番。
献了降书，永不犯边。
看咱无有用，妄自称道仙。
山人一怒传令，大家齐上阵前。
使尽平身所学艺，不灭宋将誓不还。
众妖道，眼瞪圆。
齐说遵令，各走如烟。
必风把台下，吩咐众神仙。

倘有宋将进阵，一个不放回还。

八人合：（白）遵法旨。

（众人迈步出阵，找史配明）

金必风： 好个矮贼，救出排风倒还罢了，又把我的红毛兽骑去，明明羞辱于我无能。呀，那边正是矮贼骑着我的红毛兽洋洋得意的，真美呀，待我上前抢回。这个死矮子，你咋死不了哇！可气死我也，就是抓不住他，可恨死人也！（下）

（完）

第十四本

【剧情梗概】史配明抢走了金必风的坐骑,两人对战,王怀女派杨宗保、杨宗英、杨宗耀、岳安四人前去帮助,杨宗英、杨宗耀①被抓进番营。辽国萧太后令野马川人氏、自幼学艺而刀马纯熟的黄凤仙带兵五千前去助阵。金必风命黄凤仙护守太阴阵。然而,因受仙人指点,黄凤仙命该与岳安婚配,遂投顺大宋,并用法宝子午定南针破了金必风的金钟罩铁布衫,打死他的异兽,使之大败而逃。金必风奏知萧太后,萧太后大怒,让其派金、银二都督到野马川,捉拿黄凤仙的一家大小。

(上杨排风拿棍,史配明骑兽)

史配明:(白)排风,你先回营,我在此遛遛这个野牲口。

杨排风:是,待我回营便了。(下)

史配明:我史配明,人都说骑驴吃豆包——乐得颠倒了。我史配明骑红毛兽,要吃豆包,他不颠倒吗?哈哈哈,罢了,我乐得都上了膘咧,浑身都胖了。哈哈哈,真随心意,走得快呢。这东西懂人味,身上红毛不粗不细的。

(唱)头上有角肚有鳞,四蹄生风不沾地。
　　金必风他的坐骑,落在我手真随意。
　　才要思想回营去。

金必风:(白)矮贼,快留下我的红毛兽。

史配明:(唱)忽听喊一声,回头看仔细。
　　原是金必风,追赶到这里。

金必风:(白)红毛兽还不回?等待何时!

(红毛兽跑掉)

史配明:(唱)好个野毛畜,把我摔在地。
　　险乎岔了气,爬将起来瞧。

---

① 杨宗耀:杨延顺在北番改名王英与萧太后的三公主所生之子,原名王宗耀,又称霹雳子,后随杨延顺归宋营改名为杨宗耀。

老妖来到此，叫声金必风。

咱俩试试看，谁的艺不济？

好个老杂毛，你还追来了。

金必风：（白）我把你这该死的矮贼，救去排风，盗去我异兽，其情可恼！山人与你势不两立，看剑。

史配明：来了。

（杀下，上卒）

卒：报元帅得知，史将军与一群道人杀在一处，难解难分，请令定夺。

王怀女：这等，宗保、宗英、宗耀、岳安，你四人前去迎接，不可有误！

四　人：得令！

（岳安对王月）

王　月：宋将何名？

岳　安：你少爷岳安，妖道何名？

王　月：你祖师王月，乃金必风老祖之徒，知我厉害，下马投降。

岳　安：胡说，看锤！

王　月：来吧。

（杀妖败下，又上）

王　月：小将厉害，不免现出原形吃他便了。

（变虎，追岳安下）

（朱会真对杨宗耀）

杨宗耀：来者妖道，报上名来。

朱会真：宋将要问，听我道来。

（唱）山人名叫朱会真，跟师修行炼大道。

高山学艺几百年，法术无边玄中妙。

移山倒海亦何难？千变万化不扯票。

师父摆阵我跟来，拿住宋将把油烤。

把你个个热血喝，肝花肠肚喂英豪。

杨宗耀：（唱）妖人还要往下说，少爷闻听火性冒。

大骂妖人少胡说，试试少爷杨宗耀。

双锤并举照顶劈，叫你花红脑子冒。

朱会真：（唱）宝剑招架说好沉，败中要使玄机妙。

　　　　　　　大嘴一张吐毒丹，正中敌将马下掉。

　　　　　　　（毒丹打杨宗耀，落马）

　　　　　　　携起急急回阵中，心中不由好快乐。（下）

杨宗英：（唱）气坏少爷杨宗英，催马赶上骂妖道。

　　　　　　　秦猛拦住说慢行，祖师等你把命要。

秦　猛：（白）来将报名。

杨宗英：你少爷杨宗英，妖道何名？

秦　猛：你祖师爷秦猛，着剑吧。

杨宗英：来来来。

　　　　（杀，秦猛败，又上）

秦　猛：宋将小儿，不免用蝉毒喷他便了。

杨宗英：哪里走？（落马）

秦　猛：番兵们，绑回阵去。（下）

　　　　（上妖，对杨宗保杀，杨宗保败下，上）

杨宗保：呀，不好！妖人厉害，岳安不知去向，宗耀、宗英被擒，史配明战住金必风。俺只得回营，想法再作定夺。（下）

　　　　（上阎荣）

阎　荣：好个奸猾小将，飞跑回营，不免帮着师父拿矮子便了。（下）

　　　　（上史配明，对金必风，杀，金必风败，又上）

金必风：好个矮子，棒如流水，天已不早，又擒住两员宋将，不免收兵去见太后，请功受赏。众门人呀，收兵！（下）

　　　　（上史配明）

史配明：哎呀，这野道回去咧，眼见擒去二将，岳安也不知去向。我不回营，吃点干货打打尖，带上我的宝贝遁进营去，暗中保护二将，得手使坏，糟践他们，走走便了。（下）

　　　　（岳安马上）

岳　安：吓死人也，宗耀、宗英被擒，妖人追赶我十余里，到了山坡之后。此处原是通北国之路，天已昏黑，难以回营，那边有一松林，进林将马放放歇歇，等天明再回营便了。（下）

金必风：番兵们，押着宋将去见太后。

　　　　（唱）必风老祖心大悦，今日擒住二将官。
　　　　　　　宋营宗英与宗耀，乃是英雄将魁元。
　　　　　　　这次出马得全胜，太后一定喜心间。
　　　　　　　押着二将把营进，萧后升座犯愁烦。
　　　　　　　勾氏月婵相陪伴，姜夺伺候帐下边。
　　　　　　　必风上帐呼千岁，山人擒来将两员。
　　　　　　　一名宗英与宗耀，俱是杨家后生男。
　　　　　　　听说擒来杨宗耀，不由想起喜心间。
　　　　　　　吩咐绑上两员将，番兵带上不消闲。

萧　后：（唱）太后大怒拍桌案，畜生大胆礼不端。
　　　　　　　弃了北国投大宋，扔了老娘恩情宽。
　　　　　　　今日你要回心意，去见你母回北番。
　　　　　　　教你无罪不知事，连说住口少胡言。

杨宗耀：（唱）我本杨门忠君后，岂能降你狗腥膻？

萧　后：（白）咦，大胆畜生，辱骂与我！刀斧手，将两个逆子推出辕门斩首。

　　　　（推下，上报）

卒：　　报千岁，三公主来到辕门，命人护住二将。

萧　后：叫她进来。

卒：　　遵旨。（下）请公主进帐。

萧玉琼：来了。（上）母后，孩儿听说霹雷子归来，叫儿不信，故此来看真假。请问母亲，为何将霹雷子绑出开刀？

萧　后：他父子投宋倒还罢了，不该屡屡前来征战。今日被擒，为娘用好言劝他，反而大骂，故此斩首。

萧玉琼：母后，看儿面上，放了他吧。

萧　后：逆子万恶，断断不放！

萧玉琼：母后，既不放俺儿，他既杨门之子，我是杨门之妇，留俺何用？你把俺也杀了吧。

萧　后：咦，好个逆女，见俺撒泼。刀斧手，将逆女绑出去，一齐开刀。

萧玉琼：你杀得好，杀得好！

萧　后：绑下去。
　　　　（绑下萧玉琼）（上卒）
卒　　：启奏太后，营外有个花子口口声声叫太后接他，太后守寡，他没媳妇，硬与你拜堂成亲。
萧　后：哪里的狂徒，这样放肆！必风老祖、姜夺、韩昌、勾月婵快去拿来万剐凌迟。
众　　：遵旨！（下）
萧　后：刀斧手，把他三人打入囚车，等拿住花子，再将他三人送入北国。
刀斧手：是。
萧　后：真真气死人也。（下）
　　　　（上花子，一手棍，一手罐子）
花　子：（诗）人说俺是神公，俺说俺是仙妖；
　　　　　　　　黄盆瓦罐手提着，打狗棍子一根。
　　　　（白）我花子呀，出来一将，必是拿我来了。
　　　　（上姜夺）
姜　夺：好个大胆的花子，敢戏耍太后，罪该万死！快跟我入营见千岁领罪。
花　子：哈哈哈，请了。你们太后守寡多年，我也死老婆年头不少了，我找她配对，岂不是好？
　　　　（唱）我本没媳妇，多年打光棍。
　　　　　　　漂流在外边，自己任随意。
　　　　　　　饿了要着吃，困了我就睡。
　　　　　　　夜晚住庙中，十分太憋闷。
　　　　　　　没有媳妇陪，才想这宗事。
　　　　　　　你们太后她，人物长得俊。
　　　　　　　守寡已多年，凄凉没有对。
　　　　　　　管保她随心，俺俩正合适。
　　　　　　　莫非叫你接，叫我进帐去。
　　　　　　　你就头前行，为何生大气？
姜　夺：（唱）骂声贼花子，你是自找罪。
　　　　（白）死在眼前，还敢胡言，看枪！

花　子：你给俺一动也别动。（定住姜夲）你怎么不动手了？站个老实，好像个木头人。

（上韩昌）

韩　昌：好个花子，为何把他制住？

花　子：我知道你叫韩昌，我不招你，你给我回去。（韩昌下）哈哈哈，叫他回去，他就回去了。

（上金必风）

金必风：花子何名？敢戏耍太后，站住！你可知我的厉害？

花　子：（傻笑）哈哈，你的厉害？

金必风：你叫何名？

花　子：你问俺呀？听俺道来。

　　　　（唱）要问俺名人人晓，开天辟地就有咱。
　　　　　　　经过混沌整三次，共合一万八千年。
　　　　　　　姓俺名字还叫俺，参透其意是神仙。
　　　　　　　劝你快快收了阵，不失体面快归山。
　　　　　　　若是不听俺的劝，怕你后悔那时难。
　　　　　　　事到临头别怨俺，俺的法术妙无边。

金必风：（白）你这花子有何法术？说说吧。

花　子：（唱）伸手能摘星日月，翻掌叫他地作天。
　　　　　　　能喝五湖四海水，能搬七十二座山。
　　　　　　　你这小小天门阵，稍微一动就得完。
　　　　　　　用手一指天兵退，一口法气灭妖仙。
　　　　　　　别看你是金钟罩，搁不住我的巴掌扇。

金必风：（唱）必风一听心中怒。

　　　　（白）好个花子，有何本领？着剑取你。（花子用手一指，剑化为飞灰）呀，不好！待俺祭起金砖打他便了。

（砖起，花子举罐）

花　子：我来！（入罐）

金必风：念动真言：三十六把天罡刀斩他：呀呸！

（举罐）

花　子：我来。（入罐）

金必风：哎呀，待我用七十二把神砂打他，呀呔。（砂起入罐）

花　子：金必风，你不用使宝贝了，你有多少宝贝也装不满我这小罐，我也不与你斗法。俺把俺打狗的棍子插在地上，你能拔出来就算胜。

金必风：你就插来。

花　子：好，你看看。（插上）你就拔出来吧。

金必风：待俺拔来。（拔介，钩住手）哎呀，罢了我了。祖师爷饶了我吧，钩死俺了。

花　子：叫我饶你不难，俺限你百日之内撤了阵式，急回山炼道，不然叫钩子把你的肝、肠子、肚子都给你钩出来。

金必风：弟子应下，不知祖师是哪位佛爷？

花　子：不用细问，去吧。

（放掉金必风）

金必风：那边还定着一个呢。

花　子：待俺把放回去。（下，又上）你站工夫不小了，去吧。（姜跑下）我不免到阵中，有一段姻缘成全才是。（下）

（上姜夺，二番扎巾）

姜　夺：俺姜夺。

黄赤江：黄赤江。

黄赤海：黄赤海。

姜　夺：最可怕的花子把俺治住，幸而未伤性命，放回营来见了太后，太后命我带黄家弟兄将三人送上北国，五鼓起程，走出二十余里，面前有座松林。小番们，护送囚车，穿林而过。

卒　　：是。（下）

（岳安拉马上）

岳　安：俺岳安，林外来了支人马，押着囚车。原是宗英、宗耀和一妇女，不知何人？待俺上马，持锤将囚车夺回。（下）

（对上）

黄赤江：呀，哪里来的幼儿，敢挡去路，报上名来。

岳　安：我是玉皇所差，追你的狗命，着锤。

黄赤江：来来来。

（杀，姜夺上，败下，又上）

姜　夺：幼儿骁勇，用金镖打他便了。

岳　安：哪里走？

姜　夺：看打。

岳　安：呀，不好！（下）

姜　夺：黄家弟兄保护囚车慢行，待俺追赶小将拿回。（下）

（急上岳安）

岳　安：呀，不好！左膀着伤，不能交战，前有庄村，进庄藏躲。（下）

（上姜夺）

姜　夺：小将跑进庄，番兵们，随俺进庄捉拿。（下）

（步上李有才）

李有才：（诗）不少吃来不少喝，豆腐盘子肩上搁；

本钱少，利钱多，换钱打酒买馍馍。

（白）老汉李有才，李家庄居住，闺女李淑芬，干闺女姜翠平自到俺家，姐俩投缘，睡觉都一个被窝，说起话来，知道她是杨宗英的媳妇。老汉要把她送回去，她不肯。吃完了早饭，庄外看看，闲逛逛吧。

（上岳安）

岳　安：老人家，快领俺家中躲躲。

李有才：你是何人？

岳　安：如此如此，追兵到了。

李有才：随俺来，不用怕，这里有个人能帮你劫囚车，来吧。

岳　安：来了。（下）

（出李淑芬、姜翠平）

李淑芬：（诗）异姓胜同胞，心比天地高。

（白）姐姐，自你到此已经多日，总是愁眉不展的，万一憋屈出病来，那可咋好？

（唱）奉劝姐姐心放宽，慢慢自然随心怀。

姜翠平：（唱）俺这样孤苦命，自幼离娘上山岗。

李淑芬：（唱）人生命儿早注定，何必终日解不开？

姜翠平：（唱）可恨强人心太狠，诓哄奴家理不该。

李淑芬：（唱）自古妻娇有一失，将来一定两和谐。
姜翠平：（唱）强人一定不要我，你说俺可是媳妇是女孩？
李淑芬：（唱）一时他有为难处，自然亲身请你来。
姜翠平：（唱）望梅止渴不中用，海底捞月净是白。
李淑芬：（唱）姐姐不可想太绝，保重身体才应该。
姜翠平：（唱）就打强人回心意，谁能知俺在李宅？
李淑芬：（唱）叫老爹爹宋营去，前后之事说明白。
　　　　　　正是二人闲叙话，门外走进李有才。
李有才：（唱）闺女丫头爹有事，杨姑爷如今他受害。
　　　　　　打入囚车送北国，只怕要把脑袋摘。
　　　　　　闺女快快去搭救，倘要晚了有祸灾。
姜翠平：（白）爹爹，听谁说的呢？
李有才：（唱）宋营岳安跑到此，为救囚车败阵来。
　　　　（白）闺女呀，方才岳安说，番将姜夺十分厉害，你去阻挡，杀退番兵，劫下囚车。女婿念救命之恩，一定将你留下。小两口归宋，那该多有意思。
姜翠平：哼，要看强人心狠，哪管许多？今看爹爹之面，救救他才是。（换装）
李有才：哈哈哈，小滑头说的"哼，要看强人心狠，哪管许多？今看爹爹之面，救救他才是"，一扭头就走咧，交给俺个好闺女呀。（下）
　　　　（上姜翠平，对黄赤江）
黄赤江：原来是姜翠平，你因何在此？
姜翠平：黄赤江，你不用细问，快放下囚车逃命。
黄赤江：哇，无耻贱人，弃兄投宋，着枪。
姜翠平：来来来。（杀，姜翠平败，又上）等他赶来用飞刀斩他。
黄赤江：哪里走？（死）
　　　　（又砍死黄赤海，上姜夺）
姜翠平：哥哥，依小妹劝，留下囚车，归顺宋营，不失兄妹之情。
姜　夺：哇！无耻丫头，背兄私逃，有何颜面立于天地之间？今不拿你，绝不为人，着枪。
姜翠平：来！来！来！

　　　　　　（杀姜夺，姜夺败，又上）

姜　　夺：丫头有些法术，番兵们一齐下手，不得放走！

　　　　　　（大杀，姜翠平败，又上）

姜翠平：呀，可有些不好。

　　　　　（唱）上来了，众番卒。

　　　　　　　　刀枪并举，将奴围住。

　　　　　　　　架过枪一杆，他又来得速。

　　　　　　　　无有招架之力，还手工夫全无。

　　　　　　　　累得只是心乱跳，没空掏宝瞪眼珠。

姜　　夺：（白）番兵们，一齐围住。

姜翠平：（唱）大刀举，汗流出。

　　　　　　　　只怕今日，命要呜呼。

　　　　　　　　暗把哥哥恨，心中太狠毒。

　　　　　　　　你我同胞兄妹，为何这样坑吾？

　　　　　　　　不但夫主不能救，只怕被擒性命无。

花　　子：（唱）正着急，出花子。

　　　　　　　　不要害怕，孙子媳妇。

　　　　　　　　爷爷来救你，挡退众番卒。（众跑）

姜　　夺：（唱）姜夺说声不好，打马跳得急速。（下）

　　　　　　　　番兵一看主将败，扔了别人带着主公。（下）

　　　　　（云上）

太乙真人：（唱）太乙道，来得速。

　　　　　　　　救去宗英，传道洞府。

　　　　　　　　岳安早来到，翠平看清楚。

姜翠平：（唱）车内只剩宗耀，怎不见奴丈夫？

　　　　　　　　目视所见无主意，不由腮边滚泪珠。

　　　　　　　　花子上前开言道。

花　　子：（白）姜翠平，莫要着急，杨宗英并无凶险，有能人救去，你夫妻自有团圆之日，后会有期，俺就去也。（下）

姜翠平：你看花子来去踪迹不定，说话奇巧，你二人回宋营去吧，俺还在此居住。

杨宗耀：嫂嫂不可，不如随俺去见祖母，俺替你说明一切。祖母做主，你夫妻自然和睦。

姜翠平：哎，俺也无得说了。俺在李家搅扰多日，待俺十分厚恩，何以为报？

杨宗耀：这个不难，你我进庄，告别李家父女，他们愿同去，将他们送到三关，居住有人服侍，将来给李姑娘挑个门婿，也算报答了。

姜翠平：好，此言有理，随我进庄辞别，再回大营便了。（下，又上）义父不愿随我前去，故土难离，只得禀告元帅，多送些金银相谢，二位贤弟，一奔大营便了。

杨宗耀：有理。（下）

（阎荣马上）

阎　荣：（诗）奉了师父命，引阵到宋营。

（白）出家人阎荣，师父被花子制住，叫百日内收阵。师父未敢与太后说，叫我前去引阵，捉拿宋将，只得前去。（下）

（三人马上）

杨宗耀：离营不远，呀，那边来了一个老道，正是阎荣前来要阵。

岳　安：贤弟与姜氏嫂嫂先回营去见元帅，说知嫂嫂之事，小弟去会会妖道。

杨宗耀：言之有理，嫂嫂随我来。

姜翠平：来了。（下）

（阎荣对岳安）

岳　安：妖道欲要何往？

阎　荣：前去引阵。

岳　安：不用引阵，你少爷竟来破阵。

阎　荣：好，随俺来。

岳　安：来了。（下）

（阎荣下，上王月）

王　月：出家人王月，眼见师兄引来宋将进我太阴阵来，只得迎将上去。

岳　安：妖道何名？

王　月：山人王月，小小宋将，敢闯我太阴阵，自寻死路，着剑吧。

岳　安：来来来。（杀下）

（出黄凤仙）

黄凤仙：（诗）满怀心事无人晓，落得自己暗忖思。

（白）奴黄凤仙，乃北国野马川人氏，父黄彦荣早年去世，家母在堂，叔叔黄彦成、黄彦贵镇守石门寨。萧太后与宋动兵，设摆天门阵，调动六国三川人马。萧太后与川主命俺带兵五千前来助阵。金必风命我护守太阴阵，并未交锋。奴自幼跟马灵圣母学艺，刀马纯熟，有件法宝，名为子午定南针，专打金钟罩铁布衫。我看金必风虽然法术高强，做事不正。奴年已及笄，何日是个头啊？

（唱）独坐阵中心烦闷，想起终身觅婿难。
　　　父亲早亡母在世，只有奴家女婵娟。
　　　自从帮兵来助阵，太阴阵内叫我拦。
　　　那日来了老花子，生得丑陋讨人烦。
　　　临行给我一书信，叫我归顺宋营盘。
　　　又说是今日今时来一将，太阴阵中要遭殃。
　　　叫我暗中把他救，说我的夫主叫岳安。
　　　说的糊涂叫人难信，我看花子像疯癫。
　　　果真要是有此事，花子一定是神仙。
　　　不知岳郎丑与俊，叫我心慌意乱想。
　　　凤仙正在暗叨咕，忽听一阵喊连天。
　　　这是哪里大交战？想是宋将进阵间。
　　　迈步上台往下看，见一小将虎一般。
　　　大战王月太阴阵，凶多吉少在眼前。
　　　倘要引进阵中去，性命只在顷刻间。
　　　伸手取出无价宝，毒药金镖拿手间。
　　　照准王月打下去，王月不防中左肩。
　　　不敢交战跑进阵，愣怔少爷小岳安。
　　　凤仙上前开言道，将军随俺到这边。

岳　安：（白）来了。

黄凤仙：将军请坐。

岳　安：告坐。不知小姐贵姓高名？叫俺何事？

黄凤仙：将军呐，奴野马川人氏，奉川主之命来助萧太后。金必风命我把守太阴阵，将军你贵姓高名呢？

岳　安：小将乃是岳安。

黄凤仙：哦，我那天……

　　　　（唱）听了岳安两个字，心头小鹿一忽闪。
　　　　　　　暗夸小将人才好，俊俏白嫩美少年。
　　　　　　　暗暗又把花子谢，真神仙给我个好夫男。
　　　　　　　带笑又把将军叫，我早知你姓名叫岳安。

岳　安：（白）你怎知道？

黄凤仙：（唱）前日来个老花子，临行留下书一篇。
　　　　　　　说你今日今时到，宋将被困阵里面。
　　　　　　　叫我暗中救你命，会有一段美姻缘。
　　　　　　　说罢掏出递过去，接过书信看一番。
　　　　　　　点头赞称尊小姐。

岳　安：（白）小姐，既有花子为媒，又有救命之恩，末将从下。

黄凤仙：好，咱二人一言为定，并无更改。

金必风：（内白）黄凤仙快出来。

黄凤仙：呀，金必风来喊叫，必有事故。你后房等候，待我看来。（下）

金必风：黄凤仙，你做的好事！

黄凤仙：仙师，这是为何？

金必风：王月左膀中你一镖，镖头有毒，必是你的暗器。

黄凤仙：仙师不可血口喷人，莫非镖上有字吗？

金必风：无有。

黄凤仙：一无字迹，二无证据，怎说是我打的呢？

金必风：王月言道，他正与小将大战，忽然来支毒镖，由太阴阵打出，既然不是，也就罢了。（下）

黄凤仙：妖道回去得甚急，我与将军商议，逃走为妙。（下，又上）将军不可久留，你我快归宋营。

岳　安：娘子之言有理。

黄凤仙：丫鬟，你快收拾包裹，随我出阵。（上丫鬟拿包）

　　　　（诗）逃出天罗网，抛开是非门。（下）

（步上金雷、银雷二番将）

金雷、银雷：（诗）奉令把阵门，专查来往人。

金　雷：（白）我野马川都督金雷。

银　雷：银雷。

金　雷：咱二人跟黄凤仙来帮兵助阵，命咱俩把守外阵门，查看来往兵将，恐有奸细。

（上岳安、黄凤仙、丫鬟）

金　雷：黄小姐，欲向何往？

黄凤仙：回家探母。

金　雷：后边小将是谁？

黄凤仙：她是我母亲差来之将，叫我回家。

金　雷：末将等在此守门，没离此处，未见进阵，其中有诈，等我禀知仙师再去不晚。

黄凤仙：二位都督，实不相瞒。

（唱）奴家我，归宋营。

嫁夫招主，这位英雄。

本是岳家后，仙人大门生。

跟他去回营寨，都督快开门庭。

咱本一国之人也，何必拦挡不放松？

金　雷：（唱）心不悦，小姐你。

你的率领，前来帮兵。

我俩是副将，听你将令行。

你今私自投宋，我俩俱有罪名。

我们去报法师去，他叫你行你再行。

黄凤仙：（唱）说不可，去禀明。

他要知道，就走不成。

必要相阻挡，就得动战争。

都督人情两尽，何必苦苦不容？

回国之日必报答，永远不忘大恩情。

岳　安：（唱）说多嘴，也不中。

    气坏岳安，烈火上升。

    何必多说话？爷爷硬要行。

    上前银锤一举，我看谁敢不容。

    二人一见撒腿跑，急急报与金必风。

金必风：（唱）心大怒，上马行。

    急催怪兽，来赶花容。

    岳安催马跑，凤仙出阵中。

    大料狗道必赶，只得早作行程。

    必风追赶对了面。

  （白）好个黄凤仙，私心投宋，着剑。

黄凤仙：来来来。

  （杀，黄凤仙败，又上）

黄凤仙：妖道赶来，用子午定南针打他便了。

金必风：丫头哪里走？

黄凤仙：看宝打你。

金必风：不好！（金必风跑，打死兽。）

  （上黄凤仙）

黄凤仙：妖道最怕子午定南针，大败而逃，打死怪兽，将军你先回营。妾身恐怕金必风奏知，萧太后派兵拿我，俺带丫鬟星夜回野马川，将老母接入大营，一家团聚，夫妻相会。不知将军意下如何？

岳　安：此等小心，拙夫敬服，哪有不从之理？事不宜迟，你我分手，请。（下，又上）你看娘子去了，俺不回营，何不寻找花子，求他破阵才是？

  （诗）正是无意云中遇奇女，再找花子玄妙人。（下）

  （上金必风）

金必风：气死人也，恨死人也，可恨黄凤仙，用子午定南针破了我的金钟罩。打死异兽，无奈之下，大败而逃。奏知萧太后，萧太后大怒，命俺让金雷、银雷二位都督带兵野马川，拿她满门家眷。金、银二都督听令。

金雷、银雷：在。

金必风：太后密旨，命你二人带兵三千，不分昼夜，去拿黄家满门家眷，令川主立刻斩首，勿得徇私。

金雷、银雷：得令。（下）

金必风：阎荣听令，你与王月去上金光山见金光道人，借他火眼金睛兽，为师乘坐。

阎　荣：遵令。（下）

（岳安马上）

岳　安：俺岳安，黄小姐回家接母亲去了，我不免寻找花子才是。

（唱）这个花子真奇怪，行踪不定不留名。

　　　也不知他是哪个，法术无边有神通。

　　　留下书字在阵内，指点俺俩定婚盟。

　　　此人非仙即是圣，一定请他破阵宫。

　　　信马由缰前面走，一座高山甚是凶。

　　　陡壁飞崖生岚烟，山头比比皆古松。

　　　狼虫虎豹声乱吼，令人一见心内惊。

　　　涧下人来施一礼，（上路人）

路　人：（白）老兄是谁？施礼为何？

岳　安：借问老兄，此山叫什么？

路　人：这叫金光山。

岳　安：山上可有什么人居住？

路　人：山上有个洞叫金光洞，洞里有个老花子住。

岳　安：多谢了。

路　人：你走了，我也走了。（下）

（上岳安）

岳　安：好也，幸也，哈哈哈，原来老花子正在此山居住。这正是踏破铁鞋无觅处，得来全不费工夫。将马拴在树上，上山见花子便了。（下）

（洞门闭，上岳安）

岳　安：开门来，开门来。

（上凶妖金光道人）

金光道人：外面何人叩门？

岳　安：俺是宋将岳安，来找一位老神仙。

金光道人：待我开门。

岳　　安：原是一位道爷，不知此处可有一位老花子？

金光道人：我也不管花子、乞丐，你是宋营的将官吗？

岳　　安：正是。

金光道人：好，徒弟们。

徒　　弟：来了。

　　　　（上二丑妖）

徒　　弟：师父有何吩咐？

金光道人：将这厮上绑。

岳　　安：为何将我上绑？

金光道人：小冤家，你哪里知道？听我说明来历。

　　　　（唱）开口叫，小畜生。

　　　　　　既是宋将，想走不能。

　　　　　　你当我是谁，量你不知情。

　　　　　　山人金光道人，师兄你也闻名。

　　　　　　设摆天门保北国，神通广大金必风。

　　　　　　来请我，下山峰。

　　　　　　用我有事，没空帮兵。

　　　　　　今日才回转，正要北国行，

　　　　　　偏偏你又到此，真是自送残生。

　　　　　　天堂有路你不走，地狱无门自来行。

岳　　安：（唱）闻此话，吃一惊。

　　　　　　因找花子，误遇妖精。

　　　　　　大呼命难保，何惧死与生？

　　　　　　开口大骂妖怪，给你少爷快刑。

　　　　　　我死以后有人找你，花子与你把账清。

金光道人：（唱）哈哈笑，你瞎哄。

　　　　　　什么花子，他有何能？

　　　　　　山人道行大，法术妙无穷。

　　　　　　哪怕宋将千万，山人一手扫平。

　　　　　　吩咐徒弟拉下去，山门以外万剐凌。

徒　弟：（唱）说遵命，往外行。
岳　安：（唱）连连叫苦，我活不成。
　　　　（上小妖）
小　妖：（唱）小妖跑进洞，跪倒报事情。
　　　　　　　山门来了二道，口称王月阎荣。
金光道人：（唱）原来还是徒侄咧，快些叫他们入洞中。
徒　弟：（内白）叫你们进去呢。
　　　　（上王月、阎荣）
王月、阎荣：（唱）连答应，进洞中。
　　　　　　　　二人跪倒，师叔口称。
　　　　　　　　我奉师父命，来到高山峰。
　　　　　　　　求借金眼怪兽，待请师叔帮兵。
金光道人：（唱）二位徒侄快请起，山人有话对你明。
　　　　（白）你二人来得正好，方才拿住个宋将岳安，刚要杀他，你俩就来了。也不用杀了，你们把他带回北国，也算奇功一件。再把火眼金睛兽骑去，我收拾法宝随后就到。
王月、阎荣：遵命。（下）
金光道人：他二人去了，回洞收拾便了。（下）
　　　　（步上孟邦杰、焦秉刚红黑二武生）
合：　　（诗）生来勇猛力千斤，胆大心高不怕人。
孟邦杰：（白）俺孟邦杰。
焦秉刚：焦秉刚。
孟邦杰：奉师命下山，宋营认父，帮兵下山，走了多日，一时腹中饥饿。前边有店住下，明日再走。
焦秉刚：有理。（下）
　　　　（上店小二）
姜够本：（诗）开店卖酒卖饭菜，往来客商千千万。
　　　　（白）在下店家姜够本，便是在这高家庄开座小店，来往客商不少。天不早了，得招呼招呼。（下，又上）东来的，西往的，上京的，下乡的，都上咱们这店来。

（上王月、阎荣）

王　月：你是开店的吗？

姜够本：正是。

王　月：今日可有多少店客？

姜够本：一会不少，现在可是没有呢。

王　月：好，我们是北国军师，押解一宋将，你把房屋收拾收拾，我们全包，不许别人再住，明白啦？

姜够本：是是是。（下，又上）你说这该有多丧气，住这一帮人，也不给多少钱，还不叫人住。我这姜够本，怕是得赔本了。

孟邦杰、焦秉刚：店家，开门来。

姜够本：有住店的也不敢招了。（下，又上）客官们，往别处去吧，我这店不招人。

孟邦杰、焦秉刚：放屁！招也得招，不招也得招，再说不招，一把火给烧了。

姜够本：这是啥话呢？

（上王月）

王　月：店家，什么吵嚷？

姜够本：有两个壮士硬要住店。

王　月：这还了得，把门开开，我看看什么人这样大胆！（开门）住了！哪里来的狂徒，敢来撒野？我本北国之人，拿住宋将岳安解送北国阵中。

孟邦杰、焦秉刚：住了，你要不提拿宋将还可，要说拿住宋将，更要住了。不但住店，你快将宋将放出来，给我们留下，万事皆休，不然的话，摘了你的脑袋，拉出你的肠子。

王　月：哎呀，我把你这红毛的野鸡，敢与你祖师爷治气，量你不知祖师爷的厉害，着剑吧。

孟邦杰、焦秉刚：来来来。

（杀，王月败，又上）

王　月：好两个小儿厉害，念念有词，捆仙锁起：呀呸。（锁二人）番兵们，把他俩绑上，送那宋将一个屋里，好好看守。

卒：　　是。（绑下）

王　月：真是自寻其死呀！店家，拿来上等酒菜，山人痛饮一回。

（诗）出家玄中妙，你们哪能知？（下）

（黄凤仙、丫鬟马上）

黄凤仙： 奴家黄凤仙，离了天门阵，回野马川接母亲，面前是姜家庄，有我个师妹姜艳容。我想你留在姜家，我回来从此路过，再一同上宋营，岂不是好？

丫　鬟： 姑娘说好便好。

黄凤仙： 如此，你下马上前叩门。

（上丫鬟，叩门）

丫　鬟： 姜艳容开门来。

姜艳容： （内白）何人叫门？

黄凤仙： 我，姑娘来了。

姜艳容： 原是黄家师姐到来，待我开门。（开门）不知姐姐前来，未去远迎，面前请罪。

黄凤仙： 好说，不敢！

姜艳容： 姐姐请。

黄凤仙： 请。（下）

（上姜艳容、黄凤仙、二丫鬟）

姜艳容： 姐姐请坐。

黄凤仙： 咱姐妹同坐。

姜艳容： 丫鬟，看茶来。

（唱）姐姐今日由何至？怎到小妹我家中？

黄凤仙： （唱）自从姐妹分手后，总想来看未得空。

姜艳容： （唱）伯母在家可康泰？姐姐到此何事情？

黄凤仙： （唱）此事这般投大宋，回家接母归宋营。

姜艳容： （唱）原来姐姐有了主，不知姐夫叫何名？

黄凤仙： （唱）名叫岳安功臣后，他父三关副总戎。

姜艳容： （唱）这事不可迟挨了，恐怕萧后把事生。

黄凤仙： （唱）我也未得这件事，丫鬟带累不能腾空。

姜艳容： （唱）何不把她留在此，姐姐登云急急行？

黄凤仙： （唱）我也想着这么办，邀请妹妹跟我行。

姜艳容： （唱）姐妹知心我愿往，事不宜迟就登程。

黄凤仙： （唱）丫鬟在此等着我，妹妹收拾别误工。

姜艳容：（唱）不用收拾咱就走，手帕汗巾把头蒙。
黄凤仙：（唱）妹妹真是人爽快，二人说笑出房中。
　　　　　　双足一跺腾空起，快似雕翎离了弓。
　　　　　　正着驾云往下看，瞧见村庄有番兵。
　　　　　　细看来到高家庄，为何那里闹哄哄？
　　　　　　大店院内人不少，又见拴些马能行。
　　　　　　不知哪里人共马，你我上前问分明。
　　　　　　说罢收云落在地，迈步来在店门庭。
　　　　　　手拍门板把门扣，来了够本问一声。
姜够本：（白）二位要住店吗？
黄凤仙：正是。
姜够本：小店招不下了，叫人家包下了，二位请别处去吧。
黄凤仙：你去与包店的回禀一声，我二人亲自去说。
姜够本：那中。（下，内白）禀祖师爷，外有二女欲想存宿。小人不敢留，请祖师爷示意。
王　月：待我看来。（上）呀，哈哈哈，好两个漂亮丫头也。
　　　　　（唱）妖道冷眼观，瞧见二闺女。
　　　　　　一对玉娆仙，令人真爱惜。
　　　　　　自从我出家，修行在山里。
　　　　　　并未把眼开，今天头一回。
　　　　　　先从头上夸，头发黑又黑。
　　　　　　脸蛋照见人，不用搽胭粉。
　　　　　　打扮更整齐，衣裳也合体。
　　　　　　弯弯两道眉，目儿一汪水。
　　　　　　鼻子更端正，小小樱桃嘴。
黄凤仙：（白）道爷贵姓啊？
王　月：（唱）说话燕语声，好像百灵子。
　　　　　　你俩问我名，山人告诉你。
　　　　　　王月称真人，法术人难比。
　　　　　　跟着金必风，学艺几年了。

　　　　　　　　摘月换星辰，呼风又唤雨。
　　　　　　　　撒豆能成兵，倒海翻江水。
黄凤仙：（白）到此何事？
王　月：（唱）北国与南朝，征夺非一日。
　　　　　　　　阎荣我师兄，大败扑了底。
　　　　　　　　有个穆桂英，厉害人难比。
　　　　　　　　破了天门阵，师兄没羞耻。
　　　　　　　　二次又上山，师父气个死。
　　　　　　　　一怒下了山，摆阵请神鬼。
　　　　　　　　闹了多少番，有忧又有喜。
　　　　　　　　昨日在阵中，宋将看看死。
　　　　　　　　来了一支镖，打中左膀子。
　　　　　　　　师父上金丹，立刻把疼止。
　　　　　　　　可恨黄凤仙，做事不合理。
　　　　　　　　跟着人跑了，师父跟后追。
　　　　　　　　二人把手交，丫头恨到底。
　　　　　　　　子午定南针，师父魂离体。
　　　　　　　　回报萧银宗，太后就传旨。
　　　　　　　　派了二番官，带兵她家里。
　　　　　　　　抄了她的家，她母一定死。
　　　　　　　　我与阎荣师，这般与如此。
　　　　　　　　拿住将岳安，两个愣头鬼。
　　　　　　　　押解见太后，万剐凌迟死。
　　　　　　　　这是一往情，撒谎是儿子。
　　　　　　　　我看你二人，美貌真无比。
　　　　　　　　收你做媳妇，三人会云雨。
　　　　　　　　过上三二年，生下儿和女。
黄凤仙：（唱）妖人信口说，凤仙火性急。
　　　　　　　　大骂妖人该万死。
　　　　（白）好个妖人，你可认得我吗？

王　　月：不认得。

黄凤仙：我就是黄凤仙。

王　　月：哎呀，妈呀。（下）

黄凤仙：妹妹，你我各持宝剑，杀入店中找阎荣，救你姐夫与两位壮士。

姜艳容：有理。

（上店家姜够本让女撞倒）

姜够本：（站起）哎呀，这算糟了，到底哪来的横女？愣得闹个破头，反正不够本了，赔到底罢了。（下）

（大杀一阵，上阎荣、王月、番兵）

阎　　荣：哎呀，可不好了。各人快跑，逃命便了。（众跑下）

（上黄凤仙、姜艳容、孟邦杰、焦秉刚、岳安）

岳　　安：原来娘子救我，这位小姐是谁？

黄凤仙：这是我师妹姜艳容，如此这般，由此路过，得救将军，这二位是谁？

岳　　安：这是孟良之子孟邦杰，这是焦赞之子焦秉刚。如此如此被擒。

黄凤仙：原来如此，将军何不跟奴上马去野马川接母亲一同去归宋营？

岳　　安：娘子此言有理，焦、孟二兄，请先回营见元帅，把小弟之事诉说明白，我同他们上野马川便回。这里现有番兵扔下的马匹，你二人各乘一骑，去奔大营。

孟邦杰、焦秉刚：是。（下）

黄凤仙：店家快来。

姜够本：来了，姑娘有何吩咐？

黄凤仙：北国兵吃你多少酒饭？该多少钱？

姜够本：那我也没法算了，四十二个人，四十二匹马，广席八桌，高上酒席一桌，一共连人带马吃我的，我没法算了，反正不够本啦。

岳　　安：无妨，俺给你写封字，你去投三关，此处你住不的了，妖道必来取马报仇，你如何能挡北国？你带着这些鞍马行李，赶到三关，见了守将，献上书信，必与你个生财之道。你伙伴们愿去的帮你赶马，不愿去的回家。你卖一匹马，还不是本钱吗？

姜够本：这回我发老财了，多谢将爷。（下）

岳　　安：娘子，你二人随我一同乘马而走。

黄凤仙：有理。（下）

（金雷、银雷马上）

金雷、银雷：（诗）奉了萧后旨，抄拿黄家门。

（白）俺们奉旨抄黄凤仙的家眷，方才见了川主，带四十名校尉一奔黄府。人呢？（在）悄悄而行。（下）

（出黑红二番扎巾）

黄彦成、黄彦贵：（诗）嫂嫂寿诞日，前去视千秋。（下）

黄彦成：俺们乃野马川人氏，哥哥黄彦荣早年去世，抛下嫂嫂与两个侄儿。黄凤仙、黄英仙俱被圣母度去高山学艺，去年凤仙回家。嫂嫂年年办寿。今到寿日，咱弟兄前去祝寿走走。

黄彦贵：有理。家将们，担着酒菜，一奔野马川便了。（下）

（出黄老太君，老旦）

黄老太君：（诗）一年又过一年春，百岁曾无百岁人。

（白）老身黄老太君，老爷去世，因与国报效有功，吃他生前的俸禄，国主按月供给。一辈无儿，所生二女，长女凤仙，次女英仙，俱被圣母度去高山学艺。去年凤仙回家，母女团圆。凤仙奉川主之命去上北国天门阵助阵去了，多日未回来。今乃老身寿诞之日，历年两家叔叔必来亲自祝寿，今年女儿不在家中，他俩也不来了，真叫老身心甚难过。

（上家丁）

家　丁：启禀太太，可不好了。今有国王差人把咱府门团团围住，口口声声要抄咱家，绑拿人口，府门查封。

黄老太君：因为何事？

家　丁：说小姐私投宋营，谋叛大逆，家将拦挡不住，眼看进府来了。太太，快拿主意吧！

黄老太君：呀，可不好了。

（唱）夫人乍闻一声报，好似头上走真魂。
　　　如同木雕与泥塑，痴痴呆呆像哑人。
　　　半晌长叹一口气，叫声凤仙太心昏。
　　　咱家既食皇王禄，不该私自投宋君。

　　　　　　你只顾你不顾家，家中还有老母亲。
　　　　　　自从你父下世去，为娘守寡到如今。
　　　　　　指望把你们养大，嫁夫招婿一门亲。
　　　　　　女子也能承父业，养老送终靠你身。
　　　　　　哪知你的心肠变，私投大宋祸满门。
　　　　　　我死一身不足惜，可叹家奴血染身。
　　　　　　太太哭得如酒醉，金雷银雷进了门。
　　　　　　吩咐校尉上了绑，回朝复命见主君。
　　　　（绑上，贴条封门，上了锁）
金　雷：（白）校尉们，将府门上锁，押着犯人回朝交旨。（下）
　　　　（黄彦成、黄彦贵马上）
黄彦成：来到府门不远，家将上前叩门。（下，又上）哼，为何府门上锁，是何道理？
　　　　（上老苍头）
老苍头：原是二位老爷，老奴叩头。
黄彦成：起来，我且问你，这府门为何上锁？
老苍头：老爷不消问了。
　　　　（唱）提起这事来，姑娘办事差。
　　　　　　奉了国王差，帮兵上北国。
　　　　　　把守阵天门，那也无不可。
　　　　　　投顺大宋朝，相中一小伙。
　　　　　　萧后恼怒了，派人来回国。
　　　　　　金银二都督，带兵一大伙。
　　　　　　找到咱们家，太太上绳索。
　　　　　　封了府门庭，我早一边躲。
　　　　　　暗中偷观瞧，吓得战哆嗦。
　　　　　　才见二位爷，答言敢说我。
　　　　　　快快想方法，或是怎么着。
　　　　　　就是劫法场，也得带着我。
　　　　　　姑娘不在家，侍孝就得我。

黄彦成：（唱）二人闻此言，心中怒起火。

咱俩去见君，保留方才妥。

若不准人情，嫂嫂往外国。

反击野马川，一齐归宋国。

（白）事不宜迟，急急去救嫂嫂要紧。

黄彦贵：言之有理。（下）

（完）

第十五本

【剧情梗概】黄凤仙与岳安一同奔赴法场解救母亲与叔父,在姜艳容的劝说下,负责斩杀黄凤仙家眷的耶律木花为了保住性命、江山,同意传旨赦黄府满门无罪,许黄凤仙母女同归宋营,黄家弟兄官复原职,并赐花红彩缎以作嫁妆之礼。金必凤闻之,派王月与金光道人清点齐一万大兵,不分昼夜赶奔石门山,往宋营必由之路,欲将黄凤仙、岳安等人截杀。姜翠平、黄凤仙被金光道人所抓,途中却被一个叫花子所救。

(番升帐,站四将)

合: (诗)妙法广无穷,杀法比人能;
    炼就金钟罩,上阵兵马精。

金元僧:(白)出家人护国军师金元僧。

银元僧:出家人银元僧。

红天亮:本都督大元帅红天亮。

金灵云:本都督金灵云。

卒: 国王升帐,小心伺候。
    (出番王)

耶律木花:孤家野马川国王耶律木花,在这野马川为王,与萧太后进贡,六国三川俱是她的属下。因她与大宋连年征战,又摆下天门阵,缺将少兵,差人来我国借兵。孤命金雷、银雷、黄凤仙三人带兵前去。昨日二将回国,说黄凤仙归顺大宋,萧太后命我拿她满门问罪。孤不敢不从,命二家都督去拿,为何不见到来?
    (上金雷、银雷,跪)

金雷、银雷:启禀千岁,已将黄家满门拿到。

耶律木花:好,绑赴法场,开斩首级,献与萧太后。

金雷、银雷:得令。(下)
    (急上黄彦成、黄彦贵,跪)

黄彦成、黄彦贵:千岁,臣等有本见主。

耶律木花：你二人有何事奏？

黄彦成、黄彦贵：臣等保我嫂嫂不死。

耶律木花：哇！黄凤仙私投宋营，萧太后命我抄她满门，哪敢违背？不但她一家有累，连你们俱有关系，孤并未追究。你弟兄素来忠心不二，还敢求情？再不退下，多言多语，一律问罪。

黄彦成、黄彦贵：哎呀，昏王，（站起）我看你斩，得不到好处。

    （唱）弟兄俩，立身形，

           冲天大怒，虎目圆睁。

           昏王真无礼，心中太不明。

           我兄生在世上，立下汗马之功。

           就有十大万恶事，不该抄灭满门庭。

           女犯罪，投宋营。

           与母何干，要问罪名？

           又把满门灭，于理太不公。

           罪家院公何罪，负屈也要动刑？

           一人犯罪一人受，连累别人理不应。

           我弟兄，来求情。

           还要斩首，一律无情。

           怕你斩不了，闹个杠天红。

           我俩去护法场，哪个敢于对敌？

    （耶律木花大怒，拍桌案）

耶律木花：（白）真正反了，二国师，将他俩拿下，一齐开刀。

金元僧、银元僧：得令。

    （二僧站，二将被擒，僧跪）

金元僧、银元僧：启禀千岁，二位一齐拿住。

耶律木花：拉下去开刀。（绑下）

    （上卒）

卒：报千岁，黄凤仙回国，带来一男一女护住法场，监斩官拦挡，被那小将连刽子手都杀了，将黄夫人送回府去，那三人在朝门以外耀武扬威，无人敢惹。

耶律木花：可恼，可恼！这黄凤仙十分厉害，无人敢挡。

国　　师：千岁万安，我等愿去捉拿黄凤仙。

耶律木花：可多加小心。

国　　师：不劳嘱咐。（下）小番们，朝门压阵。

红天亮：本都督开国大元帅红天亮，奉旨捉拿黄凤仙。呀，来一小将，迎上前去。

　　　　　（下，对岳安）

岳　　安：番贼报名上来。

红天亮：本都督开国大元帅红天亮，小将何名？

岳　　安：番贼要问，坐牢鞍桥，听少爷道来。

　　　　　（唱）双锤一磕叫番将，马上坐稳听我言。
　　　　　　　少爷大宋功臣后，岳胜之子名岳安。
　　　　　　　只因大破天门阵，收下你国黄凤仙。
　　　　　　　早知你们抄家口，急急前来救老年。
　　　　　　　意将老娘救回府，尔等大胆来征战。
　　　　　　　劝你快快逃性命，不然难脱我手间。

红天亮：（唱）心中起火抡刀刺，双锤一磕刀就弯。

岳　　安：（唱）迎头一锤头打平，番兵一看四下窜。（下）

金灵云：（唱）咱国都督无敌将，小将一锤马下翻。
　　　　　　　不敢交战各逃命，金灵云一见火上串。
　　　　　　　大刀一摆迎上去，并不躲闪把锤还。
　　　　　　　打的手酸刀落地，说声不好一溜烟。

银元僧：（白）小将报名受死！

岳　　安：你少爷岳安，秃驴何名？

银元僧：哇！小儿口出大言，着铲。

　　　　　（大杀）

银元僧：小儿哪里走！（下）

　　　　　（上岳安）

岳　　安：呀，不好！这和尚枪锤不入，头硬如石，娘子快来。

黄凤仙：来了，将军闪过，你看我拿他。

岳　　安：你小心着。

黄凤仙：你放心吧。（下）
银元僧：黄凤仙，你不该私心投宋，其罪逆天，还敢抗拒捉拿，出家人岂肯容你，快快下马请罪。
黄凤仙：胡说！奴弃暗投明，嫁夫招主，与你何干？
银元僧：贱人，休得饶舌，着铲。
（杀，黄凤仙败，又上）
黄凤仙：妖僧刀枪不入，不免用子午定南针将他打死。
银元僧：哪里走！
黄凤仙：看打。（银元僧死）妖僧已死，妹妹，你杀入朝门，找国王算账。（下）
（上金元僧对黄凤仙）
黄凤仙：妖僧还不逃走。
金元僧：住了！好个贱人，伤了我师弟，看我擒你。
黄凤仙：来来来。
（杀，黄凤仙败，又上）
黄凤仙：子午定南针，呀起。（下）
金元僧：哪走？
黄凤仙：着打。（金元僧死）
卒：（内白）报千岁，二位国师与元帅阵亡。
耶律木花：哎呀，这还了得！待孤亲身会她。（下）
（上姜艳容对耶律木花）
耶律木花：女将报名上来。
姜艳容：奴姜艳容，你可是国王吗？
耶律木花：正是。
姜艳容：千岁不要动手，奴有一言相劝。
（唱）悦色和容尊国王，奴有一言要请听。
你本一川为首领，理应凡事要分明。
我师姐纵然投大宋，与你有何干系事？
况且又有仙人指，许配宋营将英雄。
你怕萧后如猛虎，她愿怎行就怎行。
闹得国内大乱了，怕你江山赴水中。

　　　　　　　两个国师全丧命，又死一个大元戎。
　　　　　　　你的江山何人保？剩下老少皆无能。
　　　　　　　依我劝你不用战，赦了黄家二弟兄。
　　　　　　　对他黄家国恩重，保你江山得太平。
　　　　　　　小姐凤仙归大宋，又与中原做交情。
　　　　　　　不久萧后得归顺，天门大阵也得平。
　　　　　　　你想萧后归大宋，你是属国有何能？
　　　　　　　何必执迷不省悟？国王见着拿情呈。
耶律木花：（唱）好个能言姜氏女，说得有理又尽情。
　　　　　　　孤怕不赦黄家罪，挽回府去有何能？
　　　　　　　不但争战不中用，还怕性命活不成。
　　　　　　　今要听从她的话，江山平稳命不坑。
　　　　（白）好哇，姜小姐之言，孤王顿开茅塞，听从你言也就是了。
姜艳容：姐姐快来！
　　　　（上黄凤仙）
黄凤仙：妹妹何事？
姜艳容：如此如此。国王开恩赦免你罪，快下马谢恩。
黄凤仙：是。（下马）千岁，恕臣女投宋之罪。
耶律木花：小姐起来。孤一时不明，屈绑小姐之母、叔父，孤传赦旨，黄府满门无罪，许你母女同归宋营，黄家弟兄，官复原职。孤赐花红彩缎以作嫁妆之礼。
黄凤仙：谢过千岁。
耶律木花：二位小姐回府安排去吧。孤也回朝去了。（下）
（出金必风）
金必风：（诗）请来金光道人，定找花子报仇。
　　　　（白）请来金光师弟，定与花子见个上下，花子限我百日收阵，山人没敢对太后言讲。
　　　　（上王月）
王　月：禀师父，探子报道，黄凤仙救了她母，杀了大元帅与两个国师，立逼国王救了全家，不久带母亲归顺宋营。

金必风：呀，这还了得，丫头要归宋营，更是大祸。王月，你急急与你师叔点齐一万大兵，不分昼夜赶奔石门山，往宋营必由之路，将她截杀，不可有误。

王　月：得令。（下）

金必风：黄凤仙，任你神通广大，难过石门山。（下）

黄凤仙：家将们，扶持你太太上车，去往宋营。

（姜艳容、黄凤仙、岳安三人马上）

岳　安：俺岳安。

黄凤仙：黄凤仙。

姜艳容：姜艳容。

黄凤仙：昨日母亲做主，姜氏妹妹配与岳郎，姐妹同侍一夫，叫人十分欢喜。今带家母同归宋营，我说妹妹呀，你也不用想了。

（唱）咱俩同侍一夫主，夫唱妇随咱们仨。

姜艳容：（唱）伯母她老做了主，倒叫小妹无话言。

黄凤仙：（唱）不用面前说硬话，你的心事我了然。

姜艳容：（唱）小鬼头你不用耍戏我，我可没有那心田。

黄凤仙：（唱）既不愿意就拉倒，眼前岔路你回家园。

姜艳容：（唱）娼妇少要讥刺我，小妹不能占你先。

黄凤仙：（唱）我可没那个事，你不要血口把人冤。

岳　安：（唱）姐俩正打瓜皮话，岳安抬头举目观。

面前山高阻去路，影影晃动有旌旗。

娘子需要加仔细，看有贼兵来劫咱。

黄凤仙：（唱）难为你是男子汉，说出话来不怕羞惭。

慢说没有山毛寇，就是贼兵有何干？

姜艳容：（唱）拦路强盗你先怕，见兵吓得掉下马鞍。

只管放心往前走，有我二人在后边。

岳安催马应上去，姐妹保护老年残。

王　月：（白）我不当是谁，原是岳安。那日你被人救去，今日休想活命。

岳　安：妖道，着锤。

（杀一阵，飞锤打王月死）

岳　　安：妖道在我锤下废命，只得杀上前去。（下）

　　　　（上金光道人）

金光道人：好个宋将，那日被擒又救去，今日难讨公道。

岳　　安：着锤。

金光道人：来来来。

　　　　（大杀，金光道人败，又上）

金光道人：小将赶来，用金光射他便了。

岳　　安：哪里走！（光射，岳安落马掉下）

黄凤仙：好个妖道，用哪门邪术，把我夫主弄到哪里去了？报名上来！

金光道人：你祖师爷金光道人，花奴何名？

黄凤仙：你奶奶黄凤仙。

金光道人：正想拿你，着剑吧。

　　　　（大杀，金光道人败，又上）

金光道人：花奴厉害，早知她有子午定南针，等她赶来，用金光射她便了。

黄凤仙：哪里走！（光射，落马）

金光道人：番兵们，绑下。（下）

　　　　（上姜艳容）

金光道人：花奴何名？

姜艳容：你奶奶姜艳容，妖道何名？

金光道人：你祖师爷金光道人，花奴不知我的厉害。

　　　　（唱）祖师家住金光洞，跟师学艺金光山。

　　　　　　金光老祖哪不晓？道行足有五千年。

　　　　　　通天教主我师父，学得法术妙无边。

　　　　　　高山不染红尘事，苦修苦炼念经篇。

　　　　　　因为一口不平气，必风请我下高山。

　　　　　　都说宋营女将勇，有何本领来会咱。

　　　　　　一怒我把高山下，不拿花奴不罢干。

　　　　　　定保北国萧太后，天下一统定中原。

　　　　　　可恨凤仙小贱人，不该私自叛北番。

　　　　　　见了岳安宋小将，一心弃北归了南。

　　　　　　　方才已被我拿住，你这花奴敢上前。
　　　　　　　有何本领只管使，祖师并不放心间。
姜艳容：（唱）艳容大怒抡刀砍，并不用手不动弹。
金光道人：（唱）要砍使劲用力砍，不疼不痒我心烦。
姜艳容：（唱）艳容用尽十分力，砍得两手麻又酸。
　　　　　　　战马一旋败下去，押下钢刀使法玄。
金光道人：（唱）念咒祭起斩妖射，哈哈大笑展笑颜。
　　　　　　　佳人着急又念咒，十二口刀半空悬。
　　　　　　　金光一射全落地，这样法术不算妙玄。
　　　　　　　金光一闪快落马，吩咐一声用绳拴。
　　（白）番兵们，绑下去。（绑下）抢他车辆，将二女装入车上，送入天门阵，见太后报功便了。打得胜鼓收兵，哈哈哈。
　　（唱）这才乐坏了金光道，洋洋得意喜滋滋。
　　　　　　　山人头次把山下，今日立下大功绩。
　　　　　　　擒住两个多娇女，一个小子被马叼去。
　　　　　　　萧后一定心欢喜，大摆宴会给我吃。
　　　　　　　天门阵上人敬我，宋营闻知心胆寒。
　　　　　　　师兄必风也露脸，更显我的法术奇。
　　　　　　　细看被擒二女将，月里嫦娥一样子。
　　　　　　　叫人一见打心里爱，刀马难拴真着急。
　　　　　　　要得二美成夫妇，情愿永远意还俗。
　　　　　　　单等到了无人处，亲见她俩当面提。
　　　　　　　要不杀她必愿意。
　　（白）面前松林阻路。番兵呢，扎住人马，搭下帐房。
　　（上卒）
卒：　　报祖师，林中有个花子在松树上吊，车马惊慌不敢前进。
金光道人：把他扔下深沟，死活不管。
卒：　　禀祖师，花子用脚脖子上吊，扔不下来，用刀割绳子，绳子不断。
金光道人：哎呀，奇怪呀，我看来呀。（下）
　　　　（摆树，花子吊，头冲下，脚挂绳子上。）

金光道人：你这花子怎么用脚上吊？你要不成心死，就别弄这样子。

花　　子：你这人也奇怪，我上我的吊，你走你的道，何必多管闲事？古语说得好：是非只为多开口，烦恼皆因强出头。你这是找麻烦！

金光道人：你挡住去路，车马不能前行，怎么说我多管闲事？

花　　子：哈哈，你这人一点不懂道理。自古哪有见死不救之理？你见我上吊，不但不救，反说我不对，岂有此理？

金光道人：你也不是真死呀。

花　　子：你可说得轻巧。我问你人一辈子死几回？

金光道人：死一回。

花　　子：这不结了？我要真死了，再想活就费事了。

金光道人：既然怕死，何必假上吊？

花　　子：你不知道哇，听我说说。我的苦处因为东讨西要，好几天也没吃顿饱饭，饿得我没活路，才想出这个办法。看看道上也没人，我才拴上绳子试试，先脖子试试来着，不中，疼得受不了。我才换用脚脖子试试，你就来了。你既是出家人，慈悲为本，方便为门，可怜可怜花子，赏我一顿饱饭吃。我就三年两载的不饿了。

金光道人：你这花子说话半疯半傻，哪有一顿饭就挺三年两载的，无非是三天两日吧。

花　　子：你说得不对，架不住我多吃就多挺年头。

金光道人：你一顿能吃多少？

花　　子：多少都中。

金光道人：番兵们，将馍馍取十五个来。（卒端上，放地下）你来，我看着你吃。

（花子吃完）

花　　子：还有吗？

金光道人：果然能吃。

花　　子：你既慈悲，就供我一顿饱餐吧。

金光道人：番兵们，多取来。

卒：　是。（取馍馍）

花　　子：一五一十，这又是十五个。（吃馍馍）还有吗？

金光道人：真有肚量，你还能吃多少？

花　子：有多少拿多少吧。

金光道人：番兵们，把三千兵所用的馍馍都拿来给他，吃不了扒他皮。

卒：　　是。

花　子：那才好呢。

　　　　（众卒抬介上）

金光道人：给你吃吧。

花　子：这回嘛，差不离啦。（吃介完净了）

卒：　　哎呀，我的妈呀！这些东西他怎吃的呢？米也得两大缸。

花　子：还对付点不？

金光道人：你这花子，必是妖怪吧？

花　子：哈哈哈，好好好。

　　　　（唱）哈哈傻笑说好好，你这话说得欠聪明。
　　　　　　　世人都犯这毛病，自己是邪说人妖精。
　　　　　　　脱下鞋底照一照，照照自己是啥形。
　　　　　　　别说我是一乞丐，肚大能装量宽宏。
　　　　　　　能大能小千变化，如同太阳照太空。
　　　　　　　能装五湖四海水，能装五岳太华峰。
　　　　　　　能装三十三天界，能装地狱十八层。
　　　　　　　能装披毛与戴角，能装水怪与山精。
　　　　　　　就是北国天门阵，不够花子一石扔。
　　　　　　　回去告诉必风晓，劝他早早撤阵宫。
　　　　　　　百日之内不收阵，都装花子肚腹中。
　　　　　　　叫你都变花子菜，看你受用不受用。
　　　　　　　连说带笑只是讲，气得金光火上升。

金光道人：（白）好个花子，要笑道人，看剑取你。

花　子：哈哈，我要饭年深日久，炼得入火不焚，入水不溺，锯截不开。

　　　　（唱）混沌初分就有咱，经过十万八千年；
　　　　　　　能与天地同常在，天地坏了我归原。

　　　　（白）你要及早回心炼道，花子教你长生，也能有我这大肚量？

金光道人：嗟，一派妖言，看剑。

花　　子：你真不要脸！好吧，看我用打狗棍子打你个厉害。
金光道人：花子，山人本是刀枪不入之功，叫他棍子打得疼痛难忍，不免用五毒钉钉他便了。（钉起）用钉。
花　　子：我用罐子接着。（举罐）我来了，（五毒钉入罐）哈哈，进来咧。（下）
　　　　　（上金光道人）
金光道人：花子接去贵宝，浑身一抖，金光四射。（光起）
花　　子：哈哈哈，你还用萤火虫戏弄，我用棒一扫，金光四散，你看我用打狗的棒子敲你一下
　　　　　（棒起打金光道人，众兵抛下）
花　　子：哈哈哈，都跑了，滚蛋了。暂且饶你小卒，你看扔下车辆，用手一指，绳索开了。我没工夫扯了，走了。（下）
　　　　　（上众人）
黄凤仙：母亲，多谢异人救命，又得复生。女儿赶车，妹妹跟随去进宋营便了。
黄老太君：女儿，那花子倒是何人？
黄凤仙：儿也不知。
黄老太君：花子不是凡人，咱大家望空一拜谢。
黄凤仙：是。（同拜）母亲上车，咱急急赶路。
黄老太君：有理。（下）
　　　　　（岳安马上过，上二喽兵）
喽兵一：奉令巡山，不敢消闲。你我石门道的喽兵，奉令巡山呀，哪边跑来一马，你我上前看来。（下，又上）这马把人放下，这人迷迷糊糊，还有气息，咱们把他拉下马去见大王。
喽兵二：有理。（下）
　　　　　（升帐，站喽啰）
萧元庆：（诗）独据高山自称孤，辖管三千众喽卒。
　　　　　　　抢男据女行无道，远近闻名胆突突。
　　　（白）孤家萧元庆，在这石门道为生。乃是萧太后远亲侄儿，没人敢惹。那日下山闲溜，在万石庄，遇见一个美貌女子。孤家打听明白，乃是石万山之女，已命喽啰送去彩礼，定准三日之限，送女上山，这也不在话下。

(上卒)

卒：报大王得知，小人等巡山，忽见一马叼个人来，放在山坡，我们一看人昏迷不醒，请大王定夺。

萧元庆：抬上来。（抬上）唤他苏醒。

喽啰：那人醒来。

岳 安：哎呀，罢了，我了。

（唱）耳边听见有人唤，苏醒多时心内明。
记得我与妖人战，不知不觉发了病。
慢慢抬身坐在地，微睁二目细看清。
上边坐着人二位，打扮特别相貌凶。
年纪不过二十上下，威风凛凛杀气腾腾。
不知他是何人也，他问一句答应一声。

萧元庆：（白）你这小将，家住哪里？姓字名谁？因何到此？

岳 安：（唱）我家住在东京地，我父镇守在边庭。
我名岳安宋营将，如此这般破阵营。
收下黄氏凤仙女，去接她母回宋营。
半路遇见老妖道，不知何法把我坑。
不知怎么来到此，不知二位何姓名？

萧元庆：（唱）听罢来言心大悦，呼叫一声众喽兵。
将他上绑押起来，牢牢看守莫放松。
但等大王成亲后，把他押送北国营。
交与太后老姑母，一定重赏大加封。

（白）喽啰们，大摆宴会庆功，赏你二喽啰纹银二十两，准备迎亲礼物，将他带下去。（带下）

（诗）眼前洞房花烛喜，擒住宋将又一功。（下）

（升帐，站杨宗保、孟良、焦赞、史配明）

合：（诗）武将英雄气壮山河，文将斯文冲斗牛寒。

卒：（白）元帅升帐，在此伺候。

（出王怀女、穆桂英）

合：（诗）添人马军威大涨，破天门大功将成。

王怀女：（白）本帅王怀女。
穆桂英：本帅穆桂英。
王怀女：昨有焦秉刚、孟邦杰到营说知岳安去接他岳母，不见到来，叫人放心不下。
（上卒）
卒：　　报元帅得知，黄凤仙全家来到营外。
王怀女：可有岳安？
卒：　　没有。
王怀女：这是何故？快请太太以入后营，请黄小姐、姜小姐上帐。
卒：　　元帅有请黄小姐、姜小姐。（下）
黄凤仙、姜艳容：（内白）来了。（上）二位元帅在上，黄凤仙/姜艳容参见！
王怀女：二位免礼，请坐。
黄凤仙、姜艳容：告坐。
王怀女：早知二位小姐武艺高强，并未会面。今日相逢，三生有幸，不知岳公子哪里去了？为何没回营来？
黄凤仙：哎，元帅听了。
（唱）不由的，面羞愧。
　　　元帅要问，请听根源。
　　　那日在店内，如此是这般。
　　　将军随我回国，家中出了祸端。
　　　国王如此绑我母，两位叔父也被拴。
　　　奴赶到，反了天。
　　　宝打和尚，番将一员。
　　　和尚一身死，番将也命捐。
　　　国王亲身出马，要与我动争战。
　　　姜家妹妹口才好，说得国王回心田。
　　　赦全家，无罪言。
　　　叫我归家，夫妇团圆。
　　　半路出了家，来了二妖仙。
　　　岳安打死一个，金光道人难缠。

　　　　　　不知用的什么宝，一道金光二目眩。
　　　　　　眼难睁，掉平川。
　　　　　　战马叼去，一去不还。
　　　　　　我战那妖道，中法被绳拴。
　　　　　　妹妹也被擒住，眼看命难保全。
　　　　　　松林上吊遇花子，打败妖人救我还。
　　　　　　那花子，去如烟。
　　　　　　不知姓名，难问根源。
　　　　　　说话无头脑，好像是疯癫。
　　　　　　来去无踪无影，不知是神是仙。
　　　　　　阵中留书把媒做，事到急处他便还。
　　　　　　启元帅，量海涵。
　　　　　　望乞恕罪，恩待容宽。
　　　　　　失了岳小将，面上好无颜。
王怀女：（唱）小姐不要过意，早晚必回营盘。
　　　　　　二位来了国家幸，商议好破阵连环。
　　　　　　吩咐声，众将官。
　　　　　　设摆酒宴，好迎凤仙。
　　　　　　等个两三日，差人上三关。
　　　　　　太太送到那里，省得昼夜不安。
　　　　　　纵马营中常征战，老人家省得把惊担。
　　　（白）二位小姐神通广大，听说黄小姐有子午定南针，专打金必风的金钟罩。大家商议破阵，明日请出岳老副帅保护太太，一同老娘太君与八王，叫他们同到三关居住着，免在军营担惊受怕。
黄凤仙：多谢元帅保护之恩！
　　　（上卒）
卒：　　报元帅得知，营外不知哪里射来一支无头箭，上有书字一封，请元帅过目。（呈上）
王怀女：待吾看来。原是七言四句诗，诗云：字示宋营女魁元，不要多疑神与仙；岳安被陷石门道，急去解救莫迟延。呀，原来岳安被陷石门道，神人指示，快去解救。这石门道可在何处？

黄凤仙：石门道正通北国大路，离此不过八十里，那里有个万石庄，相离石门道就不远了。

王怀女：好，小姐知道就更好了。

孟　良：元帅，我久居此地，道路通熟，我熟知石门道的路径。

王怀女：如此更好了！那里必有山大王，不可大意，多加仔细。穆桂英、黄凤仙、孟良、焦赞、史配明，你们五人前去，各要小心。史贤弟暗中保护众人，去访岳公子，回来重赏。

众　　：遵命。（下）

（上穆桂英、黄凤仙、孟良、焦赞、史配明便装）

穆桂英：（诗）尊凤仙指示，出营去访岳安。

（白）孟二叔你熟悉道路，请头前引路，先奔万石庄，再往石门道。

孟　良：有理。

史配明：元帅，我带上桃叶，暗中保护你们，倘遇贼人，冷不防，我一顿锤他上吐下泻。

穆桂英：好，大家多加仔细。

黄凤仙：咱们随身各带短刃，以防不测。我早知石门道有两个大王萧元庆、萧元昌，乃萧氏的侄儿，不知现在是不是？

穆桂英：到那里即知，天色尚早，急急赶路催马。（下）

（出石万山，老丑外）

石万山：（诗）闭户家中坐，祸从天上来。

（白）老汉石万山，在这万石庄住，老坐山户，虽不大富大贵，倒也丰衣足食，一辈子无儿，单生一女，丫头叫兰娘。年方十六岁，倒也聪明伶俐。老婆子铁氏，你说我硬，她更硬，石头搁不住钻子，这也不在话下。那天我女儿往门外泼水，碰见山大王，从此路过，遇见我女美貌，差人来硬下聘礼，要我女做压寨夫人。小女闻听，哭得死去活来，这可怎么好？

孟　良：（内白）开门来。

石万山：哎呀，八成来了吧，说是今晚上，这早就来咧，看看去。（开门）大王爷爷们，别忙，等我女儿收拾收拾再上轿。

孟　良：开门吧。

石万山：是。（开门，跪下）大王爷爷饶命，哎呀，还道来娶亲的呢。

穆桂英：老人家为何这样惊慌？我们不是什么大王，是行路之人。

石万山：（起身）可把我吓坏了，既是行路的，叫门为何？

穆桂英：我们路过到此，前头无路，意欲借宿，明早走，自有重谢。

石万山：哎，论理说出门的人还带着房子么？今晚我家有事，不敢相留。

穆桂英：有何事故呢？

石万山：哎，众位们要问，听了。

（唱）老汉一生务农业，祖祖辈辈种庄田。
　　　一生忠厚心最好，不想忽然祸塌天。

穆桂英：（白）什么祸事？请讲！

石万山：（唱）老汉姓石老婆姓铁，我的名字石万山。
　　　一辈无儿绝门户，只生一个女婵娟。
　　　今年方交一十六岁，属龙生日五月十三。
　　　那天来了一强盗，可恨我女他看见。
　　　硬要喽啰送聘礼，今晚成亲要下山。

穆桂英：（白）何处山贼，这样可恶？

石万山：（唱）离这不远石门道，两个山王非等闲。
　　　姓萧本是哥儿俩，元庆元昌二凶顽。
　　　说是萧后家侄子，召集喽啰有三千。

穆桂英：（白）你女儿可愿意吗？

石万山：（唱）哪说愿意要寻死，母女哭得苦不可言。
　　　有心留你们住一宿，山贼来了添麻烦。
　　　出门人哪个不找顺当事？所以不要招是非。

穆桂英：（唱）桂英闻听尊老丈，且免伤心莫愁烦。
　　　只管留下我们住，山寇来了我们拦。

石万山：（白）得了，就你们五个，不该叫人家收拾了哇。

（唱）无妨于事请入内，我们对你实话言。
　　　众位请坐我备饭，吃完饭你们赶快走如烟。

穆桂英：（白）老人家，实不相瞒，我们是宋营的将官，保证与你把山王打回。

石万山：不中不中。你就打回去，你能在此住一辈子吗？你们走了，他还更欺负我咧！

穆桂英：我这有一计，不知可否？

石万山：啥计呀？

穆桂英：员外。

（唱）我替你女去出嫁，叫那山王把我抬。
焦孟二叔是送客，凤仙妹妹做丫鬟。
史舅舅在暗中走，咱们五个上贼山。
里外夹攻把贼灭，叫这一方得平安。
老丈你到后面讲，叫她母女心放宽。
我就是大宋穆元帅，这都是我帐下众将官。

石万山：（唱）老头闻听心里乐，跪下叩头把话言。
老汉多有慢待了，跑入后房说一番。
如此如此说一遍，母女闻听心喜欢。
来到前庭双膝跪，多谢恩人搭救咱。
愿元帅高升万年寿，叩下头去泪不干。

穆桂英：（唱）用手相挽说不敢，你母女放心起来莫心酸。

母　女：（唱）这样大恩怎么报？情愿回营做丫鬟。
要不嫌弃我母女，还愿来生再报还。
服侍聊表一点意，只求恩人应允咱。
你要不应咱不起，恩人不允跪到明天。
凤仙小姐接言语。

黄凤仙：（白）你母女请起，我有话说。

母　女：是。（起来）这位恩人有话请讲。

黄凤仙：我看你母女诚心，我这孟二叔一生无女，奴家说和，你认我二叔为父，咱们姐妹相称，到营中慢慢与你挑选个才郎，岂不是好？

石兰娘：姐姐说好便好，如此，爹爹请上，受女儿一拜。

孟　良：起来，起来。哈哈哈，黄侄女真会办事，怎么也想不到得个好闺女？快做饭去，有啥好东西，都拿出来，多整几样菜来。

石兰娘：是。（下）

穆桂英： 咱们大家先歇歇，等吃完饭，再商议上山勾当。

孟　良： 对了，老石亲家说的领到后屋歇歇去。

穆桂英： 有理，大家同请。（下）

（萧元庆马上）

萧元庆：（诗）今日随了心头愿，迎娶美人拜花堂。

（白）俺萧元庆带领喽兵，抬着花红彩轿一到石家娶亲。喽啰们，抬轿走走便了。

（唱）马上喜洋洋，心中不住笑。
　　　自从当大王，高山成王号。
　　　喽啰整三千，有草也有料。
　　　就是缺一宗，心中不快乐。
　　　压寨的夫人，没有美人妙。
　　　那天我下山，出了石门道。
　　　到了万石庄，碰见佳人俏。
　　　差人打听过，她爹很软弱。
　　　差人送彩缎，硬娶她上轿。
　　　今日是吉辰，该我喜事到。
　　　带领众喽兵，放了三声炮。
　　　铜锣十三声，十二个鼓乐。
　　　要是到庄村，好曲吹一套。
　　　到了岳父家，不许打与闹。
　　　哪个要不遵，叫他脑袋掉。
　　　正走抬头观，不远面前到。
　　　吩咐吹起来，鸣锣快掌号。
　　　彩轿往前抬，你们往后靠。

（白）来到庄头放炮，鼓乐吹起来，叫他们知道好迎接，前去叫门。

（上石万山）

石万山： 哎呀，鼓乐喧天，必是山贼来咧，家里也都准备好了，开门去。

（上萧元庆）

萧元庆： 你这老头，可是石万山吗？

石万山：正是。

萧元庆：你女儿可愿意上轿吗？

石万山：大王，我女见大王彩礼，喜不自禁，欢欢喜喜地等着上轿呢。

萧元庆：哈哈哈，如此，待我下马，参拜老丈人。（下马）老丈人爹在上，小婿叩头。

石万山：请起，请起。不知来了多少娶亲人等，我备下酒饭，都请到屋里喝个下马迎风酒吧。

萧元庆：不用，那多麻烦，改日再喝。

石万山：那么，我陪送个丫鬟，她两个堂叔叔送亲，老汉等过了三天，再去看闺女。

萧元庆：好，鼓乐呢，吹打起来，请新人上轿吧。

（穆桂英上轿，孟良、焦赞马上，史配明暗下）

（上石万山）

石万山：哈哈哈，贼羔子们滚蛋了，走回到屋里，消停消停，喝个团圆酒去，再听山上动静。（下）

（出萧元昌）

萧元昌：（诗）人家大喜事，我干生闷气。

（白）我萧元昌，哥哥下山娶亲去了，把我干起来①咧。（内吹鼓乐，放炮）呀，来了。

（唱）心里憋气不痛快，只得出去接长兄，

天庭拜了天和地，双双送入洞房中。

人家欢喜把洞房入，抛我闹个冷清清。

我看陪嫁小使女，长得美貌又干净。

何不把她叫我屋内，我与丫鬟把亲成？

大料哥哥必愿意，一说丫鬟准乐意。

越想越乐前去叫，再表头目名周通。

（上周通，白面三髻）

周　通：我头目周通，大王今日迎亲拜了天地，大赏喽兵酒肉，俱都散去。我看

---

① 干起来：指闲起来，无人理睬。

送亲的黑红脸，二人凶恶，有些碍眼。二王也不知哪里去了，万一事变，如何是好？有了，我看萧家弟兄行事不正，在他手下，将来无有好处，何不带领几个亲信之人，带着岳安去投石门山？那里有个朋友胡奎，他是萧后请来的大将，守此山寨，我要将岳安送与他，献与萧后，必然加封与我，定是这个主意。人有，（上二丑）你们随我到囚房，把被擒岳安绑在马上，用棉塞口，绕路从山后投奔石门山便了。（下）

（步上孟良、焦赞）

焦　赞：二哥，你看山贼不知中计，你我放火烧山，杀尽喽兵。

孟　良：有理。听里边有了动静，再下手不晚。（下）

（上萧元昌、黄凤仙）

黄凤仙：二大王，你叫我何事？

萧元昌：你上我这屋来。

黄凤仙：来了。（下）

萧元昌：美人请坐。

黄凤仙：二大王在此，焉有我丫鬟坐下之理？

萧元昌：你坐下，有话我与你商议。

黄凤仙：（坐下）二大王有话请讲。

萧元昌：丫鬟姐，你知道我叫你做啥呀？

黄凤仙：二大王，你不明说，你那举动也露八九。

萧元昌：你说说，我听听。

黄凤仙：二大王见笑了。

（唱）假意带笑装羞样，二目只是看衣裳。

萧元昌：（白）你不用害臊，说吧。

黄凤仙：（唱）说出大王可别怪，休说奴家太轻狂。

　　　　你看大王成婚配，你要与奴配鸳鸯。

萧元昌：（白）哈哈哈，对了，不错。

黄凤仙：（唱）大王既要有此意，奴家哪有不应当？

　　　　你本大王尊又贵，奴家本是小梅香。

　　　　又怕姑娘怪罪我，家法难容必遭殃。

萧元昌：（白）不怕她，不还有我呢？

黄凤仙：（唱）如此奴家无得讲，天不早了快上床。
　　　　　　　乐得元昌难言语，回身解纽脱衣裳。
　　　　　　　凤仙暗暗抽宝剑，狠狠对准贼脖项。
黄凤仙：（白）着剑。（萧元昌死）山贼已死，各处寻找岳郎便了。（下）
　　　　（出萧元庆、穆桂英）
萧元庆：（唱）今日随了心头愿，
穆桂英：（唱）岂知咱是假姻缘？
萧元庆：（唱）洞房花烛该欢喜，
穆桂英：（唱）先敬大王理当然。
萧元庆：（白）美人，你我拜了天地，入了洞房，众人散去，你我喝了交杯酒好去安眠。
穆桂英：大王说得极是，我先敬大王三盏喜酒。
萧元庆：哈哈哈，美人呐。
　　　　（唱）自从那日看见你面，回山好像去了魂。
穆桂英：（唱）也是你我有缘分，得配大王随我心。
萧元庆：（唱）我陪美人坐一会，就是一死不枉为人。
穆桂英：（唱）今日乃是大喜日，说这丧话为何因？
萧元庆：（唱）乐得胡话信口讲，美人不要把我嗔。
穆桂英：（唱）奴家焉敢把大王怪？轻摇玉腕把酒斟。
萧元庆：（唱）美人你满我就饮，哪怕喝到明早晨。
穆桂英：（唱）你要醉了不好办，还得奴家我劳神。
萧元庆：（唱）天不早了就安寝，只觉脑袋直发昏。
穆桂英：（唱）酒量不多身子晃，待我与你脱衣衫。
萧元庆：（唱）不用不用多劳了。
穆桂英：（唱）趁他回身取利刃。
萧元庆：（白）哎呀，不好！（死）
穆桂英：山贼已死，找凤仙妹妹才是。（下）
　　　　（上黄凤仙，对穆桂英）
穆桂英：凤仙，可见二位叔叔没有？
黄凤仙：小妹已杀死萧元昌，各处寻找岳郎，并无下落。

穆桂英：我杀了贼头，怎不见二位叔叔哪里去了？（内火起）后边大火，必是他二人放的，急急去找岳安才是。

黄凤仙：有理。

（上孟良、焦赞带喽啰）

孟　良：你快说你们拿的宋将在哪里？不说实话，一斧子劈你两半。

喽　啰：哎呀，老祖宗别杀，我说。

孟　良：快说！

喽　啰：那被擒宋将叫我山上大头目周通带走了，上石门山去了。

孟　良：石门山离这多远？

喽　啰：不远，过那个山头就看见山寨了。

孟　良：山上有多少人马？

喽　啰：那我不清楚。

孟　良：山寨主名字叫什么？

喽　啰：叫胡奎，听说是萧太后派来的。

孟　良：帐下有多少将官？

喽　啰：听说有两个儿子一个闺女，都会武艺。

孟　良：你怎知投奔那里去了？

喽　啰：那胡奎也和周通来往，他俩人有情，我想必投他那里去。

孟　良：哼，你说的都是真的吗？

喽　啰：不敢撒谎。

孟　良：看你很忠实，不杀你去吧。

喽　啰：谢谢。（下）

（上穆桂英、黄凤仙）

穆桂英：二位叔父，可找着岳安了吗？

黄凤仙：找到没？

孟　良：去处此等这般，周通带上石门山去了。

穆桂英：此等，大家急急追赶。

孟　良：有理。也不知道这个矮东西去哪了？

穆桂英：他必跟随岳安去了，不必挂念。

孟　良：好，咱们马上追赶。（下）

（上杨宗英）

杨宗英：（诗）三次下仙山，急急回营盘。

（白）俺杨宗英，自那日被师父救上高山，住了几日，又叫我下山，行了几日，大料离宋营不远了。

（上花子）

花　子：小孙孙，你又下山了？

杨宗英：花子爷爷，你从何处而来？

花　子：去去没有定所。

杨宗英：到此又有何事？

花　子：我与你商量个事情，你还变一女子，上那松林大道，帮我在那里装死，你得哭我去，不可错了我的吩咐，你就变吧。

杨宗英：是，待我变来。（变）

花　子：好，变得不错，这回像我孙女，随爷爷来。

杨宗英：来了。

（杨宗英、花子下，又上）

花　子：我就在这儿装死，你可哭哇！

杨宗英：爷爷，我哭啥啊？

花　子：哎，我告诉你此等此等，你可得真哭，说好了，你要不掉眼泪，我就起来揍你。

杨宗英：是。

花　子：（躺下）哭吧，大点声哭。

杨宗英：是。

（唱）宗英不晓其中故，遇见花子叫我哭。
如要不哭他就打，叫我宗英好发糊。
假意捂嘴坐在地，细声细语放声哭。
叫声爷爷死得苦，抛下孙女苦又孤。
自幼没有父和母，全仗爷爷把我抚。
好容易今已十七岁，会懂人事会做衣服。
跟随您老来讨饭，夜晚住在古庙屋。
不想你却身已死，扔下孙女苦又孤。

　　　　　孤身幼女靠哪个？直到如今没丈夫。
　　　　　外方异地无投奔，况且又死在路途。
　　　　　数数落落假悲痛，一个泪珠也不出。
花　子：（坐起，白）你要不真哭，我就打了，怎么哭半天，眼睛还干着呢？哭！
杨宗英：是。
　　　　（唱）不敢违抗又哭起，不知花子哪面子书？
　　　　　不知他的名和姓，我要有难他帮扶。
　　　　　暗暗用手抹吐沫，左挤右挤没泪珠。
花　子：（白）你这小子还骗我，手抹吐沫，看我打你。
杨宗英：爷爷，我哭了。
花　子：你再骗我，我非打你不可！快哭！
杨宗英：是了。
　　　　（花子躺下）
　　　　（唱）急得身上出躁汗，想起自己命孤苦。
　　　　　自幼离胎没见父，三岁起跟着姑姑。
　　　　　师父将我救上山，学艺多年受苦楚。
　　　　　下山认母母不认，又学多年好功夫。
　　　　　取来战功母认下，上阵交锋把妖除。
　　　　　北国收下翠平女，并无一天站住足。
　　　　　这次又把高山下，半路花子遇见吾。
　　　　　叫我一男变作女，明明白白把我辱。
　　　　　没有眼泪硬让掉，没心哭来硬叫哭。
　　　　　一边哭来偷眼看，只见花子气儿无。
　　　　　着急上前把爷爷叫，果然已死命呜呼。
周　通：（唱）正是宗英哭花子，周通催马来得速。
　　　　　飞走林中抬头看，忽听女子放声哭。
　　　　　急快下马上前问。
　　　　（白）你这女子守着花子痛哭，他是你何人？
杨宗英：死的是我爷爷，奴自幼父母双亡，爷爷照养成人，家中贫苦，跟爷爷讨饭度日。我爷爷忽然暴病而死，奴无依无靠，故此悲痛。

周　通：哎，真乃可怜，有心收你为义女，把你爷爷埋葬，你跟我去，慢慢与你找个良人之家，你意下如何？

杨宗英：如此大恩，何日报答爹爹，受儿一拜。

周　通：不必多礼，起来。人来，与你小姐带马。

（上卒带马，上绑岳安）

杨宗英：呀，原是岳安被绑，只得跟他看何光景，见机行事才可。

（卒拉马上）

卒：　　请小姐上马。

杨宗英：闪过。（上马）

（胡奎升帐，站二子一女）

胡　奎：（诗）奉旨镇守石门山，昼夜用心不得闲。

（白）我乃石门山总都督胡奎，乃南朝人氏，因打伤人命，报官捉拿，带着家眷逃在北国。萧太后看我是个好汉，命我把守此地。二子一女，长子胡山，次子胡海，女儿小香，俱是武艺高强。女儿乃仙门弟子，法术多端，这也不在话下。

（上卒）

卒：　　报总都督，周通求见。

胡　奎：起过。周通是我好友，待我迎接。（下，又上）贤弟请坐。

周　通：告坐。

胡　奎：贤弟到此何事？

周　通：听了。

（唱）尊仁兄，听我明。

如今之事，怕有变更。

萧家兄弟俩，做事不正宗。

强霸民间女子，就要大拜花灯。

万石撞上石家女，硬去抢来把亲成。

送亲来，人二名。

横眉竖目，必是英雄。

我见事不好，私自离山中。

带来被擒之将，欲献与萧银宗。

　　　　　半路收入一义女，名叫兰香甚苦情。
　　　　　将此女，带山峰。
　　　　　她与侄女，姐妹相称。
　　　　　教与她刀马，日后好立功。
　　　　　不枉认得义女，也算一点恩情。
　　　　　不知仁兄容纳否？

胡　奎：（唱）哈哈大笑说愿从。
　　　　（白）贤弟仁爱之心，为兄敬服。女儿，将此女领到你的房中，你俩姐妹相称。
胡小香：是，小姐随我来。
杨宗英：来了。（下）
胡　奎：贤弟此来，为兄十分欢喜。喽兵们，大摆酒宴，与贤弟庆贺认义女之喜。把被擒之将，押入囚房，好好看守。
喽　兵：是。（下）
　　　　（上卒）
卒：　　报都督，得知山下来了五人，三男二女，口口声声只要岳安，不然杀上来。
胡　奎：呀，这还了得！胡山、胡海，随我杀下山去。（下）

（完）

第十六本

【剧情梗概】 岳安因救黄凤仙一家而被抓,又被石门道周通、胡奎带领儿女押解到辽国大营,萧太后将岳安押在囚房。胡奎之女胡小香年一十九岁,下山时师父赐了一书柬,说明婚姻该配宋将杨宗英。史配明为了寻找破天门阵之宝,只得上山向师父求助。途中碰到山贼,瞧见树上挂的牌子上写着"比武招夫"。史配明举起铁棒槌把招牌砸得稀烂,最后与女山贼姚兰英配为夫妻。

  (上孟良对胡山)

胡 山:(白)哪里来的野汉?敢闯山口,报上名来。

孟 良:你老爷行不更名,坐不改姓,我乃杨元帅帐下飞印先锋孟良。我劝你快把岳安放出,不然叫你死于斧下。

胡 山:大胆的野汉,无故前来惹事,倒是有个岳安要送北国大营,你要胜过我这口刀,就献与你。

孟 良:你叫何名?

胡 山:你少爷胡都督长子胡山。

孟 良:我也不管你胡三胡四,看斧吧。

胡 山:来来来。

  (杀,胡山败下,焦赞对胡海,胡海败,上胡奎)

穆桂英:来者山王,报上名来。

胡 奎:你都督胡奎,你叫何名?

穆桂英:我乃宋营元帅穆桂英,知我厉害,快快送出岳安,免得抄你山寨。

胡 奎:胡说,撒马过来。

  (杀,穆桂英败,又上)

穆桂英:山贼骁勇,等他赶来,用飞镖打他便了。

胡 奎:哪里走!

穆桂英:着打。

胡 奎:呀,不好!(下)

穆桂英:山贼中镖大败,等他来战。(下)

胡　　奎：喽啰们，将马带过。好个元帅穆桂英，果然名不虚传，一镖把我好打。
　　　　（唱）上了大帐身打晃，左膀着伤痛难当。
　　　　　　　好个穆氏桂英女，名不虚传本领强。
　　　　　　　不愧身为大元帅，真称奇女胜男郎。
　　　　　　　本督敢称无敌将，今日大败身受伤。
　　　　　　　只怕山寨保不住，素日英名赴汪洋。
　　　　　　　着急只是团团转，惊动后房胡小香。
胡小香：（唱）正在花园演刀马，听的前帐闹扬扬。
　　　　　　　带领兰香上前帐，口尊爹爹何勾当？
胡　　奎：（白）如此如此，中了宋营穆桂英一镖。
胡小香：（唱）好个大胆穆氏女，敢打我爹太猖狂。
　　　　　　　姑娘今不把仇报，枉自学艺在山岗。
　　　　　　　吩咐喽啰看刀马，我今会会女婆娘。
胡　　奎：（白）女儿，穆桂英十分厉害，可要小心！
胡小香：（唱）爹爹休长他人志，灭了志气理不当。
　　　　　　　孩儿定要试一试。
杨宗英：（白）满面带笑尊姑娘。小姐要去，奴也奉陪走一趟。
胡小香：（唱）你本初次到高山上，不敢多劳到疆场。
杨宗英：（白）奴不会使刀，跟爹爹学的枪法。
胡小香：（唱）如此更好一起去，下帐上马大刀扬。
胡　　奎：（白）喽啰们，山头擂鼓助威。（下）
　　　　（黄凤仙对胡小香）
胡小香：女将可是穆桂英？
黄凤仙：奴黄凤仙，你叫何名？
胡小香：奴，胡奎之女胡小香。
黄凤仙：胡小香，你快献出岳安，饶你性命。
胡小香：哇！要献岳安，你得胜过我这口刀，不然连你也难讨公道。
黄凤仙：哇！有何本领，松驹过来。（杀下）
　　　　（杨宗英对穆桂英）
穆桂英：来者女将，报名上来。

李兰香[①]：奴李兰香，看枪取你。

（唱）并不多言分心刺，恶狠狠的不留情。

穆桂英：（唱）桂英宝刀抢着架，二目不住看分明。

此人她怎这面善？一时想不起她的名。

枪法精通非小可，异人传授快又精。

幸亏遇见本帅我，平常之人命必坑。

李兰香：（唱）战了几合往下败，要引嫂嫂穆桂英。

将她诓到松林内，急急告诉她实情。

穆桂英：（唱）将马一带林内等，桂英心中暗调停。

见她并非是真败，必使法术设牢笼。

李兰香：（唱）早加防备赶下去，圈回战马把嫂嫂称。

你当我是哪一个？我是你兄弟杨宗英。

如此如此把山下，这般我才扮花容。

岳安有我暗中保，嫂嫂急急快回营。

派兵攻打天门阵，我在阵内做内应。

胡奎必投那里去，我随小香北国行。

不要多言杀出去。

穆桂英：（白）你们急速回营，你我假战几合，装作逃走之势，他们不能追赶。

杨宗英：嫂嫂千万小心。

穆桂英：无妨，撒马过来。（杀穆桂英，杨宗英下）孟、焦二叔快叫黄小姐回营。（下）

（上孟良）

孟　良：黄小姐，元帅有令回营。

黄凤仙：住了，我家元帅有令回营，饶你不死。（下）

胡小香：你看宋将不分胜败，竟自去了，必是大营有事，不然定出诡计，不可追赶。喽兵们，打得胜鼓，收兵回山。（下）

（出胡奎、周通、胡山、胡海站）

胡　奎：（诗）耳听山下战鼓住，必是女儿得胜回。

---

① 李兰香：杨宗英化名。

（白）本都督胡奎，喽啰们接刀拴马。
（上杨宗英、胡小香）

胡小香：爹爹在上，我姐妹交令。

胡　奎：胜败如何？

胡小香：全胜而归，孩儿战败黄凤仙。

杨宗英：李家妹妹战败穆桂英。

胡　奎：好，你姐妹回后寨歇息去吧。

胡小香：是，妹妹随我来。（下）

周　通：胡兄，宋兵已退，你我何不押解岳安，带着儿女们去到天门阵上，帮兵助阵攻打宋营？太后必然欢喜。

胡　奎：此计正合我意。胡山胡海（在），吩咐你妹妹与李小姐收拾细软之物，去投北国，山寨交与花豹执掌。喽啰们，点起信炮，押着宋将投奔天门阵去，正是帮兵助阵，太后一定加封。（下）
（出萧后，站勾月婵）

萧　后：（诗）可恨黄凤仙，弃北去投南。
（白）哀家萧氏，自黄凤仙投宋，哀家命人拿她满门，不想那个丫头倒叛野马川，打败金光道长去投宋营，叫人十分可恨。
（上卒）

卒：　报太后得知，今有石门道周通、石门山胡奎带领儿女押解宋将岳安前来助阵。

萧　后：好，将岳安押在囚房，请胡都督一同进帐。

卒：　领旨。（下）太后有旨，将宋将押在囚房，请胡都督带领众人一齐觐见。
（上胡奎、周通，众人同上）

胡奎、周通：太后千岁，臣胡奎/周通带领众人擒住宋将岳安，请千岁发落。

萧　后：好，二卿既来，哀家幸甚，正是用人之际，来得正好。
（上卒）

卒：　报太后得知，宋将营外叫阵。

杨宗英：千岁万安，臣女不才，愿出马捉拿宋将。

太　后：千万小心。

杨宗英：不劳嘱咐。（下）

（马上杨宗耀、刘云成）

杨宗耀：俺杨宗耀，奉元帅将令，堵营骂阵来夺岳安。你看营门大开，来员女将，你我迎上前去。

刘云成：有理。（下）

杨宗英：你两个宋将可知我的厉害？

杨宗耀：哼，这个女将容貌怎与宗英一样？

杨宗英：你二人不要发怔，听我对你们告诉。

（唱）见番兵，在后行。

离得太远，说话难听见。

低声开言道，二位可看清。

我是宗英在此，为此好做内应。

暗保岳安他性命，里应外合杀番兵。

杨宗耀：（唱）心欢喜，长笑容。

原来贤弟，你在番营。

为何变女子，扮作假花容？

料说其中来意，莫非有何隐情？

倘有机会用我处，弟兄同心破叛营。

杨宗英：（唱）咱三人，假战争。

将你擒住，显我奇能。

带回见萧后，必然喜心中。

（杀，擒住二将）

杨宗英：（白）番兵们，绑着二将，回营交令。

（上穆桂英）

穆桂英：眼见宗英擒去二将，必做内应，众将官收兵。（下）

（上杨宗英）

杨宗英：千岁，臣女擒来宋将杨宗耀、刘云成，前来交令。

萧　后：好，记你头功一件。吩咐将被擒之将打入囚房，小心看守。明日大摆酒宴庆功。（下）

（步上勾月婵）

勾月婵：千岁，心有可疑处，真假难辨清。方才李兰香擒来宋将两名，太后见喜，赐宴庆功，奴看李兰香，大有可疑，相貌与杨宗英分毫不差，为何变成女子？莫非其中有奸诈不成？有了，刚才散席，他往胡小香房中去了，我何不暗中听上一回？要知心腹事，但听背后言。（下）

（出胡小香）

胡小香：（诗）随父北国来邦兵，可惜妹妹立头功。

（白）奴胡小香跟随父兄来在北国大营，萧太后十分重看，另立帐房，叫我与李兰香共居一帐。宋将要阵，李家妹妹出马擒来两员宋将，太后赐宴庆功受赏，大料也该回房了。

（唱）小香闷坐帐房内，手托香腮心暗伤。
　　　奴今年一十九岁，去年辞师下山岗。
　　　七岁那年把山上，学得武艺刀马强。
　　　师父彩云老圣母，命我回家认爹娘。
　　　临行赐我一联束，说我婚姻事一桩。
　　　说是今日今时看，待我出去看其详。

（白）朱红大字，上写七言四句诗曰，待我念来："彩云圣母束一封，徒儿小香莫当轻。你的终身早注定，该配宋将杨宗英。"旁有小字一行，今日今时必有应验，违吾之命，大祸临身，不可错乱念头。

（上丫鬟）

丫　鬟： 姑娘用茶吧。

胡小香： 不用，将灯提亮，你歇息去吧。（丫鬟下）啊呀，这首诗句令人难明，好生歧义。

（唱）看罢书束心纳闷，此言倒也容易明。
　　　说我今日婚姻动，该配宋将杨宗英。
　　　这人必在宋营内，见面也得等天明。
　　　马上出营出叫阵，或是或无自见清。
　　　怎说今日今时到，莫非说被擒之将有他名？
　　　叫我搭救成夫妇，师父你怎不说明？
　　　急得粉面流香汗，忽听谯楼定了更。
　　　进来宗英假小姐，带笑又把姐姐称。
　　　多有等候小妹了，姐妹何必太谦恭？

　　　　　　　　小妹有件心腹事，有心说出担着惊。
　　　　　　　　怕是姐姐你嗔怪，姐姐千万得应从。
　　（上勾月婵，偷听）
杨宗英：（白）当从则从，不当从再商议。
　　　　（唱）天已定更无人到，对你说出我实情。
　　　　　　　你当我是哪一个？
胡小香：（白）你是周叔之女李兰香。
杨宗英：（唱）不是真姓与真名。
胡小香：（白）你是谁啊？
杨宗英：（唱）我本大宋功臣后，本是变化女花容。
　　　　　　　休当我是裙钗女，男扮女装换了形。
胡小香：（白）呀，此话可是真吗？
杨宗英：（唱）千真万确不撒谎，听罢言来吃一惊。
胡小香：（唱）看他正言与正色，一定实事无虚情。
　　　　　　　奴本未出闺阁女，与男子住在一帐中。
　　　　　　　只当他是女流辈，原想还是一男童。
　　　　　　　也曾携手同玩耍，也曾一床睡朦胧。
　　　　　　　啥事也不把他背，因为都是女花容。
　　　　　　　幸亏他是真君子，并没一点带狂轻。
　　　　　　　如果他是好色辈，奴家早把节烈扔。
　　　　　　　这事传出声名坏，诓说我是好花容。
　　　　　　　有其名来无其实，哪个给我做证明？
　　　　　　　白布掉在靛缸里，跳进黄河洗不清。
　　　　　　　有心一俊遮百丑，与他两个婚姻成。
　　　　　　　师父柬帖有指示，叫我得配杨宗英。
　　　　　　　进退两难无主意，心急如焚烈火开。
　　　　　　　何不用剑把他斩？明日出马去交锋。
　　　　　　　找着宗英杨小将，遵奉师命把婚成。
　　　　　　　想罢床头抽宝剑，照着宋将下绝情。
杨宗英：（白）姐姐，这是为何？

胡小香：你以男扮女混入我的帐中，弄得我浑浊不清，传扬出去声名俱坏，我今杀死你，也自刎而死。

杨宗英：你也愚拙，蝼蚁尚且贪生，为人岂不惜命？小姐乃圣母之门徒，武艺高强又且聪明过人，何必一死？依我愚见，何不弃北投南，帮我放了被擒之将？大叛北国，破了阵式，拿住萧太后，乃奇功一件，不失封侯之位。那时自选英雄，得配夫妻，岂不两全其美？

胡小香：哎，真真难死人也。

（唱）听他说得倒有理，抽回宝剑坐在床边。
　　　长叹一声流下泪，真是令我两为难。
　　　有心跟他归大宋，父兄三人在北番。
　　　有心在此扶北国，他要回营会乱传。
　　　人嘴哪能绑得住？声扬出去有何面颜？
　　　有心一剑把他斩，他的武艺不平凡。
　　　莫此自刎死了吧，省得心中有牵挂。
　　　复取宝剑要自刎。

杨宗英：（白）拉住手腕托龙泉，小姐不要如此，我杨宗英绝不能忘恩负义，败坏你的名声。

胡小香：怎么，你叫啥名？

杨宗英：杨宗英。

胡小香：当真？

杨宗英：当真。

胡小香：哎哟，我的妈啊！

（唱）听说宗英两个字，抛去愁容长笑颜。
　　　宝剑一扔拉住手，何不早就对我言？

杨宗英：（白）我刚说宋将，你一嗔脸，吓得我就不敢往下说了。

胡小香：（唱）早要说出你真名姓，奴家何必闹玄玄？
　　　你是幼男我是幼女，同居一室多少天。
　　　忽然你说是男子，怎不叫我为了难？
　　　早知你是宋小将，何必这样为了难？
　　　束帖一联自己看。

　　　　　（白）你看吧。（递帖）
杨宗英：待我看来。（看帖）原来圣母早就指示。天色已晚，各自安息，明日上阵告知元帅前来攻营。咱放出三将，内外夹攻，破了大营，拿住萧太后再破阵式，岂不是好？
胡小香：咱睡一个床吧？
杨宗英：不，各自安息吧。
胡小香：你不怕玷辱名分吗？
杨宗英：不怕不怕。（下）
　　　　　（上勾月婵）
勾月婵：气死人也，气死人也！可恨杨宗英、胡小香二人言投意合，拉着一同睡了，还要倒叛北国。我看李兰香像杨宗英，果然不差，只得急急告知太后捉拿便了。（下）
　　　　　（出萧后，坐）
萧　后：（诗）忧虑国事睡不安，黄罗帐内犯愁烦。
　　　　　（白）哀家萧太后。
　　　　　（上勾月婵）
勾月婵：母后，可不好了！
萧　后：女儿半夜三更，何事不好？
勾月婵：方才女儿如此如此，去到胡小香房外探机密。
　　　　　（唱）我看那，李兰香。
　　　　　　　　有些异样，不像姑娘，
　　　　　　　　好像宋营将，宗英本姓杨。
　　　　　　　　假意留神访探，果然不是红妆。
　　　　　　　　方才二人说实话，言语说透上了床。
　　　　　　　　成夫妻，配成双。
　　　　　　　　明日还要，倒叛北国。
　　　　　　　　先放被擒将，然后动刀枪。
　　　　　　　　拿住母后上绑，叫你纳款投降，
　　　　　　　　然后去破天门阵，只怕北国要灭亡。
萧　后：（唱）闻此话，心着忙。

　　　　　　举止失措，无有主张。
　　　　　　快把胡奎叫，前来问其详。
　　　　　　叫他捉拿其女，问明将她命亡。
勾月婵：（唱）孩儿倒有一妙计，捉他二人不用慌。
　　　　（白）母后，孩儿与胡奎去到房外，用迷魂手帕往她房中一抖，管叫她二人遭擒。
萧　后：好，你自己多加小心，不可大意。（下）
勾月婵：是。（下）
　　　　（出杨宗英、胡小香夫妻）
杨宗英：（诗）得配小姐三生幸，终身有靠乐有余。
　　　　（白）奴李兰香。
胡小香：我说你马脚已漏，还称什么奴家？
杨宗英：这不过掩人耳目，娘子，咱二人巧配姻缘，上阵透了消息，里外夹攻，一战成功也。
胡小香：哎，将军哪，我父不让，那就糟心了。
　　　　（唱）我父性刚烈如火，一闻此事必不应。
杨宗英：（唱）生米已经成熟饭，岳父他也没得说。
胡小香：（唱）还怕他老忠北国，必要与我动无名。
杨宗英：（唱）咱们放了被擒将，里应外攻一战成功。
胡小香：（唱）那时再把我父劝，同心同德归宋营。
杨宗英：（唱）商议破了天门阵，北国降服过太平。
　　　　　　夫妻正然闲叙话，来了胡奎喊连声。
胡　奎：（唱）手提钢刀把门叫，贱人丫头了不成。
　　　　　　快些开门来送死，小香闻听吃一惊。
　　　　（胡奎、勾月婵开门同进屋）
胡小香：（唱）原是我父把奴找，爹爹到此为何情？
胡　奎：（唱）特来找你问一问，你房可有杨宗英？
胡小香：（唱）有个兰香李妹妹，英不英的不知情。
胡　奎：（唱）不用隐瞒我知道，你与宋将暗沟通。
胡小香：（唱）爹爹既知我不隐，师父柬帖早告诉。

胡　奎：（唱）一派都是哄人话，违背父命把婚成。
胡小香：（唱）爹爹要是听儿劝，弃了北国归宋营。
胡　奎：（唱）叛乱之事我不做，想嫁宋将万不能。
胡小香：（唱）嫁算定了难更改，谁要不让挖他眼睛。
胡　奎：（唱）丫头竟敢毁骂我。
胡小香：（唱）因你做事不公平。
胡　奎：（唱）我并没有不公处。
胡小香：（唱）为女嫌婿不正经。
胡　奎：（唱）不是明媒与正娶。
胡小香：（唱）自己做主也能行。
胡　奎：（唱）定将宋将乱刀剁。
胡小香：（唱）碰根汗毛都不中。
胡　奎：（唱）恶狠狠地用刀砍。
胡小香：（唱）抽出宝剑忙架迎，父女二人杀出去。
杨宗英：（唱）这才怒起杨宗英，取出宝剑要帮助。
勾月婵：（唱）月婵上前把话明。
　　　　（白）我说杨宗英，我爱你并非一日，你竟撒谎逃脱。今日我劝你，咱二人言归和好，他父女杀到大厅去了，你我就在此屋成其好事，我也随你归宋，奴就去杀了萧太后，帮你破了天门阵，岂不两全其美？
杨宗英：哇！无耻淫妇，不要胡言，着枪。
勾月婵：好个无情的冤家，看剑。
　　　　（杀，勾月婵败，又上）
勾月婵：小将厉害，不忍伤他性命，不免用迷魂手帕迷他才是。
杨宗英：淫妇哪里走！（迷倒）
勾月婵：不免捎回房去成亲便了。
　　　　（上花子）
花　子：你别骚我孙子，我替他去。
勾月婵：哇！好个花子，坏我好事，其情可恼。
花　子：你愿意好事，我也是一样。
勾月婵：看剑。

花　　子：看棒子。

（打，勾月婵败，又上）

勾月婵：等他赶来，用迷魂帕擒拿。（下）

（上黄金力士）

花　　子：黄金力士，快将杨宗英送到乾元山交给太乙真人。

黄金力士：是。（下）

花　　子：待吾变个假的。（变杨宗英）

（上勾月婵）

勾月婵：着帕迷你。（花子倒）花子不见，剩杨宗英倒在地下，这回他是入网的鱼了，背他成亲便了。

（唱）这才乐坏月婵女，今可得了小冤家。
　　　　将他背进房中去，配成夫妻乐无涯。（背起）
　　　　这个冤家沉得很，好像一个千斤鼎。
　　　　越走越沉难举步，累得热汗直滴嗒。
　　　　刚刚背到帐房内，放在床上把汗擦。
　　　　既应亲事难改口，这回叫你无处爬。
　　　　才要上前把他唤，仔细一看叫声妈！
　　　　不是宗英是花子，气得吱呀咬碎牙。
　　　　伸手取剑往下砍，砍得我手腕酸又麻。
　　　　石子乱飞满屋滚，碰的瓶镜响乒乓。
　　　　吓得匍匐趴床下，又听石子响哐啷。
　　　　并不落地满屋打，帐篷器皿一齐砸。
　　　　吓得就地滚出去，石头后边紧跟砸。
　　　　一眼不着中肩背，花子一见笑哈哈。

花　　子：（白）哈哈哈，你这个贼人，同我入洞房，不该用剑杀我，飞跑而去。不管她，回山交给徒孙孙飞云紫金降魔杵，好破天门阵。（下）

（上胡奎、胡小香父女杀，下，上勾月婵）

勾月婵：吓死人也，好个厉害的花子，不是他的对手，背上中一石，叫人羞愧难当。明明是杨宗英，他怎变花子了呢？哎，好事不成，反惹一场无趣。呀，胡小香正与她父交战，我不免用迷魂帕将她迷倒。（下）

（月婵上，后边抖迷魂帕，胡小香倒）

胡　　奎：多谢擒住逆女，待我绑上见太后才是。

勾月婵：有理。

胡　　奎：千岁，臣将逆女拿住，请太后发落。

勾月婵：母后，杨宗英被花子救去，不知去向。

萧　　后：既然擒住逆女，吩咐姜元帅将胡小香、岳安、杨宗耀、刘云成押往幽州。

（下，上史配明）

史配明：（诗）番营探虚实，事情我都知。

（白）我史配明，番营探得明白，把我国将官又打入囚车押解去幽州，还有一个女将叫胡小香，是杨宗英新收的媳妇。我不免在前面松林里劫夺囚车便了。（下）

（姜夺马上）

姜　　夺：本帅姜夺，奉命押解一干宋将去上幽州。番兵们，押解囚车，急急上路。

卒：是。（下）

（车过，上史配明）

史配明：站住！姜夺，快留下囚车，饶你不死。

姜　　夺：好个矮贼，哪里而来？

史配明：来处而来。

姜　　夺：休走，看枪。

史配明：来吧。

（打姜夺跑）

史配明：中了这几下，你就跑了！打开囚车，救人要紧！（下）

（打囚车，上众人）

众：多谢将军搭救了。

史配明：好说，此处不宜久留，大家回营交令。这位小姐也同我俩进营，去见元帅吧。

胡小香：多谢将军搭救，也只好这般如此了。

史配明：大家把囚车上马卸下来，各乘一匹快马回营交令。

众　　人：有理。（下）

（上姜夺）

姜　夺：气死人也，可恨矮贼棒如流水，身受重伤，囚车被他们抢去，番兵四散，只得去见太后领罪便了。（下）

（出太乙真人）

太乙真人：（诗）修得三花五气，炼得伏虎降龙。

（白）山人太乙真人，前者黄金力士将徒儿宗英送上山来。今已七日，打发他下山破阵，赐他飞云紫金降魔杵，能破一百单八阵，天兵天将见杵，立即归位，剩下妖邪不难破矣。宗英快来。

杨宗英：（内白）来了。（上）师父在上，弟子拜揖。

太乙真人：不消，一旁坐了，听为师嘱咐与你。

（唱）太乙真人叫徒弟，着意留神听师言。
今日命你把山下，四次下山走一番。
赐你紫金降魔杵，大破天门不必难。

杨宗英：（白）师父，那宝杵已被花子拿去，不交还于我，他姓名也不说明。师父，花子倒是何人呢？

太乙真人：（唱）你也不用问姓名，久而自知必了然。
早将宝杵送给我，今日拿去就下山。
祭起破了天门阵，为师收回不用送还。
千万不可伤人命，错用法宝祸塌天。
说罢回洞取宝杵，快些收过莫迟延。
叩头站起接宝杵，出洞离了乾元山。（下）
太乙真人也回洞，宗英下山好喜欢，
心思口念路上走，再表金光发闷烦。

金光道人：（白）山人金光道人，下山帮助守阵，在金刚阵监管三十六天罡，正神四门，有四大金刚把守，阵内有座金刚亭，把被擒之人打入金刚亭内。现有杨五郎、苗广义在此囚禁。凡人送入太后囚房，宋将不敢破阵。有个花子十分厉害，无法可使。哼，一阵心血来潮，占算占算。（掐指）呀，不好！太乙真人命他徒弟下山破阵，带来降魔杵，这还了得？不免变个摆船的老汉，河边等候杨宗英，抢他宝贝才是。（下，又上）来到黑水河边，待我变来。

（唱）金光道，使妙法。

　　　　　　变了一只，摆渡之船。（变船夫老头）

　　　　　　又把船家变，摇橹又撑篙。

　　　　　　专等宗英来到，抢他宝杵回还。

　　　　　　洋洋得意河沿等，来了宗英小魁元。（上杨宗英）

杨宗英：（唱）可叹我，在高山。

　　　　　　跟师炼道，学艺多年。

　　　　　　别的全学会，兵刃十八般。

　　　　　　腾云驾雾不会，落得行路艰难。

　　　　　　思思想想往前走，心急两脚不消闲。

　　　　　　正行走，举目观。

　　　　　　一道大河，又把路拦。

　　　　　　那边船靠岸，渡河过那边。

　　　　　　高声喊艄手，快来渡我上船。

　　　　　　多给金银不争价，船夫答应心喜欢。

船　夫：（唱）船拢岸，上了船。

　　　　　　船至河心，我得要钱。

　　　　　　带笑尊壮士，恕我礼不端。

　　　　　　快掏船钱到岸，在下财黑不堪。

　　　　　　老人古语说得好，船家不该要过河钱。

杨宗英：（唱）杨宗英，说应该。

　　　　　　放下宝杵，搁在船舷。

　　　　　　伸手拿包裹，猫腰去取钱。

船　夫：（唱）金光道手眼快，拿杵跳入水间。（下）

杨宗英：（唱）宗英一见说不好，失落贵宝罪怎担？

　　　　　　全仗它，法无边。

　　　　　　打破天门，好平北番。

　　　　　　如今失落掉，不敢再回山。

　　　　　　师父要是见罪，只怕命难保全。

　　　　　　此宝乃是镇洞宝，连累师父心不甘。

　　　　　　痴痴呆，思想开。

    双手拿橹，拨在岸边。

    下船上了岸，心内好痛酸。

    无精打采行走，进营可有何言？

    意乱心烦大营奔，金光道人好喜欢。

金光道人：（唱）得宝杵，架云端。

    来在阵内，细对兄言。

    如此得宝杵，破阵他就难。

金必风：（唱）必风心中大悦，师弟功劳为山。

    明日奉知萧太后，必封师弟大将官。

  （白）师弟，此功不小，太后必封师弟护国军师。得宝杵放在金刚亭内，上锁看守，任他大罗神仙也没治。随我喝两盅去吧，庆祝你个喜酒啊，请吧。

金光道人：请呀。（下）

  （二帅升帐）

王怀女：（诗）虽然救回被擒将，无计打破阵九宫。

  （白）本帅王怀女，多亏史将军救回众将，宗英不知去向，胡小香进营说明原委。天门阵无法可破，叫人十分烦闷。

  （上卒）

卒： 报元帅得知，杨宗英营外候令。

王怀女：领他觐见。

卒： 元帅有令，命你见元帅。

杨宗英：来了。（上）元帅在上，小将一拜。

王怀女：免，不知你由何处而来？

杨宗英：元帅听了。

  （唱）那日中了迷魂药，师父救我上了山。

    高山住了七日整，今日命我把营还。

    赐我紫金降魔杵，大破天门翻掌间。

    祭起宝杵空中晃，各阵仙神俱归天。

    走至半路把河过，中了船夫巧机关。

    抢去宝杵跳水内，不知是神是妖仙。

　　　　　　　　上次花子杵截去，直到如今才交还。
　　　　　　　　今日又是第二次，叫人面上带羞惭。
　　　　　　　　望乞元帅恕我罪，桂英听罢吓一蹿。
穆桂英：（唱）此宝定被妖人骗，怕落天门阵里边。
　　　　　　　　这可是宗为难事，矮子上帐便开言。
史配明：（唱）元帅不必心烦闷，天门阵里我走一番。
　　　　　　　　访访宝杵在不在？阵里阵外看周全。
　　　　　　　　得手把它抢在手，再去破阵就不难。
　　　　　　　　说的不知对不对，心中欢喜便开言。
王怀女：（白）要去探宝，千万小心。
史配明：不用惦着我，我就去也。（遁下）
王怀女：婆母，今日宗英回来与胡小姐成亲，等史将军回来再议破阵之事。
佘太君：媳妇之言有理。军校们，小心巡营。宗英，随我来。
杨宗英：来了。（下）
　　　　（上史配明）
史配明：（诗）领了元帅令，去探宝贵珍。
　　　　（白）可笑杨宗英这孩子把宝贝弄丢了，元帅着急，我领令进阵去探贵宝，走走便了。
　　　　（唱）矮爷出营暗叨咕，可笑没用的杨宗英。
　　　　　　　　好容易得了降魔杵，不加小心被人家崩。
　　　　　　　　没法破阵耽误了，也不知在谁手中。
　　　　　　　　生来好动不好静，自己讨令去进宫。
　　　　　　　　看看贵宝有没有，给它偷来就省工。
　　　　　　　　赶早带上桃花叶，悄悄进阵看个清。
　　　　　　　　这边瞅来那边看，这个宝物影无踪。
　　　　　　　　来到玉皇阵门外，左边有座大高亭。
　　　　　　　　一座法台三丈六，摆的东西认不清。
　　　　（摆法台，台上摆亭，史配明蹿上台子）
　　　　　　　　上了高台留神看，亭子四门锁又封。
　　　　　　　　魔家四将把门守，相貌凶恶瞪眼睛。

扒着门缝往里看，往里一看亮又明。
宝杵就在中间放，想要进去万不能。
又往那边送一目，那里有个大深坑。
一眼不到掉下去，想得活命万不能。
看了半天无法使，下了高亭到台中。
上边供着一位像，通天教主坐上方。
桌上供献有五样，上等果品样样精。
妖精他上哪里去？看我给他作作弄。

（白）趁着妖人不在此处，先供供我吧。（吃）不错不错，真好吃，甜的酸的酥的脆的一应俱全。也吃净了，也吃饱了，弄啥添上呢？有了，我给他上点干货上供，你闻闻这个味足不足？（蹲下拉）哈哈哈，待我上一副对联，叫他知道我的厉害。现有朱砂红笔，待我写来。上联：姓史拉屎供上屎，下联：恨妖怨妖气死妖，横批四字：杂毛野道。
（金光道人上台）

金光道人：（诗）吃足庆功酒，喝得醉醺醺。

（白）方才与师兄饮酒，喝得大醉而归。哼，怎么一阵臭气难闻？待我看来，呀，供桌上盘内哪里来的人屎？什么人这样大胆！两旁有字，待我念来：姓史拉屎供上屎，恨妖怨妖气死妖，横批是杂毛野道。哎呀，气死我也，原来是矮子入阵，其情可恼。众神祇听真，今有奸细入阵，多加小心，可气死我也。（下）
（上史配明）

史配明：方才回营，见元帅说明一切。元帅叫我想法，限七日，你说这东西咋办？哎，元帅姐，你这就不对了。

（唱）矮爷不自在，嘴里暗嘀咕。
王氏姐姐她，不对真不对。
总是借光亲，如同亲姐弟。
我既进阵中，访着那宝贝。
也算功一场，赏我才对劲。
还叫我想法，前去偷宝贝。
将领不敢拨，只得想主意。

　　　　　　何不去上山，求我师父去。
　　　　　　哀求他老来，好破天门阵。
　　　　　　主意拿定了，急走不停息。
　　　　　　正然往前走，高山好威势。
　　　　　　必定有山贼，为王在此地。
　　　　　　走进山口中，并不发恐惧。
　　　　　　任他多厉害，遇我该倒运。
　　　　　　抬头对面瞧，树上挂牌子。
　　　　　　上面字写清，大字我认得。
　　　　　　上写姚兰英，年二十三岁。
　　　　　　挂牌为招夫，要求一件事。
　　　　　　一要武艺高，不管丑与俊。
　　　　　　敌住刀马能，与他成亲事。
　　　　　　不敌刀马强，休想过山去。
　　　　　　看罢火上蹿，没事找点事。
　　　　　　举起铁棒槌，招牌砸稀碎。
史配明：（白）好个毛寇丫头，敢发狠言，你出来，矮爷试试你。
喽　啰：报姑娘，山下矮子将招夫牌砸碎，大骂不休，叫姑娘出马。
姚兰英：呀，这还了得！兄弟姚金刚下山擒住矮将。
姚金刚：得令。
　　　　（姚金刚对史配明）
姚金刚：哪来的矮子？
史配明：你也不高。
姚金刚：大胆，敢砸招夫牌骂阵，报名上来。
史配明：没闲工夫报名，着棒子。
姚金刚：来来来。
　　　　（唱）气坏山王姚金刚，你这矮子不说理。
　　　　　　为何砸了招夫牌？敢发狠言出大语。
史配明：（唱）矮爷今日把你拿，绑回山去教训你。
姚金刚：（唱）你妈怎么把你生？张口骂人不可取。

史配明：	（唱）气坏矮子史配明，今日我怎遇见你？
姚金刚：	（唱）三尺多高横下粗，好像一个样子比。
	不用人说我明白，必然是我叔伯子。
	快快跪下认干爹，死罪饶过还可以。
	要将动手你不中，一会叫你扑了底。
	摘了你的脑袋瓜，睡觉当作尿罐子。
	金刚大怒举棒砸，还手咱俩比一比。
	上天赶到南天门，入地赶到龙宫里。
	大战足有多半天，歇息歇息且歇息。

叩头求饶叫亲爹，不然打你狗吃屎。

（二人坐地）

刚坐地下又起来，拼个我活与你死。

姚兰英：（唱）二人胜败难解分，兰英催马把刀举。
　　　　　　暗暗祭起蹿地蛇，咬住矮将爬不起。

（蛇咬住史配明）

史配明：（白）哎呀，饶了我吧。

姚兰英：你家住哪里？姓字名谁？说个清楚，自有好处与你。

史配明：我姓史，字配明，西岐关人氏，现在宋元帅帐下任先锋之职。上山求师，从此路过，看见招夫牌，一怒砸碎。姑娘，饶命吧。

姚兰英：饶你不难，你得应我一件事。

史配明：啥事吧？

姚兰英：我立牌招夫，你今砸碎，我就与你配为夫妻，你意下如何？

史配明：哈哈哈，那中，你快收了法术，这长虫咬得忒不好受。

姚兰英：你可不许改口。

史配明：不改口。

姚兰英：待我收了法术。（收）将军请上高山拜堂成亲。

史配明：得了，这位矮小子，咱俩瞎公鸡，别哑了。

姚金刚：好说，姐夫请。（下）

（出东方朔）

东方朔：（诗）闲来山前观虎斗，闷来林中听鸟喧。

（白）山人东方朔，自从打发徒儿下山，洞中剩我一人，何不去找毛遂盘盘道，合计合计那洞府谁有啥宝？偷他一个做场事业，一定是此事，闭锁洞人，走走便了。（下）

（出毛遂）

毛　遂：（诗）凡人都知交朋友，神人也有对相人。

（白）小仙毛遂，那日下山救了穆桂英，以后哪儿也没去，苦苦修炼。

（上东方朔）

东方朔：道友在洞？

毛　遂：东方道友来了，请坐请坐。

东方朔：有坐。

毛　遂：道友到此何事？

东方朔：在洞中憋闷，找你盘盘道。

毛　遂：好，你说上句，我说下句，你盘不断就是了。

东方朔：好，道友听了。

东方朔：（唱）自从盘古开天地，

毛　遂：（唱）天皇地皇与人皇。

东方朔：（唱）伏羲画出先天卦，

毛　遂：（唱）女娲大士留衣裳。

东方朔：（唱）钻木取火燧人氏，

毛　遂：（唱）退位让国有陶唐。

东方朔：（唱）夏传子来家天下，

毛　遂：（唱）汤伐夏桀国号商。

东方朔：（唱）传至纣王行无道，

毛　遂：（唱）吊民伐罪周武王。

东方朔：（唱）那时阐截大斗智，

毛　遂：（唱）大周八百年限长。

东方朔：（唱）五霸七雄国内乱，

毛　遂：（唱）并吞六国秦始皇。

东方朔：（唱）楚汉相争多少载，

毛　遂：（唱）天下一起归刘邦。

东方朔：（唱）王莽篡了平帝位，

毛　遂：（唱）光武中兴走南阳。

东方朔：（唱）三分汉鼎吴蜀魏，

毛　遂：（唱）司马为君成了王。

东方朔：（唱）当时五胡十六国，

毛　遂：（唱）宋齐梁陈与后梁。

东方朔：（唱）隋唐杨坚居事业，

毛　遂：（唱）匡胤替周坐汴梁。

东方朔：（唱）传至三帝真宗至，

毛　遂：（唱）终朝每日动刀枪。

东方朔：（唱）出家之人何为主？

毛　遂：（唱）诸日念经炼阴阳。

东方朔：（唱）三花聚顶玄中妙，

毛　遂：（唱）五气朝元仙人方。

东方朔：（唱）你的道行没我大，

毛　遂：（唱）你的功夫没我强。

东方朔：（唱）我也朝天拜玉帝，

毛　遂：（唱）我也恭拜王母娘娘。

东方朔：（唱）你别提你丢人事，

毛　遂：（唱）你的手脚不稳当。

东方朔：（唱）你偷仙桃整一对，

毛　遂：（唱）你拿酒盏整四双。

东方朔：（唱）你怎竟揭我的短？

毛　遂：（唱）你不说我短俺也不说你长。

东方朔：（唱）你见人东西懒迈步，

毛　遂：（唱）你见人东西往腰内装。

东方朔：（唱）别说你也别说我，

毛　遂：（唱）同病相怜正对当。

东方朔：（唱）从今以后要洗手，

毛　遂：（唱）我也不干这一行。

东方朔：（唱）正是二仙盘大道，
毛　遂：（唱）走进配明姚金刚。
东方朔：（唱）二人一齐进古洞，
毛　遂：（唱）叩拜师父跪当阳。
　　　　（上史配明、姚金刚）
史配明、姚金刚：二位师父在上，徒儿叩头。
东方朔、毛　遂：起来起来。你俩怎么来这么齐全呢？
史配明：师父不消问了，徒儿前来求师父下山破阵。
东方朔：破阵之事，我不会去，方才我与你师叔都说了，从今以后洗手，永远不管闲事。你们凡人争盘，我们出家人不管，快些出洞，我俩还要盘道呢。
史配明：哎，老师父，你也太心狠了。
　　　　（硬唱）史配明与姚金刚，二人叩头如捣蒜。
　　　　　　　吩咐开恩发慈悲，搭救宋营大灾难。
　　　　　　　既然出家把好修，慈悲为本行方便。
　　　　　　　宋与北国起战争，多年不休没停战。
　　　　　　　宋将死了有若干，兵丁死了好几万。
　　　　　　　如今大摆天门阵，一百零八阵难破。
　　　　　　　困住广义杨五郎，打入金刚阵里面。
　　　　　　　太乙门徒杨宗英，奉命下山好几遍。
　　　　　　　几次带来宝贵珍，降魔宝杵紫金炼。
　　　　　　　天门阵非它打不开，不想半路宝失陷。
　　　　　　　妖人用计诓去了，金刚亭里我看见。
　　　　　　　设法夺取来见师父，大展神通跟他干一场。
　　　　　　　一来显现仙家能，二与徒儿把脸赚。
　　　　　　　莫非你老怕妖精？不敢出洞把他见。
东方朔：（唱）不是为师怕妖精，身染红尘不体面。
　　　　　　　不去不去你白说，金眼毛遂动心意。
毛　遂：（唱）心中犯了老病根，何不下山走一遍？
　　　　　　　试试这个金必风，偷他个手忙与脚乱。
　　　　　　　主意一定站起身，道友不必再打算。

（白）我说道友哇，这两个孩子好不容易来一趟。他俩在宋营露脸，咱也体面，要叫妖精打败，咱们脸上挂不住啊，谁不知道咱俩门徒叫人家羞辱？咱俩正该下山，何必推辞？

东方朔：这么说，你是愿意去呀？

毛　遂：有点小心思呢。

东方朔：哈哈哈，你要愿意，我有啥说的呢？好，徒儿起来，头前引路，一奔宋营。

史配明：谢过师父。（下）

（二仙云过，史配明跑过）

史配明：禀师父，到了。

东方朔：好，你们俩进营禀知元帅，为师我俩进阵。

史配明：师父，小心着。

东方朔：去吧。

史配明：是。（下）

东方朔：这小东西还嘱咐咱俩呢，把咱吃饭的家伙带上阵便了。

（唱）毛遂插上隐身草，东方朔是头上搁。
　　　大摇大摆把阵进，就是神仙看不着。
　　　果然好座天门阵，俱是天上众神仙。
　　　外面四门分八卦，二十八宿影像恶。
　　　五斗四帅七星九曜，三十六天罡眼瞪着。
　　　二郎带着哮天犬，天王宝塔手托着。
　　　还有七十二地煞，哪吒脚踏风火轮。
　　　中间有座玉皇阵，四大金刚伺候着。
　　　有座亭子倒不大，紫金宝杵在里搁。
　　　防守甚严上了锁，没有方法把它摸。
　　　你我也是无法使，回营大家想计谋。

（白）你我回营，大家商议破阵便了。

毛　遂：有理。（下）

（上花子）

花　子：（诗）下了玉虚地，帮徒破阵宫。

(白）山人元始天尊，早知紫金降魔杵被妖人诓去，放入金刚亭内，众门人无法可使，只得前去暗中帮助破阵。

（唱）自从斩将封神后，三教讲和各归山。
　　　恩师鸿钧老教主，教训我们不犯边。
　　　事到如今守规矩，可恨必风太无端。
　　　助他弟子阎荣道，徒弟请师来下山。
　　　山人要不去相助，想破此阵只怕难。
　　　故此才把红尘染，天门阵内走一番。
　　　我也不进宋营去，先去取杵到阵间。
　　　迈步进了天门阵，大叫必风快上前。
　　　花子前来破你阵，

金必风：（白）必风闻听猛一蹿。众天神听真，今有能人进阵，各加小心，不许放走花子。

合：　　遵法旨。（下）
　　　（上花子）

花　子：进的阵来，我先到金刚亭去取来宝杵才是。（下）
　　　（出金光道人）

金光道人：（诗）下山助战显威风，奉令把守金刚亭。

（白）出家人金光道，自从下山二十多日，把守金刚亭，四大金刚把守四门，亭内放着紫金宝杵，宋将无有此宝，想破此阵，比登天还难，大料宋营无有能人来盗此宝。

（上花子）

花　子：道友请了。

金光道人：呀，你这花子怎么进来的？四大金刚没看着你吗？

花　子：哈哈哈，我进来时，四大金刚都睡着了，我才进来的。

金光道人：你到此何事？

花　子：来盗这紫金降魔宝杵，好破天门阵式。

（唱）我来并无别的事，竟为偷宝破天门。
　　　听说现在你的阵，金刚亭里紧收存。
　　　故此我才把你见，开开亭子观宝珍。

　　　　　　　该着成功真凑巧，四大金刚都睡沉。
　　　　　　　就着机会进了阵，劝你赶快回山林。
　　　　　　　苦修苦炼成正果，何必痴心守阵门？
　　　　　　　既要出家远凡事，私开杀戒大祸临。
　　　　　　　不是花子说大话，破这小阵不用劳神。
　　　　　　　就那天兵与天将，见我都得跪在尘。
　　　　　　　用手一指都得退，没把你们放在心。
　　　　　　　快去与我取法宝，免我生气把掌伸。
金光道人：（唱）金光闻听心窜火，气得咯吱咬牙根。
　　　　　　　大胆花子吹了牛，口出大言欺负我。
　　　　　　　山人与你试一试，口中急忙念灵文。
花　子：（唱）诛仙宝剑忙祭起，花子一见笑盈盈。
　　　　　　　用手一指剑落地，金光大怒冒火云。
金光道人：（白）哎呀，死花子，可气死我了，四大金刚速到。
四大金刚：来了。（齐上）法官何事？
金光道人：快拿花子。
四大金刚：遵法旨。
　　　　（唱）说遵旨，杀上前。
　　　　　　　只见花子，长得不堪。
　　　　　　　头顶生瑞气，现出万朵莲。
　　　　　　　仔细留神一看，原是天尊下山。
　　　　　　　大家不可去交战，各守各地理当然。
花　子：（唱）叫一声，众神仙。
　　　　　　　听我法旨，各归南天。
　　　　　　　若是再抗违，佛祖不容宽。
　　　　　　　西方如来知道，遭贬都压阴山。
　　　　　　　速退速退速退退，齐说遵旨起云端。
金光道人：（唱）金光道，气炸肝。
　　　　　　　好个花子，有何妙玄？
　　　　　　　金刚不战退，不知为哪般？

花　　子：他们跟我相好，叫他们都回去了。
金光道人：（唱）一派胡言乱道，立刻叫你命捐。
　　　　　　　　举起宝剑往上砍，用手一指化灰烟。
花　　子：（白）哈哈哈，你那宝剑离我很远就化成灰了，无用无用。
金光道人：哎呀，这可怎好？
花　　子：不怕不怕，我不伤你性命，快与我取法宝来。
金光道人：花子，你是哪个？快些实说，与你取来。
花　　子：哈哈哈，你的道行与我相差太远了。
金光道人：你说相差太远？你有多少年的道行？
花　　子：听了。
　　　　　（唱）混沌初分不计年，没有天地就有咱。
　　　　　　　　要问俺的年多大，经过十万八千年。
金光道人：你出口大言，令人不信。你能将宝杵盗去，我就回山，永不出世。
花　　子：一言为定，你仔细看来。（用手一指，亭门四开）宝杵还不出来，更待何时？（宝杵入手中）哈哈哈，你看如何？
金光道人：呀，果然神通大妙，法力无边，我不及矣。（跪地）恕我不识祖师之功法，望乞大发慈悲吧。
花　　子：我不伤你，回山好好修炼去吧。
金光道人：谢过祖师慈悲，回山去也。（下）
花　　子：你看金光回心，归山而去，只得将宝杵交与二帅，徒儿太乙真人好破阵式。（下）
　　　　　（出二帅，升帐）
王怀女：（诗）宝杵失落金刚亭，不能取出令人惊。
　　　　（白）本帅王怀女，矮将军请来二位仙长前去盗宝，回来言道防备甚严，不能取出，说自有破阵之人，二位仙长回山去了。
　　　　（上史配明）
史配明：禀二位元帅，我二人巡营，有一老花子交与我柬帖一联，说交元帅过目。
王怀女：呈上来。（呈上）上写着：没有姓来没有名，柬帖赐与二元戎，我破金刚取法宝，目下不交你手中。想要打破天门阵，到日我必下山峰，日不多久必破阵，天助我也必成功。呀，此乃神仙指示，不可不信。众将官准

	备刀枪，准备破阵。
合：	是。
王怀女：	孟良、杨宗英听令。你二人三关催粮，速去速回。
孟良、杨宗英：	得令。（下）
王怀女：	众将官报知老元帅，准备破阵，军卒小心巡营。
卒：	是。

（完）

第十七本

【剧情梗概】金必风请来许多上界神仙来助天门阵，却被一个叫花子打败，并要求金必风在百日之内撤阵，金必风只得求师兄金雕大仙下山帮助。宋营穆桂英上山求师父骊山圣母破阵，骊山圣母邀请海外上仙、广空圣母、广成大仙、刘伶上仙、东海岛外长笑大仙、海外陆压真人下山会阵。破阵之时，上界财神比干破了酒色财气四阵，其余阵式则由太乙真人用降魔杵破掉。众神仙与宋营众将经过一番争斗，终于打破了天门阵。宋营人马班师回朝后，朝廷论功行赏。

（出金必风，站岳方道人、郑天明、秦猛、王平、朱会真）

合： （诗）玄中奥妙法无边，得成人体脱去凡。
　　　　　今日跟师弟来守阵，显示本领到人间。
（白）老师设座，小心伺候。

金必风：（诗）凡心一动闯红尘，为报羞耻摆天门。
　　　　　可恨花子太无理，盗去贵宝恨在心。
（白）山人金必风自摆天门阵，伤了宋将无数。苗广义、杨五郎被押入仙牢，不想有个花子，盗去宝杵，气走金光道，真叫人不乐。
（上卒）

卒： 报祖师，宋营二男二女杀入中营。

金必风：再探（是），众弟子们一齐杀去。

弟　子：得令（下）
（上二矮将打众妖，败。上金必风对黄凤仙）

黄凤仙：野道还不收阵，你奶奶黄凤仙破你阵式。

金必风：花奴看剑。

黄凤仙：来来来。
（杀，黄凤仙败，又上）

黄凤仙：妖道敢来，用子午定南针打他便了。

金必风：哪里走！

黄凤仙：着打。

金必风：哎呀。（下）

黄凤仙：金必风败走，元帅，咱姐妹破不了天门阵，急急回营才是。

穆桂英：有理。

（上穆桂英）

白天卒：花奴哪里走？

穆桂英：番贼何名？

白天卒：你都督白天卒，贱人报名上来。

穆桂英：本帅穆桂英，知我厉害速速远避，不然难免刀下葬生。

白天卒：休得胡说！

穆桂英：来来来！

（杀，白天卒败，又上）

白天卒：花奴厉害，等她赶来时，用铜锤打她便是了。

穆桂英：哪里走！

白天卒：着打。

（穆桂英接锤打回）

白天卒：哎呀。（下）

穆桂英：番贼被我打得抱鞍而逃，妹妹随我回营。

黄凤仙：来了！

（急上白天卒）

白天卒：好打，好打，好个穆桂英十分厉害。宋营能人太多，谅天门阵终究得破，必受其害，何不带本郎人马去守洪州？招军买马，自建事业有何不可？

（下，急上金必风）

金必风：气死人也，好个黄凤仙，打我一定南针，好险好险。此宝乃是上古轩辕黄帝之物，厉害无比，我不免上云外天逍遥洞请金雕大仙帮我守阵。他与金翅鸟同道，有万年道行，他要现形能大能小，把他请来助阵无忧矣。徒弟们，好好守阵，为师不久便回。

徒弟们：是呀（下）

（出金雕大仙）

金雕大仙：（诗）开天立地就有咱，道行一万八千年。

两翅一展盖天日，经过混沌两三番。

（白）吾乃金雕教主，乃座山雕得道，拜女娲为师，与金翅鸟、金必风为友，有一万八千年道行，在云外天逍遥洞炼道。金翅鸟叫西天阿佛收去，金必风自居一洞，听说他收些门人，闹些魔障，不守清规。我有面镜子，乃师父开天之物，命我看守。

金必风：带我进洞。

喽　啰：道友请了。

金雕大仙：原来是必风道友，请坐（告坐）。道友不在古洞炼道，到此何事？

金必风：唉，道友听了。

（唱）未曾开言先叹气，提起叫人气更难。
　　　因为我收徒弟子，惹出不少大烦愁。
　　　阎荣本是大徒弟，跟我学艺整三年。
　　　命他北国去保萧后，年年与大宋动争斗。
　　　屡屡交兵不取胜，阎荣二次又上山。
　　　央求叫我把他助，一怒下山到北番。
　　　摆下一座天门阵，请的都是上界仙。
　　　困得宋兵要归顺，来个矮子欺负咱。
　　　更有一件可恨事，出来花子更难缠。
　　　上阵也不通名姓，叫我撤阵在百天。
　　　有心撤阵回山去，请神容易送神难。
　　　有何颜面见同道？闹得羞愧面无颜。
　　　故此来求师兄你，帮我守阵走一番。

金雕大仙：（唱）金雕大仙微微笑，师弟做事理不端。
　　　　　既然出家苦修炼，不该下山落凡间。
　　　　　倘被师父知道了，难免罚罪压阴山。
　　　　　我不可去惹祸事，快些出去莫多言。
　　　　　任你说啥我不去，必风一见发愣然。

金必风：（白）师兄，莫非你怕宋将？

金雕大仙：你说我怕？那就算怕吧，你也不用激我，我不中你的诡计。

金必风：师兄不帮也就罢了，看咱一师学艺问道之情，也该与我赚赚脸好收阵。

金雕大仙：怎么赚脸？

金必风：师兄随我下山见了宋将，就说我情愿收阵，你做个和事之人，在当中讲和，我也有个下台阶的地方。

金雕大仙：哼，罢了。我跟你走上一趟。我得把开辟镜拿着，怕叫人给偷去。

金必风：有理。

金雕大仙：走走便了。（下）

（云过）

（金必风带师兄金雕大仙来到宋营外，落下）

金雕大仙：你先进营，我见见宋将。

金必风：是。（下）

金雕大仙：宋营儿郎传禀一声，说金雕教主请你主帅答话。

卒：　　候着。（下）

卒：　　报元帅得知，营外有个修道之人请元帅答话。

穆桂英：必是左道旁门，黄凤仙、姜翠平随我出营一会。

黄凤仙、姜翠平：遵令！

（上三女将）

金雕大仙：来者三位女将，哪位是穆桂英？

穆桂英：本帅便是！

金雕大仙：山人此来，非是打仗，因金必风请我，不好推辞，才下山与你讲和。

（唱）山人不为征与战，我与南北做说和。

必风是我大师弟，一师之情把艺得。

上山请我来守阵，再三不允我推脱。

后来叫我来讲和，我才应允下山坡。

故此亲自见元帅，可行可止犯商酌。

我叫他收了天门阵，不管你们争与夺。

限他三天撤完阵，仙人不许动干戈。

不知元帅同意否？桂英带笑把话说。

穆桂英：（唱）既然教主来息事，本帅不敢把面驳。

本帅敬听捷音报，金雕大仙笑哈哈。

金雕大仙：（唱）元帅慷慨我钦佩，凤仙早就气掐脖。

黄凤仙：（唱）暗将子午神针祭，对准野道心口窝。（现针）

     冷不防备着一下，（打倒金雕，针回）

金雕大仙：（唱）翻身爬起骂贱婆。口里应承说好话，

        不该暗中使阴谋。山人与你试一试。

    （白）好个不懂礼数的贱人，山人与你和好来，你不该暗下毒手，打我一针，倒要见见你的本领。

穆桂英： 看刀。

金雕大仙： 来来来。（杀下）

穆桂英： 姜小姐你与凤仙压阵，我回营叫众女将齐来拿妖道。（下）

姜翠平： 遵命。（下）

    （上金雕大仙杀，黄凤仙败，又上）

黄凤仙： 野道厉害，刀砍不入，祭起子午定南针打他便了。（针现）

金雕大仙： 哈哈哈，女子祭来神针，用开辟镜一照，神针落地。（针落）

    （上黄凤仙）

黄凤仙： 妖人破我贵宝，再祭起十八口连珠刀斩他，呀呸！（刀起）

金雕大仙： 哈哈哈，小小法术如何中用？（二目一瞪）只管砍吧。（砍介）花奴，看我开辟镜！（一晃空中，黄凤仙倒下）来二卒，绑入阵内，听候发落。（卒绑黄凤仙下）（上姜翠平）

金雕大仙： 你这女将报上名来。

姜翠平： 你奶奶姜翠平，着刀。

    （杀，姜翠平败，又上）

姜翠平： 不免用风火扇扇他。（风火起）

金雕大仙： 哈哈哈。好凉快，使劲扇。

姜翠平： 呀，不好。（下）

金雕大仙： 想跑不能，看我晃你一下。（卒绑姜翠平下）

    （上姜艳容）

姜艳容： 野道，休要称勇，看我姜艳容擒你，看刀。

金雕大仙： 来来来。你就砍吧，我用宝镜晃你。（卒绑下姜艳容）看你有多少宝贝。（下）

穆桂英： 胡小香、刘云霞、姚兰英、喜林珠一起出马捉拿野道。

合： 得令。（下）

(众战金雕大仙，俱被擒)

穆桂英：呀，不好，众将官收兵。（下）

金雕大仙：小小凡夫，能有几合的勇战？暂且饶你，待我回阵，与道友商议收阵。（下）

(升帐，站杨宗保、杨宗孝、岳安)

穆桂英：（内白）众将官，将马带过。（上）吓死人也，野道法术惊奇，一连擒去七员女将，可有些不好。

（唱）穆氏桂英心乱跳，好个野道法术精。
　　　各样法宝全无用，刀砍剑劈白费功。
　　　不知他用的什么宝，霞光万道耀眼明。
　　　一连擒去七女将，只怕少吉多主凶。
　　　天门大阵不能破，跑出一个老妖精。
　　　不知道行有多大，不知法术怎能行？
　　　这可叫我怎么好？急得躁汗湿前胸。
　　　又无良策破恶阵，又损将来又折兵。
　　　急得元帅团团转，上来矮子二英雄。

史配明、姚金刚：（唱）口尊元帅免忧虑，咱俩有个计调停。

穆桂英：（白）有何妙计救回女将？如何打破阵式？

史配明、姚金刚：（唱）仙人柬帖有指示，咱们坐等事不成。
　　　我俩上山请师父，再请各洞众仙灵。
　　　先请大仙广成子，再请老祖黄士公。
　　　广空圣母也请到，太乙真人妙法灵。
　　　骊山圣母你师父，谁不知她法术精？
　　　再请我俩老师父，一共都来整七名。
　　　一定破了天门阵，管保救回女花容。
　　　不知说得对不对，元帅闻听喜心中。

穆桂英：（白）二位将军新见极是，你二人各请先走走，不可有误！

史配明、姚金刚：遵令。（下）

穆桂英：杨宗保听令，你与母亲小心紧守大营，千万不可出营，待上仙山求请广成大仙、广空圣母等，我即前往。（下）

（出骊山圣母）

骊山圣母：（诗）山外青山云外云，白云深处有真人。

（白）山人骊山圣母，自徒儿下山与杨宗保成亲，又挂帅与北国交兵，阎荣请来金必风二摆天门阵，挡住宋将，不能进兵。桂英必来求我，讲不起，得破破杀戒了。

穆桂英：（内白）待我进洞，恭拜师父。（上）师父在上，弟子叩头。

骊山圣母：不消，起来（是）。你的来意为师早知，不久众仙下山会阵，但天门阵里有迷魂阵，得海外上仙帮助，为师邀请广空圣母、广成大仙，再请上八仙中刘伶、东海岛外长笑大仙、海外陆压真人、上界财神比干，可破酒色财气四阵，其余阵式由太乙真人用降魔杵来破。你回营搭起芦棚，候着众仙到齐，共同移除劫难。

穆桂英：师父，金雕法术惊奇，何人可降？

骊山圣母：自有能人收服与他，下山去吧。

穆桂英：是，弟子遵命。（下）

骊山圣母：你看徒儿去了，讲不起各洞去会道友，一同去会阵。

（诗）出家无儿收弟子，倒惹山人不得闲。（下）

（出广成子）

广成子：（诗）洞中过七日，世上几千年。

（白）山人广成子，乃玉虚宫门人。方才到乾元山与太乙真人盘道，邀我去破天门阵，我已应允他带降魔宝杵下山，我回洞只得带着翻天印下山。童儿，好好看守古洞。

（唱）广成子，不消停。

急回后洞，取宝一宗。

拿起翻天印，下山走一程。

迈步出了古洞，抬头对面看清。

那边骊山来到了，带笑开言问一声。

老圣母，何处行？

来到此山，为的何情？

骊山圣母：（唱）骊山忙接语，带笑尊道兄。

我来奉请道友，求你去破阵宫。

广成子：（唱）你不细说我知道，早在那乾元山上知其情。
骊山圣母：（唱）既如此，两边行。
　　　　　　　我上别洞，去请仙翁。
　　　　　　　道友请先去，告辞把云登。
　　　　　　　广成宋营而去，圣母催云而行。
　　　　　　　正走之间抬头见，眼前来到广空宫。
　　　　　　　收云雾，进洞中。
　　　　　　　广空圣母，打坐寒宫。
　　　　　　　正把黄经念，骊山进宫中。
　　　　　　　道友一向可好？贫道揖手打躬。
广空圣母：（唱）道友来了请快坐，不知到此何事情？
骊山圣母：（唱）未开言，叹一声。
　　　　　　　因有为难，事儿几宗。
　　　　　　　贫道收弟子，名叫穆桂英。
　　　　　　　宋营挂了帅印，带兵去把北征。
　　　　　　　北国阎荣请师父，摆下天门阵九宫。
　　　　　　　困住了，将与兵。
　　　　　　　无法破阵，来上山峰。
　　　　　　　央我把山下，去战众妖精。
　　　　　　　怕我一人难胜，来请道友帮兵。
　　　　　　　看咱同道之情义，随我下山走一程。
广空圣母：（唱）既如此，无的讲。
　　　　　　　道友既来，推托不能。
　　　　　　　我就把山下，会会金必风。
骊山圣母：（唱）道友做事慷慨，你先去到宋营。
　　　　　（白）道友，你带随身之宝去到宋营，我去海外请仙才是。（下）
广空圣母：你看骊山去了，山人只得带宝下山便了。（下）
　　　　　（出长笑仙）
长笑仙：（唱）哈哈笑世人竟瞎嗷，贪了些黑起了些早。
　　　　　　　都为名利那一夸，难为我常常笑。

    也不知寿活多少年，笑得仙班挂了号。
    众仙都管我叫长笑仙，白云深处逍遥道。
  （上骊山圣母）

骊山圣母：（白）道友请了。

长笑仙：哈哈，请了请了，请坐。

骊山圣母：告坐。

长笑仙：哈哈，道友不在洞中炼道，到此为何？

骊山圣母：道友听了。

骊山圣母：（唱）未曾说话先叹气，

长笑仙：（唱）哈哈大笑问缘由。

骊山圣母：（唱）只因这件为难事，

长笑仙：（唱）你就说说笑死人。

骊山圣母：（唱）那年收下一徒弟，

长笑仙：（唱）添人进口笑破嘴。

骊山圣母：（唱）名叫桂英穆氏女，

长笑仙：（唱）笑你无故不省心。

骊山圣母：（唱）打发她把高山下，

长笑仙：（唱）投奔何处对我云。

骊山圣母：（唱）如此如此配宋将，

长笑仙：（唱）女大当嫁男大当婚。

骊山圣母：（唱）带兵去与北国战，

长笑仙：（唱）胜败与咱不关心。

骊山圣母：（唱）北国有个吕老道[①]，

长笑仙：（唱）早知他名吕洞宾。

骊山圣母：（唱）请来他师金老道，

长笑仙：（唱）他能怎的对我云。

骊山圣母：（唱）摆下一座天门阵，

长笑仙：（唱）有何惊奇法术深？

---

 ① 北国有个吕老道：这里指阎荣，借吕洞宾代指有法术的道士。

骊山圣母：（唱）有个名为气字阵，

长笑仙：（唱）人要见气就攻心。

骊山圣母：（唱）别者不中来请你，

长笑仙：（唱）他气我笑如未闻。

骊山圣母：（唱）早知道友法力大，

长笑仙：（唱）妖人见我笑断魂。

骊山圣母：（唱）如此就走休迟误，

长笑仙：（唱）你在头前我后跟。

骊山圣母：（唱）起身迈步出了洞，（下）

长笑仙：（唱）哈哈大笑起祥云。

骊山圣母：（唱）不言二话宋营奔，（下）

　　　（上史配明）

史配明：（白）来请师父，进洞便了。（下）

　　　（出东方朔）

东方朔：（诗）袖吞天边月，移山倒海湖。

　　　（白）山人东方朔，清晨起来打坐一回。

史配明：师父在上，弟子叩头。

东方朔：起来起来，你又做啥来咧？

史配明：哎，师父哇。

　　　（唱）自从师父回山寨，如今又有大祸灾。
　　　　　来了一个老妖怪，身硬如铁嘴缩腮。
　　　　　更有一件惊人宝，霞光万道人难猜。
　　　　　擒去女将七八个，想得元帅头难抬。
　　　　　令我来请老师你，下山去把妖人拴。

东方朔：（白）妖人叫啥名字？

史配明：（唱）报名金雕老教主，谁知他住哪山崖？

东方朔：（唱）一闻此言吓一跳，心里敲鼓脸吓白。
　　　　　原来金雕把山下，他的宝镜太厉害。
　　　　　别说凡人破不了，大罗神仙玩不开。
　　　　　你快回去禀元帅，暂且高挂免战牌。

    为师去见老教主，或长或短自明白。
    我去也是破不了，枉费心机准得栽。
    你就回营见元帅，师徒出洞两下开。
    飞走抬头举目看，金眼毛遂也到来。
  （白）呀，风云响亮，毛遂来了。

毛　遂：（落地）道友请了，意欲何往？

东方朔：因徒史配明请我破阵，我要上玉虚宫见见教主去。

毛　遂：好，咱俩不约而同，我也要见见教主去。
  （上太乙真人与众仙人）

太乙真人：二位道友，教主将紫金降魔杵交予我，命咱去破阵。

合：　如此更好，咱就一奔宋营走走。

太乙真人：请了。（云上）道友们来至阵外，哪位去建头功？

黄士公：山人黄士公打一头阵。

太乙真人：可要小心。

黄士公：不劳嘱咐。（下，又上）守阵番兵报进去，叫金必风出来答话。
  （上金必风）

卒：　报祖师得知，阵外老道请祖师爷答话。

金必风：众弟子随我出阵。

黄士公：金必风，你不守清规，大摆天门阵，罪当五雷轰顶。

金必风：哇！黄士公，你说我大破杀戒，你到此何事？

黄士公：我来劝你收阵。

金必风：你能破我阵，我就回山。

黄士公：看剑取你。

金必风：来来来。
  （杀金必风败，又上）

金必风：好个老头子，倒有杀法，等他赶来，祭起捆仙索擒他便了。
  （上黄士公）

黄士公：空中霞光万道，原是如此，看我念起真言与他收过了。（收下）
  （上金必风）

金必风：好个黄士公，收我贵宝，祭起扣仙盅扣他！

黄士公：原来扣仙盅祭起，看我用锤砸坏。（锤砸坏盅）

金必风：不免祭起量天尺打他。

黄士公：空中飞来量天尺，这不落我胎包来了，倒念真言复又打回。（量天尺打金必风）

（上金雕大仙对黄士公）

金雕大仙：金雕大仙在此，你不该助纣为虐，怕你临死后悔。

黄士公：不要胡言，看剑。

金雕大仙：来来来。

（杀，金雕大仙败，又上）

金雕大仙：等他赶来，用开辟镜晃他才是。（下）

黄士公：呀，不好，此宝厉害，逃走便了。（下）

（上太乙真人）

太乙真人：你看黄道友败下，我只得上前去。（下）

（对上金雕大仙）

金雕大仙：太乙道友请了。

太乙真人：道友为何助金必风守阵，不知顺逆？

金雕大仙：事到如今，我也不顾许多了，你也不用言语，咱俩见个高低上下。

太乙真人：（唱）太乙真人心大怒，大骂一声座山雕。
　　　　　　不该私自开杀戒，怕是娘娘不轻饶。

金雕大仙：（唱）少要胡言与乱讲，见个上下低与高。

太乙真人：（唱）大战足有二十趟，祭起火罩把他烧。
　　　　　　口念真言说声起。心中大怒对面瞧。

金雕大仙：（唱）哪怕你有神火罩，难伤山人一根毛。

广成子：（唱）广成又祭翻天印，用手一指半空摇。

金雕大仙：（唱）并不躲闪只管打，你这法术不算高。

东方朔、毛遂：（唱）东方朔祭来斩妖剑，毛遂祭起化血刀。

广空圣母：（唱）广空圣母祭法宝，打神鞭起半空飘。
　　　　　　众宝霎时空中现，前后围住金翅雕。
　　　　　　不慌不忙只管打，好像是在把痒挠。

太乙真人：（唱）太乙真人心起火，紫金宝杵祭云霄。

		只听咯吱一声响，打个跟头摇一摇。

金雕大仙：（唱）此宝果然是厉害，要是别人命难逃。
　　　　　　　　顺手取出开辟镜，对面一晃放光毫。
众　　仙：（唱）顶观莲花各顾命，不敢恋战俱走逃。
　　　　　　　　各收法宝回营去，明日大家再计较。
金雕大仙：（唱）众仙齐回芦棚去，金雕一见乐陶陶。
　　　　　（白）哈哈哈，好一群无用的东西，都跑了，不必追赶，回阵歇息，明日再说。（下）
　　　　　（上金必风）
金必风：可喜师兄一战成功，打败众仙，可喜可贺。
金雕大仙：不足为奇。
金必风：师兄，明日他们要用紫金降魔杵破阵，如何是好？
金雕大仙：无妨，回阵，我现原形，两翅一展，盖在天门阵上，如同天罗一样遮住，连众神众仙宝杵也打不疼。有人进阵，只管放入，看他有何能耐。
金必风：好哇，师兄法力高强，此阵无忧矣。
金雕大仙：待我变来。（变大鹏盖阵）
金必风：师兄法妙无边，小弟佩服。
金雕大仙：你放心吧。（下）
　　　　　（众仙广成子、广空圣母、太乙真人、东方朔、毛遂上场）
太乙真人：妖人厉害，众宝不能伤他。他宝镜十分厉害，你我被他宝镜一晃，败回仙棚，等骊山圣母到来，再作主意。
　　　　　（上骊山圣母、长笑仙、刘伶）
骊山圣母：众位道友，都早到了？
合　　：已到多时了。
骊山圣母：可曾见过阵吗？
太乙真人：哎，我五人刚到阵门，遇见金雕野道，一场大战，俱都败下来了。
骊山圣母：何不用宝杵打他？
太乙真人：那妖道发力无边，被宝杵打个跟头，并未伤他。妖道祭来宝镜一晃，我等头迷眼昏，不敢交战，败回棚来，等候你们。

骊山圣母：我请来几位道友，先看看他的阵式，再作主意。

长笑仙：对，对，我先到阵里走走哈。（下）

骊山圣母：大家出棚一观。

合：　　　有理。（下）

（上长笑仙）

长笑仙：哈哈哈，来到阵门招呼一声，守阵的妖仙听真，我破阵，你敢领我看看吗？哈哈哈。

阎　荣：你这野道狂笑，随我来吧。

长笑仙：来了，哈哈哈。

阎　荣：笑什么？

长笑仙：哈哈哈，我爱笑是个脾气，你管不住，哈哈哈。

（唱）一个人生来一个性，从来不会把气生。

　　　一笑不吃就能饱，二笑不睡更精灵。

　　　三笑三九不知冷，四笑夏天来凉风。

　　　五笑移山能倒海，六笑不老永长生。

　　　七笑七情六欲断，八笑仙体大功成。

　　　九笑九九功德满，对他一笑脑袋疼。

　　　不信咱俩试一试，引我去到此阵中。

　　　他们正然打又闹，我一笑他就把手松。

阎　荣：（白）你不要胡说，既来破阵，随我来吧。

长笑仙：看看去，哈哈哈。（下）

（上青年打老人，多人乱打）

长笑仙：哈哈哈，你们这是干什么呢？

小　妖：我们是打死人不偿命，多的有赏，打不死人的受罚。

长笑仙：哈哈哈。

阎　荣：你这老东西傻笑，我把你打死。（打）

长笑仙：哈哈哈。你们这些山精水怪，还不现原形？

阎　荣：一阵骨头软酥，不好。（现原形）

长笑仙：哈哈哈，这些东西俱是山中魑魅魍魉之辈，快些现原形，哈哈。

众　妖：呀，不好，快些逃命吧。

长笑仙：哈哈哈，跑不了。（现原形一堆）幸亏我，别者得受其害。阵已破，出阵去也，哈哈哈。（下）

（上众仙）

长笑仙：众道友，我把气字阵已破，你们去吧。

比　干：待我比干收他财字阵去也。（下）

合：　　众位等候财神消息便了。（下）

（上比干）

比　干：这些妖人用金钱害人，如要人多贪，必死在内，用手一指，金钱宝树化成石块。

妖：　　哪里来的老朽？破我法术，看刀取你。

（用手一指，钱眼缩小，死掉老妖怪无数。）

比　干：财阵已破，出阵去也。（下）

（上众仙）

比　干：众位在此等候与我，已把财字阵破了。

合：　　道友法术高强，我等敬服。

刘　伶：待我进他酒阵，大喝一场。（下）

陆压真人：我到色字阵斗斗去。（下）

比　干：二仙进阵，大家听后面音。

合：　　有理。（下）

（摆酒、果品，划拳）

刘　伶：众位请了。如此，取酒。

　　　　（唱）刘伶明知是毒药，口中秘密念真言。
　　　　　　使爷隐身有隐法，端起大盆喝个欢。
　　　　　　饮了这盏换那盏，快快与我搬酒坛。
　　　　　　众妖一见齐欢喜，这个宋将中机关。
　　　　　　右一坛来左一桶，霎时之间都喝干。
　　　　　　不知他酒量有多大，不知是人还是仙。
　　　　　　众妖一齐发愣怔，刘伶大笑便开言。
　　　　　　有酒拿来好再饮，再喝百坛不相干。
　　　　　　你当我是哪一个？我本上界一酒仙。

上八仙刘伶就是我，今日破阵到这边。

尔等拿酒把我敬，我也将酒要奉还。

把口一张喷出去，许多妖类被酒淹。

（酒淹众妖死）

刘　伶：哈哈哈，破了酒阵去复命。（下）

陆压真人：阵门挂着色字牌子，会会美女玩去。（下）

（上四妖女唱油头诗）

（小曲）青青叶儿蓝蓝的天，年轻的人儿在外边。

陆压真人：看着那油头粉面多娇嫩哟。

妖　女：哇呀，八十岁的老头魂都丢了啊，哈哈哈哈。奴胡姣姣／胡娆娆／胡嫩嫩／胡婧婧，你我姐妹乃狐狸精得道，奉法旨在色字阵上捉拿宋将，不怕他铁打的罗汉、铜铸的金刚，如上了咱的当，叫他肉化为泥，骨化为灰。

（上陆压真人）

陆压真人：哈哈哈，众位仙女们都长得不错，真会迷人，我是来破阵的，你们有什么本领就施展吧。

胡姣姣：哟，我们不知什么阵，我姐妹因没功夫，想在此招夫选婿。

陆压真人：那你四个人，我一个人可跟谁去？

胡姣姣：凭各人能耐，谁拉去就给谁。

陆压真人：好，那你们就拉吧。

妖　女：是。

（陆压真人念动真言，搬来一座明山，将身隐住）

（出变人，众妖齐拉）

合：　　铆劲拉。

胡姣姣：哟，你怎么这么沉呐？一点也不动啊。

陆压真人：哈哈哈，我让你们这些狐妖知道我的厉害。（刀砍，狐狸现形）众妖已死，俱是些骚狐狸弄的迷人色阵，现在已破，出阵便了。（下）

（上众仙）

陆压真人：道友们，我将色阵已破，无事不可久留，我告辞，众位请。（下）

（长笑仙、比干、刘伶上）

合：　　我等破了四迷阵，红尘不可久居，告辞去也。

骊山圣母：众仙去了，大家回棚商议破阵。

广成子：你们先回棚，我到玉虚宫见师父说明阵式，好收金雕。

合：　　有理。（下）

（出女娲，童站）

女　娲：（诗）三十三天天外天，九霄云外有神仙；

　　　　　　炼石补天成世界，寅会生人已有年。

（白）本宫女娲氏，盘古开辟以来，本宫真乃无上之帝。

（上童子跪）

童　子：启禀娘娘，有元始天尊求见娘娘。

女　娲：看座，有请。

童　子：是。（下）娘娘有请天尊。

元始天尊：来了。（上）娘娘万寿无疆。

女　娲：不知天尊驾到，未去远迎，面前请罪。

元始天尊：好说不敢。

女　娲：天尊请坐。

元始天尊：告坐。

女　娲：不知天尊来见本宫有何法谕？

元始天尊：我为徒儿之事，特与娘娘商议。

（唱）皆因南北两征战，困住大宋众将官。

　　　必风摆下天门阵，拿去宋营女共男。

　　　又来大仙金雕道，帮助必风扶北番。

　　　开辟宝镜娘娘之物，如今拿去下了山。

　　　现形遮住天门阵，想要打开难上难。

　　　故此我来把娘娘见，求你收回令徒返。

　　　一来黎民免涂炭，二来也省动争战。

　　　三来阐截永和好，不违老祖指示言。

　　　不知娘娘如何也？

女　娲：（唱）听罢不由怒冲冠。

　　　　　好个大胆金雕怪，违我法旨私下山。

　　　　　天尊不要把我怪，恕我失教防范间。

　　　　　　　幸亏天尊来见我，上帝知道不是玩。

　　　　　　　你我齐把宋营奔，收回两个作孽冤。

　　　　（白）多亏天尊见我，叫佛祖知道，连我也有罪名，天尊随我走走。

元始天尊：情愿奉陪。

女　　娲：童儿，看守宫苑。本宫去去就回。天尊请。

元始天尊：请了。

　　　　（唱）元始尊，女娲仙。

　　　　　　　出了宫苑，上了云端。

　　　　　　　催云来得快，天门阵外边。

　　　　　　　收云落在地下，女娲便把话言。

　　　　　　　高叫金雕必风到，快见本宫出阵间。

金必风：（唱）金必风，吓一蹿。

　　　　　　　金雕闻听，心中胆寒。

　　　　　　　原是始祖到，其中有因缘。

　　　　　　　你我快去候驾，迟误法旨难宽。（同上跪）

　　　　　　　出阵双膝忙跪下，师父在上徒打躬。

女　　娲：（唱）用手指，眼睁圆。

　　　　　　　两个孽畜，胆大包天。

　　　　　　　扰乱红尘世，设摆阵连环。

　　　　　　　偷来开天宝镜，胆大实难容宽。

　　　　　　　留你二人有何用？与我惹祸太不端。

　　　　　　　说着恼，念真言。

　　　　　　　黄金力士，快快来前。

　　　　　　　将这二逆畜，锁拿压阴山。

　　　　　　　将那开天宝镜，送入我的宫间。

　　　　　　　如敢违了我法旨，一律问罪不容宽。

元始天尊：（唱）说不可，便开言。

　　　　　　　妹妹息怒，休发狠言。

　　　　　　　二徒虽有罪，处罚理当然。

　　　　　　　且看我的面上，饶过他这一番。

　　　　　　　　　日后学好再休犯，苦炼苦修念经篇。
　　　　　　　　　说罢了，带怒言。
　　　　　　　　　快些叩头，拜谢恩宽。
金雕大仙、金必风：（白）多谢天尊求情恩。
元始天尊：（唱）天尊高声唤，徒儿齐上前。
　　　　　　　（白）各回各的高山，今后不可犯杀戒，如违我令，绝不容宽。
女　　娲：道友，你我起动神符，送天兵天将归位。
元始天尊：有理。
　　　　　　　（诗）口中诵真言，灵符升碧天。
　　　　　　　　　诸神快归位，违法压阴山。
　　　　　　　（白）众神归位，阵中妖孽不济于事，你我不可久在红尘，各归仙境。
女　　娲：天尊之言有理，两个孽障快到阵中，将苗广义、杨五郎与被擒七员女将速速放回。
金雕大仙、金必风：是，遵法旨。
　　　　　　　　　（唱）二仙答应不怠慢，进阵背出二位仙。
　　　　　　　　　　　放在地下说交旨，宋营女将放回还。
　　　　　　　　　　　众女将放回营寨，快把仙丹灌入腹中。
　　　　　　　　　　　二位五气归原体，瞧见娘娘在面前。
　　　　　　　　　　　又见天尊也在此，跪倒感谢把驾恭。
元始天尊：（唱）你二人回高山去，今后少要到凡间。
　　　　　　　　　高声大叫穆元帅，参见祖师与娘娘万寿无疆。
　　　　　　　　　众神已经都归位，你再破阵式就不难。
　　　　　　　　　这俩逆畜我带去，好好领兵破北番。
　　　　　　　　　凡间不可久居也，二仙收手也回山。
穆桂英：（白）众将官，齐聚原营，商议破敌，准备一场大战。（下）
　　　　　　　（出阎荣升帐，站众妖）
合：　　（诗）法术人难比，杀气万丈高。
　　　　　　　　　守护天门阵，神走竟剩妖。
岳方道人：（白）出家人岳方道人。
郑天明：出家人郑天明。

秦　　猛：出家人秦猛。

朱会真：出家人朱会真。

王　　平：出家人王平。

合：　　师兄设座，小心伺候。

（出阎荣升帐）

阎　　荣：（诗）可叹师父被迫走，天门大阵一场空。

（白）出家人阎荣，师父二人被女娲收去，元始天尊送神魂归位，把惊天动地的一座天门阵，剩得冷冷清清，只有把守阵门，剩我六人气根。不过，众道友情愿与我守阵，宋营的众位神仙皆已归山，只有几个凡夫俗女，怕他何来？方才把阵，重新安排一下各门派兵，一定与宋将见个高低。

（上卒）

卒：　　报军师得知，可不好了。

阎　　荣：何事？快快报来。（听报）

卒：　　（唱）探子战兢兢，军师听我报。

宋营发来兵，只听响大炮。

四面与八方，人喊马又叫。

兵将滚地来，刀枪把眼照。

咱们守阵兵，算是倒了灶。

也有枪下亡，也有头砍掉。

四散把命逃，没死溜了号。

军师快想法，定夺怎发落？

阎　　荣：（白）再探！

（唱）得令往下窜，阎荣心乱跳。

宋营兵将来，来着必不弱。

叫声众道友，有何云中妙？

郑天明：（唱）师兄请放心，我们不撤阵。

兵来将挡先，水来土挡道。

他们是凡夫，法术没咱妙。

我们五个人，一定闹一闹。

个个神人通，叫他都冒泡。

（白）师兄放心，事已至此，任何道行，赴于流水，哪怕他千人万马，难逃咱的手。

阎　荣：郑道友去挡东门，秦道友去挡南门，岳道友去挡西门，王道友去挡北门，朱道友与我在中央大使法力，胜败在此一举。

合：我等遵令。

阎　荣：我只得上台做法便了。（下）

（急马上王怀女）

王怀女：本帅王怀女，命我带领宗保、宗孝三千人马攻打北门捉拿阎荣。众将官，号炮响亮，往里努力攻杀。（下）

众：是。

（上王平）

王　平：山人王平，奉令把守北门。呀，对面尘土飞扬，为首男女三将冲杀上来，迎上前去。（下）

（对王怀女）

王怀女：妖道快快闪路。

王　平：住了，贱人不知我的厉害，我劝你快快回去。

王怀女：哼，狗道着刀。

王　平：来来来。

（杀，王平败，上）

王　平：贱人骁勇，待我现原形，口喷毒水淹她便了。（现蛇吐水）

（上王怀女）

王怀女：呀，不好！妖人现形为蛇，口喷毒水，急用斩蛇剑。（剑起，斩蛇死）妖人已死，随我杀入阵里，捉拿阎荣。

众：遵令。（下）

（上秦猛）

秦　猛：奉令把南门，呀，对面来了一男二女，带领无数人马，必有一场恶战。

（上岳安）

岳　安：妖道快快闪路。

秦　猛：报名上来。

岳　　安：你爷爷岳安，快些逃命，不然难免锤下做鬼。

秦　　猛：哎呀，大胆宋将，敢闯我的地盘，难免肉化为灰。

岳　　安：胡说，着锤！

秦　　猛：来来来。

　　　　　（杀，秦猛败下，又上）

秦　　猛：好个厉害小将，差点没把我吃饭的家伙砸碎。

　　　　　（唱）退回阵来忙念起，就地一滚现原形。

　　　　　　　　现出一个火老虎，口中吐火烟腾腾。

　　　　　　　　哪怕宋将有百万，烧你一个精光净。（下）

姜艳容：（唱）虎追火上岳安跑，来了佳人姜艳容。

　　　　　　　吩咐众将往里闯，将打将来兵打兵。（下）

　　　　　（众大杀一阵，秦猛死，兵败下）

　　　　　　　杀的尸体横陈下躺，南门踏破且不明。

崔金定：（唱）西门来了崔金定，大刀一摆往上冲。

岳方道人：（唱）孟焦二位随在后，大刀双举喊一声。

　　　　　　　　岳方道人心起火，来者女子快报名。

　　　　　（白）大胆花奴，自寻死路。

崔金定：妖道不必饶舌，看刀。

岳方道人：来来来。

　　　　　（杀，岳方道人败下，又上）

岳方道人：好个花奴厉害，引她入阵，便好捉拿。

崔金定：哪里走？一齐追。（下）

　　　　　（上岳方道人）

岳方道人：好也好也，一齐引入阵内，不免现了原形，本是个金鼎，口中念咒：四面立起金墙，将鼎盖在上面，让宋将死在里面。呀，金墙围住众人。

崔金定：呀，不好了，中了妖人之计了。

孟邦杰、焦秉刚：呀，不好，四面之墙直往里长。

卒：　　可不好了，越长越进。

　　　　　（唱）三军乱叫齐忙乱，只怕会死在里边。

　　　　　　　　眼看四面墙乱动，如同会走一样般。

	这可活该绞死了，吓得喊叫泪不干。
	急坏孟焦两员将，用斧砍去手胀酸。
	无法可使往后退，军兵将校齐乱言。
崔金定：	（唱）崔氏金定也害怕，不知这是何妙玄。
	人急生智说有了，何不用宝砍一番？
	师父赐我无世宝，削铁如泥只当玩。
	切金断玉如儿戏，寒光闪闪锐刀尖。
	顺手取出往上举，宝剑只得出手间。
	只听头上一声响，一个宝鼎掉平川。
	四面墙也不见了，原是妖精把命捐。
	随风收起无世宝，吩咐众将上雕鞍。
	大兵齐奔中央地，东方急坏一妖仙。

郑天明：（白）宋兵宋将遍地，烟尘四起，刀枪并举，有些不好，出去拼命吧。

（上刘云霞）

刘云霞：妖道快快闪路。

郑天明：你们休要称勇，看剑吧。

刘云霞：来来来。

郑天明：哎呀，花奴真是厉害，杀不了，得现原形，长出千棵大松柏树，将他都夹死在里面。（现树林）

（上穆桂英、喜林珠）

穆桂英：呀，不好！平地长出这些大树，定是妖人邪法。

（喜林珠急忙取出开山斧，迎风一晃，宝斧飞空，大如门扇，当即把树砍倒，树死出血。）

穆桂英：妖怪大树成精，被斧砍死。众将官，杀奔中央。（下）

（上穆桂英、史配明、姚金刚）

穆桂英：这四面号炮连天，杀声震耳，必是众将闯阵。二位将军随我杀奔中央。

史配明、姚金刚：得令。（下）

（上朱会真）

朱会真：哎呀，坏了坏了！山人朱会真陪着师兄护守法台，四面喊声不绝，八成不好呀。迎面来了一女二男，待我给他个厉害。

史配明：来者妖道何名？
朱会真：你祖师爷朱会真。
史配明：得了得了，你叫朱会真，不死也得见阎君。你矮爹爹擒你来也，着棒子吧。
朱会真：来来来。（上姚金刚）哎呀，他俩矮子打一个真急，够我忙活，现原形吃他便了。

（现猪，二矮入地，穆桂英杀上）

穆桂英：呀，原来野猪成精，刀砍不入，祭起如意金钩，擒他才是。

（上猪，钩住鼻子，猪叫唤）

穆桂英：野猪被擒，矮将快来。

（史配明、姚金刚遁上）

史配明：来了，这东西原是野猪成精。（看介）元帅，怎么把他处死？
穆桂英：待我用三昧真火把他烧死。（火烧死）妖人已死，二矮将随我杀奔中央。
史配明、姚金刚：得令。（下）

（急上阎荣）

阎　荣：哎呀，不好！众道友都丧命，剩我一人不中了，不免化阵清风，逃回山中重炼法术，重摆天门阵，与宋营再见个高低上下，逃走便了。（下）

（上穆桂英）

穆桂英：阎荣不知去向，大料逃走。阵式踏如平地，众将官收兵，明日兵发飞虎峪，捉拿萧太后。
众将官：是。（下）

（升帐，站姜夺、韩昌、萧天佐、萧天佑、王贵）

合：　　（诗）各保一主尽忠心，扶保萧后北国君。
　　　　（白）太后升帐，在此伺候。

（出萧后，坐，站勾月婵）

萧　后：（诗）亲自督战好几番，天门大阵不牢固。
　　　　（白）哀家萧氏，可叹金必风不知怎么回山去了，天门阵只得军师与几位仙长。天兵天将俱归位去了，只怕此阵难保。

（上卒）

卒：　　报太后，可不好了。

萧　　后：何事不好？

卒：　　天门阵踏如平地，众仙长丧命，阎荣不见，宋兵来攻，大营四面围个水泄不通，口口声声叫献降书顺表。

萧　　后：再探。

勾月婵：母后万安，女儿出马捉拿宋将。

萧　　后：可要小心。

勾月婵：不劳嘱咐，马来。（下）

萧　　后：众位，各要奋勇挡退宋将，哀家自有重赏。

合：　　遵旨。（下）

（马上黄凤仙对勾月婵）

黄凤仙：勾月婵，今该你死期至矣。

勾月婵：哼，黄凤仙，贱人不该弃北归南，不思故主之恩，吃我一刀。

黄凤仙：来来来。（杀下）

（上穆桂英）

穆桂英：众将官，番营人马齐出，各要努力，只可向前，不许退后。胡小香、姚兰英、喜林珠、刘云霞一齐围住番女勾月婵，不许放走。

合：　　得令。（下）

（上众女杀勾月婵，乱刀砍死）

（上姜夺、姜翠平）

姜翠平：哥哥一向可好哇？

姜　夺：哇！好个无耻丫头，有何颜面见我？

姜翠平：哥哥不要暴躁，听小妹一言相劝。

（唱）姜翠平满面春风尊兄长，小妹之言兄请听。

咱本中原之人也，先祖也曾保江山。

师命叫咱保宋主，因听妖人之邪言。

小妹如今才知晓，宋主没做害人精。

乃是白骨妖人计，撺掇你我叛宋营。

背叛天朝就非礼，违背师命有罪名。

如今大阵已经破，不久北国一扫平。

趁此再不投大宋，不算豪杰大英雄。

　　　　　　快随小妹见元帅，诉说其中道理情。
　　　　　　低头认罪求饶恕，一定开恩量宽宏。
　　　　　　一定封官与赠职，光宗耀祖站朝中。
　　　　　　兄妹二人经常见，两全其美事一宗。
　　　　　　倘若不听小妹话，只怕临期悔不能。
　　　　　　哥哥再思你再想，听罢言来打咳声。

姜　夺：（白）妹妹之言，为兄听从也就是了。

姜翠平：好，随我去见元帅。

姜　夺：来了。（下）

　　　　（杨宗英对韩昌）

杨宗英：韩昌，你国眼下灭亡，还不投降，等待何时？

韩　昌：哇，满口胡说。杨宗英，我与你势不两立，看刀。

杨宗英：来来来。

　　　　（杀，杨宗英败，又上）

杨宗英：等他赶来，用虎尾鞭打他便了。

韩　昌：哪里走！

杨宗英：着打。

韩　昌：哎呀。（下）

杨宗英：韩昌大败，众将官，追杀。（下）

　　　　（上萧天佐、萧天佑、岳安、杨宗孝、杨宗勉大杀）

　　　　（上王怀女、穆桂英二帅）

合：众将官，四面围攻，一齐努力杀去。

　　　　（出萧后，坐）

萧　后：（诗）旌鼓连天震，儿郎呐喊声。
　　　　　　　众将齐出马，不知输与赢。
　　　　（白）哀家萧氏，哎，天门阵已破，宋营人马困营，实在危急。

韩　昌：番兵们，守护大营，将马带过了。（卒牵过马）千岁，罪臣该死。

萧　后：哎呀，驸马这是怎样？

韩　昌：无数宋营人马将城营围个水泄不通，眼看大营难以保守，乞千岁定夺。

萧　后：呀，这却如何是好？

（上卒）

卒：　　报千岁得知，连营冲开十二座，各都督俱已丧命，眼看攻进主营。

萧　后：乞过了。

　　　　（上卒）

卒：　　报千岁，南面连营十座，被宋兵破八座。眼看营盘不保，乞千岁救援。

萧　后：再探。

卒：　　得令。（下）

　　　　（上卒）

卒：　　报千岁得知。

萧　后：怎样？

卒：　　东方连营冲开，实在危机，乞千岁救援。

萧　后：哎呀。

卒：　　报千岁，北面连营攻破，为首宋将霹雷子手使双锤，后跟宋兵宋将无数，杀死人马上万，眼看攻近主营，乞千岁定夺。

萧　后：再探。哎，天灭我也，

　　　　（上萧天佐、萧天佑）

合：　　千岁，大营保不住了，你快随微臣等冲出大营，闯出重围，逃奔幽州，重整人马，准备御敌吧。

卒：　　报千岁，可不好了，四面连营攻破，宋营人马蜂拥而来，眼看主营不保。

萧　后：哎，这可如何是好？

王　贵：依臣主意，只可暂时投降，免得君臣丧命。

萧　后：此时投降，怕宋朝不允，再者，何人敢去？

王　贵：千岁放心，自臣投千岁以来，寸功未立，愿舍死去见宋营元帅，去献降书，敢保千岁回国。

萧　后：好，王都督既有此忠心，哀家即写降书。（写介）将降书写完，愿贡明珠千颗、银十万两、毛毯三千张、马千匹，唯愿年年进贡，岁岁称臣，永不犯界。

王　贵：为臣领旨。（下）

萧　后：萧天佐、萧天佑，传我口旨，晓谕北国大小都督，不许出击，以表投降之意。

萧天佐、萧天佑：遵旨。（下）哎，南北交战，经过多少战场，损伤大将无数，并未取过大宋寸土之地，落得俯首投降，从今以后，永不与大宋征战了。

（诗）苦征苦战多少年，但求无事回北番。（下）

（王怀女、穆桂英二帅马上）

王怀女：（诗）督兵指阵破番营，不久歼灭顷刻中。

（白）带兵围攻番营，冲开连营，杀死番军无数，尸横遍野，令人视之不忍。

穆桂英：番军气势颓废，我大宋国运兴旺，今进兵得利，此乃主家洪福也。你看番兵败如水潮，不时可消灭北国萧氏。

王怀女：此乃媳妇用兵如神也。

（上卒）

卒：报二位元帅得知。

王怀女、穆桂英：何事？

卒：今有萧太后差官，被我绑拿，乞元帅发落。

王怀女：吩咐各路人马撤退，不必攻打，齐聚候令，快将差官松绑，押赴大营听令。

穆桂英：众将官，大帐伺候，将马带过。

（上王怀女、穆桂英，众将站）

王怀女：（诗）进兵杀敌已捷报，鞭敲金蹬奏凯归。

众　将：我等交令。

王怀女：收令，下站。

众　将：是。

（上姜翠平）

姜翠平：姜翠平恭见元帅。

王怀女：媳妇有何事故？

姜翠平：元帅，今有我哥哥投降，前来请罪。

王怀女：好哇，识时务者为俊杰，命他上帐。

姜翠平：是。元帅有令，哥哥上帐。

姜　夺：来了。（背绑上跪）元帅在上，末将冒死参见元帅。

王怀女：姜夺，论尔之罪，应该斩首，念你本宋朝之人，令妹已为我杨门之妇，看你妹之面、兄妹之情，将尔饶恕。军校们，与他松绑。

姜　夺：谢过元帅开恩。

王怀女：帐下侍立。

姜　夺：遵令。

（上卒）

卒：　报元帅，北国差官求见。

王怀女：吩咐进来。

卒：　差官告进。

（上差官王贵捧降书跪）

王　贵：天朝元帅在上，北国使臣躬拜。

穆桂英：你叫何名？

王　贵：小臣王贵，乃天朝王元帅之胞弟。

王怀女：呀，真是兄弟到了。

穆桂英：既是舅父，快些请起，坐了讲话。

王　贵：谢过元帅。（起坐）

穆桂英：舅父来到，献降书贡礼，本帅焉有不准之理？收下降书，酒宴伺候。

王　贵：军命在身，请元帅过目降书贡单。（呈上）

穆桂英：（看介）好舅父，回去说明大宋仁义之国，不忍灭其宗族，劝他永不犯界也就罢了。本帅歇兵三天，奏明天子，班师回国。

王　贵：是。

王怀女：兄弟，咱姐弟分手多年，今日相见，后帐重叙离别，然后再回北国。

王　贵：小弟从命。

穆桂英：婆母，今已征服北国，舅父来献降书，姐弟重逢，真乃大喜之事。婆母且有一事可不周全了。

王怀女：哪件事呢？

穆桂英：母亲听了。

（唱）媳妇西岐去搬人马，勤劳国事受奔忙。
　　　婆媳见面心畅快，与刘氏姨娘共商量。
　　　大起西岐的人共马，跟随母亲把兵搬。

　　　　　　上阵冲锋征与战，奋勇杀敌刀马强。
　　　　　　大小功劳无其数，冲锋冒雪受寒霜。
　　　　　　想些惊来受些怕，经些冷来受些个凉。
　　　　　　刀枪林内常为伴，孤苦伶仃守帐房。
　　　　　　单枕空寝深夜冷，只身独睡太凄凉。
　　　　　　咱营将官倒不少，双燕同飞一对一双。
　　　　　　现今姨娘身无主，如今还是大姑娘。
　　　　　　老娘怎不想一想，岂不叫人把心伤？
　　　　　　光阴似箭催人老，人生几时好风光。
　　　　　　过了二十三就到，怎不叫人心着凉？
　　　　　　母亲你老当做主，遂心如意选才郎。
王怀女：（唱）怀女座上心醒悟，操劳军事忘这茬。
　　　　　　媳妇帮娘想一想，你看哪位可相当？
穆桂英：（唱）现有一人正可配，也得老娘做主张。
王怀女：（唱）不知咱营谁合适？为娘做主讲其详。
穆桂英：（唱）新来姜夺功臣后，正是一对美鸳鸯。
王怀女：（唱）你为媒来娘做主，事算一定不商量。
　　　　　　但等回朝拜天地，安排婚事在为娘。
穆桂英：（唱）此事一妥有在这，还有一事讲其详。
　　　　　　孟二叔父有义女，虽是义亲在无常。
　　　　　　万石庄上石员外，其女美貌性贤良。
　　　　　　为救岳安她家住，与人除暴上山岗。
　　　　　　如今息兵回朝转，何不把她带进汴梁？
　　　　　　把她配与杨宗耀，你说相当不相当？
王怀女：（唱）连连夸奖好媳妇，又能领兵又会把媒当。
　　　　　　心又伶俐胆子又大，想得到来办得还强。
　　　　　　吩咐三军摆酒宴，犒赏众将宰猪羊。
姜翠平：（白）恭见二位元帅。
王怀女：媳妇何事进来？
姜翠平：当初媳妇避难之事，多亏李老人搭救，其女淑芬与俺似同胞姐妹。此恩未报，我愿接李老父女同归汴梁，与其女择配才郎，养李老终年，乞元帅恩准。

穆桂英： 好妹妹，心存大义，愚嫂敬服。本帅为媒，母亲做主，将淑芬配刘云霞之弟刘云成，妹妹心意如何？

姜翠平： 好，谢过元帅。

穆桂英： 不必，派二十名兵丁去接。

姜翠平： 小妹愿亲身去接。

穆桂英： 好，既如此，你带兵前往，就去吧。

姜翠平： 是，谢元帅。（下）

（上卒）

卒： 禀元帅，圣旨下。

王怀女： 摆香案接旨。

众： 万岁万万岁。（同跪）

卒： （念圣旨）国政不紊，全赖文官；外邦降伏，乃仗武将之功。南战北征，连年不休，劳军伤财。今报捷音，实乃国家幸甚。兹尔穆桂英闺中之首领，女中之豪杰，破阵出奇，打破天门阵，迫使北国投降。虽众将用命，实尔之功事。朕封穆桂英浑天侯爵，永不出马，外赐金银玉帛五千两，彩缎三百尺，外赐锦袍一件。王怀女封志勇夫人，赐黄金千两，彩缎百尺。封杨老元帅都招讨大元帅，赐金帛千两，御蟒一件，守镇三关。众将各加三级，杨门小将俱封指挥使之职。杨宗保在天波府伺候老太君，岳安、刘云成、焦秉刚、孟邦杰、史配明、姚金刚俱封将军之职。杨延顺回南封郡君，其余将校各升三级，漏封者回朝另外加封领赏，钦此。

众： 谢主隆恩。

穆桂英： 将旨意供奉龙亭，大摆酒宴，歇兵三日，班师回朝。

（全剧终）